Inhalt

Trafalgar 7
– Historischer Roman

Die Abenteuer der Pepita González 165
– Historischer Roman

Anhang
1. Anmerkungen zu »Trafalgar« 399
2. Anmerkungen zu
   »Die Abenteuer der Pepita González« 403
3. Anmerkungen zum Titelbild 410
4. Nachwort 411

Trafalgar

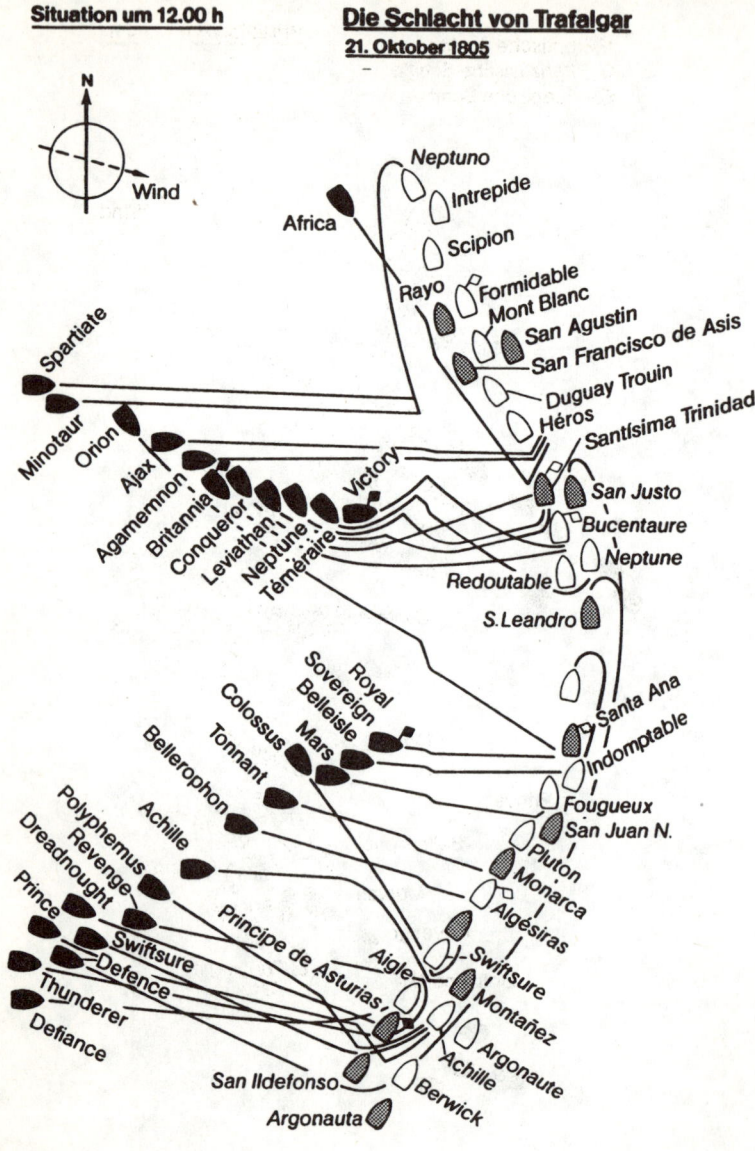

Situation um 12.00 h

Die Schlacht von Trafalgar
21. Oktober 1805

N

Wind

Neptuno
Intrepide
Scipion
Africa
Rayo
Formidable
Mont Blanc
San Agustin
San Francisco de Asis
Spartiate
Duguay Trouin
Héros
Minotaur
Orion
Santísima Trinidad
Ajax
Agamemnon
Britannia
Victory
San Justo
Conqueror
Bucentaure
Leviathan
Neptune
Neptune
Redoutable
Témeraire
S. Leandro

Royal
Sovereign
Belleisle
Colossus
Santa Ana
Tonnant
Mars
Indomptable
Bellerophon
Achille
Fougueux
San Juan N.
Polyphemus
Pluton
Revenge
Monarca
Dreadnought
Algésiras
Prince
Swiftsure
Aigle
Swiftsure
Defence
Montañez
Thunderer
Principe de Asturias
Argonaute
Defiance
Achille
San Ildefonso
Berwick
Argonauta

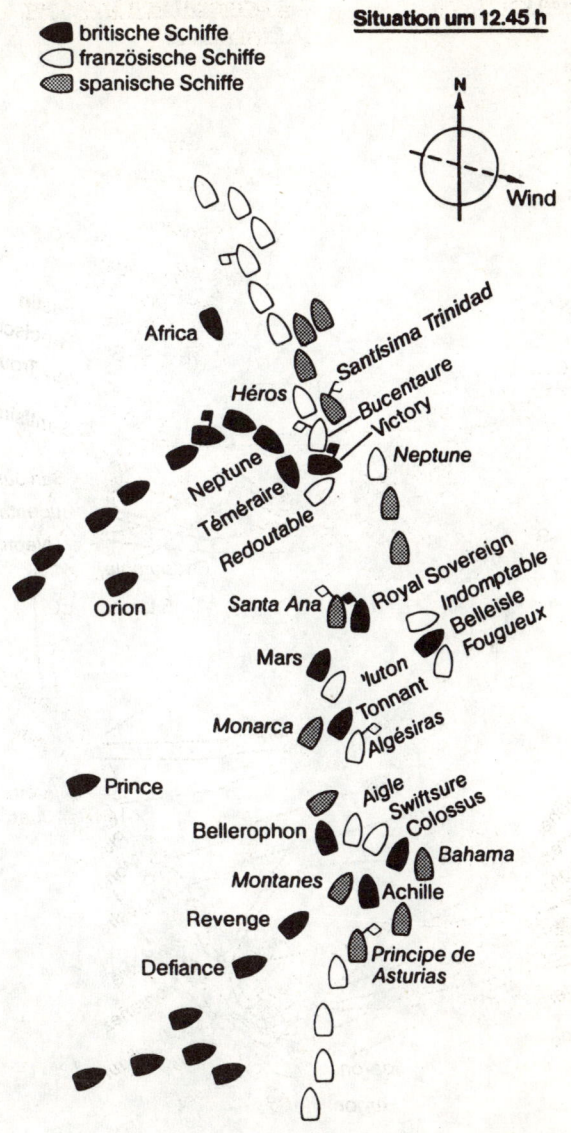

Situation um 12.45 h

britische Schiffe
französische Schiffe
spanische Schiffe

N

Wind

Africa

Santísima Trinidad

Héros

Bucentaure

Victory

Neptune

Neptune

Téméraire

Redoutable

Orion

Royal Sovereign

Indomptable

Santa Ana

Belleisle

Mars

Fougueux

luton

Tonnant

Monarca

Algésiras

Prince

Aigle

Swiftsure

Bellerophon

Colossus

Bahama

Montanes

Achille

Revenge

Defiance

Principe de Asturias

1

Bevor ich das große Ereignis schildere, dessen Zeuge ich war, gestatten Sie mir, lieber Leser, hier einige Worte über meine Kindheit zu bringen zur Erklärung der Schicksalsumstände, die mich der schrecklichen Katastrophe unserer Marine beiwohnen ließen.

Wenn ich meine Herkunft erwähne, möchte ich nicht diejenigen nachahmen, die bei ihrem Lebensbericht zuerst ihre Verwandtschaft aufzählen, meistens adelig, immer wenigstens edel – wenn sie sich nicht gar als Abkommen des Kaisers von Trapezunt[1] ausgeben. Ich jedenfalls kann an dieser Stelle mein Buch nicht mit wohltönenden Titeln schmücken. Abgesehen von meiner Mutter, die ich nur kurze Zeit erleben durfte, habe ich keine Kenntnis von meinen Vorfahren, es sei denn von Adam, dessen Verwandtschaft mir allerdings über jeden Zweifel erhaben erscheint. Ich beginne meine Geschichte also wie Pablos, der Gauner von Segovia[2]. Glücklicherweise hat es Gott gewollt, daß ich nur in diesem Punkt einem solchen Mann ähnlich bin.

Ich wurde geboren in Cádiz, in dem bekannten Viertel La Viña, das weder heute noch damals als Lehrstätte der guten Sitten gilt. Meine Kindheitserinnerungen reichen bis zum sechsten Lebensjahr zurück, und dies ist dem Umstand zu verdanken, daß damals, anno Domini 1797, ein Ereignis stattfand, von dem ich später viel reden hörte: die Seeschlacht von Kap San Vicente[3].

Bei der Rückschau auf das, was ich war, mit der Neugier, die dem sich selbst Betrachtenden innewohnt, taucht in mir ein verworrenes und verschwommenes Bild der damaligen Ereignisse auf. Ich sehe mich beim Spiel in La Caleta mit anderen Knaben, die mehr oder weniger meines Alters waren. Darin bestand damals für mich das ganze Leben – das normale Leben unserer von mir als privilegiert angesehenen Gattung. Und die, die nicht so lebten wie ich, wurden von mir als außergewöhnliche Wesen erachtet, denn in meiner kindlichen Einfalt und Unkenntnis der Welt war ich der festen Überzeugung, daß der Mensch für das Meer geschaffen worden war, daß die Vorsehung ihm als bedeutendste Leibesübung das

11

Schwimmen und als ständige Betätigung seines Geistes das Suchen nach Krebsen aufgetragen hatte, zum Ausreißen und Verkaufen seiner besonders auf der britischen Insel begehrten Scheren – zum einen zur eigenen Befriedigung und zum anderen als Geschenk, wobei sich das Angenehme mit dem Nützlichen mischte.

Die Gesellschaft, in die ich geboren wurde, war die rauheste, primitivste und niederträchtigste, die man sich vorstellen kann. Das ging so weit, daß wir Schlingel aus La Caleta als schlimmeres Gesindel angesehen wurden als diejenigen unseres Schlages, die sich mit gleichem Wagemut wie wir in Puntales herumtrieben. Aus diesem Grunde betrachteten wir uns als Rivalen und maßen bisweilen unsere Kräfte an der Puerta de Tierra in großen und lärmenden Steinschlachten, die den Boden mit heroischem Blut tränkten.

Als ich das Alter erreicht hatte, mich auf eigene Rechnung in den ›Geschäften‹ zu etablieren, um auf ›ehrlichem‹ Wege einige Münzen zu ergattern, verlegte ich den Schauplatz meines Schelmentums auf den Kai, indem ich mich als Bärenführer den vielen Engländern anbot, die damals – wie auch heutzutage – uns mit ihrem Besuch beehrten. Das Kai war eine Lebensschule, die einen in wenigen Jahren flügge machte, und ich war nicht der unbegabteste Schüler auf jenem weiten Feld des menschlichen Wissens. So war ich bald der erste im Plündern von Obstladungen, wofür sich unserem Einfallsreichtum eine Vielzahl von Gelegenheiten auf der Plaza de San Juan de Dios bot. Mit diesem Teil meiner Geschichte möchte ich mich jedoch nicht länger aufhalten. Mit Scham denke ich heute an dergleichen Verfehlungen zurück. Dank sei Gott, daß er mich bald auf einen ehrenhafteren Weg führte!

Unter den Eindrücken aus dieser Zeit hat sich die Begeisterung tief in meine Erinnerungen eingeprägt, die ich beim Anblick der Kriegsschiffe empfand, wenn sie vor Cádiz oder in San Fernando ankerten. Da ich nie meine Neugier befriedigen konnte, diese gewaltigen Kampfmaschinen aus der Nähe zu betrachten, umwob ich sie mit fantastischen, absurden Träumen und wähnte sie voller Mysterien.

In unserem Eifer, die großen Taten der Männer nachzuahmen, fertigten wir Kinder uns auch Geschwader aus grob geschnitzten Schiffchen an mit Segeln aus Papier oder Stoffresten. Wir brachten sie mit großem Einsatzwillen und Ernst in irgendeiner größeren Pfütze von Puntales oder La Caleta zu Wasser. Damit alles auch ›naturgetreu‹ wurde, kauften wir – sobald wir mit unseren zweifelhaften ›Geschäften‹ wieder einmal eine Münze erhascht hatten – Pulver im Laden der ›Tante‹ Coscoja in der Calle del Torno de Santa María und veranstalteten damit eine perfekte Seeschlacht. Unsere Flotten legten sich in den Wind auf Ozeanen von drei Ellen Breite, feuerte ihre Kanonen aus ausgehöhlten Zuckerrohrstielen ab, stießen aufeinander in blutigen Enterkämpfen der imaginären Mannschaften, umhüllten sich mit Rauch, zeigten die Flaggen aus farbigen Lumpenfetzen, die wir aus Mülleimern erbeutet hatten. Wir tanzten vor Freude am Gestade. Beim Dröhnen unserer Artillerie stellten wir uns vor, daß in der Welt der Männer und der Heldentaten die großen Nationen die Freude über den Sieg ihrer geliebten Flotten in ähnlichen Tänzen ausdrückten. Kinder haben nun einmal ihre eigene Art, die Dinge zu sehen.

Das war zur Zeit der großen Seeschlachten, von denen es eine pro Jahr gab – und ein Scharmützel jeden Monat. Ich stellte mir vor, daß sich die Geschwader aus purer Lust am Kampf und zum Beweis ihres Heldenmuts schlugen, wie zwei Schläger, die sich vor die Tür zitieren, um sich mit Messern zu traktieren. Heute muß ich über meine ausgefallenen Ideen über bestimmte Ereignisse lachen. Ich hörte viel von Napoleon reden; was denkt Ihr wohl, wie ich ihn mir vorstellte? Na, etwa so wie die Schmuggler, die von Gibraltar ausschwärmend oft im Viertel La Viña zu sehen waren! Im Geiste sah ich Napoleon auf einem Jerezroß[3a] reiten, mit Umhang, Gamaschen, Filzhut und Donnerbüchse. So ausstaffiert und mit einem Gefolge von Abenteurern der gleichen Kategorie eroberte dieser Mann, den alle als außergewöhnlich rühmten, in meiner Vorstellung Europa, das heißt eine große Insel, innerhalb derer sich andere Inseln – die Nationen – befanden, wie England, Genua, London, Frankreich, Malta, das Maurenland, Amerika, Gibraltar, Mahón, Rußland, Toulon usw. Ich hatte mir diese Geographie nach eigenem Gutdünken geschaffen, aufgrund der Staatsangehörigkeit der häufigsten Schiffe, mit deren Passagieren ich Geschäfte machte. Es scheint fast überflüssig zu erwähnen, daß unter all diesen

Nationen oder Inseln Spanien die weitaus beste war, weshalb auch die Engländer – in der Art der Wegelagerer – es als Beute an sich reißen wollten. Wenn wir von diesen und anderen ›diplomatischen Angelegenheiten‹ sprachen, so schwelgten ich und meine Kumpane aus La Caleta in tausenderlei Redensarten, die von glühendstem Patriotismus beseelt waren.

Aber ich will den Leser nicht mit Einzelheiten langweilen, die sich nur auf meine höchstpersönlichen Eindrücke erstrecken, und höre nun auf, von mir selbst zu erzählen. Das einzige Wesen, das das Elend meiner Existenz durch uneigennützige Zuneigung auffing, war meine Mutter. Ich weiß von ihr nur noch, daß sie sehr schön war – oder wenigstens erschien sie mir so. Seit sie Witwe war, wusch und stopfte sie die Wäsche einiger Seeleute, um sich und mich zu ernähren. Ihre Liebe zu mir muß sehr groß gewesen sein. Einmal lag ich schwer mit jenem gelbem Fieber nieder, das Andalusien heimsuchte, und als ich mich erholt hatte, führte sie mich wie in einer Prozession zur Messe in der alten Kathedrale, auf deren Steinboden sie mich über eine Stunde lang auf den Knien rutschen ließ – und auf den gleichen Altaraufsatz, auf dem wir die Messe hörten, stellte sie als Weihgeschenk einen Knaben aus Wachs, den ich für mein genaues Abbild hielt.

Meine Mutter hatte einen Bruder. So wie sie gut war, war dieser schlecht – und obendrein grausam. Ich denke nur mit Schrecken an meinen Onkel zurück. Aus einigen Vorfällen entnahm ich, daß er in dieser von mir wachgerufenen Zeit ein Verbrechen begangen haben mußte. Sein Beruf war Seefahrer, und wenn sein Weg ihn wieder einmal nach Cádiz führte, suchte er seine Schwester auf, blau wie eine Haubitze, und behandelte uns wie eine Bestie – seine Schwester mit Worten, indem er sie mit den schrecklichsten Ausdrücken traktierte, und mich mit Taten, indem er mich ohne Grund schlug.

Meine Mutter muß sehr unter den Scheußlichkeiten ihres Bruders gelitten haben. Und dieses beschleunigte noch ihren vorzeitigen Verfall, der durch eine ebenso schwere wie miserabel bezahlte Arbeit vorangetrieben wurde. Das Ende meiner Mutter hinterließ einen unauslöschlichen Eindruck auf meinen Geist.

In jenen Jahren des Herumlungerns hatte ich ja nichts anderes getan, als am Meer zu spielen oder durch die Straßen zu streifen. Meine einzigen Schwierigkeiten waren solche gewesen, die mir einen Schlag meines Onkels, Schelte meiner Mutter oder irgendein Problem in der Organisation meiner Geschwader verursachen konnten. Mein Geist hatte noch kein starkes und wirklich tiefgehendes Gefühl kennengelernt, als der Verlust meiner Mutter mir das menschliche Leben in einem ganz anderen Licht zeigte. Was ich damals empfand, ist für ewig in meine Seele eingeprägt. Nach so vielen Jahren entsinne ich mich noch – wie die Furchtsamen an einen bösen Traum –, wie meine Mutter von einem mir unbekannten Leiden niedergestreckt dalag. Ich sehe jetzt noch einige Frauen, deren Namen und Verhältnis zu meiner Mutter mir entschwunden sind, das Zimmer betreten und höre Schmerzensschreie. Ich fühle mich wieder in den Armen meiner Mutter. Ich spüre noch mit meinem ganzen Körper die Berührung schrecklich kalter Hände. Ich nehme an, daß man mich dann vom Sterbebett weggezerrt hat, und mit diesen unbestimmten Erinnerungen verbindet sich der Anblick von einigen gelben Kerzen, die mitten am Tage eine unheilvolle Helligkeit ausstrahlten; das Gemurmel von Gebeten, das Zischeln einiger alter Quacksalberinnen, die Lachsalven betrunkener Seeleute. Danach die traurige Erkenntnis, ein Waisenknabe zu sein – und der Gedanke, nun einsam und verlassen auf der Welt dazustehen, ein Gedanke, der meinen armen Geist geraume Zeit völlig beherrschte.

Ich weiß nicht mehr genau, was mein Onkel in jenen Tagen machte, aber seine Grausamkeiten mir gegenüber nahmen derartig zu, daß ich sie nicht mehr ertragen konnte und aus dem Hause floh, um nach dem Glück zu suchen. Ich ging nach San Fernando, von dort nach Puerto Real, und schloß mich den verlorensten Gestalten jener Gefilde an – Rittern der Landstraße. So geschah es, daß ich – ohne zu wissen wie und warum – mit ihnen nach Medina Sidonia zog. Als ich dort in einer Taverne saß, stürzten Marinesoldaten der Aushebungspatrouille herein, worauf wir auseinanderstoben und jeder versuchte, so schnell wie möglich zu entfleuchen. Mein guter Stern führte mich zu einem Haus, dessen Besitzer Mitleid mit mir zeigten. Sie nahmen großen Anteil, als ich ihnen auf Knien – von Tränen überströmt und mit flehenden Gebärden – von meinem traurigen Zustand, meinem Leben und, vor allem, von meinem Unglück erzählte.

Diese gütigen Leute nahmen mich in ihren Schutz, bewahrten mich vor der Aushebung, und von diesem Zeitpunkt an stand ich in ihren Diensten. So zog ich mit ihnen nach Vejer de la Frontera, ihrem Wohnort, denn sie hielten sich nur vorübergehend in Medina Sidonia auf.

Meine Schutzengel waren Don Alonso Gutiérrez de Cisniega, Kapitän zur See im Ruhestand, und seine Frau – beide in fortgeschrittenem Alter. Sie brachten mir vieles bei, was ich nicht gekonnt hatte. Da sie Zuneigung für mich empfanden, wurde ich bald Page von Don Alonso, den ich auf seinem täglichen Spaziergang begleitete, denn der gute Mensch konnte den rechten Arm gar nicht und das rechte Bein nur mit großer Mühe bewegen. Ich weiß nicht, was sie an mir fanden, das ihre Anteilnahme an mir so erweckte. Bestimmt trugen mein geringes Alter, mein Waisentum und auch mein Gehorsam zu ihrer großen Güte mir gegenüber bei, für die ich ihnen immer zutiefst dankbar war. Zu den Gründen dieser Zuneigung gehört auch der Umstand – wenn es auch nicht gerade von Bescheidenheit zeugt, ihn zu erwähnen –, daß ich trotz meines vorherigen Umgangs mit den heruntergekommensten Gestalten eine gewisse Kultur und Feinheit besaß. Diese ermöglichten mir, mich in kurzer Zeit so umzustellen, daß ich innerhalb von einigen Jahren – trotz des Fehlens jeglicher Studien – einen Zustand erreichte, der mich als wohlgeboren erscheinen lassen konnte.

Vier Jahre, nachdem ich zu diesen guten Leuten gekommen war, trugen sich die Ereignisse zu, von denen ich eigentlich berichten will. Der Leser verlange nicht eine Genauigkeit, die mir unmöglich ist, weil es sich um Vorkommnisse in der Blüte meiner Jugend handelt, die ich jetzt in der Abenddämmerung meiner Jahre erzähle, nicht weit vom Ende eines langen Lebens entfernt. Ich fühle, wie der Frost des Alters meine Hand beim Führen der Feder versteift, während der schwächer werdende Geist versucht, sich zu täuschen, indem er sich nach dem Geschenk süßer oder leidenschaftlicher Erinnerungen sehnt, die ihm – wenn auch nur für kurze Zeit – die Jugend zurückbringen sollen. Wie jene greisen Jünglinge, die glauben, die eingeschlafene Fleischeslust durch das Betrachten von gemalten Schönen wiedererwecken zu können, so werde ich jetzt versuchen, den welken Gedanken meines Alters regsame Anteilnahme und Jugendsaft zu verleihen, indem ich sie mit der Heraufbeschwörung vergangener großer Taten erwärme.

Die Wirkung ist sofort zu spüren. Wundersame Täuschung der Vorstellungskraft! Wie jemand, der ein lange nicht mehr gelesenes Buch aufschlägt und seinen Inhalt wie einen alten Freund wiederfindet, so betrachte ich mit Neugier und Erstaunen jene längst verflossenen Jahre. Und während der Zauber dieser Betrachtung anhält, erscheint es mir, als ob ein freundlicher Geist auftaucht, mich der Schwere meiner Jahre enthebt und die Last des Alters geringer werden läßt, die sowohl den Körper als auch die Seele bedrückt. Dieses alte Blut, lauwarmer und träger Körpersaft, der meinem hinfälligen Organismus kaum noch Antrieb verschafft, erwärmt sich plötzlich, regt sich, zirkuliert, sprudelt auf, zuckt und schießt in schnellerem Rhythmus durch meine Adern. Es ist, als ob plötzlich ein starkes Licht in meinem Gehirn aufflammt, das tausend vergessene Wunder beleuchtet und Gestalt werden läßt wie die Fackel des Forschers, die in der dunklen Höhle die Wunder der Gesteine so jäh dem Blick enthüllt, daß man meinen könnte, sie habe sie soeben selbst geschaffen. Und mein Herz, das schon tot für die großen Gefühle schien, beginnt schneller zu schlagen – Lazarus, von göttlicher Stimme gerufen – und erschüttert meine Brust, so daß ich gleichzeitig Schmerz und Freude empfinde.

Ich bin wieder jung; die Zeit ist nicht vergangen. Vor mir tauchen die wichtigsten Erlebnisse meiner frühen Jahre auf. Ich ergreife die Hand alter Freunde. In meiner Seele stellen sich wieder die süßen oder schrecklichen Gefühle meiner Jugend ein – die Glut des Triumphes, die Bedrückung der Niederlage, die großen Freuden wie die großen Leiden, wie damals im Leben so heute auch in der Erinnerung verflochten. Unter allen diesen Gefühlen herrscht eines vor: dasjenige, das immer meine Handlungen in jener unheilvollen Periode zwischen 1805 und 1834 steuerte. Bin ich auch dem Grabe nahe und sehe mich als nutzlosester aller Menschen an, so läßt Du doch noch Tränen in meine Augen steigen, heilige Liebe zum Vaterland! Dafür kann ich Dir auch noch ein Wort widmen und den kleinmütigen Skeptiker verdammen, der Dich leugnet, wie auch den verdorbenen Philosophen, der Dich mit der Denkungsweise eines flüchtigen Tages verächtlich machen will.

Diesem Gefühl widmete ich die Blüte meines Mannesalters, und ihm widme ich auch noch das Handeln meiner letzten Jahre. Ich setze es als guten Geist oder Schutzengel meines hier zu Papier gebrachten Lebens ein, weil es auch die meiner wirklichen Existenz war. Von vielen Begebenheiten werde ich erzählen: Trafalgar, Bailén, Madrid, Zaragoza, Gerona, Arapiles! Von allen jeweils ein Ereignis – wenn euch nicht die Geduld ausgeht. Meine Beschreibung wird nicht so schön sein, wie sie es eigentlich sein müßte, aber ich werde alles tun, damit sie der Wahrheit verhaftet bleibt.

2

An einem der ersten Tage im Oktober jenes bedrückenden Jahres 1805 rief mich mein Herr in sein Zimmer. Er sah mich mit seiner üblichen Strenge an – ein Eindruck, der nicht seinem in Wirklichkeit sehr sanften Charakter entsprach – und sagte mir: »Gabriel, bist du ein mutiger Mann?« Zuerst wußte ich nicht, was ich darauf antworten sollte, denn in den vierzehn Lebensjahren hatte sich mir noch keine Gelegenheit geboten, die Welt mit einer heroischen Tat meinerseits in Bewunderung zu versetzen. Dennoch erfüllte mich die Anrede ›Mann‹ mit Stolz. Es erschien mir zur gleichen Zeit unziemlich, meinen Mut gegenüber einer Person zu leugnen, die diese Gabe in hohem Maße besaß. Ich antwortete also mit naiver Arroganz: »Ja, Herr, ich bin ein mutiger Mann!«

Daraufhin lächelte mich dieser verehrungswürdige Krieger an, der sein Blut in hundert glorreichen Kämpfen vergossen hatte – denn er hielt es nicht unter seiner Würde, mit diesem Lächeln seinem treuen Diener Vertraulichkeit zu erweisen. Er bedeutete mir, mich zu setzen und schickte sich gerade an, mir einen wichtigen Entschluß zu offenbaren, als seine Gattin und meine Herrin, Doña Francisca, plötzlich das

Zimmer betrat und folgende erregende Worte ausstieß: »Nein, nein, du gehst nicht! Ich versichere dir, daß du nicht zur Flotte zurückgehst – das fehlte ja noch! In deinen Jahren, und nachdem du deinen Altersabschied genommen hast! Bedenke doch, Alonso, du hast die Siebzig erreicht und kannst nicht mehr Bäume ausreißen!«

Es kommt mir vor, als ob ich diese ehrfurchteinflößende erzürnte Dame mit ihrer großen Haube, ihrem Organdyüberrock[4], ihren weißen Locken und ihrem behaarten Muttermal auf der Wange wieder vor mir sehe. Vier sehr verschiedenartige Details, die jedoch in meiner Erinnerung untrennbar zu ihrer Persönlichkeit gehören. Sie war eine schöne Frau im Alter, wie die heilige Anna von Murillo. Diese verehrungswürdige Schönheit und ihr Vergleich mit der Mutter der heiligen Jungfrau wären perfekt gewesen, hätte meine Herrin auch durch Stummheit einem Gemälde geglichen.

Don Alonso – wie gewöhnlich etwas eingeschüchtert, wenn er seine Frau hörte – entgegnete: »Ich muß einfach gehen, Paquita!* Nach dem Schreiben, das mir dieser gute Churruca schickte, muß die vereinte Flotte aus Cádiz auslaufen und den Kampf mit den Engländern suchen oder in der Bucht darauf warten, daß sie sich erkühnen, dort einzudringen. Auf diese oder jene Weise wird die Angelegenheit ausgetragen.«

»Gut, das freut mich!« erwiderte Doña Francisca. »Da sind Gravina, Valdés, Cisneros, Churruca, Alcalá, Galiano und Alava[5]. Mögen sie diesen Hunden von Engländern eine gehörige Lehre erteilen. Du aber bist ein schartiges Schwert geworden, das zu diesem Kampf nicht mehr zu gebrauchen ist. Herrgottnochmal, sieh das doch ein! Du kannst noch immer nicht den linken Arm heben, den sie dir am Kap San Vicente ausrenkten.«

Mein Herr bewegte den linken Arm mit steifer und kriegerischer Gebärde, um zu beweisen, daß dem nicht so war. Doña Francisca aber, die sich durch ein derartig schwaches Argument nicht überzeugen ließ, schimpfte weiter: »Nein, du gehst nicht zur Flotte zurück, denn sie brauchen dort keine Gespenster wie dich. Wenn du noch vierzig wärst, wie damals in Feu-

---

* Paquita, spanischer Kosename für Francisca (Anmerkung des Übersetzers)

erland, als du mir die grünen Halsketten der Indianer brachtest ... Aber heute ... Dieser alte Angeber Marcial hat dir wohl in der Nacht und heute morgen den Kopf verdreht mit seinem Geschwätz von Schlachten. Mit diesem Herrn werde ich noch ein Wörtchen zu reden haben! Soll er doch wieder anheuern, damit sie ihm noch das Bein abschießen, das ihm geblieben ist. Oh, heiliger Josef, hätte ich doch mit fünfzehn gewußt, wie die Seemänner sind! Welche Plage! Nicht mal einen Tag Ruhe! Da heiratet man, um mit seinem Mann zu leben, und da kommt dann plötzlich so ein Schrieb aus Madrid, der ihn in zwei, drei Wörtchen sonstwo hinschickt – nach Patagonien, Japan oder in die Hölle. Man sieht ihn dann zehn oder zwölf Monate nicht mehr und schließlich – wenn ihn nicht die lieben Wilden verschlungen haben – kommt er als Elendshäufchen zurück, so krank und gelb, daß man nicht weiß, was man machen soll, damit ihm wieder Farbe in die Wangen steigt. Aber ein alter Vogel geht nicht in den Käfig, und flugs kommt ein anderer Schrieb aus Madrid: Fahren Sie sofort nach Toulon, Brest, Neapel oder sonstwohin, wie es dem Erzgauner von Erstem Konsul gerade paßt. Ach, wenn's doch nur nach mir gehen würde – diesem Nimmersatt, der so viel Unruhe in die Welt bringt, wäre bald das Handwerk gelegt!«

Mein Herr blickte derweilen lächelnd auf einen schlechten Druck an der Wand, der den von einem unbekannten Künstler recht ungeschickt gemalten Kaiser Napoleon darstellte: als Reiter auf einem stämmigen Streitroß und in dem berühmten Überrock, hier in zinnoberroter Farbschmiererei. Bestimmt beeinflußte dieses ›Kunstwerk‹, das ich in vier Jahren oft im Blick hatte, meine Vorstellung hinsichtlich des Schmuggleraufzugs des großen Korsen, denn danach erschien er mir im Geiste im Mantel eines Kardinals auf einem kräftigen Streitroß.

»Das ist doch kein Leben!« fuhr Doña Francisca fort und fuchtelte mit den Armen. »Möge mir Gott verzeihen, aber ich verabscheue das Meer, obgleich man sagt, daß es eine seiner schönsten Schöpfungen sei. Ich weiß nicht, wozu die heilige Inquisition gut sein soll, wenn sie diese verteufelten Kriegsschiffe nicht in Asche verwandelt! Sagt mir doch mal, was es für einen Sinn hat, sich einfach immer neue Kugeln um die Ohren zu jagen, wenn man auf ein paar Planken steht, die bei einem Volltreffer Hunderte von Unglücklichen mit in die Tiefe reißen? Heißt das nicht, Gott zu versuchen? Und dieses Männervolk gebärt sich wie verrückt, wenn es einen Kanonenschuß hört! Schöner Heldenmut – mir kommt eine Gänsehaut, wenn ich so etwas höre. Wenn alle so denken würden wie ich, würde es keinen Krieg mehr auf See geben – und alle Kanonen würden zu Glocken werden. Hör mal, Alonso«, fügte sie hinzu und stellte sich dabei vor ihrem Gatten auf, »es scheint mir, man hat euch doch schon wahrlich oft genug geschlagen. Willst du das denn noch einmal erleben? Du und andere Verrückte deines Schlages, habt ihr denn nicht genug seit Kap San Vicente?«

Don Alonso ballte die Fäuste bei der Erwähnung dieses traurigen Ereignisses. Nur der Respekt vor seiner Frau hielt ihn davon ab, einen Seemannsfluch auszustoßen.

»Deine Starrköpfigkeit, wieder den Dienst aufzunehmen«, rief die Dame, die immer wütender wurde, »habe ich diesem Schelm Marcial zu verdanken, diesem Seeteufel, der eigentlich hätte hundertmal ertrinken müssen, sich aber hundertmal retten konnte, um mich zu quälen. Wenn er wieder die Planken besteigen will, er mit seinem Stockbein, seinem zerschmetterten Arm, seinem einzigen Auge und seinen fünfzig Wunden, soll er es doch so schnell wie möglich tun – und Gott möge ihn hier nicht mehr auftauchen lassen! Aber du gehst nicht, Alonso, weil du krank bist und außerdem dem König genug gedient hast, der es dir wahrlich wenig genug dankte. An deiner Stelle würde ich dem Herrn Generalissimus zu Land und zu See die Kapitänstressen, die du seit zehn Jahren hast, ins Gesicht schleudern. Man hätte dich mindestens zum Admiral befördern müssen. Du hättest es spätestens mit der Afrika-Expedition verdient gehabt – und du brachtest mir statt dessen nur diese blauen Kugeln, die zusammen mit den Ketten der Indianer dazu dienten, die Urne der heiligen Jungfrau zu schmücken.«

»Ob Admiral oder nicht, ich muß zur Flotte zurück, Paquita«, erwiderte mein Herr. »Ich darf bei diesem Kampf nicht fehlen, denn ich habe mit den Engländern noch eine Rechnung zu begleichen.«

»Na fein, begleiche du man deine Rechnungen«, entgegnete meine Herrin, »als kranker und halbgelähmter Mann!«

»Gabriel wird mich begleiten«, fügte Don Alonso hinzu und sah mich dabei auf eine Art an, die mir Mut einflößte.

Ich machte eine Geste, die meine Zustimmung zu diesem heroischen Plan ausdrückte, paßte aber dabei auf, daß Doña Francisca das nicht sah, denn sie hätte mich das unwiderstehliche Gewicht ihrer Hand fühlen lassen, wenn sie meine kriegerischen Absichten bemerkt hätte.

Als sie sah, daß ihr Gatte fest entschlossen war, wurde die Frau noch wütender. Sie schwor, daß sie nie wieder einen Seemann heiraten würde, sollte sie wiedergeboren werden. Der Kaiser, unser geliebter König, der Friedensfürst, und alle Unterzeichner des Unterstützungspaktes[6] wurden von ihr mit Verwünschungen überhäuft, die darin endeten, daß sie dem tapferen Seemann versicherte, Gott werde ihn für seine wahnsinnige Tollkühnheit bestrafen.

Während dieses Zwiegesprächs, das ich hier anführe – ohne allerdings für seine Genauigkeit bürgen zu können, denn ich stütze mich nur auf vage Erinnerungen –, ertönte ein starker und hartnäckiger Husten aus dem Nebenzimmer. Marcial, der lästige Alte, war also in der Nähe und hörte die leidenschaftliche Anklage meiner Herrin mit an, in der sie ihn ja mit wenig schmeichelhaften Kommentaren bedachte. Schließlich konnte Marcial den Wunsch nicht länger unterdrücken, auch seine Meinung zu sagen – wozu ihn das Vertrauen, das er im Hause genoß, berechtigte. Er öffnete die Tür und betrat das Zimmer meines Herrn.

Bevor ich mit dem Vorkommnis fortfahre, möchte ich einige Bemerkungen über meinen Herren und dessen Gemahlin machen, denn diese werden dem besseren Verständnis dienen für alles, was sich dann ereignete.

3

Don Alonso Guiterrez de Cisniega stammte aus einer alten Familie der Stadt Vejer, wo er auch seinen Wohnsitz hatte. Er wurde für die Marinelaufbahn ausersehen und zeichnete sich in seiner Jugend aus als Seekadett bei dem Angriff der Engländer auf Havanna im Jahre 1748. Er nahm an der Expedition teil, die 1775 von Cartagena aus gegen Algier geführt wurde und erlebte auch den Angriff des Herzogs von Crillon auf Gibraltar im Jahre 1782 mit. Später schiffte er sich zur Expedition in die Magellanstraße auf der Korvette *Santa Maria de la Cabeza* ein, die von Don Antonio de Córdova befehligt wurde. Und er war Teilnehmer der glorreichen Kämpfe, welche die anglo-spanische Flotte 1793 gegen die Franzosen vor Toulon führte. Schließlich beendete er seine heldenhafte Laufbahn mit der katastrophalen Begegnung am Kap von San Vicente, wobei er das Schiff *San Mejicano,* eines derer, die kapitulieren mußten, befehligte.

Zu jenem Zeitpunkt schied mein Herr, der für seine zahlreichen außergewöhnlichen Taten nicht angemessen entlohnt worden war, aus dem Dienst aus. Als Ergebnis der Wunden und der Niederlage, die er an jenem traurigen Tage bei San Vicente erlitten hatte, wurde er an Körper und – was noch schlimmer ist – an der Seele krank. Seine Gattin pflegte ihn mit Liebe, obgleich nicht ohne Schimpfen, denn die Verwünschungen der Marine und der Seefahrer kamen ihr so flüssig und leicht über die Lippen wie einer religiös Verzückten die süßen Namen von Jesus und Maria.

Dennoch war Doña Francisca eine ausgezeichnete Ehefrau, beispielhaft, von edler Herkunft, gläubig und gottesfürchtig wie alle Frauen jener Zeit. Sie war mildtätig und klug, aber auch widerspenstig und aufbrausend. Allerdings glaube ich, daß dieses zur Wut neigende Temperament nicht angeboren, sondern durch den unsteten Beruf ihres Gatten entstanden war. Außerdem muß erwähnt werden, daß sie sich nicht ohne Grund beklagte, denn diese fünfzig Jahre während Ehe, die Gott und der Welt zwanzig Kinder hätte schenken können, mußte sich mit einem einzigen begnügen: der bezaubernden und einzigartigen Rosita, auf die ich später zu sprechen kommen werde. Aus diesen und anderen Gründen flehte Doña Francisca in ihren täglichen Gebeten den Himmel an, alle Flotten Europas zu vernichten.

Inzwischen fristete der Held sein Leben traurig in Vejer. Er sah, wie seine Siegestrophäen wurmstichig und von Mäusen angefressen wurden, und brütete und diskutierte zu jeder Tageszeit über ein Thema, das von großer Wichtigkeit für ihn war: ob die Schiffe *San Mejicano, San José, San Nicolás* und *San Isidro* nicht in die Hände der Engländer gefallen wären und der englische Admiral Jervis[7] hätte besiegt werden können, wenn Córdova[8], der Kommandeur unserer Flotte, befohlen hätte, nach Backbord anstatt nach Steuerbord zu luven. Seine Frau, Marcial und auch ich – in Überschreitung meiner Kompetenzen – beteuerten ihm, daß kein Zweifel an der Richtigkeit dieser Vermutung bestehe – in der Hoffnung, daß sich seine Manie etwas legen würde, wenn er sah, daß wir von der Siegesmöglichkeit überzeugt waren. Es half aber nichts – seine Besessenheit sollte ihn bis ins Grab begleiten.

Es waren acht Jahre seit dieser Katastrophe vergangen, als die Nachricht, daß die vereinigten Flotten vor einer entscheidenden Begegnung mit den Engländern standen, ihn in eine Erregung versetzte, die ihn zu verjüngen schien. Er setzte sich also in den Kopf, daß er auf die Planken zurückkehren müßte, um der unausweichlichen Niederlage seiner schlimmsten Feinde, der Engländer, beiwohnen zu können. Seine Gattin versuchte, wie ich es soeben geschildert habe, ihm diesen wahnwitzigen Entschluß auszureden, aber das war schlichtweg unmöglich. Um zu verstehen, wie stark sein Wunsch war, genügt schon der Hinweis, daß er es wagte, sich dem festen Willen von Doña Francisca entgegenzustellen (was bei ihm viel bedeutete), obwohl er auch jetzt jedem Streit mit ihr auswich. Sein Starrsinn wird noch deutlicher, wenn man weiß, daß er weder die Engländer noch die Franzosen, die Algerier, die Wilden der Magellanstraße[9], das entfesselte Meer, die Seeungeheuer, die heulenden Stürme, Himmel und Hölle oder sonst noch etwas, was Gott geschaffen hat, mehr fürchtete als seine gesegnete Frau.

So bleibt mir noch, vom Seefahrer Marcial zu sprechen, der Doña Franciscas helle Wut entfachte, aber von meinem Herren, mit dem er gedient hatte, innig und brüderlich geliebt wurde.

Marcial (seinen Nachnamen habe ich nie erfahren), in Seefahrerkreisen *halber Mensch* genannt, war vierzig Jahre lang Obermaat auf Kriegsschiffen gewesen. Zur Zeit meiner Erzählung war die Erscheinung dieses Helden der Meere eine der einzigartigsten, die man sich denken kann. Stellt euch, werte Leser, einen eher großen als kleinen Mann mit einem Holzbein vor, dessen linker Arm unter dem Ellenbogen abgetrennt ist. Ein Auge fehlt; das Gesicht ist zerfurcht von vielen Schmarren in allen Richtungen und Formen durch feindliche Waffen verschiedenster Art. Die Haut braun und gegerbt wie bei allen alten Seefahrern. Die Stimme, heiser und schwerfällig, wie wohl bei keinem vernunftbegabten Festlandsbewohner. Das ist eine ungefähre Beschreibung dieser Persönlichkeit, die mich die Kargheit meiner Palette aus Worten bedauern läßt, denn sie hätte von einem geschickten Künstler gemalt werden müssen. Ich kann nicht sagen, ob seine Erscheinung Respekt einflößte oder zum Lachen reizte – ich glaube beides gleichzeitig und je nach der Betrachtungsweise. Man kann behaupten, daß sein Leben die Geschichte der spanischen Marine im letzten Teil des vergangenen Jahrhunderts und am Anfang des gegenwärtigen widerspiegelt – eine Geschichte, in deren Verlauf sich glorreiche Taten mit beklagenswertem Unglück abwechseln. Marcial hatte auf den Schiffen *Conde de Regla*, *San Joaquín*, *Real Carlos*, *Trinidad* und anderen heldenhaften und vom Unglück verfolgten Schiffen gedient, die mit ihrem Untergang nach ehrenhafter Niederlage oder Zerstörung durch Tücke mit ihren alten Planken auch die Seemacht Spaniens mit sich rissen. Außer diesen Feldzügen, an denen er mit meinem Herren teilnahm, wohnte der *halbe Mensch* auch vielen anderen bei wie der Expedition nach Martinique, dem Handstreich von Finisterre[10] und vor allem der schrecklichen Episode in der Meerenge von Gibraltar in der Nacht vom 12. Juli 1801[11] sowie der Seeschlacht vom Kap Santa María am 5. Oktober 1804.

Im Alter von sechsundsechzig Jahren quittierte er den Dienst, nicht aus Mangel an Kampfgeist, sondern weil seine Gebrechen ihn dazu zwangen. Er und mein Herr waren an Land gute Freunde. Da auch noch die einzige Tochter des Obermaats einen ehemaligen Diener des Hauses geheiratet hatte, woraus ein Enkelkind hervorging, entschloß sich der *halbe Mensch*, für immer den Anker zu werfen, wie ein alter Ponton, der zum Kriege nicht mehr taugt. Es gelang ihm sogar, sich in der Illusion zu wiegen, daß ihm der Frieden gefiel. Man brauchte nur einen Blick auf Marcial zu werfen, um zu verstehen, daß die schwierigste Aufgabe, die man diesem gloriosen Rest eines Helden stellen konnte, das Hüten von Kindern war. In der Tat machte Marcial nichts anderes, als seinen Enkel zu tragen, zu unterhalten und zum Einschlafen zu bringen, wofür seine Seemannslieder, gewürzt von einem gelegentlichen derben Fluch, vollauf ausreichten.

Als aber die vereinten Flotten aufkreuzten, wie allgemein vermutet, zu einer großen Schlacht, fühlte er in seiner Brust die unterdrückte Begeisterung wiedererwachen, und er träumte davon, wie er das Schiffsvolk im Vorderkastell der *Santisima Trinidad*[12] dirigieren würde. Da sich bei Don Alonso ähnliche Symptome der Rückfälligkeit bemerkbar machten, schütteten sie sich gegenseitig ihr Herz aus und verbrachten von diesem Zeitpunkt an einen großen Teil ihrer Zeit damit, sich sowohl die empfangenen Neuigkeiten als auch ihre eigenen Meinungen darüber mitzuteilen. Sie bezogen sich dabei auf vergangene Ereignisse, zogen daraus Folgerungen auf kommende und spannen Wachträume wie zwei Schiffsjungen, die unter verschworener Vertraulichkeit fantasieren, wie sie wohl Admiral werden könnten.

Bei solchen Flunkereien, die Doña Francisca sehr aufregten, wurde der Plan geboren, sich wieder bei der Flotte einzuschiffen, um die nächste Schlacht aus der Nähe beobachten zu können.

Ihr kennt ja nun schon die Meinung meiner Herrin und die tausend Anschuldigungen, die sie gegen den unbelehrbaren Seefahrer vorbrachte, und ihr wißt, daß Don Alonso darauf bestand, seine wagemutigen Vorstellungen in der Begleitung seines Pagen in die Tat umzusetzen. So bleibt mir hier also nur noch zu erzählen, wie sich das Gespräch der Beteiligten weiterentwickelte, als Marcial das Zimmer betrat, um den Krieg gegen die schimpflichen Vorstellungen der Dame Francisca zu verteidigen, die dem *Status quo* das Wort geredet hatte.

4

»Señor Marcial«, rief diese mit verdoppelter Empörung aus, »wenn Sie wieder die Planken betreten wollen, damit man Ihnen den Garaus macht, so steht Ihnen das natürlich jederzeit frei – aber dieser hier geht nicht!«

»Na gut«, sagte der alte Seebär und setzte sich so auf den Rand eines Stuhles, daß er nur gerade den Platz einnahm, den er brauchte, um sich zu stützen, »dann gehe ich eben allein. Der Teufel soll mich holen, wenn ich es mir entgehen lasse, das Fest mit dem Fernglas zu beobachten.«

Dann fügte er mit Jubel in der Stimme hinzu: »Wir haben fünfzehn große Pötte und die Franzmänner fünfundzwanzig Kähne. Wenn alle unsere wären, bräuchten wir nicht so viele. Vierzig Schiffe und so viele mutige Herzen darauf!«

Wie sich ein Feuer von einer Lunte auf eine andere in der Nähe überträgt, so entzündete auch die Begeisterung, die von Marcials einzigem Auge ausstrahlte, die beiden meines guten Herrn, deren Blick durch das Alter schon fast abgestorben war. »Aber *das Herrchen*«, fuhr der *halbe Mensch* fort, »bringt ja auch viele mit. So hab' ich's immer gern gehabt: viel Holz zum Kugelfang und viel Pulver für Rauch, wenn's kalt wird.«

Ich habe vergessen zu erwähnen, daß Marcial – wie fast alle Seeleute – ein Vokabularium der seltsamsten Ausdrücke benutzte, denn es ist Sitte bei den Männern des Meeres aller Nationen, die Muttersprache bis zur Karikatur zu verwandeln. Wer dem größten Teil von dem, was die Seeleute so sagen, Aufmerksamkeit schenkt, wird feststellen, daß es sich einfach um Verballhornungen der gebräuchlichsten Wörter handelt, angepaßt an das heftige und kraftvolle Temperament dieser Menschen, die ständig dazu neigen, alle Funktionen des Lebens – und besonders die Umgangssprache – abzukürzen. Wenn man sie sprechen hört, hat man manchmal den Eindruck, die Zunge sei ein Organ, das ihnen eher hinderlich ist.

So formte Marcial Nomen in Verben und umgekehrt um, ohne die Akademie der spanischen Sprache zu konsultieren. Er wandte auch die Ausdrücke der Seefahrt auf alle Handlungen des Lebens an, wobei er das Schiff mit dem Menschen gleichsetzte auf der Grundlage einer gewaltsamen Analogie die Teile des ersteren mit den Gliedmaßen des letzteren. Wenn er vom Verlust seines Auges sprach, so sagte er, er habe seine *Steuerbord-Fallreepstür* zugemacht, und wenn er ausdrücken wollte, daß ihm der Arm abgetrennt wurde, sagte er, er habe seinen *Backbordankerkran* verloren. Das Herz, Sitz des Mutes und des Heldentums, war für ihn das *Pulverfaß* und der Magen das *Zwiebackfaß*. Wenigstens verstanden das die ande-

ren Seeleute noch, aber es gab andere – Früchte seiner eigenen
einfallsreichen Philologie, die nur er verstand, und deren Prä-
gnanz sich nur ihm erschloß. Wer könnte schon verstehen,
was er meinte mit *lufieren, Schlurpsegel* und anderen Ausdrücken vom gleichen Kaliber? Ich denke – obwohl ich mir da
nicht sicher bin – das erste sollte ›zweifeln‹ und das zweite
›Traurigkeit‹ heißen.

Das Trinken von Alkohol drückte er in tausendfacher Weise
aus – und eine der häufigsten davon war, *den Kittel anziehen,*
eine bizarre Redensart, deren Sinn dem Leser wohl verborgen
bleibt, wenn er nicht weiß, daß man die Engländer mit dem
Spitznamen *Kittelträger* belegt hatte – wahrscheinlich wegen
ihrer Uniform. Wenn demnach Marcial *den Kittel anziehen* mit
›sich betrinken‹ gleichsetzte, wollte er damit eine Handlung
anzeigen, die von seinen Feinden oft ausgeübt wurde. Den
ausländischen Admiralen gab er wunderliche Namen – entweder extra für einen geprägt oder nach seiner ganz persönlichen Art übersetzt. So wurde Nelson[13] mit *Herrchen* bezeichnet, was eine gewisse Achtung ausdrückte. Collingwood[14]
nannte er *Gevatter Kalamität*, was er für eine genaue Übersetzung aus dem Englischen hielt. Admiral Jervis belegte er mit
dem Namen *alter Fuchs,* wie ihn auch wirklich die Engländer
in ihrer Sprache nannten. Calder[15] war der *Onkel Kasserole* in
Anspielung auf den großen Topf, dem dieser Nachname im
Englischen ähnlich klingt. Nach einem wiederum völlig
gegensätzlichen linguistischen System nannte er Villeneuve,
den Kommandeur der vereinten Flotte, *Monsieur Hornbläser* –
eine Bezeichnung, die er bei der Aufführung eines Lustspiels
in Cádiz aufgeschnappt hatte.[16] Das waren also Worte aus seinem Munde, die ich hier erwähnen muß, um später umständ-
liche Erklärungen beim Versuch der Übersetzung seiner Aus-
sprache – soweit ich mich ihrer noch entsinnen kann – in eine
verständliche Sprache zu vermeiden.

Fahren wir also mit dem Gespräch fort. Doña Francisca
bekreuzigte sich und rief: »Vierzig Schiffe! Das heißt doch, die
göttliche Vorsehung versuchen! Jesus und Maria – und mindestens vierzigtausend Kanonen, damit diese Fanatiker sich
gegenseitig umbringen können!«

»Aber *Monsieur Hornbläser* hat die Pulverfässer voll!« entgegnete Marcial und deutete auf sein Herz. »Da möchte ich

sehen, ob den Herren Kittelträgern das Lachen nicht vergeht. Das wird anders als beim Kap San Vicente.«

»Und man darf schließlich nicht vergessen«, flocht mein Herr ein vor Freude, daß er sein Lieblingsthema anschneiden konnte, »daß der Mister Jervis sich jetzt nicht *Lord von San Vicente* nennen dürfte, wenn Admiral Córdova der *San José* und der *San Mejicano* befohlen hätte, nach Backbord zu wenden. Dessen bin ich jetzt ganz sicher, denn ich habe Beweise, daß wir mit dem Manöver nach Backbord siegreich gewesen wären.«

»Siegreich!« schmetterte Doña Francisca mit Verachtung. »Was denn nicht noch alles? Diese Mutprotze wollen sich mit der ganzen Welt anlegen – und wenn sie aufs Meer kommen, scheinen sie gar nicht genug Rippen zu haben für die Hiebe der Engländer!«

»Nein!« erwiderte der *halbe Mensch* mit Nachdruck und ballte die Faust mit drohender Gebärde. »Schuld daran sind nur die ganzen Nücken und Tücken dieser Bande! Wir stellen uns ihnen immer mit ehrlichem Herzen, mit Edelmut, die Flagge gehißt und mit reinen Händen. Die Engländer treten niemals ehrlich und offen zum Kampf an. Sie attackieren immer überraschend, nutzen schwere See oder dunklen Himmel aus. So war es auch bei Gibraltar – wofür sie noch zahlen müssen! Wir kreuzten vertrauensvoll, denn wir trauten noch nicht einmal den Heidenhunden von Mauren einen Verrat zu – um wieviel weniger den Engländern, die doch als Christen zivilisiert sein sollten. Wer aber mit Heimtücke angreift, ist kein Christ mehr, sondern ein Wegelagerer. Stellen Sie sich doch einmal vor, meine Dame«, fuhr er fort, indem er sich an Doña Francisca wandte, um sie milder zu stimmen, »wir liefen von Cádiz aus, um der französischen Flotte zu helfen, die sich auf der Flucht vor den Engländern nach Algier geflüchtet hatte. Das ist nun vier Jahre her. Wenn ich daran denke, kocht mir auch jetzt noch das Blut. Ich fuhr auf der *Real Carlos* mit hundertzwölf Kanonen, unter dem Kapitän Ezguerra. Mit uns waren die *San Hermenegildo*, auch mit hundertundzwölf, die *San Fernando*, die *Argonauta*, die *San Augustín* und die Fregatte *Sabina*. Gemeinsam mit dem französischen Geschwader, das aus vier Schiffen bestand – drei Fregatten und einer Brigantine – liefen wir um zwölf Uhr jenes Tages aus Algeciras aus mit Kurs auf Cádiz. Da kaum ein Lüftchen wehte, brach die Nacht über uns herein, als wir erst diesseits von Punta Carnero waren. Die Nacht war dunkler als ein Faß Pech, aber weil die See ruhig war, machte es uns nichts aus, in der Dunkelheit weiterzusegeln. Fast die ganze Besatzung lag im Schlaf; ich erinnere mich, daß ich im Vorschiff war und mit meinem Vetter Pepe Débora sprach, der mir von der Niedertracht seiner Schwiegermutter erzählte. Von dort sah ich die Lichter der *San Hermenegildo*, die an Steuerbord wie als Zielscheibe in Kanonenschußentfernung von uns dahinzog. Die anderen Schiffe fuhren voraus. Was wir am wenigsten erwarteten, war, daß die *Kittelträger* aus Gibraltar ausgelaufen waren und uns verfolgten. Wie konnten wir sie denn sehen, da sie die Leuchten gelöscht hatten und sich so an uns heranschlichen? Plötzlich – ehe die Nacht am finstersten wurde – glaubte ich, etwas zu erblicken. Ich hatte schon immer die Gabe, eine Laterne oder Befeuerung wie ein Luchs zu erspähen, und da erschien es mir, als ob ein Schiff zwischen uns und der *San Hermenegildo* hindurchfuhr. ›José Débora‹, sagte ich zu meinem Kumpan, ›entweder sehe ich Gespenster, oder wir haben an Steuerbord ein englisches Schiff.‹

José schaute seinerseits und antwortete mir: ›Der Hauptmast möge umfallen und mich zerschmettern, wenn an Steuerbord mehr als die *San Hermenegildo* schwimmt.‹

›Wie dem auch sei‹, sagte ich, ›ich werde dem Wachoffizier Meldung machen.‹ Kaum hatte ich ausgeredet, als wir – Peng – den Donnerschlag einer ganzen Breitseite fühlten, die auf uns abgefeuert wurde. In einer Minute war die Mannschaft an Deck, jeder rannte an seinen Platz. Was für ein Getöse, Doña Francisca! Ich wünschte, Sie wären dabeigewesen, damit Sie sich ein Bild davon machen könnten. Wir fluchten alle wie die Teufel und flehten zu Gott, er möge uns an jedem Finger eine Kanone wachsen lassen, um diesen Angriff zu beantworten. Ezguerra stieg aufs Achterkastell und befahl, unsere Steuerbord-Breitseiten abzufeuern: Rumps! Die Steuerbordseite feuerte sofort, und bald darauf antworteten sie uns. Aber in der ganzen Verwirrung hatten wir nicht gemerkt, daß sie uns mit der ersten Salve Feuerkugeln an Bord geschossen hatten. Die fielen auf unser Vorschiff wie Feuerregen. Als wir sahen, daß unser Schiff brannte, verdoppelte sich unsere Wut, und wir luden die Steuerbordkanonen wieder und wieder. Ach, verehrte Doña Francisca, das war eine Hetze! Unser Kommandant befahl Kurs Steuerbord, um das feindliche Schiff zu entern. Man muß dabei gewesen sein! Ich war so richtig in Fahrt. In Windeseile holten wir die Beile und Piken zum Entern. Das feindliche Schiff kam auf uns zu – das *rieb mir die Seele**, denn so würden wir eher zusammenprallen. Weiter, weiter, nach Steuerbord – was für ein Tanz! Das Morgengrauen setzte ein, und die Rahen berührten sich schon. Die Entergruppen formierten sich, als wir an Bord des Gegners plötzlich Flüche in spanischer Sprache hörten. Wir fielen aus allen Wolken vor Schreck – das Schiff, das wir angriffen, war die *San Hermenegildo!*«

»Na, da wart ihr ja in eine schöne Bescherung geraten!« bemerkte Doña Francisca und zeigte damit ein gewisses Interesse an der Erzählung. »Wie konnte man so dämlich handeln?«

»Sie müssen sich vorstellen, daß wir keine Zeit hatten, uns mit Worten zu verständigen. Das Feuer der *Real Carlos* übertrug sich auf die *San Hermenegildo*! Heilige Mutter Gottes – ein Schreckensgeschrei! Das Feuer war schon auf der Höhe der Santa Barbara – und mit dieser Dame spaßt man nicht! Wir fluchten, was das Zeug hielt, auf Gott, die heilige Jungfrau und alle Heiligen, weil man sonst einfach ersticken würde vor lauter Enttäuschung, wenn man bis zur Luke mit Kampfeswut vollgestopft ist.«

»Jesus, Maria und Josef! Welch ein Schrecken!« rief meine Herrin aus. »Und haben Sie sich gerettet?«

»Vierzig von uns retteten sich mit der Feluke und sechs oder sieben im Bordkahn. Letztere nahm auch Schiffbrüchige der *San Hermenegildo* auf. José Débora klammerte sich an ein Maststück und wurde mehr tot als lebendig an den Strand von Marokko geschwemmt.«

»Und die anderen?«

»Die anderen? Das Meer ist groß – dort passen viele Leute hinein. Zweitausend Männer *löschten ihre Leuchten* an jenem Tage aus; darunter war auch unser Kommandant Ezguerra – und Emparán, der vom anderen Pott.«

---

* Soll heißen: freute mich diebisch (Anmerkung des Übersetzers)

»Um Gottes willen!« sagte Doña Francisca. »Immerhin sind sie gehörig dafür gestraft worden, sich auf solche Spiele einzulassen. Wenn sie schön still in ihren Häusern geblieben wären, wie es Gott gefällt …«

»Bedenke doch, daß der Grund dieser Katastrophe folgender war«, warf Don Alonso ein, den das Interesse seiner Frau an diesem dramatischen Ereignis freute: »Unter Ausnutzung der Dunkelheit stahl sich die *Soberbio*, das leichteste Schiff des englischen Geschwaders, mit gelöschten Leuchten zwischen unsere beiden herrlichen Kampfmaschinen. Sie feuerte ihre beiden Kanonenreihen der Breitseite, drehte mit großem Geschick bei und luvte zur gleichen Zeit, um sich vom Gefecht zu lösen. Die *Real Carlos* und die *San Hermenegildo* sahen sich völlig unerwartet angegriffen und feuerten ihre Kanonen ab, aber bekämpften sich dabei nur gegenseitig, bis sie kurz vor Morgengrauen im Begriff waren, einander zu entern. Erst dann erkannten sie die Lage, und es geschah, was Marcial dir eben berichtet hat.«

»Oh, wie geschickt sie euch gegeneinander ausspielten!« meinte die Dame. »Das war ein gelungener Streich, obwohl nicht gerade von edler Art.«

»Das ist aber gewaltig untertrieben«, sagte der *halbe Mensch*. »Bis dahin liebte ich sie wirklich nicht – aber *vonne diese Nacht an* … Wenn die in den Himmel kommen, möchte ich auf keinen Fall dahin – lieber *verdammich sein* in alle Ewigkeit.«

»Und die Eroberung der vier Fregatten, die aus dem Rio de la Plata kamen?« Mit dieser Frage wollte Don Alonso seinen Freund dazu animieren, seine Erzählung fortzusetzen.

»Auch da war ich dabei«, antwortete Marcial, »und dort war es, wo ich meinen Haxen verlor. Auch dort überraschten sie uns, und da wir uns im Frieden befanden, segelten wir ruhig dahin und zählten schon die Stunden bis zum Einlaufen, als auf einmal … Ich werde Ihnen erklären, wie es sich zugetragen hat, meine Dame Doña Francisca, damit Sie einen Eindruck von der feinen Art dieser Leute bekommen. Nach dem Ereignis in der Meerenge von Gibraltar schiffte ich mich auf der *Fama* ein, die Kurs auf Montevideo nahm. Wir waren schon etliche Zeit dort, als unser Geschwaderführer den Befehl bekam, die Schätze von Lima und Buenos Aires nach

Spanien zu bringen. Die Fahrt verlief sehr glatt. Wir begegneten nicht mehr Ungemach als ein paar Fieberchen, die keinen gestandenen Mann umbringen. Wir hatten viel Geld des Königs und von Privatleuten geladen sowie das, was wir die Soldatenkasse nannten – nämlich die Ersparnisse der in Amerika dienenden Truppen. Alles in allem – wenn ich mich nicht täusche – handelte es sich um etwa fünf Millionen Pesos, wenn nicht mehr, und außerdem bestand unsere Ladung aus Wolfsfellen, Lamawolle, Kakaoschalen, Stangenzinn, Kupfer und Edelhölzern. Nach fünfzig Tagen Überfahrt sahen wir am 5. Oktober Land und rechneten schon damit, am nächsten Tag in Cádiz einzulaufen, als plötzlich im Nordosten vier von den Damen Fregatten auftauchten. Obwohl Friedenszeit war und unser Kapitän Don Miguel de Zapian nicht den geringsten Argwohn zu schöpfen schien, rief ich als alter, erfahrener Hund auf den Planken Débora und meinte, daß die Luft nach Pulver riecht. Als also die englischen Fregatten in die Nähe gekommen waren, befahl der General ›Klarmachen zum Gefecht‹. Die *Fama* segelte an der Spitze, und bald waren wir leewärts in Pistolenschußweite von einem der Engländer.

Da rief uns der englische Kapitän mit dem Sprachrohr an – wenigstens war er nicht hinterhältig – und forderte uns auf, beizudrehen, weil er uns angreifen würde. Er stellte uns tausend Fragen, aber wir entgegneten, wir hätten keine Lust, sie zu beantworten. Unterdessen hatten sich uns auch die anderen drei englischen Fregatten so weit genähert, daß jede von ihnen ein spanisches Schiff leewärts auf Breitseite hatte.«

»Ihre Position konnte also nicht besser sein«, warf mein Herr ein.

»Das kann man wohl sagen«, pflichtete Marcial bei. »Der Führer unseres Geschwaders, Don José Bustamante[17], stellte sich wenig geschickt an. Wenn ich das Sagen gehabt hätte … Also der englische Kommodore schickte auf die *Medea* ein Offizierchen mit Stockfischschwanz, eröffnete uns ohne erst um den heißen Brei zu reden, daß – obwohl wir uns nicht in einem erklärten Kriegszustand befanden – der Kommodore den Befehl hatte, uns zu kapern. Das ist auch ein Beispiel der feinen englischen Art. Kurz darauf begann der Kampf. Unsere Fregatte wurde zuerst auf Backbord von einer Breitseite getroffen, und wir erwiderten den Gruß. So ging es weiter –

Salve hin, Salve her. Wir konnten aber diese Halunken nicht zur Hölle schicken, weil der Teufel auf ihrer Seite war und die Pulverkammer der *Mercedes* in die Luft jagte. Das gab uns einen solchen Schock, daß wir uns auf der Verliererseite fühlten. Nicht aus Mangel an Kampfesmut – nein, sondern wegen etwas, was man *Moral* nennt. Von dem Augenblick an sahen wir uns einfach als verloren an. Die Segel unserer Fregatte hatten mehr Löcher als eine von Motten zerfressene Pelerine, die Taue zerrissen, fünf Fuß Wasser im Rumpf, der Besanmast schief, drei Kugellöcher an der Wasserlinie und etliche Tote und Verwundete. Trotzdem rauften wir uns weiter mit dem Engländer. Als wir aber sahen, daß die *Medea* und die *Clara* der Brände nicht mehr Herr wurden und die Flaggen strichen, setzten wir die Segel in den Wind, so gut es noch ging, und zogen uns zurück, indem wir uns so heftig verteidigten, wie es überhaupt noch möglich war. Die vermaledeite englische Fregatte verfolgte uns, und da sie mehr Segelfläche als wir hatte, konnten wir nicht entfliehen und mußten um drei Uhr nachmittags auch die Segel streichen, als sie uns schon viele Leute getötet hatten und ich halbtot auf Deck lag, weil es einer Kugel gefallen hatte, mir das Bein abzureißen. Diese verfluchten Hunde brachten uns nach England – nicht als Gefangene, sondern als Festgenommene. Brief hin, Brief her zwischen Madrid und London – sicher ist, daß sie das Geld behielten, und ich glaube, der König von Spanien hat so viel Aussicht, die fünf Millionen Pesos zu sehen, wie ich, daß mir ein neues Bein wächst.«

»Armer Mann! Und da hast du also das Bein verloren?« rief Doña Francisca mitleidig aus.

»Ja, meine Dame! Da die Briten ja wußten, daß ich kein Ballettänzer war, dachten sie, ich habe genug mit einem. Auf der Fahrt nach England pflegten sie mich gut. In einem Ort, den sie *Plinmuf** nennen, war ich sechs Monate im ›Ponton‹, konnte mich nicht rühren und hatte schon das Patent für die andere Welt in der Tasche. Jedoch hat es Gott gefallen, mich noch nicht absaufen zu lassen. Ein englischer Arzt legte mir dieses Stockbein an, das besser als mein richtiges ist, weil mich das mit dem verflixten Rheuma geplagt hatte. Dieses

---

*   Plymouth (Anmerkung des Übersetzers)

hier schmerzt nie, auch wenn es eine ganze Schrotladung empfängt. Was die Härte betrifft, so glaube ich, daß es gut standhält, obwohl ich inzwischen keine Gelegenheit hatte, vor einem britischen Achterdeck zu stehen, um es zu beweisen.«

»Du bist ein sehr tapferer Mann«, sagte meine Herrin. »Gebe Gott, daß du nicht noch das andere Bein verlierst. Wer die Gefahr sucht ...«

Nach Abschluß von Marcials Erzählung flammte erneut der Streit darüber auf, ob mein Herr zur Flotte zurückgehen sollte oder nicht. Doña Francisca beharrte auf ihrer Ablehnung, und Don Alonso, der in Gegenwart seiner ehrfurchteinflößenden Gattin zahm wie ein Lämmchen war, suchte nach Vorwänden und führte alle möglichen Gründe an, um sie zu überzeugen.

»Wir wollen doch nur zusehen, Frau, nichts als zusehen«, sagte der Held mit bitterem Blick.

»Schluß mit der Vorstellung«, antwortete ihm seine bessere Hälfte. »Was seid ihr doch für Narren!«

»Die vereinigte Flotte«, meinte Marcial, »wird in Cádiz bleiben, und die Engländer werden versuchen, den Zugang zu erzwingen.«

»Na, dann könnt ihr doch«, bemerkte meine Herrin dazu, »dem Schauspiel von der Hafenmauer von Cádiz aus beiwohnen. Was aber euer Einschiffen betrifft – da sage ich nein – und immer wieder nein, Alonso. In vierzig Ehejahren hast du mich noch nicht erzürnt gesehen (so sah er sie doch jeden Tag), aber jetzt schwöre ich dir, wenn du wieder Fuß auf die Planken setzt, wird Paquita nicht mehr für dich da sein.«

»Bedenke doch, Frau«, rief mein Herr mit leidvoller Stimme aus, »ich werde sterben, ohne diese Freude erlebt zu haben!«

»Schöne Freude – heilige Jungfrau! Anzusehen, wie sich diese Verrückten umbringen! Würde der König von Großspanien auf mich hören, so würde er die Engländer wegschicken mit den Worten: ›Meine geliebten Untertanen sind nicht dazu da, daß Sie sich mit ihnen vergnügen. Raufen Sie doch gegenseitig miteinander, wenn Sie unbedingt spielen wollen.‹ Was glaubt ihr denn – obwohl ich dumm bin, weiß ich doch wohl, was hier gespielt wird: Der Erste Konsul, Kaiser, Sultan oder was auch immer, möchte sich mit den Briten anlegen. Weil er aber keine mutigen Männer dafür hat, umgarnte er unseren guten König, damit ihm dieser seine Leute leiht. Er fällt uns doch auf die Nerven mit seinen Seekriegen. Sagt mir doch: Was hat Spanien eigentlich damit zu tun? Warum muß es denn jeden Tag Kanonenschläge und immer wieder Kanonenschläge geben? Was hatten uns die Engländer denn schon angetan – vor jenen Schurkereien, von denen Marcial uns erzählt hat, abgesehen? Ach, wenn man doch nur auf mich hören würde, müßte der Herr Bonaparte seinen Krieg alleine führen – und wenn er das nicht kann, dann führt er eben keinen!«

»Ja, es ist wahr«, sagte mein Herr, »daß uns das Bündnis mit Frankreich viel Schaden zufügt. Alle Vorteile hat unser Bündnispartner, und uns bleiben die Katastrophen.«

»Dann kann ich aber nicht verstehen, warum euch vollkommen Verrückten der Mund nach diesem Krieg wässerig wird!«

»Die Ehre unserer Nation steht auf dem Spiel«, erwiderte Don Alonso, »und wenn man erst einmal am Tanz teilgenommen hat, kann man sich nicht einfach wieder davonschleichen – das wäre Feigheit. Als ich im letzten Monat zur Taufe der Tochter meines Vetters in Cádiz war, sagte mir Churruca: ›Dieses Bündnis mit Frankreich und der verflixte Vertrag von San Ildefonso, der durch die Schläue von Bonaparte und die Schwäche von Godoy zu einem Beistandspakt geworden ist, werden unseren Ruin herbeiführen, den Ruin unserer Flotte, wenn Gott nicht eingreift, und folglich auch den Ruin unserer Kolonien und des spanischen Handels in Amerika. Dennoch müssen wir weitermachen!«

»Dann muß ich dazu sagen«, meinte Doña Francisca, »daß dieser ›Fürst des Friedens‹ sich in Dinge einläßt, von denen er nichts versteht. Da sieht man wieder mal: ein Mann ohne ausreichende Bildung! Mein Bruder, der Erzdechant und ein Anhänger von Prinz Ferdinand ist, sagt, dieser Señor Godoy sei ein einfältiger Mensch, der weder Latein noch Theologie studiert habe, und daß sein ganzes Wissen darin bestünde, die Gitarre zu zupfen und die zweiundzwanzig Arten, die Gavotte zu tanzen, zu kennen. Es scheint, daß man ihn nur wegen seiner hübschen Fratze zum Ersten Minister gemacht hat. So liegen die Dinge in Spanien. Sonst nur Hunger und wieder Hunger. Alles ist so teuer geworden! Das gelbe Fieber hat Andalusien befallen ... Schöne Zustände – wirklich! Und an all dem seid ihr schuld«, fuhr sie fort, wobei ihre Stimme immer lauter anschwoll und ihr Gesicht rot anlief. »Ja, bei Gott, ihr beleidigt Gott, indem ihr so viele Menschen tötet. Anstatt in die Kirche zu gehen und einen Rosenkranz zu beten, steigt ihr in eure verteufelten Kähne. Kein Gesindel richtet so viel Unheil in Spanien an wie ihr beiden!«

»Du wirst auch nach Cádiz mitkommen«, beeilte sich Don Alonso zu entgegnen im Bemühen, Begeisterung für die nationale Sache in der Brust seiner Frau zu erwecken. »Du wirst im Haus von Flora absteigen, und vom Erker aus kannst du dann den Kampf bequem beobachten – den Rauch, die Mündungsfeuer, die Flaggen. Das ist alles sehr erhebend.«

»Nein, herzlichen Dank! Ich würde tot umfallen vor Angst. Hier am Ort leben wir ruhig. Wer die Gefahr sucht, wird in ihr umkommen.«

So endete jenes Gespräch, dessen Einzelheiten sich in mein Gedächtnis eingeprägt haben trotz der langen Zeit, die seither verstrichen ist. Die Erlebnisse der Kindheit graben sich nun einmal stärker in die Vorstellungskraft ein als die des reifen Alters, einer Lebensepoche, in der der Verstand vorherrscht.

In jener Nacht berieten Don Alonso und Marcial weiter miteinander – in den kurzen Zeitabschnitten, die die argwöhnische Doña Francisca sie allein ließ. Als diese zur Novene[18] in die Pfarrei ging, wie es ihre fromme Gewohnheit war, atmeten die beiden Seeleute auf, wie ungeduldige Schüler, die den Lehrer entschwinden sehen. Sie schlossen sich im Geschäftszimmer ein, holten Karten hervor und studierten diese eingehend. Dann lasen sie Papiere mit den Namen vieler englischer Schiffe, neben denen die Anzahl ihrer Kanonen und Besatzungen vermerkt war. Ihren aufgeregten Beratungen, in denen die Lektüre sich mit den kräftigsten Kommentaren abwechselte, konnte ich entnehmen, daß sie einen Seeschlachtplan entwarfen.

Mit seinen eineinhalb Armen versuchte Marcial das Vorrücken der Geschwader, das Abfeuern der Breitseiten nachzuahmen, mit seinem Kopf beschrieb er das Schlingern der Schiffe, mit seinem ganzen Körper das Zerbersten von Schiffsflanken mit darauffolgendem Untergang, mit seiner Hand das Auf und Ab der Signalflaggen, mit einem kleinen Pfiff den Befehl des Obermaats, mit Aufstampfen seines Stockbeins auf den Boden das Donnern der Kanonen, und in seiner abgehackten Sprache ließ er die typischen Flüche und Kampfschreie der Seemänner laut werden. Da ich sah, daß mein Herr ihn bei dieser Aufgabe mit bitterem Ernst unterstützte, wollte ich – angeregt durch ihr Beispiel – auch meinen Teil dazu beitragen. Also ließ ich dem schwer widerstehlichen Drang junger Burschen, Lärm zu machen, freien Lauf. Angesteckt von der Begeisterung der Erwachsenen konnte ich mich nicht zurückhalten und tollte durch die Wohnung, ermutigt durch die Vertraulichkeit, mit der mich mein Herr zu behandeln pflegte. Mit Kopf und Armen ahmte ich die Lage eines Schiffes im Wind nach und stieß gleichzeitig mit verstelltem Tonfall die dröhnenden einsilbigen Laute wie »Bumm, bumm!« aus, die Kanonenschüssen ähneln. Mein ehrfurchteinflößender Herr, der heldenhafte Kriegsinvalide, verwandelte sich in ein Kind zurück und gebot mir keinen Einhalt. Wie oft habe ich doch immer wieder gelacht, wenn ich mir diese Szene in Erinnerung rief! Bei diesem Spiel sah ich, wie die Begeisterung Greise in Kinder verwandelt und den Mutwillen der Wiege noch am Rande des Grabes wieder erstehen läßt.

Die beiden Alten waren völlig in ihre Kampfhandlungen vertieft, als sie vernahmen, wie Doña Francisca von der Pfarrei zurückkehrte.

»Sie kommt!« rief Marcial aus, und seine Stimme bebte vor Schrecken.

Sofort packten sie ihre Karten ein, unterdrückten ihre Aufregung und schickten sich an, von anderen Dingen zu reden. Ich aber – entweder, weil das jugendliche Blut sich nicht so schnell zäumen ließ, oder weil ich das Hereinkommen meiner Herrin nicht früh genug bemerkt hatte – fuhr mitten im Zimmer mit meinem Spiel fort und rief, immer noch völlig entrückt, Kommandos aus: »Kurs Steuerbord! Anluven! Leebreitseite Achtung – Feuer! Bumm, bumm!«

Doña Francisca stürzte sich wütend auf mich – und ohne jede Vorankündigung gab sie mir die Breitseitensalve ihrer rechten Hand mit solcher Wucht auf den Bug, daß ich Sterne sah.

»Du also auch!« schrie sie und stieß mich ohne Mitleid herum. »Du wirst schon sehen!« fügte sie mit einem Blick aus funkelnden Augen auf ihren Gatten hinzu. »Du lehrst ihn, den Respekt zu verlieren! Hast du geglaubt, daß du noch auf deinem Kahn bist, du Ausbund von einem Ränkeschmied?«

Die mit Hieben untermalte Strafpredigt nahm folgenden Verlauf: Ich rannte weinend und beschämt in die Küche, nachdem ich die Flagge meiner Würde gestrichen hatte, ohne auch nur daran zu denken, mich gegen einen so übermächtigen Gegner zu wehren. Doña Francisca jagte hinter mir her, indem sie die Härte meines Nackens mit wiederholten Schlägen ihrer festen Hand auf die Probe stellte. In der Küche warf ich Anker, tränenüberströmt, und beklagte innerlich das traurige Ende meines Seegefechts.

5

Um sich der unsinnigen Entschlossenheit ihres Gatten entgegenzustellen, berief sich Doña Francisca nicht nur auf die vorstehend aufgeführten Gründe. Sie hatte auch einen anderen, schlagkräftigen, den sie vorher nicht vorgebracht hatte – wohl weil er weidlich bekannt war.

Da ihn aber der Leser nicht kennt, werde ich ihn aufführen. Ich glaube, ich habe schon berichtet, daß meine Herrschaften eine Tochter hatten. Also, diese Tochter hieß Rosita und war nur wenig älter als ich – gerade man fünfzehn –, und ihre Heirat mit einem jungen Artillerie-Offizier namens Malespina, aus einer Familie von Medina Sidonia und weitläufig verwandt mit der meiner Herrin, war schon beschlossene Sache. Die Hochzeit war für Ende Oktober festgesetzt, und man kann sich vorstellen, daß die Abwesenheit des Brautvaters an solch einem festlichen Tag ungehörig gewesen wäre.

Nun werde ich einiges von meinem gnädigen Fräulein, ihrem Versprochenen, ihrer Liebe, ihrer drohenden Vermählung erzählen. Ach ja, hier werden meine Erinnerungen melancholisch gefärbt und rufen in meiner Phantasie unschickliche und exotische Bilder hervor, als stammten sie aus einer anderen Welt. In meiner müden Brust werden Gefühle geweckt, von denen ich nicht weiß, ob sie meinem Geist Freude oder Traurigkeit bringen. Diese glühenden Erinnerungen, die jetzt in meinem Hirn dahinsiechen wie tropische Blumen, die man in den Norden verpflanzt hat, bringen mich manchmal zum Lachen und machen mich bisweilen nachdenklich. Nun will ich mich aber kurz fassen und den Leser nicht mit nutzlosen Überlegungen über etwas langweilen, was nur einen einzigen Sterblichen interessiert.

Rosita war bildschön. Ich erinnere mich dieser Schönheit, obgleich es mir schwerfallen würde, ihre Gesichtszüge zu beschreiben. Ihr Lächeln erscheint wieder vor meinem geistigen Auge. Der einzigartige Ausdruck ihres Gesichts ist für mich – durch die Eindringlichkeit, mit der es auf mich einstrahlt – wie eine dieser urwüchsigen Vorstellungen, die wir wohl aus einer anderen Welt mitgebracht haben oder die uns durch eine geheimnisvolle Kraft schon in der Wiege mitgegeben wurde. Dennoch könnte ich sie jetzt nicht malen, weil das, was damals Wirklichkeit war, in meinem Kopf zu einer unbestimmten Idee geworden ist. Nichts fasziniert uns ja mehr und entflieht so unbemerkt jeder Beschreibung wie ein angebetetes Ideal. Als ich in das Haus meiner Herrschaften aufgenommen wurde, glaubte ich, daß Rosita einer Gattung von höheren Wesen angehörte. Ich erkläre hier meine Gedanken, damit Sie dieses Geschöpf mit meiner Naivität betrachten können. Wenn wir Kinder sind und ein neues Wesen in unserem Haus auf die Welt kommt, sagen uns die Erwachsenen, daß es aus Frankreich, Paris oder England gekommen sei. Unwissend wie alle hinsichtlich der geheimnisvollen Weise, in der sich die Gattung fortsetzt, glaubte ich, daß die Kinder auf Bestellung kämen, eingepackt in einen Karton wie eine Sendung Kurzwaren. Jedoch als ich die Tochter meiner Herrschaften zum ersten Male erblickte, dachte ich mir, daß eine so schöne Person nicht aus der gleichen Fabrik stammen konnte wie wir anderen, d. h. aus Paris oder England, und ich redete mir ein, es bestünde irgendwo eine zauberhafte Gegend, wo gottbegnadete Künstler solche schönen Exemplare der menschlichen Gattung erschaffen konnten.

Da wir beide Kinder waren, wenn auch von verschiedener Herkunft, behandelten wir uns bald mit der Vertraulichkeit, die unserem Alter eigen war. Mein höchstes Glück bestand darin, mit Rosita spielen zu dürfen, wobei ich alle ihre Dreistigkeiten – die mannigfaltig waren – ertrug, denn in unseren Spielen mischten sich die gesellschaftlichen Klassen nie. Sie war immer das gnädige Fräulein und ich der Diener. So hatte ich immer die schlechtere Rolle – und wenn jemand Schläge empfing, braucht man nicht zu raten, wer das wohl war.

Die Tage, an denen ich sie von der Schule abholen und nach Hause begleiten durfte, waren für mich Festtage, und wenn durch irgendeinen Umstand dieser süße Auftrag einer anderen Person übertragen wurde, war mein Schmerz derart tief, daß ich ihn den größten Leiden des Menschen gleichsetzte und mir sagte: ›Es ist unmöglich, daß ich als Erwachsener ein größeres Unglück ertragen muß!‹ Rositas Wunsch, den Orangenbaum des Innenhofes zu erklimmen und die Blüten der höchsten Zweige zu pflücken, war für mich die höchste Wonne – unvergleichbar beglückender als das Gefühl, das der Herrscher der Erde haben mußte, wenn er seinen goldenen Thron bestiegen hatte. Ich kann mich nicht entsinnen, daß mich je etwas mehr entzückt hätte, als jene unsterblichen Spiele, die man Verstecken und Fangen nennt. Wenn sie wie eine Gazelle davoneilte, so flog ich wie ein Vogel hinterher, um sie schneller an dem Körperteil zu haschen, der sich meiner Hand zuerst bot. Wenn die Rollen wechselten und sie meine Verfolgerin war, verdoppelten sich die unschuldigen Freuden jenes erhabenen Spiels, und der dunkelste und häßlichste Ort, an dem ich – zusammengekauert und zitternd – die Berührung ihrer Arme erwartete, in die zu stürzen ich mich sehnte, war für mich ein wahres Paradies. Hier möchte ich noch hinzufügen, daß ich bei solchen Szenen nie einen Gedanken oder ein Gefühl hatte, das nicht dem reinsten Idealismus entstammte.

Und was es über ihren Gesang zu sagen gibt! Seit früher Kindheit war sie es gewohnt, den Begleitgesang des andalusischen Tanzes *Ole* und die Scherzlieder *las Cañas* zu singen mit der Meisterschaft einer Nachtigall, die die Wunderwelt der Musik beherrscht, ohne sie jemals erlernt zu haben. Alle spendeten ihr Beifall für diese Kunst und umringten sie, um ihr zuzuhören. Mich aber erzürnten die Beifallsbezeugungen ihrer Bewunderer, und ich wünschte mir, daß Rosita für die anderen unhörbar würde. Dieser Gesang war ein melancholisches Trillern, noch zusätzlich moduliert durch ihre kindliche Stimme. Die widerhallenden Töne, die sich wie ein akustischer Faden verschmolzen und wieder voneinander lösten, verloren sich in der Höhe, wurden immer schwächer und lösten sich in der Luft auf, um dann mit tiefer werdender Klangfarbe wieder herunterzuschweben. Sie schienen von einem Vögelchen auszugehen, das sich erst in den Himmel aufschwingt und dann in unserem eigenen Ohr singt. Es war, als ob die Seele – wenn Sie mir diesen pathetischen Vergleich erlauben – sich emporschwang und erweiterte, um dem Ton zu folgen, und sich dann wieder zusammenzog und vor ihm zurückwich, aber immer von der Melodie gefangen blieb und die Musik mit der schönen Sängerin verband. Solch eigenartige Wirkung hatte ihr Gesang auf mich; besonders in der Gegenwart anderer Personen war sie fast eine Kasteiung.

Wir hatten das gleiche Alter – mehr oder weniger – wie ich schon anführte. Sie war nur etwa acht oder neun Monate älter. Ich aber war von eher kleinem und schwächlichem Wuchs, wogegen sie sich zur Üppigkeit entwickelte, so daß sie, als ich drei Jahre in diesem Hause verbracht hatte, viel reifer als ich wirkte. Diese drei Jahre vergingen, ohne daß wir uns bewußt wurden, daß wir uns dem Erwachsenenalter näherten, und unsere Spiele brachen nicht ab. Sie war ausgelassener als ich, so daß ihre Mutter sie schalt und versuchte, sie zu Gehorsam und Arbeitsamkeit anzuleiten.

Am Ende dieser drei Jahre wurde mir bewußt, wie ihre Formen sich rundeten, wodurch ihre Schönheit noch mehr hervortrat. Ihr Antlitz wurde leuchtender, voller, wärmer; ihre großen Augen lebhafter, ihr Blick weniger unsicher und wankelmütig, ihr Gang ruhiger. Ob ihre Bewegungen mehr oder weniger anmutig wurden, vermag ich nicht zu sagen – aber sie wurden sicherlich distinguierter, obwohl ich weder damals noch heute erklären könnte, worin der Unterschied bestand. All diese Erscheinungen berührten mich nicht so sehr wie die Veränderung ihrer Stimme, die eine gewisse wohlklingende Tiefe annahm – ganz anders als jenes ausgelassene und fröhliche Jungmädchengeschrei, mit dem sie mich vorher rief, das mir den Verstand verdrehte und mich meine Angelegenheiten vergessen ließ, um zum Spiel mit ihr zu eilen. Die Knospe war zur Rose erblüht.

Eines tausendfach unheilvollen und düsteren Tages erschien meine kleine Freundin vor mir in einem langen Kleid. Diese Verwandlung beeindruckte mich so sehr, daß ich den ganzen Tag lang kein Wort mehr herausbrachte. Ich war ernst wie ein Mann, der schändlich getäuscht worden ist, und mein Zorn auf Rosita war so groß, daß ich mich in Selbstgesprächen davon überzeugte, welch schreckliches Verbrechen das schnelle Wachsen meiner kleinen Freundin war. In mir erwachte das Fieber des Räsonierens, und in der Stille meiner Schlaflosigkeit diskutierte ich das Thema leidenschaftlich mit mir selbst. Was mich am meisten bestürzte, war, daß sie mit einigen Ellen Stoff ihren Charakter völlig verändert hatte. An jenem Tage, der tausendmal verflucht sei, sprach sie in förmlichem Ton mit mir und befahl mir ernst und sogar barsch die Ausführung jener Hausarbeiten, die ich am wenigsten mochte. Sie, die so oft Mitwisserin und Komplizin meines zeitweiligen Müßiggangs gewesen war, schalt mich plötzlich der Faulheit. Und dabei kein einziges Lächeln, kein Hupfer, keine Kinderei, kein geschwinder Lauf, kein bißchen *Ole*, kein Verstecken, damit ich sie suche, kein verstellter Zorn, um nachher darüber zu lachen – nicht einmal einen Klaps mit ihrer weichen Hand! Schreckliche Krise der Existenz! Sie hatte sich in eine Frau verwandelt, und ich blieb ein Kind.

Es erübrigt sich eigentlich, hier noch zu erwähnen, daß das Schäkern und Spielen aufhörte. Ich stieg nicht mehr auf den Orangenbaum, der nun in Ruhe vor sich hin blühen konnte, ungestört von meiner liebestollen Raubgier, so daß sein Laubwerk sich üppig entwickelte und sein betörender Duft sich stärker verbreitete. Wir aber liefen nie mehr durch diesen Innenhof, und ich unternahm auch nicht mehr die kleinen Reisen zur Schule, um sie wieder ins Haus zu bringen – so stolz auf meine Aufgabe, daß ich sie gegen eine Armee verteidigt hätte.

Von jenem Tage an schritt Rosita mit der größten Umsicht und Ernsthaftigkeit einher. Mehrmals bemerkte ich, daß sie beim Ersteigen einer Treppe acht gab, ja nicht auch nur einen Zoll oberhalb ihres hübschen Fußknöchels zu entblößen. Diese Handlung des betrügerischen Versteckens war eine Verletzung der Würde desjenigen, dessen Augen schon mehr von der oberen Partie gesehen hatten. Heute lache ich darüber, wie mir diese Dinge das Herz zerrissen.

Es kamen aber noch schrecklichere Ereignisse auf mich zu. Im Jahre ihrer Verwandlung beschäftigten sich eines Tages die Tante Martina, die Köchin Rosario, Marcial und andere Angehörige der Dienerschaft mit einer ernsten Angelegenheit. Mein scharfes Ohr schnappte besorgniserregende Gerüchte auf: Das gnädige Fräulein werde heiraten. Ein unerhörter Gedanke, denn ich wußte von keinem Bräutigam. Zu jener Zeit aber regelten das alles die Eltern – merkwürdigerweise oftmals mit gar nicht so schlechten Ergebnissen.

Ein junger Mann aus einer edlen Familie hatte also um Rositas Hand angehalten, und ihre Eltern hatten sie ihm gewährt. Dieser junge Mann machte seine Aufwartung in Begleitung seiner Eltern, die einen ehrfurchteinflößenden Adelstitel hatten. Der Freier trug eine Uniform der Marine, in deren ehrenhaften Dienst er stand. Aber trotz dieser eleganten Ausstaffierung war seine Erscheinung sehr wenig ansprechend. Den Eindruck mußte auch meine Freundin gewonnen haben, denn von Anfang an zeigte sie Abneigung gegen diese Hochzeit. Ihre Mutter versuchte, sie umzustimmen, indem sie ihr die elegante Gardrobe des Bräutigams, seine hohe Geburt und seine großen Reichtümer in den schönsten Farben malte – alles jedoch vergebens. Das Mädchen ließ sich nicht überzeugen und hielt solchen vorgebrachten Vorteilen massive Nachteile entgegen.

Die Schelmin verschwieg aber das Wichtigste – und das Wichtigste war, daß sie einen anderen Freier hatte, den sie wirklich liebte. Dieser andere war ein Artillerieoffizier mit dem Namen Don Rafael Malespina, machte eine gute Figur und hatte ein sympathisches Gesicht. Meine Freundin hatte ihn in der Kirche kennengelernt, und die perfide Liebe überfiel sie, als sie beim Beten war. Der Tempel als poetischer und geheimnisvoller Raum war ja schon immer dazu geeignet, alle Tore der Seele weit zu öffnen. Malespina strich um das Haus herum, wie ich mehrmals beobachtete, und bald sprach man in Vejer so viel von dieser Liebe, daß der Nebenbuhler es erfuhr. Das führte zu einer Herausforderung auf ein Duell. Meine Herrschaften erfuhren erst von der Angelegenheit, als die Nachricht im Haus eintraf, daß Malespina seinen Rivalen tödlich verwundet habe.

Der Skandal war groß. Meine gottesfürchtigen Herrschaften waren von diesem Vorfall so empört, daß sie ihren Zorn nicht verbergen konnten – und Rosita wurde die Hauptleidtragende. Es verging Monat um Monat. Der Schwerverletzte gesundete, und – da Malespina auch von edlem Geschlecht und reich war – wurden in der ›politischen Atmosphäre‹ des Hauses Vermutungen angestellt, daß der junge Don Rafael bald darin empfangen werden würde. Die Eltern des Verletzten verzichteten auf rechtliche Verfolgung des Falles, und der Vater des Siegers erschien seinerseits im Hause, um für seinen Sohn um die Hand meiner Freundin anzuhalten. Nach einigem Bedenken wurde sie ihm gewährt.

Ich erinnere mich gut an das Erscheinen des alten Malespina. Er war ein sehr trockener Mann mit einer bunten Jacke, vielen Anhängern an der Uhrkette, großem Lederkoller und einer großen, kantigen Nase, mit der er seine Gesprächspartner zu beriechen schien. Er redete viel und ließ niemanden zu Wort kommen: Er wußte alles besser, und wenn jemand doch wagte, dagegen anzureden, verwies er ihn in seine Schranken. Schon von diesem Zeitpunkt an schätzte ich ihn als eitel und lügenhaft ein, was sich später dann auch bestätigte. Meine Herrschaften empfingen ihn wie auch seinen Sohn, der ihn begleitete, freundlich. Darauf kam letzterer jeden Tag ins Haus – allein oder in Begleitung seines Vaters.

Neue Verwandlung meiner Freundin: Ihre Gleichgültigkeit mir gegenüber trat so offen hervor, daß sie die Grenzen der Verachtung überschritt. Damals erkannte ich zum ersten Mal meinen niedrigen Stand, den ich dann verfluchte. Ich versuchte, mir zu erklären, daß diejenigen, die wirklich überlegen waren, auch das Recht dazu hätten, und fragte mich voller Kummer, ob es denn gerecht sei, daß andere adelig, reich und gebildet waren, wogegen ich als Herkunft nur La Caleta und als einzigen Reichtum mich selbst aufweisen konnte; überdies war ich kaum des Lesens mächtig. Als ich den Lohn meiner heftigen Zuneigung erkannte, kam es mir vor, als ob ich von dieser Welt nichts mehr zu erwarten hätte. Erst später gelangte ich zu der festen Überzeugung, daß großer Fleiß und ständiges Bemühen mir vielleicht all das bringen könnten, was ich nicht besaß.

Angesichts der Gleichgültigkeit, mit der Rosita mich behandelte, verlor ich das Vertrauen und öffnete in ihrer Gegenwart nicht mehr die Lippen. Sie flößte mir nun viel mehr Respekt ein als ihre Eltern. Unterdessen beobachtete ich auch aufmerksam die Anzeichen der Liebe an ihr. Wenn er sich verspätete, wurde sie ungeduldig und traurig. Beim kleinsten Geräusch, das die Ankunft einer Person ankündigte, belebte sich ihr hübsches Antlitz, und ihre schwarzen Augen strahlten vor Erwartung und Hoffnung. Wenn Don Rafael Malespina dann endlich eintrat, konnte sie ihre Freude nicht verbergen, und sie unterhielten sich dann Stunde um Stunde – immer in der Gegenwart von Doña Francisca, denn sie erlaubten meinem gnädigen Fräulein keine unbeaufsichtigten Zwiegespräche, nicht einmal hinter Fenstergittern.

Es gab auch einen umfangreichen Briefverkehr. Das Schlimmste daran war, daß man mir die Rolle des Briefträgers zwischen den Liebenden – also als Postillon d'amour wider Willen – übertrug. Welche Wut das in mir erzeugte! Gemäß seiner Anweisung mußte ich zur Plaza gehen, wo ich den jungen Herrn Malespina pünktlicher als eine Uhr antraf. Der übergab mir dann ein Liebesbriefchen für seine Angebetete. Nachdem ich diesen Auftrag ausgeführt hatte, reichte Rosita mir eine Botschaft für ihn. Wie oft fühlte ich die Versuchung, diese Blätter zu verbrennen oder sie einfach nicht hinzubringen! Aber zu meinem Glück hatte ich mich soweit gefaßt, daß ich diese häßlichen Regungen im Zaume halten konnte.

Natürlich haßte ich Malespina aus ganzem Herzen. Sobald ich ihn eintreten sah, kochte mein Blut, und immer, wenn er mir etwas befahl, tat ich es mit dem größten nur vorstellbaren Widerwillen. Ich wollte ihn meinen Verdruß spüren lassen. Diese Abneigung, die von den Liebenden als Auswuchs einer schlechten Erziehung und von mir als eine einem edlen Herzen würdige Standhaftigkeit angesehen wurde, brachte mir einige Verweise ein sowie – was viel schlimmer war – einen Ausspruch meines gnädigen Fräuleins, der sich wie ein Dorn in mein Herz bohrte. Bei einer gewissen Gelegenheit hörte ich sie sagen:

»Dieser Knabe ist so unverbesserlich, daß man ihn aus dem Hause weisen sollte.«

Schließlich wurde der Tag der Hochzeit festgelegt, und einige Zeit davor geschah das, was ich von den soldatischen Absichten meines Herrn berichtet habe. Deshalb wird man verstehen, daß Doña Francisca neben der angegriffenen Gesundheit meines Herrn einen weiteren gewichtigen Grund hatte, sein Einschiffen zu verhindern.

6

Ich erinnere mich sehr gut, daß ich am Tage nach der Züchtigung, die mir Doña Francisca verabreichte, aufgewühlt vom Schauspiel meiner Unehrerbietigkeit und ihres abgrundtiefen Hasses gegen alle Seekriege, meinen Herrn auf seinem Mittagsspaziergang begleitete. Er reichte mir seinen Arm, und zu seiner anderen Seite ging Marcial. Wir schritten langsam einher wegen des unsicheren Gangs meines Herrn und der Gehbehinderung Marcials durch sein Holzbein. Dies nahm sich aus wie eine von jenen Prozessionen, in denen sich eine Gruppe von alten und wurmstichigen Heiligen, die bei jeder kleinen Beschleunigung der Gangart der sie Tragenden zu Boden zu fallen droht, auf einem schwankenden Palankin einherbewegt. Die beiden Alten konnten ihre Gebrechen nur durch die Kraft des Herzens wettmachen, das aber bei beiden wie eine neu aus der Werkstatt gekommene Maschine funktionierte. Man muß sich das wie eine Magnetnadel vorstellen, die trotz ihrer Kraft und genauen Ausschlags nicht bewirken kann, daß der alte, beschädigte Rumpf, in dem sie sich befindet, den Kurs richtig einhält.

Während unseres Spaziergangs kam mein Herr wieder auf den so umstrittenen Plan zu sprechen. Mit seiner üblichen Bestimmtheit legte er zunächst dar, daß die Schlacht am Kap San Vicente nicht verloren gegangen wäre, wenn der Admiral Córdova statt des Befehls zum Wenden nach Steuerbord einen Befehl zum Wenden nach Backbord erteilt hätte. Obwohl beide ihre Absichten nicht genau äußerten, weil ich ja dabei war, verstand ich durch einige hingeworfenen Worte, daß sie ihn durchführen wollten, auch wenn sich Himmel und Hölle dem widersetzen würde. Sie wollten sich einfach aus dem Haus schleichen, bevor Doña Francisca etwas davon merken würde.

Als wir ins Haus zurückkehrten, sprach man von ganz anderen Angelegenheiten. Mein Herr war an diesem Tag seiner Gattin gegenüber noch nachgiebiger gestimmt als schon für gewöhnlich. Doña Francisca brauchte nur etwas zu äußern – sei es auch nur die unbedeutendste Sache –, und er pflichtete ihr sofort mit unpassendem Lachen bei. Ich glaube, er schenkte ihr sogar ein paar Kleinigkeiten, und all seine Bemühungen verrieten den Wunsch, ihre Zufriedenheit zu fördern. Zweifellos war meine Herrin durch diese unterwürfige Beflissenheit an diesem Tage so widerspenstig und mürrisch, wie ich sie noch nie gesehen hatte. Ein aufrichtiges Gebaren war nicht möglich. Aus irgendeinem nichtigen Grunde stritt sie sich mit Marcial und drohte ihm die sofortige Ausweisung aus dem Haus an. Auch ihrem Gatten sagte sie schreckliche Dinge, und während des Mahls hörte sie nicht auf zu schimpfen, obgleich er alle Gerichte überschwenglich lobte.

Es kam die Zeit des Rosenkranzbetens, eine feierliche Handlung, die gemeinsam mit allen Angehörigen des Hauses im Eßzimmer zelebriert wurde. Mein Herr, der sonst beim trägen Murmeln des Vaterunsers einschlief, was ihm so manche Schelte einbrachte, war an diesem Abend sehr bei der Sache und betete mit wahrer Inbrunst, so daß seine Stimme aus all den anderen herauszuhören war.

Und noch etwas ist mir gut im Gedächtnis geblieben. Die Wände des Hauses waren mit zwei Arten von Objekten geschmückt: Drucke von Heiligen und Karten – der himmlische Hof auf der einen Seite und alle Kurskarten Europas und Amerikas auf der anderen. Nach dem Essen ging mein Herr in den Korridor, betrachtete eine Navigationskarte und verfolgte mit seinem zitternden Finger die Kurslinien. Doña Francisca, die immer laut schimpfte, wenn sie ihren Gatten auf frischer Tat bei der nautischen Begeisterung ertappte, ahnte wohl schon etwas von dem Fluchtplan. Sie näherte sich ihrem Gatten von hinten, warf die Arme hoch und rief:

»Heiliger Vater! Wenn du dich mit mir anlegen willst, so schwöre ich dir, daß du dein blaues Wunder erleben wirst.«

»Aber Frau«, erwiderte mein Herr zitternd, »ich schaue mir doch hier nur den Kurs von Aleata Galiano und Valdés auf den Schonern *Sutil* und *Mejicana* bei ihrer Erforschung der Meerenge von Fuca an. Es war eine sehr schöne Fahrt. Ich glaube, ich habe sie dir schon beschrieben.«

»Ich möchte all diese Papierfetzen verbrennen«, meinte Doña Francisca. »Diese Reise hat zu nichts Gutem geführt. Denke lieber an Gottes Gebote – schließlich bist du doch kein Kind mehr! Was für ein Kerl, Gott – was für ein Kerl!«

Ich war auch in der Nähe, erinnere mich aber nicht, ob meine Herrin ihre Wut an meiner bescheidenen Person ausließ, indem sie mir wieder die Biegsamkeit meiner Ohren und die Geschicklichkeit ihrer Finger bewies. Sie bedachte mich so oft mit derlei ›Zärtlichkeiten‹, daß es mir nicht im Gedächtnis haftet, ob ich bei *dieser* Gelegenheit auch welche empfing. Was ich aber sicher weiß, ist, daß es meinem Herrn trotz Verdoppelung seiner Liebenswürdigkeiten nicht gelang, seine Gefährtin zu erweichen.

Von meiner Freundin habe ich in diesem Zusammenhang noch nichts gesagt. Sie war sehr traurig, weil der Herr von Malespina an diesem Tage nicht gekommen war und auch keinen Brief geschrieben hatte. Alle meine Versuche, ihn auf der Plaza zu finden, waren erfolglos. Es kam der Abend, und damit zog die Traurigkeit in Rositas Herz ein, denn es gab keine Hoffnung mehr, ihn vor dem nächsten Tag zu sehen. Aber bald darauf, als die Zubereitung des Abendessens angeordnet worden war, hörten wir starkes Klopfen an der Haustür. Ich öffnete – und er war es. Schon vor dem Öffnen hatte ich ihn durch meinen Haß gespürt.

Ich sehe ihn noch jetzt, wie er vor mir auftauchte und seinen regennassen Umhang ausschüttelte. Immer wenn ich an ihn denke, erscheint er mir wie in jenem Augenblick. Unvoreingenommen betrachtet würde ich sagen, daß er ein wirklich schöner junger Mann war, von edler Gestalt, mit eleganten Manieren, freundlichem Blick, in seinem Auftreten etwas kühl und reserviert, wenig zum Lächeln geneigt und äußerst höflich – von jener ernsten und etwas eitlen Höflichkeit der Adligen von ehemals. An jenem Abend trug er eine Jacke mit

Schößen, eine Kniehose mit Stiefeln, einen portugiesischen Hut und einen seidengefütterten Scharlachtuch-Umhang, der damals bei den eleganten jungen Herren sehr beliebt war.

Gleich als er eintrat, fühlte ich, daß etwas Ernstes geschehen war. Er ging ins Eßzimmer, und alle wunderten sich, ihn zu so später Stunde zu sehen, denn vorher war er nie abends gekommen. Meine Freundin freute sich nur so lange, bis sie begriff, daß der Grund eines solchen Besuchs nicht erfreulich sein konnte.

»Ich komme, um mich zu verabschieden«, sagte Malespina.

Alle waren sprachlos, und Rosita wurde weißer als das Papier, auf dem sie gerade schrieb, dann aber rot wie der scharlachfarbene Umhang – und schließlich wieder weiß wie eine Tote.

»Was ist denn geschehen? Wohin gehen Sie denn, Señor Don Rafael?« fragte ihn meine Herrin.

Ich habe ja wohl schon erwähnt, daß Malespina Artillerieoffizier war, aber nicht, daß er der Garnison von Cádiz angehörte und sich auf Urlaub in Vejer befand.

»Da die Flotte nicht genug Leute hat«, redete er weiter, »haben wir den Befehl erhalten, auf Schiff Dienst zu tun. Man glaubt, daß der Kampf unvermeidlich ist, und den meisten Schiffen fehlen Artilleristen.«

»Jesus, Maria und Josef!« rief meine Herrin mehr tot als lebendig aus. »Auch Sie nimmt man uns weg? Das ist ja unerhört! Lieber Freund, Sie gehören doch zu den Landtruppen. Sagen Sie denen doch, sie sollen ihre Leute woanders suchen, wenn sie welche brauchen. Das ist doch wohl ein schlechter Scherz!«

»Aber, Frau«, wandte Don Alonso schüchtern ein, »siehst du denn nicht, daß es sich hier um einen Notfall handelt?«

Er kam nicht weiter, denn Doña Francisca, die ihren Leidensbecher überquellen sah, beschimpfte alle Mächte dieser Erde.

»Dir erscheint natürlich alles gut, wenn es nur den unglückseligen Kriegsschiffen nützt. Wer aber ist eigentlich der Höllenhund, der befohlen hat, daß sich Offiziere der Landtruppen einschiffen? Man soll mir nichts erzählen – dahinter steckt dieser Herr Bonaparte. Niemand sonst könnte sich solch eine Teufelei ausgedacht haben! Aber sagen Sie ihnen doch, daß Sie heiraten werden! Warte mal«, fügte sie hinzu und wandte sich dabei wieder an ihren Gemahl. »Schreibe doch an Gravina, daß dieser junge Mann nicht zur Flotte gehen kann.«

Als sie sah, daß ihr Gatte die Achseln zuckte und damit andeutete, daß er nichts ausrichten könne, schrie sie:

»Du bist doch zu nichts nütze! Jesus, wenn ich Hosen trüge, würde ich nach Cádiz eilen und sie aus dieser Patsche holen!«

Rosita sagte kein Sterbenswörtchen. Ich, der sie aufmerksam beobachtete, erkannte die Verwirrung ihres Geistes. Sie ließ ihren Bräutigam nicht aus den Augen, und hätten die Etikette und die Furcht, die Fassung zu verlieren, sie nicht davon abgehalten, wäre sie wohl in lautes Weinen ausgebrochen, um dem heftigen Schmerz ihres Herzens Ausdruck zu verleihen.

»Soldaten«, meinte Don Alonso, »sind Sklaven ihrer Pflicht, und das Vaterland verlangt von diesem jungen Mann, daß er sich einschifft, um es zu verteidigen. Im nächsten Kampf werden Sie große Ehre erringen, mein Herr, und Ihr Name wird durch eine Heldentat leuchten, die in der Geschichte ein Beispiel für kommende Generationen sein wird.«

»So ist es – natürlich!« meinte meine Herrin und ahmte dabei den salbungsvollen Ton nach, mit dem ihr Gatte die vorstehenden Worte ausgesprochen hatte. »Ja, das alles – und noch mehr! Und warum? Weil es diesen Schmarotzern in Madrid so gefällt. Sollen sie doch herkommen, die Kanonen abfeuern und ihren Krieg machen! Wann machen Sie sich eigentlich auf den Weg?«

»Schon morgen. Mein Urlaub ist abgebrochen worden, und ich muß mich sofort in Cádiz melden.«

Unmöglich kann man mit Worten beschreiben, was ich im Antlitz meines gnädigen Fräuleins sah, als sie diese Worte vernahm. Die beiden Verlobten sahen sich an, und der Ankündigung des kurz bevorstehenden Abschieds folgte eine lange traurige Stille.

»Das darf man doch nicht einfach zulassen!« rief Doña Francisca. »Nächstens holen sie noch die Zivilisten und schließlich die Frauen. Herr im Himmel«, fuhr sie fort und blickte mit der Miene einer Wahrsagerin nach oben, »ich möchte dich nicht beleidigen, wenn ich hier wünsche, daß der, der die Schiffe erfunden hat, verflucht sei, und verflucht das

Meer, auf dem sie fahren, und noch verfluchter derjenige, der die erste Kanone baute, um durch die Gegend zu knallen, daß man davon verrückt werden kann, und die armen Teufel zu töten, die keine Schuld haben.«

Don Alonso schaute Malespina an und suchte in dessen Gesicht nach einem Ausdruck des Protestes gegen diese Beleidigungen der edlen Artillerie. Schließlich sagte er:

»Schlimm wäre es, wenn den Schiffen auch gutes Material fehlen würde, und es wäre jammerschade …«

Marcial, der der Unterhaltung von der Tür aus beigewohnt hatte, konnte sich nicht mehr zurückhalten, trat ins Zimmer und sprach:

»Was soll ihnen denn fehlen? Die *Trinidad* hat hundertvierzig Kanonen: zweiunddreißig Sechsunddreißiger, vierunddreißig Vierundzwanziger, sechsunddreißig Zwölfer, achtzehn Dreißiger und zehn vierundzwanziger Haubitzen. Die *Principe de Asturias* hat hundertundachtzehn, die *Santa Ana* hundertzwanzig, die *Rayo* hundert und die *Nepomuceno*, die *San* …«

»Wer hat Sie denn gerufen, Herr Marcial!« kreischte Doña Francisca. »Was macht es uns schon aus, ob sie fünfzig oder achtzig hat?«

Marcial fuhr trotzdem mit seiner Militärstatistik fort, wenn auch mit leiserer Stimme, wobei er sich nur noch meinem Herrn zuwandte, der nicht wagte, seiner Zustimmung Ausdruck zu verleihen.

Sie sprach folgendermaßen weiter: »Aber, Don Rafael, gehen Sie doch einfach nicht! Sagen Sie doch um Gottes willen, daß Sie zu den Landtruppen gehören und daß Sie heiraten. Wenn Napoleon Krieg will, soll er ihn doch allein führen. Soll er kommen und uns sagen: ›Hier bin ich! Töten Sie mich, meine Herren Engländer, oder lassen Sie sich von mir töten!‹ Warum muß Spanien nach der Pfeife dieses Herrn tanzen?«

»Es stimmt«, sagte Malespina, »unser Bündnis mit Frankreich ist bis jetzt unheilvoll gewesen.«

»Warum ist man es denn überhaupt eingegangen? Viele sagen, daß dieser Godoy keine Bildung hat. Der denkt wohl, man kann eine Nation mit Gitarrezupfen führen!«

»Seit dem Frieden von Basel[19]«, fuhr der junge Mann fort, »sahen wir uns gezwungen, die Engländer als Feinde zu behandeln, weil sie unser Geschwader beim Kap San Vicente angegriffen hatten.«

»Halt mal!« rief Don Alonso und schlug mit der Faust auf den Tisch. »Wenn der Admiral Córdova den Schiffen der Vorhut befohlen hätte, nach Backbord zu luven, wie es die einfachsten Regeln der Kriegskunst erforderten, wäre der Sieg unser gewesen. Das habe ich nun schon bis zum Überdruß bewiesen, und im Gefecht hatte ich dies auch gesagt! Also, jeder bleibe mal schön bei den Tatsachen!«

»Tatsache ist aber, daß die Schlacht verloren wurde«, fuhr Malespina fort. »Dieses Unglück hätte nicht so große Folgen gehabt, wenn der spanische Hof nicht mit der französischen Republik den Vertrag von San Ildefonso abgeschlossen hätte, der uns dem Ersten Konsul auf Gedeih und Verderb auslieferte, weil er uns zwang, Unterstützung in Kriegen zu leisten, an denen nur er und sein großer Ehrgeiz interessiert sind. Der Frieden von Amiens[20] war nicht mehr als ein Waffenstillstand. England und Frankreich erklärten sich dann wieder den Krieg, worauf Napoleon von uns Unterstützung forderte. Wir wollten neutral bleiben, denn jenes Abkommen verpflichtete uns in diesem zweiten Krieg zu nichts. Er aber verlangte mit so viel Nachdruck Zusammenarbeit von uns, daß der König sich gezwungen sah, Frankreich eine finanzielle Hilfe von hundert Millionen Reales zu gewähren, um ihn zu besänftigen. So hatten wir also die Neutralität mit ihrem Gewicht in Gold erkauft. Das genügte aber nicht. Trotz eines so großen finanziellen Opfers wurden wir in den Krieg hineingezogen. Es war schließlich England, das uns dazu zwang, indem es zur unpassendsten Zeit vier unserer Fregatten aufbrachte, die mit Schätzen aus Amerika beladen waren. Nach diesem Akt der Piraterie hatte der Hof von Madrid keine andere Wahl, als sich in die Arme Napoleons zu stürzen, der sich gar nichts Besseres wünschen konnte. Unsere Marine wurde der Willkür des Ersten Konsuls, der inzwischen Kaiser geworden war, ausgesetzt. Dieser beabsichtigte, die Engländer mit List zu besiegen, und befahl der vereinigten Flotte, nach Martinique zu fahren, um die englische Flotte von Europa wegzulocken. Mit diesem Trick wollte er auch seinen Wunsch, die Insel zu besetzen, erfüllen. Dieser geschickte Plan offenbarte dann jedoch die Unerfahrenheit und Feigheit des französischen

Admirals, der nach seiner Rückkehr nach Europa den Sieg unserer Schiffe bei Finisterre teilen wollte. Gemäß den Befehlen des Kaisers sollte sich die kombinierte Flotte jedoch jetzt bei Brest befinden. Man sagt, daß Napoleon auf seinen Admiral wütend ist und die Absicht hat, ihn sofort seines Postens zu entheben.«

»Aber es heißt doch, daß *Mister Hornbläser** sich als Draufgänger beweisen will und eine Tat sucht, die seine Fehler vergessen läßt. Das freut mich, denn dadurch wird sich erweisen, wer kann und wer nicht.«

»Es besteht jedenfalls kein Zweifel«, fuhr Malespina fort, »daß die englische Flotte in der Nähe wartet und Cádiz blockieren will. Die spanische Marine ist der Meinung, daß unsere Flotte nicht die Bucht verlassen sollte, wo die Wahrscheinlichkeit des Sieges auf ihrer Seite liegt. Es scheint aber, als ob die Franzosen sich darauf versteifen, auszulaufen.«

»Wir werden ja sehen«, meinte mein Herr. »Jedenfalls wird der Kampf glorreich sein.«

»Glorreich ja!« entgegnete Malespina, »aber wer gibt die Gewähr, daß er auch siegreich sein wird? Die Marine macht sich etwas vor. Vielleicht weil sie zu wenig Abstand haben, erkennen sie die Unterlegenheit unserer Bewaffnung gegenüber der der Engländer nicht. Letztere besitzen außer einer überragenden Artillerie auch alle Mittel, um ihre Verluste schnell zu ersetzen. Vom Personal gar nicht zu reden. Das unseres Feindes kann gar nicht besser sein. Es besteht ausschließlich aus langgedienten und sehr geschickten Seeleuten, wogegen viele der spanischen Schiffe Mannschaften haben, die zum großen Teil aus Ausgehobenen bestehen, die immer faulenzen und von der Seefahrt kaum etwas verstehen. Das Korps der Marinesoldaten ist auch nicht musterhaft, denn Fehlbestände wurden mit Landsoldaten aufgefüllt, die zwar bestimmt sehr tapfer sind, aber seekrank werden.«

»Na ja«, sprach mein Herr, »in einigen Tagen werden wir wissen, was daraus geworden ist.«

»Was daraus wird, weiß ich jetzt schon«, warf Doña Fran-

---

* Gemeint ist der französische Koneradmiral Villeneuve (Anmerkung des Übersetzers)

cisca ein. »Diese Herren werden zwar angeben, sie hätten viel
Ehre errungen, aber mit blutigen Schädeln zurückkehren!«

»Was verstehst du denn eigentlich davon, Frau?« sprach
Don Alonso, ohne einen Anfall von Zorn, der aber nur einen
Augenblick dauerte, unterdrücken zu können.

»Mehr als du!« erwiderte sie lebhaft. »Aber Gott wird Sie,
Don Rafael, bewahren, damit Sie gesund zurückkehren können.«

Dieses Gespräch fand während des Abendessens statt, das
sehr traurig verlief. Danach sagten die vier Anwesenden kein
Wort mehr. Nach Beendigung des Mahls wurde sehr zärtlich
Abschied genommen. Als besonderen Gunstbeweis angesichts der ernsten Lage ließen die gutmütigen Eltern die jungen Leute allein, so daß sie sich nach ihrem Herzen ohne Zeugen verabschieden konnten und nicht gezwungen waren, der
anderen wegen Ausbrüche ihres großen Schmerzes zu unterdrücken. Obwohl ich es gern gewollt hätte, durfte ich diesem
Akt nicht beiwohnen, so daß ich nicht weiß, was dabei
geschah. Man kann sich jedoch leicht vorstellen, daß sie sich
mit guten Wünschen überhäuften.

Als Malespina das Zimmer verließ, war er blasser als ein
Toter. Er verabschiedete sich schnell von meinen Herrschaften, die ihn mit größter Zärtlichkeit umarmten, und entfernte
sich. Als wir in das Zimmer zurückkehrten, wo sich mein gnä-
diges Fräulein aufhielt, fanden wir sie in Tränen aufgelöst. Ihr
seelischer Schmerz war so groß, daß ihn die zärtlichen Eltern
auch mit gütlichstem Zureden nicht lindern konnten – auch
eiligst von der Apotheke geholte Herzmittel schlugen nicht
an. In mir, der ich auch stark betroffen war von der Verzweiflung der armen Liebenden, wurde die Abneigung, die mir
Malespina einflößte, etwas gemildert. Das Herz eines Kindes
verzeiht leicht – und meines war bestimmt nicht das am
wenigsten empfängliche für süße und schwärmerische
Gefühle.

7

Am darauffolgenden Morgen erlebte ich eine große Überraschung und meine Herrin – so glaube ich – den schlimmsten Jähzornanfall ihres Lebens. Als ich aufstand, sah ich, daß Don Alonso äußerst liebenswürdig und Doña Francisca wütender als gewöhnlich waren. Als letztere mit Rosita zur Messe ging, beobachtete ich, daß mein Herr sich beeilte, einige Hemden und andere Kleidungsstücke, unter denen sich auch seine Uniform befand, in einen Koffer zu stopfen. Ich half ihm dabei, und es roch mir nach Flucht, obwohl ich Marcial nirgends sehen konnte. Bald darauf wurde mir jedoch der Grund seiner Abwesenheit klar, denn nachdem er seinen Koffer geschlossen hatte, war Don Alonso sehr ungeduldig, bis der alte Seebär schließlich wieder auftauchte mit den Worten:

»Der Wagen ist gekommen. Fahren wir, bevor sie zurückkommt!«

Ich nahm den Koffer, und in Windeseile liefen Don Alonso, Marcial und ich durch das Hoftor, um nicht gesehen zu werden. Wir bestiegen die Kalesche, und diese fuhr so schnell ab, wie es die Kräfte des ziehenden Kleppers und der Straßenzustand erlaubten. Letzterer war schon für Reiter schlecht, für Kutschen aber gefährlich. Trotz des starken Rüttelns und Schüttelns hielten wir die Geschwindigkeit aufrecht, und bis wir den Ort aus den Augen verloren, gab es keine Linderung für unsere leidenden Körper.

Mir gefiel diese Reise außerordentlich, denn für einen Jungen ist jede Neuheit aufregend. Marcial konnte sich vor Freude gar nicht halten, und mein Herr, der sein Entzücken fast weniger verbergen konnte als ich, wurde ziemlich traurig, als das Städtchen verschwand. Von Zeit zu Zeit murmelte er:

»Und sie weiß von nichts! Was wird sie sagen, wenn sie zurückkehrt und uns nicht anfindet?«

Mir schwoll die Brust beim Anblick der Landschaft, vor Freude und Morgenfrische – aber besonders bei dem Gedanken, bald Cádiz und seine unvergleichliche Bucht zu sehen, seine lebhaften und fröhlichen Straßen, seine Caleta, die für mich das Symbol für die schönste Zeit meines Lebens war, seine Plaza, seinen Kai und andere von mir sehr geliebte Stellen. Wir hatten kaum drei spanische Meilen* zurückgelegt, als wir zwei Reiter auf herrlichen Füchsen von hinten heraneilen sahen. Wir erkannten Malespina und seinen Vater, jenen hochgewachsenen wichtigtuerischen und geschwätzigen Herrn, von dem ich schon berichtet habe. Beide wunderten sich sehr, Don Alonso zu sehen. Und sie erstaunten noch mehr, als dieser ihnen erzählte, daß er nach Cádiz fuhr, um sich dort einzuschiffen. Der Sohn nahm diese Nachricht mit Verdruß auf, aber der Vater, der – wie ich später erkannte – ein ausgemachter Aufschneider war, beglückwünschte meinen Herrn überschwenglich und nannte ihn den Stolz der Seefahrt, ein Beispiel für jeden Seemann und die Ehre des Vaterlands.

Wir hielten zum Speisen beim Wirtshaus von Conil an. Den Herren wurde aufgetischt, was gerade da war. Marcial und ich bekamen den Rest – und das war nicht viel. Da ich am Tisch servierte, konnte ich das Gespräch hören und verstand dadurch besser den Charakter des alten Malespina, den ich zuerst für einen eitlen Prahlhans angesehen hatte, der mir dann aber wie der witzigste Scharlatan erschien, den ich jemals in meinem Leben gehört hatte.

Der künftige Schwiegervater meines gnädigen Fräuleins, José Maria Malespina, nicht verwandt mit dem berühmten Seefahrer gleichen Namens, war Oberst der Artillerie im Ruhestand und begründete seinen ganzen Stolz darauf, daß er diese schreckliche Waffengattung wie kein zweiter beherrschte. Als er sich nun mit unserem Abenteuer befaßte, blühte seine Phantasie noch mehr auf, und seine Lügen wurden noch unverfrorener.

»Die Artilleristen«, sprach er, ohne aufzuhören, das Mahl in sich hineinzuschlingen, »sind an Bord sehr wichtig. Was ist ein Kriegsschiff ohne Artillerie? Wo man aber die Wirkung dieser bewundernswerten Erfindung des menschlichen Geistes am besten beobachten kann, Don Alonso, ist an Land. Im Krieg von Rousillon[22] ... Sie wissen ja, daß ich an jenem Feldzug teilnahm und daß alle Triumphe meiner Geschicklichkeit dem Einsatz der Artillerie zu verdanken waren ... Nehmen wir zum Beispiel die Schlacht von Mas d'Eu: Was meinen Sie wohl, warum die gewonnen wurde? Der General Ricardos

---

* Je ca. 5,6 km (Anmerkung des Übersetzers)

plazierte mich auf einen Hügel mit fünf Geschützen und befahl mir, erst zu feuern, wenn er den Befehl dazu geben würde. Ich aber, der ich die Sache anders betrachtete, verhielt mich still, bis eine französische Kolonne sich so vor mir aufbaute, daß meine Schüsse sie von einem Ende zum anderen umlegen konnten. Die Franzosen bildeten die Reihe mit großer Genauigkeit. Ich richtete ein Geschütz auf den Kopf des ersten Soldaten. Verstehen Sie warum? Weil die Reihe so perfekt war, riß der erste Schuß zweiundvierzig Köpfe ab. Es hätten mehr sein können, wenn sich das Formationsende nicht ein wenig bewegt hätte. Das löste beim Feind große Bestürzung aus. Da sie aber meine Strategie nicht verstanden und mich in meiner Stellung nicht sehen konnten, schickten sie eine weitere Kolonne zum Angriff auf die Truppen, die sich rechts von mir befanden. Diese Kolonne erlitt das gleiche Schicksal – und darauf noch eine und noch eine, bis die Schlacht gewonnen war.«

»Das klingt ja wundersam!« rief mein Herr aus, der die Größe der Kugel kannte, aber seinen Freund nicht Lügen strafen wollte.

»Und im zweiten Feldzug, von Roussillon, den Luis Vargas leitete, zerschmetterte ich auch die Republikaner, daß es nur so eine Lust war. Bei der Verteidigung von Boulon ging uns aber die Munition aus. Da kam es mir in den Sinn, ein Geschütz mit den Schlüsseln der Kirche zu laden. Das waren aber nicht viele, und so steckte ich in den Schlund der Kanone auch noch meine Schlüssel, meine Uhr, mein Geld und alle Kleinigkeiten, die ich sonst noch in meinen Taschen fand – und schließlich auch noch meine Ordenskreuze. Das Bemerkenswerte daran ist, daß eines davon sich in die Brust eines französischen Generals eingrub und dort wie angeheftet blieb, ohne ihm Schaden zuzufügen. Er hob es auf, und die Gesetzgebende Versammlung verurteilte ihn zum Tode oder zur Verbannung, weil er eine Auszeichnung von einer feindlichen Regierung angenommen hatte.«

»Was für eine Teufelei!« murmelte mein Herr, der derart dreisten Erfindungen vergnüglich lauschte.

»Als ich in England war«, fuhr der alte Malespina fort, »hat mich doch die britische Regierung gebeten, die Artillerie ihres Landes zu perfektionieren … Jeden Tag nahm ich meine

Mahlzeiten ein mit Pitt, Burke[23], Lord North, General Cornwallis und anderen wichtigen Personen, die mich den *witzigen Spanier* nannten. Ich erinnere mich, daß ich einmal im Buckingham Palast war und man mich bat vorzuführen, wie ein Stierkampf vor sich geht. Ich mußte also einem Stuhl den Mantel entgegenhalten, stechen und töten, was dem ganzen Hof großen Spaß machte – besonders König Georg III.[24], mit dem ich eng befreundet war und der mich bat, ihm aus meinen Ländereien erstklassige Oliven mitzubringen. Ja, er hatte großes Vertrauen zu mir. Er war ganz begierig darauf, von mir spanische Wörter zu lernen – besonders aus unserem zauberhaften Andalusien. Aber er lernte nie mehr als: ›Das ist ja nicht mehr anzuhören!‹ und ›Laß mich dir die Hand drücken!‹*, womit er mich jeden Tag begrüßte, wenn ich kam, um mit ihm Schellfisch, befeuchtet mit einigen Gläsern Sherry, zu frühstücken.«

»Das aß und trank er zum Frühstück?«

»Ja, denn das schmeckte ihm am besten. Ich ließ ihm den Schellfisch in Gläsern eingemacht aus Cádiz kommen. Er hält sich sehr gut mit einem Rezept, das ich zu Hause habe.«

»Wunderbar! Und haben Sie die englische Artillerie reformiert?« fragte mein Herr, um ihn zum Weiterflunkern zu animieren, denn er amüsierte sich köstlich.

»Vollkommen! Bei der Gelegenheit erfand ich eine Kanone, die ich noch gar nicht mal abfeuern konnte, weil ganz London, einschließlich des Hofes, mich bat, keine Schießprobe abzuhalten. Man fürchtete, daß dann viele Häuser zusammenfallen würden.«

»Solch ein großes Geschütz ist deshalb also in Vergessenheit geraten?«

»Der Zar von Rußland wollte es kaufen, aber es war nicht möglich, es aus seiner Einbaustellung herauszunehmen und zu transportieren.«

»Dann könnten Sie uns doch aus der Verlegenheit helfen, indem Sie eine Kanone erfinden, die mit einem Schuß das ganze englische Geschwader vernichtet!«

»Oh«, erwiderte Malespina, »daran denke ich natürlich,

---

* Dies sind im Spanischen sehr bildhafte idiomatische Redensarten (Anmerkung des Übersetzers)

und ich glaube auch, daß ich meine Vorstellungen ausführen kann. Ich werde Ihnen die Berechnungen zeigen, die ich angestellt habe – nicht nur, um das Kaliber von Geschützen auf ein ungeheures Maß zu vergrößern, sondern auch, um Panzerplatten zum Schutz von Schiffen und Festungen herzustellen. Das sind die Ziele meines Lebens.«

Unterdessen hatten sie das Mahl beendet. Marcial und ich vertilgten im Nu die Reste, und wir setzten unsere Reise fort – sie zu Pferd, rechts von uns, und wir, wie zuvor, in unserer klapprigen Kalesche. Das Mahl und die häufigen Schlucke, mit denen er es befeuchtet hatte, beflügelten noch die erfinderische Ader des alten Malespina, der auf dem ganzen Weg sein haarsträubendes Garn weiterspann. Das Gespräch kehrte dahin zurück, wo es begonnen hatte: zum Krieg von Rousillon. Don José beeilte sich, neue Wunderdinge zum besten zu geben, aber mein Herr, der solcher Lügen nun überdrüssig wurde, wollte ihn davon abbringen, indem er sagte:

»Was war das doch für ein unglückseliger und unkluger Krieg! Es wäre besser gewesen, ihn erst gar nicht anzufangen.«

»Oh«, rief Malespina aus. »Der Graf de Aranda – wie Sie ja wissen – wandte sich von Anfang an gegen diesen unheilvollen Krieg gegen die Republik. Was haben er und ich nicht schon alles darüber geredet! Wir sind nämlich Freunde seit der Kindheit. Als ich in Aragon war, verbrachten wir sieben Monate beim Jagen im Moncayo zusammen. Nur für ihn ließ ich eine ganz besondere Büchse anfertigen …«

»Ja, Aranda hatte sich schon immer dagegen ausgesprochen«, pflichtete mein Herr bei und brachte ihn damit vom gefährlichen Weg der Ballistik ab.

»In der Tat«, fuhr der Lügenbaron fort, »und wenn dieser bedeutende Mann den Frieden mit den Republikanern verteidigte, so nur, weil ich es ihm riet und ihn vorher von der Zwecklosigkeit dieses Krieges überzeugt hatte. Aber Godoy, der damals schon das Sagen hatte, versteifte sich darauf, den Krieg fortzusetzen, nur um mich zu ärgern, wie ich später erfuhr. Das Schönste daran ist, daß auch Godoy sich gezwungen sah, ihn im Sommer fünfundneunzig zu beenden, als er dessen Nutzlosigkeit endlich gewahr wurde. Danach erteilte er sich höchstpersönlich den hochtrabenden Titel *Fürst des Friedens*.«

»Wie nötig brauchen wir doch, lieber Freund Don José Maria«, sagte mein Herr, »einen guten Staatsmann auf der Höhe der Umstände – einen Mann, der uns nicht in unnötige Kriege verwickelt und die Würde unserer Krone unangetastet erhält!«

»Als ich im letzten Jahr in Madrid war«, sprach der Aufschneider weiter, »boten sie mir das Staatssekretariat an. Die Königin setzte sich sehr dafür ein, und der König hatte nichts dagegen. Jeden Tag begleitete ich ihn zum *Pardo*[25] für ein paar Schüsse. Sogar Godoy hätte sich einverstanden erklärt, weil der meine Überlegenheit erkannt hatte – und wenn nicht, so hätte ich schon eine kleine Festung gefunden, wo ich ihn hätte einschließen können, damit er mir nicht dazwischenredet. Aber ich lehnte ab, weil ich es vorzog, ruhig in meinem Heimatort zu leben, und ließ die Regierungsgeschäfte in den Händen von Godoy, dessen Vater ein Maultierknecht auf den Weiden meines Schwiegervaters in Extremadura war.«

»Das wußte ich ja gar nicht«, warf Don Alonso Guiterrez de Cisniega ein. »Obwohl er ein ziemlich undurchsichtiger Mann ist, glaubte ich immer, der Fürst des Friedens gehöre zu einer Familie von Edelleuten, zwar mit geringen Gütern, aber guten Prinzipien.«

In dieser Weise setzte sich das Zwiegespräch fort – der Señor Malespina ließ immer mehr Hirngespinste aufsteigen, und mein Herr, der ruhig zuhörte, schien manchmal verärgert und dann wieder resigniert diesen Unsinn auf sich niederprasseln zu lassen. Wenn ich mich nicht täusche, erzählte Don José Maria auch, er habe Napoleon zum Handstreich vom 28. Brumaire[26] geraten.

Inzwischen brach der Abend über uns herein, und wir erreichten Chiclana. Mein Herr, schrecklich durchgeschüttelt und gerädert von den Bewegungen des unsäglichen Gefährts, blieb in diesem Dorf, wogegen die beiden Herren Malespina beabsichtigten, nach dem Abendessen weiterzureiten, weil sie noch am gleichen Abend in Cádiz ankommen wollten. Während des Essens baute Malespina neue Lügengebäude auf, und ich konnte feststellen, daß sein Sohn darunter litt, den größten Aufschneider, den die Erde hervorbringen konnte, zum Vater zu haben. Sie verabschiedeten sich, und wir erholten uns bis zum nächsten Morgen und setzten dann unsere Fahrt fort. Da die Straße von Chiclana nach Cádiz viel besser befestigt war als die Straße am Vortag, kamen wir schon um elf Uhr dort an in guter körperlicher Verfassung und mit Freude im Herzen.

8

Die Begeisterung, wieder nach Cádiz zurückzukehren, kann ich gar nicht beschreiben. Nachdem mein Herr bei seiner Kusine abgestiegen war, suchte ich sofort die bekannten Straßen auf und durcheilte sie ohne festes Ziel, wobei ich mich an der Atmosphäre meiner geliebten Stadt berauschte.

Nach so langer Abwesenheit erschien mir das, was ich früher so oft gesehen hatte, auf einmal anziehender denn je, wie etwas Neues und sehr Schönes. Unter den vielen Gesichtern, die mir begegneten, entdeckte ich plötzlich das eines Freundes, wodurch mir die ganze Stadt noch sympathischer wurde – die Männer, die Frauen, die Alten, die Kinder, die Hunde und sogar die Häuser, denn in meiner jugendlichen Vorstellung sah ich in ihnen etwas Persönliches und Lebendiges, das mich wie ein fühlendes Wesen empfing. Es kam mir vor, als ob alles an meiner Zufriedenheit teilnahm, hier angekommen zu sein. Die Balkons und Fenster nahmen die Züge eines heiteren Gesichts an, und mein Geist sah in allem eine Reflektion meiner eigenen Freude.

Ich lief mit großer Hast durch die Straßen, als ob ich binnen einer Minute alles sehen wollte. Auf der Plaza de San Juan de Dios kaufte ich etwas Naschwerk – nicht so sehr zum Essen, sondern um mich den Verkäuferinnen als Wiedergekehrter zu zeigen. Ich wandte mich an sie wie an alte Freundinnen und erkannte in einigen Gönnerinnen aus meiner Zeit des Elends und in anderen Opfer meines kindlichen Hangs zum Plündern. Die meistens erkannten mich allerdings nicht mehr - andere empfingen mich mit Schimpfworten, weil sie sich an die Streiche meiner Kindheit erinnerten, und machten sich derart lustig über meinen neuen Aufzug und die Ernsthaftigkeit meiner Erscheinung, daß ich mich schnellstens entfernen mußte. Dennoch konnte ich nicht vermeiden, daß einige Obstschalen, von geschickter Hand an meinen neuen Anzug geworfen, mein Ehrgefühl beleidigten. Da ich von meiner neuen Wichtigkeit überzeugt war, kränkten diese üblen Scherze mich sehr.

Ich stieg auf den Festungswall und zählte die in Sichtweite ankernden Schiffe, sprach mit allen Seeleuten, die ich traf, erzählte ihnen, daß auch ich zur Flotte gehen werde, und fragte sie begierig, ob Nelsons Flotte wieder aufgetaucht sei. Dann erzählte ich ihnen, *Mister Hornbläser** sei ein Feigling, der das nächste Zusammentreffen mit uns verlieren werde.

So kam ich schließlich auch zur Caleta, wo meine Freude keine Grenzen kannte. Ich rannte zum Strand hinunter, zog mir die Schuhe aus und sprang von Stein zu Stein, suchte meine ehemaligen Freunde des einen oder anderen Geschlechts, traf jedoch nur noch wenige an – einige waren schon Männer und hatten eine bessere Laufbahn eingeschlagen, andere waren zum Zwangsdienst auf Schiffen ausgehoben worden, und die Verbliebenen erkannten mich kaum noch. Dennoch schaute ich voller Wohlbehagen auf die bewegte Oberfläche des Meeres. Ich konnte der Versuchung nicht widerstehen: Unter dem Zwang der geheimnisvollen Anziehungskraft des Meeres, dessen beredtes Geräusch mir schon immer – ich weiß nicht warum – bei schönem Wetter wie eine sanfte Aufforderung und bei Sturm wie ein zorniger Ruf erschienen war, kleidete ich mich schnell aus und warf mich in die Fluten wie in die Arme einer geliebten Person.

Ich schwamm über eine Stunde lang und empfand dabei ein unbeschreibliches Vergnügen. Nachdem ich mich wieder angekleidet hatte, setzte ich meinen Spaziergang fort zum Stadtviertel La Viña, in dessen gemütlichen Tavernen ich einige der Verlorenen meiner ›glorreichen‹ Vergangenheit wiederfand. Ich spielte mich als ganzer Mann auf und gab als solcher das bißchen Geld aus, das ich bei mir trug, um meine früheren Gefährten zu beeindrucken. Auf meine Fragen nach meinem Onkel konnten sie mir keine Antwort geben. Als wir

* Im spanischen Original: Monsieur Corneta

ein Weilchen geschwatzt hatten, überredeten sie mich zu einem Glas Branntwein. Aber solche Genüsse war mein Körper nicht gewohnt.

Auf dem Höhepunkt meiner Trunkenheit machten sich diese Schurken dann nach Kräften über mich lustig. Als ich mich wieder etwas gefangen hatte, verließ ich beschämt die Taverne. Obwohl ich mich nur mit Mühe aufrecht halten konnte, wollte ich unbedingt an dem Haus vorbeigehen, in dem ich meine Kindheit verbracht hatte. Durch die offene Tür sah ich eine Frau, die Blut und Eingeweide briet. Vor Rührung beim Anblick der Wohnung, in der ich geboren worden war, konnte ich ein Schluchzen nicht unterdrücken, was die gefühllose Frau als Spott oder einen Trick zum Stehlen ihrer Bratspeisen auffaßte. Ich mußte mich deshalb mittels einiger Fußtritte aus ihren Händen befreien und schob weitere Gefühlsausbrüche der Erinnerung für eine künftige Gelegenheit auf.

Dann wollte ich den alten Dom sehen, mit dem ich eine der zärtlichsten Erinnerungen meiner Kindheit verband. Ich trat ein, und sein Gewölbe erschien mir wie verzaubert. Niemals bin ich mit solch frommer Verehrung durch ein Kirchenschiff gegangen. Ein starkes Verlangen zu beten befiel mich, und vor dem Altar, auf den einst meine Mutter ein Weihgeschenk für meine Gesundung gelegt hatte, sank ich auf die Knie. Die Wachsfigur, wie ich fand, das perfekte Ebenbild meiner Wenigkeit, war dort aufgehängt und nahm ihren Platz mit dem bedeutungsvollen Ernst der heiligen Dinge ein. Mir aber erschien sie wie ein Ei an einem Kastanienbaum. Jenes Püppchen, das die Frömmigkeit und Mutterliebe symbolisierte, flößte mir dennoch die höchste Ehrfurcht ein. Ich betete eine ganze Weile auf Knien und dachte dabei an die Leiden und den Tod meiner guten Mutter, die schon bei Gott im Himmel weilte. Da aber mein Kopf von dem vermaledeiten Branntwein benebelt war, fiel ich beim Aufstehen um, und ein Sakristan beförderte mich schnurstracks auf die Straße. Mit unsicheren Schritten bewegte ich mich den kurzen Weg zur Fideostraße, wo wir untergebracht waren. Beim Eintreten machte mir mein Herr Vorwürfe wegen meiner langen Abwesenheit. Doña Francisca hätte mir für solch einen Fehltritt eine gehörige Tracht Prügel verabreicht, mein Herr aber war duldsamer und züchtigte mich nie, vielleicht weil er wußte, daß er selbst so ein Kindskopf war.

Wir wohnten also im Haus der Kusine meines Herrn, die ich dem Leser mit einiger Ausführlichkeit beschreiben will, denn sie verdient es. Doña Flora de Cisniega war eine Alte, die sich abmühte, jung zu erscheinen. Sie hatte schon mehr als fünfzig Sommer gesehen, wandte aber alle erdenklichen Kunstgriffe an, die Welt glauben zu machen, sie sei nur halb so alt. Meinen bescheidenen Kenntnissen entzieht sich, wieviel die Wissenschaft und die Kunst in harmonischem Zusammenwirken erfanden, um dieses Ziel zu erreichen. Die künstlichen Locken, Knoten, Haarschleifen, Bänder, Schminken, Lippenstifte, Wässerchen und andere seltsamen Mixturen und Vorrichtungen, die am großen Werk ihrer monumentalen Restauration teilhatten, würden die blühendste Phantasie überfordern. Dies sei den Federn der Romanschreiber überlassen – falls sich nicht auch noch die Geschichtsschreibung, die doch immer auf der Suche nach großartigen Dingen ist, solch sonderbarer Erscheinungen annimmt.

Was Doña Floras physische Beschaffenheit betrifft, so denke ich auch heute noch besonders an ihr Gesicht, in dem die Pinsel aller gegenwärtigen und vergangenen Akademien die Spuren ihrer kunstfertigen Anstrengungen hinterlassen zu haben schienen. Ich erinnere mich auch, daß sie beim Sprechen eine besondere Bewegung – ein geziert wirkendes Krümmen – der Lippen machte, deren Zweck entweder war, den ungewöhnlich großen Mund kleiner erscheinen zu lassen oder das Gebiß zu verbergen, aus dessen Reihe sich jedes Jahr ein paar Zähne verabschiedeten. Diese von ihr als kluge Maßnahme angesehen Mimik erzielte leider den gegenteiligen Effekt – sie machte die Dame nur noch häßlicher statt attraktiver.

Sie kleidete sich verschwenderisch. Für ihre Frisuren verbrauchte sie Unmengen von Pulvern. Da sie nicht schlecht im Fleische war, was man an ihrem großzügigen Ausschnitt, aber unter Gaze, erkennen konnte, war ihr ganzes Bestreben darauf gerichtet, diese der verderblichen Wirkung der Zeit weniger ausgesetzten Stellen zur Geltung zu bringen. Darin hatte sie eine hohe Kunst entwickelt.

Doña Flora hatte eine Vorliebe für antike Sachen. Sie war

devot, ohne die ernste Frömmigkeit meiner Herrin zu haben, von der sie sich auch darin unterschied, daß sie sich für alle Kriegsleute im allgemeinen und für die Marine im besonderen begeisterte, wogegen Doña Francisca die Glorie der Seekriegskunst verabscheute. Sie war von patriotischer Liebe entflammt – allein schon weil sie in ihrem reifen Alter keine andere Liebe mehr erwarten konnte – und ungeheuer stolz darauf, eine spanische Frau zu sein. In ihrem Geist verband sich der vaterländische Eifer mit dem Donnern der Kanonen, und sie war der Ansicht, daß sich die Größe der Nationen in Pulverpfunden messen ließ. Da sie keine Kinder hatte, bewegte sich ihr Leben um das Geschwätz der Nachbarn, das im kleinen Zirkel von zwei oder drei ähnlich gesinnten Elstern gepflegt wurde. Überdies zerstreute sie sich gern und sehr regelmäßig mit dem Reden über die Dinge des öffentlichen Lebens. Damals gab es noch keine großen Zeitungen, so daß die politischen Ideen und Neuigkeiten sich von Mund zu Ohr verbreiteten, wobei sie noch mehr als heutzutage verzerrt wurden, denn die Presse ist immer noch weniger lügenhaft als das gesprochene Wort.

In allen größeren Städten, und besonders in Cádiz, die die gebildetste war, gab es viele beschäftigungslose Personen, die Aufnahmestellen für die Nachrichten aus Madrid und Paris waren und diese beflissen weitergaben, glücklich, einen Auftrag auszuführen, der ihnen Wichtigkeit verlieh. Einige dieser Leute suchten abends, sozusagen als lebendige Zeitungen, das Haus der Doña Flora auf, und dieser Umstand – zusammen mit Schokolade und den besten Krapfen – zog auch andere an, die begierig waren zu erfahren, was in der weiten Welt so vor sich ging. Base Flora, die wußte, daß sie keine amouröse Leidenschaft mehr erwecken und sich auch nicht der Last ihrer fünfzig Jahre entledigen konnte, hätte diese Rolle mit keiner anderen getauscht, denn der allgemeine Mittelpunkt solcher Nachrichtenbörse kam seinerzeit fast der Gewichtigkeit eines Thrones gleich.

Die Damen Flora und Francisca verabscheuten sich gegenseitig von ganzem Herzen, was derjenige verstehen wird, der den begeisterten Militarismus der einen und den verbissenen Pazifismus der anderen kannte. Deshalb sagte die Alte zu ihrem Vetter bei seiner Ankunft:

»Hättest du immer auf deine Frau gehört, wärst du heute noch Seekadett. Was für einen Charakter sie doch hat! Wäre ich ein Mann und mit einer solchen Frau verheiratet, würde ich vor Wut in die Luft gehen. Du hast gut getan, ihren Rat nicht zu befolgen und doch zur Flotte zu gehen. Du bist doch noch nicht alt, Alonsochen; du kannst den Rang eines Konteradmirals noch erreichen, wenn Paca* dir nicht Fußfesseln angelegt hätte wie einem Huhn, das den Hof nicht verlassen soll.«

Als mein Herr, angespornt von seiner großen Wißbegier, sie nach Neuigkeiten fragte, beeilte sie sich, ihm zu antworten:

»Das Wichtigste ist, daß alle Seeleute hier sehr unzufrieden sind mit dem französischen Admiral, der seine Unfähigkeit bei der Fahrt nach Martinique und in der Schlacht von Finisterre bewiesen hat. Seine Scheu und Angst vor den Briten ist so groß, daß er hier beim Einlaufen der vereinigten Flotten im letzten August nicht wagte, die von Collingwood ausgeschickte Gruppe, die nur aus drei Schiffen bestand, aufzubringen. Alle unsere Offiziere ertragen es schwer, den Befehlen eines solchen Mannes gehorchen zu müssen. Gravina ging nach Madrid, um Godoy davon zu berichten. Er sagte großes Unglück voraus, wenn nicht ein fähiger Mann an die Spitze der Flotte gestellt wird, aber der Minister antwortete ihm ausweichend, weil er sich nicht traut, etwas zu entscheiden. Und während Bonaparte noch mit den Österreichern beschäftigt ist und auch keinen Entschluß faßt ... Man sagt, daß der auch unzufrieden mit Villeneuve ist und sich dazu durchgerungen hat, ihn abzusetzen – aber inzwischen ... Ach, Napoleon sollte das Kommando der Flotte einem Spanier übertragen – zum Beispiel dir, Alonsito. Diesen Sprung über drei, vier Ränge hättest du bestimmt verdient.«

»O nein, dafür tauge ich nicht!« meinte darauf mein Herr mit der ihm eigenen Bescheidenheit.

»Auch Gravina oder Churruca, von dem man sagt, er sei ein sehr guter See-Befehlshaber, kämen in Frage. Wenn nicht, so fürchte ich, wird es schlecht ausgehen. Die Franzosen kann man hier nicht sehen. Stell dir vor, als die Schiffe von Villeneuve einliefen, fehlte es ihnen an Lebensmitteln und Muni-

* Abgewandelter Kosename für ›Francisca‹ (Anmerkung des Übersetzers)

tion, und im Arsenal wollte man ihnen nichts geben. Darauf beschwerten sie sich in Madrid, und weil Godoy nur das tut, was der französische Botschafter, Monsieur de Bernonville, will, erteilte er den Befehl, unseren Verbündeten zu geben, was sie brauchten – so einfach. Der Intendant der Marine und der Kommandeur der Artillerie lassen verlauten, daß sie nichts rausrücken wollen, solange Villeneuve sie nicht in klingender Münze bezahlt. Und so weiter und so fort. Das erscheint mir der richtige Standpunkt. Das fehlte ja noch, daß diese Herren, die sich die Hände nicht schmutzig machen wollen, das Wenige, das wir haben, für sich verbrauchen. Schöne Zeiten sind das! Heute kostet doch alles ein Heidengeld! Das gelbe Fieber einerseits und das schlechte Wetter andererseits haben Andalusien in eine Lage versetzt, daß es selbst ums Überleben kämpfen muß – und dazu dann noch die Katastrophen dieses Krieges! Natürlich kommt die nationale Ehre an erster Stelle, und wir müssen weitermachen, um das erlittene Unrecht zu rächen. Ich kann mich mit den Vorfällen von Finisterre nicht abfinden, wo wir durch die Feigheit unserer Verbündeten die *Firme* und die *Rafael*, zwei Prachtschiffe, verloren – und auch nicht mit der Explosion der *Real Carlos*, die durch einen Verrat verursacht wurde, der noch nicht einmal unter Berbermohren vorkommt. Schließlich war da noch der Raub der vier Fregatten am Kap von …«

»Was das betrifft«, unterbrach mein Herr sie lebhaft, »so muß man die Proportionen wahren. Hätte Admiral Córdova nicht befohlen, nach …«

»Ja, ja, das weiß ich doch«, beeilte sich die Dame Flora, ihn seinerseits zu unterbrechen, weil sie den Spruch schon oft aus dem Munde meines Herrn gehört hatte. »Sie müssen Prügel beziehen, und du wirst Ehre dabei erringen. Damit werden wir Paca ärgern!«

»Ich tauge leider nicht mehr zum Kampf«, warf mein Herr ein. »Ich komme nur zum Beobachten, aus reiner Leidenschaft und Begeisterung, die mir unsere geliebten Flaggen einflößen.«

Am Tag nach diesem Gespräch empfing mein Herr den Besuch eines alten Freundes, eines Offiziers, dessen Erscheinung ich nicht vergessen werde, obwohl ich ihn nur bei dieser Gelegenheit sah. Es war ein Mann von vierzig bis fünfzig

Jahren von gewinnender Miene, freundlichem Wesen und mit solchem Ausdruck der Traurigkeit, daß man ihn einfach mögen mußte, wenn man ihn erblickte. Seine üppigen roten Haare, die nicht von einem Perückenmacher in die Form eines Taubenflügels gequält worden waren, fielen ihm mit einer gewissen Lässigkeit in einem großen Zopf auf den Rücken. Sie waren mit weniger Kunst gepudert, als es der Anspruch jener Zeit eigentlich vorschrieb. Seine Augen waren groß und blau. Die sehr feine Nase war zwar ein bißchen groß, aber von so perfekter Form, daß sein Aussehen nicht darunter litt – sie veredelte eher sein Gesicht. Der sorgfältig geschnittene Bart war ziemlich spitz und unterstrich dadurch den melancholischen Ausdruck seines ovalen Gesichts, der mehr auf Feinheit als Energie schließen ließ. Sein edles Gebaren wurde durch höfliche Manieren und eine ernste Artigkeit erhöht, von denen man sich keine Vorstellung machen kann, ohne ihn gesehen zu haben. Er hob sich damit wohltuend von der wichtigtuerischen Eitelkeit der Herren von Stand und der Goldjugend jener Zeit ab. Seine Statur war klein, schlank und wirkte etwas kränklich. Man hätte ihn eher für einen Gelehrten als für einen Soldaten gehalten, und seine Stirn, die zweifellos hohe und feinfühlige Gedanken umschloß, schien nicht geeignet zu sein, den Schrecken einer Schlacht zu trotzen. Sein verhältnismäßig schwächlicher Körper, der einen überragenden Geist in sich barg, schien der ersten großen Belastung nicht standhalten zu können. Und dennoch – wie ich später erfuhr – hatte dieser Mann soviel Mut wie Verstand. Es war Churruca.

Die Uniform des Helden ließ – ohne alt oder schäbig zu sein – einige Jahre ehrenwerten Dienstes erkennen. Als ich ihn danach erzählen hörte – natürlich ohne klagenden Ton in der Stimme –, daß die Regierung ihm neun Monatssolde schulde – konnte ich diesen Zustand seiner Kleidung verstehen. Mein Herr erkundigte sich bei ihm nach seiner Frau, und aus seiner Antwort entnahm ich, daß er kurz vorher geheiratet hatte, weshalb ich ihn bedauerte, weil es mir brutal erschien, daß man ihn zu so einer glücklichen Zeit seines Lebens in den Kampf schickte. Dann sprach er von seinem Schiff, der *San Juan Nepomuceno*, dem er soviel Zuneigung wie seiner jungen Frau widmete, denn – wie er sagte – er hatte dieses Schiff als besonderes Privileg nach seinen Anweisungen herrichten und bemannen lassen, so daß es eines der besten der spanischen Marine war.

Sie sprachen dann von dem in jenen Tagen üblichen Thema: Ob die Flotte auslaufen würde oder nicht, und der Seeoffizier dozierte ausführlich darüber mit folgenden Worten, die ich zum großen Teil im Gedächtnis behalten habe, und deren historische Daten und Notizen ich mit möglichst großer Genauigkeit überprüft habe.

»Der französische Admiral«, so sagte Churruca, »hat sich, seitdem er hier ist, für das Auslaufen und Suchen der Engländer ausgesprochen, weil er nicht wußte, was er eigentlich machen sollte, und weil er seine Fehler vergessen machen wollte. Am achten Oktober schrieb er an Gravina, daß er an Bord der *Bucentauro* einen Kriegsrat abhalten wolle, um zu entscheiden, was am günstigsten sei. Daraufhin eilte Gravina zu diesem Kriegsrat und brachte den Generalleutnant Alava und die Geschwader-Kommandeure Escaño und Cisneros, den Offizier Galiano und mich mit. Von der französischen Flotte nahmen die Admirale Dumanoir und Magon, sowie die Kapitäne Cosmao, Maistral, Villegris und Prigny teil. Als Villeneuve seine Absicht ankündigte, bald auszulaufen, sprachen wir Spanier uns geschlossen dagegen aus. Die Diskussion wurde sehr lebhaft und aufgeheizt, und Alacalá Galiano wechselte mit dem Admiral Magon ziemlich harte Worte, die in einen Ehrenhandel ausgeartet wären, wenn wir anderen die beiden nicht besänftigt hätten. Unser Widerspruch ärgerte Villeneuve sehr, und auch er gab in der Hitze des Streitgesprächs Phrasen von sich, die darauf hinwiesen, daß er aus der Fassung geriet, worauf Gravina in energischer Form antwortete. Der Eifer dieser Herren, in die offene See auszulaufen, um sich auf die Suche eines mächtigen Feindes zu begeben, war erstaunlich, wo sie uns doch bei Finisterre verlassen hatten und uns damit den Sieg nahmen, der unser gewesen wäre, wenn sie uns rechtzeitig unterstützt hätten. Es gab noch andere gute Gründe, die ich auf dem Kriegsrat vorbrachte: die fortgeschrittene Jahreszeit; unseren Vorteil, in der Bucht zu bleiben und den Gegner damit zu einer Blockade zu zwingen, die er nicht aufrechterhalten könnte, besonders wenn er auch die Häfen von Telen und Cartagena[27] blockieren müßte. So schmerzlich es sei, wir müßten die Überlegenheit der Briten anerkennen hinsichtlich der Perfektion der Bewaffnung, der ausgezeichneten Ausrüstung ihrer Schiffe und – vor allem – hinsichtlich der Präzision, mit der ihre Geschwader operierten. Wir dagegen mit Besatzungen, die zum großen Teil weniger geschickt sind, mit längst nicht so guter Bewaffnung und unter dem Kommando eines Mannes, der alle gegen sich aufbringt, könnten dennoch einen defensiven Kampf in der Bucht führen. Wir müßten uns aber der blinden Unterwerfung des spanischen Hofes fügen und Schiffe sowie Seeleute dem Willen Bonapartes für dessen Pläne unterstellen, der uns jedoch keineswegs einen würdigen Führer gebe. Laßt uns auslaufen, wenn das der Wille von Villeneuve ist, aber sollte das Ergebnis katastrophal sein, weisen wir hiermit zu unserer Entlastung schon darauf hin, daß wir diesem unvernünftigen Plan des Kommandanten der verbündeten Flotten widersprochen haben. Villeneuve fühlt sich in einer verzweifelten Situation: Napoleon hat ihm sehr harte Worte an den Kopf geworfen und die Aussicht, abgelöst zu werden. Dies veranlaßt ihn nun, noch größere Wagnisse einzugehen, um seinen verlorenen Ruf entweder durch einen Sieg oder durch einen glorreichen Tod wiederherzustellen.«

So drückte sich der Freund meines Herrn aus. Seine Worte hinterließen einen tiefen Eindruck in mir. Damals, als Junge, nahm ich an diesen Ereignissen regen Anteil, und später, als ich in historischen Berichten das gleiche las, was ich selbst erlebt hatte, frischte ich meine Erinnerungen mit authentischen Daten auf, so daß ich jetzt mit ziemlicher Genauigkeit davon berichten kann.

Als Churruca weggegangen war, lobten ihn Doña Flora und mein Herr sehr. Dabei hoben sie besonders seine Expedition nach Südamerika zur Erstellung von Seekarten jener Meere hervor. Churrucas Verdienste als Wissenschaftler und Seefahrer seien so groß gewesen – hörte ich sie ehrfürchtig reden –, daß selbst Napoleon ihn beschenkt und mit Aufmerksamkeiten bedacht habe. Lassen wir aber diesen Seefahrer und wenden wir uns wieder der Dame Flora zu.

In den Tagen meiner Anwesenheit in Cádiz fiel mir ein Phänomen auf, das mir sehr mißfiel: Die Kusine meines Herrn begann, mich mit Beschlag zu belegen, und sie fand, daß ich sehr geeignet wäre, ihr Page zu werden. Sie hörte nicht auf, mir Aufmerksamkeiten zu erweisen, und als sie erfuhr, daß auch ich mich einschiffen würde, bedauerte sie das sehr und schwor, daß es eine Schande wäre, wenn auch ich einen Arm, ein Bein oder irgendein anderes, nicht weniger wichtiges Teil meines Körpers – wenn nicht gar das Leben – verlieren würde. Solch antipatriotisches Mitleid entrüstete mich, und ich glaube, ich gab ihr zu verstehen, daß ich von Kampflust entflammt war. Meine Aufschneidereien fanden vor der Alten Gnade, und sie verwöhnte mich mit tausend Leckereien, um meine schlechte Laune zu verscheuchen.

Am folgenden Tag trug sie mir auf, den Käfig ihres Papageien zu reinigen. Dieser war ein kluges Tier, das wie ein Theologe sprach und uns jeden Morgen mit dem Schrei aufweckte: »Englischer Hund, englischer Hund!« Danach nahm sie mich zur Messe mit, wobei ich den Schemel tragen mußte, und in der Kirche drehte sie sich ständig zu mir um, damit ich ja nicht einfach weggehe. Anschließend befahl sie mir, ihr am Frisiertisch zu helfen. Ich sperrte vor Erstaunen den Mund auf, als ich den Katafalk von Locken und Haarwülsten sah, den der Coiffeur auf ihrem Kopf aufgebaut hatte. Als sie meines indiskreten Staunens angesichts der Meisterschaft eines wahrhaftigen Kopfarchitekten gewahr wurde, brach Doña Flora in Lachen aus und sagte, daß ich doch lieber ihr Page werden als zur Flotte gehen sollte. Sie fügte hinzu, ich müsse lernen, sie zu kämmen, denn mit dem Beruf eines Coiffeurmeisters könnte ich meinen Lebensunterhalt verdienen und eine wirkliche Persönlichkeit werden. Derartige Vorschläge stellten nicht die geringste Verlockung für mich dar, und ich entgegnete ihr mit einer gewissen Grobheit, daß ich lieber Soldat als Haarkünstler werden wolle. Dies gefiel ihr wiederum, denn da sie ja die Neigung zu vaterländischen und militärischen Heldentaten hatte, verdoppelte sie ihre Aufmerksamkeiten mir gegenüber. Obwohl ich von der Dame Flora verwöhnt wurde, muß ich gestehen, daß sie mir äußerst lästig fiel und daß ich ihren süßlichen Finessen die rüden Klapse meiner jähzornigen Doña Francisca vorzog.

Das war nur natürlich, denn ihre unangebrachten Zuneigungsbeweise, ihre Schöntuereien, die Beharrlichkeit, mit der sie meine Gesellschaft verlangte, weil ihr – wie sie mir zu verstehen gab – die Konversation mit mir und meiner Person gefielen, hinderten mich daran, meinen Herrn auf seinen Besuchen an Bord der Schiffe zu begleiten. Dieses Vorrecht blieb statt dessen einem Diener seiner Kusine vorbehalten. Auch der Freiheit, durch die Straßen von Cádiz zu streifen, war ich beraubt, und so langweilte ich mich in der Gesellschaft von Doña Floras Papagei und den Herrschaften, die abends in ihr Haus strömten, um ihre Meinung darüber zu äußern, ob die Flotte auslaufen werde, oder über andere weniger abgegriffene, aber frivole Themen zu schwätzen.

Mein Ärger wurde zur Verzweiflung, als ich sah, wie Marcial ins Haus kam und meinen Herrn mit an Bord nahm, obgleich nicht, um sich nun endgültig einzuschiffen. Als meine geschundene Seele noch die schwache Hoffnung hegte, an dieser Expedition teilnehmen zu dürfen, fiel es der Dame Flora ein, mich zum Spaziergang auf der Allee und zum Nachmittagsgottesdienst mitzunehmen.

Das war mir dann doch vollkommen unerträglich. Insgeheim schmiedete ich den Plan, mit Hilfe irgendeines Seemanns, den ich am Kai kennenzulernen hoffte, auf eigene Faust eines der Schiffe zu besichtigen. Ich ging also mit der Alten aus dem Hause, und als wir an der Hafenmauer vorbeikamen, hielt ich an, um nach den Schiffen zu sehen. Es war mir aber nicht möglich, mich den Wonnen dieses Schauspiels hinzugeben, weil ich die tausend Fragen Doña Floras beantworten mußte, Fragen, die mich schon an Land seekrank machten. Auf unserem Spaziergang gesellten sich einige junge Mädchen und reifere Herren zu uns. Sie schienen von sehr vornehmer Herkunft zu sein und gehörten der modemachenden Gesellschaft von Cádiz an – alle sehr witzig und elegant. Einer von ihnen war so etwas wie ein Poet. Eigentlich werkelten alle diese Leute an Versen, die aber alles andere als gelungen waren, und es schien mir, als ob sie von einer gewissen Akademie sprachen, in der sie sich trafen, um sich mit ihren Strophen zu duellieren, was niemandem großen Schaden zufügte.

Mir fielen rasch die seltsamen Figuren dieser Herren auf, ihre weibischen Gesten und besonders ihre äußerst extravagante Kleidung. Es gab nicht viele Leute in Cádiz, die sich so kleideten, und als ich später über den Unterschied zwischen diesen Gecken und den normalen Leuten, die ich zu sehen gewohnt war, nachdachte, verstand ich, daß letztere sich nach der spanischen Art kleideten, die Freunde der Dame Flora aber nach der Mode von Madrid oder Paris. Was meine Blicke zuerst anzog, waren ihre eigenartigen Spazierstöcke, die wie verdrehte Knüttel mit gewaltigen Knäufen aussahen. Man konnte den Bart dieser Männer nicht sehen, weil er von der Krawatte verdeckt wurde, die aus einer Art Schal bestand, der in mehreren Windungen um den Hals gelegt wurde, sich bis vor die Lippen fortsetzte und eine Art Korb bildete, oder besser gesagt Becken, in dem das Gesicht ruhte. Die Frisur bestand aus einer künstlichen Unordnung, die nicht mit einem Kamm, sondern mit einem Besen hergestellt worden zu sein schien. Die Krempen ihrer Hüte berührten die Schultern. Die Herrenröcke hatten außergewöhnlich hohe Taillen, und ihre Schöße schleiften fast auf dem Boden. Die Stiefel endeten in einer Spitze. Aus den Taschen ihrer Westen baumelte eine Vielzahl von Anhängern und Petschaften. Ihre gestreiften Hosen waren am Knie mit einer enormen Schleife zusammengebunden. Dieser kitschige Aufzug wurde durch ein von allen getragenes Monokel vervollständigt, das die Gecken während der Konversation mehrmals ans rechte Auge hielten, während sie das linke zukniffen, obwohl sie sonst sehr gut sehen konnten.

Das erste Gesprächsthema war immer das Auslaufen der Flotte; es wurde dann von einem Ball oder einem Fest verdrängt, über das die Herrschaften sich sehr lange ausließen, und sei es nur, weil einer von ihnen hohes Lob wegen seiner Kunstfertigkeit beim Tanzen der Gavotte erhalten hatte.

Nachdem sie so eine Weile geschwatzt hatten, gingen sie mit Doña Flora in die Kirche der Heiligen Jungfrau, holten jeder ihren Rosenkranz hervor und beteten eine ganze Weile mit gespielter Inbrunst. Einer dieser Männer gab mir einen Klaps auf den Kopf, weil ich – anstatt auch so devot zu beten wie sie – meine Aufmerksamkeit zwei Fliegen schenkte, welche die Gipfellocke von Doña Floras Haaraufbau umkreisten. Nachdem wir eine langweilige Predigt angehört hatten, die sie wie ein Meisterwerk der frommen Redekunst lobten, verließen wir das Gotteshaus und flanierten wieder. Das Geschwätz wurde noch lebhafter, weil zwei Damen zu uns stießen, die im gleichen Stil gekleidet waren. Es hob ein Schwall von Galanterien, Phrasen und Spitzfindigkeiten an, gemischt mit einem albernen Vers, an dessen Wortlaut ich mich nicht entsinne.

Und inzwischen verhandelten Marcial und mein geliebter Herr über Tag und Stunde ihrer endgültigen Einschiffung! Und ich war gezwungen, an Land zu bleiben, den Launen dieser Alten ausgesetzt, die mir mit ihren faden Zärtlichkeiten auf die Nerven ging! Können Sie sich vorstellen, daß sie an jenem Abend darauf bestand, daß ich für immer in ihren Diensten bleibe? Daß sie mir versicherte, sie liebe mich sehr, und mich zum Beweis dafür mit einigen Umarmungen und Küssen bedachte, von denen ich ja keinem anderen etwas verraten sollte? Welch schreckliche Gegensätze des Lebens! dachte ich und malte mir aus, wie glücklich ich gewesen wäre, wenn meine angebetete Rosita mich so behandelt hätte. Ich, bis zum äußersten verwirrt, entgegnete Doña Flora, daß ich unbedingt zur Flotte mitgehen wolle, aber daß sie mich nach meiner Rückkehr so lieben könne, wie es ihr gefalle. Würde sie mich aber nicht gehen lassen, so würde ich sie so verabscheuen – und dabei breitete ich die Arme aus, um das ganze Ausmaß meines ihr dann drohenden Widerwillens auszudrücken.

Als mein Herr unerwartet eintrat, hielt ich den Zeitpunkt für gekommen, die Gelegenheit beim Schopfe zu packen und meinem sehnlichen Verlangen durch eine kleine Rede, die ich schon vorher ausgetüftelt hatte, Ausdruck zu verleihen. Ich kniete mich also vor ihm nieder und rief in dem pathetischsten Ton, den ich hervorbringen konnte, daß ich mich verzweifelt ins Meer stürzen würde, wenn er mich nicht mit an Bord nähme.

Don Alonso brach in Lachen aus. Auch seine Kusine gab eine gewisse Heiterkeit vor durch ein Mienenspiel, das das aufgetünchte Gesicht zusammenschrumpfen ließ und dadurch noch häßlicher machte. Schließlich willigte sie ein. Sie gab mir tausend Leckereien zum Essen an Bord, schärfte mir ein, mich von gefährlichen Stellen fernzuhalten und erhob keinen Einwand mehr gegen meine Einschiffung, die auch tatsächlich am nächsten Tag in aller Frühe ihren Lauf nahm.

9

Oktober war der Monat, und es war der achtzehnte Tag. Diesen Tag werde ich nie vergessen, denn da lief die Flotte aus. Wir standen sehr früh auf und gingen zum Kai, wo ein Boot auf uns wartete, um uns an Bord zu bringen.

Stellen Sie sich vor, wie groß meine Überraschung – ach, was sage ich, meine riesige Begeisterung und Verzückung – war, als wir uns der *Santísima Trinidad,* dem größten Schiff der Welt, näherten, jener Festung aus Holz, die – von weitem gesehen – sich meiner Vorstellung wie ein magisches Gebilde eingeprägt hatte: das einzige Monster, das der Majestät der Meere würdig war. Auf der Fahrt dorthin kam unser Boot auch an anderen Schiffen vorbei, und ich musterte sie mit einer ehrfürchtigen Überraschung, bewunderte etwa einen großen Rumpf, der mir vom Kai her kleiner vorgekommen war. Manchmal allerdings erschien mir ein Schiff kleiner, als es meine Phantasie geschaffen hatte. Die fieberhafte Begeisterung, die sich meiner bemächtigt hatte, bewirkte, daß ich fast ins Wasser fiel, als ich in Ekstase eine Galionsfigur bewunderte.

Schließlich erreichten wir die *Trinidad.* Mit zunehmender Nähe wuchsen die Formen dieses Kolosses, und als das Boot an der Schiffswand anlegte, spiegelte sich sein gewaltiger Schatten im Meer wie in einem schwarzen, geheimnisvollen Spiegel. Als ich sah, wie tief der unbewegliche Rumpf sich unter der Oberfläche des dunklen Wassers fortsetzte, das sanft die Bordseiten umspülte, als ich den Blick hob und die drei Reihen Kanonen über mir entdeckte, die ihre Schlünde drohend aus ihren Pforten streckten, verwandelte sich meine Begeisterung plötzlich in Furcht; ich erblaßte, ergriff den Arm meines Herrn und blieb ganz still sitzen.

Kaum daß wir hochgeklettert und an Deck angelangt waren, dehnte sich jedoch mein Herz vor Freude aus. Das luftige und ach so hohe Mastenwerk, das geschäftige Treiben auf dem Achterkastell, der Anblick des Himmels und der Bucht, die bewundernswerte Ordnung der sich auf dem Deck befindenden Gegenstände – die Taue, Pumpen, Spaken, Spills, Wanten, Luken – die Vielfalt der Uniformen der Besatzung –

alles versetzte mich in eine Art Trance, in der ich das Schauspiel dieser herrlichen Maschine in mich aufnahm, ohne mich um anderes zu kümmern.

Wer das nicht mit eigenen Augen erlebt hat, kann sich solche wunderbaren Schiffe nicht vorstellen – ganz zu schweigen von der *Santísima Trinidad* –, denn die Drucke, in denen sie uns überliefert wurden, sind fast durchweg schlecht. Sie haben auch keine Ähnlichkeit mit den heutigen Kriegsschiffen und ihren schweren Eisenharnischen – lang, monoton, schwarz und ohne Abwechslung für das Auge in ihren großen Dimensionen, weshalb sie mir manchmal wie riesige schwimmende Särge vorkommen. Die heutigen wurden von einer positivistischen Epoche geschaffen, angemessen der nautisch-militärischen Wissenschaft unserer Zeit, die durch Ausnutzung des Dampfes die Segelbedienungsmanöver abgeschafft und den Kampferfolg von der Maschinenleistung abhängig gemacht hat. Diese Kriegsschiffe unserer Zeit sind reine Kampfmaschinen, wogegen die jener Zeiten den Krieger selbst darstellten – mit allen Angriffs- und Verteidigungswaffen, aber hauptsächlich mit dem Vertrauen auf seine Geschicklichkeit und seinen Mut.

Ich, der ich alles, was ich sehe, auch genau betrachte, hatte schon immer die Angewohnheit, Ideen mit Bildern, Sachen mit Personen zu assoziieren, auch wenn sie zu den am wenigsten zu solcher Verbindung geeigneten Kategorien gehören. Als ich später die Kathedralen, die man gotisch nennt, unserer Provinz Kastilien und die von Flandern sah und erkannte, mit welcher beeindruckenden Majestät sich ihr komplexes und feinsinniges Mauerwerk von den Konstruktionen des modernen Geschmacks abhebt, die nur einem Zweck dienen – wie etwa Banken, Krankenhäuser und Kasernen –, rief ich mir unwillkürlich die verschiedenen Schiffsarten, die ich in meinem langen Leben schon gesehen habe, in die Erinnerung zurück und verglich die meiner Jugendjahre mit gotischen Kathedralen. Ihre sich nach oben streckenden Formen, die Vorherrschaft der vertikalen vor den horizontalen Linien, ein gewisser unerklärlicher Idealismus, etwas gleichzeitig Historisches und Religiöses, verwoben mit der Kompliziertheit der Linien, und das Spiel der Farben, die die Sonne nach ihrer Laune kombiniert – all das hat diese ungewöhnliche Assoziation in mir hervorgerufen, die ich mir mit der Romantik erkläre, die die Eindrücke der Kindheit hinterlassen.

Die *Santísima Trinidad* hatte vier Decks, wogegen die anderen großen Schiffe der Welt nur drei besaßen. Dieser Koloß, im Jahre 1769 aus den besten kubanischen Hölzern in Havanna gebaut, hatte sechsunddreißig ehrenvolle Dienstjahre erlebt. Er maß 59 Meter vom Bug bis zum Heck, war 16 Meter breit und hatte einen Tiefgang von fast acht Metern – außergewöhnliche Dimensionen, die sonst kein anderes Schiff auf der Welt vorweisen konnte. Die vier Decks wurden von mächtigen Spanten, die wie ein Wald anmuteten, getragen. In seine Bordseiten, die äußerst starken Holzmauern glichen, waren ursprünglich 116 Geschützpforten eingearbeitet; als sie im Jahre 1796 umgebaut wurde, waren es schon 130, und nach ihrem abermaligen Umbau 1805 – als ich sie sah – klafften darin 140 Feuermäuler. Ihr Inneres war staunenswert, schon wegen der Anordnung der verschiedenen Abteilungen – ob es nun die Artilleriedecks, die Mannschaftsräume, die Vorratsräume, die Kabinen der Kapitäne, die Küchen, das Lazarett und all die anderen Schiffsdiensträume waren. Ich stelle mir immer noch vor, wie ich die Galerien und etlichen anderen Durchgänge, Passagen und Winkel dieses Escorials[28] der Meere durchstreifte. Die Kabinen im Achterschiff waren kleine Paläste, und das Vorschiff eine Art von Festung. Die Erker, die Seitenflügel des Achterschiffs glichen den Türmen einer gotischen Burg und waren wie große Käfige, die nach dem Meer hin offen waren und von denen man Sicht auf drei Viertel des Horizonts hatte.

Jedoch war nichts großartiger als das Mastwerk. Diese riesigen, zum Himmel hochgreifenden Masten waren wie eine Herausforderung der Unwetter. Es schien, als ob schon der kleinste Wind ihre enormen Marssegel blähen würde. Der Blick verlor sich in dem immensen Irrgarten, den die Wanttaue, Stage, Brassen, Pardunen und Hißtaue, die allesamt zur Bedienung des Segelwerks dienten, in der Mastenlandschaft bildeten.

Ich stand versunken in der Betrachtung solcher Wunder da, als ich einen starken Schlag im Nacken spürte. Im ersten Augenblick dachte ich, der Großmast sei auf mich gefallen. Wie betäubt drehte ich mich um und stieß einen Schrei des

Entsetzens aus, als ich einen Mann erblickte, der mich an den Ohren hochziehen wollte – es war mein Onkel.

»Was machst du hier, Schlingel?« fragte er mich in der ihm eigenen, nicht eben sanftmütigen Art. »Möchtest du das Seehandwerk lernen? He, Juan«, fügte er hinzu und wandte sich an einen Seebär von furchterregendem Aussehen, »stell mir diese Schildkröte auf die Hauptrahe, damit sie dort spazieren gehen kann!«

Ich entzog mich diesem versprochenen Spaziergang auf der Rahe, so gut ich konnte, und erklärte ihm mit größter Höflichkeit, daß ich im Dienst von Alonso Gutiérrez de Cisniega stehe und mit diesem an Bord gekommen sei. Drei oder vier Seeleute, Freunde meines ›sympathischen‹ Onkels, wollten mich malträtieren, weshalb ich beschloß, mich dieser distinguierten Gesellschaft zu entziehen und mich in die Kabine verzog auf der Suche nach meinem Herrn. Die Offiziere waren gerade bei der Herrichtung der Frisur, die an Bord nicht weniger umständlich war als an Land – und als ich ihre Burschen damit beschäftigt sah, die Köpfe ihrer Herren einzupudern, fragte ich mich, ob diese Handlung nicht die überflüssigste an Bord eines Schiffes sei, wo jeder Augenblick kostbar war und wo alles, was nicht eine unmittelbare Notwendigkeit für den Schiffsdienst darstellte, nur störte.

Zu der Zeit war aber die Mode so tyrannisch wie heutzutage – und auch in jenen angespannten Zeiten dominierten ihre Lächerlichkeiten. Sogar die einfachen Soldaten mußten kostbare Zeit darauf verwenden, den Zopf herzurichten! Arme Kerle! Ich sehe sie noch in Reihe, einer hinter dem anderen, wie sie den Zopf des Vordermannes flochten. Wenigstens war das noch eine einfallsreiche Methode, die diese Operation sehr verkürzte. Dann setzten sie sich den Lederhut auf, eine schwere Kopflast, deren Zweck ich mir nie erklären konnte, und danach gingen sie auf ihre Posten, wenn sie Wache hatten, oder spazierten auf dem Oberdeck des Vorschiffs, wenn sie dienstfrei waren. Die Seeleute mußten nicht solchen lächerlichen Haarschwanz tragen, und ich habe den Eindruck, als ob ihre einfache Kleidung sich seither kaum geändert hat.

In der Kabine sprach mein Herr angeregt mit dem Kommandanten des Schiffes, Don Francisco Javier de Uriarte, und mit dem Geschwaderchef, Don Baltasar Hidalgo de Cisnero. Aus dem wenigen, was ich verstand, konnte ich entnehmen, daß der französische Admiral den Befehl zum Auslaufen für den nächsten Morgen gegeben hatte.

Das freute Marcial sehr, der im Vorderkastell mit anderen alten Seeleuten eingehend über den bevorstehenden Kampf diskutierte. Solche Gesellschaft heimelte mich mehr an als die meines lieben Onkels, denn die Kollegen des *halben Menschen* rissen keine Witze über meine Person. Schon dieser Unterschied läßt die verschiedenen Herkunftsarten der Besatzungsmitglieder erkennen, denn während einige Seemänner, die durch die normale Militärdienstpflicht oder freiwilliges Anheuern aufs Schiff gekommen waren, von echtem Schrot und Korn waren, handelte es sich bei den anderen um Ausgehobene – fast immer schwer zu bändigende Tagediebe mit ruchlosen Gewohnheiten und geringen Kenntnissen des Seemannsberufs.

Zu den ersteren fühlte ich mich natürlich mehr hingezogen als zu den letzteren, und so wohnte ich allen Zusammenkünften von Marcials Leuten bei. Wenn ich nicht fürchtete, den Leser damit zu langweilen, würde ich hier Marcials Erklärungen für die diplomatischen und politischen Ursachen des Krieges zum besten geben, denn es handelte sich um die komischen Paraphrasen dessen, was ich einige Tage vorher aus dem Munde Malespinas im Hause meines Herrn gehört hatte. Durch ihn hatte ich übrigens erfahren, daß der Bräutigam meiner Freundin sich auf der *Nepomuceno* eingeschifft hatte.

Alle Zusammenkünfte liefen auf ein einziges Thema hinaus: der bevorstehende Kampf. Die Flotte sollte am folgenden Tage auslaufen. Welche Freude! Auf diesem riesigen Schiff zu segeln, dem größten der Welt; einer Schlacht mitten auf dem Meer beiwohnen zu dürfen; zu beobachten, wie die Schlacht verläuft; das Donnern der Kanonen hören und beobachten, wie feindliche Schiffe gekapert werden - welch ein schönes Fest! Und dann mit Ruhm bedeckt nach Cádiz zurückzukehren! Jedem sagen zu können: ›Ich war dabei – ich habe alles gesehen!‹ Und besonders: Es Rosita erzählen zu können – ihr die grandiose Szene ausmalen und ihre Aufmerksamkeit und Neugier erregen! Ich würde ihr sagen: ›Ich war da, wo die größte Gefahr war, und habe nicht gezittert!‹ Sehen, wie sich ihre Miene verändert, wie sie erblaßt und sich fürchtet bei der Beschreibung der Schrecken des Kampfes – und dann alle mit Verachtung anzublicken, die mich beschwören: ›Erzähl uns doch was von diesem großartigen Erlebnis!‹ Oh, das war mehr, als meine Vorstellung brauchte, um vor Erwartung schier verrückt zu werden!

Der Morgen des 19. Oktober zog herauf – ich hatte ihn nicht erwarten können. Noch bevor es richtig hell war, stand ich mit meinem Herrn, der das Manöver beobachten wollte, auf dem Achterkastell. Es begann die Operation des Klarmachens zum Auslaufen. Die großen Marssegel wurden gehißt, und die große Winde zog den mächtigen Anker kreischend vom Boden der Bucht herauf. Die Matrosen liefen auf den Rahen umher, andere bedienten die Brassen nach den Befehlen des Bootsmanns, und alle Laute des Schiffes, die bisher nicht zu hören waren, füllten die Luft mit erschreckendem Lärm: das Knarren der Spieren, die Bugglocke, das wirre Konzert von tausend Menschenstimmen gemischt mit dem Quietschen der Blockrollen, das Knirschen der Taue, das Scheuern der Segel an den Masten, bevor sie vom Wind aufgebläht werden – all diese verschiedenartigen Töne begleiteten die ersten ›Schritte‹ des Seeungetüms.

Kleine Wellen liebkosten die Bordwände, und die schwere Masse begann majestätisch durch die Bucht zu gleiten, ohne den geringsten Ruck, ohne Schütteln der Flanken, so gravitätisch und feierlich, daß die Bewegung nur im Vergleich zu den vor Anker liegenden Handelsschiffen und zum Land zu merken war.

Mein Blick schweifte umher. Mein Gott, welch ein Schauspiel: Zweiunddreißig Schlachtschiffe, fünf Fregatten und zwei Brigantinen – Spanier wie Franzosen – setzten vor, hinter und neben uns Segel und begannen gleichfalls unter dem schwachen Wind durch die Bucht zu gleiten. Nie habe ich einen schöneren Morgen erlebt! Die Sonne übergoß die großartige Reede mit Licht; die Wasseroberfläche färbte sich im Osten leicht purpurrot, und die Kette der Hügel und fernen Berge, die den Horizont auf der Hafenseite begrenzten, waren noch vom Feuer des Sonnenaufgangs gerötet. Am blankgefegten Himmel waren nur im Osten wenige rote und goldene

Wolken zu sehen. Das blaue Meer war ruhig – und auf diesem Meer und unter diesem Himmel begannen die vierzig Segler mit ihren weißen Flächen ihren Marsch. Sie formierten sich zu dem prächtigsten Geschwader, das sich dem menschlichen Auge bieten konnte.

Nicht alle fuhren mit der gleichen Geschwindigkeit – einige eilten voraus, andere blieben zurück, bei anderen wieder dauerte es recht lange, bis sie sich in Bewegung setzten. Manche fuhren an uns vorbei, und wir wiederum überholten andere. Das langsame Gleiten, die Höhe der mit Segeltuch gefüllten Takelwerke – alles trug dazu bei, daß ich mit meinen Kinderohren etwas wie eine geheimnisvolle Melodie von diesen glorreichen Wanderern der Meere zu mir herüberklingen hörte – eine Art von Hymne, die wohl auch in mir selbst anschwoll. Die Klarheit des Tages, die Frische des Morgens, die Schönheit des Meeres, das sich außerhalb der Bucht bei Annäherung der Flotte freudig zu erregen schien – das alles setzte sich zu einem imposanten Bild zusammen.

Cádiz zog an uns vorbei wie in einem Drehpanorama und bot uns nacheinander die verschiedenen Facetten seiner Küstenfront. Die Sonne zündete die tausend Scheiben an und überschüttete die Stadt mit Goldstaub. Ihre weiße Masse hob sich so rein vom Wasser ab, daß es schien, als sei sie soeben erst geschaffen worden oder dem Meer entstiegen wie die fantastische Stadt San Jenaro. Ich sah die Kaimauer von der Mole bis zur Burg Santa Catalina vorbeiziehen und erkannte die Bastei von Bonete und die von Orejón und die Caleta und fühlte mich voller Stolz bei dem Gedanken, woher ich gekommen war und wo ich nun stand. Zur gleichen Zeit erreichten die Töne der zur Messe läutenden Glocken aus der halberwachten Stadt mein Ohr wie eine mysteriöse Musik. Es war die Morgenkonversation der stimmgewaltigen Ausrufer einer großen Stadt; sie drückten Freude aus und wünschten uns eine gute Reise, und ich lauschte ihnen, als ob sie menschliche Stimmen wären, die uns verabschiedeten. Dann aber schienen sie trauriger zu werden und uns ein Unglück anzuzeigen, und mit zunehmender Entfernung wurden sie leiser, bis sie sich in der Weite des Raums verloren.

Die Flotte kam nur langsam vorwärts. Manche Schiffe brauchten viele Stunden, bis sie auf dem offenen Meer waren.

Während des Auslaufens gab Marcial einen Kommentar über alle Segler ab, deren Geschwindigkeit er beobachtete und die er antrieb, wenn sie sich zu schwerfällig bewegten. Wenn ein Schiff leicht war und zu schnell voranschritt, mahnte er es väterlich zur Ruhe.

»Wie tapsig ist doch Don Federico!« rief er beim Anblick der *Principe de Asturias* aus, die von Gravina kommandiert wurde. »Dort fährt *Mister Hornbläser*«, kommentierte er, als er die *Bucentauro*, das Flaggschiff, erblickte. »Da hat man dir aber den ›richtigen‹ Namen gegeben!« bemerkte er ironisch beim Anblick der *Rayo* (Blitz), die das schwerfälligste Schiff der ganzen Flotte war. »Weiter so, *Papá Ignacio!*« spornte er die *Santa Ana* an, die von Alava befehligt wurde. »Der hat ja die ganzen Marssegel gesetzt, der Angeber!« sagte er beim Betrachten des Schiffs von Dumanoir. »Dieser Franzmann hat einen Friseur zum Kräuseln der Marssegel mit der Brennschere!«

Zum Abend bedeckte sich der Himmel. Von weitem – nun schon sehr fern – sahen wir Cádiz langsam im Dunst verschwinden, bis sich seine letzten Umrisse mit dem Abenddunkel vermischten. Die Flotte nahm Kurs auf Süden.

Nachdem ich meinen Herrn sehr gut in seiner Koje untergebracht wußte, blieb ich den ganzen Abend über an Marcials Seite. Flankiert von zwei Kollegen und von Bewunderern umringt, gab Marcial die folgende Erklärung des Plans von Villeneuve zum besten:

»Admiral Villeneuve hat die Flotte in vier Korps aufgeteilt. Die Vorhut, unter dem Befehl von Alava, besteht aus sieben Pötten. Das Gros, das ebenfalls sieben hat, wird auch von *Mister Hornbläser* persönlich angeführt. Die wiederum aus sieben Schiffen bestehende Nachhut hat Dumanoir zum Kommandeur. Dann ist da noch die Reserve von zwölf Schiffen, die Don Frederico* befehligt. Das scheint mir gar nicht mal so schlecht geplant. Natürlich werden die spanischen Schiffe mit den Franzmann-Kähnen gemischt, damit sie uns nicht mehr vor den Hörnern des Stiers im Stich lassen können wie bei Finisterre. Don Alonso hat mir erzählt, daß der Franzose gesagt hat: ›Wenn der Feind leewärts aufkreuzt, bilden wir die

---

* Gemeint ist Admiral Gravina (s. Anm. 6)

Schlachtlinien und fallen über ihn her.‹ Das läßt sich in der Koje gut sagen – aber wie wird's wirklich kommen? *Das Herrchen** wird doch nicht so dumm sein und sich uns auf der Leeseite präsentieren! Ihre britische Herrlichkeit müßte ja wirklich wenig Verstand haben, wenn sie so in die Falle laufen würde! Wir werden ja sehen, ob's so kommt, wie es der Franzose hofft. ›Kommen die Engländer auf der Luvseite und greifen uns an, müssen wir sie in Schlachtlinie erwarten. Und weil er sich teilen muß, um uns anzugreifen, und dann unsere Linie nicht sprengen kann, können wir ihn sehr leicht besiegen.‹ So leicht stellt sich unser Herr und Meister das vor! (*Stimmenschwall*). Er sagte auch noch, daß er keine Signale geben wird und erwartet, daß jeder Kapitän im Sinn dieser Richtlinien nach eigenem Gutdünken handelt. Ich hoffe nicht, daß es so kommen wird, wie ich schon immer befürchtet habe, seit sie diese verdammten *Stützungsverträge* unterschrieben haben, denn wenn … Aber 's ist besser man schweigt, wirklich. Ich hab' euch ja gesagt, daß Villeneuve, *Mister Hornbläser*, nicht weiß, was er unter den Händen hat, und daß er mit fünfzig Pötten nicht umgehen kann. Vorsicht vor einem Admiral, der einen Tag vor der Schlacht seine Kapitäne zusammenruft und ihnen sagt, sie können machen, was sie wollen! Na, denn woll'n wir mal seh'n … (*Lebhafter Beifall*). Aber sagt doch mal ehrlich: Wenn wir Spanier einige englische Kähne zu Neptun schicken wollen, können wir das denn nicht allein machen? Was müssen wir uns da an Franzmänner hängen, die uns nicht machen lassen, was wir wollen, und uns in Schlepptau nehmen lassen? Hab's doch schon immer gesagt, wenn wir mit denen ausrückten – und erst recht, wenn wir dann *in Bedrouille* zurückkamen. Aber … Gott und die Heilige Jungfrau seien mit uns! Mögen wir für immer von den französischen Freunden befreit werden!« (*Großer Beifall*).

Alle schlossen sich seiner Meinung an. Die Konferenz dauerte bis zu vorgerückter Stunde und verlagerte sich auf tiefsinnige Überlegungen über den Seemannsberuf und schließlich über die Kunst der Diplomatie. Die Nacht war ruhig, und wir segelten mit frischem Wind. Erlauben Sie mir, daß ich *wir* sage, wenn ich von der Flotte rede. Ich war so stolz über meine

---

* Konteradmiral Horatio Nelson

Anwesenheit auf der *Santísima Trinidad*, daß ich mir einbildete, bei dieser hehren Angelegenheit eine wichtige Rolle zu spielen. Deshalb konnte ich es nicht lassen, mich bei den Matrosen zur Schau zu stellen und anzudeuten, daß ich ihnen durchaus noch von Nutzen sein könnte.

10

Im Morgengrauen des 20. Oktober 1805 blies der Wind mit großer Stärke, und die Schiffe zogen in großen Abständen voneinander dahin. Da der Wind aber gegen Mittag abflaute, gab das Flaggschiff des Admirals Signal für die Bildung der fünf Gruppen: Vorhut, Gros, Nachhut und die zwei Reservekorps.

Ich geriet in Verzückung, als ich sah, wie brav diese schweren Schiffsleiber zur Formationsbildung herbeiströmten. Obwohl die Manöver nicht sehr schnell abliefen und die gebildeten Reihen längst nicht perfekt waren – eben wegen der schon angesprochenen verschiedenartigen seefahrerischen Voraussetzungen –, habe ich solche Manöver immer mit Bewunderung verfolgt. Der Wind blies aus Südost, wie Marcial bemerkte – er hatte das schon seit dem Morgen angekündigt –, und die Flotte, die ihn von Steuerbord empfing, marschierte in Richtung der Meerenge von Gibraltar. Abends waren einige Leuchten zu sehen, und am Morgen des 21. sahen wir auf der Luvseite siebenundzwanzig Schiffe, unter denen mir Marcial sieben mit drei Decks zeigte. Um acht Uhr waren alle dreiunddreißig Schiffe der feindlichen Flotte, aufgeteilt in zwei Gruppen, auszumachen. Unsere Flotte bildete eine riesige Reihe, und es hatte allen Anschein, daß die zwei Gruppen Nelsons, die in Keilform angeordnet waren, sich so auf uns zubewegten, als ob sie unsere Schlachtreihe zwischen Gros und Nachhut durchbrechen wollten.

So war die Lage beider Kontrahenten, als die *Bucentauro* Signal gab, rund zu wenden. Vielleicht werden Sie, lieber Leser, das nicht verstehen: das heißt nämlich, den Kurs diametral entgegengesetzt zu ändern. Wenn also vorher der

Wind unsere Schiffe von Steuerbord her antrieb, so blies er nach dieser Bewegung von Backbord. Wir fuhren also fast in der entgegengesetzten Richtung wie zuvor. Die Bugspitzen wendeten sich nach Norden. Dieses Manöver, dessen Zweck darin bestand, Cádiz unter dem Wind zu halten, um bei Bedrängnis dorthin abfallen zu können, wurde an Bord der *Trinidad* sehr kritisiert, besonders von Marcial, der sich folgendermaßen ausdrückte:

»Da *vergammelt* schon unsere Schlachtlinie. Sie war vorher schon nicht gut, und jetzt ist sie noch schlechter geworden!«

In der Tat, die Vorhut verwandelte sich in Nachhut, und das Reservegeschwader, das – wie ich gehört hatte – das beste war, blieb am Schwanz. Da der Wind schwach war, konnten die Schiffe mit den nicht ausgebildeten Besatzungen die neue Linie weder schnell noch mit Präzision bilden. Einige fuhren sehr schnell und stürmten nach vorn, andere brachten wenig Geschwindigkeit auf, blieben zurück oder kamen vom Kurs ab, wodurch eine große Lücke entstand, so daß die Schlachtreihe schon durchbrochen und dem Feind die Arbeit abgenommen war.

Es kam der Befehl, die Schlachtordnung wieder herzustellen, aber wie gehorsam auch immer ein Schiff reagiert, so ist es doch nicht so leicht zu dirigieren wie ein Pferd. Deshalb meinte der *halbe Mensch,* als er die Manöver der am nächsten fahrenden Schiffe sah:

»Die Schlachtlinie ist länger als der Weg nach Santiago. Wenn das *Herrchen* sie abschneidet, dann gute Nacht! Wir werden dann nicht mehr weiterfahren können. Mein Gott, sie werden dem Gros Saures geben! Wie können die *San Juan* und die *Bahama* uns helfen, wenn sie am Ende sind – und auch nicht die *Neptuno* und die *Rayo,* die am Anfang fahren? (*Zustimmendes Gemurmel.*) Außerdem sind wir auf Lee, so daß die *Kittelträger* den Punkt wählen können, an dem sie uns angreifen. Wir sollten uns darauf beschränken, uns so gut wie möglich zu verteidigen. Wenn Gott uns doch nur aus dieser Patsche hilft und dann für immer von den Franzosen befreit!«

Die Sonne stieg weiter am Zenit hoch, und der Feind war schon herangekommen.

»Glaubt ihr,daß dies die richtige Zeit ist, einen Kampf anzufangen – um zwölf Uhr mittags?« rief der Seebär zornig aus, obgleich er nicht wagte, seinen Protest offen zur Schau zu stellen. Die ›Konferenzen‹ gingen auch nicht über einen kleinen Kreis hinaus, in den ich mich eingedrängt hatte, getrieben von meiner ewigen, unersättlichen Neugier.

Ich weiß nicht, warum es mir erschien, als ob alle Gesichter einen gewissen Ausdruck von Verdruß annahmen. Die Offiziere auf dem Achterkastell und die Matrosen und Bootsmänner auf dem Vorschiff beobachteten die Schiffe auf Lee und außerhalb der Schlachtlinie. Unter ihnen waren vier, die zum Gros gehörten.

Ich habe vergessen, eine Kampfvorbereitung zu erwähnen, an der ich teilnahm. Als am Morgen das Schiff schon klar zum Kampf gemacht worden war – sowohl hinsichtlich der seemännischen Manöver als auch der Kanonenbedienung –, hörte ich auf einmal Stimmen:

»Den Sand, streut den Sand aus!«

Marcial zog mich am Ohr an eine Luke, wo er mich in eine Reihe von Ausgehobenen, Schiffsjungen und anderem niederen Volk eingliederte. Von dieser Luke bis zum Schiffsboden waren auf den Zwischendecks Matrosen aufgestellt, die die Sandsäcke hochreichten, von Hand zu Hand, so daß alles schnell und ohne übermäßige Mühen ablief. Mein Staunen war groß, als ich sah, wie die vielen weitergereichten Säcke auf das Oberdeck, Achterdeck und die Kastelle ausgeleert wurden, bis der Sand alle Planken bedeckte. Das gleiche geschah auf den Zwischendecks. Ich fragte den neben mir stehenden Schiffsjungen nach dem Grund dieser Maßnahme.

»Das ist für's Blut«, antwortete er mir beiläufig.

»Für's Blut?« wiederholte ich, ohne ein Schaudern unterdrücken zu können.

Ich sah den Sand an und dann die Matrosen, die sich dieser Arbeit aufmerksam widmeten – und für einen Augenblick fühlte ich mich feige. Meine hochfliegenden Vorstellungen verjagten jedoch jede Angst aus meiner Seele, so daß ich nur noch an Triumphe und angenehme Überraschungen dachte.

Die Kanoniere standen bereit, und ich nahm auch wahr, daß die Munition von den Munitionskammern bis zum Oberdeck in gleicher Weise wie die Sandsäcke durch eine Menschenkette hochgereicht wurde.

Die Briten rückten vor, um uns in zwei Gruppen anzugreifen. Die eine kam in unsere Richtung. Am Anfang, also an der Spitze des Keils, fuhr ein großes Schiff mit der Admiralskennzeichnung. Später erfuhr ich, daß es die *Victory* unter dem Kommando von Nelson war. An der Spitze der anderen Gruppe fuhr die *Royal Sovereign,* befehligt von Collingwood.

Alle diese Männer wie auch die einzelnen Situationen des Kampfes studierte ich später eingehend.

Meine Erinnerungen haben das Malerische und die materiellen Dinge noch sehr klar bewahrt, aber sie nützen mir kaum hinsichtlich der Manöver, die ich damals nämlich gar nicht verstand. Das, was ich oft aus dem Mund von Marcial hörte, im Zusammenwirken mit dem, was ich später erfuhr, gibt mir eine Vorstellung von unserer Flotte. Um Ihnen diese zu vermitteln, bringe ich nachstehend eine Aufstellung unserer Schiffe, mit Kennzeichnung der durch Einrücken nach rechts vom Kurs abgekommenen. Auch die Nationalitäten und die Angriffsspitzen sind aufgeführt. Ungefähr so sah die spanisch-französische Formation aus:

	Neptuno Sp.	
	Scipión. F.	
	Rayo. Sp.	
	Formidable F. ...	**Vorhut**
	Duguay F.	
	Mont Blanc. F.	
	Asís. Sp.	

Erste Gruppe	Agustín. Sp.	
befehligt v. Nelson	Héros. F.	
Victory.	Trinidad. Sp.	
───────────►	Bucentauro. F.	**Gros**
	Neptune. F.	
	Redoutable. F.	
	Intrépide. F.	
	Leandro. Sp.	

Zweite Gruppe	Justo. Sp.	
befehligt von	Indomptable. F.	
Collingwood	Santa Ana. Sp.	
Royal Sovereign.	Fougueux. F.	**Nachhut**
───────────►	Monarca. Sp.	
	Plutón. F.	

Bahama. Sp.	
Aigle. F.	
Montañés. Sp.	
Algeciras. Sp.	
Argonauta. Sp.	
Swif-Sure. F.	**Reserve**
Argonaute. F.	
Ildefonso. Sp.	
Achilles. F.	
Principe de Asturias. Sp.	
Berwick. F.	
Nepomuceno. Sp.	

Es war Viertel vor zwölf. Der schreckliche Moment rückte näher. Die Beklemmung war allgemein – allerdings zu dem Zeitpunkt nicht so sehr in meiner Seele, denn ich war viel zu beschäftigt mit dem angespannten Verfolgen der Bewegungen des Schiffes, von dem man sagte, daß sich Nelson darauf befinde.

Plötzlich gab unser Kommandant einen dröhnenden Befehl, der von den Oberbootsmännern wiederholt wurde. Die Matrosen rannten zu den Tauen, die Winden kreischten, die Marssegel scheuerten sich an den Masten.

»Beidrehen, beidrehen!« schrie Marcial und stieß einen saftigen Fluch aus. »Dieser Hund will uns am Achterschiff packen!«

Da verstand ich, daß der Befehl gelautet hatte, die Fahrt der *Trinidad* zu verlangsamen, um den Abstand zur *Bucentauro,* die hinter uns kam, zu verringern, denn die *Victory* schien die Absicht zu haben, die Linie zwischen unseren beiden Schiffen zu schneiden.

Beim Beobachten des Manövers mußte ich feststellen, daß ein großer Teil der Besatzung nicht die Ungezwungenheit besaß, die den kriegserfahrenen Seeleuten wie Marcial eigen ist. Unter den Soldaten sah ich einige mit der Seekrankheit kämpfen und sich krampfhaft an den Wanttauen festhalten, um nicht umzufallen. Andererseits gab es sehr entschlossene Leute, besonders unter den Freiwilligen, aber die Zwangsrekrutierten gehorchten den Befehlen nur widerwillig, und ich bin sicher, daß in ihnen nicht ein Jota Vaterlandsliebe steckte. Trotz der anderen Moralgefilde, in denen diese Männer schwebten, glaube ich, daß in den feierlichen Augenblicken, die dem ersten Kanonenschuß vorausgingen, der Gedanke an Gott auch durch ihre Köpfe schwirrte.

Was mich betrifft, so habe ich mein ganzes Leben lang Gefühle wie in jenem Moment erlebt. Obwohl ich erst vierzehn Jahre alt war, spürte ich doch sehr wohl den Ernst der Lage. Die Überzeugung des Sieges war in meiner Seele so verankert, daß ich ein gewisses Bedauern für die Engländer fühlte und sie bewunderte, weil sie mit so großem Eifer einen sicheren Tod suchten.

Zum ersten Male verstand ich den Begriff des Vaterlands mit voller Klarheit, und mein Herz antwortete darauf mit ungeahnten Gefühlen. Bis zu diesem Zeitpunkt hatte sich mir das Vaterland nur in Personen dargestellt, die die Nation regierten, wie z. B. der König und die Minister, die ich nicht mit gleichem Respekt betrachtete. Da ich von der Geschichte nicht mehr wußte, als ich in La Caleta erlernt hatte, war es für mich ein ehernes Gesetz, sich an erster Stelle zu begeistern, wenn die Spanier viele Mohren umgebracht hatten, und an zweiter Stelle, wenn sie dies mit einem Haufen von Engländern und Franzosen taten. Ich stellte mir also mein Land sehr stark und mutig vor. Dieser Mut aber ähnelte der Barbarei wie ein Ei dem andern. Im Grunde war die Vaterlandsliebe für mich nichts weiter gewesen als der Stolz, einer Kaste von Mohrentötern anzugehören.

Jedoch im Augenblick, der der Schlacht vorausging, verstand ich alles, was dieses göttliche Wort bedeutete, und die Idee der Volkszugehörigkeit öffnete sich einen Weg in meinen Geist, erhellte ihn, wie die Sonne die Nacht vertreibt und aus der Dunkelheit eine schöne Landschaft hervorholt. Ich stellte mir das Vaterland wie ein riesiges Gebiet vor, das von Leuten bewohnt war, die alle brüderlich miteinander vereint lebten. Ich vergegenwärtigte mir die Gesellschaft aufgeteilt in Familien, in denen Frauen zu unterhalten, Kinder zu lehren, Güter zu bewahren und Ehre zu verteidigen waren. Ich begriff, daß es ein Pakt zwischen so vielen Menschen war, einander zu helfen, auch bei einem Angriff von außen. Ich verstand, daß diese Schiffe von allen geschaffen worden waren, um das Vaterland zu schützen, das heißt das Gebiet, auf das sie ihre Pflanzen setzen; der Acker, getränkt von ihrem Schweiß; das Haus, wo ihre alten Eltern wohnen; der Garten, wo ihre Kinder spielen; die Kolonie entdeckt und erobert von ihren Vorfahren; der Hafen, wo ihre von langer Reise ermüdeten Schiffe ankern können; der Speicher, in dem ihre Reichtümer lagern; die Kirche – Sarkophag ihrer Alten, Habitakel ihrer Heiligen; die Plaza, Ort ihres lustigen Zeitvertreibs; der Haushalt, dessen alte Möbel – überliefert von Generation zu Generation – das Symbol der Dauer der Nationen darstellen; die Küche mit ihren rauchgeschwärzten Wänden, wo anscheinend das Echo der Erzählungen nie verstummt, mit denen die Großmütter die Schäkereien und Unruhe der Enkelkinder dämpfen; die Straße, auf der man liebe Freunde trifft; das Feld, das Meer, der Himmel – alles, was sich seit der Geburt mit unserer Existenz verbindet, von der Krippe eines geliebten Tieres bis zum Thron des Königs –, all die Dinge, die unsere Seele in sich aufnimmt, als ob der eigene Körper ihr nicht ausreicht.

Ich glaubte auch, daß die Streitigkeiten, die Spanien mit Frankreich oder England hatte, immer darauf beruhten, daß eine dieser Nationen uns etwas wegnehmen wollte – womit ich gar nicht so falsch lag. »Je brutaler der Angriff, um so besser ist die Verteidigung gerechtfertigt«, sagte ich mir. Und da ich gehört hatte, daß die Gerechtigkeit immer triumphiert, zweifelte ich nicht am Sieg. Als mein Blick auf die rot-gelben Flaggen fiel, auf jene Farben, die am besten das Feuer darstellen, konnte ich einige Tränen der Begeisterung nicht unterdrücken. Ich dachte an Cádiz, an Vejer, die Städte meiner Kindheit, und an alle Spanier, die ich mir vorstellte, wie sie sich von einem großen Söller herunterbeugten, um mit angehaltenem Atem zu beobachten. Alle diese Ideen und Gefühle führten schließlich meinen Geist zu Gott, an den ich ein Gebet richtete, das weder ein Vaterunser noch ein Avemaria war, sondern etwas Neues, das mir in diesem Augenblick einfiel. Ein plötzlicher Donnerschlag riß mich aus meiner Verzauberung und ließ mich heftig zusammenzucken. Der erste Kanonenschuß war soeben abgefeuert worden!

11

Ein Schiff der Nachhut hatte einen Schuß auf die *Royal Sovereign* abgefeuert, deren Chef Coolingwood war. Während diese begann, die *Santa Ana* zu bekämpfen, segelte die *Victory* auf uns zu. Auf der *Santísima Trinidad* waren alle begierig, das Feuer zu beginnen, aber unser Kommandant wartete auf den günstigsten Zeitpunkt. Als ob sie ihr Feuer auf die anderen Schiffe übertragen hätte, wie Feuerwerkskörper an einer gemeinsamen Lunte, verliefen die Mündungsfeuer von der *Santa Ana* bis zu den beiden Enden der Linie.

Die *Victory* griff zuerst die französische *Redoutable* an. Von dieser abgewiesen, kam sie auf unsere Leeseite zu. Der schreckliche Augenblick war gekommen! Hundert Stimmen schrien »Feuer!« – ein infernalisches Echo der Stimme des Kommandanten –, und die Salve schickte fünfzig Projektile zum englischen Schiff. Für eine kurze Zeitspanne nahm mir der Rauch die Sicht auf den Feind. Dieser aber, mit Wind von achtern, rückte blind vor Mut auf uns zu. In Gewehrschußentfernung luvte er und gab uns die Ladung seiner Breitseite. In der Zeit zwischen den Schüssen verdoppelte sich die Begeisterung unserer Mannschaft, die den Schaden, den sie dem Gegner zugefügt hatte, beobachten konnte. Die Kanonen wurden in Eile geladen, wenn auch nicht ohne eine gewisse Umständlichkeit wegen der geringen Praxis, die einige Geschützführer hatten. Marcial hätte gern die Bedienung einer der Oberdeckkanonen übernommen, aber sein verkrüppelter Körper war nicht mehr in der Lage, dem Heldentum seiner Seele zu folgen. Er begnügte sich damit, den Kartätschendienst zu überwachen, und mit Stimme und Gesten feuerte er die Männer an den Geschützen an.

Die *Bucentauro*, die achtern von uns fuhr, feuerte auch auf die *Victory* und auf die *Temerary*, ein anderes mächtiges englisches Schiff. Das Schiff Nelsons schien in unsere Hände zu fallen, denn die Schüsse der *Trinidad* hatten das Takelwerk zerstört, und wir sahen mit Stolz, daß sie ihren Besanmast verloren hatte.

In der Hitze dieser ersten Begegnung merkte ich kaum, daß einige unserer Seeleute verwundet oder tot umfielen. Ich, der ich mich an einer Stelle befand, wo ich glaubte, am wenigsten stören zu können, ließ den Kommandanten nicht aus den Augen, der mit heroischer Ruhe vom Achterkastell aus seine Befehle gab. Endlich erblickte ich auch meinen Herrn, der mit weniger Ruhe, aber mehr Begeisterung die Offiziere und Matrosen anfeuerte, und zwar mit rauher, gepreßter Stimme.

»Ach«, murmelte ich so bei mir, »wenn Doña Francisca dich jetzt sehen könnte!«

Allerdings muß ich gestehen, daß es Momente gab, in denen ich schreckliche Angst hatte, in denen ich mich am liebsten im tiefsten Winkel des Rumpfes verkrochen hätte – und wiederum andere Momente äußerster Verwegenheit, in denen ich es riskierte, das große Schauspiel von den gefährlichsten Stellen aus zu beobachten. Nun werde ich mich aber von meiner bescheidenen Person abwenden und vom schrecklichsten Augenblick unseres Kampfes mit der *Victory* berichten.

Die *Trinidad* war gerade dabei, diese mit großem Kriegsglück zu zerstören, als die *Temerary* sich mit einem geschickten Manöver zwischen die beiden Kämpfenden schob und dadurch ihre Gefährtin vor unseren Kugeln schützte. Dann schickte sie sich an, die Linie achtern von der *Trinidad* zu schneiden. Da die *Bucentauro* sich unserem Schiff so weit genähert hatte, daß sich die Rahen berührten, entstand eine große Lücke, in die sich die *Temerary* stürzte, dann sofort wendete, sich an unserer Back aufstellte und von der Seite, die bisher geschützt war, Feuer auf uns abgab. Zur gleichen Zeit nahm die *Neptune*, ein anderes starkes britisches Schlachtschiff, die Stelle der *Victory* ein, wogegen letztere nach Lee wendete, so daß die *Trinidad* eine Zeit lang von Feinden umringt war, die sie von allen Seiten beschossen.

Aus der Miene meines Herrn, dem erhabenen Zorn von Uriarte und den Flüchen der Freunde von Marcial erkannte ich, daß wir verloren waren, und die Vorstellung der Niederlage machte mich beklommen. Die Schlachtlinie der verbündeten Flotte war an mehreren Stellen durchbrochen, und auf der schlechten Ordnung, die auf das Rundwenden eingetreten war, folgte eine schreckliche Unordnung. Wir waren vom Feind umkreist, dessen Artillerie einen fürchterlichen Kugel- und Schrapnellhagel auf uns und die *Bucentauro* niederprasseln ließ. Die *Agustín*, die *Héros* und die *Leandro* schlugen sich weit von uns entfernt mit etwas mehr Bewegungsfreiheit, während die *Trinidad* wie auch das Admiralschiff – ohne sich angemessen bewegen zu können und durch das Genie des großen Nelson in einer Art Kessel – einen verzweifelten Abwehrkampf führten – nicht um nach einem nun unmöglichen Sieg zu streben, sondern um in Ehren unterzugehen.

Die weißen Haare, die jetzt meinen Kopf bedecken, sträuben sich noch, wenn ich an jene unvergeßlichen Stunden denke – hauptsächlich an die Zeit von zwei bis vier Uhr nachmittags. Die Schiffe kamen mir nicht wie den Menschen dienende Kriegsmaschinen vor, sondern wie Riesen – lebende Monster, die selbst kämpften und ihr Segelwerk wie geschickte Glieder in Aktion brachten. Und welch schreckliche Waffen, die mächtige Artillerie ihrer Breitseiten! Bei ihrem Anblick konnte ich nicht anders, als sie zu personifizieren, und auch heute noch sehe ich sie aufeinander zukommen, einander herausfordern, mit Wucht luven, um die donnernde Ladung ihrer Breitseite abzufeuern, mit drohender Gebärde zum Entern stürmen, mit Wut zurückweichen, um wieder Kraft zu sammeln, den Feind verhöhnen, ihn verwünschen. Es war, als würden diese Schiffe den Schmerz der Verwundung fühlen oder das Todesröcheln erhaben ausstoßen, wie der Gladiator auch in der Agonie den Kriegeranstand wahrt. Ich meine, den Lärm der Mannschaften immer noch zu hören, wie die Stimme, die aus einer bedrückten Brust dröhnt – manchmal den Begeisterungsschrei und manchmal das dumpfe Stöhnen der Verzweiflung, Vorläufer der Vernichtung; jetzt den Sieg anzeigender Jubel, danach wütendes, im weiten Raum verhallendes Kriegsgeschrei, gefolgt von jener entsetzlichen Stille, welche die Scham der Niederlage ankündigt.

Es war ein Schauspiel der Hölle, das sich auf der *Trinidad* bot. Die Manöverposten waren verlassen worden, weil sich das Schiff nicht mehr bewegte und auch nicht mehr bewegen konnte. Die Mannschaft richtete ihre Anstrengungen darauf, die Kanonen so schnell wie möglich zu bedienen, um so auf die Verwüstung antworten zu können, die die Projektile des Gegners anrichteten. Das Schrapnell der Briten hatte das Segelwerk wie große, unsichtbare Krallen zerrissen. Holzsplitter, große wie Kornähren abgetrennte Wanttaue, fallende Rahen, Fetzen des Segelwerks, eiserne Beschlagteile, Seile und andere von den Feindeskugeln herausgerissene Teile krachten auf das Oberdeck, so daß kaum noch Platz blieb, sich zu bewegen. Von Minute zu Minute fielen mehr Menschenleiber auf die Planken oder ins Meer; die entsetzlichen Flüche der Kämpfenden mischten sich so sehr mit dem Geschrei der Verwundeten, daß es unmöglich war zu unterscheiden, ob die Sterbenden Gott verfluchten oder die Kämpfenden ihn anflehten.

Ich mußte bei einer traurigen Arbeit helfen: die Verwundeten unter Deck ins Lazarett tragen. Einige starben, bevor man sie aufhob, andere mußten sich in schmerzhaften Stellungen tragen lassen, bis sie ihre malträtierten Körper ausruhen konnten. Mit Stolz erfüllte es mich aber, als ich den Zimmerleuten helfen durfte, die in fieberhafter Eile die in die Wandungen gerissenen Löcher stopften. Da ich jedoch nicht besonders kräftig war, fiel meine Hilfeleistung nicht ganz so wirkungsvoll aus, wie ich es gewünscht hätte.

Das Blut floß in Strömen auf dem Oberdeck und den Kastellen, und trotz des Sandes wurde es durch das Schaukeln des Schiffes mal hierhin, mal dorthin geschwemmt. Die berstenden Kanonenkugeln, aus geringer Entfernung abgefeuert, verstümmelten die Körper entsetzlich, und oft sah man einen glatt abgetrennten Kopf rollen, wenn die Wucht des Projektils das Opfer nicht gleich ins Meer schleuderte, wo es wohl fast ohne Schmerzen sein Leben aushauchen konnte. Andere Kugeln prallten gegen einen Mast oder gegen das Obenwerk und rissen Wolken von Splittern heraus, die wie spitze Pfeile wirkten. Die Gewehrkugeln der im Takelwerk sitzenden Feindschützen und die Schrapnelle teilten einen anderen – langsameren und schmerzlicheren – Tod aus. Kaum einer von uns, der nicht vom Blei oder Eisen der Briten getroffen worden wäre.

Geschlagen, ohne Aussicht, es dem Feind in gleicher Münze heimzahlen zu können, fühlte sich die Besatzung, die Seele des Schiffes, verloren und verzweifelt. Dennoch wehrte sie sich bis zum letzten Atemzug. Das Schiff selbst, jener glorreiche Körper, zitterte unter den Schlägen der Schüsse. Ich fühlte es in dem schrecklichen Kampf erschauern. Seine Rippen ächzten, seine Planken barsten, seine Streben knirschten wie Gliedmaßen, die der Schmerz verzerrt, und das Oberdeck zitterte unter meinen Schritten, als ob der gewaltige Schiffskörper die Schmerzen und Wut seiner Mannschaften ausdrücken wollte. Während dessen strömte das Wasser aus tausend Löchern und Rissen in den Bordwänden herein und begann, die Unterdecks zu überfluten.

Das Flaggschiff *Bucentauro* kam in unser Blickfeld. Villeneuve hatte die Flagge gestrichen. Wenn sich erst der Flottenchef ergab, welche Hoffnung blieb den anderen Schiffen dann noch? Die französische Nationalflagge verschwand vom Heck des stolzen Schiffes, und seine Kanonen hörten auf zu feuern. Die *San Agustín* und die *Héros* hielten sich jedoch noch. Die zur Vorhut gehörenden *Rayo* und *Neptuno*, die uns zur Hilfe geeilt waren, versuchten vergebens, uns vor den angreifenden Feindschiffen zu retten. Ich konnte nur den in der Nähe der *Santísima Trinidad* geführten Teil des Kampfes beobachten, vom Rest der Schlachtlinie war nichts zu sehen. Der Wind schien eingeschlafen zu sein, so daß der Rauch über unseren Köpfen hängen blieb und uns in sein weißes Tuch einhüllte, das der Blick nicht durchdringen konnte. Wir machten nur das Takelwerk einiger weit entfernter Schiffe aus, das auf unerklärliche Weise durch einen mir unbekannten optischen Effekt vergrößert wurde – oder war es, daß der Schrecken jenes Augenblicks alle Gegenstände vergrößerte?

Das dichte Zwielicht löste sich für eine kurze Zeit auf – aber auf welch grausame Weise! Eine ungeheure Detonation, stärker als alle tausend Kanonen der Flotte auf einmal abgefeuert, lähmte alle und erzeugte allgemeines Entsetzen. Als das Ohr diesen ungeheuren Laut aufnahm, beleuchtete blendende Helle das Gebiet, auf dem sich die beiden Flotten befanden, zerriß den Vorhang aus Rauch und bot unseren Augen das ganze Schauspiel der Schlacht. Die ungeheure Detonation ereignete sich gegen Süden, in dem Bereich, in dem sich vorher die Nachhut befunden hatte.

»Ein Schiff ist in die Luft geflogen!« schrien alle.

Man war sich nicht einig, ob es die *Santa Ana*, die *Argonauta*, die *Ildefonso* oder die *Bahama* war. Bald stellte sich heraus, daß ein französisches Schiff, die *Achille*, dieses schreckliche Schicksal ereilt hatte. Was eben noch ein schönes Schiff mit vierundsiebzig Kanonen und sechshundert Mann Besatzung gewesen war, wurde jetzt durch die Ausdehnung der Gase in tausend Stücke zerrissen und zum Himmel und ins Meer geschleudert.

Da sich die *Bucentauro* ergeben hatte, richtete sich das gesamte Feuer des Feindes auf unser Schiff, dessen Schicksal schon besiegelt war. Meine anfängliche Begeisterung war erloschen und einer ungeheuren Angst gewichen, die mich lähmte und alle Funktionen meines Geistes erstickte – mit Ausnahme der Neugier. Diese war so unwiderstehlich, daß sie mich zwang, die gefährlichsten Orte aufzusuchen.

Meine geringen Hilfeleistungen nützten jetzt kaum noch etwas, denn es wurden nun keine Verwundeten mehr in das Lazarett unter Deck getragen, weil es hoffnungslos überfüllt war. Jetzt brauchten die Kanonen den Dienst derjenigen, die noch etwas Kraft hatten. Unter diesen sah ich Marcial, der über sich hinaus wuchs. Er schrie, bewegte sich so schnell, wie es seine Verkrüppelungen erlaubten, und war gleichzeitig Oberbootsmann, Matrose, Artillerist, Zimmermann und welche anderen Funktionen auch immer in diesen schrecklichen Momenten auszuführen waren. Niemals hätte ich geglaubt, daß einer, der nur noch als halber Mensch galt, die Aufgaben so vieler Männer übernehmen konnte! Ein Splitter hatte ihn am Kopf verletzt, und das über sein Gesicht laufende Blut verlieh ihm ein grauenhaftes Aussehen. Ich sehe ihn noch die Lippen bewegen, diese Flüssigkeit aufsaugen und dann wütend aus der Fallreeptür spucken, als ob er damit auch den Feind verwunden wollte.

Was mich am meisten überraschte und mir auch einen gewissen Schrecken einjagte, war, daß Marcial – auch in dieser Szene der Verzweiflung – Worte voller Humor zum besten gab; ich weiß nicht, ob er damit seine niedergeschlagenen Kameraden oder sich selbst aufmuntern wollte.

Der Fockmast fiel mit Getöse um und begrub das Vorschiff unter dem Wirrwarr seines Takelwerks. Marcials Kommentar dazu: »Jungs, her mit den Beilen! Legen wir dieses Möbel in den Alkoven!«

Die Seile wurden durchgehackt, und der Mast stürzte in die Fluten.

Als er sah, daß das Feuer stärker wurde, wandte er sich an einen Zahlmeisterhelfer, der zum Geschützführer geworden war: »Ach, Abad, schick den Kittelträgern doch den Wein, damit sie uns endlich in Ruhe lassen!«

Und einem Soldaten, der wie tot dalag, mit schmerzenden Wunden und seekrank, hielt er einen Zündstock an die Nase und sagte: »Riech mal am Orangenblatt, Kamerad, damit dir die Angst vergeht. Möchtest du eine Spazierfahrt im Boot unternehmen? Auf, auf, Nelson lädt uns zu einem vergnügten Tag ein!«

In diesem Ton also redete er auf dem Oberdeck des Vorschiffs. Ich hob den Blick zum Achterkastell und sah, daß der General Cisneros gefallen war. Zwei Matrosen trugen ihn schnell in seine Kabine. Mein Herr verharrte unbeweglich auf seinem Posten, aber aus seinem linken Arm tropfte viel Blut. Ich wollte ihm helfen und rannte in seine Richtung, aber bevor ich ihn erreichen konnte, trat ein Offizier auf ihn zu und empfahl ihm, in die Kabine zu gehen. Er hatte kaum drei Worte gesprochen, als eine Kugel ihm den halben Kopf wegriß und sein Blut mir ins Gesicht spritzte. Da zog sich Don Alonso zurück – bleich wie die Leiche seines Freundes, die verstümmelt in der Kabine des Achterkastells lag.

Als mein Herr hinunterging, blieb der Kommandant allein oben mit solcher Seelenruhe, daß ich nicht umhin konnte, ihn eine Weile anzustarren vor Staunen über so viel Mut. Mit bloßem Haupt, bleichem Gesicht, glühendem Blick, energischer Haltung harrte er auf seinem Posten aus und leitete den verzweifelten Kampf, der schon nicht mehr gewonnen werden konnte. Solches Grauen und Durcheinander bedurfte der Hand eines starken Führers, und der Kommandant war zweifelsohne ein Mann, der anderen Heldenmut einflößen konnte. Seine Stimme dirigierte die Besatzung mit großer Bestimmtheit in diesem Streit um Ehre und Tod.

Ein Offizier, dem die erste Batterie unterstand, stieg herauf, um Befehle zu empfangen. Noch bevor er sprechen konnte, fiel er tot zu Füßen seines Kommandanten um. Ein Seekadett an seiner Seite taumelte schwerverwundet zu Boden, und schließlich stand Uriarte ganz allein auf dem mit Toten und Verwundeten übersäten Achterkastell. Aber selbst jetzt wandte er den Blick nicht von den englischen Schiffen und dem Feuer unserer Artillerie ab. Der grauenhafte und gleichzeitig erhabene Anblick des Achterkastells, wo seine Freunde und Untergebenen tot oder in Agonie lagen, rührte weder seine mutige Brust, noch brach er seine feste Entschlossenheit, das Feuer aufrechtzuerhalten bis zum Untergang. Ach, als ich mir später die Abgeklärtheit und stoische Ruhe von Don Francisco Uriarte ins Gedächtnis rief, konnte ich verstehen, was man uns von den heldenhaften Kapitänen des Altertums überliefert hat. Damals aber kannte ich das Wort *Erhabenheit* noch nicht, ahnte aber, daß alle Sprachen ein schönes Wort für diese Seelengröße haben müssen, die mir wie eine Gunst erschien, die Gott dem elenden Menschen nur selten gewährt.

Inzwischen hatte ein großer Teil der Kanonen unseres Schiffes aufgehört zu feuern, weil die Hälfte der Mannschaften kampfunfähig war. Vielleicht wäre mir das nicht aufgefallen, wenn ich nicht beim Verlassen der Kabine, wieder angetrieben von meiner Neugier, eine Stimme im schrecklichen Tonfall gehört hätte: »Gabrielito, hierher!«

Es war Marcial, der mich rief. Ich eilte sofort herbei und fand ihn damit beschäftigt, eine Kanone zu laden, der die Bedienungsmannschaft fehlte. Eine Kugel hatte dem *halben Menschen* das Ende seines Stockbeins weggerissen, was ihn zu dem Kommentar veranlaßte:

»Wenn das aus Fleisch und Blut gewesen wäre!«

Zwei tote Seeleute lagen neben ihm, ein dritter – schwerverwundet – versuchte, die Kanone weiter zu bedienen.

»Freund«, redete ihn Marcial an, »du kannst doch nicht einmal mehr einen Zigarrenstummel anzünden.«

Er nahm den Zündstock aus den Händen des Verletzten und reichte ihn mir mit den Worten: »Nimm, Gabrielito. Wenn du Angst hast, geh ins Wasser.«

Dann lud er die Kanone so schnell er nur konnte, unterstützt von einem Schiffsjungen, der noch fast unverletzt war. Sie setzten das Abschlußstück auf, richteten die Waffe und schrien: »Feuer!« Ich setzte die Lunte an, und die Kanone feuerte.

Dieser Vorgang wiederholte sich einmal, zweimal, und der Donner der von mir abgefeuerten Kanone hatte eine außerordentliche Wirkung auf meine Seele. Das Gefühl, nicht mehr Zuschauer, sondern Handelnder in dieser grandiosen Tragödie zu sein, verscheuchte für einen Augenblick meine Angst, und ich fühlte mich stark und zur Besatzung gehörig. Seitdem weiß ich, daß das Heldentum fast immer eine Form des Ehrgefühls ist. Marcial und andere schauten mich an – ich mußte mich ihrer Aufmerksamkeit würdig erweisen.

»Ach«, dachte ich mir, »wenn meine Freundin mich jetzt so sehen könnte! Was bin ich doch für ein Kerl, daß ich Kanonen abfeuern kann wie ein Mann! Ich werde mindestens zwei Dutzend Briten ins Jenseits geschickt haben!«

Solche noblen Gedanken beschäftigten mich aber nur kurze Zeit, denn Marcial, dessen ermüdeter Körper trotz seiner übermenschlichen Willenskraft begann, den Dienst zu verweigern, atmete qualvoll, wischte sich das über sein Gesicht strömende Blut ab, schloß die Augen und preßte niedergeschlagen heraus: »Ich kann nicht mehr. Das Pulver benebelt mich. Gabriel, bring mir Wasser!«

Ich rannte los, und als ich ihm Wasser brachte, trank er

begierig. Dadurch schien er wieder Kräfte zu sammeln, und wir machten weiter, als uns ein großes Getöse jäh lähmte. Der von einem Volltreffer abgeknickte Großmast fiel auf das Oberdeck des Vorschiffs – und hinter ihm krachte der Besanmast herunter. Das Schiff war von Trümmern und Takelage übersät und das Durcheinander fürchterlich. Glücklicherweise stand ich nicht dort, wo die schweren Gegenstände herunterkrachten, so daß ich nur eine leichte Kopfwunde davontrug, die – obwohl sie mich anfänglich etwas betäubte – mich nicht daran hinderte, mich von den Segelfetzen und Seilstücken, die auf mich gefallen waren, zu befreien. Die Soldaten und Seeleute auf dem Oberdeck mühten sich, diese ungeheure Masse von Hindernissen wegzuräumen, so daß von diesem Zeitpunkt ab nur noch die unteren Batterien das Feuer aufrechterhielten. Ich krabbelte unter den Segelfetzen hervor und suchte Marcial – konnte ihn aber nicht finden. Als mein Blick das Achterkastell streifte, sah ich, daß der Kommandant nicht mehr dort stand. Mit einer schweren Kopfverletzung war er bewußtlos zusammengesunken, worauf zwei Matrosen hinaufstürmten, um ihn in die Kabine zu tragen. Ich eilte auch dort hinauf, als mich ein Schrapnellstück an der Schulter traf. Ich bekam einen furchtbaren Schreck und glaubte, daß ich nun sterben müsse. Ich konnte mich noch in die Kabine schleppen, wo ich durch den großen Blutverlust umfiel und für kurze Zeit ohnmächtig wurde.

Dann hörte ich wieder das Donnern der Kanonen der zweiten und dritten Batterie – und eine wie von Furien gepeitschte Stimme:

»Sie entern! Die Spieße, die Beile!«

Die Verwirrung wurde so groß, daß ich in dem ungeheuren Konzert menschliche Stimmen nicht mehr von den anderen Lauten unterscheiden konnte. Ich weiß nicht, wie ich in diesem Zustand des Dämmerns noch aufnehmen konnte, daß man alles verloren glaubte und die Offiziere sich in der Kabine versammelt hatten, um die Übergabe zu beschließen. Und wenn es nicht die Phantasie meines verwirrten Gehirns war, so vernahm ich plötzlich eine donnernde Stimme vom Vorschiff-Oberdeck: »Die *Trinidad* ergibt sich nicht!«

Diese Stimme gehörte bestimmt Marcial – sofern überhaupt jemand gerufen hatte.

Ich fühlte mich erwachen und sah Don Alonso auf einem Sofa, den Kopf in den Händen in verzweifelter Haltung, ohne sich um seine Verwundung zu kümmern.

Ich näherte mich ihm, und der Unglückliche konnte seine Verzweiflung nicht besser ausdrücken, als mich väterlich zu umarmen, als ob wir beide dem Tode nahe wären. Zumindest er – so glaube ich – betrachtete sich vor Schmerz dem Tode nahe, denn seine Verletzung war alles andere als leicht. Ich tröstete ihn, so gut ich konnte, und versicherte ihm, daß, wenn wir auch das Gefecht nicht mehr gewinnen könnten, ich immerhin genug Engländer mit meiner Kanone getötet habe – und daß wir das nächste Mal mehr Glück haben würden. Einfältige Äußerungen, welche die Verzweiflung meines Herrn kaum zu lindern vermochten.

Als ich nach draußen ging, um Wasser für meinen Herrn zu holen, erlebte ich das Einholen der Flagge, die noch an der Drehrahe flatterte – einem der letzten Teile des Mastwerks, der nach dem Abknicken des Besanmastes noch stand. Dieses glorreiche Tuch, schon völlig zerfetzt und durchlöchert, Signal unserer Ehre, das unter seinen wehenden Falten alle Kämpfenden unter sich vereint hatte, sank herunter, um nie mehr aufzusteigen. Die Vorstellung eines geschlagenen Stolzes, einer sich aufbäumenden Seele, die übermächtigen Kräften unterliegt, kann kein erhaberenes Bild finden als diese Flamme, die herunterfällt und verschwindet wie eine untergehende Sonne. Die Sonne dieses tieftraurigen Abends beleuchtete unsere Fahne mit ihrem letzten Strahl im Augenblick unserer Kapitulation.

Das Feuer erstarb, und die Engländer betraten das besiegte Schiff.

12

Als der Geist sich nach seiner Erholung von der Aufregung des Kampfgetümmels dem Mitgefühl zuwenden konnte, bot sich uns, die wir noch am Leben waren, der Anblick des Schiffes in seiner ganzen grausamen Majestät – und wir erschauerten. Bis dahin hatten die Gedanken sich nur mit den Notwendigkeiten der Verteidigung beschäftigt, aber als das Feuer eingestellt werden mußte, wurden wir der zahlreichen Beschädigungen des Rumpfes gewahr, in den das Wasser hineinströmte. Das sinkende Schiff drohte, uns mit in sein Grab am Boden des Meeres zu reißen – alle, ob tot oder lebendig. Kaum waren die Engländer an Bord, erscholl ein allgemeiner Schrei aus den Kehlen unserer Seeleute: »An die Pumpen!«

Alle, die wir das noch konnten, eilten an die Pumpen und arbeiteten fieberhaft, aber diese unvollkommenen Maschinen spuckten weit weniger Wasser aus, als durch die Löcher eindrang. Plötzlich erfüllte uns ein noch schrecklicherer Schrei als vorher mit Entsetzen. Ich habe ja wohl schon erwähnt, daß die Verwundeten ins tiefste Deck gebracht worden waren, das – weil es unter der Wasserlinie lag – von den Kugeln nicht getroffen wurde. Das Wasser drang natürlich schnell in diesen Schiffsteil ein, und einige Matrosen schrien aus der Luke: »Die Verwundeten ertrinken!«

Die meisten Besatzungsmitglieder waren hin und her gerissen zwischen der Notwendigkeit, das Schiff durch verzweifeltes Pumpen vor dem schnellen Sinken zu bewahren, und dem Verlangen, diesen Unglücklichen zu helfen – und ich weiß nicht, was aus ihnen geworden wäre, wenn uns nicht Leute von einem englischen Schiff zur Hilfe gekommen wären. Diese transportierten nicht nur die Verwundeten zur dritten und zweiten Batterie, sondern legten auch Hand an die Pumpen, während ihre Zimmerleute versuchten, die schlimmsten Schäden am Rumpf notdürftig zu beseitigen.

Von der Müdigkeit überwältigt und in der Meinung, daß Don Alonso mich brauchen würde, suchte ich die Kabine auf. Da sah ich, wie einige Engländer die britische Flagge am Heck der *Santísima Trinidad* aufzogen. Der werte Leser wird mir verzeihen, wenn ich erwähne, daß dieser Vorgang mir etwas zu denken gab. Vorher hatte ich die Briten immer für richtige Piraten oder Wegelagerer des Meeres gehalten, abenteuerliches Packzeug, das keine Nation bildete und bloß von Plünderung lebte. Als ich den Stolz erblickte, mit dem sie ihre Flagge hißten, als ich ihre Begeisterungsrufe hörte und ihre Genugtuung sah, das größte und ruhmreichste Schiff, das bis dahin die Meere durchquert hatte, aufgebracht zu haben, dachte ich, daß sie doch auch ein geliebtes Vaterland besaßen, das ihnen die Verteidigung seiner Ehre befohlen hatte. Es erschien mir, daß in diesem für mich geheimnisvollen Land, das sich England nannte, wie in Spanien viele ehrenhafte Leute wohnen müßten: ein väterlicher König, Mütter, Töchter, Ehefrauen und Schwestern solcher tapferen Seemänner, die deren Rückkehr mit Sehnsucht erwarteten und Gott baten, ihnen den Sieg zu schenken.

In der Kabine konnte ich feststellen, daß sich mein Herr etwas beruhigt hatte. Die englischen Offiziere, die dort eingetreten waren, behandelten uns mit aufmerksamer Höflichkeit und wollten – wie ich heraushörte – die Verwundeten zu einem Schiff des Gegners transportieren. Einer dieser Offiziere trat auf meinen Herrn zu, als ob er ihn wiedererkannte, und grüßte ihn in leidlichem Spanisch, wobei er auf eine alte Freundschaft hinwies. Auf diese Aufmerksamkeit antwortete Don Alonso mit schwermütigem Ton. Danach erkundigte er sich bei ihm über den Verlauf der Schlacht.

»Aber was ist denn aus der Reserve geworden? Was hat Gravina gemacht?« fragte mein Herr.

»Gravina hat sich mit einigen Schiffen zurückgezogen«, erwiderte der Engländer.

»Von der Vorhut sind uns nur die *Rayo* und *Neptuno* zur Hilfe gekommen.«

»Die vier Franzosen *Duguay-Trouin*, *Mont Blanc*, *Scipion* und *Formidable* sind die einzigen, die nicht am Kampf teilgenommen haben.«

»Aber Gravina – was ist aus Gravina geworden?« beharrte mein Herr.

»Er hat sich mit der *Principe de Asturias* zurückgezogen, aber da er verfolgt wurde, weiß ich nicht, ob er Cádiz erreichen konnte.

»Und die *San Ildefonso*?«

»Ist gekapert worden.«

Und die *Santa Ana*?«

»Wurde auch aufgebracht.«

»Mein Gott!« rief mein Herr aus, ohne seinen Zorn verbergen zu können. »Ich wette aber, daß die *Nepomuceno* nicht in Eure Hände gefallen ist!«

»Sie ist es auch.«

»Oh, sind Sie sich da sicher? Und Churruca?«

»Ist gefallen«, antwortete der Engländer traurig.

»Gefallen! Churruca gefallen!« rief mein Herr mit Schmerz und Erstaunen aus. »Aber es heißt doch, daß die *Bahama* sich retten konnte und nach Cádiz zurückgekehrt ist?«

»Auch sie ist aufgebracht worden.«

»Die auch? Und Galiano? Galiano ist ein Held und ein Weiser.«

»Ja«, antwortete düster der Engländer, »aber er ist auch gefallen!«

»Und die *Montañés*. Was ist aus Alcedo geworden?«

»Alcedo? Ja, der ist auch tot!«

Mein Herr konnte seinen tiefen Schmerz nicht verbergen, und da das fortgeschrittene Alter seine Geistesgegenwart und Zurückhaltung in diesem entsetzlichen Moment beeinträchtigte, brach er vor dem Briten in Tränen aus – trauriger Liebesdienst für seine Gefährten. Das Klagen großer Seelen ist nichts Verachtenswertes – es zeigt vielmehr die lobenswerte Verbindung von Feinfühligkeit und energischem Charakter an. Mein Herr weinte wie ein Mann, der seine Pflicht als Seemann getan hatte. Als er sich aber von diesem Anfall von Niedergeschlagenheit etwas erholt hatte und dem Engländer den Verdruß zeigen wollte, den ihm das bereitete, sprach er: »Aber ihr habt nicht weniger gelitten als wir! Unsere Feinde müssen beträchtliche Verluste erlitten haben.«

»Besonders einen, unersetzlichen«, erwiderte da der Engländer mit ebensoviel Kummer wie Don Alonso. »Wir haben den besten Mann unserer Marine verloren – den Mutigsten unter den Mutigen, den heldenhaften und erhabenen Admiral Nelson!«

Und mit der gleichen Aufrichtigkeit wie mein Herr drückte der Engländer seinen tiefen Schmerz aus. Er bedeckte das Gesicht mit den Händen und beweinte – mit der ganzen ausdrucksvollen Ehrlichkeit wirklichen Schmerzes – den Führer, den Beschützer, den Freund.

Nelson, der mitten im Gefecht – wie ich später erfuhr – von einer Kugel tödlich getroffen wurde, die ihm die Brust durchbohrte und im Rückgrat stecken blieb, soll zu Kapitän Hardy gesagt haben: »Es geht zu Ende! Sie haben es schließlich geschafft.«

Sein Todeskampf dauerte bis zur Abenddämmerung. Er ließ sich keine Einzelheit der Schlacht entgehen, und auch sein militärisches und seemännisches Genie erlosch erst, als das Leben mit einem letzten heftigen Aufbäumen seinen Körper verließ. Gepeinigt von fürchterlichen Schmerzen diktierte er noch Befehle, erkundigte sich über die Bewegungen beider Flotten, und als er von dem Sieg der seinigen erfuhr, brach er in folgenden Ruf aus: »Dank sei Gott! Ich habe meine Pflicht erfüllt.«

Eine Viertelstunde danach verschied der größte Seemann unseres Jahrhunderts.

Verzeihen Sie mir die Abschweifung. Der Leser wird sich fragen, warum das Schicksal der vielen anderen Schiffe nicht erwähnt worden ist. Unsere Unkenntnis darüber war nur zu erklärlich wegen der übergroßen Länge der Schlachtlinie und wegen der Taktik zahlreicher Einzelkämpfe, die die Engländer verfolgt hatten. Ihre Schiffe mischten sich mit den unsrigen, und da die Kämpfe auf Gewehrschußweite stattfanden, verdeckte das gegenüberliegende Feindschiff jeweils die Sicht auf den Rest der Flotte. Außerdem verbarg uns der dicke Rauch alles, was nicht in unmittelbarer Nähe war.

Als es Abend wurde und die Kanonensalven immer noch nicht aufgehört hatten, konnten wir einige Schiffe ausmachen, die wie geisterhafte Wesen in der Ferne dahinzogen – einige mit halbem Mastwerk, andere ohne einen einzigen Mast. Der Dunst, der Rauch und auch die Betäubung unserer Gehirne ließen uns nicht erkennen, ob es spanische oder gegnerische waren, und wenn das Licht eines fernen Schusses das schauerliche Panorama teilweise beleuchtete, bemerkten wir, daß der Kampf zwischen isolierten Gruppen von Schiffen noch erbittert fortgesetzt wurde, daß andere ohne Ziel umherfuhren, vom starken Wind getrieben, und daß eines der unsrigen von einem englischen nach Süden abgeschleppt wurde.

Dann kam die Nacht, und mit ihr verstärkten sich der Ernst und der Schrecken unserer Lage. Man hätte eigentlich erwarten können, daß uns nach so viel Unglück wenigstens die Natur hätte freundlich behandeln müssen, aber nichts dergleichen – die Elemente entfesselten sich mit Macht, als ob der Himmel meinte, die Anzahl unserer Katastrophen sei noch nicht groß genug. Es zog ein starker Sturm auf, und Wind und

Wasser, plötzlich hochgepeitscht, geißelten das Schiff, das manövrierunfähig der Wucht der Wogen ausgesetzt war. Das Schiff schaukelte so heftig, daß jeder Handgriff schwierig wurde, was – verstärkt durch die Ermüdung der Besatzung – unsere Lage von Stunde zu Stunde verschlechterte. Ein englisches Schiff, von dem ich später erfuhr, daß es die *Prince* war, versuchte, die *Trinidad* abzuschleppen, aber seine Anstrengungen waren nutzlos, und es mußte sich entfernen, weil ein Zusammenstoß für beide Schiffe fatal gewesen wäre.

Es war nicht möglich gewesen, Nahrung zu sich zu nehmen, und ich starb fast vor Hunger, aber die anderen – gleichgültig gegenüber allem, was sich nicht um die unmittelbare Gefahr handelte – kümmerten sich kaum darum. Ich wagte nicht, um ein Stückchen Brot zu bitten aus Angst, lästig zu fallen. Ohne Scham gestehe ich, daß ich meinen Blick umherschweifen ließ, um etwas Eßbares zu entdecken. Vom Hunger getrieben wagte ich mich in die Vorratskammern – und wie groß war meine Überraschung, als ich Marcial dort erblickte, der gerade verschlang, was er nur erwischen konnte! Der Alte war nicht schwer verletzt – eine Kugel hatte ihm zwar den rechten ›Fuß‹ abgerissen, aber der war ja nur das Ende seines Stockbeins, so daß Marcial jetzt nur noch ein wenig mehr humpelte als zuvor.

»Nimm, Gabrielito«, sagte er mir und fütterte mich mit Zwieback. »Ein Schiff ohne Ballast schwimmt nicht.«

Darauf öffnete er eine Flasche und trank mit Genuß.

Wir verließen die Vorratskammer und sahen, daß wir nicht die einzigen waren, die sich hier zu schaffen gemacht hatten, denn alles wies darauf hin, daß kurz vorher eine Plünderung stattgefunden hatte.

Mit erneuerten Kräften konnte ich jetzt daran denken, mich nützlich zu machen, legte Hand an die Pumpen und half den Zimmerleuten. Mit Hilfe der Engländer, die alles überwachten, gelangen uns unter großen Mühen einige Reparaturen. Wie ich später erkannte, ließen die Sieger einige unserer Seeleute nicht aus den Augen, weil sie fürchteten, daß sie versuchen könnten, das Schiff wieder in ihre Gewalt zu bringen. Damit bewiesen sie mehr Vorsicht als gesunden Menschenverstand, denn man hätte den Verstand verloren haben müssen, ein Schiff in diesem Zustand zurückzuerobern. Jedenfalls tauchten die *Kittelträger* überall auf und beobachteten jede unserer Bewegungen.

Als die Kälte der Nacht mich durchdrang, verließ ich das Oberdeck, wo ich mich kaum halten konnte und Gefahr lief, durch die heftigen Wellenbewegungen ins Meer geschleudert zu werden. Ich suchte die Kabine auf. Mein einziger Gedanke war, etwas zu schlafen – aber wer konnte wohl in solch einer Nacht schlafen?

In der Kabine herrschte ein Durcheinander wie auf dem Vorschiff-Oberdeck. Die Gesunden halfen den Verwundeten so gut sie konnten, und letztere – von Schmerzen und den Schiffsbewegungen gequält, die ihnen jede Erholung unmöglich machten – boten einen so traurigen Anblick, daß man schon aus diesem Grunde nicht schlafen konnte. An einer Seite der Kabine lagen – bedeckt mit der Nationalflagge – die toten Offiziere. Angesichts der Schmerzkrämpfe vieler Verwundeter mochte mancher insgeheim die Toten beneiden: Sie waren die einzigen auf der *Trinidad*, die sich ausruhten, die der Erschöpfung, Scham der Niederlage sowie den körperlichen Schmerzen enthoben waren. Die Fahne, die ihnen als erhabenes Leichentuch diente, schien sie der Sphäre von Verantwortung, Not und Verzweiflung, in der wir Lebenden uns mühten, zu entheben. Die Gefahr, in der das Schiff schwebte, konnte ihnen nichts mehr anhaben, denn es war ja nur noch ihr Sarg. Die toten Offiziere waren: Don Jan Cisniega, Leutnant zur See - er war trotz des gleichen Nachnamens nicht mit meinem Herrn verwandt; Don Joaquín de Salas und Don Juan Matute, beide ebenfalls Leutnant zur See; der Oberstleutnant des Heeres Don José Graullé; der Fregattenleutnant Urias und der Seekadett Antonio de Bobadilla. Die Anzahl der gefallenen Seeleute und Soldaten, deren Leichen durcheinander auf dem Oberdeck oder in den Batteriekammern lagen, belief sich auf die entsetzliche Zahl von vierhundert.

Nie werde ich den Augenblick vergessen, da der britische Offizier, der das Kommando übernommen hatte, befahl, die Leichen ins Meer zu versenken. Diese traurige Feier fand am Morgen des 22. Oktober statt, zu einer Stunde, als der ohnehin starke Wind noch heftiger wurde. Nachdem die Leichen der Offiziere auf das Oberdeck gebracht worden waren, betete der Geistliche eilig eine Repons, denn es war keine Zeit für oratorische Weitschweifigkeit, und gleich darauf begann die feierliche Übergabe an das Meer. In ihrer Flagge eingewickelt und mit einer Kugel an den Füßen befestigt wurden sie über Bord geworfen, ohne daß dies wie sonst in allen Traurigkeit und Bestürzung hervorgerufen hätte. So sehr waren die Herzen vom Unglück befallen, daß der Anblick des Todes ihnen mehr oder weniger gleichgültig geworden war!

Die Totenfeiern auf dem Meer sind trauriger als an Land. Im letzteren Falle wird ein Leichnam begraben und bleibt dort. Die Leidtragenden wissen, daß es ein Fleckchen Erde gibt, wo diese Reste ruhen, und können sie mit einer Platte, einem Kreuz oder einem Stein schmücken. Im Meer aber … Dort werden die Körper in die sich bewegende Unendlichkeit geworfen und scheinen im Augenblick des Fallens aufzuhören zu existieren. Die Vorstellung kann ihnen nicht auf ihrem Weg zum Meeresgrund folgen, und es ist schwierig, den Meeresboden als einen bestimmten Ort anzusehen. Diese Überlegungen stellte ich an, als ich sah, wie die Körper dieser tapferen Krieger verschwanden, die am Tag vorher noch voller Leben, Vaterlandsliebe und Zuneigung zu ihren Familien gewesen waren.

Die toten Matrosen und Bootsmänner wurden weniger feierlich in die See geworfen. Die Dienstordnung schreibt vor, daß sie in Segeltuch einzunähen sind, aber es blieb keine Zeit, um die Dienstordnung zu befolgen. Einige wurden vorschriftsmäßig versenkt, aber die meisten wurden ohne Vorbereitung ins Meer geworfen – ohne Kugel an den Füßen – aus dem einfachen Grunde, weil es nicht mehr genug Kugeln für alle gab. Es waren etwa vierhundert, und um das Seemannsbegräbnis bald zu beenden, mußten alle noch dazu fähigen Männer an Bord Hand anlegen. Mit viel Widerwillen mußte ich meine Mitarbeit zu solch traurigem Dienst anbieten, so daß einige Körper auch mit Hilfe meiner Hand von Bord gestoßen wurden.

Da geschah etwas – ein Zufall –, was mir großen Schrecken bereitete. Ein furchtbar verstümmelter Leichnam wurde von zwei Matrosen ergriffen, und als sie ihn hoben, erlaubten sich einige der Umstehenden grobe Scherze, die bei jeder Gelegenheit unpassend gewesen wären, in diesem Augenblick aber schändlich waren. Ich weiß nicht, warum der Körper dieses

Unglücklichen der einzige war, der sie die Ehrfurcht vor dem Tode so schnöde vergessen lassen konnte. Sie sagten unter anderem: »Der hat sein Fett weg, der kann keine mehr betören.« Und andere Grobheiten vom gleichen Schlag. Ich war entrüstet, aber meine Entrüstung verwandelte sich in Verwunderung und in ein unbestimmtes Gefühl – ein Gemisch von Ehrfurcht, Schmerz und Furcht –, als ich bei näherer Betrachtung der Gesichtszüge jenes Leichnams meinen Onkel wiedererkannte. Vor Entsetzen schloß ich die Augen und öffnete sie erst wieder, als der heftige Aufschlag auf dem Wasser mir anzeigte, daß der Quälgeist meiner Kindheit dem menschlichen Blickfeld für immer entschwunden war.

Jener Mann war sehr ungerecht mir gegenüber gewesen, auch seine Schwester hatte er schlecht behandelt, aber er war nun einmal ein naher Angehöriger, der Bruder meiner Mutter. Das Blut, das durch meine Adern floß, war auch seines, und jene Stimme, die uns anhält, die Fehler unserer Nächsten zu vergeben, konnte nach der Szene, die sich vor meinen Augen abgespielt hatte, nicht schweigen. Auch hatte ich im blutverschmierten Gesicht meines Onkels einige Spuren der Züge meiner Mutter erkennen können, was meinen Kummer natürlich noch vergrößerte. In diesem Moment erinnerte ich mich nicht daran, daß er ein Verbrecher gewesen war, und auch nicht an die Grausamkeiten, die er in meiner unglücklichen Kindheit an mir verübte. Ich versichere Ihnen – und ich sage das hier ohne Hemmung, obwohl ich mich damit ja lobe – daß ich ihm von ganzem Herzen vergab und meine Seele Gott anflehte, er möge das auch tun.

Später habe ich erfahren, daß er im Kampf großen Mut bewiesen hatte, ohne daß seine Gefährten ihn dadurch sympathischer fanden, denn diese erzählten, er sei der streitsüchtigste Mensch der Welt gewesen, und sie hatten kein Wort der Zuwendung oder des Mitgefühls für ihn übrig – auch nicht im letzten Augenblick, wo jede Schuld verziehen wird, weil man voraussetzt, daß der Schuldige sich vor Gott für seine Handlungen verantworten muß.

Im Laufe des Tages versuchte die *Prince* erneut, die *Santísima Trinidad* abzuschleppen, jedoch mit dem gleichen Mißerfolg wie am Tag zuvor. Die Lage verschlimmerte sich aber nicht, obwohl der Sturm weiter wütete, weil inzwischen viele

Schäden ausgebessert worden waren, so daß man allgemein glaubte, man könne den Rumpf retten, wenn sich das Wetter erst einmal gebessert haben würde. Die Briten setzten darin großen Eifer, denn sie wollten das größte bis dahin gebaute Schiff als Trophäe nach Gibraltar bringen. Deshalb strengten sie sich an den Pumpen Tag und Nacht so sehr an, so daß wir uns etwas ausruhen konnten.

Am 22. Oktober war das Meer den ganzen Tag über so aufgewühlt, daß das Schiff wie ein Fischerboot hin und her gerissen wurde. Dabei bewies dieser Berg von Holz die feste Splissung seiner starken Rippen, die nicht in tausend Splitter zerbarsten, als die Wellen mit fürchterlicher Kraft dagegen prallten. Es gab Augenblicke – wenn das Meer sich kurzzeitig etwas beruhigte –, in denen es schien, als würde das Schiff für immer versinken, aber immer wenn die Wucht der Wellen wie durch einen tiefen Strudel wieder entfacht wurde, richtete das Schiff seinen stolzen, mit dem Löwen von Kastilien geschmückten Bug wieder auf, und wir schöpften neue Hoffnung, gerettet zu werden.

Überall erblickten wir verstreute Schiffe, größtenteils englische, die schwer beschädigt waren und versuchten, sich in Sicherheit zu bringen. Wir sahen auch spanische und französische, einige ohne Masten, andere im Schlepp eines feindlichen Schiffes. Marcial erkannte unter diesen die *San Ildefonso*. Wir sahen Mengen von Trümmern und Resten wie Stengen, Toppsegel, zertrümmerte Rettungsboote, Luken, Stücke von Anbauten, Geschützpforten und einmal auch zwei unglückliche Seeleute, die sich an einen schwimmenden Mast klammerten und ertrunken wären, wenn die Engländer sich nicht beeilt hätten, sie zu retten. An Bord der *Trinidad* gebracht, erwachte das Leben wieder in ihnen, was einer Wiedergeburt gleichkam, nachdem sie sich schon in den Armen des Todes befunden hatten.

Der Tag verging zwischen Verzweiflung und Hoffnung. Manchmal erschien es uns schon gewiß, daß wir auf ein englisches Schiff umsteigen mußten, um unser Leben zu retten, und dann wieder glaubten wir, unser Schiff noch erhalten zu können. Auf jeden Fall war der Gedanke, als Gefangene nach Gibraltar gebracht zu werden, unerträglich – nicht so sehr für mich, als für ehrsüchtige und starrköpfige Männer wie meinen Herrn, deren moralische Leiden an jenem Tage unerhört gewesen sein müssen. Gegen Abend stellten sich solche Fragen aber nicht mehr. Es hatte sich die Einsicht durchgesetzt, daß wir umsteigen müßten, um nicht zu ertrinken. Denn wir hatten schon fünfzehn Fuß Wasser im Rumpf. Uriarte und Cisneros nahmen diese Nachricht mit Ruhe und Gelassenheit auf und verwiesen darauf, daß kein großer Unterschied darin bestehe, im eigenen Hause zu sterben oder Gefangene in einem fremden zu sein. Gleich darauf begann das Umladen beim schwachen Licht der Abenddämmerung, was gar nicht einfach war, weil fast dreihundert Verwundete in die Boote gebracht werden mußten. Die gesunde Mannschaft bestand aus etwa fünfhundert Leuten – bei Kampfbeginn waren es tausendfünfhundert gewesen.

In großer Eile begann das Übersetzen mit Booten der *Trinidad*, der *Prince* und drei anderer Schiffe der englischen Flotte. Die Verwundeten hatten natürlich Vorzug. Obwohl ihnen jeder zusätzliche Schmerz hätte erspart werden sollen, war es unmöglich, sie von dort, wo sie lagen, heraufzuholen, ohne sie quälen zu müssen, so daß einige mit lauten Schreien verlangten, in Ruhe gelassen zu werden, weil sie den Tod einer Reise vorzogen, die ihre Schmerzen nur vergrößern würde. Die allgemeine Hast war auch nicht dem Mitleid förderlich, so daß sie ohne Nachsicht in die Boote gebracht wurden – wie man die kalten Körper ihrer Kameraden ins Meer geschleudert hatte.

Der Kommandant Uriarte und der Geschwaderchef Cisneros stiegen in die Boote für Offiziere ihrer britischen Majestät. Mein Herr wurde ebenfalls heraufgeholt, um dort untergebracht zu werden, aber er weigerte sich hartnäckig und sagte, er wolle der letzte sein, der die *Trinidad* verläßt. Ich konnte plötzlich nicht umhin, mich darüber zu ärgern, denn die Wogen meiner Vaterlandsliebe, die mir anfänglich eine gewisse Unerschrockenheit verliehen hatten, waren abgeklungen. Ich dachte nur noch daran, mein Leben zu retten. Daher war ich nicht bereit, diesem edlen Entschluß, auf einem Schiff zu bleiben, das jeden Augenblick in die Tiefe gerissen werden konnte, nachzueifern.

Meine Befürchtungen waren berechtigt, denn als noch nicht einmal die Hälfte der Besatzung das Schiff verlassen hatte, erscholl ein dumpfer Schreckensschrei aus unserem Schiff: »Wir sinken! In die Boote, in die Boote!« schrien einige, während andere, beherrscht vom Selbsterhaltungstrieb, die zurückkehrenden Boote mit gierigen Augen suchten. Sämtliche Rettungsarbeiten wurden aufgegeben; man dachte nicht mehr an die Verwundeten, und viele von ihnen, die schon auf das Oberdeck getragen worden waren, taumelten dort in äußerster Verwirrung umher und suchten eine Fallreepstür, von der sie sich in die aufgewühlten Fluten stürzen konnten. Aus den Luken erscholl ein herzzerreißendes Klagen, das jetzt noch mein Gehirn durchzieht, mein Blut erstarren und meine Haare sich sträuben läßt: Es waren die Verwundeten, die noch in der ersten Batterie waren und die beim Anblick des eindringenden Wassers flehende Hilfeschreie ausstießen - ich weiß nicht, ob an Gott oder an die Menschen gerichtet.

Letztere flehten sie vergebens an, denn diese dachten nur noch an die Rettung des eigenen Lebens. Sie stürzten sich in wilder Angst in die Boote, und in der Dunkelheit der Nacht behinderte die furchtbare Unordnung die Rettungsaktionen beträchtlich. Ein einziger Mann blieb auf dem Achterkastell, unerschütterlich angesichts so großer Gefahr und ohne sich um das zu kümmern, was um ihn herum geschah. Er schritt abwesend auf und ab, als ob die Planken, auf die er seinen Fuß setzte, nicht schon dem unendlichen Abgrund geweiht wären. Der Mann war mein Herr.

Ich rannte zu dem Geistesabwesenden und schrie: »Herr, wir sinken!«

Don Alonso reagierte nicht und sprach – wenn mein Gedächtnis mich hier nicht täuscht –, ohne seine schlafwandlerische Haltung zu ändern. Es waren Worte, die der verzweifelten Situation völlig unangemessen waren.«

»Oh, wie wird Paca lachen, wenn ich mich nach solch einer großen Niederlage wieder zu Hause blicken lasse.«

»Herr, das Schiff sinkt!« schrie ich von neuem und schilderte schon nicht mehr die Gefahr, sondern flehte ihn mit Gesten und beschwörender Stimme an.

Don Alonso starrte auf das Meer, die Boote und auf die Menschen, die sich verzweifelt und blind in jene stürzten, und ich suchte mit ängstlichen Augen Marcial und rief mit aller Kraft meiner Lungen nach ihm. Dann verlor ich wohl das

Gefühl für das, was um mich herum geschah. Ein Schleier fiel vor meine Augen, und ich wurde der Gegenwart entrückt.

Um zu erzählen, wie ich gerettet wurde, kann ich mich nur auf sehr undeutliche traumgleiche Erinnerungsfetzen stützen – denn ich hatte zweifellos vor Entsetzen das Bewußtsein verloren. Es scheint, daß ein Matrose auf meinen Herrn zulief, während ich auf ihn einredete, und ihn mit seinen kräftigen Armen umschlang. Ich selbst fühlte mich davongetragen, und als mein bewölkter Geist sich ein wenig aufklärte, befand ich mich in einem Boot auf den Knien meines Herrn, der meinen Kopf mit väterlicher Zärtlichkeit in seinen Händen hielt. Marcial hielt das Ruder des Bootes, in dem sich die Schiffbrüchigen drängten, in der ihm verbliebenen Hand.

Als ich den Blick hob, sah ich in nur vier oder fünf Ellen Entfernung zu meiner Rechten die dunkle Bordwand des kurz vor dem Absinken stehenden Schiffes. Durch die Geschützpforten der noch nicht überschwemmten Kammern schimmerte ein schwaches Licht – das der bei Einbruch der Dunkelheit entzündeten Lampen. Wie ein unermüdlicher Wächter hütete es noch das aufgegebene Schiff. Da drangen einige klägliche Schreie aus den Pforten in mein Ohr: Es waren die Verwundeten, die man nicht hatte retten können, und die sich nun wie in der Schwebe über dem Abgrund befanden.

Meine Vorstellung wanderte erneut in das Schiffsinnere. Es fehlte nur noch ein Zoll Wasserhöhe, und das schon gestörte Gleichgewicht wäre endgültig verloren.

Wie mochten diese Unglücklichen das langsame Anschleichen des Ertrinkungstodes bei vollem Bewußtsein erleben? Was sagten sie sich wohl einander in diesen schaurigen Augenblicken? Und was fühlten sie wohl, als sie das Platschen der Ruder der Boote hörten, in denen die Gehfähigen sich gerettet hatten? Welche Bitterkeit mochte wohl in die gequälten Seelen eingezogen sein? Es ist aber auch gewiß, daß dieses schreckliche Martyrium sie von jeglicher Schuld reinigte, und daß die Gnade Gottes jeden Winkel des Schiffes erfüllte, als es für immer verschwand.

Das Boot entfernte sich. Ich blickte ständig auf diese große konturlose Masse, obwohl ich den Verdacht habe, daß es meine Phantasie – nicht meine Augen – war, die mich die

Santísima Trinidad in der Dunkelheit der Nacht noch sehen ließen. Ich glaubte sogar, am dunklen Himmel einen großen
Arm zu erblicken, der bis zur Wasseroberfläche herunter-
reichte. Das war natürlich nur ein von meinen Gefühlen her-
vorgerufenes Trugbild.

13

Das Boot fuhr ... wohin eigentlich? Selbst Marcial wußte
nicht, wohin wir uns bewegten. Es war so dunkel, daß wir die
anderen Boote aus der Sicht verloren, und die Leuchten der
Prince verschwanden im aufkommenden Nebel, als ob sie
ausgeblasen worden wären. Die Wellen waren so hoch und
der Südwestwind so hartnäckig, daß unser schwaches Fahrzeug sich nur sehr langsam vorwärtsbewegte. Durch
geschicktes Steuern geriet es nur ein einziges Mal in Gefahr zu
kentern. Alle schwiegen wir, und die meisten schickten traurige Blicke zu dem Ort, wo wir die zurückgelassenen Kameraden in ihrer schrecklichen Agonie vermuteten.

Ich beendete diese Überfahrt nicht, ohne – wie es so meine
Gewohnheit war – einige Überlegungen anzustellen, die ich
mal wagen will, philosophisch zu nennen. Man mag über
einen Philosophen von sage und schreibe vierzehn Jahren
lachen, und es bedarf schon einiger Kühnheit, daß ich hier
meine Gedanken von damals niederschreibe. Aber auch Kinder können große Gedanken fassen. Und welches Gehirn –
wenn nicht das eines Idioten – hätte bei diesen Ereignissen
unberührt bleiben können!

Also: In unseren Booten saßen Spanier und Engländer –
überwiegend allerdings Spanier – und es war merkwürdig
anzusehen, wie diese sich verbrüderten, einander in der
gemeinsamen Gefahr halfen, ohne noch daran zu denken, daß
sie am Tag zuvor in einem grausamen Kampf gegeneinander
verwickelt waren. Die Engländer ruderten mit der gleichen
Entschlossenheit wie meine Landsleute. In ihren Gesichtern
beobachtete ich die gleichen Zeichen von Angst und Hoffnung und – vor allem – den Ausdruck der Menschlichkeit und

Mildtätigkeit. Bei diesem Anblick sagte ich mir: Wozu sind denn eigentlich die Kriege gut, mein Gott? Warum können denn diese Männer nicht auch Freunde bei anderen Gelegenheiten des Lebens sein, wie sie es in der Gefahr sind? Was ich hier sehe – beweist das nicht, daß alle Menschen Brüder sind?

Aber plötzlich kam mir der Gedanke der Volkszugehörigkeit, jenes Systems von Inseln, das ich mir zurechtgelegt hatte, und ich sagte mir: Dagegen spricht aber, daß die Inseln sich gegenseitig dieses oder jenes Stück Erde entreißen wollen, und – zweifelsohne – gibt es auf allen von ihnen sehr schlechte Menschen, die die Kriege zum eigenen Nutzen anzetteln, entweder weil sie ehrgeizig sind und befehlen wollen oder weil sie rachgierig sind und reich werden wollen. Diese schlechten Menschen sind diejenigen, die die anderen täuschen, und damit die Täuschung vollkommen wird, hetzen sie die Unglücklichen auf, einander zu hassen, säen Zwietracht, schüren den Neid – und hier sieht man das Ergebnis: Ich bin sicher, fügte ich im Geiste hinzu, daß das nicht so weitergehen kann. Ich wette zwei gegen eins, daß innerhalb kurzer Zeit die Leute der Inseln sich überzeugen werden, daß sie ein großes Unrecht begehen, wenn sie solche fürchterlichen Kriege vom Zaun brechen, und daß sie einander eines Tages in die Arme nehmen werden, sobald sie erkennen, daß sie alle nur einer großen Familie angehören.

So dachte ich damals. Seitdem habe ich sechzig Jahre gelebt und diesen ersehnten Tag noch nicht kommen sehen. Das Boot kam in dem wütenden Meer nur mühselig vorwärts. Ich bin der festen Überzeugung, daß Marcial – hätte mein Herr ihn gelassen – die anderen Spanier veranlaßt hätte, mit ihm die Engländer ins Meer zu werfen und Kurs auf Cádiz oder die Küste zu nehmen. Wahrscheinlich wären bei diesem Abenteuer alle ertrunken. Etwas in der Art schien die Haltung meines Herrn auszudrücken, als er Marcial eine Lektion in Ritterlichkeit erteilte, indem er erklärte: »Wir sind Gefangene, Marcial – Gefangene!«

Das Schlimmste aber war, daß wir kein Schiff in der Nähe ausmachen konnten.

Die *Prince* hatte sich von ihrem vorherigen Ort entfernt; kein Licht zeigte uns ein Schiff an. Schließlich entdeckten wir die Schemen eines Schiffes, das mit dem Wind auf uns zutrieb.

Einige hielten es für ein französisches, andere für ein englisches, und Marcial behauptete, es sei spanisch. Wir legten uns in die Ruder, und bald waren wir in Rufweite.

»Ohé, Schiff!« schrien unsere.

Darauf wurde auf spanisch geantwortet.

»Es ist die *San Agustín*«, sagte Marcial.

»Die *San Agustín* ist doch untergegangen«, meinte Don Alonso. »Es scheint mir die *Santa Ana* zu sein, die auch aufgebracht worden ist.«

Und wirklich, als wir näherkamen, erkannten alle die *Santa Ana*, die von Generalleutnant Alava in den Kampf geführt worden war. Darauf schickten sich die Engländer, die das Schiff übernommen hatten, an, uns Hilfe zu leisten, und es dauerte nicht lange, und wir waren alle sicher auf dem Oberdeck.

Die *Santa Ana*, ein Schiff von hundertzwölf Kanonen, hatte auch schwere Schäden erlitten, jedoch nicht so starke wie die *Santísima Trinidad*. Obwohl auch sie alle ihre Masten und ihr Ruder verloren hatte, war ihr Rumpf in keinem schlechten Zustand. Die *Santa Ana* überlebte Trafalgar noch mehr als elf Jahre. Es hätten noch mehr werden können, wenn sie nicht durch den Verlust des Kiels im Jahre 1816 in der Bucht von Havanna gesunken wäre. Sie bewährte sich in den Tagen, die ich hier beschreibe, außerordentlich.

Wie ich schon sagte, stand sie unter dem Befehl von Generalleutnant Alava, Leiter der Vorhut, die nach Änderung des Befehls zur Nachhut geworden war. Die von Collingwood angeführte Gruppe hatte sich zum Angriff auf die Nachhut zubewegt, während Nelson auf das Gros vorgerückt war. Die *Santa Ana*, die nur von der französischen *Fougueux* unterstützt wurde, hatte sich mit der *Royal Sovereign* und vier anderen englischen Schiffen gemessen. Trotz der Ungleichheit der Kräfte waren alle bald beschädigt worden, und das Schiff Collingwoods war das erste gewesen, das außer Gefecht gesetzt wurde, so daß Collingwood auf die Fregatte *Eurygalus* übersetzen mußte. Wie die, die daran teilgenommen hatten, berichteten, war der Kampf fürchterlich gewesen. Die beiden mächtigen Schiffe, deren Rahen sich berührten, hatten sich sechs Stunden lang gegenseitig zerstört, bis die *Santa Ana* sich ergeben mußte. General Alava und der Kommandant Gardoquí waren verwundet, fünf Offiziere und siebenundneunzig Matrosen waren gefallen, mehr als hundertfünfzig Seeleute waren verwundet worden. Nachdem sie von den Engländern aufgebracht worden war, konnte man die *Santa Ana* kaum noch steuern, zumal in der Nacht des 21. Oktober ein heftiger Südostwind aufgekommen war. So befand das Schiff sich in einer recht kritischen – wenn auch nicht verzweifelten – Lage, als wir es betraten, und trieb im Spiel der Wellen dahin, ohne eine bestimmte Richtung einschlagen zu können.

Natürlich war es mir ein Trost, daß auch diesen Menschen der Schrecken und die Angst vor dem nahen Tod ins Gesicht geschrieben stand. Sie waren traurig und ruhig, trugen gefaßt den Schmerz der Niederlage und die Scham, Gefangene zu sein. Eines war jedoch anders als bei uns: Die englischen Offiziere, die das Schiff übernommen hatten, waren bei weitem nicht so nachsichtig und gütig wie diejenigen, die die gleiche Funktion auf der *Santísima Trinidad* übernommen hatten. Sie waren im Gegenteil sehr mürrisch und demütigten die unseren, wo sie nur konnten. Ihr Hochmut ärgerte die gefangene Besatzung, und ich vernahm auch aufgebrachtes Murmeln, das bestimmt nicht sehr beruhigend für die Engländer gewesen wäre, wenn sie den Wortlaut verstanden hätten.

Ich hatte die Lust verloren, aufs Vorderschiff-Oberdeck und -Kastell zu gehen, und flüchtete mich zusammen mit meinem Herrn sofort in die Kabine, wo ich mich ein wenig ausruhen und Nahrung zu mir nehmen konnte. Beides hatte ich bitter nötig. Aber auf der *Santa Ana* mußten viele Verwundete gepflegt werden. Diese Beschäftigung, der ich gern nachkam, ließ mir nicht so viel Erholung, wie mein erschöpfter Körper verlangte.

Ich war gerade dabei, Don Alonso einen Verband anzulegen, als ich fühlte, wie sich eine Hand auf meine Schulter legte. Ich drehte mich um und sah mich einem großen jungen Mann gegenüber, der in einen langen blauen Umhang eingehüllt war. Zuerst erkannte ich ihn nicht. Nachdem ich ihn aber einige Augenblicke aufmerksam betrachtet hatte, stieß ich einen Ruf des Erstaunens aus: Der junge Mann war Rafael Malespina, der Bräutigam meiner Freundin.

Mein Herr umarmte ihn mit großer Zärtlichkeit, und Malespina setzte sich an unsere Seite. Er war an einer Hand verletzt und vor Erschöpfung und Blutverlust so blaß, daß sein Gesicht kaum wiederzuerkennen war. Seine Gegenwart rief sehr seltsame Gefühle in mir hervor, die ich hier alle gestehen will, obwohl einige davon mir nicht zur Ehre gereichen. Zuerst empfand ich eine gewisse Freude, eine bekannte Person wiederzusehen, die dem grauenhaften Blutbad entronnen war. Im Augenblick danach erwachte mein alter Haß wie ein eingeschlafener Schmerz, der uns nach einer Periode der Erleichterung wieder heimsucht. Voller Scham muß ich bekennen: Es gefiel mir nicht, ihn verhältnismäßig unbeschadet vorzufinden. Zu meiner Entlastung kann ich aber anführen, daß dieses Gefühl nur so kurz wie ein Blitz aufflackerte – ein richtiger schwarzer Blitz, der meine Seele oder genauer: mein Gewissen überschattete.

Der ruchlose Teil meines Ichs gewann für kurze Zeit die Oberhand, aber in einem Augenblick brachte ich ihn auch zum Schweigen und verbannte ihn in die Tiefen meines Seins.

Dann sah ich Malespina mit Freude an, weil er noch lebte, und mit Bedauern, weil er verwundet war. Mit Stolz erinnere ich mich noch daran, daß ich mich anstrengte, ihm diese beiden Gefühle zu zeigen. Arme kleine Freundin! Wie groß muß doch Rositas Angst in diesen Stunden gewesen sein! Am Ende neigt mein Herz doch immer dazu, sich mit Güte zu füllen. Ich wäre – hätte ich es in diesem Moment gekonnt – nach Vejer geeilt, um ihr zu sagen: »Verehrtes Fräulein Rosa, Euer Don Rafael ist mit dem Leben davongekommen!«

Der arme Malespina war von der *Santa Ana* zur ebenfalls aufgebrachten *Nepomuceno* transportiert worden, weil die Anzahl der Verwundeten auf der letzteren so groß war, daß man – wie er berichtete – sie verteilen mußte, damit sie nicht an unterlassener Hilfeleistung stürben. Nachdem Schwiegervater und Schwiegersohn sich begrüßt und den abwesenden Familien einige Worte gewidmet hatten, kehrte das Gespräch wieder zum Ablauf der Schlacht zurück. Mein Herr erzählte, was sich auf der *Santísima Trinidad* ereignet hatte, und fügte dann hinzu: »Aber keiner kann mir mit Sicherheit sagen, wo sich Gravina befindet. Ist er gefangen worden, oder hat er sich nach Cádiz zurückgezogen?«

»Der General«, erwiderte Malespina, »unterhielt ein furchtbares Feuer gegen die *Defiance* und *Revenge*. Dabei wurde er von der französischen *Neptune* und unseren Schiffen *San Ilde-fonso* und *San Justo* unterstützt. Aber die Kräfte des Gegners verdoppelten sich durch die Hilfe der *Dreadnought, Thunderer* und *Poliphemus*. Danach war jeder Widerstand unmöglich. Da die *Principe de Asturias* ohne Masten und von Einschüssen durchlöchert war und darüber hinaus der General Gravina und sein Stellvertreter Escaño verwundet waren, entschloß man sich, den Kampf aufzugeben, denn jeder Widerstand wäre unsinnig gewesen und die Schlacht ja schon verloren. In einem Rest des Mastwerks ließ Gravina das Signal für den Rückzug setzen, und in Begleitung der *San Juan, San Leandro, Montañés, Indomptable, Neptune* und *Argonauta* fuhren sie nach Cádiz, traurig darüber, daß sie die *Ildefonso* nicht retten konn-ten und in der Hand der Feinde lassen mußten.«

»Ach, sagen Sie mir doch, was sich auf der *Nepomuceno* abgespielt hat«, bat mein Herr. »Ich kann es noch nicht glau-ben, daß Churruca gefallen ist, und obwohl alle das als sicher ansehen, glaube ich noch, daß dieser gottbegnadete Mann irgendwo am Leben sein muß.«

Malespina sagte, daß er leider beim Tod von Churruca selbst zugegen gewesen war, und versprach, die Einzelheiten zu schildern. Es kamen dann noch einige Offiziere dazu, und ich, der ich noch wißbegieriger war als sie, lauschte aufmerk-sam, damit mir auch nicht eine Silbe entging.

»Seit wir von Cádiz ausgelaufen sind«, erzählte Malespina, »hatte Churruca eine Vorahnung dieses großen Unglücks. Er hatte sich gegen das Auslaufen ausgesprochen, weil er die Unterlegenheit unserer Streitkräfte kannte und außerdem wenig Vertrauen in die Intelligenz des Oberbefehlshabers Vil-leneuve hatte. Alle seine Voraussagen trafen ein – aber auch alle, ebenfalls die seines Todes, denn es ist unzweifelhaft, daß er den auch voraussah, so sicher wie er sich war, den Sieg nicht erringen zu können. Am 19. Oktober sagte er zu seinem Schwager Apodaca: ›Bevor ich mein Schiff übergebe, sprenge ich es in die Luft oder versenke es. Das ist die Pflicht aller, die dem König und dem Vaterland dienen.‹ Am gleichen Tage schrieb er an einen Freund: ›Wenn du hörst, daß mein Schiff in die Hände des Feindes gefallen ist, weißt du, daß ich tot bin.‹ Man konnte an der ernsten Traurigkeit seiner Miene ablesen, daß er ein unglückliches Ende erwartete. Ich glaube, daß diese Gewißheit und die Unmöglichkeit, die Katastrophe zu verhindern, seine Seele, die der größten Taten und der erhabensten Gedanken fähig war, tief beeindruckten. Churruca war fromm, weil er ein überragender Mensch war. Am 21. Oktober, um elf Uhr vormittags, befahl er alle Soldaten und Seeleute aufs Oberdeck, ließ sie niederknien und sprach feierlich zum Feldgeistlichen: ›Verrichten Sie Ihren Dienst, Pater, und vergeben Sie diesen mutigen Männern, die nicht wissen, was sie in dieser Schlacht erwartet, ihre Schuld.‹ Nach Abschluß der Andacht befahl er ihnen aufzustehen und rief in überzeugendem und festem Ton aus: ›Meine Söhne, im Namen Gottes verspreche ich dem, der in Erfüllung seiner Pflicht fällt, Glückseligkeit. Tut jemand seine Pflicht nicht, lasse ich ihn auf der Stelle erschießen, und wenn er meinen Blicken oder denen der mutigen Offiziere, die ich die Ehre habe zu befehligen, entfliehen kann, so wird ihn sein Gewissen bis zum Ende seiner Tage als Miserablen und Verdammten verfolgen!‹ Diese einfache, aber eindringliche Rede, die die militärische Pflicht mit der Religion verband, rief Begeisterung in der ganzen Besatzung der *Nepomuceno* hervor. Wie schade um so viel erhabenen Opfersinn! Alles ging verloren wie ein Schatz, der auf den Meeresboden sinkt. Als die Engländer erschienen, sah Churruca mit größtem Verdruß die ersten von Villeneuve befohlenen Manöver, und als jener Signal gab, rund zu wenden – was, wie ja alle wissen, die Schlachtordnung zerstörte –, teilte er seinem Stellvertreter mit, daß das Gefecht schon allein durch diese ungeschickte Taktik so gut wie verloren sei. Natürlich verstand er den wagemutigen Plan Nelsons, unsere Schlachtlinie zwischen dem Gros und der Nachhut zu durchbrechen, das Gros der verbündeten Flotte zu umzingeln, und dann seine Schiffe einzeln zu bekämpfen, weil die anderen Teile der Flotte ihnen in dieser Lage nicht zur Hilfe kommen können. Die *Nepomuceno* kam ans äußerste Ende der Schlachtlinie. Der Schußwechsel begann zwischen der *Santa Ana* und der *Royal Sovereign*, und danach traten alle anderen Schiffe in den Kampf ein. Fünf Schiffe der Gruppe von Collingwood kamen auf die *San Juan* zu, aber zwei davon fuhren weiter, so daß Churruca nur einer dreifachen Übermacht gegenüberstand. Wir wehrten uns verbissen gegen eine solche Überzahl von Feinden bis zwei Uhr nachmittags, wobei wir viele Verluste erlitten, es ihnen aber doppelt heimzahlten. Der große Geist unseres heldenhaften Führers schien sich auf seine Soldaten und Seemänner übertragen zu haben, und die Manöver wie die Schußfolge gingen in atemberaubender Schnelle vor sich. Die Ausgehobenen waren schon nach zwei Stunden Lehre in Heldenmut eingeführt worden, und unser Schiff wurde durch die tapfere Verteidigung nicht nur zum Schrecken, sondern auch zum Rätsel für unsere Feinde. Diese brauchten Verstärkung. Es kamen die zwei Schiffe, die uns zuerst angegriffen hatten, und die *Dreadnought* nahm in nur halber Pistolenschußentfernung von der Seite der *San Juan* Aufstellung, um sie zu bekämpfen. Stellen Sie sich diese sechs Kolosse vor, wie sie Kugeln und Schrapnell auf ein Schiff von vierundsechzig Kanonen spien. Es schien, als ob unser Schiff mit der wachsenden Unerschrockenheit seiner Besatzung auch größer wurde. Die gigantischen Ausmaße, die die Seelen annahmen, schienen sich auch auf die Körper auszuwirken, und als wir merkten, welche Furcht wir einer sechsfachen Übermacht einflößten, hielten wir uns fast schon für Übermenschen. Während dessen leitete Churruca, der unser Gehirn war, unsere Handlungen mit erstaunlicher Abgeklärtheit. Er begriff, daß er der Macht Geschicklichkeit gegenüberstellen mußte, und sparte Munition durch sorgfältiges Zielen ein. Jeder Schuß fügte dem Gegner Schaden zu. Churruca war auf alles gefaßt, so daß ihn die über seinen Kopf fliegenden Kugeln und um ihn herum peitschenden Schrapnellstücke nicht aus der Ruhe bringen konnten. Dieser schwächliche und kränkliche Mensch, dessen schönes, trauriges Gesicht nicht für den Anblick solch entsetzlicher Szenen geschaffen schien, flößte uns allen schon mit seinem glühenden Blick eine geheimnisvolle Opferbereitschaft ein. Gott wollte aber nicht, daß er lebend aus dieser schrecklichen Prüfung hervorging. Als Churruca sah, daß man einem Schiff, das die *San Juan* achtern belästigte, nicht beikommen konnte, richtete er selbst eine Kanone, und es gelang ihm, einen Mast des Feindschiffes zu zerstören. Auf dem Weg zurück zum Achterkastell traf ihn eine Kanonenkugel am rechten Bein, das ihm unter schrecklichem Schmerz am Oberschenkel fast abgerissen wurde. Wir eilten hinzu, um ihn zu stützen, und der Held fiel in meine

Arme. Welch grauenhafter Augenblick! Ich fühle noch unter meiner Hand das heftige Schlagen eines Herzens, das bis dahin nur für das Vaterland geschlagen hatte. Sein physischer Verfall ging rasend schnell vonstatten. Ich sehe noch, wie er versucht, den Kopf zu heben, der auf seine Brust gefallen war. Wie er sich müht, sein Gesicht – das schon leichenblaß war – zu einem Lächeln zu verziehen. Und ich höre ihn noch jetzt mit kaum veränderter Stimme ausrufen: ›Das macht gar nichts. Weiter feuern!‹ Sein Geist wehrte sich gegen den Tod und verdrängte den starken Schmerz eines verstümmelten Körpers, dessen Zuckungen von Sekunde zu Sekunde schwächer wurden. Wir versuchten, ihn in die Kabine hinunterzutragen, aber es war nicht möglich, ihn vom Achterkastell wegzubringen. Schließlich gab er unseren inständigen Bitten statt, weil ihm klar wurde, daß er das Kommando abgeben mußte. Er ließ Moyna, seinen Stellvertreter, rufen, aber man sagte ihm, daß dieser gefallen sei. Dann ließ er den Kommandeur der ersten Batterie kommen. Dieser, obwohl auch schwer verwundet, stieg das Achterkastell hinauf und übernahm das Kommando. Von diesem Zeitpunkt ab sank der Mut der Besatzung – von einem Riesen wurde sie zu einem Zwerg. Die Opferbereitschaft nahm ab, und wir erkannten, daß wir uns ergeben mußten. Die Bestürzung, die sich meiner bemächtigte, seit ich den Helden der *San Juan* in meinen Armen aufgefangen hatte, bewirkte, daß ich den schrecklichen Einfluß dieses Vorfalls auf die Gemüter der gesamten Besatzung nicht bemerkte. Als ob diese von einer plötzlichen geistigen und körperlichen Lähmung befallen gewesen wäre, blieben alle starr und stumm, ohne daß der durch den Verlust des geliebten Mannes verursachte Schmerz die Schmach der Kapitulation annehmbar gemacht hätte. Die Hälfte der Leute war tot oder verwundet. Der größte Teil der Kanonen war außer Gefecht gesetzt, das Mastwerk gefallen, mit Ausnahme des Fockmastes, und das Ruder funktionslos. In solch bedauernswertem Zustand wollte man noch Anstrengungen unternehmen, der *Principe de Asturias* zu folgen, die das Signal zum Rückzug gesetzt hatte, aber die *Nepomuceno*, zu Tode verwundet, konnte keine bestimmte Richtung mehr einschlagen. Und trotz des Ruins und der Zerstörungen des Schiffes, trotz der Mutlosigkeit der Besatzung, trotz des Wissens, daß zu unserem Unglück extrem ungünstige Umstände beigetragen hatten, wagte keines der sechs englischen Schiffe das Entern. Sie fürchteten unser Schiff auch noch, als sie es schon besiegt hatten. Churruca, auf dem Höhepunkt seines Todeskampfes, befahl, die Flagge zu befestigen; niemand dürfe das Schiff dem Feind übergeben, solange er noch lebe. Dieser Zeitraum konnte jedoch – leider – nur noch von sehr kurzer Dauer sein. Das Leben entströmte ihm schnell. Wir, die das miterlebten, wunderten uns, daß ein Körper in seinem Zustand noch atmete und einen so starken Geist in sich barg, der sich dermaßen ans Leben klammerte. Er klagte nicht über seine fürchterlichen Schmerzen und äußerte auch kein Bedauern über sein nahes Ende. Vielmehr wollte er um jeden Preis verhindern, daß sein Offizierskorps von der Hoffnungslosigkeit seines Zustands erfuhr. Er dankte der Besatzung für ihren todesmutigen Einsatz, richtete einige Worte an seinen Schwager Ruiz de Apodaca, und nach Abschiedsworten für seine junge Frau erhob er seine Gedanken zu Gott, dessen Namen wir mehrere Male schwach aus seinen trockenen Lippen vernehmen konnten, und verschied mit der Ruhe der Gerechten und der Wahrhaftigkeit der Helden, ohne die Befriedigung des Sieges, aber auch ohne das Gefühl des Besiegten. Er verband die Pflicht mit der Würde und machte aus der Disziplin eine Religion. Unbeirrbar als Soldat, gefaßt als Mensch, ohne eine einzige Klage zu äußern, ohne jemanden zu beschuldigen, mit so viel Würde im Tode wie im Leben. Wir betrachteten seine noch warme Leiche und glaubten, daß er nur die Augen zu öffnen brauche, um uns wieder zu führen. Wir zeigten weniger Würde beim Weinen als er beim Sterben, denn mit seinem Tode verließ uns aller Mut, alle Begeisterung, die er uns eingeflößt hatte. Die *San Juan* kapitulierte, und als die Offiziere der sechs Schiffe, die sie zerstört hatten, aufs Schiff gestiegen waren, beanspruchte jeder von ihnen die Ehre, den Degen des toten Brigadiers zu empfangen. Jeder sagte: ›Sie haben sich meinem Schiff ergeben!‹ und sie stritten eine Zeitlang um die Ehre des Sieges, den jeder für sein Schiff errungen zu haben glaubte. Schließlich verlangten sie, daß der Nachfolger-Kommandant der *San Juan* die Frage entscheide und verkünde, welchem der englischen Schiffe er sich ergeben habe. Jener aber erwiderte: ›Allen, denn einem allein hätte sich die *San*

Juan nie ergeben!‹ Vor dem Leichnam des unglücklichen Churruca zeigten die Engländer, denen er wegen des Ruhmes seines Mutes und seiner Vernunft bekannt war, großes Bedauern, und einer von ihnen sagte etwa folgendes: ›Berühmte Gestalten wie diese dürften nicht den Zufällen eines Kampfes ausgesetzt werden. Sie müßte man für den Fortschritt der Wissenschaft und der Seefahrt bewahren!‹ Es wurde dann beschlossen, daß das Begräbnis vor den angetretenen Soldaten und Seeleuten der Engländer und der Spanier, Seite an Seite, stattfinden sollte. Sie zeigten sich in allen ihren Handlungen ritterlich und großzügig. Die Anzahl der Verwundeten an Bord der *San Juan* war so beträchtlich, daß sie uns zu anderen Schiffen, englischen oder aufgebrachten spanischen, transportierten. Ich kam auf dieses hier, das eines der am schwersten beschädigten ist. Aber sie rechnen damit, es nach Gibraltar abschleppen zu können – dies lieber als jedes andere, da sie ja die *Santísima Trinidad*, das größte und begehrteste Schiff unserer Flotte, nicht mehr einbringen können.«

Hier endete die Geschichte Malespinas, die mit lebhafter Aufmerksamkeit aufgenommen wurde. Aus dem, was ich gehört hatte, konnte ich entnehmen, daß auf jedem Schiff eine schreckliche Tragödie, wie ich sie selbst erlebte, stattgefunden hatte. »Ach, wieviel Leid durch die Ungeschicklichkeiten eines einzigen Mannes!«

Und obwohl ich damals nur ein Knabe war, erinnere ich mich, folgendes bedacht zu haben: »Ein dummer Mensch kann zu keiner Zeit seines Lebens so viel Dummheiten begehen wie manchmal die Nationen, die von Hunderten intelligenter Männer gelenkt werden.«

14

Ein guter Teil der Nacht war mit den Berichten Malespinas und anderer Offiziere vergangen. Diese Erzählungen hielten mich wach, und ich war noch lange danach so aufgeregt, daß ich nicht einschlafen konnte. Ich konnte die Vorstellung von Churruca nicht aus meinem Geist verdrängen. Als ich ihm im Hause von Doña Flora begegnet war, hatte er Güte und Gesundheit ausgestrahlt. Schon damals war ich über die große Traurigkeit überrascht die sein Gesicht ausdrückte, als ob er sein schmerzvolles und nahes Ende ahnte. Jenes edle Leben war im Alter von vierundvierzig Jahren erloschen, nach neunundzwanzig Jahren ehrenhaften Dienstes in der Marine, als Wissenschaftler, als Soldat und als Seefahrer – denn all dies war Churruca – und darüber hinaus ein vollkommener Ritter und Kavalier.

Alle diese Gedanken schwirrten mir durch den Kopf, als mein Körper sich schließlich der Müdigkeit ergab. So war ich denn am Morgen des 23. Oktober noch im Schlaf, da meine jugendliche Natur die Neugier besiegt hatte. In meinen Träumen, die lang und bedrückend gewesen sein müssen – aufgepeitscht durch wilde Bilder und Angstgefühle –, hörte ich das Donnern der Kanonen, die Schreie der Schlacht, das Geräusch der wütenden Wellen. Ich träumte auch, daß ich die Kanonen selbst abfeuerte, in das Mastwerk aufstieg, durch die Batterien eilte und die Artilleristen anfeuerte. Ja, ich träumte sogar, daß ich die Manöver auf dem Achterkastell leitete wie ein Admiral. Es ist auch nicht schwer, sich vorzustellen, daß ich in diesem erbitterten Kampf, der nachträglich in meinem Hirn stattfand, alle möglichen Engländer mit so großer Leichtigkeit besiegte, als ob ihre Schiffe aus Pappe und ihre Kugeln aus Brotteig gewesen wären. Ich hatte unter meinem Kommando etwa tausend Schiffe, alle größer als die *Santísima Trinidad*, und sie bewegten sich nach meinem Willen mit solcher Genauigkeit wie die Spielzeugschiffchen, mit denen meine Freunde und ich uns in den Pfützen von La Caleta vergnügten.

Alles war zu Ende, als ich die Augen öffnete, mir meiner geringen Bedeutung bewußt wurde und des Umfangs der Katastrophen, deren Zeuge ich gewesen war. Aber – eigenartig – auch im wachen Zustand hörte ich wieder Kanonenschüsse. Ich vernahm den schrecklichen Lärm des Gefechts und Rufe, welche die große Geschäftigkeit der Besatzung anzeigten. Ich glaubte, immer noch zu träumen, und richtete mich auf dem Sofa auf. Und ich vernahm wirklich den Schrei

»Es lebe der König!«, was in mir keinen Zweifel mehr ließ, daß die *Santa Ana* sich wieder im Kampf befand.

Als ich nach draußen gestürzt war, konnte ich mir ein Bild von dem machen, was vorgefallen war. Das Wetter war bedeutend ruhiger geworden. Luvwärts waren einige beschädigte Schiffe zu sehen, und zwei von ihnen – Engländer – beschossen die *Santa Ana*, die sich zusammen mit zwei anderen – einem spanischen und einem französischen – verteidigte. Ich konnte mir einen so plötzlichen Wandel in unserer Lage als Gefangene nicht erklären. Als ich nach achtern sah, wehte dort unsere Flagge statt der englischen. Was war geschehen?

Auf dem Achterkastell stand jemand, von dem ich hörte, es sei der General Alava. Trotz Verwundungen mehrerer Körperteile bewies er genug Kraft, diesen zweiten Kampf zu führen, der wohl die Mißgeschicke der *Santa Ana* im ersten vergessen machen sollte. Die Offiziere trieben die Seeleute an, die die Kanonen, die noch brauchbar waren, luden und abfeuerten, während andere die Engländer bewachten, die entwaffnet und in das erste Zwischendeck getrieben worden waren. Die Offiziere der Briten, die unsere Wächter gewesen waren, hatten sich nun in Gefangene verwandelt.

Da verstand ich alles. Als der heldenhafte Kommandant der *Santa Ana*, Don Ignacio M. de Alava sah, daß sich einige spanische Schiffe von Cádiz kommend näherten, um die aufgebrachten Schiffe wiederzuerobern und deren Besatzungen zu befreien, wandte er sich mit patriotischem Feuer an seine niedergeschlagene Besatzung. Diese reagierte mit einer ungeheuren Anstrengung auf die Stimme ihres Führers und zwang die Briten, die das Schiff in ihrer Gewalt hatten, sich zu ergeben. Sie hißten wieder die spanische Flagge, und die *Santa Ana* war wieder frei, obwohl wieder in einen Kampf verwickelt, der vielleicht gefährlicher als der erste war.

Diese einzigartige Kühnheit, eine der ehrenhaftesten Episoden der Schlacht von Trafalgar, wurde vollbracht auf einem Schiff ohne Masten, ohne Ruder, dessen Besatzung zur Hälfte tot oder verwundet und in einem beklagenswerten Zustand war. Wenn man solch ein tollkühnes Unternehmen erst einmal beginnt, muß man es auch zu Ende führen. Zwei englische Schiffe – ebenfalls in schlechtem Zustand – begannen, die

Santa Ana zu beschießen, aber diese wurde von der *Asís, Montañés* und der *Rayo*, drei Schiffen, die sich am 21. Oktober zurückgezogen hatten und zurückkamen, um die aufgebrachten Schiffe aus Feindeshand zu befreien, rechtzeitig unterstützt. Diese Invaliden zogen noch einmal in den Kampf, vielleicht mit mehr Mut als beim ersten Male, weil das nicht gestillte Blut von Wunden die Wut in den Seelen der Kämpfenden wiedererweckt, so daß diese anscheinend mit um so größerem Eifer ringen.

All die Wechselfälle dieses schrecklichen 21. Oktober tauchen wieder vor meinen Augen auf: Die Begeisterung war groß, aber die Anzahl der Männer klein, so daß die Anstrengungen verdoppelt werden mußten. Es ist merkwürdig, daß eine solch heroische Tat in unserer Geschichtsschreibung nur eine einzige kurze Seite füllt. Gleichfalls muß man feststellen, daß neben dem Ruhm, der sich heutzutage mit der Bezeichnung *die Schlacht von Trafalgar* verbindet, die Bedeutung solcher Nebenaktionen verblaßt ist, sie sind nur noch ein schwacher Widerschein einer ungeheuren Nacht.

Ich erlebte etwas, das mir die Tränen in die Augen steigen ließ. Wir fanden meinen Herrn nirgends. In der Angst, daß ihm etwas zugestoßen war, stieg ich zur ersten Batterie hinunter – und fand ihn damit beschäftigt, eine Kanone zu richten. Seine zitternde Hand hatte den Zündstock eines verwundeten Seemanns ergriffen, und mit der geschwächten Sehkraft seines rechten Auges suchte dieser Bedauernswerte den Punkt, an dem er die Kugel auf den Weg bringen konnte. Als die Kanone feuerte, wandte er sich vor Freude zitternd zu mir um und sagte mir mit kaum verständlicher Stimme: »Ah! Jetzt kann Paca mich nicht mehr auslachen. Wir kommen siegreich nach Cádiz zurück!«

Der Kampf endete erfolgreich, denn die Engländer erkannten die Unmöglichkeit, die *Santa Ana* wieder in ihre Gewalt zu bringen, und nahmen statt der drei besagten Schiffe mit zwei französischen Fregatten vorlieb, die zum Höhepunkt des Kampfgetümmels aufgekreuzt waren.

Wir hatten uns auf ruhmreiche Weise befreit! Als jedoch der Kampf beendet war, begannen wir, uns der Gefahr gewahr zu werden, in der wir uns befanden, denn die *Santa Ana* mußte bis Cádiz abgeschleppt werden, da Segel und Ruder zerstört waren. Die französische Fregatte *Themis* warf uns ein Seil herüber und richtete ihren Bug nach Norden. Wie sollte aber dieses verhältnismäßig kleine Schiff ein solches Ungetüm abschleppen, das nur noch die am Fockmast durchlöcherten Segel hatte? Die Schiffe, die uns befreit hatten, die *Rayo, Montañés* und die *San Francisco de Asis,* wollten dem Feind noch weiter zusetzen und setzten noch mehr Segel, um auch die *San Juan* und die *Bahama* zu befreien, die von den Engländern wieder seetüchtig gemacht wurden. Wir blieben also auf uns und auf die Hilfe der uns ziehenden Fregatte angewiesen. Das Bild eines Kindes, das einen Riesen führt. Was würde aus uns werden, wenn die Engländer – was anzunehmen war – sich von ihrer Verblüffung erholen und uns mit Verstärkung verfolgen würden? In diesem einen Falle begünstigte uns endlich die Vorsehung, denn der Wind trieb unsere Fregatte in die richtige Richtung, und das große Schiff näherte sich – hilfreich geführt – dem rettenden Cádiz.

Fünf Meilen trennten uns noch vom Hafen.

Welch unbeschreibliche Befriedigung! Bald würden unsere Mühen ein Ende haben, bald würden wir den Fuß auf unsere Erde setzen – und wenn wir auch die Kunde großer Katastrophen brachten, so brachten wir doch auch das Glück in jene Herzen, die ungeheure Angst ausgestanden hatten, daß ihre Lieben – gefallen seien.

Die Verwegenheit der spanischen Schiffe war aber nur Erfolg gekrönt bei der Befreiung der *Santa Ana.* Das Wetter wurde so ungünstig, daß die anderen umkehren mußten, ohne jene britischen Schiffe jagen zu können, welche die *Santa Ana, Bahama* und *San Ildefonso* bewachten. Wir waren noch vier Meilen vor dem Hafen, als wir sie zurückkehren sahen. Der Südwestwind hatte beträchtlich zugenommen, und an Bord der *Santa Ana* erkannte man, daß es für uns bedrohlich werden würde, wenn wir nicht schnellstens die Bucht erreichten. Einige Ellen mehr – und wir wären in völliger Sicherheit in der Bucht, einige weniger – und die Elemente könnten uns angesichts des Hafens mit sich reißen!

Und schon brach die Nacht herein: Der Himmel – voller dunkler Wolken – schien sich auf das Meer gesenkt zu haben, und die elektrischen Entladungen, die ihn von Zeit zu Zeit erleuchteten, gaben der Dämmerung eine unheimliche Färbung. Das immer stärker aufgewühlte Meer – eine Furie, die von den vielen Opfern noch nicht besänftigt war – tobte wütend, und seine unersättliche Gier schrie nach neuer Beute. Die Reste der größten Flotte, die sich bis dahin den Unbilden der Elemente und einem Feinde gestellt hatte, entkamen nicht dem Zorn des Unwetters, das sich wie ein Gott der Antike bis zum letzten Augenblick mitleidlos und grausam gegenüber Glücklichen wie Unglücklichen zeigte.

Ich bemerkte Anzeichen tiefer Traurigkeit sowohl im Gesicht meines Herrn wie auch in der Miene des Generals Alava, der – trotz seiner Verwundungen – sich um alles kümmerte und der Fregatte *Themis* Signal gab, die Geschwindigkeit möglichst zu erhöhen. Weit davon entfernt, seiner gerechtfertigten Ungeduld Folge zu leisten, begann unser Abschlepper, viele seiner Segel zu reffen, um so den starken Ostwind besser nutzen zu können.

Ich dachte darüber nach, wie leicht sich doch das Schicksal über unsere fundierten Voraussagen hinwegsetzt, und mit welcher Geschwindigkeit sich der größte Erfolg ins schlimmste Unglück verwandeln kann. Hier waren wir nun auf dem Meer, dem übermächtigen Feind entronnen, der Natur hilflos ausgeliefert. Ein bißchen Wind – und dein Schicksal ändert sich völlig: Die leichte Welle, die weich an die Schiffswand plätschert, verwandelt sich in einen flüssigen Berg, der den Rumpf packt und erschüttert; der angenehme Ton der Wasserbewegungen bei schönem Wetter wird zu einer heiseren, keifenden Stimme, die das zerbrechliche Fahrzeug beschimpft, und dieses – in das Tal der Wogen gestürzt – taucht unter und fühlt keinen Halt mehr unter dem Kiel, um dann wieder mit der Woge hochgerissen zu werden. Einem heiteren Tag folgt eine entsetzliche Nacht oder – im Gegenteil – ein Mond, der das Wasser mit seinem Silberschimmer schmückt und den Geist in erhabene Ruhe versetzt, wird von einer schrecklichen Sonne gefolgt, unter deren Helle die Natur in gewaltige Unordnung zerfällt.

Ohnmächtig erlebten wir den Schrecken solcher Verwandlungen. Nach einem Kampf waren wir zu Schiffbrüchigen geworden. Aus dieser Not gerettet, sahen wir uns wieder in einen Kampf verwickelt, der endlich einmal gut ausging – und jetzt, als wir uns am Ende der Strapazen glaubten, als wir

Cádiz schon voller Freude mit den Augen grüßten, sahen wir uns wieder in der Gewalt der Fluten, die uns wieder zurückzogen in ihrer Gier. Diese Serie von Unglücksfällen erscheint absurd, nicht wahr? Es war wie die grausame Verirrung einer Gottheit, die der hartnäckigen Begierde verfallen war, verlorenen Wesen größtmögliche Unbilden zuzufügen. – Aber nein, das war die Logik des Meeres, gepaart mit der Logik des Krieges. Wenn sich diese beiden schrecklichen Elemente verbinden, dürfte nur ein Dummkopf sich wundern, daß sie das größte Unheil erzeugen!

Ein neuer Umstand verstärkte an diesem Nachmittag meine Traurigkeit und die meines Herrn. Seitdem die *Santa Ana* aus den Händen der Engländer befreit war, hatten wir Malespina nicht mehr zu Gesicht bekommen. Schließlich fanden wir ihn nach vielem Suchen zusammengekauert auf einem der Sofas in der Kabine.

Ich trat auf ihn zu und sah, daß er sehr blaß war. Auf meine Frage, wie es ihm gehe, konnte er keine Antwort geben. Er wollte sich erheben, aber fiel fast ohne Atem zurück.

»Sie sind doch verletzt!« sagte ich. »Ich werde Hilfe holen.«

»Es ist nichts«, preßte er heraus. »Kannst du mir etwas Wasser bringen?«

Ich rief meinen Herrn.

»Was hat er denn? Ist es die Verletzung der Hand?« erkundigte sich dieser und sah den jungen Mann aufmerksam an.

»Nein, es ist mehr«, entgegnete Don Rafael traurig, und deutete auf seine rechte Seite nahe dem Gürtel.

Dann schloß er die Augen und konnte eine Zeitlang weder sprechen noch sich bewegen, weil die Anstrengungen, seine Wunde zu zeigen und die wenigen erklärenden Worte auszustoßen, ihn noch mehr geschwächt hatten.

»Oh, das scheint ernst zu sein!« meinte Don Alonso niedergeschlagen.

»Mehr als ernst!« fügte ein Wundarzt hinzu, der hinzugeeilt war.

Malespina, der tief bekümmert war, sich in einem solchen Zustand zu befinden, und nicht glaubte, daß es Hilfe für ihn gebe, hatte seine Wunde noch nicht einmal angesehen und sich an diesen Ort zurückgezogen, wo er sich seinen Gedanken und Erinnerungen hingab. Da er sich für unrettbar verloren hielt, lehnte er Pflege ab. Der Wundarzt sagte, die Wunde sei zwar ernst, aber wohl nicht tödlich. Allerdings fügte er hinzu: Wenn wir nicht noch an diesem Abend Cádiz erreichten, stehe das Leben von Don Rafael wie auch das anderer Verwundeter auf dem Spiele. Im Kampf vom 21. Oktober hatte die *Santa Ana* siebenundneunzig Tote und hundertvierzig Verwundete erlitten. Die Mittel des Lazaretts waren erschöpft, und einige unbedingt erforderliche Medikamente fehlten schon. Das Unglück Malespinas war nicht das einzige seit der Befreiung, und Gott wollte, daß ein anderer von mir sehr geliebter Mensch das gleiche Schicksal erlitt, obwohl er in den ersten Augenblicken kaum Schmerz verspürte, weil ihn sein starker Geist stützte. Bald fiel er jedoch auf die Planken und stöhnte, es gehe ihm sehr schlecht. Mein Herr ließ den Wundarzt kommen, und der sagte nur, die Verletzungen wären bei einem jungen Menschen von fünfundzwanzig Jahren nicht ernst – der *halbe Mensch* aber war schon über sechzig!

Inzwischen zog an Backbord die *Rayo* vorbei, und Alava rief hinüber, man solle die Fregatte *Themis* fragen, ob sie glaube, den Hafen erreichen zu können. Da sie glatt ›Nein‹ antwortete, stellte er die gleiche Frage an die *Rayo*, die fast unbeschädigt und deshalb sicher war, im Hafen anzukommen. Nach Beratung mit mehreren Offizieren wurde beschlossen, den schwerverletzten Kommandanten Gardoque und etliche andere See- und Landoffiziere, unter denen sich auch der Bräutigam meiner Freundin befand, zur *Rayo* zu bringen. Don Alonso erreichte auch, daß Marcial gleichfalls dorthin gebracht wurde, weil in dessen Alter jede Verletzung lebensgefährlich war. Mir befahl er, sie als Page oder Pfleger zu begleiten. Ich sollte mich keinen Augenblick von ihrer Seite entfernen, bis daß sie Cádiz oder die Familie in Vejer erreichen würden. Ich gelobte Gehorsam und versuchte, meinen Herrn zu überzeugen, auch auf die *Rayo* umzusteigen, weil diese sicherer war, aber er wollte davon nichts hören.

»Das Schicksal«, so sagte er, »hat mich auf dieses Schiff gebracht – und auf ihm bleibe ich, bis Gott beschließt, uns zu retten oder nicht. Alava geht es sehr schlecht, die meisten Offiziere sind verwundet, so daß ich hier gute Dienste leisten kann. Ich gehöre nicht zu denen, die sich vor der Gefahr drücken! Im Gegenteil, ich suche seit dem 21. eine Gelegenheit, die beweist, daß meine Gegenwart bei der Flotte nützlich ist. Wenn du vor mir ankommst – was ich hoffen will -, sage Paca, daß ein guter Seemann Sklave seines Vaterlandes ist, daß ich sehr gut daran getan habe, hierherzukommen und daß ich sehr zufrieden bin, hier zu sein. Es tut mir also nicht leid – auf keinen Fall – im Gegenteil! Sag ihr, daß es sie aufmuntern wird, wenn sie mich wiedersieht, und daß meine Freunde mich vermißt hätten, wenn ich nicht hergekommen wäre. Was soll denn daran falsch gewesen sein? Gabriel, meinst du nicht auch, daß ich recht tat, herzukommen?«

»Natürlich – zweifeln Sie denn daran?« erwiderte ich und versuchte, seine Erregung zu besänftigen, die so groß war, daß er sich der Unschicklichkeit, eine solch ernste Frage mit einem unbedeutenden Diener zu diskutieren, nicht bewußt wurde.

»Ich sehe, daß du ein vernünftiger Mensch bist«, fügte er hinzu, da er sich durch meine Bestätigung getröstet fühlte. »Du hast hohe und vaterländische Gedanken. Paca aber sieht die Dinge nur mit ihrem Egoismus, und da sie ein so heftiges Temperament hat, setzt sie sich in den Kopf, daß die Flotten und die Kanonen unnütz sind. Sie kann nicht verstehen, daß ich ... Immerhin – ich weiß, daß sie wütend sein wird, wenn ich zurückkomme, und da wir nicht gesiegt haben, wird sie mir so manche Vorwürfe und die Hölle heiß machen, aber ich werde einfach nicht darauf reagieren. Was meinst du? Einfach nicht darauf antworten, nicht wahr?«

»Gewiß«, erwiderte ich, »Sie haben gut daran getan, hierherzukommen. Das beweist, daß Sie ein tapferer Seemann sind.«

»Wenn du aber Paca mit solchen Argumenten gegenüberstehst, wirst du schon sehen, was sie antwortet«, entgegnete er und wurde immer aufgeregter. »Sag ihr eben, daß ich gesund und munter bin, und daß meine Gegenwart hier sehr wichtig ist. Ich habe nämlich eine wichtige Rolle bei der Befreiung der *Santa Ana* gespielt. Hätte ich die Kanonen nicht so gut gerichtet – wer weiß ... Und was meinst du? Ich kann doch noch etwas mehr tun. Es kann doch sein, daß wir morgen noch ein paar Schiffe befreien, wenn der Wind günstig steht. Ja, ja, ich habe schon einen bestimmten Plan im Kopf ...

Wir werden sehen ... Also, dann – auf Wiedersehen, mein kleiner Gabriel. Und Vorsicht bei dem, was du Paca sagst!«

»Nein, nein, ich werd's nicht vergessen. Man wird erfahren, daß ohne Euer Gnaden die *Santa Ana* nicht hätte befreit werden können – und wer weiß, vielleicht bringen Sie uns noch zwei Dutzend Schiffe nach Cádiz.«

»Zwei Dutzend – nein, Junge, das ist nicht möglich, aber zwei oder vielleicht drei. Ich bin doch fest davon überzeugt, daß ich recht getan habe, zur Flotte zu kommen. Paca wird wütend sein und mich verrückt machen, aber ich kann immer nur wiederholen, daß es richtig war!«

Nachdem er das gesagt hatte, wandte er sich von mir ab. Einen Moment später sah ich ihn in einer Ecke der Kabine sitzen. Don Alonso Guiterrez de Cisniega betete und ließ die Perlen des Rosenkranzes verstohlen durch seine Finger gleiten, weil er nicht wollte, daß man ihn bei einer so frommen Handlung sieht. Bei seinen letzten Worten dachte ich, daß mein Herr den klaren Kopf verloren habe, und als ich ihn dann so beten sah, erkannte ich die Schwäche seines Geistes, den er vergebens angestrengt hatte, die Müdigkeit des Alters zu überwinden. Er konnte den Kampf nicht weiterführen und bat Gott um Gnade. Doña Francisca hatte recht: Seit vielen Jahren schon taugte mein Herr nur noch zum Beten.

Wie beschlossen, setzten wir zum anderen Schiff über. Don Rafael und Marcial – wie die anderen verwundeten Offiziere – wurden in eines der Rettungsboote getragen. Das war auch für diese starken Arme eine große Anstrengung. Die hohen Wellen erschwerten diese Aktion sehr, aber sie gelang dann doch, und die beiden kleinen Fahrzeuge wurden in Richtung der *Rayo* gerudert. Die Überfahrt war abenteuerlich, und ich glaubte manchmal, das Boot würde für immer in den Fluten verschwinden, aber schließlich legten wir doch an der Bordwand der *Rayo* an und kletterten mit großen Mühen die Strickleiter hinauf.

15

»Wir sind aus Guatemala ausgelaufen, um in Guatepor einzulaufen«, meinte Marcial, als sie ihn aufs Oberdeck legten. »Aber wo ein Kapitän befiehlt, hat ein Matrose nichts zu sagen. Diesem Unglücksschiff haben sie den Namen *Rayo** als böses Omen gegeben. Es heißt, sie wird vor Mitternacht in Cádiz ankommen – und ich sage, sie wird nicht ankommen. Wir werden ja sehen.«

»Was sagen Sie da, Marcial – wir werden nicht ankommen?« fragte ich mit großer Besorgnis.

»Davon versteh'n Sie nichts, kleiner Señor Gabriel!«

»Wenn mein Herr Don Alonso und die Offiziere der *Santa Ana* sagen, die *Rayo* wird heute nacht noch ankommen, dann kommt sie auch an! Die das sagen, wissen, wovon sie reden.«

»Aber du weißt nicht, Sardinchen, daß diese Herrn vom Achterdeck sich leichter *die Finger verbrennen* als wir, die Seeleute vom Vorschiff. Wenn nicht, dann sieh doch mal den Befehlshaber der ganzen Flotte, den *Mister Hornbläser*, der den Teufel in sich trägt. Du hast doch gesehen, wie *gottsverdammich* er die Sache angestellt hat. Wenn der das nicht gemacht hätte, glaubst du denn, wir hätten die Schlacht verloren?«

»Und Sie glauben, daß wir nicht nach Cádiz kommen werden?«

»Ich sage, daß dieses Schiff so schwer wie Blei ist – und außerdem heimtückisch. Es hat eine schlechte Gangart, läßt sich schwer manövrieren und scheint lahm, einäugig und einarmig wie ich zu sein, denn wenn sie nach hier steuern, fährt es nach dort.«

Es stimmte, daß die *Rayo* einen schlechten Ruf hatte. Aber trotz ihres fortgeschrittenen Alters – sie war schon dicht an die sechsundfünfzig – war sie doch in gutem Zustand; und obgleich der Südwestwind immer stärker wurde, war doch der Hafen nahe. Mußte man nicht eher annehmen, daß die *Santa Ana* – ohne Masten, ohne Ruder und im Schlepp einer Fregatte – in größerer Gefahr war?

Marcial wurde auf das erste Unterdeck, Malespina in die

---

* Heißt so viel wie »Blitz« (Anm. d. Übers.).

Kabine gelegt. Als wir ihn dort mit den anderen Offizieren liegen ließen, hörte ich eine mir bekannte Stimme, wußte aber zu dem Zeitpunkt nicht, wem sie gehören könnte. Ich näherte mich der Gruppe, aus der die hochtönende Stimme herüberklang – und sah dort zu meinem großen Erstaunen Don José Malespina höchstpersönlich. Ich eilte zu ihm und erzählte ihm von seinem Sohn, und dieser gute Vater unterbrach seine Rezitation von Lügenmärchen und lief mit mir zur Seite des jungen Verwundeten. Groß war seine Freude, als er ihn lebend antraf, denn er war von Cádiz abgefahren, weil ihn die Ungeduld schier aufgefressen hatte und er unter allen Umständen wissen wollte, was aus seinem Sohn geworden war.

»Was du da hast, ist nichts!« sagte er, als er seinen Sohn umarmte. »Nur ein Kratzer. Du bist nicht gewohnt, Verletzungen auszuhalten – aber du bist doch keine Dame, Rafael. Wenn du alt genug gewesen wärst, mit mir am Krieg von Roussillon teilzunehmen, hättest du anderes erlebt. Das waren wirklich schlimme Verwundungen! Habe ich schon erzählt, daß mir eine Gewehrkugel in den Vorderarm gedrungen, bis zur Schulter gewandert, dort ein paarmal hin und her gezogen und schließlich an der Gürtellinie ausgetreten ist? Was für eine seltsame Verwundung! Aber nach drei Tagen war ich schon wieder gesund und kommandierte die Artillerie beim Angriff auf Bellegarde[29].«

Dann erklärte er den Grund seiner Anwesenheit auf der *Rayo* wie folgt:

»Am Abend des 21. Oktober erfuhr man in Cádiz vom Ausgang der Schlacht. Ich sagte: ›Meine Herren, Sie haben mir keine Aufmerksamkeit geschenkt, als ich von notwendigen Reformen der Artillerie sprach – und hier haben Sie das Ergebnis.‹ Nun gut, sobald ich erfuhr, daß sich Gravina mit einigen Schiffen nach Cádiz zurückgezogen hatte, erkundigte ich mich, ob die *San Juan*, auf der du warst, darunter sei. Man sagte mir, ja, sie sei aufgebracht worden. Ich kann euch meine Erregung nicht schildern. Ich hatte schon fast keinen Zweifel an deinem Tode, besonders als ich von der großen Anzahl von Toten auf deinem Schiff erfuhr. Da ich aber ein Mann bin, der alle Sachen zu Ende führt, und wußte, daß einige Schiffe wieder auslaufen sollten, um die manövrierunfähigen hereinzuholen und die aufgebrachten zu befreien, entschloß ich mich, auf einem von ihnen einzuschiffen, um Gewißheit zu erlangen. Ich trug meine Bitte Solana[30] und danach dem obersten Truppengeneral des Geschwaders, meinem alten Freund Escaño, vor. Nicht ohne große Bedenken ließen sie mich mitkommen. An Bord der *Rayo*, auf der ich mich heute morgen einschiffte, fragte ich nach dir und der *San Juan*, aber man sagte mir nichts Tröstliches, sondern daß Churruca gefallen und sein Schiff nach glorreichem Kampf in die Hände des Feindes gefallen sei. Stell dir meine Seelenangst vor! Ich hätte nicht im Traum daran gedacht, daß du auf der *Santa Ana* sein könntest, als wir diese befreiten! Hätte ich es mit Sicherheit gewußt, so hätte ich meine Anstrengungen verdoppelt, und das Schiff von Alava wäre in zwei Minuten frei gewesen!«

Die Offiziere, die um ihn herum standen, sahen ihn spöttisch an, als sie das letzte prahlerische Hirngespinst von Don José Maria hörten. Ihr nur mühsam unterdrücktes Lachen und Flüstern verriet mir, daß sie seinen Flunkereien schon den ganzen Tag zugehört und sich köstlich über diesen Herrn amüsiert hatten, der selbst unter diesen gefährlichen und schmerzlichen Umständen seine schwatzhafte Zunge nicht hüten konnte.

Der Wundarzt meinte, man solle den Verletzten ruhen lassen und in seiner Gegenwart jedes Gespräch über die vergangene Katastrophe vermeiden. Als Don José Maria das hörte, entgegnete er sogleich, daß im Gegenteil der Geist des Kranken durch das Gespräch wieder angeregt werden müsse. »Im Krieg von Roussillon befahlen die Schwerverwundeten (und ich war mehrmals schwerverwundet) den Soldaten, im Lazarett zu tanzen und die Gitarre zu zupfen, und ich bin sicher, daß uns diese Behandlung eher kurierte als alle Pflaster und Arzneien!«

»Ja, in den Kriegen der französischen Republik«, pflichtete ein andalusischer Offizier bei, um Don José aus dem Konzept zu bringen, »wurde befohlen, daß mit den Sanitätseinheiten eine ganze Tanzgruppe und ein Opernensemble mitzieht. So konnte man auf die Ärzte und Apotheker verzichten, denn nach ein paar Arien und Pirouetten waren alle wieder wie neu.«

»Sie sagen es. Ja, ja, aber das ist nur einmal vorgekommen und wird so leicht nicht wieder geschehen. Es ist nämlich unwahrscheinlich, daß ein Krieg wie der von Roussillon – der blutigste, der mit der größten Geschicklichkeit und Strategie ausgefochtene, den die Weltgeschichte jemals gesehen hat – sich jemals wieder ereignen wird. Natürlich nicht, denn damals war alles ganz außergewöhnlich. Sie können mir glauben, denn ich war vom ›Introitus‹[31] bis zum ›Ite, missa est‹[32] dabei. Diesem Krieg verdanke ich meine Kenntnisse der Artillerie. Sie haben von mir noch nicht gehört? Ich bin sicher, daß sie meinen Namen kennen. Sie müssen nämlich wissen, daß ich in meinem Kopf einen grandiosen Plan herumtrage, der Katastrophen wie die vom 21. Oktober in Zukunft verhindern wird. Ja, meine Herren«, fügte er mit ernstem Blick und Selbstzufriedenheit in der Stimme zu den drei oder vier ihm zuhörenden Offizieren gewandt hinzu, »man muß etwas für das Vaterland tun. Es ist höchste Zeit, daß ich etwas ganz Überraschendes erfinde, daß uns im Nu das Verlorene wieder zurückbringt und unserer Marine den Sieg für immer sichert. Amen!«

»Das ist ja äußerst interessant, Señor Don José Maria!« sprach ein Offizier. »Erzählen Sie uns doch mal von Ihrer Erfindung.«

»Ich beschäftige mich zur Zeit mit der Konstruktion von Kanonen des Kalibers dreihundert.«

»Potzblitz – Kaliber dreihundert!« riefen die Offiziere mit Spott und Lachsalven aus. »Die größten, die wir an Bord haben, sind Kaliber sechsunddreißig!«

»Das sind doch Spielzeuge für Kinder! Stellen Sie sich vor, welchen Schaden die Dreihunderter anrichten werden, wenn sie die feindliche Flotte unter Feuer haben«, sagte Malespina. »Aber was – zum Teufel – ist denn das?« rief er aus, als er sich festklammern mußte, weil das Schaukeln der *Rayo* so schlimm wurde, daß man sich nur noch mit Mühe aufrecht halten konnte.

»Der Südwestwind nimmt zu, und mir scheint, wir kommen in dieser Nacht nicht mehr nach Cádiz«, meinte ein Offizier und entfernte sich.

Es blieben nur noch zwei Zuhörer, und der Lügenbaron setzte seine Tirade wie folgt fort: »Man müßte zuerst Schiffe von fünfundneunzig bis hundert Ellen Länge bauen.«

»Was sagen Sie da? Wissen Sie nicht, daß solch ein Bötchen

das reinste Ungetüm wäre?« warf da ein Offizier ein. »Hundert Ellen! Die *Trinidad* – Gott habe sie selig – hatte siebzig, und alle glaubten, sie sei zu groß. Wissen Sie nicht, daß sie schlecht wenden konnte und alle Manöver sehr schwierig waren?«

»Das ist Lärm um nichts, mein guter Mann«, fuhr Malespina fort, »was sind schon hundert Ellen! Es können noch viel größere Schiffe gebaut werden. Und dann muß ich Ihnen sagen, daß ich sie aus Eisen bauen würde.«

»Aus Eisen!« riefen die beiden Zuhörer aus, ohne das Lachen unterdrücken zu können.

»Ja, aus Eisen. Haben Sie denn noch nichts von der Wissenschaft der Hydrostatik gehört? Auf deren Grundlage würde ich ein Schiff von sechstausend Tonnen bauen.«

»Und die *Trinidad* hatte nur viertausend«, bemerkte ein Offizier, »was uns zu viel vorkam. Wissen Sie denn nicht, daß zur Handhabung einer solchen Masse ein Takelwerk von solchen Ausmaßen nötig wäre, daß menschliche Kräfte damit nicht umgehen könnten?«

»Eine Lappalie! Mein lieber Herr Seemann, wer sagt Ihnen denn, daß ich so dumm wäre, solch ein Schiff mit Wind anzutreiben? Da kennen Sie mich schlecht. Wenn Sie wüßten, was ich für eine Idee habe! Es hat aber keinen Zweck, daß ich sie Ihnen erkläre, weil Sie sie nicht verstehen würden.«

An diesem Punkt seiner Ausführungen angekommen, fand sich Don José Maria plötzlich auf allen vieren, weil ein solcher Ruck durch das Schiff ging, daß man nicht mehr ohne Halt stehen konnte. Aber auch dann konnte Malespina seinen Schnabel nicht halten. Einer der Offiziere verschwand, so daß nur noch der andere als Ansprechpartner für den Eiferer dienen konnte.

»Was für ein Schlingern!« sprach der Alte weiter. »Da werden wir wohl an der Küste zerschellen. Aber wo war ich stehengeblieben? Ach ja, wie gesagt, ich würde eine so große Masse nicht mit Wind bewegen, sondern … erraten Sie es? Mit Dampf! Dafür würde ich eine ganz besondere Maschine konstruieren, in der der Dampf in einem Zylinder zusammengepreßt wird und sich in einem anderen wieder ausdehnt, so daß er einige Räder antreiben kann, denn …«

Davon wollte der übriggebliebene Offizier nichts mehr

hören, und obwohl er keine Posten auf dem Schiff hatte, weil er ein aufgenommener Schiffbrüchiger war, ging er, seinen Kameraden zu helfen, die durch den zunehmenden Sturm alle Hände voll zu tun hatten. Malespina blieb mit mir allein, und ich hoffte, er werde nun schweigen, weil er meine Person nicht der Aufrechterhaltung des Gesprächs für würdig befinden würde. Aber mein Mißgeschick wollte es, daß er mich für mehr hielt, als ich war, und in schönster Inbrunst auf mich einredete: »Sie verstehen doch wohl, was ich sagen will? Siebentausend Tonnen, der Dampf, zwei Räder … denn …«

»Ja, mein Herr, ich verstehe vollkommen«, antwortete ich und hoffte, daß er dadurch zu reden aufhören würde, denn bei den heftigen Bewegungen des Schiffes, die große Gefahr anzeigten, war ich wirklich nicht zu Diskussionen über die Verbesserung der Marine aufgelegt.

»Ich sehe, daß Sie mich kennen und meine Erfindungen ernst nehmen«, fuhr er fort. »Dann werden Sie auch verstehen, daß das Schiff, das ich mir vorstelle, unbesiegbar sein wird – im Angriff, aber auch in der Verteidigung. Mit vier oder fünf Schüssen wird es dreißig englische Schiffe besiegen können.«

»Aber werden ihm die Kanonen des Feindes nicht auch Schaden zufügen?« wagte ich schüchtern einzuwerfen – eher aus Höflichkeit als aus echtem Interesse.

»Ja, Ihre Bemerkung dazu ist goldrichtig, mein kleiner Herr, und zeugt davon, daß Sie die großen Erfindungen in ihrer Tragweite einschätzen können. Um die Wirkung der feindlichen Artillerie zunichte zu machen, würde ich mein Schiff mit dicken Stahlplatten auskleiden, das heißt, ich würde ihm einen Panzer anlegen wie bei den alten Rittern. Auf diese Weise könnte das Schiff angreifen, ohne daß die Geschosse des Gegners an seinen Bordwänden mehr ausrichten als Brotkugeln aus Kinderhand. Es ist eine wunderbare Idee, auf die ich da gekommen bin. Stellen Sie sich vor, unsere Nation hätte drei oder vier solcher Wunderwerke! Wo bliebe da die englische Flotte mit all ihren Nelsons und Collingwoods?«

»Aber wenn wir solche Schiffe hier bauen könnten«, sagte ich lebhaft, da ich von der Stärke meines Arguments überzeugt war, »wäre das den Engländern doch auch möglich, und das Kräfteverhältnis wäre dann wieder das gleiche.«

Don José Maria war einen Augenblick verblüfft von dieser Logik und wußte nicht, was er Stichhaltiges entgegnen sollte, aber seine unerschöpfliche Erfindungsader verschaffte ihm bald neue Ideen, so daß er verärgert antwortete: »Und wer sagt Ihnen denn, Herr Grünschnabel, daß ich mein Geheimnis ausspionieren lassen würde? Die Schiffe würden unter der größten Geheimhaltung gebaut, ohne daß ein Uneingeweihter ein Sterbenswörtchen davon erfährt. Nehmen wir an, ein neuer Krieg bricht dann aus. Auf die Herausforderung der Engländer könnten wir dann antworten: ›Ja, meine Herren. Wir sind bereit!‹ Es werden die normalen Schiffe auslaufen, der Kampf wird beginnen, und auf seinem Höhepunkt werden zwei oder drei dieser Eisenriesen auftauchen und Rauch ausstoßend hier- und dorthin fahren, ohne sich um den Wind kümmern zu müssen. Sie stellen sich auf, wo es ihnen gefällt, und zerschmettern die feindlichen Schiffe mit ihrem scharfen Bug und ein paar Kanonenschüssen – in einer Viertelstunde wäre alles zu Ende. Stellen Sie sich das mal vor!«

Da wollte ich nicht mehr widersprechen, weil die uns drohende Gefahr meine Gedanken vollauf beschäftigte und keinen Platz mehr für solche Mutmaßungen ließ. Ich dachte nicht mehr an dieses wunderbare Traumschlachtschiff, bis ich dreißig Jahre später von der Anwendung des Dampfes in der Seefahrt erfuhr - und noch mehr, als ich nach einem halben Jahrhundert in unserer ruhmreichen Fregatte *Numancia*[33] die Verwirklichung der ›lächerlichen Hirngespinste‹ des Lügners von Trafalgar erkannte.

Nach fünfzig Jahren erinnerte ich mich also an Don José Maria Malespina und sagte mir: »Es ist doch nicht zu glauben, daß die Ideen eines Verrückten oder Angebers im Laufe der Zeit in wunderbarer Weise wahr werden!«

Seit dieser Erfahrung mache ich mich über keine Vision mehr lustig, und alle Lügner erscheinen mir wie Genies.

Ich verließ Don José Maria, um endlich zu sehen, was denn eigentlich los war, und sobald ich den Fuß aus der Kabine gesetzt hatte, erkannte ich die bedrohliche Lage, in der sich die *Rayo* befand. Der Südwestwind verhinderte nicht nur ihr Einlaufen in Cádiz, sondern trieb sie auf die Küste zu, wo sie mit Sicherheit an den Felsen zerschellen würde. So gefährlich die Situation der *Santa Ana*, die wir verlassen hatten, auch gewesen sein mag, sie konnte nicht schlimmer gewesen sein als unsere jetzige. Ich beobachtete aufmerksam die Mienen der Offiziere und Matrosen, um irgendein Anzeichen von Hoffnung zu entdecken, aber leider sah ich nichts als Angst und Sorge in ihren Gesichtern geschrieben. Ich hob meinen Blick zum Himmel und fand ihn furchtbar häßlich. Das Meer machte einen grimmigen Eindruck. Man konnte nur noch auf Gott hoffen – und dieser war uns doch seit dem 21. Oktober so wenig gnädig gewesen!

Die *Rayo* wurde nach Norden getrieben. Den Äußerungen der Seeleute in meiner Nähe zufolge zogen wir an den Sandbänken von Marrajotes, Hazte Afuera und Juan Bola vorbei, sowie an Torregorda und schließlich an der Festung von Cádiz. Alle Manöver, um den Bug auf das Innere der Bucht zu richten, waren vergebens. Wie ein scheuendes Streitroß verweigerte das alte Schiff den Gehorsam. Der Wind peitschte das Meer mit furchtbarer Wut von Süden nach Norden, und gemeinsam zerrten diese beiden Mächte das Schiff mit sich, ohne daß die Seefahrtskunst irgend etwas dagegen ausrichten konnte.

Es dauerte nicht lange, und wir waren an der Bucht vorbei. Zu unserer Rechten blieben bald Rota, Punta Candor, Punta de Meca, Regla und Chipiona zurück. Es bestand kein Zweifel mehr, daß die *Rayo* unvermeidlich an der Küste bei der Guadalquivir-Mündung zerschellen würde. Natürlich waren die Segel gerefft worden, und weil dies gegen den starken Südwester nicht ausreichte, wurden auch noch die Stengen umgelegt. Als letztes Mittel erschien es noch notwendig, die Masten zu kappen, um zu vermeiden, daß das Schiff unter die Wellen gedrückt wurde. Bei starkem Sturm muß das Schiff seine Ausmaße verkleinern – von einer hohen Eiche will es sich in niedriges Gras verwandeln, und weil die Masten sich nicht wie die Äste eines Baumes biegen können, sah man als letzten Ausweg nur noch ihre schmerzhafte Amputation, um das Leben zu retten.

Der Untergang des Schiffes war nicht mehr zu vermeiden. Nachdem der Großmast und der Besanmast gekappt worden waren, mußte man es als aufgegeben betrachten, und die einzige Hoffnung bestand nur noch darin, es nahe der Küste auf Grund zu setzen. Dafür wurden die Anker vorbereitet und die

Ankertaue verstärkt. Die Kanonen wurden abgefeuert, um Hilfe vom schon nahen Strand zu holen, und da an der Küste deutlich einige Feuer zu erkennen waren, freuten wir uns und glaubten, daß man uns bestimmt helfen würde. Viele meinten, daß ein spanisches oder englisches Schiff dort gestrandet und die Feuer, die wir sahen, von der schiffbrüchigen Besatzung angezündet seien. Unsere Angst wuchs von Minute zu Minute. Was mich angeht, so muß ich eingestehen, daß ich an ein schreckliches Ende glaubte. Ich beachtete nicht, was an Bord vor sich ging, denn mein Geist konnte sich nur noch mit dem Tod beschäftigen, den ich als unvermeidlich ansah. Wenn das Schiff zerschellen würde, wer könnte dann die Strecke, die uns noch vom Land trennte, überwinden? Der schlimmste Ort bei einem Sturm ist dort, wo die Wellen gegen das Land schlagen. Das ist, als ob sie in die Erde beißen, um Stücke des Strandes mit in den tiefen Abgrund zu reißen. Die Wucht der Wellen beim Ansturm und die Kraft, mit der sie beim Zurückprallen alles mitreißen, sind derart groß, daß keine menschliche Kraft sie besiegen kann.

Nach einigen Stunden Todesangst stieß der Kiel der *Rayo* schließlich auf eine Sandbank und brach. Der Rumpf und die Reste des Mastwerkes erzitterten für einen Augenblick. Es schien, als ob sie versuchten, das Hindernis, das sich in ihren Weg gestellt hatte, zu überwinden. Letzteres aber war stärker; das Schiff neigte sich erst nach der einen und dann nach der anderen Seite, rutschte mit dem Achterschiff unter Wasser und blieb nach einem entsetzlichen Krachen stecken.

Es war nichts mehr zu machen. Jetzt galt es nur noch, das eigene Leben zu retten und im aufgewühlten Meer die Küste zu erreichen. Dies erschien mit den Rettungsbooten, die uns zur Verfügung standen, fast unmöglich, aber da war ja Hoffnung, daß man uns vom Land zur Hilfe kommen würde oder daß einer der Kriegskutter auftauchte, deren Auslaufen die Seebehörde von Cádiz für solche Fälle befohlen haben müßte.

Die *Rayo* feuerte noch einige Schüsse ab, und wir warteten mit der größten Ungeduld auf ein Zeichen bevorstehender Rettung. Viel Zeit blieb nicht mehr. Dieses unglückselige Fahrzeug, dessen Boden beim Aufprall geborsten war, drohte, durch die Erschütterungen zu zerspringen. Der Zeitpunkt mußte bald erreicht sein, da die Vernagelung seiner Flanken dem Anprall der Wellen nicht mehr standhalten und wir dem Wüten der Wellen ausgesetzt sein würden. Dann blieb uns nur noch die Möglichkeit, uns an die Trümmer des Schiffes zu klammern.

Von Land her kam keine Hilfe. Gott wollte es aber, daß ein Kutter, der von Chipiona ausgelaufen war, unsere Schüsse gehört hatte und sich unserem Bug näherte. Er hielt sich aber in sicherer Entfernung. Als wir sein Großsegel sahen, meinten wir, unsere Rettung sei gesichert, und der Kommandant der *Rayo* gab die Befehle für eine bestmögliche Überfahrt unter den gefährlichen Umständen.

Als ich sah, daß es sich um Übersetzen zum Kutter handelte, war mein erster Gedanke, zu den zwei Personen zu laufen, die mir auf dem Schiff am meisten am Herzen lagen: dem jungen Herrn Malespina und Marcial, beide verwundet, obwohl letzterer nicht schwer.

Den Artillerieoffizier hingegen fand ich in hoffnungslosem Zustand vor. Er sagte zu den Umstehenden: »Rührt mich nicht an – laßt mich hier sterben!«

Marcial war aufs Oberdeck getragen worden und lag so kraftlos und niedergeschlagen auf den Planken, daß mir sein Gesicht wirkliche Angst einflößte. Als ich herantrat, hob er den Blick, nahm meine Hand, und sagte mit zitternder Stimme: »Gabrielito, laß mich nicht im Stich!«

»Wir gehen an Land – wir gehen alle an Land!« rief ich aus und versuchte, ihm neue Zuversicht einzuflößen. Er aber schüttelte traurig den Kopf wie unter dem Eindruck eines bevorstehenden Unglücks.

Ich versuchte, ihn zu stützen, damit er aufstehen konnte, aber bei der ersten Anstrengung sackte er kraftlos aufs Deck und sagte: »Ich kann nicht.«

Die Verbände, die seine Wunden schützen sollten, waren weggerutscht, und im Durcheinander dieser Gefahr konnte ich niemanden finden, der sie ihm wieder richtig anlegen konnte. Also tat ich es, so gut ich konnte, und versuchte nebenher, ihn mit Worten aufzumuntern. Ich lachte sogar über seinen Aufzug, um zu sehen, ob ich vielleicht dadurch seinen Lebensmut wecken könnte. Aber der arme Alte verzog keine Miene. Er neigte nur den Kopf mit traurigem Gesicht, unempfindlich sowohl für meine Witze als auch für meinen Trost.

Ich hatte nicht bemerkt, daß die ersten schon dabei waren, in die Boote umzusteigen. Unter denen, die hinunterkletterten, waren Don José Maria Malespina und sein Sohn. Mein erster Impuls war, ihnen zu folgen – eingedenk der Befehle meines Herrn, aber dann hielt mich die Vorstellung des verlassenen Verwundeten zurück. Malespina brauchte mich nicht. Marcial hingegen, der von den übrigen wohl schon aufgegeben wurde, ergriff meine Hand und flehte: »Gabriel, verlasse mich nicht!«

Die Boote konnten nur mit großer Mühe mit den Verwundeten beladen werden, aber als dies erst einmal geschehen war, ging das Umsteigen schnell vor sich, denn die Matrosen rutschten an einem Tau hinunter oder sprangen sogar. Viele sprangen ins Wasser, um die Boote schwimmend zu erreichen. Wie sollte ich mich retten? Es war keine Zeit zu verlieren, denn die *Rayo* begann auseinanderzufallen. Fast das ganze Achterdeck stand unter Wasser, und das Krachen der Spanten und der halbverfaulten Rippen deutete darauf hin, daß diese Masse bald aufhören würde, ein Schiff zu sein. Alle rannten eiligst zu den Booten, und der Kutter, der sich immer noch in einer gewissen Entfernung hielt, manövrierte geschickt und nahm die Schiffbrüchigen auf. Die Boote kehrten nach kurzer Zeit leer zurück, füllten sich aber wieder sehr schnell.

Ich sah, in welch kraftlosem Zustand sich Marcial befand, und wandte mich weinend und schluchzend an ein paar Matrosen, damit sie Marcial zur Hilfe kämen. Sie hatten aber vollauf mit ihrer eigenen Rettung zu tun. Verzweifelt versuchte ich, den Freund meines Herrn auf meinen Rücken zu laden, aber ich war so schwach, daß ich nur seine kraftlosen Arme heben konnte. Ich rannte über das ganze Oberdeck auf der Suche nach einer mitleidigen Seele. Einige schickten sich schon an, mir zu folgen, aber dann dachten sie an die Gefahr, in der sie selbst steckten, und wandten sich ab. Um diese unmenschliche Grausamkeit verstehen zu können, muß man sich selbst einmal in einer solchen verzweifelten Lage befunden haben. Mitgefühl und Hilfsbereitschaft schwinden vor dem Instinkt der Selbsterhaltung, der sich dann des Menschen bemächtigt und ihn bisweilen zu einer Bestie werden läßt.

»Oh, diese Schurken wollen dich nicht retten, Marcial!«
schrie ich in äußerster Verzweiflung.

»Laß sie«, antwortete er mir. »Es ist doch gleich, ob ich an
Bord oder an Land sterbe. Geh du man, Kleiner, lauf – sonst
lassen sie auch dich hier!«

Ich weiß nicht, welcher Gedanke mich mehr quälte: an
Bord zurückgelassen zu werden, wo ich unzweifelhaft
umkommen würde, oder den Unglücklichen allein dort zu
lassen. Schließlich siegte der Selbsterhaltungstrieb, und ich
machte einige Schritte zur Bordwand, kam aber wieder
zurück, um den armen Alten zu umarmen. Dann lief ich
erneut los zu einer Stelle, wo die letzten Matrosen sich
anschickten, das Schiff zu verlassen. Es waren vier, und als ich
die Bordkante erreicht hatte, sah ich, daß sie ins Meer
gesprungen waren, um das etwa zehn oder zwölf Ellen entfernte Boot schwimmend zu erreichen.

»Und ich?« schrie ich voller Wut, daß man mich verlassen
hatte. »Ich möchte auch mit – ich auch!«

Ich schrie mit äußerster Kraft meiner Lungen, aber man
hörte mich nicht – oder wollte nicht hören. Trotz der Dunkelheit sah ich schemenhaft das Rettungsboot. Ich sah die
Matrosen hineinklettern, obwohl man das in der Dunkelheit
eher ahnen konnte. Ich entschloß mich, auch ins Wasser zu
springen, um so ins Boot zu kommen, aber ausgerechnet in dem Augenblick, da ich mich dazu durchgerungen
hatte, sahen meine Augen das Boot und die Matrosen nicht
mehr. Vor mir war nur noch die schaurige Dunkelheit des
Wassers.

Es gab also keine Rettungsmöglichkeit mehr. Ich sah wild
um mich, erblickte jedoch nichts als die Wogen, die den Rest
des Schiffes schüttelten. Am Himmel kein einziger Stern, an
der Küste kein einziges Licht. Der Kutter war auch verschwunden. Unter meinen Füßen, die vor Zorn stampften,
zerbrach der Rumpf der *Rayo* in Stücke – nur noch der Bugteil
hielt zusammen, sein Deck übersät mit Trümmern. Ich befand
mich also auf einem unförmigen Floß, das auch jeden Moment unterzugehen drohte.

In dieser Lage lief ich zum *halben Menschen* und rief: »Sie
haben mich verlassen – sie haben uns verlassen!«

Der alte Mann richtete sich mühsam auf seine Hand

gestützt auf, hob den Kopf und ließ seinen trüben Blick über die unheimliche Finsternis schweifen.

»Nichts«, sagte er. »Man sieht ja nichts! Keine Boote, keine Lichter, keine Küste. Sie kommen nicht zurück!«

Während er dies sprach, ertönte ein unheilvolles Knarren und Ächzen unter unseren Füßen im Innern des Bugteils, der schon völlig unter Wasser stand. Das Achterkastell neigte sich heftig zur Seite, und wir klammerten uns verzweifelt an eine Windenhalterung, um nicht ins Wasser zu rutschen. Die Planken unter uns gaben nach, und das Abgleiten des Restes der *Rayo* in die Tiefen stand bevor. Aber da einen die Hoffnung nie ganz verläßt, glaubte ich, dieser Zustand könne noch bis zum Morgengrauen währen, und es tröstete mich, daß der Fockmast auch noch stand. Mit dem festen Entschluß, mich an ihm festzuklammern, wenn der Rumpf sinken würde, betrachtete ich diesen stolzen Stamm, an dem Tauenden und Segelfetzen hingen und der wie ein von der Verzweiflung zerzauster Koloß um Gnade bittend sich dem Himmel entgegenstreckte.

Marcial ließ sich auf die Planken fallen und sagte: »Es gibt keine Hoffnung mehr, Gabrielito. Sie wollen nicht zurückkommen, und das Meer würde sie auch nicht lassen. Da Gott es so will, müssen wir beide hier sterben. Für mich bedeutet das nichts mehr, denn ich bin alt und tauge zu keiner verdammten Sache mehr. Aber du ... du bist doch noch ein Kind und ...«

Seine Stimme wurde unverständlich, nicht nur weil seine Kehle rauh geworden war, sondern auch wegen seiner tiefen Erschütterung. Kurz danach hörte ich aber wieder klar folgende Worte: »Du bist nicht mit Sünden belastet, weil du ein Kind bist. Aber ich ... Einer, der so stirbt ... ich will sagen, der wie ein Hund ertrinkt, braucht keinen Priester, der ihm die Absolution erteilt. Es genügt, daß man sich selbst mit Gott auseinandersetzt. Hast du davon schon gehört?«

Ich weiß nicht, was ich antwortete – wohl gar nichts – und begann, verzweifelt zu weinen.

»Trotzdem Kopf hoch, kleiner Gabriel«, fuhr er fort. »Der Mensch muß seine Würde behalten, und jetzt ist der Zeitpunkt gekommen, wo sich zeigt, wer Seelenstärke hat und wer nicht. Du hast keine Sünden auf deinem Gewissen, aber ich sehr wohl. Man sagt, wenn einer stirbt und kein Priester für die Beichte zur Hand ist, muß er dem, der sich in seiner Nähe befindet, sagen, was sein Gewissen belastet. Ich werde dir also beichten, Gabrielito, dir meine Sünden aufzählen und hoffen, daß Gott mir an deiner Stelle zuhört und mir vergibt.«

Stumm vor Seelenbeklemmung und vor den feierlichen Worten, die ich soeben gehört hatte, umarmte ich den *halben Menschen*, der wie folgt fortfuhr: »Ich war ja immer ein Christ, römisch-katholisch, und bin und war der Heiligen Jungfrau immer sehr ergeben. Sie rufe ich jetzt zur Hilfe. Gestehen muß ich, daß ich zwanzig Jahre nicht gebeichtet und auch nicht am Heiligen Abendmahl teilgenommen habe. Daran hat aber hauptsächlich der vermaledeite Dienst Schuld gehabt – und man hat's auch immer auf den nächsten Sonntag verschoben. Jetzt aber bereue ich das und erkläre und schwöre, daß ich Gott, die Heilige Jungfrau und alle Heiligen liebe. Mögen sie mich für meine Verfehlungen gegen sie strafen. Im gegenwärtigen Jahr habe ich nicht gebeichtet und am Heiligen Abendmahl teilgenommen wegen dieser verfluchten *Kittelträger*, die mich so wütend machten, daß ich wieder aufs Meer ging, obwohl ich mein Versprechen an die Kirche hätte einlösen sollen. Niemals habe ich auch nur eine Nadelspitze gestohlen und nicht mehr gelogen als hin und wieder für einen Spaß. Für die Schläge, die ich vor dreißig Jahren meiner Frau erteilte, schäme ich mich, obwohl ich glaube, sie waren nicht so unverdient, denn sie war schlechter als die Dirnen und geschwätziger als eine Elster. Sonst habe ich nicht gegen die Gebote verstoßen, und ich verabscheue niemanden als die *Kittelträger*, die ich gern zu Hackfleisch gemacht hätte. Da es aber heißt, daß wir alle Kinder Gottes sind, will ich ihnen verzeihen – und auch den Franzosen, die uns in diesem Krieg verraten haben. Mehr kann ich kaum noch sagen, denn ich fühle, daß ich gehen muß. Ich liebe Gott und bin ruhig. Gabrielito, umarme mich fest! Du bist frei von Sünden und wirst mit den göttlichen Engeln herumschweben. Es ist doch besser, in deinem Alter zu sterben, als auf dieser schlechten Welt zu leben. Nur Mut, mein Kleiner, du wirst es durchstehen. Das Wasser steigt, und die *Rayo* wird mit uns für immer sinken. Ertrinken ist ein guter Tod, hab keine Angst. Wir werden beide fest aneinandergedrückt untergehen. Bald werden wir frei von allen Lasten sein, und du wirst munter wie eine Lerche über

den Himmel tanzen, der ein Teppich voller Sterne ist. Dort
wird immer Glückseligkeit sein – heute, morgen, übermorgen
und immer.«

Er konnte nicht mehr sprechen. Ich klammerte mich fest an
den Körper des *halben Menschen*. Ein gewaltiger Stoß der
Wogen erschütterte den Bug, und ich fühlte, wie das Wasser
meine Schulter peitschte. Ich schloß die Augen und dachte an
Gott. Da verlor ich das Bewußtsein für alles, was um mich
herum geschah.

16

Langsam – ich weiß nicht, nach welcher Zeit – wurde mein
getrübter Geist von dem Bewußtsein erhellt, noch am Leben
zu sein. Ich fühlte eine ungeheure Kälte, und das war das einzige, was mir dieses Lebensbewußtsein vermittelte, denn von
dem, was sich vorher abspielte, war nichts mehr in meinem
Gehirn haften geblieben, und ich wußte auch nichts mehr von
meiner Lage. Als meine Gedanken sich langsam aufklärten
und die Lethargie wich, fand ich mich auf dem Strand liegen.
Einige Männer standen hinter mir und beobachteten mich
aufmerksam. Das erste, was ich hörte, war: »Der arme Kleine!
Er kommt schon zu sich!«

Langsam erwachten meine Lebensgeister und mit ihnen
die Erinnerung. Mir fiel sofort Marcial ein, und ich glaube,
meine ersten gestammelten Worte waren die Frage nach seinem Schicksal. Niemand konnte mir darauf eine Antwort
geben. Unter denen, die mich umringten, erkannte ich einige
Seeleute der *Rayo*. Die fragte ich dann auch nach dem *halben
Menschen*, worauf sie mir antworteten, er sei ertrunken. Dann
wollte ich wissen, wie ich gerettet worden war, aber ich erfuhr
es nicht.

Sie gaben mir etwas zu trinken und trugen mich zu einem
nahen Haus. Dort, am Feuer und unter der Pflege einer alten
Frau, wurde ich wieder gesund, aber ohne wieder zu Kräften
zu kommen. Dann erst erzählte man mir, daß ein anderer Kutter ausgelaufen war, um die Reste der *Rayo* und die eines fran-

zösischen Schiffes, das das gleiche Schicksal ereilt hatte, nach etwaigen Schiffbrüchigen zu untersuchen. Man habe mich an der Seite von Marcial gefunden, der aber schon tot gewesen sei. Auch erfuhr ich, daß von der Besatzung des an den Strand geschwemmten Schiffes einige Unglückliche zu Tode gekommen waren.

Darauf fragte ich nach dem Schicksal der Malespinas, aber keiner konnte mir sagen, was mit dem Vater oder dem Sohn geschehen war. Auf meine Frage nach der *Santa Ana* erfuhr ich, daß sie glücklich in Cádiz angekommen sei, weshalb ich beschloß, mich sofort auf den Weg zu meinem Herrn zu machen. Ich befand mich ziemlich weit von Cádiz entfernt an der Küste nahe der Guadalquivir-Mündung, so daß ich den Marsch möglichst bald antreten mußte, um nicht zu viel Zeit verstreichen zu lassen.

Zwei weitere Tage brauchte ich, um mich völlig zu erholen, dann marschierte ich in Begleitung eines Matrosen, der den gleichen Weg hatte, nach Sanlúcar. Ich erinnere mich, daß wir am 27. Oktober den Fluß überquerten, anschließend den Weg zu Fuß fortsetzten, ohne die Küste zu verlassen. Mein Begleiter war ein offenherziger und munterer Mensch, und so gestaltete sich der Weg für mich so angenehm, wie ich es unter den Umständen nur hoffen konnte. Ich war immer noch niedergeschlagen vom Tode Marcials und von meinen letzten Erlebnissen auf See. Unterwegs kamen wir auf die Schlacht und die anschließenden Schiffbrüche zu sprechen.

»Der *halbe Mensch* war ein guter Seemann«, sagte der Matrose, »aber was in aller Welt hat ihn dazu getrieben, mit mehr als sechzig Jahren auf dem Buckel noch mal aufs Meer zu gehen? So hat er auch kein besseres Ende verdient.«

»Er war ein mutiger Seemann«, entgegnete ich, »und so vom Krieg begeistert, daß selbst seine Gebrechen ihn nicht von seinem sehnlichen Wunsch, wieder bei der Flotte zu sein, abbringen konnten.«

»Und gerade die verlasse ich jetzt«, fuhr der Matrose fort. »Ich will nichts mehr von Seeschlachten sehen. Der König zahlt schlecht, und wenn man lendenlahm wird oder einen Arm oder ein Bein verliert, sagen sie einem: ›Adieu, und wir kennen uns nicht mehr!‹ Kaum zu glauben, wie schnöde der König seine treuen Diener behandelt. Was denken sie – die meisten der Schiffskommandanten, die sich am 21. so tapfer geschlagen haben, hatten schon seit vielen Monaten keinen Sold mehr erhalten! Im letzten Jahr sah ich in Cádiz einen Schiffskapitän, der nicht wußte, wie er sich und seine Kinder ernähren sollte, und deshalb in einer Gaststätte bediente! Seine Freunde fanden das heraus, obgleich er versuchte, sein Elend zu verbergen, und sie halfen ihm aus diesem elenden Zustand. So etwas kommt bei keiner anderen Nation der Welt vor. Und dann wundern sie sich, daß uns die Engländer besiegen! Von der Bewaffnung sollte man erst gar nicht reden. Die Arsenale sind leer, und obwohl man Madrid ständig um Geld bittet, kommt nicht ein Pfifferling. Die Schätze des Königs werden nämlich dazu verwendet, die ganzen Höflinge zu bezahlen – und der, der davon am meisten schluckt, ist der ›Fürst des Friedens‹, der ein Gesamtgehalt von vierzigtausend Duros als Staatsrat, Staatssekretär, Großadmiral und Befehlshaber der Garde bezieht. Ich sag's noch mal: Ich möchte dem König nicht mehr dienen. Ich gehe jetzt nach Hause zu Frau und Kindern, denn meine Dienstpflicht habe ich hinter mir, und in einigen Tagen müssen sie mir die Entlassung geben.«

»Aber du brauchst dich doch nicht zu beklagen, Freund, wenn du auf der *Rayo* warst, denn die hat doch kaum was vom Kampf gesehen!«

»Ich gehörte nicht zur Besatzung der *Rayo*, sondern zu der der *Bahama*, die ja nun wirklich am meisten gekämpft hat.«

»Sie wurde aufgebracht, und ihr Kommandant starb, wenn ich mich richtig entsinne.«

»Ja, so war es«, antwortete er. »Und ich könnte immer noch heulen, wenn ich an Don Dionisio Alcalá Galiano denke, den tapfersten Kommandanten der Kriegsmarine. Gewiß, er war sehr streng und ließ nicht den kleinsten Fehler durchgehen, aber deshalb liebten wir ihn um so mehr, denn der Kapitän, der durch Strenge gefürchtet wird, flößt Respekt ein und erwirbt schließlich die Zuneigung der Leute, wenn die Strenge mit Gerechtigkeit einhergeht. Man kann wirklich sagen, daß ein ritterlicherer und edelmütigerer Mensch als Don Dionisio Alcalá Galiano niemals geboren worden ist. Wenn er seinen Freunden etwas Gutes tun wollte, ließ er sich nicht lumpen. In Havanna gab er einmal zehntausend Duros[34] für ein Festmahl auf seinem Schiff aus.«

»Ich habe auch gehört, daß er von der Seefahrt sehr viel verstand.«

»Von der Seefahrtskunst? Von der wußte er mehr als Merlin und alle Doktoren der Kirche. Er hat endlos viele Karten erstellt und ich weiß nicht wie viele Länder entdeckt – bis fast zur Hölle! Und diese Kerle schickten ihn in eine Schlacht, damit er getötet wird wie ein Schiffsjunge! … Ich werde Ihnen erzählen, was sich auf der *Bahama* zugetragen hat. Seit Beginn der Schlacht wußte Don Dionisio Alcalá Galiano, daß wir sie verlieren mußten – wegen dieses verdammten Rundwendens! Wir waren in der Reservegruppe, und in der auch noch ganz am Schwanz. Nelson, der ja kein Dummkopf war, sah unsere Schlachtlinie und sagte sich: ›Wenn ich die an zwei Punkten durchschneide und sie zwischen zwei Feuer nehme, wird mir kein Schiff entkommen.‹ Und das tat dieser Schurke dann auch. Als unsere Linie immer länger wurde, konnte der Kopf dem Schwanz nicht mehr zur Hilfe kommen. Er schlug uns an bestimmten Stellen, indem er uns in zwei Gruppen, die einen Keil bildeten, angriff. Das ist eine Kampfart, die – wie es heißt – der maurische Kapitän Alejandro Magno angewandt hatte und heutzutage auch Napoleon ins Spiel bringt. Jedenfalls umzingelte und teilte er uns, so daß er ein Schiff nach dem anderen unserer Flotte erledigte, ohne daß sie sich gegenseitig zur Hilfe kommen konnten. Auf diese Weise mußte jedes unserer Schiffe gegen drei oder vier Feindschiffe kämpfen. Die *Bahama* war die erste, die unter Feuer geriet. Gegen Mittag inspizierte Alcalá Galiano die Besatzung, überprüfte die Batterien und sprach folgende Worte, wobei er auf die Flagge wies: ›Männer, nehmt zur Kenntnis, daß diese Flagge festgezurrt ist!‹ Ein Streichen der Flagge war also nicht möglich. Wir wußten ja, was für ein Mann uns befehligte, und deshalb wunderte uns diese Sprache nicht. Dann befahl er dem Seekadetten Alonso Butrón, zu dessen Aufgabe die Flagge gehörte: ›Verteidige sie. Kein Galiano ergibt sich – und auch ein Butrón nicht.‹«

»Es ist doch jammerschade, daß solche Männer keinen Oberbefehlshaber hatten, der ihres Mutes würdig war, weil keiner unserer fähigen Leute die Flotte führen durfte.«

»Das kann man wohl sagen – und sie werden sehen,was dann passierte. Der Kampf begann, und Sie, der Sie auf der

Santísima Trinidad waren, wissen ja, daß es am Anfang für Ihr Schiff gut lief. Uns durchlöcherten drei Schiffe des Gegners von Backbord und Steuerbord. Wir hatten sofort sehr viele Verwundete. Auch dem Kommandanten wurde ein Fuß schwer gequetscht, und dann traf ihn ein Splitter am Kopf und verletzte ihn. Er aber ließ sich nicht beeindrucken und schrie nicht nach Salben oder Pflastern. Nein, der blieb auf dem Achterdeck, als ob gar nichts los wäre, obwohl Leute, die er sehr gern hatte, an seiner Seite umfielen, um nicht mehr aufzustehen. Alcalá kommandierte die Seeleute und die Artillerie, als ob es sich um Salutschießen auf einem Platz gehandelt hätte. Eine kleine Kugel riß ihm das Fernglas weg, und er lächelte nur. Ich sehe ihn noch vor mir stehen. Seine Uniform und die Hände waren blutverschmiert, aber ihn kümmerte das nicht – als seien dies nur Meerwasserflecke. Da er seht temperamentvoll war, schrie er seine Befehle mit solcher Begeisterung und so kämpferisch heraus, daß wir schon aus Furcht vor ihm gehandelt hätten, wenn wir es nicht sowieso als unsere Pflicht angesehen hätten. Aber dann traf ihn eine Kugel mittleren Kalibers am Kopf und tötete ihn auf der Stelle. Das war das Ende der Begeisterung, aber nicht des Kampfes. Als unser geliebter Kommandant tot umgefallen war, wurde er rasch weggetragen, damit wir ihn nicht sahen. Wir wußten jedoch, was geschehen war, und nach verzweifeltem Kampf zur Ehre der Fahne ergab sich die *Bahama* den Engländern, die sie nach Gibraltar schleppten – wenn sie vorher nicht gesunken ist, was ich vermute.«

Nachdem er erzählt hatte, wie er von der *Bahama* auf die *Santa Ana* gekommen war, stieß mein Weggefährte einen tiefen Seufzer aus und schwieg lange. Aber weil der Weg lang und beschwerlich war, versuchte ich, das Gespräch wieder aufleben zu lassen, erzählte, was ich gesehen hatte und wie ich mit dem jungen Malespina auf die *Rayo* übergesetzt war.

»Ach«, sagte er, »ist das nicht ein junger Artillerieoffizier, der zu einem Kutter gebracht wurde, der ihn dann in der Nacht des 23. Oktober an Land brachte?«

»Das stimmt«, erwiderte ich. »Keiner konnte mir bis jetzt sagen, wo er geblieben ist.«

»Er war unter denen im zweiten Rettungsboot, die die Küste nicht erreichten. Von den Gesunden konnten sich einige retten, darunter auch der Vater dieses Artillerieoffiziers. Aber die Verwundeten sind alle ertrunken, weil sie keine Kraft hatten, bis zur Küste zu schwimmen.«

Ich war bestürzt. Der junge Malespina hatte es also nicht geschafft. Der Gedanke an das Leid, das meine unglückliche und angebetete Freundin erwartete, bedrückte meine Seele und ließ keinen Triumph des Rivalen in mir aufkommen.

»Welch schreckliches Unglück!« rief ich aus. »Muß es denn gerade mich treffen, diese Nachricht der armen Familie zu bringen? Señor, sind Sie auch wirklich sicher, daß das stimmt?«

»Ich habe mit eigenen Augen gesehen, wie sich der Vater über die Grausamkeit des Schicksals mit solcher Bitterkeit beklagte, daß es einem schier das Herz zerriß. Er sagte, er habe allen anderen im Rettungsboot das Leben gerettet, und wenn er nur das Leben seines Sohnes hätte retten wollen, so hätten die anderen sterben müssen. Er habe eben an die etlichen anderen gedacht und deshalb seinen Sohn nicht dem Tode entreißen können. Die vielen Leben wogen mehr als ein einziges. Es scheint, daß er ein Mann mit viel Herz, sehr geschickt und äußerst tapfer ist.«

Ich war so traurig, daß ich nicht mehr darüber sprechen konnte. Marcial tot – und jetzt auch der junge Malespina! Welche entsetzlichen Nachrichten mußte ich dem Hause meines Herrn bringen! Einen Moment lang war ich fest entschlossen, nicht nach Cádiz zurückzugehen und es dem Zufall oder der öffentlichen Benachrichtigung zu überlassen, die Hiobsbotschaften in das Heim zu tragen, wo so viele Herzen in Unruhe schlugen. Aber das ging nicht, denn ich mußte doch Don Alonso Bericht darüber erstatten, wie ich alles mögliche versucht hatte, seinen Befehl auszuführen.

So kamen wir schließlich nach Rota, von wo wir uns nach Cádiz einschifften. Sie können sich nicht vorstellen, wie bestürzt die Einwohner von Cádiz über die Meldungen von den Katastrophen der Flotte waren. Nach und nach waren die Neuigkeiten der Ereignisse eingetroffen, und man wußte schon vom Schicksal der meisten Schiffe, obwohl über das vieler Besatzungsangehöriger noch nichts bekannt war. In den Straßen: Szenen der Verzweiflung, wenn ein neu Eingetroffener von den ihm bekannten Todesfällen berichtete. Die

Menge strömte auf den Kai, um zu sehen, welche Verwundeten ankamen – ob vielleicht der Vater, der Bruder, der Sohn oder der Gatte dabei war. Ich sah frenetische Freudenausbrüche und dann wieder herzzerreißende Klagen und tiefste Niedergeschlagenheit. Hoffnungen zerstoben, der böse Verdacht bestätigte sich meistens, und die Anzahl derer, die in jenem beklemmenden Spiel des Schicksals gewannen, war verschwindend gering im Vergleich zu den Verlierern. Die Leichen, die an der Küste von Santa Maria auftauchten, beseitigten die Ungewißheit vieler Familien, und andere hofften noch, daß sich unter den nach Gibraltar gebrachten Gefangenen die geliebte Person befindet.

Zur Ehre der Stadt Cádiz muß ich sagen, daß nie eine Bürgerschaft sich mit solcher Hingabe der Verwundeten angenommen hat – ungeachtet der Staatsangehörigkeit, denn sie alle standen unter der großen Nationalflagge der Mildtätigkeit. Collingwood erwähnte in seinen Memoiren diese Hochherzigkeit meiner Landsleute. Vielleicht erstickte das Ausmaß der Katastrophe alle Ressentiments. Ist es nicht traurig, ansehen zu müssen, daß nur das Unglück die Menschen zu Brüdern macht?

Erst in Cádiz erhielt ich einen Überblick über den ganzen Verlauf der Schlacht von Trafalgar, denn obwohl ich selbst daran teilgenommen hatte, kannte ich doch nur Einzelfälle wegen der Länge der Schlachtlinie, der Kompliziertheit der Schiffsbewegungen im Schlachtengetümmel und der verschiedenen Schicksale der Segler.

Wie ich nun erfuhr, waren außer der *Santísima Trinidad* noch die *Argonauta* mit 92 Kanonen, befehligt von Antonio Pareja, und die *San Agustín* mit 80 Kanonen, unter dem Kommando von Don Felipe Cajigal, gesunken. Mit Gravina und der *Principe de Asturias* waren folgende Schiffe nach Cádiz zurückgekehrt: die *Montañés* mit 80 Kanonen, Kapitän Alcedo, der zusammen mit seinem Stellvertreter Castaños gefallen war; die *San Justo* mit 76 Kanonen, unter dem Kommando von Don Miguel Gastón; die *San Leandro* mit 74 Kanonen, Kapitän José Quevedo; die *San Francisco* mit 74 Kanonen, geführt von Don Luis Flores, und die *Rayo* mit 100 Kanonen unter Macdonell. Von diesen liefen die *Montañés*, die *San Justo*, die *San Francisco* und die *Rayo* am 23. Oktober wieder aus, um die in Sicht befindlichen, vom Feind aufgebrachten Schiffe zu befreien. Die beiden letzteren gingen dann aber an der Küste unter wie auch die *Monarca* mit 74 Kanonen, Kapitän Argumosa; und die *Neptuno* mit 80 Kanonen, unter dem heldenhaften Kommandanten Don Cayetano Valdés, der schon vorher durch die Schlacht von Kap San Vicente Berühmtheit erlangt hatte, stand ebenfalls kurz vor dem Untergang. Vom Feind aufgebracht blieben die *Bahama*, die dann aber vor dem Einlaufen in Gibraltar auseinanderbrach; die *San Ildefonso* mit 74 Kanonen, kommandiert von Vargas, der nach England gebracht wurde, und die *Nepomuceno*, die viele Jahre in Gibraltar blieb als Gegenstand der Verehrung oder heilige Reliquie. Die *Santa Ana* kam in der gleichen Nacht, in der wir sie verließen, glücklich in Cádiz an. Die Engländer verloren auch einige ihrer stärksten Schiffe, und nicht wenige ihrer Offiziere von Generalsrang teilten das ruhmreiche Schicksal des Admirals Nelson.

Was die Franzosen betrifft, braucht wohl nicht erwähnt zu werden, daß sie so viele Verluste hatten wie wir. Mit Ausnahme der vier Schiffe, die sich mit Dumanoir zurückzogen, ohne einen Schuß abgefeuert zu haben - ein Schandfleck, den die kaiserliche Marine lange Zeit nicht beseitigen konnte –, verhielten sich unsere Verbündeten tapfer in dieser Seeschlacht. Villeneuve, der seine Fehler unbedingt an einem Tage vergessen machen wollte, kämpfte dann unerschrocken bis zum Ende und wurde als Gefangener nach Gibraltar gebracht. Etliche andere Kommandanten fielen gleichfalls in die Hände der Briten, und einige starben. Ihre Schiffe ereilte das gleiche Schicksal wie die unsrigen: einige zogen sich mit Gravina zurück, andere wurden aufgebracht - und viele gingen an den Küsten unter. Die *Achille* explodierte mitten im Kampf, wie ich es geschildert habe.

Trotz all dieser Verluste litt aber unser Verbündeter, das stolze Frankreich, nicht so schwer wie Spanien unter den Folgen dieses Krieges. Wenn es auch die Blüte seiner Marine verlor, so errangen doch seine Landtruppen zu dieser Zeit große Triumphe. Napoleon hatte in kurzer Zeit die Große Armee vom Ärmelkanal nach Mitteleuropa geleitet und führte seinen kolossalen Schlachtplan gegen Österreich aus. Am 20. Oktober, einen Tag vor der Schlacht von Trafalgar, nahm Napoleon auf dem Feld bei Ulm den Vorbeimarsch der österreichischen Truppen ab, deren Generäle ihm ihre Degen zu Füßen legten. Zwei Monate später, am 2. Dezember des gleichen Jahres, gelang ihm bei Austerlitz[35] der glänzendste Sieg seiner Herrschaft.

Diese Siege dämpften in Frankreich den Schmerz um die Verluste von Trafalgar. Napoleon selbst befahl den Zeitungen, nicht von diesen Ereignissen zu berichten, und als man ihm Bericht erstattete über den Sieg seiner unerbittlichen Feinde, der Engländer, begnügte er sich damit, mit den Achseln zu zucken und zu entgegnen: »Ich kann nicht überall sein!«

17

Ich versuchte, den Zeitpunkt, an dem ich meinem Herrn unter die Augen treten mußte, so lange wie möglich hinauszuzögern. Schließlich aber zwangen mich der Hunger, der abgerissene Zustand, in dem ich mich befand, und das Fehlen einer Unterkunft dazu, ihn aufzusuchen.

Als ich mich dem Haus von Doña Flora näherte, begann mein Herz so stark zu schlagen, daß ich nach jedem Schritt stehenbleiben mußte, um Atem zu schöpfen. Der ungeheure Schmerz, den ich mit meiner Pflicht, den Tod des jungen Herrn Malespina anzuzeigen, bereiten würde, lastete dermaßen auf meiner Seele, daß er auch nicht größer hätte sein können, wenn ich der Verursacher dieses Unglücks gewesen wäre. Schließlich erreichte ich das Haus und trat ein. Als ich im Patio stand, fühlte ich eine schier unerträgliche Beklemmung. Ich vernahm schwere Schritte in den hohen Gängen, und ehe ich noch Zeit hatte, auch nur ein Wort zu sprechen, fühlte ich mich fest umarmt. Ich erkannte Doña Flora, die mehr Farben im Gesicht trug als ein Gemälde, die aber durch die Freude, die die gute Alte bei meinem Erscheinen empfand, verwischt und verzerrt wurden. Solche Koseworte wie *Jungchen*, *Äffchen*, *Engelchen* und andere, die sie in begeistertem Wortschwall ausrief, brachten mich aber nicht zum Lachen. Ich ging die Treppen hinauf, und das ganze Haus geriet in Bewegung. Mein Herr rief: »Da ist er ja endlich, Gott sei Dank!« Im Salon stellte mir Doña Flora voller Seelenangst gleich die Frage: »Und Don Rafael, was ist aus ihm geworden?«

Ich konnte eine ganze Zeit lang kein Wort hervorbringen. Die Kehle war mir zugeschnürt, und die Stimme weigerte sich, die schlimme Nachricht auszusprechen. Sie wiederholten die Frage – und dann sah ich meine Freundin aus einem anschließenden Zimmer kommen, blaß, mit entsetzten Augen, und in ihrer Haltung drückte sich die ungeheure Angst aus, die sie befallen hatte. Ihr Anblick ließ mich in bitteres Weinen ausbrechen, so daß ich nichts mehr zu sagen brauchte. Rosita stieß einen gellenden Schrei aus und fiel bewußtlos zu Boden. Don Alonso und seine Gattin eilten ihr zur Hilfe und verbargen ihren eigenen heftigen Schmerz in der Tiefe ihrer Seele. Völlig niedergeschlagen nahm mich Doña Flora beiseite und – nachdem sie mich gemustert hatte, um festzustellen, ob ich gesund war – fragte sie mich:

»Wie ist denn dieser junge Herr zu Tode gekommen? Ich habe es ja schon geahnt und das auch Paca gesagt, aber die hat nur gebetet, was das Zeug hielt und geglaubt, er könne gerettet sein. Wenn der Herrgott nicht will … Und du, gesund und munter – welche Freude! Hast du nichts verloren?«

Es ist unmöglich, die Bestürzung zu beschreiben, die im Haus herrschte. Eine Viertelstunde lang hörte man nur Jammern, Schreien und Schluchzen, denn die Familie Malespina hielt sich zu der Zeit auch im Hause auf. Gott aber hat seine eigenen Methoden! Es war also eine Viertelstunde seit der Verkündung der Unheilsnachricht vergangen, als eine lärmende, krächzende Stimme an meine Ohren drang. Es war die von Don José Maria Malespina, die vom Patio zu hören war. Er rief seine Frau, Don Alonso und meine Freundin. Was mich am meisten überraschte, war, daß die Stimme des alten Angebers so munter plapperte wie gewöhnlich. Dies erschien mir im hohen Maße unschicklich angesichts des Unheils, das uns befallen hatte. Wir liefen ihm entgegen, und ich kam aus dem Staunen nicht heraus, ihn vergnügt wie eine Lerche zu sehen.

»Aber, Don Rafael ist doch …« sagte mein Herr verwundert.

»Gesund und munter«, entgegnete Don José Maria. »Das heißt – gesund eigentlich nicht, aber außerhalb aller Gefahr, denn seine Wunde gibt nicht mehr zu Befürchtungen Anlaß. Dieser ignorante Wundarzt glaubte schon, er würde sterben, aber ich wußte, daß das nicht stimmt. Diese Ärzte! Ich habe ihn gerettet – ja, ich, durch eine ganz neue Heilmethode, die nur ich kenne.«

Diese Worte, die die Situation urplötzlich so radikal änderten, machten meine Herrschaften sprachlos. Dann folgte ein Schwall von Freude auf die Trauer. Als ihre freudige Erregung etwas abebbte, so daß sie an meine Nachricht denken konnten, die sich nun als falsch erwiesen hatte, schalten sie mich bitter und hielten mir den großen Schrecken vor, den ich ihnen unnötig bereitet hatte. Ich entschuldigte mich damit, daß ich es so gehört hätte, wie ich es berichtet habe, und Don José Maria wurde wütend und nannte mich einen Intriganten, Lügner und Ränkeschmied.

Don Rafael lebte in der Tat und war außerhalb aller Gefahr. Er war aber in Sanlúcar im Hause von Bekannten geblieben, während sein Vater nach Cádiz ging, um die Familie ans Bett des Verletzten zu holen. Der Leser wird die Ursache der Täuschung nicht verstehen, die mich veranlaßte, den Tod des jungen Mannes in gutem Glauben zu verkünden. Andererseits möchte ich wetten, daß derjenige, der bis jetzt der Geschichte aufmerksam gefolgt ist, annehmen wird, daß der alte Malespina die Angelegenheit zu einer kolossalen Aufschneiderei ausgenutzt hatte, die dazu führte, daß mir die Todesmeldung zu Ohren kam. Und so war es auch. Wie ich später erfuhr, als ich in Begleitung der Familie nach Sanlúcar kam, hatte Don José Maria eine Geschichte des Heldentums und der Geschicklichkeit für sich zusammengezimmert. In verschiedenen Plauderzirkeln bezog er sich auf den seltsamen Fall des Todes seines Sohnes und erzählte von so dramatischen Umständen mit Einzelheiten, daß der angebliche Held einige Tage lang von allen großes Lob wegen seiner Selbstverleugnung, Entsagung und Tapferkeit erntete. Er gab zum besten, daß er nach dem Untergang des Rettungsbootes zwischen der Rettung seines Sohnes und der aller anderen wählen mußte und daß er sich schließlich für letzteres entschied, weil das großmütiger und menschlicher sei. Er schmückte seine Legende mit so ungewöhnlichen Einzelheiten, die gleichzeitig so interessant und glaubhaft klangen, daß viele sie glaubten. Der Betrug wurde aber bald aufgedeckt, und die Täuschung dauerte nicht lange, wenn auch lang genug, daß ich vom angeblichen Ableben des jungen Malespina in der geschilderten Weise hörte und dies der Familie mitteilen mußte. Obwohl ich eine sehr schlechte Meinung von der Glaubwürdigkeit des alten Malespina hatte, hätte ich niemals geglaubt, daß er es sich erlauben würde, in einer so ernsten Angelegenheit zu lügen.

Nachdem diese Aufregungen abgeklungen waren, verfiel mein Herr in eine tiefe Melancholie und sprach kaum. Er sagte sich, daß seine Seele es nun nach dem Verlust der letzten Illusion aufgegeben habe, sich noch mit den profanen Dingen des Lebens zu beschäftigen, und sich für die letzte Reise vorbereite. Da nun feststand, daß Marcial nicht zurückkehren würde, hatte er den einzigen Freund seines infantilen Greisentums verloren, und da er nun nicht mehr ›Schiffchen spielen‹ konnte, verzehrte er sich in tiefer Traurigkeit. Nicht einmal in diesem Zustand der Niedergeschlagenheit ließ ihn Doña Francisca mit ihren Vorhaltungen in Ruhe. Am Tage meiner Ankunft in Vejer hörte ich sie sagen: »Da habt ihr aber was Schönes geleistet, meinst du nicht auch? Bist du nun zufrieden? Geh doch wieder zur Flotte. Habe ich nun recht gehabt oder nicht? Oh, wenn man nur auf mich gehört hätte! Wirst du dir das wenigstens zur Lehre angedeihen lassen? Du siehst doch, wie dich Gott gestraft hat!«

»Laß mich in Frieden, Frau«, erwiderte mein Herr traurig.

»Jetzt sind wir ohne Flotte, ohne Seeleute, und wissen auch nicht, ob wir weiterhin Verbündete der Franzosen bleiben. Wolle Gott, daß diese Herren uns das nicht noch heimzahlen. Der sich ins rechte Licht gerückt hat, ist dieser feine Monsieur Villeneuve. Aber Gravina hätte diese Katastrophe, die einem das Herz zerreißt, verhindern können, wenn er sich dem Auslaufen der Flotte widersetzt hätte, wie es Churruca und Alcalá Galiano wollten.«

»Was verstehst du denn schon davon, Frau. Kränke mich doch nicht so!« sagte Don Alonso Guiterrez de Cisniega verärgert.

»Was soll ich denn da nicht verstehen – immerhin mehr als du! Ja, mein Herr, Gravina mag ein großer Edelmann und sehr tapfer gewesen sein, aber was ist denn das Ergebnis davon – nur Unheil!«

»Er hat seine Pflicht getan. Wäre es dir recht gewesen, wenn man uns als Feiglinge angesehen hätte?«

»Als Feiglinge bestimmt nicht – aber als kluge Männer. Ich sage es und werde es immer wieder sagen: Die spanische Flotte hätte sich nicht dem Heidenpack und dem Egoismus eines Monsieur Villeneuve beugen und auslaufen dürfen. Hier wird erzählt, daß Gravina wie seine Gefährten der Meinung war, daß sie nicht auslaufen sollten. Villeneuve aber, der dazu entschlossen war, um durch Kühnheit die Gunst seines Herrn wiederzuerlangen, nahm die Unseren bei der Ehre. Es schien, daß einer von Gravinas Gründen für die Ablehnung das schlechte Wetter war. Er schaute auf das Barometer der Kabine und kommentierte: ›Sehen Sie denn nicht, daß das Barometer schlechtes Wetter ankündigt? Sehen Sie denn nicht, wie es sinkt?‹ Daraufhin soll Villeneuve mit knappem Ton entgegnet haben: ›Was hier sinkt, ist der Mut!‹ Als er dies hörte, erhob sich Gravina blind vor Zorn und schleuderte dem Franzosen sein feiges Verhalten beim Kap Finisterre ins Gesicht. Es wurden harte Worte gewechselt, und schließlich rief unser Admiral aus: ›Dann aufs Meer – noch morgen!‹ Ich bin der Meinung, daß sich Gravina nicht um das Gerede des Franzosen hätte kümmern dürfen – auf keinen Fall! Zuerst kommt die Vernunft. Er wußte ja schließlich, daß die verbündete Flotte nicht in der Verfassung war, der englischen standzuhalten.«

Diese Meinung, die ich damals als eine Unehrerbietigkeit gegenüber der nationalen Ehre ansah, erschien mir später wohlfundiert. Doña Francisca hatte recht. Gravina hätte sich den Forderungen von Villeneuve nicht beugen dürfen. Das muß ich sagen, wenn es auch vielleicht den Nimbus, mit dem das Volk den Befehlshaber der spanischen Flotte in diesem denkwürdigen Ereignis umgeben hat, etwas schmälert. Ich will den Verdienst Gravinas nicht abstreiten, halte aber die Lobreden auf ihn nach dem Kampf und in den Tagen nach seinem Tode (er starb im März 1806 an seinen Verletzungen) für hyperbolisch. Alles weist darauf hin, daß Gravina ein durch und durch ritterlicher Charakter und tapferer Seemann war, aber wohl zu höfisch und ohne die Entschlossenheit, die der ständige Umgang mit dem Krieg vermittelt, und auch ohne die Überlegenheit, die man in einer so schwierigen Laufbahn wie der des hohen Marineoffiziers nur durch fleißiges Studium der einschlägigen Wissenschaften erlangen kann. Gravina war ein guter Geschwaderchef, aber auch nicht mehr. Präzision, Gemütsruhe, unerschütterliche Entschlossenheit – alles Eigenschaften, die zur Führung sehr großer Einheiten erforderlich sind – konnten nur Don Cosme Damian Churruca und Don Dionisio Alcalá Galiano aufweisen.

Mein Herr Don Alonso antwortete auf die letzten Worte seiner Frau, und als sie weggegangen war, bemerkte ich, daß der arme Alte mit so großer Inbrunst betete wie in der Kabine der *Santa Ana* in der Nacht unserer Trennung. Seitdem tat Señor de Cisniega nichts als beten, und so betete er für den Rest seines Lebens, bis er sich auf dem Segler einschiffte, der nie zurückkehrte.

Er starb längere Zeit, nachdem seine Tochter Don Rafael Malespina geheiratet hatte. Letzteres Ereignis fand zwei Monate nach dem großen Flotten-Zusammenprall statt, den die Spanier *die Schlacht vom 21.* und die Engländer *die Seeschlacht von Trafalgar* nennen, weil sie sich in der Nähe des Kaps mit diesem Namen ereignete.

Meine Freundin heiratete am Morgen eines herrlichen Tages, wenn auch im Winter, und sie fuhren gleich darauf nach Medina Sidona, wo ihr Haus schon eingerichtet war. Ich war Zeuge ihres Glücks in den Tagen, die der Hochzeit vorausgingen, aber sie nahm die tiefe Traurigkeit nicht wahr, in der ich mich befand, und hätte sie diese bemerkt, so hätte sie die Ursache nicht gewußt. Sie stieg in meinen Augen auf immer höhere Sockel, und ich fühlte mich immer mehr gedemütigt vor ihrer zweifachen Überlegenheit – der ihrer Schönheit und der ihrer Gesellschaftsklasse. Ich gewöhnte mich an den Gedanken, daß solche bewundernswerte Einheit von Gnadengeschenken nicht für mich sein könnte, und erlangte meine Gemütsruhe wieder, denn die Resignation, die jede Hoffnung aufgibt, ist ein dem Tod vergleichbarer Trost – und damit ein sehr großer.

Sie feierten Hochzeit, und am gleichen Tage, da sie nach Medina Sidonia abfuhren, befahl mir Doña Francisca, auch dorthin zu fahren, um den Dienst für die Neuvermählten aufzunehmen. Ich fuhr am Abend ab, und auf meiner einsamen Reise kämpfte ich mit Gedanken und Gefühlen, die zwischen den Möglichkeiten schwankten, einen sicheren Hafen im Haus der Neuvermählten anzunehmen oder ihn für immer abzulehnen.

Ich kam am folgenden Morgen an, ging zum Haus, trat in den Garten ein, setzte den Fuß auf die erste Treppenstufe vor der Tür und hielt inne, denn meine Gedanken nahmen mich völlig gefangen, und ich mußte unbeweglich bleiben, um besser nachdenken zu können. Ich glaube, daß ich in dieser Haltung mehr als eine halbe Stunde verharrte.

Im Haus herrschte tiefe Stille. Die Eheleute, die am Tag zuvor geheiratet hatten, befanden sich zweifellos im ersten Schlaf ihrer stillen Liebe, die nun nicht mehr durch irgendeinen Schmerz gestört wurde. Ich konnte nicht umhin, mir die Szenen jener längst entschwundenen Tage, an denen Rosita und ich zusammen spielten, ins Gedächtnis zurückzurufen. Für mich war sie damals der wichtigste Mensch auf der Welt gewesen. Für sie war ich zwar nicht der wichtigste gewesen, aber immerhin jemand, den man gern mochte und nach einer Abwesenheit von einer Stunde schon vermißte. Welche Veränderung in so kurzer Zeit!

Alles, was ich sah, schien mir das Glück der beiden auszudrücken – wie eine Beleidigung meiner Einsamkeit. Obwohl es Winter war, stellte ich mir vor, daß die Bäume des Gartens alle plötzlich mit Laub bedeckt waren und daß die Wein-Bogenlaube an der Tür, die zum Schattenspenden diente, Reben bekam, um die beiden zu verabschieden, wenn sie zum Spaziergang das Haus verlassen würden. Die Sonne hatte schon Kraft, und die Luft erwärmte sich über dem Nest, zu dessen Bau ich mit den ersten Halmen beigetragen hatte, indem ich ihnen als Liebesbote gedient hatte. Die noch in der Winterstarre befindlichen Rosensträucher sah ich voller Rosen, die Orangenbäume voller Blüten und Früchte, an denen tausend Vögel pickten, um auf diese Weise am Hochzeitsfest teilzunehmen. Meine Meditationen und Visionen wurden erst unterbrochen, als die tiefe Stille des Hauses von einer frischen Stimme unterbrochen wurde, die meine Seele erzittern ließ. Diese fröhliche Stimme rief in mir ein unbeschreibliches Gefühl hervor – ich kann nicht sagen, ob das der Angst oder der Scham. Was ich aber noch sicher weiß, ist, daß ich mich mit einem jähen Entschluß von der Tür wegriß und aus dem Garten eilte wie ein Dieb, der Entdeckung fürchtet.

Mein Entschluß war unerschütterlich. Ohne Zeit zu verlieren, verließ ich Medina Sidonia mit dem festen Willen, weder in diesem Haus noch in dem von Vejer zu dienen. Nach einiger Überlegung entschied ich mich, nach Cádiz zu gehen und von dort nach Madrid. Das tat ich denn auch, ohne mich von den Schmeicheleien der Dame Flora beeinflussen zu lassen, die versuchte, mich mit einer Kette der verwelkten Rosen ihrer Liebe zu halten. Was ist seitdem nicht alles passiert, das wert ist, erzählt zu werden! Mein Schicksal, das mich schon nach Trafalgar gebracht hatte, führte mich danach noch zu so manchen glorreichen oder auch elenden Szenerien – die aber alle der Erinnerung würdig sind. Möchtet ihr mein ganzes Leben kennenlernen? Habt ein wenig Geduld, und ich werde euch in einem anderen Buch mehr erzählen.

Madrid, Januar–Februar 1873

Die Abenteuer der
Pepita González

1

Ohne Arbeit und ohne Geld, ohne Verwandte und ohne Besitz streifte ich durch Madrid, Euer ergebener Diener, der die elende Stunde verfluchte, in der er die hinteren Seiten des »Diario«[1] genutzt hatte, dafür eine ehrenvolle Beschäftigung zu suchen und seine Geburtsstadt für jenen unwirtlichen Hof verlassen hatte. Die Buchdruckerkunst war eine segensreiche Hand für die Bedürftigkeit, den Hunger, die Einsamkeit und die Not des armen Gabriel, denn drei Tage, nachdem er in gedruckten Lettern die großen Fähigkeiten, mit denen er von der Natur ausgestattet zu sein glaubte, der Öffentlichkeit preisgegeben hatte, nahm ihn eine Schauspielerin vom Theater del Principe,[2] die González, oder Pepita González, in ihre Dienste. Dies geschah am Ende des Jahres 1805; doch das, wovon ich erzählen werde, begab sich zwei Jahre später, im Jahre 1807, als ich – wenn meine Berechnungen mich nicht trügen – sechzehn, ja beinahe schon siebzehn Jahre alt war.

Später werde ich Euch von meiner Herrin erzählen. Vor allem muß ich sagen, daß meine Arbeit, wenn sie auch nicht eben knapp bemessen war, mich doch mit Freude erfüllte und wie geschaffen dafür war, um binnen kurzer Zeit allerlei Kenntnisse über das Weltgeschehen zu erlangen. Ich werde die Tätigkeiten meiner Tage und Nächte aufzählen, in denen ich meine moralischen und physischen Talente mit dem höchstmöglichen Eifer einsetzte. Die folgenden Pflichten oblagen mir in meinem Dienst bei der Schauspielerin:

Ich ging meiner Herrin beim Frisieren ihrer Haartracht zur Hand. Dies geschah für gewöhnlich zwischen zwölf und ein Uhr, unter dem Protektorat des Maestro Richiardini, einem neapolitanischen Künstler, dessen begnadeten Händen sich die erlauchtesten Köpfe des Hofes anvertrauten.

Ich ging in die Desengaño-Straße auf der Suche nach *Perlenweiß, Tscherkessischem Elixier, Pomade à la Sultanin* oder *Puder à la Marechala*, sorgfältig abgewogenen Mitteln, verkauft von einem Monsieur Gastan, der das Geheimnis ihrer Anfertigung von niemand anderem als dem Alchimisten der Marie Antoinette höchstpersönlich empfing.

Ich ging in die Reina-Straße, Nummer 21, in dessen unterem Stockwerk sich eine Werkstatt für Stoffdruck befand, denn in damaliger Zeit bemalte man die Seidenkleider, die für gewöhnlich weiß waren, der Mode entsprechend, so daß man, wenn eine Mode vorüber war, die Kleider aufs neue mit anderen Zweigen und Bildern bemalte und so ein glückliches Bündnis zwischen der Mode und der Sparsamkeit schuf. Dies zur Belehrung für künftige Zeiten.

Nachmittags brachte ich einen Topf mit Resten von Suppe, Brot und anderen Speisen zu Don Luciano Francisco Comella,[3] einem Autor gefeierter Komödien, der in seinem Hause in der Berenjena-Straße zusammen mit seiner buckligen Tochter, welche ihm bei seiner dramaturgischen Arbeit half, vor Hunger darbte.

Ich reinigte die Krone und das Zepter, die meine Herrin in ihrer Rolle der Königin der Mongolei zu tragen hatte, und zwar in der Aufführung einer Komödie mit dem Titel: *Alles an einem Tage verlieren für eine blinde und verrückte Liebe oder Der falsche Zar von Moskau.*

Ich half ihr beim Einstudieren der Rollen, vor allem bei der der Komödie *Die Mieter des Sir John oder Die Familie der Inderin, Juanito und Coleta,* für die es vonnöten war, daß ich den Part des Lord Lulleswing rezitierte, damit sie den Part der Mylady Pankoff gut verstand.

Ich holte die Sänfte, die sie ins Theater bringen sollte, wobei ich, wenn es erforderlich war, auch beim Tragen half.

In der obersten Galerie des Theaters La Cruz pfiff ich mitleidlos *Das Jawort der Mädchen* aus, eine Komödie, die meine Herrin mindestens ebenso langweilte wie alle anderen Stücke desselben Autors.

Ich spazierte über die Plaza Santa Ana, wobei ich zwar vorgab, die Vögel zu betrachten, jedoch heimlich und gleichsam mit höchster Aufmerksamkeit den dort gepflegten Stadtklatsch über die Schauspieler oder Tänzer verfolgte und sorgfältig darauf achtete, zu erfahren, was die Künstler des Theaters La Cruz im Gegensatz zu denen des Theaters El Príncipe zu berichten wußten.

Ich kaufte eine Balkonkarte für den Stierkampf, die ich entweder am Schalter erstand oder im Hause des Banderilleros* Espinilla, der die Karten für meine Herrin zu Ehren ihrer gleichermaßen herzlichen wie langjährigen Freundschaft reservierte.

Ich begleitete meine Herrin ins Theater, wo ich notgedrungen das Zepter und die Krone bereithielt, wenn sie nach der zweiten Szene des zweiten Aktes in *Der falsche Zar von Moskau* hereinkam, um wenig später, in eine Königin verwandelt, wieder auf die Bühne zu treten, wo sie Osloff und die Magnaten zum Besten hielt, die sie für die Krapfenverkäuferin von der Ecke hielten.

Ich ging beizeiten zu den Anhängern unserer Theatergruppe und unterrichtete sie über die Stellen der Komödien und der Lieder, bei denen sie kräftig zu klatschen hatten. Überdies nannte ich ihnen die Theatervorstellung, die die andere Truppe vorbereitete, damit sie sich mit patriotischem Eifer auf den Kampf vorbereiten konnten.

---

* Helfer des Matadors im Stierkampf (Anm. d. Übersetzers).

Ich ging täglich zum Hause des Schauspielers Isidoro Máiquez[4] unter dem Vorwand des Auftrages, ihm irgendeine Frage über Theaterkostüme zu stellen, und mit der wirklichen Absicht, herauszufinden, ob sich in seinem Hause eine gewisse Person aufhielt, deren Namen ich im Moment verschweigen möchte.

Ich spielte unbedeutende Rollen, wie die eines Pagen, der mit einem Brief hereintritt und einfach nur »Bitte« sagt, oder die des Mannes aus dem ersten Dorf, der, als die Volksmenge vor dem König steht, ausruft: »Mein Herr, mein Richter, oder in Euren königlichen Wurzeln gekrönter Abglanz der Sonne!« (Solche kleinen Auftritte schenkten mir einen Abend der Glückseligkeit.)

Und weitere tausend Aufgaben, Übungen und Beschäftigungen dieser Art, die ich nicht aufzählen werde, da dies noch lange weiterführen und ich meine Leser damit über das Maß des Schicklichen hinaus langweilen könnte. Aus dem Verlauf dieser sorgfältig aufgeführten Geschichte erwuchsen große Taten und mit ihnen die diversen und komplizierten Dienste, die ich leistete.

Und nun werdet Ihr mit meiner Herrin, der unvergleichlichen Pepita González, Bekanntschaft machen, und dies mit allen Einzelheiten, die ein vollkommenes Bild der Welt, in der sie lebte, ergeben.

Meine Herrin war eine Dame, die mehr Anmut als Schönheit besaß, jedoch verlieh die erstere dieser beiden Qualitäten ihrer Person einen strahlenden Glanz, der sie vollkommen erscheinen ließ, ohne daß sie es war. All das, was in physischem Sinne mit Schönheit bezeichnet und im moralischen Sinne Ausdruck genannt wird – Charme, Koketterie, Kindlichkeit –, schien sich in ihren schwarzen Augen zu konzentrieren. Diesen Augen, die allein fähig schienen, mit einem einzigen Blick mehr zu sagen als das, was Ovid in seinem Gedicht über die Kunst sagte, die man niemals lernt und niemals kennt. Unter den Augen meiner Herrin schienen die brennenden Vipern und flammensprühenden Schüsse, die

Cañizares[5] und Añorbe[6] den Blicken ihrer Heldinnen angedeihen ließen, keine Übertreibung mehr zu sein.

Für gewöhnlich erinnern wir uns bei den Personen, die wir in unserer Kindheit kannten, entweder an die am stärksten ausgeprägte Eigenart oder an eine andere, die zwar sehr unbedeutend ist, sich aber dennoch unauslöschlich in unsere Erinnerung eingegraben hat. Genau so ergeht es mir bei meiner Erinnerung an Pepita González. Sobald ich meine Gedanken ihrer Person widme, kommen mir mit größter Deutlichkeit zwei Dinge in den Sinn: zum einen ihre unvergleichlichen Augen und zum anderen das Aufstampfen ihrer Schuhe, dieser Miniatur-Kerker ihrer hübschen Postamente, wie Valladares[7] oder Moncín[8] es ausgedrückt hätten.

Ich weiß nicht, ob dies ausreichen kann, damit Ihr Euch ein Bild von dieser begnadeten Dame machen könnt. Wenn ich mich ihrer entsinne, sehe ich diese großen, schwarzen Augen, deren Blicke einen Toten zum Leben erwecken würden, und höre das Tip-Tap ihres leichten Schrittes. Mehr ist nicht nötig, um ihre Gestalt in dem finsteren Raum meiner Vorstellungskraft wiederaufleben zu lassen. Ich begreife heute, daß es kein Kleid gab, keinen Schleier, keine Schleife und keinen Flittertand, der sie nicht wie ein Wunder erscheinen lassen könnte. Auch meine ich, daß in ihren Bewegungen eine Grazie ganz besonderer Art lag, ein gewisses Etwas, ein undefinierbares Leuchten, das sich ausdrücken ließe, wenn die Sprache nur reich genug wäre, um die Schalkhaftigkeit und die Sittsamkeit, die Bescheidenheit und die Provokation mit ein und demselben Wort zu fassen. Diese äußerst seltene Widersprüchlichkeit besagt entweder, daß es nichts Heuchlerischeres gibt als gewisse Arten von Schmuck oder, daß das beste Mittel, die Bescheidenheit zu besiegen, darin besteht, sie zu imitieren.

Wie auch immer, mit Gewißheit kann ich sagen, daß die González ihr Publikum mit der anmutigen Biegsamkeit ihres Körpers, mit ihrer wundervollen Stimme, mit ihrer pathetischen Vortragskunst in den sentimentalen Werken und mit ihrem unerschöpflichen Esprit in den Komödien verzückte. Den gleichen Triumph erfuhr sie stets, wenn sie von der Menge ihrer Bewunderer auf der Straße gesehen wurde, wenn sie in ihrer Kutsche oder Droschke zum Stierkampf fuhr oder in der Sänfte aus dem Theater getragen wurde. In dem Moment, in dem sich ihr heiteres Antlitz, umhüllt mit den Spitzen ihres weißen Schleiers in dem kleinen Fenster zeigte, jubelte man ihr zu man klatschte und rief: »Dort geht aller Liebreiz der Welt, es lebe der sprühende Geist Spaniens!« und andere Sätze dieser Art. Die Ovationen auf der Straße waren immer wieder ein freudiges Ereignis, sowohl für die Bewunderer als auch für meine Herrin selbst und sogar für mich, denn Bedienstete eignen sich immer einen Teil des Triumphes an, der ihrer Herrschaft gezollt wird.

Pepita war höchst sensibel und trug sich, meiner Ansicht nach, mit äußerst lebhaften und ungestümen Empfindungen. Gleichzeitig war ihr eine gewisse systematische Verstellung zu eigen, die ihr zur zweiten Natur wurde, so daß viele Menschen sie für kaltherzig hielten. Auch bin ich der Überzeugung, daß sie eine sehr barmherzige Person war und es ihr gefiel, alle Nöte zu lindern, derer sie ansichtig wurde. Die Armen belagerten ihr Haus, vor allem an den Samstagen, und eine meiner mühseligsten Beschäftigungen bestand darin, Kupfermünzen und Brotstücke an sie zu verteilen, sofern sich nicht schon der Señor de Comella diese Dinge angeeignet hatte, der vor Hunger nahezu verging, aber dennoch der *Schrecken der Jahrhunderte* und der erste Dramatiker der Welt war. Es war sein Haus, in dem die González lebte, nur in der Gesellschaft ihrer Großmutter, der achtzigjährigen Doña Dominguita, und zweier Bediensteter unterschiedlichen Geschlechts, die ihr dienten.

Sollte ich mir nun, da ich von den guten Dingen erzählt habe, erlauben, die schlechten Seiten des Charakters von Pepa González aufzuzeigen? Nein, ich nenne sie nicht. Man muß der Schwarzäugigen in Rechnung stellen, daß sie im Theater aufgewachsen war, denn ihre Mutter hatte ebenfalls an den berühmten Bühnen des Theaters La Cruz und des Theaters Caños del Peral gearbeitet, wohingegen ihr Vater in der königlichen Kapelle den Kontrabaß gespielt hatte. Unter diesem unglücklichen Stern wurde Pepita geboren und lernte, man verzeihe mir meine Freimütigkeit, seit Kindesbeinen ihr Handwerk, so frühzeitig gar, daß sie sich bereits mit zwölf Jahren zum ersten Mal auf der Bühne zeigte, wo sie eine Rolle in der Komödie *Sastre, König und Angeklagter zu einer Zeit oder*

Der Sastre von Astracán spielte. Also, mit dieser Schule vertraut und ebenso mit den wenig strengen Sitten dieser freizügigen Menschen, denen es eine allgemeine Verachtung seitens der Gesellschaft gewissermaßen erlaubte, schlechter als die anderen zu sein, wäre es da nicht verrückt, von meiner Herrin ein Leben nach strengen Grundsätzen zu verlangen, die – angesichts ihrer Lebensumstände – ausgereicht hätten, um ihr die Heiligsprechung zu sichern?

So bleibt mir nichts übrig, als sie Euch als Schauspielerin vorzustellen. In diesem Punkt kann ich lediglich sagen, daß sie mir zu jener Zeit vortrefflich erschien. Ich rede nicht von der Wirkung, die ihre Vortragskunst auf mich hätte, wenn ich sie heute auf der Bühne eines unserer Theater auftreten sehen würde. Als meine Herrin in der Blüte ihrer Triumphe stand, gab es für sie keine großen Rivalinnen, gegen die zu kämpfen sie nötig gehabt hätte. María del Rosario Fernández,[9] bekannt durch die *Tirana*, war im Jahre 1803 verstorben. Rita Luna,[10] nicht weniger berühmt als erstere, hatte sich 1806 von der Bühne zurückgezogen; María Fernandez, auch die »Caramba« genannt, war ebenfalls verschwunden. Die Prado, Josefa Virg, Maria Ribera, María García und all die anderen aus jener Zeit besaßen keinerlei außergewöhnliche Qualitäten, und so mußte meine Herrin sich nicht in besonderer Weise von den anderen abheben, um zu verhindern, daß ihr Stern sich unter dem Glanz eines feindlichen Gestirns verdunkelt hätte. Der einzige, dem also die allgemeine Aufmerksamkeit und der Beifall von ganz Madrid geschenkt wurde, war Máiquez, und keine Schauspielerin konnte ihn als Rivalen betrachten, da das gegenseitige Wetteifern im allgemeinen nur zwischen den Göttern desselben Geschlechts stattfand.

Pepa González war eine Anhängerin der Anti-Moratínisten,[11] nicht nur, weil es in dem Kreise der von ihr bevorzugten Menschen viele Gegner dieses vorzüglichen Dichters gab, sondern auch, weil sie eine persönliche Veranlassung für ihren unversöhnlichen Groll gegen ihn trug. Hier muß ich mich darin fügen, eine Beobachtung anzudeuten, die mit Sicherheit wenig schmeichelhaft für meine Herrin ist. Da jedoch für mich die Wahrheit das oberste Gebot ist, tue ich hier meine Ansicht kund, so hart es für Pepita González auch sein mag. Meiner Beobachtung nach hob sich die Schauspielerin des Theaters El Príncipe weder durch ihren guten literarischen Geschmack von den anderen ab noch durch ihre Auswahl an dramatischen Werken. Auch bei der Wahl ihrer Bücher bewies sie keinerlei Geschmack. Die Wahrheit ist, daß die Ärmste weder Luzán[12] noch Montiano[13] gelesen hatte. Sie wußte nichts von der Satire von Jorge Pitillas,[14] und keine sterbliche Seele hatte sich die Mühe gemacht, ihr Batteux[15] oder Blair zu erklären, denn wer ihr nahestand, wußte für gewöhnlich mehr über Ovid als über Aristoteles und mehr über Bocaccio als über Despreaux.[16]

Aus diesem Grunde schritt meine Herrin unter der Fahne des Don Eleuterio Crispan de Andorra[16a], oder des – man möge mir diese Bezeichnung verzeihen – Augenbrauen-Aristarcos. Sie hatte keinen Blick für das, was darüber hinausging, noch hatte sie all das Gewirr von Regeln verstanden, das ihr immerhin von Barfüßler-Mönchen gepredigt worden war. Es muß hierzu gesagt werden, daß der Abbé Cladera, dessen naturgetreues Abbild der berühmte Don Hermógenes[16b] zu sein scheint, ein guter Freund des Vaters unserer Heldin war, und zweifellos hat dieser huldvolle Schulmeister während ihrer Kindheit den Samen der Prinzipien in ihrem Verstand gesät, den man in einem anderen Kopfe als Frucht der »großen Belagerung von Wien« ansehen könnte.

So kam es, daß meine Herrin Gefallen an den Werken von Comella fand. In der letzten Zeit allerdings wagte sie es angesichts des Verrufes, in den dieser Theatergott gefallen war, und durch den er vom Gipfel seiner Popularität in das Elend gestürzt war, nicht, dies vor den Literaten und der belesenen Gesellschaft zu bekennen. Da ich bei ihren Gesprächen zugegen war und ihren literarischen Vorlieben Aufmerksamkeit schenkte, konnte ich feststellen, daß ihr solche Komödien zusagten, in denen ein großes Durcheinander von Auftritten und Abgängen herrschte, in denen es Truppenbesichtigungen gab, hungrige Kinder, die nach der Mutterbrust weinten, die Kulisse eines großen Platzes mit einem Triumphbogen am Eingang, bärtige Personen, so wie Irländer, Moskowiter oder Skandinavier und einen Stil, der die Dame in gewissen Momenten von Kummer und Gram zu dem Ausruf veranlassen konnte: »Eine lebende Statue bin ich aus Eis« oder »Groll, so täuschen wir vor … Haß, wir verbergen es nicht … Vorsicht, nimm mich in deine Gunst.«

Ich erinnere mich, einige Male gehört zu haben, wie sie sich beklagte, daß der neue Geschmack sich von den konzertanten Bühnendialogen entfernt hätte, Dialogen wie dem folgenden, der, wenn ich mich recht entsinne, der Komödie *Das große Erbarmen des Leopoldo el Grande* entstammt:

Margarita: Gehen wir, Liebster …
Nadasti: Haß …
Zrin: Zweifel …
Carlos: Angst …
Alburquerque: Verwirrung …
Ulrica: Martyrium.
Alle sechs: Wir werden warten, daß die Zeit sagt, was du nicht gesagt hast.[16c]

Da diese Form von Literatur immer mehr aus der Mode kam, hatte meine Herrin nur selten das Vergnügen, *Pedro den Großen im Orte Pultowa* auf der Bühne zu sehen, wie er seinen Soldaten befahl, rohes, salzloses Pferdefleisch zu essen, und selber gelobte, eher Steine zu frühstücken, als daß er den Platz übergab. Ich muß hinzufügen, daß diese Vorliebe eher einem hartnäckigen Widerstand gegen die Moratínisten entsprang als einem fehlenden Verständnis für die Erhabenheit der neuen Schule, und daß meine Herrin, mit ihrer überkommenen und unnachgiebigen Haltung, eine Spanierin durch und durch, glaubte, die Regeln und der gute Geschmack seien, nur weil sie ihr fremd waren, die schlimmsten Dinge und es genüge vollkommen, sich als rechter Spanier zu erweisen, indem man sich an die Abgeschmacktheiten unserer calagurritanischen Poeten klammerte wie an ein heiliges Labarum. Was Calderón und Lope de Vega[17] anbelangt, so hielt sie sie nur deshalb für bewundernswert, weil sie von den Klassizisten verschmäht wurden.

Gerne würde ich mich hierüber weiter verbreiten und einige Beobachtungen über die literarischen Gruppierungen jener Zeit und das literarische Wissen des Volkes im allgemeinen vortragen und ebenso über diejenigen, die sich mit großer Erbitterung um ihre bevorzugte Richtung stritten. Indes fürchte ich, langatmig zu werden und mich von meinem Hauptanliegen zu entfernen, welches nicht darin besteht, die Dinge mit akademischer Feder zu erörtern, über die der Leser möglicherweise bessere Kenntnis besitzt als ich. So möge alles, was nicht zum Thema gehört, unerwähnt bleiben, und wir fahren fort, nachdem ich Euch nun den schlechten Geschmack meiner Herrin anvertraut habe, eine Eigenart, die heutzutage jede Marquise, Künstlerin oder Kennerin dessen, was man die große Welt nennt, verübeln würde.

Da Ihr sie nun bereits kennt, werde ich dazu übergehen, zu berichten, was zu berichten ich mir zur Aufgabe gemacht habe ... aber um alles in der Welt! ... Ich muß feststellen, daß ich nicht fortfahren kann, ohne Euch die Rolle vorzustellen, die ich unglücklicherweise in der geräuschvollen Uraufführung von *Das Jawort der Mädchen*[18] spielte, was den Anlaß dafür gab, daß die Spannung zwischen meiner Herrin und Moratín sich noch steigerte, bis es schließlich zu einem Bruch kam.

2

Das Jawort der Mädchen wurde im Januar 1806 uraufgeführt. Meine Herrin arbeitete damals im Theater Caños del Peral, da das Theater El Príncipe einige Zeit zuvor in Flammen aufgegangen war und nun wieder aufgebaut wurde. Die Komödie von Moratín, die derselbe bereits einige Male bei Zusammenkünften in den Theatern Príncipe, Paz und Tineo gelesen hatte, kündigte sich als ein literarisches Ereignis an, welches den ruhmreichen Untergang seines Autors zur Folge haben mußte. Die erklärten Feinde, derer es viele gab, sowie die Neider, derer es noch mehr gab, brachten alarmierende Gerüchte in Umlauf, denen zufolge das genannte Werk eine noch schwerfälligere und langweiligere Komödie sei als *Die Scheinheilige*, eine vulgärere als *Der Baron* und noch feindseliger gegen Spanien gerichtet als *Das Kaffeehaus*.[19] Es blieben noch einige Tage bis zur Premiere, da liefen schon Satiren und

Schmähschriften von Hand zu Hand, die nie gedruckt wurden. Der Effekt dieses Aufwandes war, daß der Argwohn der Kirchenzensur geweckt wurde. Sie wollte die Aufführung verbieten. Allein, über all diese Machenschaften triumphierte die Würde unseres ersten Dramatikers, und *Das Jawort der Mädchen* wurde am 24. Januar 1806 uraufgeführt.

Ich beteiligte mich nicht ohne ein gewisses Entzücken, da es mir mit meinen wenigen Jahren gestattet wurde, an der gewaltigen Verschwörung teilzunehmen, die sowohl in der Garderobe des Theaters Caños del Peral geschmiedet wurde als auch in anderen, düsteren Winkelkonzilen, in denen einige der berühmtesten Dramaturgen des kommenden Jahrhunderts elend zwischen spinnwebdünnen Baumwolltüchern hausten.

Die Verschwörung wurde von einem Dichter angeführt, dessen Persönlichkeit und Stil Ihr Euch vor Augen führen könnt, indem Ihr Euch an den Schreiber erinnert, den Merkur aus der geschwätzigen Menge auswählt, um ihn Apoll vorzustellen. Ich erinnere mich nicht seines Namens, aber doch seiner Gestalt, die von so schäbiger Armseligkeit war, daß sie im moralischen und physischen Sinne wie ein Almosen von Mutter Natur zu sein schien. Sein Geist war von Neid zerfressen, sein Körper vom Elend; so gewann er von Jahr zu Jahr an Häßlichkeit und Widerwärtigkeit, und da seine ungeschliffene dichterische Begabung, die bereits in allen Gattungen vom Heldengedicht bis zum Lehrstück erprobt war, ausschließlich Früchte trug, die den Fanatikern dieser Schule Übelkeit verursachten, war er schließlich mit der Aufgabe gesegnet, grobe Streitschriften und plumpe Kritiken gegen die Feinde der Schule zu verfassen, in deren Schatten er lebte, ohne mehr Arbeit zu haben als die der Schmeichelei.

Dieser Sohn Apolls führte uns in einer imponierenden Prozession auf die oberste Galerie des Theaters La Cruz, wo wir durch einstudierte Anzeichen der Unzufriedenheit die Fehler der klassischen Schule kundtun sollten. Es kostete uns viel Arbeit, in das Schauspielhaus einzudringen, denn an diesem Abend war der Andrang außergewöhnlich groß, aber da wir uns zeitig eingefunden hatten, konnten wir schließlich die besten Sitze jener paradiesischen Region besetzen, in der sich alle mißtönenden Laute der literarischen Passion zusammen mit den schlechten Gerüchen eines Publikums, das nicht gerade durch seine Kultiviertheit glänzte, zu vereinigen pflegten. Ihr werdet glauben, daß der Anblick der Theater der damaligen Zeit vergleichbar sei mit unseren modernen Schauspielhäusern. Welch ein großer Irrtum! In dem erhöhten Raum, in dem der Dichter das Hauptquartier seines stürmischen Bataillons errichtet hatte, gab es eine Raumaufteilung, die die Geschlechter voneinander trennte, und gewiß wird der weise Gesetzgeber, der dieses in den vergangenen Jahrhunderten angeordnet hatte, sich zufrieden die Hände gerieben und auf die erhabene Brust geklopft haben in dem Glauben, einen großen Schritt auf dem Pfad der Harmonie zwischen den Geschlechtern getan zu haben. In Wahrheit entfachte die Aufteilung der Männer und Frauen das natürliche Verlangen, die Konversation einzuleiten, und das, was man sich sonst in gedämpften Stimmen gesagt hätte, erlaubte man sich in dieser perfiden Distanz mit unmäßiger Stimmgewalt auszurufen. So kam es, daß zwischen der einen und der anderen Hemisphäre zärtliche, schalkhafte oder auch vulgäre Redensarten hin- und herflogen, Bemerkungen, über die sich die ganze illustre Versammlung schier kranklachte, Fragen, die mit Schwüren beantwortet wurden, und Witze, deren Boshaftigkeit sich in lautem Schreien äußerte. Häufig arteten solche Wortgefechte in Handgreiflichkeiten aus, und so manche Breitseite in Form von schwungvoll geworfenen Kastanien, Mandeln oder Orangenschalen fand ihren Weg von Pol zu Pol. Eine Beschäftigung, die sich bisweilen störend auf die Vorstellung auswirkte, woran sich beide Parteien nur um so mehr ergötzten.

Dennoch muß hinzugefügt werden, daß das Publikum, welches solch rohem Gebaren ausgesetzt war, Anzeichen von großem künstlerischem Instinkt zu zeigen pflegte, indem es in dem Drama *Menschenhaß und Reue* von Kotzebue [20] inbrünstig mit Rita Luna weinte oder sich voll und ganz dem erhabenen Grauen hingab, das von Isidoro in der Tragödie *Orestes* [21] offenbart wurde. Auch entspricht es der Wahrheit, daß kein Publikum der Welt diesjenige je an Anstand übertraf, welcher sich in dem Spott äußerte, den es den schlechten Autoren und unbeliebten Dichtern angedeihen ließ. Gleichermaßen sowohl zum Lachen als auch zur Sentimentalität bereit, gehorchte es wie ein schwaches Kind dem Einfluß der Bühne. Und wenn es jemandem an solcher Bereitwilligkeit mangelte, so hatte er selber die Schuld zu tragen.

Wenn man das Theater von oben besah, so schien es der traurigste Raum, den man sich nur denken kann. Die trüben Öllampen, die ein Bediensteter entzündete, indem er von Bank zu Bank sprang, erhellten ihn kaum zur Hälfte und waren so schwach, daß sich selbst mit der Hilfe eines Theaterglases die verblaßten Figuren an der rußgeschwärzten Decke, wo ein Herr Apoll mit Lyra und roten Halbstiefeln seine Kapriolen trieb, kaum erkennen ließen. Ein sehenswertes Manöver war das Anzünden der Zentrallampe, die, wenn das kunstvolle Handwerk erst einmal vollbracht war, langsam unter den bewundernden Ausrufen der Leute in den oberen Rängen, welche sich eine gute Gelegenheit zu geräuschvollen Äußerungen nicht entgehen ließen, von einer Maschine in die Höhe gehoben wurde.

Auch im unteren Bereich gab es eine Raumteilung. Sie bestand aus einem Balken, dem sogenannten Schafott, der die Sperrsitzreihen vom Parkett trennte. Die Logen waren enge, schmutzige Löcher, in denen es sich das gestandene Volk so gut es ging bequem machte; und da die Damen ihre Umschlagtücher und Mäntel üblicherweise an die Brüstung hängten, war der Gesamteindruck der Galerien eher der eines sorgfältig ausstaffierten Verkaufstisches für Tuchwaren.

In der im Jahre 1806 erlassenen Theaterverordnung hatte man versucht, solchem und anderem Unfug[22] Einhalt zu gebieten, da jedoch niemand sich um die Einhaltung derselben Gedanken machte, konnten nur die allgemeine Gewohnheit und der kulturelle Fortschritt solch häßliche Gebräuche reformieren. Ich erinnere mich, daß noch lange nach der Zeit, von der ich berichte, die Leute ihre Hüte aufbehielten, obwohl die Theaterverordnung in einem ihrer Artikel ausdrücklich besagte: »In den Sitzreihen aller Ebenen ist es ohne Ausnahme verboten, Hut, Mütze oder Haarnetz zu tragen, allerdings ist das Tragen eines Umhangs oder Mantels zu Ihrer Bequemlichkeit gestattet.«

Während wir darauf warteten, daß sich der Vorhang hob, gab der Dichter uns eine minuziöse Darstellung der unendlichen Zahl von Werken, die er verfaßt hatte: dramatische,

komische, elegische und epigrammatische Werke, Jagdsze-
nen, Hirtengedichte und Stücke von sentimentalem oder auch
gemischtem Charakter. Er schilderte mir den Inhalt dreier
oder vierer Tragödien, die nichts weiter bedürften als der Protektion eines Mäzens, um von der Muse bis in das Theater zu
gelangen, und, als seien meine Schulden durch das Lauschen
seiner Ausführungen noch nicht in ausreichendem Maße
gesühnt, bewarf er mich mit einigen Sonetten, die, wenn sie
auch nicht genau dem berühmten zurückstrahlenden Strahl,
der vom Istro zum Amazonenstrom sich erhebt mit linker
Hand, entsprachen, ihm doch alle ähnelten wie ein Kürbis
dem anderen.

Als die Vorstellung begann, wandte der Dichter seinen
Blick vom Abglanz seines eigenen Genius dem Abgrund der
Parkettreihen zu, um sich zu vergewissern, daß sich die anderen, nicht weniger wichtigen Anführer der Demonstration
gegen *Das Jawort der Mädchen* dort versammelt hatten. Mit
getreuem Eifer für die nationale Sache hatten sich alle auf
ihren Plätzen eingefunden. Es fehlte niemand. Dort war der
Glasmacher aus der Sartén-Straße, dort drüben der Buchver-
käufer aus der Straße Costanilla de los Angeles, ein Mann, der
in menschlichem Schriftgut wohl bewandert war; dort Cuarta
y Media, deren starke Lunge alle Bewunderer von *Die Scheinheilige* verstummen ließ; dort war der Schlosser von Tres Cru-
ces, ein kraftvoller Vorkämpfer, der unter seinem weiten
Umhang eine glänzende und kräftig tönende Gießpfanne
trug, mit deren Hilfe er das Publikum mit Sinfonien zu überraschen gedachte, die nicht im Programm angekündigt
waren; da war der unvergleichliche Roque Pamplinas, Bar-
bier, Veterinär und Aderlasser, der mit den Fingern im Mund
allen griechischen und römischen Flötisten die Stirn bieten
wollte; und dort schließlich der wohlhabendste und ausge-
zeichnetste Mann, der jemals seine Waffen auf literarischen
Turnierplätzen gemessen hat. Nachdem er seine Armee in
Augenschein genommen hatte, zeigte mein Dichter sich
zufrieden, und nun richteten wir all unsere Aufmerksamkeit
auf die Bühne, denn die Vorstellung hatte begonnen.

»Was für ein Beginn!« sagte er, nachdem er den Dialog zwischen Don Diego und Simón gehört hatte. »Was für eine hübsche Art, eine Komödie beginnen zu lassen! Eine Szene in

einem Wirtshaus. Was kann in einem Wirtshaus schon Interessantes vor sich gehen? In all meinen Komödien, welcher viele sind, auch wenn keine davon aufgeführt wurde, beginnt das Stück in einem korintischen Garten, mit riesigen Brunnen zur Rechten und zur Linken und einem Janustempel im Hintergrund, oder auf einem großen Platz, auf dem drei Regimente aufgestellt sind, im Hintergrund die Stadt Warschau, die man über eine Brücke erreicht ... und so weiter. Und hört nur die Einfältigkeiten, die dieser griesgrämige Zwerg von sich gibt. Er will sich mit einem Mädchen verheiraten, das von den Nonnen von Guadalajara erzogen wurde. Ist das denn etwas Besonderes? Ist es nicht zufälligerweise genau dasselbe, was jeden Tag um uns passiert?«

Mit solcherlei Bemerkungen hielt mich der teuflische Dichter davon ab, der Vorstellung zu folgen, und, obwohl ich auf all seine Mißbilligung mit einsilbigen Zeichen der bescheidensten Zustimmung antwortete, wünschte ich mir inständig, daß er mich mit seinem Geschwätz in Ruhe ließe. Dennoch mußte ich ihm zuhören, und als Doña Irene und Doña Paquita auf der Bühne erschienen, konnte mein Freund und Anführer angesichts der Tatsache, daß zwei Personen, von denen die eine genauso aussah wie seine Wirtin und die andere weder eine Prinzessin noch eine Marschallin, weder eine Stiftsdame noch eine Marquise oder eine Russin oder Mongolin von edlem Blute war, die Aufmerksamkeit auf sich zogen, seinen Verdruß nicht länger im Zaume halten.

»Was für gewöhnliche Begebenheiten! Welch eine Niedrigkeit der Phantasie!« rief er so laut, daß alle Umsitzenden ihn hören konnten. »Und für so etwas werden Komödien geschrieben? Aber hört Ihr denn nicht, daß diese Dame genau solche Torheiten spricht, wie sie Doña Mariquita oder Doña Gumersinda oder die Tante Candungas aussprechen würden? Daß sie mit einem Bischof verwandt sei, daß die Nonnen das Mädchen ohne jegliches Blendwerk und Gezier erzogen haben, daß diese verlauste Person sich mit neunzehn mit Don Epifanio verheiratete, daß sie zweiundzwanzig Kinder gebar ... so geht die verdammte Alte zugrunde.«

»Aber laßt uns doch zuerst zuhören«, wandte ich ein, denn ich ertrug nicht länger die Unschicklichkeiten des Neiders, »und machen wir Moratín später zum Gespött.«

»Ich kann solcherlei Albernheiten nicht länger ertragen«, fuhr er fort. »Man geht nicht in das Theater, um sich Dinge anzusehen, die sich jederzeit auf der Straße und in den Häusern zutragen. Wenn diese Dame, anstatt von ihren Entbindungen zu schwätzen, Beschimpfungen gegen einen feindlichen General ausstoßen würde, der einundzwanzig ihrer Söhne auf dem Schlachtfeld tötete, so daß ihr nur einer blieb, der noch an der Mutterbrust liegt und den sie mit sich trägt, damit er nicht von den Belagerten gefressen würde, die vor Hunger darbten, dann wäre die Handlung interessant, und das Publikum würde sich die Hände blutig klatschen ... Freund Gabriel, es ist vonnöten, hiergegen mit aller Kraft zu protestieren. Also stampfen wir mit Schuhen und Stöcken auf den Boden und verkünden wir unsere Langeweile und Ungeduld. Gähnen wir mit weit geöffneten Mündern, daß sich unsere Kiefer verrenken mögen, und drehen wir das Gesicht nach hinten, damit all die Anwesenden, die uns bereits für Literaten halten, sehen können, wie wir uns bei solch einfältigem und ermüdendem Werke langweilen.«

Gesagt, getan. Wir begannen, auf den Boden zu trampeln, und danach gähnten wir im Chor und sagten uns einer zum anderen: »Welch ein Verdruß! ... Welch schwerfälliges Stück! ... So unnötig ausgegebenes Geld! ...« und andere ähnliche Redensarten, die denn auch ihre Wirkung zeigten: Die im Parkett Sitzenden imitierten aufs Haar genau unsere patriotischen Handlungen, und bald darauf war im gesamten Theater ein allgemeines Murren von Ungeduld zu hören. Aber so wie es Feinde gab, so gab es auch Freunde, die über alle Plätze verstreut saßen, und diese unterließen es nicht, gegen unsere Demonstration zu protestieren, mal, indem sie applaudierten, mal, indem sie uns mit Drohungen und Flüchen zum Schweigen zu bringen versuchten, so lange, bis eine gewaltige Stimme ganz hinten aus dem Parkett schrie: »Hinaus mit den Dummköpfen!«, was eine heftige Beifallssalve zur Folge hatte und uns zur Ruhe brachte.

Der Dichterling indes konnte seine Entrüstung nicht dämpfen. Er setzte auch im weiteren Verlauf des Stückes seine Unmutsäußerungen fort und sagte:

»Ich sehe bereits, worauf das hier hinauslaufen wird. Es wird so kommen, daß Doña Paquita den Alten nicht will, sondern statt dessen einen Soldaten, der noch nicht ins Feld gezogen ist und der ein Neffe von diesem alten Bock, Don Diego, ist. Nettes Verwirrspiel ... Kaum zu glauben, daß so etwas in einer gesitteten Nation Beifall erhält. Ich würde diesen Moratín auf eine Galeere verdammen mit der Auflage, in seinem ganzen Leben nie wieder so etwas Vulgäres zu schreiben. Oder was meinst du, Gabriel, ist das etwa eine Komödie? Wenn es doch keine Verwirrspiele gibt, kein Komplott, keine Überraschung, keine Verwechslungen, keinen Betrug, kein Quid pro quo, keine von diesen Geschichten, in denen einer sich verkleidet, um sich als jemand anderes auszugeben, auch nicht so eine, in der sich zwei wie Feinde beschimpfen, um dann später gewahr zu werden, daß sie Vater und Sohn sind ... Wenn dieser Don Diego seinen Neffen nehmen und ihn hübsch im Keller umbringen würde und dann ein festliches Gelage bereiten würde, bei dem er seiner Braut einen Teller mit dem Fleisch des Opfers servieren würde, fein gewürzt mit Kräutern und Lorbeerblatt, dann hätte diese Sache eine gewisse Bösartigkeit ... Und das Mädchen, warum es verstecken? Nichts wäre dramatischer, als wenn sie sich weigern würde, den Alten zu heiraten, wenn sie ihn beleidigen und ihn einen Tyrann schimpfen würde oder damit drohen würde, sich in die Donau oder in den Don zu stürzen, wenn er es wagen sollte, ihre Jungfräulichkeit anzutasten ... Diese modernen Poeten haben keine Ahnung, wie man ein schönes Stück schreibt. Sie können nur Albernheiten produzieren, mit denen sie die Dummköpfe betrügen, indem sie ihnen weismachen, daß die Norm es so wollte. Auf, Kameraden, macht euch alle bereit! Laßt uns wütende Redensarten schwingen und vorgeben, einstimmig zu streiten, indem die einen von uns sagen, dieses Stück sei schlechter als *Die Scheinheilige* und die anderen, daß *Die Scheinheilige* schlechter sei als dieses. Wer von euch mit den Fingern pfeifen kann, der tue dies ganz nach Belieben, und stampft nach Herzenslust mit den Füßen. Beschimpft Doña Irene, wenn sie von der Bühne abgeht, nennt sie mit welchen Namen es euch immer gefällt.«

Gesagt, getan: Gemäß dem ausdrücklichen Auftrag unseres Anführers stießen wir ein schreckliches Gebrüll aus, mit dem der erste Akt zu Ende ging. Als die Freunde des Autors gegen uns protestierten, riefen wir aus: »Raus mit dem Banausenvolk!«. Da nun auf beiden Seiten die Flamme des Streites munter loderte, gingen in mißtönendem Geschrei die wüstesten Beschimpfungen zwischen der obersten Galerie und dem Parkett hin und her.

Der zweite Akt stand unter keinem besseren Stern als der erste. Was mich anbelangt, so widmete ich dem Dialog große Aufmerksamkeit, denn in Wahrheit, mit Verlaub gesagt, gefiel mir die Komödie sehr gut, ohne daß es mir gelang, mir zu erklären, worin genau ihre glanzvollen Attribute lagen. Die Halsstarrigkeit jener Doña Irene, die sich gezwungen sah, ihre Tochter mit Don Diego zu verheiraten, weil dies in seinem Interesse lag, und die Hilflosigkeit, mit der sie die Augen vor der Wahrheit schloß, in dem Glauben, die Einwilligung ihrer Tochter sei ehrlich, ohne größere Gewähr als die Erziehungsweise der Nonnen, der gute Verstand des Don Diego, der sich, was das Mädchen anbelangte, nicht ganz sicher war und ihrer gekünstelten Unterwürfigkeit mit Mißtrauen begegnete, das leidenschaftliche Gebaren des Don Carlos, der Mutwille der Calamocha, all diese Einzelheiten des Werkes, sowohl die fundamentalen als auch die nebensächlichen, begeisterten mich, und in demselben Moment entdeckte ich verschwommen im Zentrum dieses Komplotts einen Gedanken, eine moralische Absicht, deren Entwicklung die leidenschaftlichen Handlungen der Personen des Stückes unterworfen waren. Dennoch achtete ich sehr sorgfältig darauf, meine Gedanken nicht preiszugeben, denn im Kreise dieser erhabenen Schar von Pfeifern hätte dies wie ein heimtückischer Verrat gewirkt. Und so fuhr ich, getreu meinem Banner, fort, mit großen Gebärden zu rufen: »Was für eine üble Sache! Kaum zu glauben, daß so etwas geschrieben wird! Da geht schon wieder die Alte … wie gut für den alten Dummkopf … Oh, wie einfallslos! Schaut nur, welche Schönheit!« usw. usw.

Der zweite Akt ging vorüber wie der erste, begleitet von den Ausrufen der einen und der anderen Seite, aber mir schien, daß die Freunde des Dichters allmählich die Oberhand über uns gewannen. Es war deutlich zu erkennen, daß die Komödie dem unparteiischen Publikum gefiel und daß ihr, trotz der schmählichen Intrigen, an denen ich Anteil hatte, ein großer Erfolg beschieden sein würde. Der dritte Akt war zweifellos der beste von den dreien. Ich lauschte ihm mit gläubiger Ehrfurcht, derweil ich mit den Ungebührlichkeiten meines Freundes, des Poeten, kämpfte, der es im schönsten Teil des Stückes für angemessen hielt, mit den ausgewähltesten seiner Dummheiten herauszuplatzen.

In besagtem Akt gibt es drei Szenen von unvergleichlicher Schönheit. Eine ist die, in der Doña Paquita vor dem guten Don Diego die Kämpfe zwischen ihrem Herzen und der ihr für eine geschmacklose und heuchlerische Anpassung an höhere Willkür auferlegten Pflicht entdeckt; die zweite ist diejenige, in der Don Carlos und Don Diego ins Spiel eingreifen und in der sich dank einiger edler Erklärungen der Knoten der Erzählung löst; die dritte ist diejenige, die von Don Diego und Doña Irene in hervorragender Weise getragen wird: Jener wünscht die Angelegenheit der Heirat als beendet anzusehen, diese hingegen unterbricht immer wieder seine unpassenden Bemerkungen.

Ich konnte die Freude, die diese Szene mir bereitete, nicht verbergen, denn sie erschien mir wie der Inbegriff der Unbefangenheit, der Anmut und des Witzes, jedoch rief mich der Dichter zur Ordnung, indem er mich für meine Desertion vom Felde der Dummköpfe beleidigte.

»Entschuldigt«, sagte ich, »ich habe mich geirrt. Aber meint Ihr nicht auch, daß diese Szene nicht ganz so schlecht ist?«

»Wie jedermann weiß, bist du ein Neuling und hast vielleicht gerade einen Vers geschrieben in deinem Leben. Was also ist so besonderes an dieser Szene? Sie hat kein Pathos, nichts Historiographisches …«

»Es ist die Natürlichkeit … Es scheint, als ob man das, was der Dichter in Szene setzt, bereits im Leben erfahren habe.«

»Du Einfaltspinsel! Genau deshalb ist es ja so schlecht. Hast du nicht bemerkt, daß in *Friedrich II*, in *Katharina von Rußland*, in *Die Sklavin von Negroponto* und weiteren bewundernswerten Werken niemals etwas geschieht, was auch nur im entferntesten an das wirkliche Leben erinnert? Ist dort nicht alles exotisch, einzigartig, außergewöhnlich, wunderbar und überraschend? Nun, das ist der Grund, weshalb diese Werke so gut sind. Die Dichter von heute können die aus meiner Zeit nicht imitieren; so ist ihre Kunst nur gerade gut genug für die Gosse.«

»Aber, verzeiht bitte«, sagte ich, »sicher ist dieses Werk miserabel, ich stimme Euch zu; wenn Ihr es doch sagt mit Eurer Weisheit und Erfahrung. Aber mir scheint doch die Intention des Autors löblich, mit der er, wie ich glaube, die Unarten der Erziehung rügt, die man den Mädchen heutzutage angedeihen läßt, indem man sie in Klöster einschließt und sie lehrt, sich zu verstellen und zu lügen … Wie bereits Don Diego sagte: Man hält sie für ehrlich, nachdem man ihnen die Kunst des Schweigens beigebracht hat, man erstickt ihre Neigungen, und die Mütter zeigen sich erfreut, wenn sie sich darin fügen, ein meineidiges ›Ja‹ auszusprechen, das sie später unglücklich macht.«

»Und wer unterstellt dem Autor solche Philosophien?« fragte der Besserwisser. »Was hat die Moral mit dem Theater zu tun? In *Der Magier von Astracan*, in *Spanien erhielt sein Blason von Asturias* oder *Der Triumph des Don Pelayo*[23] – und diese Komödien sind überall in der Welt beliebt –, hast du dort zufällig jemals eine Passage gesehen, in der von Erziehungsmethoden für Mädchen die Rede ist?«

»Ich habe irgendwo gehört und gelesen, daß das Theater zur Unterhaltung und zur Belehrung dienen soll.«

»Firlefanz! Darüber hinaus wird Señor Moratín dafür, daß er Kritik an der Erziehung der ehrenwerten Nonnen übt, noch das bekommen, was er verdient. Er wird es mit den Herren Bischöfen und der heiligen Inquisition zu tun bekommen, vor deren Tribunal man *Das Jawort* anzuklagen gedenkt, und man wird es anklagen, jawohl, mein Herr.«

»Schaut das Ende«, sagte ich, während ich meine Aufmerksamkeit der gefühlvollen Szene zuwandte, in der Don Diego die beiden Liebenden traut und sie mit dem zärtlichen Wohlwollen eines Vaters segnet.

»Was für ein fades Ende! Weniger schwerfällig wäre es gewesen, wenn Don Diego diese Doña Irene geheiratet hätte.«

»Du liebe Güte! Don Diego mit Doña Irene? Er ist so ein geistreicher und geradliniger Mann. Wie könnte er diese impertinente Alte heiraten?«

»Was verstehst du schon davon, Bürschchen?« rief der Besserwisser erzürnt aus. »Ich sage, daß es richtig wäre, wenn Don Diego Doña Irene heiraten würde, Don Cárlos Paquita dagegen Rita Simon. Das wäre ein ordentlicher Ausgang, und noch viel besser wäre es, wenn sich herausstellen würde, daß das Mädchen die leibliche Tochter von Don Diego ist und Don Cárlos der uneheliche Sohn der Doña Irene, die ihn von irgendeinem maskierten König empfangen hatte oder einem kaukasischen Major oder einem zum Tode verurteilten Mönch. Auf diese Weise wäre das Ende viel aufregender, und erst recht, wenn einer bei seinem Auftritt riefe: ›Mein Vater!‹ und ein anderer ›Meine Mutter!‹ und sie, nachdem sie sich umarmt hätten, heiraten würden, um der Welt zahlreichen und männlichen Nachwuchs zu schenken.«

»Wir können gehen, es ist zu Ende. Wie es scheint, hat es dem Publikum gefallen«, stellte ich fest.

»Also, jetzt geben wir's ihnen, Leute. Hände an die Münder. Diese Komödie ist erbärmlich, unerträglich.«

Dem Befehl wurde auf der Stelle Folge geleistet. Auch ich, der ich mich durch die Disziplin gezwungen sah, führte die Finger zum Mund und … Oh, großer Moratín! Ich bitte tausendmal um Vergebung! Ich möchte es nicht aussprechen – der Leser möge meine Schmach verstehen und sein Urteil fällen.

Unser schlechter Stern wollte es dennoch, daß der größte Teil des Publikums der Komödie wohlgesonnen war. Die Pfiffe provozierten einen Beifallssturm nicht nur von den Leuten auf den schlechteren Sitzen, sondern auch von denen auf der obersten Galerie und in den vorderen Rängen.

Das gerechtigkeitsliebende Volk, das uns umgab und mit seinem künstlerischen Instinkt den Wert dieses Werkes erfaßte, protestierte gegen unseren schmählichen Kreuzzug. So kam es, daß einige der temperamentvollsten in unserer Heerschar sich unversehens verprügelt sahen. Was mir am stärksten in Erinnerung geblieben ist, ist das schlimme Abenteuer, das dem Schüler Apolls in jener tapferen Schlacht widerfuhr, die er selber ausgelöst hatte. Er trug einen, gemessen an dem Ausmaß seines Kopfes, viel zu großen Dreispitz, und in dem Moment, da er sich umwandte, um auf die Beschimpfungen einer gewissen Person zu antworten, fiel eine kräftige Hand lotrecht auf seinen hyperbolischen Pfand und rammte ihn so tief herunter, daß die Hutkrempe auf den Schultern des Mannes auflag. Der Unglückliche verharrte eine Weile sprachlos, mit den Händen fuchtelnd und unfähig, seinen Kopf aus dem finsteren Verlies, in das er begraben war, ans Licht zurückzubringen. Schließlich zogen ihm die Freunde mit großer Mühe den Hut vom Kopf, und er schwor, vor Wut schäumend, alsbald blutige Rache zu nehmen. Seine Raserei verstummte jedoch unter dem Gelächter der Umstehenden, und so nahm er an niemandem Rache. Wir brachten ihn auf die Straße, wo er sich wenig später beruhigte. Dann trennten wir uns mit dem Versprechen, uns am folgenden Tag am selben Ort wiederzutreffen.

So verlief die Premiere von *Das Jawort der Mädchen.* Obgleich wir uns an jenem ersten Abend geschlagen geben mußten, gab es noch Hoffnung, das Werk bei seiner zweiten oder dritten Aufführung zu vernichten. Man wußte, daß der Minister Caballero[24] das Stück mißbilligte und geschworen hatte, seinen Autor zu züchtigen, was die Partei der Gegner des Stückes zuversichtlich stimmte, die Moratín bereits, den Körper mit Kröten und Gewürm bedeckt und im Büßerhemd mit einem Strick um den Hals, in der Gewalt des Ketzergerichtes sahen. Am zweiten Abend jedoch wurden die Illusionen selbst der leidenschaftlichsten Anti-Moratínisten mit einem Schlage vernichtet, denn die Anwesenheit des Friedensfürsten* zwang die Unruhestifter zum Schweigen, und niemand wagte es, sein Mißfallen laut zu äußern. Seit der Verschwörung gegen den Autor von *Das Jawort der Mädchen,* von der man sagte, daß sie in den Räumen meiner Herrin geschmiedet worden sei, war die sanfte Freundschaft, die sie und mich miteinander verbunden hatte, getrübt. Die González indes bezahlte ihre Verirrung mit einem leidenschaftlichen Haß gegen die Anhänger des Dichters Moratín.

3

Nachdem ich von jenem lange vor dem eigentlichen Gegenstand dieses Buches liegenden Ereignis berichtet habe, beginne ich nun mit meiner Erzählung, welche sich im Rhythmus einiger Geschehnisse des Jahres 1807 bewegt, einem Jahr,

* Manuel de Godoy.

das im Geiste der Bürger Madrids mit der Erinnerung an die berühmte Verschwörung und den Prozeß in El Escorial verbunden ist.

Bevor ich allerdings damit beginne, muß ich Euch eine Person vorstellen, die seit jenen Tagen einen bevorzugten Platz in meinem Herzen einnahm, und, wie in dieser Geschichte zu lesen sein wird, ein lebendiges Lehrstück für mein ganzes Dasein war, denn die Lehren, die ich aus ihrer Bekanntschaft zog, trugen in erheblichem Maße zur Bildung meines Charakters bei.

Alle Kleider, die meine Herrin sowohl im Theater als auch auf der Straße trug, wurden von einer Putzmacherin aus der Cañizares-Straße gefertigt. Es war dies eine bewundernswerte, gute und rechtschaffene Frau, noch jung, doch bereits von der Arbeit gezeichnet, klug und freundlich, und die Schale ihres gegenwärtigen bescheidenen Lebens schien den Widerspruch einer einfachen Abkunft und eines hohen Ranges in sich zu bergen. Dies war nicht mehr als der äußere Schein, aber mit der beschriebenen Person verhielt es sich genau umgekehrt wie mit anderen Personen; sie sind edel, ohne daß sie entsprechend aussehen. Doña Juana – so lautete der Name dieser begnadeten Frau – hatte eine fünfzehnjährige Tochter mit Namen Inés, die ihr bei ihren Pflichten half, und dies mit mehr Eifer tat, als man es von ihrer zarten Konstitution und ihrem frühen Alter erwartete. Das junge Mädchen war nicht nur mit einer anmutigen Erscheinung gesegnet, sondern auch mit einem gesunden Menschenverstand, so wie ich ihn weder bei Menschen ihres Geschlechts noch bei lebenserfahrenen Menschen meines Geschlechts jemals angetroffen habe. Inés besaß die besondere Gabe, allen Dingen ihren wahren Platz zuzuordnen, indem sie sie in dem einzigartigen und sehr klaren Lichte sah, das ihrem gesegneten Verstand gewährt war, und das sie ohne Zweifel für den minderwertigen Stand entschädigte, den das Geschick ihr zugedacht hatte. Ich habe in meinem langen Leben kein anderes Mädchen gesehen, das diesem ähnlich war, und ich bin sicher, daß vielen diese Art von Mensch als eine Erfindung von mir dünken wird, denn sie werden nicht verstehen, daß es unter den zahlreichen Töchtern Evas eine geben konnte, die sich so stark von den anderen unterschied. Aber glaubt es mir bei meinem

Ehrenwort. Wenn Ihr Inés gekannt und die unerschütterliche Gelassenheit ihres Gesichtes gesehen hättet, wie ein Abbild des ruhigsten, ausgeglichensten, klarsten und unbeirrbarsten Geistes, der je den körperlichen Lehm belebt hat, so würdet Ihr das, was ich sage, nicht in Zweifel ziehen. Alles an ihr war Schlichtheit, selbst ihre Schönheit, die nicht dazu gedacht war, weltliche Liebesglut zu erwecken, sondern einer dieser symbolischen Gestalten glich, die nirgendwo physisch vorhanden sind und die wir doch mit den Augen der Seele sehen, wenn die Gedanken in unserem Geiste in Bewegung geraten und in der dunklen Region unseres Denkens dafür streiten, sich in sichtbare Formen zu kleiden.

Ihre Sprache war von derselben Einfachheit; nie sagte sie etwas, was mich nicht wie die reinste und kraftvollste Wahrheit überraschte: Ihre Worte eröffneten mir den gerechten und maßvollen Sinn aller Dinge; sie gaben meinem Verstand eine Ruhe und eine Sicherheit, an denen es mir normalerweise mangelte. Wenn ich meinen Geist mit dem von Inés vergleiche und den grundlegenden Unterschied zwischen ihr und mir erforsche, so komme ich zu dem Ergebnis, daß der ihrige einen Mittelpunkt besaß und der meine nicht. Meiner pflegte, von den verschiedensten Eindrücken und den widersprüchlichsten und überraschendsten Gefühlen getragen, einmal hierhin dann dorthin zu schweifen. Meine Geistesgaben waren wie umherirrende Meteore, die ebenso rasch aufleuchten, wie sie sich wieder verfinstern, die sich gleichermaßen fortbewegen und zusammenstoßen, je nach dem Einfluß der Eindrücke, die sie von übergeordneten Körpern erhalten. Die ihren dagegen waren wie ein vollständiges und harmonisches planetarisches System, das von der großen Sonne ihres reinen Gewissens angezogen, bewegt und erwärmt wurde.

Man mag sich belustigen über solcherlei psychologische Betrachtungen, von denen ich wünschte, sie seien so präzise, wie die dunkle Seite meiner Intelligenz sie erfaßt. Man mag die Beschreibung einer solchen Heldin eines Spaßes für würdig befinden und ein großes Getue anstimmen in Anbetracht der Tatsache, daß ich aus dem Material eines einfachen Nähmädchens eine lächerliche *Beatrice*[25] formen möchte. Aber dieser Spott ist mir gleichgültig, und so fahre ich fort. Seit ich

Inés kennenlernte, liebe ich sie in der seltsamsten Art und Weise, die Ihr Euch vorstellen könnt: Mein Herz wurde von einer lebhaften Neigung zu ihr hingezogen, doch diese Neigung war wie der Kult, den wir einer unfehlbaren Hoheit erweisen, wie der Glaube, der uns mit dem edelsten Wesen unseres Seins verbindet, der sich von den weltlichen Leidenschaften jedoch immer entfernt hält. So kam es, daß Inés für mich immer die wichtigste aller Frauen war. Ich glaubte, andere so lieben zu können, wie es den Umständen eines jeden Momentes im Leben angemessen war. Ich habe beobachtet, daß diejenigen, die sich einem Ideal widmen, dieses fast nie mit aller Ausschließlichkeit tun, sondern daß sie einen Teil ihrer selbst für die Welt offenlassen, mit der sie verbunden sind, und sei es nur der Boden, den sie betreten. Ich schreibe diese lästige Bemerkung nieder, da sie dazu beiträgt, die eigentümliche Befindlichkeit meiner Seele vor jener edlen Kreatur zu erläutern. Und sie war eine Näherin, ein Nähmädchen! So lacht darüber, wenn es Euch gefällt.

Die dritte Person dieser ehrwürdigen Familie war der Pater Celestino Santos del Malvar, der Bruder des verstorbenen Gatten von Doña Juana, und somit der Onkel von Inés, ein Kleriker seit seiner Jugend, ein einfacher und gütiger Mann und doch der glückloseste seiner Art, denn er besaß keinerlei Einkünfte, weder das Kaplansamt noch irgendwelche Gelder. Seine Bescheidenheit, sein Glaube, seine unerschöpfliche Aufrichtigkeit waren ohne Zweifel einige Gründe, die ihn seit so langer Zeit im Elend festhielten, und obwohl er ein großer Kenner des Lateinischen war, gelang es ihm nie, eine Anstellung zu erhalten. Er brachte sein Leben damit zu, Bittschriften an den Friedensfürsten, dessen Landsmann und Jugendfreund er war, zu verfassen, aber weder der Prinz noch irgend jemand schenkte ihm seine Aufmerksamkeit. Als er das Ministeramt erhielt, versprach er ihm ein Domherren-Amt oder ein Benefiziat, doch zur Zeit dieser Erzählung waren es bereits vierzehn Jahre, daß Don Celestino del Malvar auf die Einlösung des Versprechens wartete, ohne daß die Verspätung dieser Gunst sein naives Vertrauen verzagen ließ. Jedesmal, wenn ich ihn danach fragte, sagte er: »In der kommenden Woche werde ich die Ernennung erhalten, so hat es mir der Diensthabende des Sekretariates gesagt.« Auf diese Weise vergingen vierzehn Jahre, und die *kommende Woche* kam niemals.

Immer wenn ich mit Aufträgen meiner Herrin in dieses Haus kam, hielt ich mich dort so lange auf, wie es möglich war, und auch meine Mußestunden verbrachte ich dort in dem großen Genuß, das liebenswerte Dasein der Familie zu betrachten, deren drei Mitglieder eine solch tiefe Sympathie in meinem Herzen erweckt hatten. Doña Juana und ihre Tochter waren stets mit Näharbeiten beschäftigt, die sie mit ewiger Nadel und endlosem Stoff verrichteten. Hiervon lebten die drei, denn Pater Celestino, der die Flöte spielte, lateinische Verse schrieb und Tinte und Papier für umfangreiche Bittschriften verbrauchte, hatte kein größeres Einkommen als das seiner Hoffnungen, welche stets auf das Gemeinwohl gerichtet waren.

Unsere Gespräche waren immer vergnüglich und unterhaltsam. Ich erzählte ihnen meine kurze Lebensgeschichte und brachte sie zum Lachen, indem ich ihnen die verrückten Pläne vortrug, die ich für meine Zukunft schmiedete. Wir belustigten uns rücksichtsvoll und ohne Grausamkeit über den guten Glauben des Don Celestino, und dieser kam, nachdem er ausgegangen war, um sich über seine Angelegenheiten zu informieren, voller Freude heim, legte seinen Priesterhut und den Priestermantel auf einem Stuhl ab, setzte sich und sagte, sich die Hände reibend, zu uns:

»Jetzt wird es wahr. In der nächsten Woche, das ist sicher. Sie haben mir gesagt, es habe einige kleine Verzögerungen gegeben, aber die sind nun überwunden, Gott sei gedankt. In der nächsten Woche, mit Sicherheit.«

Eines Tages sagte ich zu ihm:

»Ihr, Don Celestino, habt nicht erreicht, was Ihr Euch wünscht, weil Ihr ein zurückhaltender Mann seid und Euch nicht hervorwagt ... nun, Ihr traut Euch nicht heran.«

»Was meinst du mit dem ›herantrauen‹, Junge?« fragte er mich.

»Nun ... man hat mir gesagt, es sei heutzutage angebracht, zwanzig zu verlangen, um fünf zu erhalten. Außerdem ist es eine teuflische Sache mit dem Verdienst: Man ist zu der Unverschämtheit gezwungen, sich überall einzumischen und die Freundschaft mächtiger Personen zu suchen, also das zu tun, was die anderen, denen die ganze Welt Bewunderung zollt, auch getan haben, um auf diese Posten zu kommen.«

»Ach, Gabriel!« sagte Doña Juana. »So ehrgeizig wie du bist, muß dir jemand den Verstand verwirrt haben. Das geringste, was du willst, ist es, wie durch ein Wunder bei Hofe bekannt zu werden, von oben bis unten mit Tressen und Borten bedeckt zu sein und alle Anordnungen vom Sekretariat bis hin zum Amtszimmer zu treffen.«

»Ganz genau, meine Dame«, sagte ich lachend und wartete ab, was Inés' Miene ausdrücken mochte, da ich mit ihr bereits einige Male über dieses Thema gesprochen hatte. »Auch wenn ich ohne Vater und ohne Mutter auf der Welt bin und ohne einen Hund, der nach mir bellt, so glaube ich doch, daß ich dasselbe erwarten kann, was auch andere bekommen haben, die nicht weiser waren als ich. Denn Gott hat mich aus demselben Lehmklumpen erschaffen wie alle anderen Menschen.«

»Du hast die Veranlagung, Gabriel«, sagte Don Celestino ernsthaft, »und möglich ist es, daß du einmal von einem Tag auf den anderen ein ganz anderer sein wirst. Dann wirst du dich nicht mehr herablassen, mit uns zu sprechen oder in unser Haus zu kommen. Aber, mein Junge, es ist wichtig, daß du die lateinischen Klassiker lernst, denn ohne sie wird sich dir keine einzige Tür zum Glück öffnen. Und überdies rate ich dir, die Flöte spielen zu lernen, denn die Musik kommt den Sitten entgegen, sie besänftigt selbst die verbittertsten Gemüter und stimmt sie wohlwollend denen gegenüber, die schön zu spielen wissen. Und wenn du mir nicht glaubst, so sieh mich an, der ich sicherlich nichts erreicht hätte, wenn ich meinen Geist nicht schon vor langer Zeit in diesen beiden göttlichen Künsten geübt hätte.«

»Ich werde Euren Rat zu beherzigen wissen«, antwortete ich, »denn schließlich wissen wir alle, wem der mächtigste Mann, den es heute hinter dem König in Spanien gibt, seinen Aufstieg verdankt.«

»Welche Verleumdung!« rief der Priester erbittert aus. »Mein Landsmann, Freund und Mäzen, der Friedensfürst, verdankt seinen Erfolg seinen großen Talenten, seiner Weisheit und seinem politischen Feingefühl und nicht dem angedichteten Geschick mit Gitarre und Kastagnetten, wie es der Pöbel behauptet.«

»Wie auch immer es sei«, fügte ich hinzu, »so ist doch gewiß, daß dieser Manuel Godoy vom bescheidensten Wachdienst soweit aufgestiegen ist, wie er nur aufsteigen konnte. Soviel ist sicher.«

»Nun, ich zweifle nicht, daß du es ähnlich machen wirst«, sagte Doña Juana ironisch. »Auch Bischöfe werden aus Männern gemacht, wie man sagt.«

»So ist es«, erwiderte ich, auf ihren Scherz eingehend, »und ich schwöre, ich werde Don Celestino zum Erzbischof von Toledo machen.«

»Das ist ein zu hoher Posten«, sagte der Kleriker ernsthaft. »Nie würde ich ein Amt annehmen, für das ich mich nicht als würdig erweise. Ich wäre zufrieden mit dem Amt des Hauskaplans von Reyes Nuevos oder mit dem Erzdiakonat von Talavera.«

So nahm die Konversation zwischen Ernsthaftigkeit und Scherzen ihren Lauf, bis Doña Juana und der gute Priester von ihren Stühlen aufstanden und Inés und mich alleine ließen.

»Wie sie über meine Pläne lachen, mein liebes Mädchen«, sagte ich. »Aber du wirst verstehen, daß ein junger Mann wie ich sich nicht sein ganzes Leben lang damit zufriedengeben kann, Schauspieler zu bedienen. Laß uns sehen. Was von alledem, was ich werden könnte, so Gott es will, würde dir am meisten gefallen? Du kannst wählen: Hättest du es gerne, wenn ich ein Generaloberst würde? Ein Kronprinz mit Vasallen und Armee? Ein Großgrundbesitzer? Ein Premierminister, der das Personal nach seinem Gutdünken bestellt und entläßt? Ein Bischof …? Nein, kein Bischof, denn dann könnte ich dich nicht heiraten und dich in einer Kutsche mit zwölf Pferden heimbringen …«

Inés begann zu lachen, als hätte sie eine jener Geschichten gehört, deren Witz in der Größe des Absurden liegt.

»Lach nur über mich, aber antworte mir: Was wäre dir am liebsten?«

»Das, was ich will«, sagte sie, ihre Näharbeit unterbrechend, mit lieblicher Stimme, »ist, dich entweder als General zu sehen, oder als Ersten Minister oder Großherzog oder Kaiser oder Erzbischof, aber nur so, daß du, wenn du dich des

Abends zu Bett begibst, sagen kannst: Heute habe ich niemandem Schlechtes zugefügt, und niemand ist durch meine Schuld zu Tode gekommen.«

»Aber Prinzessin«, sagte ich und widmete mich mit größter Ernsthaftigkeit dem Gespräch. »Wenn ich das werden sollte, was du sagst – nun, es könnte gut sein –, was macht es dann schon aus, wenn für mich oder für das Wohl des Staates drei oder vier Mitmenschen sterben, die keine Bedeutung in der Welt haben?«

»Nun gut«, antwortete sie, »aber es sind andere, die sie töten. Wenn du das erreichen wirst, was du dir vorgenommen hast, und dich auf einem Posten halten willst, den du nicht verdienst, mußt du viele Unglückliche opfern. Es möge dir wohl gefallen.«

»Wie gewissenhaft du bist, Inés«, sagte ich. »Wenn ich auf dich hören wollte, dann würde mein Leben zwischen vier Wänden eingepfercht sein. Was meinst du mit ›Unglückliche opfern‹? Ich kümmere mich nur um meine Geschäfte, und die anderen … Ich muß niemanden umbringen. Und vor allem: Wenn ich jemand Schaden zufüge, so wären da noch viele, die aus meiner Hand Mildtätigkeit empfangen würden. Somit wäre alles vergolten, und ich hätte ein ruhiges Gewissen. Wie ich sehe, hält sich deine Begeisterung in Grenzen. Du denkst nicht genauso wie ich. Willst du, daß ich offen zu dir spreche? Also, hör zu. Ich habe es mir in den Kopf gesetzt, daß ich eines Tages, wenn ich älter bin, eine Position innehaben muß … ich weiß nicht, was für eine … es schwindelt mir, wenn ich darüber nachdenke. Ich kann dir weder sagen, wie ich an sie kommen soll, noch, wer mir die Hand reichen soll, mit deren Hilfe ich mit einem Sprung um so viele Stufen emporkommen will, aber ich grübele darüber nach, und ich stelle mir vor, daß ich eines Tages durch eine mächtige Dame, die mich zu ihrem Sekretär macht, oder durch einen jungen Mann, der mich für fähig befindet, ihm bei seinen Geschäften zu helfen, hohe Würden erlangt haben werde … Sei mir nicht böse, mein Mädchen. Solche Dinge geschehen nun einmal, und wenn einer zu jeder Stunde den Kopf mit den gleichen Gedanken gefüllt hat, so muß es auch wahr werden, das ist gewiß.«

Inés wurde nicht ärgerlich, aber sie lachte. Der Rhythmus

der Syntax ihrer Gegenrede wurde von ihrer Arbeit mit der Nadel bestimmt:

»Nun, schau her, wenn du in der Wiege eines Prinzen geboren wärst, dann würde ich nichts dagegen sagen wollen. Aber du solltest wissen, daß, wenn du, der du ein armer Fischerssohn bist und nicht mehr Bildung hast als ausreicht, um schlecht zu lesen und noch schlechter zu schreiben, ein vornehmer und mächtiger Mann werden solltest, dies nicht dadurch geschehen kann, daß du Talent und Weisheit hervorbringst, sondern nur dadurch, daß es einer kapriziösen Dame oder einem reichen Alten einfällt, dich zu protegieren. Und wie so viele andere, die von derlei Wundern erzählen, so solltest auch du wissen, daß du ebenso leicht fallen wie aufsteigen kannst. Ja, selbst die Kröten werden dich auslachen.«

»Es mag so kommen, wie Gott es bestimmt«, antwortete ich. »Wir werden fallen oder auch nicht, aber auch wenn wir unwissend sind, so mangelt es uns doch nicht an Schläue.«

»Wie albern du bist! Schau, man hat mir gesagt ... nein, niemand hat es mir gesagt, aber ich weiß es ... daß überall in der Welt am Ende das geschieht, was geschehen soll ...«

»Prinzessin«, sagte ich, »darin irrst du, denn wir sollten reich sein, aber wir sind es nicht.«

»Alle glauben dasselbe, und so kann es gar nicht anders sein, als daß jemand sich irrt. Alle Dinge auf dieser Welt verlaufen immer so, wie sie verlaufen sollen. Ich weiß nicht, ob du mich verstehst.«

»Ja, ich verstehe.«

»Man hat mir gesagt ... nein, man hat es mir nicht gesagt, ich weiß es seit tausend Jahren ... ich weiß, daß alles auf der Welt, alles, was geschieht, nach dem Gesetz ist, denn, mein Freund, die Dinge geschehen nicht, weil sie Lust dazu haben, sondern, weil es ihnen bestimmt ist. Die Vögel fliegen, und die Würmer kriechen, und die Steine sind still, und die Sonne leuchtet, und die Blumen duften, und die Flüsse fließen nach unten, und der Rauch steigt nach oben, weil das das Gesetz ist. Verstehst du?«

»Wir alle wissen, daß es so ist«, antwortete ich verächtlich auf Inés' Weisheiten.

»Gut, mein Freund«, fuhr die Lehrerin fort, »glaubst du

also, daß eine Schildkröte fliegen kann, obwohl sie sich ihr ganzes Leben lang auf ihren plumpen Füßen bewegt?«

»Nein, sicher nicht.«

»Also bist du, wenn du ein vornehmer und mächtiger Mann zu sein gedenkst, ohne edel zu sein oder reich oder weise, wie die Schildkröte, die es sich in den Kopf gesetzt hat, auf den höchsten Gipfel des Guadarrama-Gebirges zu fliegen.«

»Aber, Prinzessin, Gebieterin«, sagte ich, »ich habe doch nicht vor, alleine aufzusteigen, sondern ich möchte, genau wie anderen, von denen ich weiß, eine Person finden, die mich im Handumdrehen hinaufbefördert. Tu mir den Gefallen und sage mir, welches die Weisheit und der Reichtum des Prinzen waren, als sie ihn zum Herzog und zum Generalissimus machten.«

»Aber, kleiner Herzog«, erwiderte sie heiter, »wenn diese Person Euch protegiert, so wird es sein, als ob ein Adler oder ein Geier die Schildkröte bei ihrem Panzer ergriffe, um sie hoch in die Lüfte zu tragen. Ja, er wird dich emportragen, aber, wenn du dort oben bist, wird der Vogel, der nicht die Absicht hat, sein ganzes Leben lang ein solches Gewicht in den Krallen zu halten, dir sagen: ›Jetzt, mein Kind, fliege selbst.‹ Du wirst deine dünnen Ärmchen bewegen, aber da du keine Flügel hast, wirst du mit einem Plumps auf die Erde fallen und in tausend Stücke zerschellen.«

»Wie dumm du doch bist!« sagte ich heftig. »So geschieht es mit den Dingen, die man sehen und berühren kann, aber, mein Kind, was man denkt und was man fühlt, das sind verschiedene Welten. Was hat die eine Sache mit der anderen zu tun?«

»Oh, wie großartig du es dir vorstellst, ja«, entgegnete Inés. »Alles soll festgefügt sein. Aber ob du eine Person liebst oder ob du sie haßt, hängt nicht davon ab, wie es dir gerade in den Sinn kommt. O ja, mein Freund, auch das Herz hat sein Gesetz, und alles, was wir mit unserem kleinen Köpfchen denken, verläuft zu dem Ort, an den es gehört und für den es bestimmt ist.«

»Aber sag nur, mei. ı .ıädchen, woher weißt du das alles?« fragte ich sie.

»Ja, ist das denn Wissen?« erwiderte sie in ihrer natürlichen Art. »Weißt du, alle wissen diese Dinge. Wirklich, ich sage dir, daß mir all das eingefallen ist, während du sprachst, und daß ich nie zuvor über diese Dinge nachgedacht habe.«

»Du Schelm!« sagte ich. »Vermutlich hast du doch eine ganze Schicht Bücher bei dir versteckt, mit denen du eine Doktorin in Salamanca[26] werden kannst.«

»Nein, Söhnchen, ich habe außer den Gebetbüchern nichts anderes gelesen als den *Don Quijote.* Siehst du? Dir wird es ähnlich gehen wie diesem guten Menschen, nur daß er Flügel hatte, um zu fliegen, dem Ärmsten jedoch die Luft fehlte, um sie zu bewegen.«

Inés sprach nicht weiter. Auch ich schwieg, denn trotz meines ungestümen Wesens verstand ich doch, daß die Worte meiner Freundin einen tiefen Sinn in sich bargen. Und diejenige, die so zu mir sprach, war eine Näherin, ein Nähmädchen! Ist es nicht zum Lachen!

»Alles, was ich weiß«, sagte ich schließlich in einem jähen Aufwallen der Leidenschaft, »ist, daß ich dich achte, daß ich dich liebe, daß ich dich anbete, daß du mich bezwingst und beherrscht wie einen Trottel, daß du eine Göttin bist, und ich schwöre, daß ich niemals etwas unternehmen werde, ohne dich um Rat zu fragen. Auf Wiedersehen, Prinzessin, morgen werde ich dir erzählen, was mir heute nacht durch den Kopf geht. Wer weiß, wer weiß, ob wir nicht doch … Und warum nicht? Man muß immer bereit sein, denn die Leiter des Ruhmes ist beschwerlich, und man kann sich den Schädel einschlagen, wie du sagst …«

»Uns bleibt immer noch die des Himmels«, sagte sie, indem sie den Kopf wieder über die Näharbeit beugte.

»Du hast einiges an dir, das mich erschauern läßt. Auf Wiedersehen, kleine Inés, du Licht meiner Gedanken.«

Nachdem ich dieses gesagt hatte, verabschiedete ich mich von ihr und ging hinaus. Während ich das Haus verließ, hörte ich sie singen, und ihre wohlklingende Stimme vermischte sich in einer sonderbaren Dissonanz mit den Klängen der Flöte, die der gute Don Celestino im Inneren der Wohnung spielte. Immer wenn ich von dort fortging, war mein Geist von Ruhe und Gelassenheit erfüllt, von innerer Festigkeit – ich weiß nicht, wie ich es ausdrücken soll – von einer Frische, einem Zustand, der mir später den Umgang mit Personen einer anderen Geisteshaltung erschwerte.

Inés hatte wohl recht, wenn sie sich über meine verrückten Pläne lustig machte. Da ich immer wieder Geschichten über unbedeutende Menschen gehört hatte, die durch höfische Gunst zu ehrenvollen Höhen gelangt waren, ohne daß sie es durch eigenes Handeln verdient hatten, kam mir die Idee, daß die Vorsehung mir zum Ausgleich für meine Verwaisung und meine Armut eine jener plötzlichen und skandalösen Veränderungen bereit halten könnte, die sich damals so häufig in Spanien ereigneten. Diese Vorstellung hatte von meinem Denken Besitz genommen und wurde zu meinem Glaubenssatz. Zu meiner Ehrenrettung kann ich nur anführen, daß ich mich in einem Alter befand, in dem alle Menschen dumm sind. Nicht alle besitzen die Gabe, die Dinge schon *seit tausend Jahren* zu wissen, wie Inés.

Nun kennt Ihr die Umstände, die mich in meiner albernen Leichtgläubigkeit zum Äußersten führten. Aber um davon zu berichten, muß ich Euch zunächst noch einige andere Personen vorstellen, mit deren Bekanntschaft ich Euch, verehrter Leser, eine Freude zu machen hoffe. Sprechen wir also vom Theater.

4

Das Theater el Príncipe war bereits im Jahre 1807 von Villanueva[27] wieder aufgebaut worden, und die Schauspieltruppe des Máiquez[28] arbeitete dort im Wechsel mit der der Oper, die von dem berühmten Manuel García[29] geleitet wurde. Meine Herrin und die Prado waren die beiden ersten Damen der Truppe von Máiquez. Die für die männlichen Nebenrollen bestimmten Galane waren nicht viel wert, denn der große Isidoro, der ebenso stolz wie talentiert war, duldete nicht, daß jemand sich auf der Bühne hervortat, die er als den Grundstein seines enormen Ruhmes betrachtete, und da er fürchtete, jemand könne ihn übertreffen, machte er sich nicht die Mühe, die anderen in die Geheimnisse seiner Kunst einzuweisen. So kam es, daß rings um den gefeierten Schauspieler nur durchschnittliche Talente vertreten waren. Die Prado, die Gattin von Máiquez, und meine Herrin spielten abwechselnd die Rolle der ersten Dame, so unter anderen die der Clitemnestra in *Orestes* und die der Estrella in *Sancho Ortiz de las Roelas*. Die zweite teilte sich in die der Doña Blanca von *García del Castañar* und die der Desdemona in *Othello*.

Die Schauspieltruppe der Oper war sehr gut. Abgesehen von Manuel García, der ein großer Meister seines Faches war, sangen seine Frau, Manuela Morales,[30] ein Italiener namens Cristiani und die Briones. Diese Frau, die die Konkubine von Manuel García war, brachte eine Tochter zur Welt, die ein Wunder der Sangeskunst wurde, die Königin der Opernsängerinnen, Mariquita Felicidad García, zu ihrer Zeit als *Malibran* berühmt.

Stellt Euch vor, meine Damen und Herren, jeden Nachmittag und jeden Abend wurde ich mit Theaterstücken oder musikalischen Darbietungen unterhalten, denen ich gratis beiwohnen konnte, wenn auch hinter den Kulissen oder an Plätzen, an denen ein Teil der Illusion verlorengeht. Ich wohnte den schönsten und gefeiertsten Vorstellungen bei, die damals in Madrid aufgeführt wurden, und war umgeben von den hübschesten Schauspielerinnen und vertraut mit den Männern, die den gesamten Hof zum Lachen oder zum Weinen brachten.

Und glaubt nicht, daß ich nur mit Schauspielern verkehrte, einer Kategorie von Menschen, die nicht gerade als die Spitze der Gesellschaft angesehen wurde, nein, ich sah mich häufig von äußerst vornehmen Personen umgeben. Auch befand sich an solchen Orten immer irgendeine jener ebenso schönen wie ahnenstolzen Damen, die sich nicht zu gut sind, ihre Füße mit dem Staub der Bühne zu beschmutzen.

Um genau zu sein, werde ich nun von der intimen freundschaftlichen Beziehung erzählen, die meine Herrin mit zwei Damen des Hofes unterhielt, zwei Damen, deren Adelstitel zu den vornehmsten und klangvollsten gehörten, die seit vielen Jahren unsere Geschichte zieren. Ich muß die Namen verschweigen, denn ich fürchte, die Familien, die diese Namen noch tragen, könnten sonst verärgert sein. Die Titel, derer ich mich sehr gut erinnere, werden auf diesem Papier nicht erscheinen, und um die beiden schönen Frauen dennoch bezeichnen zu können, werde ich konventionelle Namen verwenden.

Ich erinnere mich, zu damaliger Zeit in dem Gebäude von Santa Bárbara einen wunderschönen Wandteppich gesehen zu haben, auf dem zwei hübsche Hirtinnen dargestellt waren. Als ich danach fragte, wer diese beiden anziehenden Mädchen waren, sagte man mir: »Das sind die beiden Töchter des Artemidoro, Lesbia und Amaranta.« Diese beiden Namen, verehrter Leser, scheinen mir für meine Absicht gut geeignet. Bedenkt bitte, daß ich jedes Mal, wenn ich von *Lesbia* spreche, die Herzogin von X meine, und wenn ich den Namen *Amaranta* verwende, von der Gräfin von X die Rede ist. Mit dieser Taktik bleiben die Adelstitel jener beiden Göttinnen meiner Zeit geschont.

Was ihre Schönheit anbelangt, so ist alles, was meine farblose Feder hervorzubringen vermag, immer noch zu wenig, um sie zu beschreiben, denn sie waren bezaubernd, vor allem die Gräfin von … ich meine Amaranta. Da beide über eine feinsinnige Vorliebe für die schönen Künste verfügten, protegierten sie Maler, huldigten den Schauspielern und brachten ihnen Geschenke, nahmen die ersten Aufführungen eines Werkes hilfebedürftiger Poeten unter ihre Obhut, sammelten Wandteppiche, Gläser und Tabakdosen, führten die prächtigsten Moden des despotischen Paris ein und sorgten für ihre Verbreitung, ließen sich in einer Sänfte zur Florida bringen, vesperten mit Goya[31] am Kanal und erinnerten sich in Trauer des tragischen Todes von Pepe-Hillo, der 1803 bei seinem letzten großen Stierkampf gestorben war.

Es ist nicht weiter verwunderlich, daß das Leben dieses Künstlers, die stürmische Unruhe der Veränderungen und die starken Eindrücke, die auf sie wirkten, ihren Teil dazu beitrugen, sie in ein Labyrinth von allerlei Abenteuern zu führen, von denen ich berichten werde. Die Ärmsten wußten es nicht besser, und da sie das verloren hatten, was die traditionelle spanische Erziehung ihnen hätte geben können, ohne dafür etwas zu erhalten, was diese Leere füllen konnte, dürfen wir nicht zu hart über sie urteilen. Manch einer mag sie vielleicht schuldig sprechen, und das zu Recht, wenn auch für andere Dinge, aber – ach … sie waren wunderschön.

Eines Abends kam meine Herrin äußerst schlecht gelaunt vom Theater heim. Isidoro hatte sie aus irgendeinem Grunde getadelt, und hier muß ich zugeben, daß der erhabene Schauspieler seine Untergebenen behandelte, als seien sie Schulkinder. Als Pepita nach Hause kam, sagte sie zu mir:

»Bereite alles vor, heute kommen die Damen Lesbia und Amaranta zum Abendessen.«

Die Vorbereitungen bestanden darin, daß ich die Möbel im Salon ein wenig abklopfen mußte, damit der Staub sich verteilte, die Lampen mit Öl füllen mußte, eine Saite für die Gitarre kaufen mußte, falls eine fehlte, Don Higinio rief, auf daß er die Instrumente stimmte, die Füllhörner säuberte, eine frische Portion Pomade à la Marechala besorgte, usw., usw. Ich erledigte meine Aufgaben und fragte nach weiteren Anordnungen, aber meine Herrin war in sehr schlechter Stimmung, und ohne auf meine Worte zu achten, fragte sie mich:

»Habe ich dir nicht gesagt, daß er heute abend kommt?«

»Wer?« fragte ich.

»Isidoro Máiquez.«

»Nein, Herrin, Ihr habt mir nichts dergleichen gesagt.«

»Als er mit dir sprach, gegen Ende der Vorstellung …«

»Das war, um mir zu sagen, wenn ich noch einmal hinter den Kulissen Unfug treiben würde, während er spielte, würde er mich mit Schimpf und Schande aus dem Hause jagen.«

»Was für ein Genie! Ich habe ihn zu mir eingeladen, und er gab keine Antwort.«

Danach sagte sie nichts mehr, und in einer schwermütig-traurigen Haltung ging sie mit dem Dienstmädchen in ihr Zimmer, um sich umzukleiden. Ich fuhr mit den Vorbereitungen fort, und kurze Zeit später erschien meine Herrin wieder.

»Wie spät ist es?« fragte sie.

»Gerade haben die Glocken der Dreifaltigkeitskirche neun Uhr geschlagen.«

»Mir scheint, ich höre etwas im Hausflur«, sagte sie mit großer Anspannung.

»Gnädige Frau müssen sich irren.«

»So hat er dir also nicht gesagt, ob er kommt oder nicht.«

»Wer, Isidoro? Nein, Herrin, er hat mir nichts gesagt.«

»Wie kann dieser große Meister … Da siehst du, wie verärgert er heute nachmittag war. Trotzdem glaube ich, daß er kommen wird. Ich bat ihn gestern, und auch wenn er nicht ein Wort sagte … so ist er eben.«

Als sie dies sagte, zeigte ihr Gesicht einen Ausdruck von

Unruhe, von Gespanntheit, Erregung, lauter Anzeichen lebhaften Aufruhrs in ihrem Gemüt. Woher nur dieses Interesse
an der Anwesenheit von Isidoro, einem Menschen, dem sie
tagtäglich im Theater begegnete?

Anschließend sah sie im Salon nach, ob noch etwas fehlte,
und setzte sich schließlich, um die Ankunft der Gäste abzu-
warten. Endlich hörten wir, wie sich die Tür zur Straße öffnete, und männliche Schritte ertönten auf der Treppe.

»Er ist es«, sagte meine Herrin, sprang von ihrem Stuhl auf
und rannte planlos durch das Zimmer.

Ich lief zur Tür, und einen Moment später betrat der große
Meister den Salon.

Isidoro war ein Mann von achtunddreißig Jahren, hochge-
wachsener Statur und lässigem Gebaren. Seine Gesichtshaut
war bleich, aber wer einmal seinen Gesichtsausdruck in sich
aufgenommen hatte, würde ihn nie wieder aus dem Gedächtnis verlieren. An diesem Abend trug er einen dunkelgrünen
Anzug mit einer Wildlederhose und Schnürstiefeln, alles Kleidungsstücke von untadeliger Eleganz, die er mit größtem
Selbstbewußtsein trug. Seine Art, sich zu kleiden, verriet Persönlichkeit und Selbstbewußtsein. Er trug eine ganz eigene
Art von Mode, und niemand konnte sagen, daß er sich wie die
gelehrigen, eitlen Gecken dem üblichen Geschmack anpaßte.
Wenn andere gegen die Regeln verstießen, machten sie sich
lächerlich, wenn er jedoch gegen sie verstieß, so würdigte er
diese Regeln herab.

Ich werde später noch Gelegenheit finden, ihn Euch als
Schauspieler vorzustellen. Aber zunächst solltet Ihr einige seiner Wesenszüge als Mann kennenlernen. Er trat herein und
warf sich, ohne meine Herrin zu begrüßen, in einen Sessel,
und dies in einer beiläufigen und gleichgültigen Art, wie sie
zwischen Personen üblich ist, die einander vertraut sind und
sich häufig sehen. Eine ganze Weile verharrte er, ohne etwas
zu sagen, und trällerte eine Arie, während er seinen Blick über
die Wände und die Decke wandern ließ und ununterbrochen
mit seinem Stock gegen den Stiefel schlug.

Ich verließ den Salon, um irgend etwas zu holen. Als ich
zurückkam, hörte ich, wie Isidoro sagte:

»Wie schlecht du heute gespielt hast, Pepilla!« Ich beobachtete meine Herrin, die dastand wie ein verstörtes Kind vor

dem grimmigen Schulmeister und auf diese barsche Rüge nichts zu antworten wußte als ein paar gestammelte Phrasen.

»Ja«, fuhr Isidoro fort, »seit einiger Zeit bist du wie verwandelt. Heute abend haben sich alle Freunde über dich beklagt. Sie nannten dich kaltherzig und plump ... Du hast einen Fehler nach dem anderen gemacht und schienst so zerstreut, daß ich dich zur Ordnung rufen mußte, damit du aus deiner Dumpfheit erwachtest.«

Tatsächlich hatte ich an diesem Abend hinter den Kulissen vernommen, daß meine Herrin ihre Rolle der Blanca in *García del Castañar* schlecht gespielt hatte. Alle Freunde waren erstaunt gewesen in Anbetracht der Perfektion, mit der sie bei anderen Gelegenheiten eine solch schwierige Rolle gemeistert hatte.

»Nun, ich weiß auch nicht«, erwiderte Pepita González mit zitternder Stimme. »Ich denke, ich habe heute genauso gespielt, wie sonst auch.«

»In einigen Szenen ja, aber in denen, die du mit mir gespielt hast, warst du beklagenswert. Es schien, als hättest du deine Rolle vergessen oder keine Freude an der Arbeit. In der Szene unseres Auftritts hast du dein Sonett rezitiert wie eine drittklassige Schauspielerin, die in Barajas oder in Cacabelos auftritt. Als du zu mir sagtest

Die Blumen wollen nicht mehr den Tau,

den die Sonne aus den duftenden Gläsern trinkt ...

zitterte deine Stimme wie die einer Frau, die zum ersten Mal die Bühne betritt ... du hast mir die Hand gegeben, und sie war so heiß, als hättest du Fieber ... du hast dich von einem Mal aufs andere vertan, und es schien, als würdest du nicht das geringste darum geben, daß ich auf der Bühne war.«

»O nein ... aber ich sage dir doch! Es ist die Angst davor, es falsch zu machen. Ich fürchtete, daß du wütend werden würdest, und da du uns mit solcher Heftigkeit tadelst, wenn wir Fehler machen ...«

»Dennoch mußt du dich bessern, wenn du weiterhin in meiner Truppe mitwirken willst. Bist du krank?«

»Nein.«

»Bist du verliebt?«

»Oh, nein, auch das nicht!« antwortete die Schauspielerin verstört.

»So hattest du dich also zuviel um irgendeine Person in den Sperrsitzreihen zu kümmern, um die Verse des Stückes richtig zu sprechen.«

»Nein, Isidoro, du irrst dich«, sagte meine Herrin mit geheuchelter Fröhlichkeit.

»Das Merkwürdige ist, daß du in den folgenden Szenen, vor allem in der des Don Mendo, deine Rolle perfekt gespielt hast. Doch später, im dritten Akt, als du wieder an der Reihe warst, mit mir vorzutragen, bist du in die alten Fehler zurückgefallen.«

»Habe ich die Tirade des Waldes schlecht vorgetragen?«

»Nein, im Gegenteil. Dein Rezitat der Verse:
Wohin gehe ich atemlos,
müde, schutzlos und ohne Ziel,
in diesem Dickicht?
Weinet, ihr Augen, weinet über meine Pein –
war ausgesprochen gut intoniert. Und auch in der Szene mit der Königin warst du sehr gut, genau wie in dem Dialog mit Don Mendo. Mit welcher Eloquenz du ausriefst ›Ich bin verheiratet!‹ und danach:
ob von hoher oder niederer Herkunft,
der unwürdigste Gatte
übertrifft den besten Liebhaber –
aber seit ich auf die Bühne kam und du mich gesehen hast …«

»Das ist es, was ich meine. Die Furcht davor, schlecht zu sein und dir zu mißfallen …«

»Oh, ja, du hast mir tatsächlich mißfallen. Als du sagtest: ›García, mein Gatte‹, da hätte ich dir mitten auf der Bühne und vor dem Publikum einen Schlag ins Genick geben mögen. Du heilige Einfalt, habe ich dir nicht tausend Mal gesagt, wie dieser Text gesprochen werden muß? Hast du die Situation denn immer noch nicht verstanden? Blanca befürchtet, daß ihr Mann einen Fehltritt vermutet. Die Freude darüber, ihn zu sehen, und die Angst davor, daß García ihre Unschuld anzweifeln könnte, müssen sich in diesem Satz vermischen. Du jedoch hast dich, statt diese Gefühle auszudrücken, mir zugewandt wie ein verliebtes Nähmädchen, das sich ganz überraschend seinem geliebten Schnösel gegenübersieht. Später, als du mich anflehtest, dich zu töten, hast du das, was man als tragisches Element bezeichnet, vermissen lassen. Es hatte den Anschein, als wolltest du tatsächlich den Tod durch meine Hand empfangen, ja, du knietest sogar vor mir nieder, obgleich ich dir ausdrücklich gesagt hatte, daß du so etwas nur in den Passagen tun sollst, in denen ich es anordne. Beim zehnten

Carcía, bewahre dir den Himmel,

hast du dich mehr als zwanzig Mal versprochen, und als ich zu dir sagte:

Ach, du mein geliebtes Weib,
zwei solch ungeheure Gegensätze!

da warfst du dich in meine Arme, obwohl der Augenblick dafür noch nicht gekommen war, und ich, der ich mich über diese Kränkung sorgte, konnte mich keinen liebevollen Schmeicheleien hingeben. Du hast das Ende des Stückes ruiniert, Pepa, du hast der Komödie ihren Glanz genommen und mir ebenfalls.«

»Ich könnte dir niemals deinen Glanz nehmen.«

»Nun, du wirst bereits bemerkt haben, daß der Applaus heute nicht so kräftig war wie an den anderen Tagen, und das ist deine Schuld, ja, deine, denn du hast dich ungeschickt und dumm aufgeführt. Du kümmerst dich nicht um meine Anweisungen, du bemühst dich nicht, mir zu gefallen, und schließlich wirst du mich dazu bringen, daß ich dir deine Position in der Truppe entziehen und dich mit anderen Aufgaben betrauen muß, wenn du mich mit deiner Unachtsamkeit nicht sogar dazu bringst, dich aus dem Theater zu werfen.«

»Ach, Isidoro!« sagte meine Herrin. »Ich mühe mich immer, alles so gut wie möglich zu machen, damit du dich nicht ärgern und mit mir streiten mußt, doch habe ich solche Angst vor einer Rüge von dir, daß mich auf der Bühne das Zittern überkommt, sobald ich dich erblicke. Soll ich dir etwas sagen? Nun, wenn wir gemeinsam spielen, dann fürchte ich mich sogar davor, zu gut zu sein, denn wenn ich viel Applaus bekomme, dann scheint es mir, als nähme ich einen Teil des Triumphes in Anspruch, der eigentlich dir gebührt, und ich denke, daß du wütend wirst, weil man nicht dir allein applaudiert. Diese Furcht, zusammen mit der, die du in mir wachrufst, wenn du mir mit Gesten drohst oder mich zornig korrigierst, macht mich zittern und stammeln, so daß ich manchmal nicht mehr weiß, was ich sage. Aber sorge dich nicht, ich werde mich schon bessern. Du wirst mich nicht aus deinem Theater werfen müssen.«

Ich hörte nicht, was auf diese Worte folgte, weil ich eine Öllampe hinaustrug, die einen schlechten Geruch ausströmte. Als ich zurückkam, stellte ich fest, daß das Gespräch sich einem anderen Thema zugewandt hatte. Isidoro saß immer noch träge in dem Sessel und gab sich sehr gelangweilt.

»Wo bleiben deine Gäste?« fragte er.

»Es ist noch früh. Mir scheint, du erzürnst dich in meiner Gesellschaft«, sagte meine Herrin.

»Nein, aber diese Zusammenkunft hat bislang nichts Erfreuliches zu bieten.«

Isidoro zog eine Zigarre aus der Tasche und rauchte. Ich muß erwähnen, daß der berühmte Schauspieler keinen Tabak schnupfte, wie es fast alle großen Männer seiner Zeit taten, Talleyrand, Metternich, Rossini, Moratín und sogar Napoleon, der, so mich die Historie nicht trügt, den Vorgang des Herausnehmens und Öffnens der Tabakdose abzukürzen suchte, indem er das aromatische Pulver lose in einer von innen mit Wachstuch gefütterten Westentasche trug, und der, während er die Schwadrone von Jena aufstellte oder den Tilsiter Konferenzen beiwohnte, ständig Daumen und Zeigefinger in die besagte Tasche senkte, um sie alle halbe Minute zur Nase zu führen. Wegen dieser eigentümlichen Gewohnheit sagt man, daß die gelbe Weste und die Kleidertaschen, die der wichtigste Mann des Jahrhunderts an sich trug, zu den schmutzigsten Dingen ganz Europas gehörten.

Auch Farinelli[32] pflegte sich zwischen einer Arie und einem Oratorium die Nase zu füllen, und aus gewissen alten Papieren, die wir gesehen haben, läßt sich ersehen, daß das schönste Geschenk, welches eine verliebte Dame oder ein edler Schwärmer einem Musiker, Maler oder italienischen Virtuosen machen konnte, aus fünfzig Pfund Tabak bestand.

Der Abbé Pico della Mirandola, Rafael Mengs,[33] der Tenor Montagnana, der Sopran Pariggi, der Violinist Alai und andere wichtige Persönlichkeiten des Theaters Buen Retiro schnupften nur das Beste, was in den königlichen Galeonen aus Amerika herüberkam.

Man möge mir diese Abschweifung verzeihen, gewiß ist jedenfalls, daß Isidoro den Tabak nicht in Pulverform zu sich nahm.

5

Es war zehn Uhr, als die beiden Damen, die ich bereits ehrenvoll erwähnte, feierlich die Wohnung betraten. Lesbia, Amaranta! Wie könnte euch je vergessen, wer euch einmal sah? Sie kamen inkognito in einer Kutsche, statt in einer Sänfte, in der sie der indiskrete Pöbel leicht hätte erkennen können. Den beiden Frauen gefielen derlei vertrauliche Zusammenkünfte außerordentlich, bei denen sie ihren von der Etikette eingezwängten Seelen Erleichterung verschaffen konnten. Man muß wissen, daß bei den damaligen familiären oder höfischen Gesellschaften das Gebot der Keuschheit mit despotischer Herrschaft regierte: Es wurden nur Dinge besprochen, die bei allen Anwesenden sittsame Langeweile auslösten. Man sprach kaum miteinander, und noch viel weniger lachte man. Die Damen hielten sich auf der Estrade auf, die Herren im übrigen Teil des Saales, und die Konversation war genauso fade wie die Erfrischungen. Wenn jemand das Cembalo oder die Gitarre spielte, belebte sich die Gesellschaft ein wenig, doch alsbald regierte wieder der einschläfernde Anstand. Man tanzte ein Menuett, so konnten sich die Liebenden der platonischen und göttlichen Wonnen erfreuen, die das gegenseitige Berühren der Fingerkuppen auslöste, und nach den zahlreichen, von Musik begleiteten Verbeugungen herrschte wieder die Sittsamkeit, die ähnlich vergöttert wurde wie das Schweigen.

So war es nicht verwunderlich, daß einige phantasievolle Damen weniger sittenstrenge Versammlungen aufsuchten, um dort einem Zeitvertreib nachzugehen, der ihrer Natur eher entsprach. Nicht umsonst prangerte das Theaterstück *Das Jawort der Mädchen* die Scheinheiligkeit in der Erziehung an. Ja, bald wurde die Scheinheiligkeit in allen Bereichen der alten Bräuche und Sitten aufs Korn genommen. Überall war das Bedürfnis zu spüren, freiere Umgangsformen für sich in Anspruch zu nehmen, die Beziehungen zwischen den beiden Geschlechtern zu lockern, ohne den Anstand aufzugeben. Man wollte ein Leben führen, das sich eher auf das Vertrauen in das Gute stützte als auf den Argwohn gegen das Böse und das die Grundmauern der Gesellschaft nicht bereits mit dem Mißtrauen und der Wahrscheinlichkeit der Sünde belastete. Tatsächlich war die Scheinheiligkeit damals sehr weit verbreitet: Daß man die Dinge nicht der Öffentlichkeit preisgab, bedeutete nicht, daß man sie nicht tat, und dadurch, daß die Sitten und Gebräuche weniger frei waren, waren sie nicht besser.

Lesbia und Amaranta betraten unter Höflichkeitsfloskeln den Raum und gebärdeten sich mit einem Liebreiz, der den Frohsinn in ihren Herzen offenbarte. Sie wurden von dem Onkel der Amaranta begleitet, dem alten Marquis und Diplomaten, aber bevor ich erzähle, wer er war, werde ich Euch davon berichten, wie die Damen auftraten.

Lesbia – die Herzogin von X – war eine zarte, beinahe kindliche Schönheit, so wie jene, die von den Dichtern mit bestimmten Blumen verglichen werden, die allein von einem Windstoß, von der Wirkung einer starken Sonne oder von der Bewegung eines schwachen Sturmes zu vergehen scheinen. Die Blüten, die sich in Lesbias Herzen lösten, brachten ihr keinerlei Unheil, und – bis zu jener Zeit – am allerwenigsten ihrer Schönheit. Es schien, als habe sie noch am Tage zuvor unter der Obhut der guten Schwestern von Chamartín[33a] de la Rosa gestanden und könne noch über nichts anderes reden als über das Gebäck des Stiftes, die Ameisen im Gemüsegarten, die Ordensregeln der Benediktiner und die Liebkosungen der Mutter Circuncisión. Wie sehr man sich mit diesem Glauben täuschen konnte, zeigte sich, sobald die Schalkhafte zu sprechen begann. Sie lachte viel, wenn sie redete, und zwar mit solcher Freimütigkeit und Unbefangenheit, daß in ihrer Gegenwart niemand traurig sein konnte. Sie war blond und nicht sehr groß, jedoch von edler Schlankheit und so leicht wie ein Vögelchen. Alles an ihr atmete Glück und Freude an ihrem eigenen Dasein; sie war von Natur aus ebenso eigenwillig wie fröhlich, und keine launische Willkür konnte bei ihr ein Echo finden. Diejenigen, die solches versucht hätten, hätten sie erzürnt, und sie zu erzürnen, bedeutete, sie zugrunde zu richten und die Hälfte ihres Liebreizes zu zerstören.

Unter all den Vorzügen, die den Umgang mit Lesbia so angenehm machten, stand ihre hohe Redekunst an vorderster Stelle. Sie war eine vollendete Schauspielerin und besaß nach meiner Einschätzung großes Talent für die Bühne, das auch vor den dürftig bemalten Leinwänden der einfachen Theater zur Geltung kam. Wann immer in einem der ersten Häuser des Hofes eine Sondervorstellung gegeben wurde, spielte sie die Hauptrolle, und zu jener Zeit unterrichtete Máiquez sie in der Rolle der Desdemona in der Tragödie Othello, die im Haustheater einer gewissen Marquise inszeniert werden sollte. Isidoro und meine Herrin waren ebenfalls für Rollen in dieser Aufführung vorgesehen.

Lesbia war verheiratet. Drei Jahre zuvor, als sie kaum neunzehn Jahre zählte, hatte sie die Ehe mit einem Herzog geschlossen, der seine Zeit damit zubrachte, wie ein Nimrod[34] in seinen weitläufigen Ländereien zu jagen. Plump und ungeschliffen wie er war, kam er von Zeit zu Zeit nach Madrid, um seine Gattin für seine lange Abwesenheit um Verzeihung zu bitten und ihr zu schwören, daß er den Vorsatz hege, sich niemals wieder bei ihr durch sein langes Fernbleiben in Ungnade zu setzen. Und auch wenn niemand es mir gesagt hat, so behaupte ich doch, daß Lesbia sich zwar mit ihrer süßen, kleinen Stimme beklagte, gleichzeitig aber sehr darauf bedacht war, ihrer Klage nicht so großen Nachdruck zu verleihen, daß der Herzog tatsächlich beschließen könnte, seinen Lebenswandel zu ändern.

Amaranta war von ganz anderer Art. Wo ihre Freundin Zuneigung und Sympathie weckte, löste sie Beifall und Bewunderung aus. Lesbias liebliche und anmutige Schönheit erwärmte für kurze Zeit das Herz eines jeden, der sie ansah. Die makellose, glänzende Schönheit Amarantas hingegen erweckte eine seltsame Empfindung, ähnlich der Traurigkeit. Wenn ich später daran dachte, so glaubte ich, daß die einzigartige Erschütterung, die wir vor einem dieser seltenen Wunder der menschlichen Schönheit erfahren, in dem Glauben an unsere eigene Geringfügigkeit besteht, oder aber in der verschwindend geringen Hoffnung, die Zuneigung einer Person zu besitzen, die aufgrund ihrer Vorzüge von unzähligen Genießern begehrt wird.

Unter den Frauen, die ich in meinem Leben gesehen habe, erinnere ich mich keiner, deren Erscheinung auf so verführerische Weise anziehend war. So kommt es, daß ich sie niemals vergessen konnte, und wann immer ich der vollkommenen und höheren Dinge gedenke, deren Existenz ausschließlich von der Natur abhängt, so sehe ich ihr Gesicht und ihr Gebaren wie untadelige Vorbilder, die mir zu meinen Vergleichen helfen. Amaranta schien dreißig Jahre alt zu sein. Der Ruhm, eine solche Frau hervorgebracht zu haben, gebührt vor allem Andalusien, und danach Tarifa, das äußerste Ende Spaniens, jener Winkel von Europa, in den sich alle Schönheiten des spanischen Typus geflüchtet haben, um den fremden Eindringlingen zu entkommen. Mit dem Gesagten könnt Ihr Euch ein Bild davon machen, wie die unvergleichliche Gräfin von X, alias Amaranta, war. Verzeiht, wenn ich mich in Einzelheiten ergehe, die Ihr Euch leicht vor Augen führen könnt, wie etwa ihre stattliche Erscheinung, die Blässe ihres Teints, den feinen Schnitt jeder Linie in ihrem Gesicht, den Ausdruck ihrer bezaubernden und rührenden Augen, die Schwärze ihres Haares und viele weitere Vollkommenheiten, die ich nicht beschreibe, weil ich sie nicht auszudrücken vermag. Vorzüge, die der intelligente Leser erfaßt, fühlt und bewundert, deren genauere Ausführung ihn aber nicht beanspruchen sollte, wenn er nicht möchte, daß die Freude an diesen tausend kleinen Wundern sich zwischen den Fingern jener stilistischen Alchimie auflöst, die alles entstellt, was sie berührt.

Ich entsinne mich nicht mehr vollkommen ihrer Kleider. Wenn ich mir Amaranta ins Gedächtnis rufe, so dünkt mir, daß die schwarzen Spitzen eines üppigen Schleiers, die von den Zähnen des prunkvollsten Kammes gehalten werden, durch ihre tausend kleinen Ausschnitte und Spalte den Glanz eines glatten, karmesinroten Stoffes sehen lassen, der sich auf den Schultern und an den Ärmelaufschlägen wieder zwischen der schwarzen Flut weiterer Spitzen, Krausen und Fransen verliert. Der Rock in demselben karmesinroten Stoff, und so schmal und eng, wie es die Mode der damaligen Zeit forderte, läßt die Schönheit der Statur erraten, die er verhüllt; und von den Knien an abwärts beendet dieselbe schwarze Flut, dicht besetzt mit Borten, die Gewandung, so daß nur die Schuhe zu sehen sind, deren abstehende Spitzen mal erscheinen und sich dann wieder verstecken wie entzückende Tierchen, die unter dem Rock spielen. Dieses Spiel wird sogar zu einer Sprache, wenn Amaranta im Banne der Konversation das Entzücken der anderen mit ihrem Charme erhöht und zu ihrer persönlichen Beredsamkeit noch die Beredsamkeit ihres Fächers hinzufügt.

Soviel zu Amaranta, der Gräfin von X. Wenn ich mich an das Gewand von Lesbia erinnere, so meine ich, daß alles in Blau gehüllt war. Stellt sie Euch mit einem weißen Schleier und mit einer blauen, von schwarzen Spitzen gesäumten Fußdecke vor, und wenn auch nicht sicher ist, daß sie so aussah, so ist es doch wahrscheinlich.

Vor dem Abend, von dem ich berichten möchte, hatte ich die beiden schönen Damen drei Mal im Hause meiner Herrin gesehen. Sogleich verstand ich, daß sowohl die eine als auch die andere großen Anteil am Geschehen bei Hofe hatte, auch wenn sie bei den verstohlenen Zusammenkünften in meinem Heim nur wenig davon durchblicken ließen. Manchmal allerdings gerieten die beiden in Streit, wobei sie so ausgesuchte Worte wechselten und ihren Grimm so wenig verbargen, daß es mir schien, als gäbe es zwischen ihnen nicht die geringste Harmonie. Auch erwähnten sie von Zeit zu Zeit öffentliche Angelegenheiten und solche der einen oder der anderen Person der königlichen Familie. In solchen Fällen wurde der Gegenstand des Gespräches von dem Marquis eingebracht, Amarantas Onkel, der niemals Ruhe gab, solange er nicht vor allen Anwesenden seine eigene Bedeutsamkeit dadurch vorgeführt hatte, daß er ohne Sinn und Verstand die diplomatischen Angelegenheiten besprach, in denen er sich als Experte betrachtete.

Auch an dem Abend, über den ich hier berichte, war der hochberühmte Onkel anwesend, von dem ich vor allem sagen muß, daß er an die Röcke seiner Nichte genäht zu sein schien. Er begleitete sie zu allen Veranstaltungen, diente ihr als Anstandsherr in der Kirche, als ritterlicher Begleiter auf Spaziergängen und als Tanzpartner auf Bällen. Wahrscheinlich habe ich noch nicht erwähnt, daß Amaranta Witwe war. Ich möchte es hiermit nachholen.

Der Marquis (schweigen wir über seinen Titel aus denselben Gründen, die uns bewegen, diejenigen der Damen zu verbergen) war ein alter Mann von über siebzig Jahren, der verschiedene diplomatische Ämter ausgeübt hatte. Aufgestiegen unter Floridablanca,[35] unterstützt von Aranda[36] und schließlich gestürzt von Godoy bewahrte er einen leidenschaftlichen Groll gegen diesen letzteren Minister. Deshalb drehten sich all seine Erörterungen, welche endlos waren, um das entscheidende Thema des möglichen Sturzes Godoys.

Amarantas Onkel war von dünkelhaftem, protzigem und aufgeblasenem Charakter, wie ein Mann, der sich ein erhöhtes Bild seiner selbst geschaffen hat und sich dazu bestimmt glaubt, überall die wichtigste Rolle zu spielen. Mit seiner geschwollenen Redeweise, die die wahre Trägheit seines Geistes nur schlecht verbarg, wurde er selbst unter seinen Freunden das Objekt scharfen Spottes, und in allen Kreisen, in denen er verkehrte, amüsierte man sich, wenn er sagte: *Was wird Rußland nun tun? ... Wird es Österreich bei seinen abscheulichen Plänen unterstützen? Eine große Katastrophe steht uns bevor ...! Oh, die Stärke des Südens ...!* Mit diesen und anderen geheimnisvollen Äußerungen versuchte er sich Wichtigkeit zu erheischen, wobei er mit geübter Zurückhaltung stets darauf bedacht war, die Dinge nur zum Teil zu benennen und über keine Sache eine klare Äußerung zu tun, damit die Zuhörer, die voller Zweifel und Ungewißheit waren, ihn inständig baten, sich deutlicher zu äußern.

Ich habe diese Details erwähnt, damit man versteht, welche Klasse von Popanzen es damals zur Belustigung jener Generation gab. Was mich anbelangt, so haben mich diese Muster an menschlichem Hochmut stets amüsiert, denn sie sind ohne Zweifel diejenigen, die einem das größte Vergnügen bereiten, und auch diejenigen, von denen sich das meiste lernen läßt.

Als ein Feind des Jakobinertums bemühte sich der Marquis darum, daß seine äußere Erscheinung ein getreues Abbild seiner erhöhten Gedankenwelt bieten möge. Deshalb betrachtete er die Gewänder der Mode mit Verachtung und fand Gefallen daran, das elegante Publikum von Madrid mit einer antiquierten Garderobe zu überraschen, die man nur an den ehrwürdigen Räten der amerikanischen Kolonien zu sehen gewohnt war. So trug er also bis 1798 seinen auf altmodische Weise gefalteten Rock und den kurzen Wams und hatte sich auch bis 1807 nicht durchringen können, den aufgeschlagenen Frack und die Nabelweste zu akzeptieren, die von den satirischen Dichtern der damaligen Zeit als Anglogala-Mode klassifiziert wurde.

Ich muß hinzufügen, daß der Marquis mit seinem Anti-Jakobinismus und seiner gepuderten Perücke, würdig genug, um in den Räten von Koblenz[37] aufgeführt zu sein, ein Mann von ausschweifenden Gewohnheiten war. Zum Zeitpunkt meiner Erzählung hatte ihn das Alter zwar ein wenig gebessert, und seine Torheiten gingen nicht über das Maß einer wohlwollenden Beihilfe zu den Capricen seiner Nichte hinaus. Doch zögerte er nicht, Amaranta bei Ausflügen und Picknicken zu begleiten, bei denen Personen von weit geringerem Rang als dem seinen mit von der Partie waren. Auch kannte er keine Bedenken, bei den Orgien, die man im Hause der González oder der Prado zelebrierte, als ihr Begleiter aufzutreten, denn sowohl Onkel als auch Nichte fanden großen Gefallen an jener intimen Verbindung mit Schauspielern und anderen Leuten derselben gesellschaftlichen Schicht. Zu ihrer Entschuldigung muß jedoch gesagt werden, daß ihnen derlei Unternehmungen einzig und allein dazu dienten, ihren von der Etikette eingezwängten Geist zu zerstreuen und zu ergötzen. Die Ärmsten! Jene Adeligen, die die Gesellschaft des Volkes suchten, um vorübergehend eine gewisse Freiheit der Sitten zu genießen, waren, ohne es zu wissen, dabei, die Revolution zu vollziehen, die sie so sehr fürchteten. Noch vor der Ankunft der Franzosen, der Freunde Voltaires und der Anhänger der Verfassung von Cádiz[38] legten sie bereits das Fundament der zukünftigen Gleichheit.

6

Lesbia tippte Isidoro mit ihrem Fächer auf die Schulter und sagte:

»Ich bin sehr böse mit Euch, Señor Máiquez, jawohl, sehr böse.«

»Weil ich heute abend so schlecht gespielt habe?« entgegnete der Schauspieler. »Daran ist Pepa schuld.«

»Nein, das ist es nicht«, fuhr die Dame fort, »doch Ihr werdet sie mir allesamt bezahlen.«

Als er dies hörte, neigte Isidoro den Kopf. Lesbia näherte ihr Gesicht seinem Ohr und sprach so leise, daß weder ich noch die anderen ein Wort verstanden, doch aus Isidoros Lächeln konnte man erraten, daß die Dame ihm einige besonders süße Dinge sagte. Dann fuhren sie fort, sich mit leisen Stimmen zu unterhalten, und jeder von ihnen lauschte den Worten des anderen mit solcher Aufmerksamkeit, sie legten so viel Ausdruck und Energie in die Sprache ihrer Augen, sie wechselten so lebhaft und unvermittelt zwischen Ernst, Fröhlichkeit, Traurigkeit und Vergnügtheit, daß selbst der Dümmste die Verbundenheit einer übermütigen Liebelei in der Beziehung jener beiden Menschen erkennen mußte.

Um Euch einen Überblick über die ganze Situation zu geben, muß ich sagen, daß der Marquis die González mit begehrlichen Blicken ansah, doch diese hatte kein Auge für seine zarten Andeutungen, denn sie mußte ihre ganze Aufmerksamkeit dem intimen Dialog widmen, den Lesbia und Isidoro führten. Das Gesicht meiner Herrin wechselte in höchster Anspannung von einer Farbe zur anderen: Einmal schien sie in rasendem Zorn zu entflammen, dann wieder war sie von duldsamem Schmerz erfüllt und kämpfte darum, sich zu zerstreuen, indem sie seltsame Gedanken in ihre Rede streute, und schließlich, als sie sich nicht mehr beherrschen konnte, sagte sie äußerst schlecht gelaunt:

»Wollt Ihr Euer langes Bekenntnis nicht beenden? Wenn Ihr so fortfahrt, werden wir noch alle das Armesünderlied anstimmen.«

»Was geht es dich an?« sagte Isidoro Máiquez mit grimmigem Gesicht und jenem despotischen Ton, den er gegenüber seinen unglücklichen Untergebenen in der Truppe anzuwenden pflegte.

Meine Herrin schaute betreten drein und sagte eine ganze Zeitlang kein Wort mehr.

»Sie haben sich viel zu erzählen«, sagte Amaranta boshaft. »Dasselbe geschah neulich im Hause meiner Kusine. Aber solche Dinge geschehen, Señor Máiquez. Das Vergnügen ist kurz und flüchtig. Es ist angebracht, die süßen Momente des Lebens auszukosten, solange sie nicht bitter werden von schrecklichem Überdruß.«

Lesbia schaute ihre Freundin an ... oder besser gesagt, beide schauten einander mit Blicken an, die nicht das geringste Anzeichen milder Eintracht zwischen ihnen erkennen ließen.

Das Geflüster zwischen Isidoro und der Dame wurde immer intimer, feuriger und erregter. Es schien, als ob die Zeit, die ihnen blieb, sich von Wort zu Wort verkürzte und es ihnen nicht erlaubte, sich alles nötige zu sagen. Amaranta langweilte sich, der Marquis sandte mit den Blicken und mit dem Mund nutzlose Pfeile in das irrsinnige Herz meiner Herrin, und diese, die allmählich immer unruhiger wurde, zeigte in ihrem Gesicht bereits die ewige Wut der Eifersucht, die schmerzvolle Fügung in das Martyrium, und machte keine Anstalten, eine Unterhaltung zu beginnen oder sich um ihre Gäste zu kümmern. Schließlich begriff der Marquis, daß dieses eine günstige Gelegenheit war, (wenn auch abseits der Frauen) von seinem Lieblingsthema, den politischen Geschäften, zu reden, und so unterbrach er die Stille und sagte:

»Da sitzen wir doch tatsächlich hier und amüsieren uns, während vielleicht zu diesem Zeitpunkt bereits Dinge in Vorbereitung sind, in deren Angesicht wir morgen alle erstaunt und voller Dummheit blicken werden.«

Meine Herrin, die, wie ich bereits sagte, zwischen Erbitterung und Resignation verging, ließ sich von ersterer leiten, die sie veranlaßte, ein weiteres Gespräch mit dem Botschafter anzuknüpfen, und so sagte sie munter:

»Nun, was geht vor sich?«

»Es ist nichts ... doch es scheint unglaublich, daß Ihr alle so ruhig seid«, erwiderte der Marquis, indem er die Verbreitung seiner Neuigkeiten verzögerte.

»So lassen wir doch diese Geschehnisse, die irgendwo da draußen stattfinden«, sagte seine Nichte voller Überdruß.

»Oh, oh, oh!« rief der Botschafter mit großem Getue aus. »Warum da draußen? Ich weiß genau, daß Pepa sich sehnlichst wünscht, darüber Bescheid zu wissen, was geschieht, und dies von meinen wissenden Lippen zu erfahren, nicht wahr?«

»Aber ja, natürlich. Ich möchte, daß Ihr mir alles erzählt«, sagte meine Herrin. »Das sind Angelegenheiten, an denen ich Freude habe. Ich bin … so guter Dinge. Reden wir, reden wir, Marquis.«

»Pepa, Ihr verwirrt und erregt mich«, sagte der Marquis, indem er sich mit dem Blick seiner trüben, erloschenen Augen voller Liebe an sie klammerte. »Ihr verwirrt mich so sehr, daß ich, obwohl ich mich während meiner diplomatischen Laufbahn durch äußerste Diskretion hervorgetan habe, offen zu Ihnen sein werde und Ihnen die geheimsten Neuigkeiten enthüllen werde, von denen das Glück der Nationen abhängt.«

»Oh, ich liebe die Gesandten«, sagte meine Herrin in fieberhafter Erregung. »Sprecht zu mir, erzählt alles, was Ihr wißt. Ich möchte mich den ganzen Abend lang mit Euch unterhalten. Ihr, Marquis, seid der beste, der ansprechendste und der unterhaltsamste Gesprächspartner, mit dem ich je zusammengetroffen bin.«

»Nichts wird er dir sagen, Pepa, außer dem, was sowieso alle Welt weiß«, warf Amaranta dazwischen, »nämlich, daß zu dieser Stunde die Truppen von Napoleon gerade dabeisein müssen, in Spanien einzufallen.«

»Oh, wie wunderbar!« sagte meine Herrin. »Sprecht, Marquis.«

»Nichte, willst du mich meiner Geduld berauben?« rief der Marquis aus und maß so der Sache besondere Wichtigkeit bei. »Es geht nicht darum, ob diese Truppen einfallen oder nicht einfallen, es geht darum, daß sie nach Portugal ziehen, um sich jenes Königreiches zu bemächtigen und es aufzuteilen …«

»Um es aufzuteilen?« fragte die González in ihrer fieberhaften Heiterkeit. »Nun gut, ich freue mich. Sollen sie es aufteilen.«

»Meine wunderbare Pepa, solche Dinge sollte man nicht so

leicht dahinsagen«, sagte der Marquis düster. »Oh, Ihr werdet von mir lernen, die Dinge zu verstehen.«

»Es stimmt«, fügte Amaranta hinzu, »daß man ein Abkommen getroffen hat, nach dem Portugal in drei Teile geteilt werden soll. Der nördliche Teil soll an die Könige von Etrurien gehen, die Mitte bleibt für Frankreich, und die Provinz Algarve und Alentejo wird dazu dienen, ein kleines Königreich zu bilden, dessen Krone sich der Herr Godoy auf den Kopf setzen wird.«

»Schwindel, meine Nichte, alles Schwindel!« sagte der Marquis. »Das ist das, was im vergangenen Jahr immer wieder gesagt wurde, aber wer erinnert sich schon noch an eine derartige Verteilung? Du bist nicht auf dem laufenden über das, was geschieht ... Selbstverständlich, und ich muß es nicht wiederholen, muß über das, was ich sagen werde, absolutes Stillschweigen herrschen.«

»Ach, seid nur ohne Sorge«, entgegnete meine Herrin. »Was mich anbelangt, so bin ich ganz entzückt über dieses Gespräch.«

»Im vergangenen Jahr verhandelte Godoy durch Izquierdo, seinem vertrauten Repräsentanten, mit Napoleon über diese Angelegenheit. Es sah so aus, als sei alles geregelt. Aber plötzlich schien der Kaiser von der Idee Abstand zu nehmen, und so wollte Don Manuel Godoy, der sich in seiner Eigenliebe angegriffen fühlte und sich um seine Hoffnungen betrogen sah, seine Stärke gegen Napoleon unter Beweis stellen. Er veröffentlichte die berühmte Bekanntmachung vom Oktober des vergangenen Jahres und sandte einen geheimen Boten nach England, um zu versuchen, der Koalition der nordischen Mächte gegen Frankreich beizutreten. Das alles ist mir wohlbekannt ... denn welches Geheimnis könnte meinem Scharfsinn und meiner durch viele mühevolle Verhandlungen geschärften Intuition entgehen? Gut, so stehen die Dinge: Napoleon besiegte die Preußen in Jena, und schon sehen wir unseren Don Manuel zutiefst erschrocken, ein ausgemachter Laienbruder, der die Rache desjenigen fürchtete, den er mit der Veröffentlichung der Proklamation so hart angegriffen hatte, einer Proklamation, die sowohl hier als auch in Frankreich als Kriegserklärung gewertet wird. Er schickte Izquierdo nach Deutschland, damit dieser um Verzeihung bitte, und schließ-

218

lich wurde sie ihm zugebilligt, aber er sprach nie wieder von der Teilung Portugals und auch nicht vom Hoheitsrecht der Algarve. Und dies, meine Damen, ist die reine Wahrheit. Meiner Laufbahn am Hof und meinem Wissen verdanke ich es, daß ich über all diese Vorgänge Bescheid weiß, denn ich kenne zahlreiche ausländische Gesandte, die sie mir mit aller Diskretion mitteilen. Heute, meine liebe Nichte, spricht niemand mehr von der Teilung Portugals. Die tatsächlichen Ereignisse haben eine erheblich schwerwiegendere Bedeutung, und … aber nein, wir besitzen nicht das Recht, gewisse Dinge weiterzuerzählen. So werde ich schweigen, bis die große Katastrophe der Öffentlichkeit bekannt wird … Gefällt Ihnen meine Diskretion, liebste Pepa? Stimmen Sie mit mir überein, daß die Zurückhaltung die Schwester der Diplomatie ist?«

»Oh, die Diplomatie!« rief meine Herrin mit geziertem Getue. »Ich bin ganz verliebt in sie. Die Niedertracht Albions![39] Die Verträge! Bonaparte! Die Koalition! Oh, welch göttliche Ereignisse! Ich muß gestehen, daß sie mich bis heute sehr gelangweilt haben, aber nun … heute abend brenne ich vor Begierde, sie kennenzulernen, und diese Unterhaltung, Marquis, begeistert mich über alles.«

»Es ist wahr«, sagte der Diplomat, der sich vor Behagen kaum zu fassen wußte, »daß nur wenige Menschen sich mit so viel Zartgefühl, so viel Klugheit und, sagen wir einmal, so viel Hingabe wie ich mit diesen Themen beschäftigen. Als ich im Jahre '84 in Wien war, umringten mich alle Damen des Hofes, und wenn Ihr gesehen hättet, wie sie an meinen Lippen hingen …«

»Das verstehe ich. Genauso ergeht es mir heute abend«, fuhr meine Herrin mit ihrer merkwürdigen Lobpreisung fort. »Habt Erbarmen mit mir, und erzählt mir von Österreich, von der Türkei, von China, vom Protokoll und vom Krieg, ja, vor allem vom Krieg.«

»Wir sollten dieses lästige Gespräch für heute abend beiseite lassen«, sagte Amaranta. »Ich glaube nicht, daß Ihr, lieber Onkel, der lächerlichen Ansicht seid, Godoy versuche mit der Hilfe von Bonaparte die königliche Familie nach Amerika zu schicken und selber König von Spanien zu werden.«

»Meine Nichte, um aller Heiligen willen, treibe mich nicht zum Verrat! Bringe mich nicht dazu, den hohen Grundsatz zu vergessen, daß die Zurückhaltung die Schwester der Diplomatie ist.«

»Es ist ebenfalls absurd«, fuhr seine Nichte fort, »zu behaupten, Napoleon habe seine Truppen nach Spanien gesandt, um den Prinzen Ferdinand[40] auf den Thron zu setzen. Ein Thronerbe kann nicht die Gunst eines fremdländischen Herrschers erbitten für ein Ziel, das im Widerspruch zum Willen seiner königlichen Eltern steht.«

»Wartet, wartet, meine Damen, solch schwerwiegende Belange lassen sich nicht so leichtfertig behandeln. Wenn ich mich entschließen sollte zu sprechen, so würde ich Euch erschrecken, und wir könnten nicht zu Abend essen.«

Inzwischen war das Abendessen geliefert worden, und ich begann, aufzutragen. Isidoro und Lesbia, die von meiner Herrin an den Tisch gerufen wurden, unterbrachen ihr verzücktes Geplänkel und nahmen für eine Weile an der allgemeinen Unterhaltung teil.

»Aber über was redet Ihr denn?« fragte Lesbia. »Sind wir etwa gekommen, um uns mit Dingen zu beschäftigen, die uns nichts angehen? Das ist ja ein schönes Thema!«

»Nun, worüber sollte ich Eurer Ansicht nach sprechen, Unglückliche?« fragte Pepita González .

»Über andere Dinge … nun, über Tanzfeste, über Stierkämpfe, Komödien, Gedichte, Kleider …«

»Was für Dummheiten!« entgegnete meine Herrin geringschätzig. »Im übrigen könntet Ihr ja besprechen, was immer Ihr wollt, während wir uns über das unterhalten, was uns zusagt.«

»Ich sehe bereits, warum Pepa so zerstreut ist«, spottete Isidoro Máiquez über meine Herrin. »Sie hat begonnen, sich den Studien der Politik und der Diplomatie zu widmen, was ihrem Geist sicherlich eher angemessen ist als das Theater.«

Meine Herrin versuchte, etwas zu entgegnen, aber die Worte erstarben auf ihren Lippen, und sie lief rot an.

»Wir sind doch gekommen, um uns zu vergnügen«, fügte Lesbia hinzu.

»Oh, leichtfertige und eitle Jugend!« rief der Marquis aus, nachdem er ein großes Glas Wein geleert hatte. »Sie denkt an nichts anderes, als daran, sich zu vergnügen, während ganz Europa …«

»Von wegen ganz Europa!«

»Pepa ist die einzige, die die Bedeutung der Umstände erkennt. Ihr, meine bezaubernde Schauspielerin, werdet wie ich zu den wenigen gehören, die die Katastrophe nicht überraschen wird ...«

»Wollt Ihr uns bitte einmal erklären, worum es eigentlich geht?«

»Um Gottes und aller Heiligen willen!« rief der Botschafter mit zur Schau getragener flehender Zerknirschung aus. »Ich bitte Euch inständig, mich nicht mit Euren drängenden Appellen dazu zu verpflichten, das zu sagen, was nicht über meine Lippen kommen darf. Wenn ich auch Vertrauen in meine eigene Vorsicht habe, so befürchte ich doch sehr, daß mir, wenn Ihr mich weiterhin so quält, irgendein Satz, irgendein Wort entfährt ... Schweigt, um Gottes willen, daß die Treue in mir kraftvoll genug sein möge und ich mich nicht gezwungen sehen muß, meine ehrenhaften diplomatischen Vorgänger zu mißachten.«

»Nun gut, schweigen wir. Wir wollen gar nichts von Euch wissen, Marquis«, sagte Máiquez, der verstand, daß das beste Mittel, den guten Alten zu kränken, darin bestand, ihn einfach nicht zu fragen.

Einen Moment lang herrschte Stille. Der Marquis, der nun in seiner Schwatzhaftigkeit gebremst war, schlang ununterbrochen Essen in sich hinein, indem er offiziöse Beziehungen zu einem Kapaun anknüpfte und zur Erlangung seines Zieles die guten Dienste eines Endiviensalates in Anspruch nahm, welcher ihm bei seinen Verhandlungen behilflich war. Währenddessen erging er sich in Liebenswürdigkeiten gegenüber meiner Herrin, und seine trüben Augen, die – ich weiß nicht ob durch den Wein oder durch die Liebe – neu belebt schienen, glänzten zwischen den runzeligen Augenlidern und unter den dicken, aschgrauen Augenbrauen, die sich aufgrund der Gewohnheit, die alten Lettern des *Memorandums* zu lesen, ständig zusammenzogen. Die González sprach ebenfalls kein Wort, sondern richtete ihre konzentrierte Aufmerksamkeit auf die beiden Liebenden, ohne jedoch zu ihnen hinzusehen, während Amaranta, die zweifellos durch ganz andere Gedanken bewegt war, weder auf Isidoro noch auf Lesbia schaute, weder auf meine Herrin,

noch auf ihren Onkel, sondern … habe ich den Mut, es zu
sagen? Sie sah mich an. Aber dies verdient ein separates
Kapitel, und so setze ich einen Schlußpunkt an diese Stelle,
um ein wenig auszuruhen.

7

Ja, werdet Ihr es mir glauben? Sie sah mich an, und auf was
für eine Art und Weise! Ich konnte mir die Ursache dieser
hartnäckigen Neugier nicht erklären, und wenn ich als Ehren-
mann die Wahrheit sagen soll, so sind mir bis heute Zweifel
an meiner Wahrnehmung geblieben. Ich bediente an der Tafel,
wie man sich denken kann, und Ihr könnt Euch nicht vorstellen, wie groß meine Bestürzung war, als ich bemerkte, daß
diese wunderschöne Dame, die Gegenstand meiner
inbrünstigsten Bewunderung war, den Blick ihrer vollkommenen Augen auf mich heftete. Augen, die sich, meinem
Empfinden nach, dem Licht geöffnet haben mußten, seit es
Licht auf der Welt gab. Mein Gesicht wechselte von einer
Farbe zur nächsten, mal stieg mir das Blut in rasender Eile ins
Gesicht und setzte es in Flammen, mal sammelte es sich voll-
ständig in meinem klopfenden Herzen und ließ mich so bleich
werden wie der Tod. Ich will nicht erwähnen, wie viele Teller
ich an diesem Abend zerbrach, denn meine Hände zitterten,
und ich glaube, ich bediente auf eine erbärmliche Weise, ver-
wechselte die Reihenfolge der Gänge und reichte Salz, wenn
ich um Zucker gebeten wurde.

Ich fragte mich, was ist das? Habe ich etwas im Gesicht?
Warum mochte diese Frau mich so ansehen …? Ich ging hinaus in die Küche, betrachtete mich in aller Eile in einem zer-
brochenen Spiegelchen, das ich dort aufbewahrte, aber ich
fand nichts in meinem Gesicht, das Aufmerksamkeit hätte
erregen können. Ich kehrte in den Salon zurück, und wieder
hielt Amaranta mich mit ihrem Blick gefangen. Einen Moment
lang glaubte ich … aber keineswegs! Ich lachte über mich selber bei einer solch verrückten Mutmaßung. Wie hätte es möglich sein können, daß eine so schöne Dame von so hohem

Geschlecht ... Ach! Ich erinnere mich, genau das gesagt zu haben, wenn auch andersherum, was später ein moderner Dichter in einem berühmten Gedicht geschrieben hat: Wie konnte der Stern am Himmel einen Wurm auf der Erde ansehen, außer um sich an dem Vergleich mit seiner eigenen Größe und Schönheit zu ergötzen? Doch schien es alles ein Traum meines infantilen Stolzes zu sein.

Allerdings muß ich einen weiteren Umstand erwähnen. Als meine Herrin mich wegen meiner zahlreichen Ungeschicklichkeiten rügte, die ich bei meiner Arbeit an der Tafel beging, begleitete Amaranta ihre Blicke mit einem süßen Lächeln, das Nachsicht gegenüber meinen Fehlern zu erbitten schien. Ich war verwirrt, und ein gewaltiges Fluidum, das wie eine jähe Aufwallung der Lebenssäfte auf mich wirkte, lief durch meine Nerven und stürzte mich in eine verzehrende Aktivität, der eine unbestimmte Kopflosigkeit folgte.

Nach einer Weile belebte sich die Unterhaltung wieder und kreiste um Alltägliches. Der Marquis merkte wohl, daß ihn niemand mehr etwas fragte. Er war darüber beunruhigt, und auf der Suche nach einem neuen Opfer seiner Redseligkeit richtete er seine unsteten Augen auf die Gesichter aller Anwesenden, aber niemand schien bereit, ihm zuzuhören, so daß er voller Zorn das Wort an sich riß und sagte, wenn man ihn weiterhin so sehr bedränge zu reden, sähe er sich nicht in der Lage, seine Diskretion ein zweites Mal auf die Probe zu stellen. Dann könne er eben nicht mehr an Gesellschaften teilnehmen, auf denen den Geheimnissen der Diplomatie nicht der geringste Respekt entgegengebracht würde.

»Aber wir haben doch kein Wort mehr zu Euch gesagt«, rief Lesbia lachend.

Isidoro, der erkannte, daß der Marquis ein Feind Godoys war, sagte voller Häme:

»Es läßt sich nicht leugnen, daß der Friedensfürst, als ein Mann großer Fähigkeiten, die Intrigen seiner Feinde äußerst belustigend finden würde. Napoleon unterstützt ihn, und ich meine, er wird aus den Händen seiner kaiserlichen Majestät nicht nur das Krönchen der Algarve, sondern die Krone von ganz Portugal oder vielleicht auch eine andere und bessere empfangen. Ich kenne Napoleon, ich bin in Paris mit ihm zusammengetroffen, und ich weiß, daß er an kühnen Männern wie Godoy Gefallen findet. Seht Ihr, seht Ihr, Marquis, immer noch muß er sich an Euch wenden, der Ihr von den diplomatischen Räten des neuen Königs berufen seid, und ihn vielleicht als Bevollmächtigter an einem der Höfe Europas vertreten werdet.«

Der Marquis wischte sich den Mund mit der Serviette, lehnte sich zurück, blies sich kräftig auf, wobei er der Befriedigung Ausdruck verlieh, die es ihm verschaffte, sich auf diese Weise ermuntert zu sehen, senkte den Blick in sein Glas, als suche er darin einen geheimnisvollen Anknüpfungspunkt für eine leichte Meditation, und sagte nach einer langen Pause:

»Meine Feinde – und die sind zahlreich – haben in ganz Europa die Lüge verbreitet, ich unterhielte in geheimem Einverständnis mit Godoy eine vertrauliche Korrespondenz mit dem Prinzen von Talleyrand,[41] dem Prinzen Borghese,[42] dem Prinzen Piombino, dem Großherzog von Aremberg und Lucien Bonaparte,[42a] um die Grundlagen eines Paktes festzulegen, kraft dessen Spanien im Austausch gegen Portugal und das Königreich Neapel die katalanischen Provinzen an Frankreich abtreten würde … wobei Mailand der Königin von Etrurien übergeben werden soll und das Königreich von Westfalien an einen Nachkommen der königlichen Familie Spaniens. Ich weiß, daß man solches behauptet hat«, fügte er mit erhobener Stimme hinzu und hieb kräftig mit der Faust auf den Tisch. »Ich weiß, daß man solches behauptet hat: Es ist mir zu Ohren gekommen, jawohl, mein Herr. Die Verleumder brachten die Herrscher von Österreich und Preußen dazu, es zu glauben; man hat bei mir über diesen Fall angefragt; auch Rußland zögerte nicht, sich zum Echo der Verleumdung zu machen, und ich mußte mein ganzes Ansehen und meinen ganzen Takt einsetzen, um die dichten Wolken aufzulösen, die sich am Horizont meines guten Rufes aufgetürmt hatten.«

Bei diesen Worten schlug der Marquis denselben Ton an, den er vor einer Versammlung der obersten Politiker Europas verwendet hätte. Nachdem er sich mit großem Getöse geschneuzt hatte, fuhr er fort:

»Glücklicherweise bin ich ein bekannter Mann, und schließlich … ich habe das Glück, von Seiten der genannten Herrscher mit den zuvorkommendsten Worten bedacht worden zu sein. Ah! Aber ich kenne bereits denjenigen, der die Verleumder anführte, ebenso wie den Ort, von dem die Verleumdung ausging: Im Hause Godoys schmiedete man dieses abscheuliche Komplott, mit dem Ziel, zu sehen, ob man dieses Gerücht unter der Glaubwürdigkeit meines guten Namens mit einigem Glück durch Europa kursieren lassen könne. Aber wie anzunehmen war, blieben solch ruchlose Pläne ohne Erfolg, und ganz Europa ist der Überzeugung, daß der Friedensfürst und ich niemals übereinstimmend in Verhandlungen von allgemeinem Interesse für die Großmächte treten können.«

»Dann ist es also so«, sagte Isidoro, »daß Ihr nicht, wie man behauptet, ein vertrauter Freund Godoys seid?«

Der Botschafter runzelte die Stirn, lächelte überheblich, führte einen Priem an die Nase und fuhr fort:

»Welch ungehörige Individuen können eine solche Verleumdung ersinnen? Tausendmal hat man mir diese Ämter aufgetragen, und tausendmal habe ich sie erfolgreich zurückgewiesen. Aber es ist notwendig, daß ich nun wiederhole, was ich auch bei anderen Gelegenheiten bereits sagte. Ich habe den feierlichen Vorsatz gefaßt, mich nicht weiter mit dieser Angelegenheit zu befassen, doch der Starrsinn meiner Freunde und die Verblendung der Öffentlichkeit zwingen mich dazu. Ich werde deutlich sprechen: Sollte ich in der Hitze meiner Verteidigung Enthüllungen machen, die sich in gewissen Ohren schlecht anhören, so liegt die Schuld bei denen, die mich dazu verleitet haben, nicht bei mir, der ich alles dem Glanze meiner unbefleckten Reputation hintanstellen muß.«

Lesbia, Isidoro und meine Herrin hatten große Mühe, das Lachen zu unterdrücken, als sie das Pathos sahen, mit dem unser Mann sich gegen imaginäre Anschuldigungen zur Wehr setzte – er, an den niemand – nur er allein – einen Gedanken verschwendete. Amaranta dagegen schien in Gedanken versunken. Ihre Reflexionen hielten sie jedoch nicht davon ab, ihre unvergleichlichen Augen ein ums andere Mal an mich zu ketten.

»Im Jahre 1792«, sagte der Alte, »verlor der Graf von Floridablanca, der den Vorsatz gefaßt hatte, dem Unheil der französischen Revolution seine Grenzen zu setzen, sein Ministeramt. Ah! Der Pöbel wußte nichts von der verborgenen Hand, die diesen ausgezeichneten, in den Diensten des Königs gereiften Mann aus dem Staatssekretariat entfernt hatte. Aber wie konnte die interne Maschinerie dieses Wechsels im Ministerium vor den scharfsinnigen Männern verborgen bleiben? Ein junger Mann von fünfundzwanzig Jahren, dem gegenüber die Könige ein gewisses Wohlwollen hegten und der häufigen Zutritt zum Palast hatte, ja, sogar an den Kabinettssitzungen teilnahm, nahm Einfluß auf den Wechsel und auf die Erhebung des Herrn Grafen von Aranda.[43] Und hatte ich etwas mit jenem Vorfall zu tun? Nein, tausend Mal nein: Ich war zu derselben Zeit Attaché der spanischen Botschaft, in der Nähe des Kaisers Leopold,[44] und konnte auf keinerlei Weise Einfluß nehmen, um meinem Freund, dem Grafen von Aranda, zum Ministeramt zu verhelfen. Aber, ach! Seine Macht währte nicht lange, denn neue Ränke wurden geschmiedet, die auch ihn zu Fall brachten, und im November desselben Jahres sahen Spanien und die ganze Welt mit Erstaunen, daß genau jener junge Mann von fünfundzwanzig Jahren, der bereits mit unverdienten Ehrenbezeigungen überhäuft war, wie der Herzogswürde von Alcudia und der spanischen Grandezza erster Klasse, dem Großkreuz Karls III, dem Kreuz von Santiago, den Pflichten des Generaladjutanten der Wachabteilung, des Feldmarschalls des königlichen Heeres, Edelmann der Kammer seiner Majestät mit den dazugehörigen Ämtern, Unteroffizier der königlichen Leibwache, Berater des Ministeriums, Superintendent des Post- und Verkehrswesens, usw., usw., daß also dieser junge Mann zur höchsten politischen Würde gelangt war. Und so riß Godoy in jenen kritischen Tagen die Zügel der Regierung an sich. Alle Männer, die wie ich etwas Voraussicht besaßen, erkannten das Nahen eines großen Unheils, und so taten wir, was in unseren Kräften stand, um es abzuwenden. Der tolpatschige Herzog von Alcudia erklärte Frankreich den Krieg, und das gegen den Willen von Aranda und von uns allen, die wir über eine gewisse Erfahrung in Staatsangelegenheiten verfügten. Aber kümmerte er sich darum? Nein. Hörte er auf unsere Ratschläge? Nein. Nun, sehen wir also, was nach dem Friedensschluß mit Frankreich geschah. Der König fuhr damit fort, das Objekt seiner Bevorzugung mit jeglicher Art von Auszeichnungen und Ehrenbezeigungen zu überhäufen, und schließlich verheiratete er ihn mit einer Prinzessin der königlichen Familie. Diese Begünstigung eines unbedeutenden Mannes, der noch in den unwürdigsten Anlässen eine Gelegenheit für sein Vorankommen suchte, erzeugte bei allen Spaniern Widerwillen und Unzufriedenheit. Der Sturz eines Günstlings, der Unordnung in die Staatskasse gebracht und die Gerechtigkeit geschändet hatte, indem er ihre Bestimmung für seine Zwecke nutzte, war gewiß. Und hier muß ich sagen, auch wenn ich jetzt für einen Moment die Gesetze meiner üblichen Diskretion verlasse, daß ich zu dem Beitritt Saavedras und Jovellanos[45] in das Justizministerium in keiner Weise beigetragen habe. Ich bitte Euch, dieses Geheimnis nicht preiszugeben, denn auch von meinen Lippen ertönt es heute zum ersten Mal.«

»Wir werden schweigen wie die Steine, Marquis«, versicherte Isidoro.

»Dennoch gab es keine Abhilfe in dieser Angelegenheit«, fuhr der Botschafter fort, indem er seinen Blick in alle Richtungen schweifen ließ, als lausche ihm eine große Menschenansammlung. »Jovellanos und Saavedra konnten sich nicht einigen in dieser Regierung, mit der es immer dieselben Schwierigkeiten und Korruptionen gegeben hat. Die französische Republik arbeitete gegen den Favoriten, Jovellanos und Saavedra bestanden darauf, sich von einem derart gefährlichen Kameraden zu trennen, und schließlich gab der König sowohl der großen Anzahl von Ratschlägen als auch der Stimme der Öffentlichkeit nach und sorgte dafür, daß Godoy sich im März 1798 zurückzog. Ich erkläre hiermit ein für allemal, daß ich an seinem Fall in keiner Weise beteiligt war. Und diese besondere Gelegenheit, Dinge auszusprechen, von denen ich weiß und über die ich stets geschwiegen habe, aber ... nein, ich besitze nicht genügend Vertrauen zu denen, die mir lauschen, deshalb ziehe ich es vor, mich über einen delikaten Punkt, den niemand kennt, in Schweigen zu hüllen. Ich stelle lediglich fest, daß ich nichts zu dem Fall Godoys im Jahre 1798 beitrug.«

»Aber das Unglück des Don Manuel war nicht von langer Dauer«, sagte Isidoro, »denn das Ministerium Jovellanos und Saavedras hielt sich nicht lange, und das von Caballero und Urquijo, das darauf folgte, lebte ebenfalls nur für kurze Zeit.«

»Genau darauf wollte ich jetzt zu sprechen kommen«, sagte der Marquis. »Ohne ihren Freund konnte das Königspaar nicht viel erreichen. So besetzte dieser erneut das Staatssekretariat und ersann in seinem Wunsch, sich als Krieger zu bewähren, den berühmten Feldzug gegen Portugal, um dieses kleine Königreich dazu zu bringen, seine Beziehungen zu England abzubrechen. Schon seit jener Zeit dachte unser Minister an nichts anderes als daran, die Pläne Bonapartes in der Form zu unterstützen, daß sie Spanien gewisse Vorteile einbringen würden. Er selbst sandte jene Armee aus, die sich unter großen Opfern nach Portugal begab, und als die armen Portugiesen die Stadt Olivenza aufgaben, ohne daß er die Möglichkeit bekam, einen formellen Kampf einzuleiten, feierte der Günstling seinen erträumten Sieg mit einer bombastischen Festivität, die diesem Krieg den Namen ›Pomeranzenkrieg‹[46] gegeben hat. Wie Ihr wißt, waren die Könige eilends an die Grenze gereist. Der Günstling ordnete an, daß Traggestelle gebaut wurden, die man mit Blumen und Zweigen schmückte, und auf ein solches Machwerk ließ er die Königin sich setzen, die auf solch geschmacklose Weise in einer Prozession vor die Truppen geführt wurde, wo ihr vom Generaloberst der Zweig eines Pomeranzenbaumes überreicht wurde, den unsere Soldaten in Elvas gebrochen hatten. Nicht ein Wort werde ich mehr hinzusetzen und auch nicht an die beißenden Witze erinnern, die bei jenem Ereignis von Mund zu Mund kursierten. Jeder sollte mit seinem eigenen Gewissen zurechtkommen, und alle sollten ausreichend Energie besitzen, um ihre eigenen Handlungen zu verteidigen, so wie ich in diesem Moment die meinen verteidige.

Und nun komme ich zu einer anderen Frage. Und obwohl ich es bereits tausend Mal wiederholen mußte, so sage ich auch jetzt, daß ich an den Verhandlungen zum Vertrag von San Ildefonso[47] in keiner Weise beteiligt war, auch nicht an der Allianz unserer Marine mit der französischen, welche die Ursache für das Unglück bei Trafalgar war. Dennoch weiß ich über diesen Vertrag die merkwürdigsten Dinge, die General Duroc[48] mir anvertraut hat und die ich Euch nicht zu offenbaren vermag, auch wenn Ihr noch so viel Beharrlichkeit zeigt in Eurer Neugier. Nein, nein, bittet mich nicht, das, was ich weiß, offen auszusprechen. Stellt meine Diskretion nicht auf die

Probe. Es gibt Geheimnisse, die selbst im Schoße der intimsten Freundschaft nicht weitergegeben werden dürfen. Ich muß schweigen, und so werde ich schweigen. Wie sehr würde ich doch den Friedensfürst verwirren und auch diejenigen, die mich für einen Komplizen seiner infamen Verträge mit Bonaparte halten, wenn ich davon erzählen würde. Mein einziges Trachten ist es gewesen, seine Untriebe zu zerstören, und hier kann ich Euch ganz im Vertrauen erzählen, wie es mir zum wiederholten Male gelungen ist. Das ist der Grund, weshalb er darauf beharrt, mich in den Augen Europas in Mißkredit zu bringen und mich den Männern des Staates, die auf mein Vertrauen gebaut haben, zum Feinde zu machen. Deshalb ist mein Name in Verbindung mit allen Umtrieben, die Izquierdo in Paris geschmiedet hat, bekannt. Aber ach, mit Hilfe meiner großen Klugheit werde ich die Verleumder vernichten und meinen guten Namen retten können. Ich hoffe, es gelingt mir ebenfalls, unser Königspaar und unser Land vor dem Mißkredit zu retten, in den sie blindlings von einem abscheulichen Mann getrieben werden, der aus Gründen, die alle kennen, so hoch gelangt ist und immer noch das Schiff des Staates steuert, ein Günstling seiner plumpen Arroganz und seines unverschämten Mutwillens.«

So sprach er, führte sich mit diplomatischer Gemessenheit eine Prise Schnupftabak an die Nase, schneuzte sich mit mehr Getöse, als es eine ganze Kompanie zustande bringen würde, blickte alle über das Taschentuch hinweg an und sprach schließlich einige verschwommene Phrasen, die von der Unruhe seines großen Geistes kündeten. Wenn man ihm zuhörte und zusah, so schien es, als beschäftigte man sich bei Tisch mit den kompliziertesten europäischen Fragen, indem man Völker verteilte und Nationen organisierte, wie auf der Tischdecke von Campo-Formio, Preßburg oder Luneville.

»Wir sind schon davon überzeugt, Marquis«, sagte Lesbia, »daß Ihr an keinem der Unglücksfälle, die der Friedensfürst verursacht hat, in irgendeiner Weise beteiligt wart. Aber Ihr habt uns immer noch nicht gesagt, was das für ein großes Unheil ist, das uns bevorsteht.«

»Nicht ein Wort mehr, ich werde nicht ein Wort mehr sagen«, erklärte der Marquis mit erhobener Stimme. »Hört also auf, mir Fragen zu stellen. Es hat alles keinen Zweck, meine Damen. Ich bin unerbittlich und unversöhnlich: Alle Mühe, alle List, die Eurer Neugierde entspringt, wird es nicht erreichen, mir eine Offenbarung abzunötigen. Ich habe Euch angefleht, mich nichts zu fragen, und nun bitte ich nicht, sondern ich befehle, daß Ihr mich in Ruhe laßt und darauf verzichtet, meine lang erprobte Vernunft mit den Schmeicheleien der Freundschaft zu verderben.«

Während ich dem Botschafter zuhörte, mußte ich an einen lügenhaften Mann mit Namen Don José María Malespina denken, den ich in Cádiz kennengelernt hatte. Sie beide waren wahre Ausbunde an Eitelkeit, der in Cádiz jedoch pflegte in unverschämter Weise und ohne jede Verlegenheit zu lügen, während der in Madrid sich als Mann von Wichtigkeit ausgab, ohne die wahren Ereignisse zu verfälschen. Das wahre Gelüst des Botschafters bestand darin, sich gegen imaginäre Angriffe zu verteidigen und es abzulehnen, Geheimnisse zu enthüllen, die er nicht kannte. So zeigt sich die enorme Vielfalt, die der Schöpfer sowohl in der moralischen als auch in der physischen Fauna hat walten lassen.

Isidoro und Lesbia, die sich wieder in ihr Gespinst amouröser Konversation verstrickt hatten, zogen sich vom Tisch zurück. Meine Herrin hatte ihre freundliche Stimmung gegenüber dem Marquis aufgegeben. Vergebens versprach er ihr, sein Herz auszuschütten und ihr zu enthüllen, was noch kein menschliches Wesen je zuvor von seinen Lippen vernommen hatte. Aber das Versprechen, die Pläne aller europäischen Mächte zu erfahren, kann Pepita González nicht sehr geschmeichelt haben, denn sie hatte für sein emsiges Werben nicht ein Wort übrig, das nicht voller Bitternis war.

Amaranta, deren geistige Sammlung allmählich verflog, heftete ihren Blick in einer Weise auf mich, die den lebhaften Wunsch verriet, ein Gespräch mit mir anzuknüpfen. Und tatsächlich geschah es gegen jede Vorschrift der Schicklichkeit, daß sie mir in dem Moment, da ich die leeren, vor ihr stehenden Teller abräumte, ein himmlisches Lächeln schenkte, wobei sie mir mit den folgenden Worten das Herz durchbohrte:

»Bist du zufrieden mit deiner Herrin?«

Ich kann es nicht mit Gewißheit sagen, aber ich glaube, daß ich, ohne sie anzusehen, antwortete: »Ja, Euer Gnaden.«

»Und du würdest nicht gerne wechseln? Würdest du nicht gerne eine Anstellung in einem anderen Hause finden?«

Ich kann hier ebenfalls nicht versichern, ob es so war, aber mir scheint, ich antwortete: »Je nachdem, bei wem dort.«

»Du scheinst mir ein Junge mit guten Anlagen zu sein«, fügte sie mit einem Lächeln hinzu, das den Himmel vor meinen Augen zu öffnen schien.

Auf diese Bemerkung bin ich mir sicher, nichts erwidert zu haben. Nach einer kurzen Pause, in der es mir vorkam, als wolle mir das Herz aus der Brust springen, sagte ich in einer Anwandlung von Kühnheit, die mich noch heute in Schrecken versetzt:

»Heißt das, Ihr wollt mich in Eure Dienste nehmen?«

Als sie mich hörte, brach Amaranta in ein glockenhelles Gelächter aus. Ich war bestürzt über meine ungeschickte Bemerkung, verließ auf der Stelle mit meiner Tellerlast den Salon und versuchte in der Küche, meine Aufregung zu mildern. Was hatte Amaranta mit mir im Sinn? Nach tausend Zweifeln sagte ich mir schließlich:

»Gleich morgen werde ich alles Inés erzählen, und dann werden wir sehen, wie sie darüber denkt.«

8

Als ich in den Salon zurückkam, fand ich die Szenerie unverändert. Doch dann kündigte sich die Ankunft einer weiteren Person an. Fröhliche Stimmen und Gitarrenmelodien wurden vor dem Eingang laut, und wenig später betrat ein junger Mann das Haus, den ich bereits einige Male im Theater gesehen hatte. Er wurde von mehreren Personen begleitet, die sich jedoch an der Tür verabschiedeten. Aber auch allein machte er auf der Treppe so großen Lärm, als würde eine ganze Armee Einzug halten.

Ich erinnere mich gut daran, daß jener junge Mann in einen gewöhnlichen Anzug gekleidet war, das heißt, er trug einen prächtigen Marseiller, eine Pelzkappe, die ähnlich geformt wie ein Dreispitz, aber wesentlich kleiner war, und einen scharlachroten Umhang mit Schulterriemen aus geflecktem Plüsch. Bei seiner Aufmachung würdet Ihr niemals auf die Idee kommen, in ihm irgendeinen Gassenjungen aus Lavapiés oder Maravillas zu sehen, denn der ganze Putz, mit dem ich ihn beschrieben habe, kleidete einen der obersten Herren des Hofes, nur daß es diesem, wie so vielen anderen seiner Zeit, gefiel, seinen Zeitvertreib unter den Leuten des gemeinen Volkes zu suchen. Und so ging er in den Salons von Polonia, der Branntweinflasche, Juliana, der Orangenhändlerin, und anderen gefeierten Schönheitsköniginnen, die damals in aller Munde waren, ein und aus. Während seiner nächtlichen Streifzüge trug er stets jenen Anzug, der ihm – um der Wahrheit die Ehre zu geben – einfach großartig stand.

Der junge Mann gehörte der königlichen Wache an, und seine Bildung beschränkte sich im wesentlichen auf die Wissenschaft der Wappenkunde, in der er ein großer Experte war, die Kunst des Stierkampfes und die Reitkunst. Sein beständiges Amt war die Galanterie in allen Schichten der Gesellschaft, im Thronsaal genauso wie auf den Gesindebällen. Die folgenden berühmten Verse schienen ausdrücklich für ihn geschrieben zu sein:

Siehst du, Arnesto, jenen hübschen Burschen
gekleidet in sieben Ellen Pardomonte …

»Oh, Don Juan!« rief Amaranta beim Anblick seines Erscheinens aus.

»Herzlich willkommen, Señor de Mañara.«

Wie durch Zauberhand belebte sich die Gesellschaft durch das Erscheinen jenes jungen Mannes, dessen fröhlicher und rebellischer Charakter vom ersten Moment an spürbar war. Ich bemerkte, daß das Gesicht Amarantas plötzlich einen außerordentlich lebhaften und boshaften Ausdruck annahm.

»Señor de Mañara«, sagte sie heiter, »Ihr kommt gerade zur rechten Zeit. Lesbia hat Euch vermißt.«

Lesbia bedachte ihre Freundin mit einem vernichtenden Blick, während Isidoro von einem gewaltigen Grimm beherrscht schien.

»Hier, Don Juan, setzt Euch zu mir«, sagte meine Herrin hocherfreut und deutete auf den Platz zu ihrer Linken.

»Ich hatte nicht vermutet, Euch hier anzutreffen, Herzogin«, sagte der Geck, indem er sich Lesbia zuwandte. »Ich kam hierher, doch wurde ich von der Stimme meines Herzens getrieben. Wie ich sehe, irrt sich das Herz nicht immer.«

Lesbia war recht verwirrt, doch war sie keine Frau, die vor kritischen Situationen zurückscheute. So entstand zwischen ihr und Mañara ein sprühender Schlagabtausch von bissigen Aussprüchen, Gelächter und Epigrammen. Máiquez wurde immer gereizter.

»Heute abend lacht mir das Glück«, sagte Don Juan und zog ein Seidentäschchen hervor. »Ich war im Hause der Primorosa zu Gast und habe dort etwa zweitausend Reales gewonnen.«

Während er sprach, schüttete er die Goldmünzen auf den Tisch.

»Waren viele Leute dort?« fragte Amaranta.

»Ja, viele, aber die kleine Marquise konnte nicht kommen, da sie Zahnschmerzen hatte. Ach, wie haben wir uns amüsiert.«

»Für Euch«, sagte Amaranta, in deren boshaftem Ton echte Erbitterung lauerte, »gibt es kein Amüsement, wenn nicht auch Lesbia dabei ist.«

Lesbia schenkte ihrer Freundin einen weiteren vernichtenden Blick.

»Genau deshalb bin ich gekommen.«

»Möchtet Ihr damit fortfahren, Euer Glück auf die Probe zu stellen?« fragte meine Herrin. »Das Kartenspiel, Gabriel, bringe das Kartenspiel.«

Ich tat, was sie angeordnet hatte, und die Karo-, Pik-, Kreuz- und Herzkarten vermischten sich unter den Fingern des hübschen, jungen Burschen, der die Karten mit der Geschwindigkeit eines erfahrenen Spielers mischte.

»Haltet Ihr die Bank.«

»Gut; nun geht es los.«

Die ersten Karten fielen; alle Anwesenden holten ihr Geld heraus; begierige Blicke hefteten sich auf die schicksalhaften Symbole, und das Spiel begann.

Eine Zeitlang hörte man nichts anderes als die knappen und vielsagenden Sätze: »Drei Duros auf das Pferd …« – »Ich trenne mich nicht von meiner Pik Sieben …« – »Gut, für den König …« – »Gewonnen …« – »Verloren …« – »Zehn für mich …« – »Verdammter Bube!«

»Ihr habt Pech heute abend, Máiquez«, stellte Mañara fest, während er das Geld des Schauspielers in Empfang nahm, welcher nicht einmal auf eine Karte gesetzt hatte, ohne soviel zu verlieren, wie möglich war.

»Und ich, wie schön!« sagte meine Herrin und sammelte ihre Münzen ein, die sich bereits zu einer respektablen Menge aufgetürmt hatten.

»O Pepa, das Glück ist mit Euch!« rief der Bankhalter aus. »Aber wie sagt das Sprichwort: Glück im Spiel, Unglück in der Liebe.«

»Von Euch dagegen«, sagte Amaranta, »kann man behaupten, daß Euch das Glück in beiden Spielen hold ist. Nicht wahr, Lesbia?«

Dann wandte sie sich an Isidoro, der dabei war, zu verlieren, und fügte hinzu:

»Für Euch, armer Máiquez, scheint das Sprichwort nicht geschaffen, denn Ihr habt Pech in allem. Nicht wahr, Lesbia?«

Das Gesicht der Angesprochenen entflammte auf der Stelle. Ich hatte den Eindruck, sie sei kurz davor, ihrer Freundin eine wütende Antwort entgegenzuschleudern, aber sie hielt sich zurück, und der Sturm blieb für einige Zeit gebannt. Der Marquis verlor die ganze Zeit, aber er ließ es sich nicht nehmen zu spielen, solange sich noch eine Münze in seiner Tasche befand. Máiquez dagegen ließ sich, nachdem er alles verspielt hatte, ein Darlehen vom Bankhalter geben. So nahm das Spiel seinen Lauf bis über ein Uhr hinaus, einer Zeit, in der sie begannen, vom Heimgehen zu sprechen.

»Ich schulde Euch siebenunddreißig Duros«, sagte Máiquez.

»Und nun«, fragte der Geck, »welches Stück wurde dazu ausersehen, im Haus der Marquise aufgeführt zu werden?«

»Es ist bereits entschieden, daß es *Othello* sein wird.«

»Oh, das scheint mir eine gute Wahl, mein Freund Isidoro. Ihr fasziniert mich in der Rolle des Eifersüchtigen«, sagte Mañara boshaft.

»Möchtet Ihr die des Loredano spielen?« fragte der Schauspieler.

»Nein, das ist eine sehr schlechte Rolle. Außerdem tauge ich nicht für das Theater.«

»Ich würde Euch unterrichten.«

»Danke. Habt Ihr schon Lesbia in ihre Rolle eingewiesen?«

»Sie kennt sie perfekt.«

»Wie sehr ich doch diesen Abend erwarte«, meinte Amaranta. »Aber sagt, Isidoro, wenn Ihr Euch in einer Situation wie Othello befändet, wenn Ihr Euch von der Frau betrogen sehen würdet, die Ihr liebt, wärt Ihr in der Lage, Eure Desdemona zu töten?«

Dieser Pfeil war für Lesbia gedacht.

»Keineswegs!« rief Mañara aus. »So etwas geschieht doch nur im Theater.«

»Ich würde nicht Desdemona töten, sondern Loredano«, entgegnete Máiquez mit fester Stimme, indem er seinen energischen Blick auf den jungen Mann richtete.

Einen Moment lang herrschte Schweigen, und auf dem Gesicht von Lesbia zeigten sich mit aller Deutlichkeit die Signale angestauter Wut.

»Pepa, du hast mich heute abend nicht bewirtet«, sagte Mañara. »Tatsächlich habe ich bereits zu Abend gegessen, aber jetzt ist es zwei Uhr, meine Liebe.«

Ich schenkte dem jungen Mann zu trinken ein, und nachdem ich mich zurückgezogen hatte, hörte ich durch die Tür den folgenden Dialog. Mañara hob sein bis an den Rand gefülltes Glas und sagte:

»Meine Damen und Herren, ich trinke auf unseren geliebten Prinzen von Asturias, Kronprinz Ferdinand, Sohn Karl IV., ich trinke darauf, daß die heilige Sache, die er repräsentiert, innerhalb weniger Tage von Erfolg gekrönt ist. Ich trinke auf den Fall des Günstlings und auf die Entthronung des alten Königspaares.«

»Sehr gut!« rief Lesbia und applaudierte.

»Ich denke, daß ich unter Freunden bin«, fuhr der junge Mann fort. »Und ich glaube, ein treuer Untertan des neuen Königs darf in diesem Kreise ohne Argwohn seiner Freude und Hoffnung Ausdruck verleihen.«

»Wie furchtbar! Seid Ihr von Sinnen? Haltet Euch zurück, junger Mann«, sagte der alte Botschafter voller Entrüstung. »Wie könnt Ihr es wagen, in aller Offenheit …«

»Vorsicht«, sagte Lesbia mit Nachdruck. »Seid vorsichtig, Señor Mañara. Ihr befindet Euch in der Gesellschaft einer Vertrauten Ihrer Majestät, der Königin.«

»Wer ist es?«

»Amaranta.«

»Du bist es ebenfalls. Und nach allem, was man so hört, bist du selbst über die geheimsten Angelegenheiten unterrichtet.«

»Nicht so gut wie du, meine Liebe«, sagte Lesbia, die ihre Kühnheit zu entschärfen suchte. »Nach Ansicht aller bist du es, die das ganze Vertrauen unserer geliebten Herrscherin besitzt. Das ist eine große Ehre für dich.«

»Selbstverständlich«, entgegnete Amaranta mit kaum gebändigtem Zorn, »stehe ich an der Seite meiner Wohltäterin. Die Undankbarkeit ist ein sehr häßliches Laster, und ich war nicht gewillt, dem Beispiel derer zu folgen, die einen Menschen, welcher sie gefördert hat, beleidigen. Oh, ja, es ist sehr bequem, über die Fehler der anderen zu reden, damit sich die Aufmerksamkeit nicht auf die eigenen richtet.«

Nach einem Moment der Unentschlossenheit antwortete Lesbia auf diese Worte. Das Gespräch gewann an Feindseligkeit, und sicherlich hätte man Dinge von einiger Bedeutung zu hören bekommen, wenn der Diplomat sich nicht mit gewohnheitsmäßigem Takt eingemischt und gesagt hätte:

»Meine Damen, um Gottes willen … was höre ich da? Seid Ihr beide nicht die innigsten Freundinnen? Wie kann eine Meinungsverschiedenheit den klaren Himmel der Freundschaft trüben? Reicht einander die Hände, und trinken wir alle ein letztes Glas auf die Gesundheit von Lesbia und Amaranta, die einander in süßer und liebevoller Freundschaft verbunden sind.«

»Ich bin einverstanden. Hier ist meine Hand«, sagte Amaranta und streckte Lesbia mit ernstem Gesicht die ihre entgegen.

»Wir werden noch darüber sprechen«, fügte Lesbia hinzu und drückte barsch die Hand der anderen. »Für jetzt bleiben wir Freundinnen.«

»Gut, wir werden darüber sprechen.«

In diesem Augenblick betrat ich wieder den Raum, und der Gesichtsausdruck beider Frauen schien mir keinerlei Bereitschaft zur Eintracht zu zeigen. Mit diesem unangenehmen Vorfall, der sich glücklicherweise noch in einem gewissen Rahmen hielt, fand die Zusammenkunft ihr Ende, und die augenscheinliche Versöhnung war das Signal zum Aufbruch.

Alle standen auf, und während der Botschafter und Mañara sich von meiner Herrin verabschiedeten, kam Amaranta unauffällig zu mir herüber, ihr Mund näherte sich meinem Ohr, und mit einer Stimme, die in meinem Gehirn widerzuhallen schien, sagte sie:

»Ich muß dich sprechen.«

Ich war verblüfft, aber wenig später wuchs meine Überraschung noch, als ich die Gesellschaft durch die Straße geleitete und den Damen mit einer Laterne vorausging, wie es üblich war, denn zur damaligen Zeit war die öffentliche Straßenbeleuchtung, sofern es überhaupt eine gab, ein würdiger Nacheiferer der tiefsten Dunkelheit. Wir gelangten zu einem prunkvollen Haus in der Cañizares-Straße; es war das Haus, dessen Giebelwohnung Inés bewohnte, nur daß man zu ihrer Wohnung über eine andere Treppe gelangte. Im Innenhof dieses Gebäudes, das dem alten Botschafter und Marquis gehörte, oder besser gesagt, seiner Schwester, warteten die Sänften, welche die beiden Damen in ihre jeweiligen Wohnungen bringen sollten. Bevor sie in ihre Sänfte stieg, rief Amaranta mich beiseite und sagte mir, daß ich sie am darauffolgenden Tage in diesem Hause treffen solle, indem ich nach einer Dolores fragen solle, die, wie ich später erfuhr, ihre Zofe oder enge Vertraute war. Ich freute mich sehr über den Auftrag, denn ich sah darin den Grundstein zu meinem künftigen Glück.

Eilig kehrte ich nach Hause zurück, wo ich meine Herrin in sehr aufgewühltem Zustand antraf. Sie ging hastig in dem engen Raum hin und her und plauderte mit sich selber, als sei sie nicht mehr ganz bei Verstand.

»Hast du gesehen«, fragte sie mich, »ob Isidoro und Mañara auf der Straße miteinander gestritten haben?«

»Ich habe nichts dergleichen bemerkt, Herrin«, antwortete ich. »Aus welchem Grund sollten diese beiden Herren sich verfeinden?«

»Ach, du weißt nicht, wie sehr ich mich freue. Gabriel, ich bin äußerst zufrieden«, sagte die González. Ihr irrer Blick und ihre fiebrige Unruhe flößten mir Angst ein.

»Warum, Herrin?« fragte ich. »Es ist bereits Zeit, schlafen zu gehen, und mir scheint, Ihr braucht Ruhe.«

»Nein, Dummkopf, heute nacht schlafe ich nicht«, erwiderte sie. »Weißt du denn nicht, daß ich nicht schlafen kann?

Ach, welche Wonne, wenn ich bedenke, wie verzweifelt sie sein müssen!«

»Ich verstehe nicht.«

»Du verstehst nichts davon, Kleiner. Geh nur, leg dich hin … oder, nein, nein, komm her und hör mir zu. Ist es nicht wie eine Strafe Gottes? Er weiß ganz einfach nicht, was für eine Schlange er in seinen Armen hält.«

»Ich vermute, Ihr sprecht von Isidoro.«

»Genau. Wie du weißt, ist er in Lesbia verliebt. Er ist so verrückt, wie er es noch niemals gewesen ist. Oh, wie demütig er, der sonst vor Stolz platzt, vor den Füßen dieser Frau kriecht! Er, der es gewöhnt ist zu herrschen, wird jetzt beherrscht, und seine ungestüme Liebe wird sowohl im Theater als auch außerhalb desselben für Kurzweil und Spott sorgen.«

»Aber ich habe den Eindruck, daß die Liebe des Señor Máiquez erwidert wird.«

»Sie wurde es, aber die Gunstbezeugungen von Lesbia sind nie von langer Dauer. Oh, das geschieht ihm recht. Lesbia ist der personifizierte Wankelmut.«

»Das hätte ich von einer so sympathischen und bezaubernden Person nicht vermutet.«

»Mit ihrer engelhaften Milde, mit ihrem immer gleichbleibenden Lächeln und mit ihrer treuherzigen Ausstrahlung ist Lesbia ein Monstrum an Leichtfertigkeit und Koketterie.«

»Vielleicht hat dieser Señor Mañara …«

»Das ist gewiß. Heute steht Mañara in ihrer Gunst, und wenn sie mit Isidoro spricht, dann tut sie das, um sich auf seine Kosten zu amüsieren. Sie spielt mit dem Herzen dieses Unglücklichen. Ja, Isidoros Herz gleicht jetzt einem Knäuel Baumwolle zwischen den Pfoten einer mutwilligen Katze. Aber, nicht wahr, er verdient es nicht besser … Oh, was für ein Vergnügen!«

»Das ist es also, weshalb Señora Amaranta immer wieder solche Dinge sagte …«, bemerkte ich in dem Wunsch, meine Herrin möge meine Unklarheit über viele Vorfälle und Worte dieses Abends beenden.

»Oh! Lesbia und Amaranta – auch wenn sie heute gemeinsam hierherkamen, sie verabscheuen sich, sie hassen sich, und jede von ihnen hat den Wunsch, die andere zu Fall zu bringen. Früher haben sie sich sehr gut verstanden, aber seit einiger Zeit

… ich glaube, irgendein Vorfall im Palast ist der Grund für diese Zwietracht, die erst vor kurzem begonnen hat und doch binnen kurzem ein Kampf auf Leben und Tod sein wird.«

»Gut kennt sich, wer sich nicht gut versteht.«

»Im Palast, so hat man mir erzählt, lodern erbitterte und unversöhnliche Leidenschaften. Amaranta ist eine gute Freundin des alten Königspaares, während Lesbia anscheinend zu den Damen gehört, die unter den Freunden des Prinzen von Asturias die meisten Ränke schmieden. Heute stehen sich die beiden mit so großer Erbitterung gegenüber, daß sie es bereits nicht mehr verstehen, ihren gegenseitigen Haß zu verbergen.«

»Und ist Amaranta eine Frau von genauso schlechtem Charakter wie ihre Freundin?« fragte ich. Natürlich wollte ich Neuigkeiten über die Person in Erfahrung bringen, die ich bereits für meine Gönnerin hielt.

»Ganz im Gegenteil«, entgegnete sie. »Amaranta ist eine große Dame, ebenso klug wie schön und von tadellosem Benehmen. Sie findet Gefallen daran, die Hilflosen zu beschützen. Ihr empfindsames und weiches Herz schlägt unermüdlich für die Notleidenden, die ihrer Hilfe bedürfen. Sie hat großen Einfluß am Hof. Da ihr Ansehen beinahe noch höher ist als das des Königspaares, kann jemand, der bei ihr in Ungnade fällt, sich schon als geschlagen betrachten.«

»Genau den Eindruck hatte ich auch«, sagte ich überaus zufrieden über solch schmeichelhafte Nachricht.

»Ich hoffe, daß Amaranta«, fuhr meine Herrin immer noch mit derselben hitzigen Aufgewühltheit fort, »mir helfen wird, Rache zu nehmen.«

»Rache an wem?« fragte ich besorgt.

»Ich glaube, man hat die Aufführung der Marquise verschoben«, erzählte sie weiter, ohne meine Frage zu beachten. »Niemand möchte diese linkische Rolle des Pésaro übernehmen, und das wird die Ursache für eine bedauernswerte Verzögerung sein. Würdest du die Rolle gern spielen, Gabriel?«

»Ich, gnädige Frau …! Ich tauge nicht dafür.« Daraufhin wurde sie sehr nachdenklich, runzelte die Stirn und starrte unbewegt zu Boden. Schließlich kam sie wieder auf ihr erstes Thema zurück.

»Ich bin froh«, sagte sie mit jener schmerzvollen Heiterkeit, welche meist die großen Krisen der Leidenschaft ankündigt. »Lesbia ist untreu, Lesbia betrügt ihn, Lesbia gibt ihn der Lächerlichkeit preis. Lesbia bestraft ihn ... Oh, mein Gott! Es gibt doch noch Gerechtigkeit auf der Welt.«

Nachdem sie sich ein wenig beruhigt hatte, schickte Pepita González mich zu Bett. Kaum daß ich den Raum verlassen und sie mit ihrem Kammermädchen alleingelassen hatte, hörte ich, wie sie der reichen Flut ihrer Tränen freien Lauf ließ, die ihren entzündeten Geist besänftigen und Ruhe in ihren gereizten Kopf einkehren lassen würde. Auf die Trostworte des Kammermädchens und ihre Bitten, sie möge sich nun zur Ruhe begeben, antwortete sie nur dies:

»Warum soll ich mich hinlegen, wenn ich doch weiß, daß ich die ganze Nacht lang keinen Schlaf finden werde?«

Ich zog mich in meine Kammer zurück, ein enges Schlafzimmer, in das zu keiner Zeit, noch nicht einmal am hellichten Tag, Sonnenstrahlen vordrangen. Als ich mich zu Bett legte, war ich bedrückt über die tragische Liebe meiner Herrin, aber diese Gedanken vermengten sich mit denen über mein eigenes Befinden, und diese Überlegungen erfüllten, weit entfernt von jeglicher Traurigkeit, meine Seele mit Freude. Mit dem Bild von Amaranta vor meinem geistigen Auge, die meine armselige Wohnstatt wie ein Mondstrahl erhellte, fiel ich in einen tiefen Schlaf und dachte dabei an die Fabel von Diana und Endymion,[49] die ich von einem der Drucke im Salon kannte.

9

Und mit genau jenen Ideen und Bildern im Kopf, die mich in der Nacht beschäftigt hatten, wachte ich auch am nächsten Morgen auf. Das Interesse an meiner Person, das ich bei Amaranta vermutete, verwirrte mir den Verstand, wie der geneigte Leser erkennen wird, wenn ich auf die Dummheiten zu sprechen komme, die ich sagte und auf die Verrücktheiten, die ich mir in meinen Überlegungen und Monologen jenes Morgens ersann.

›Noch ist die Zeit nicht reif‹, sagte ich mir, ›um bei Amaranta vorstellig zu werden. Ich hege keinen Zweifel, daß ich ihre Gunst errungen habe, was nicht verwunderlich ist, denn mir haben bereits einige Personen gesagt, daß ich kein schlechtes Aussehen habe. Wie Doña Juana sagt, aus Männern werden Bischöfe, und wer weiß, ob ich mich nicht binnen eines halben Jahrzehnts als Herzog, Graf oder Admiral wiederfinde, wie schon andere vor mir, von denen ich weiß, daß sie nur aufstiegen, weil sie die Gunst der einen oder anderen Person errungen haben. Machen wir uns nichts vor, Gabriel! Hörst du nicht alle Tage von einer gewissen Persönlichkeit reden, die früher noch ein armer Schlucker war und jetzt all das ist, was ein Mann nur sein kann? Und wodurch das alles? Durch die Sympathie einer hochgestellten Dame. Und wer sagt, daß das, was dem einen Mann widerfährt, nicht auch einem anderen widerfahren kann? Tatsächlich ist jener Mensch ein schmucker Bursche, aber ich weiß sehr wohl, daß auch ich nicht gerade ein Strohsack bin, denn viele Menschen haben mir gesagt, daß ich ihnen gefalle, und es läßt sich nicht leugnen, daß ich recht schalkhafte Augen habe, die das ganze weibliche Geschlecht durcheinanderbringen können. Nur Mut, Señor Gabriel!

Meine Herrin sagte, Amaranta sei die mächtigste Dame am ganzen Hofe, und wer weiß, ob sie nicht gar von königlichem Blute ist. Oh, göttliche Amaranta! Was kann ich tun, um deine Beachtung zu finden? Falls ich je Herzog oder Graf werde, dann schwöre ich bei Gott und meinem Seelenheil, daß ich der ehrlichste Mann sein werde, der jemals auf der Welt regiert hat. Mit der Gewißheit, daß niemand mich anklagen wird, wie sie den anderen wegen der Gaunerstreiche anklagen, die er sich geleistet haben soll. Ich würde alles gewissenhaft regeln und für meine Person nicht mehr ausgeben als unbedingt nötig ist. Das erste, was ich verfügen werde, ist, daß es keine Armen mehr gibt, daß Spanien sich nicht wieder mit Frankreich verbündet und daß überall in unserem Land die Preise für Nahrungsmittel festgesetzt sind, damit die Armen sie zu niedrigen Preisen kaufen können. Wir werden schon sehen, ob ich Anordnungen treffen kann oder nicht … Und was für ein rechter Genius ich bin! Wenn jemand nicht tut, was ich befehle – nein, nichts da! Ich werde Nägel mit Köpfen machen. Wer nicht gehorcht, wird einen Kopf kürzer gemacht, und damit hat es sich. So werden alle Rechtsangelegenheiten wie am Schnürchen laufen. Und ich stehe zu meinem Wort. Mit den Franzosen gebe ich mich nicht ab. Napoleon soll sehen, wie er allein zurechtkommt. Wir tun das, was uns angenehm ist.

Oh! Wenn es wahr würde, wie sehr würde die arme Inés sich freuen. Die Geschichte von der Schildkröte und dem Adler wird sich bei mir nicht wiederholen. Ich glaube, Inés ist ein bißchen schwer von Begriff, aber trotzdem, sie ist so gut, daß ich sie immer lieben werde ... aber ich muß Amaranta lieben ... doch wie kann ich aufhören, Inés zu lieben? ... Ich muß vor allem Amaranta huldigen ... aber Inés ist so aufrichtig, so gut, so ... aber Amaranta bezaubert mich, sie fasziniert mich, sie treibt mich zum Wahnsinn ... aber Inés ... aber Amaranta ...‹

So sprach ich, der ich wie von einem wilden Pferd in die Abgründe meiner Phantasie hinabgestürzt war. Der Leser wird bereits bemerkt haben, daß sich meine Vorstellungen, da ich mich von einer mächtigen Frau geliebt glaubte, in erster Linie um meine persönliche Erhebung drehten und um die Sehnsucht, Ehrenbezeugungen und ein hohes Amt zu erlangen. Hierin habe ich mich zu meinem spanischen Blut bekannt. Wir sind allezeit so gewesen.

Ich stand auf, nahm den Korb, um einkaufen zu gehen, und während ich die Geschäfte der Plaza ablief und um Kartoffeln und Kohl feilschte, bedachte ich, wie unpassend und würdelos solch niedere Obliegenheiten für einen jungen Mann seien, der dazu bestimmt war, eines Tages oberster Befehlshaber der Streitkräfte zu Lande und zur See zu werden oder Großadmiral, Minister oder – wer weiß – sogar König eines kleinen Königreiches, das ihm bei der europäischen Aufteilung zufällig zuteil geworden war.

Ich werde nun für kurze Zeit die Dinge beiseite lassen, die sich um meine eigene Person drehen, um dem Leser eine Darstellung der öffentlichen Meinung jener Tage zur politischen Lage zu geben.

Auf der Plaza stellte ich fest, daß die Angelegenheit von sich reden machte. Auf den Straßen blieben die Leute stehen, fragten einander nach Neuigkeiten und beschenkten sich gegenseitig mit den Lügen, die sie selbst ersannen oder weitergetragen hatten. Ich sprach mit einigen Leuten über den Fall und werde auf unparteiische Weise das Bild einiger von ihnen wiedergeben, denn die Gesamtheit der Beobachtungen kann ein genaues Muster des öffentlichen Denkens bieten.

Ein Handelsgehilfe des Kolonialwarenladens, der auch unser Zulieferer war, und gleichzeitig ein Mann mit der Neigung zu endlosem Geschwätz, schien mir fröhlicher als sonst und besonders umgänglich mit seinen Kunden.

»Was für Neuigkeiten machen hier die Runde?« fragte ich ihn.

»Oh, große Neuigkeiten. Die Franzosen sind in Spanien einmarschiert. Ich bin äußerst zufrieden.«

Dann senkte er die Stimme und sagte mit vergnügtem Gesicht:

»Sie werden Portugal erobern! Man könnte verrückt werden vor Freude.«

»Du liebe Güte, das verstehe ich nicht.«

»Ach, Gabriel, du bist nur ein armer Junge, du verstehst nichts von diesen Dingen. Schau her, Dummkopf. Wenn die Franzosen Portugal erobern, wem sollte das zugute kommen, wenn nicht Spanien?«

»Und ein Königreich läßt sich erobern und verschenken, als sei es ein Pfund Mistelzweige, Señor de Cuacos?«

»Nun, selbstverständlich. Napoleon ist ein Mann, der mir gefällt. Er liebt Spanien sehr, und es ist sein größter Wunsch, uns glücklich zu machen.«

»Was für ein Mann! Liebt er uns wegen unserer schönen Gesichter oder weil es ihm gefällt, uns Geld, Schiffe, Truppen und alles, was er sonst noch braucht, abzunehmen?« fragte ich, während in mir der Entschluß reifte, mit Frankreich zu brechen, sobald ich Minister sei.

»Er liebt uns, ja, und vor allem, weil er den Señor Godoy rausschmeißen wird, der uns allen schon zum Hals heraushängt.«

»Könnt Ihr mir sagen, was dieser Mann getan hat, daß alle so sehr gegen ihn sind?«

»Nichts leichter als das! Ihm ist in nichts zu trauen. Weißt du nicht, daß Manuel de Godoy ein Lügner ist, verwegen, unzüchtig, falsch und ein Ränkeschmied? Jeder weiß schon,

wem er sein Glück verdankt, wer die Ämter vergibt und auf
welche Weise das geschieht! Diejenigen, die eine hübsche
Frau oder eine jungfräuliche Tochter haben, die erreichen bei
Ihrer Hoheit alles, was sie erbitten. Jetzt geht es darum, daß
die Prinzen nach Amerika gehen sollen, damit er König von
Spanien werden kann ... Aber jetzt hat er sich verrechnet, und
im günstigsten Falle kommt Napoleon, um seine Pläne
zunichte zu machen ... Weiß der Himmel, was in einigen
Tagen geschehen wird. Ich glaube, daß Napoleon als Freund
und Bewunderer unseres großen Prinzen von Asturias uns
eben diesen auf den Thron bringen wird, jawohl ... und König
Karl und seine ach so feine Frau können gehen, wohin es
ihnen paßt.«

Wir sprachen nicht weiter über die Sache. Anschließend
betrat ich das Geschäft der Tante Ambrosia, um ein wenig
Seide zu kaufen, wie das Kammermädchen es mir aufgetragen hatte. Über den Ladentisch hinweg betrachtete ich die
dicke Krämerin, die ihre Katze streichelte und dabei der
Unterhaltung, die sich draußen vor dem Geschäft zwischen
Don Anatolio, dem Papierfabrikanten, und dem Abbé Don
Lino Paniagua, der sich einige grüne und blaue Bänder aus-
suchte, lauschte.

»Da könnt Ihr ganz gewiß sein, Doña Ambrosia«, sagte der
Papierfabrikant, »dieses Mal werden wir den *Selcher** los.«

»Es kann nur so gewesen sein«, erwiderte die Händlerin,
»daß irgendeine gute Seele nach Frankreich gegangen ist und
diesem gesegneten Kaiser von all den Missetaten berichtet
hat, die Godoy sich hier erlaubt, so daß jener eine ganze
Armee geschickt hat, um ihn aus dem Weg zu räumen.«

»Nun, verzeiht«, sagte der Abbé Paniagua, den Blick nach
oben gerichtet, »ich, als jemand, der den Kontakt mit der vornehmen Gesellschaft häufig pflegt, kann Euch versichern, daß
die Absichten Napoleons sich sehr von dem unterscheiden,
was man gemeinhin glaubt. Napoleon sendet seine Truppen
nicht gegen Godoy, sondern für Godoy. Ihr müßt wissen, daß
in einem geheimen Pakt – und das sage ich mit Vorbehalt –
beschlossen wurde, Portugal an die Braganças[50] zu verfüttern

---

* Scherzhafte Bezeichnung für einen Mann aus Estremadura, hier: Godoy
(Anm. d. Übers.).

und das Königreich unter drei Personen aufzuteilen, von denen eine der Friedensfürst sein wird.«

»Das hat man schon vor langer Zeit behauptet«, bemerkte Don Anatolio geringschätzig, »aber im Moment geht es nicht um eine solche Aufteilung. Die reine und lautere Wahrheit ist, daß Napoleon kommt, um den Engländern endlich Portugal zu entreißen, und das ist ein ausgezeichneter Plan, jawohl, mein Herr.«

»Also, mir hat man gesagt«, fügte Doña Ambrosia hinzu, »daß Godoy gerne den Prinzen mit seinen Brüdern nach Amerika schicken möchte, damit er allein König von Spanien werden kann. Das müssen wir doch nicht dulden, nicht wahr, Don Anatolio? Denkt nur, was für Ideen dieser Mann hat. Aber, was kann man schon von jemandem erwarten, der mit zwei Frauen verheiratet ist?«

»Und wahrscheinlich sitzen sie alle beide mit ihm am selben Tisch, die eine an seiner rechten und die andere an seiner linken Seite«, sagte Anatolio.

»Laßt uns um Gottes willen leise sprechen«, wandte Don Lino Paniagua furchtsam ein. »Solche Reden darf man nicht führen.«

»Niemand hört uns zu, und außerdem … wenn sie alle einsperren wollten, die über diese Dinge reden, dann wäre Madrid schon bald menschenleer.«

»Genau«, pflichtete Doña Ambrosia mit gedämpfter Stimme bei. »Mein verstorbener Gatte, Gott hab' ihn selig, war der aufrichtigste Mann, der jemals auf Gottes Erde Rüben gegessen hat, und er hat mir versichert … und glaubt mir, er wußte es aus sicherer Quelle, daß, als der *Selcher* wollte, daß der Staatsrat die Königin bevollmächtigte, zu regieren … ich weiß nicht, ob ich mich klar ausdrücke … es nur deshalb geschah, weil sie den Plan hatten, Karl um die Ecke zu bringen, so daß …«

»Was für ein grauenvolles Gerede!« rief der Abbé aus.

»Es ist die reine Wahrheit«, sagte Don Anatolio. »Auch ich wußte darüber Bescheid, und zwar von einer Person, die bestens unterrichtet war.«

»Aber über so etwas spricht man doch nicht, liebe Leute, darüber schweigt man«, entgegnete Paniagua. »Offen gesagt, gefällt es mir nicht besonders, solche Dinge zu hören. Es macht mir angst. Und wenn es dem Friedensfürst zu Ohren kommen sollte, stellt Euch nur vor, was für Unannehmlichkeiten das gäbe.«

»Wo er uns doch keinerlei Pfründe gegeben hat und wir ihn auch nicht um Bezahlung gebeten haben …«

»Nun, bedient mich bitte, Doña Ambrosia, ich habe es eilig. Diese grünen Bänder sind der Etikette bei Hofe ja durchaus angemessen, aber was die blauen anbelangt, so wage ich es nicht, sie der Gräfin von Castro-Limon zu zeigen.«

Der Abbé wurde bedient und anschließend auch ich, und zwar erheblich rascher, als mir lieb war. Ich hätte gern noch ein wenig verweilt und mich an den politischen Kommentaren ergötzt.

Ich war gerade auf direktem Weg nach Hause, als ich zufällig mit dem ehrwürdigen Pater und Mönch José Salmon zusammenstieß, der dem Orden der barmherzigen Brüder angehörte. Er war ein sehr anständiger Mensch, der Doña Dominguita (die Großmutter meiner Herrin) mit solcher Häufigkeit besuchte, wie es die Kunst des Hippokrates und der fromme Wunsch nach einem guten Tod forderten, und indem er erstere anwendete und seine Seele auf letzteren vorbereitete, war er ein feinsinniger und gut arbeitender Mann, dem lediglich ein *o* im Familiennamen fehlte, um sich so nennen zu können wie jener Ausbund an Weisheit. Ich befand mich gerade auf der Mitte der Straße, wo er begann, mir mit seiner üblichen Leutseligkeit und Höflichkeit Fragen zu stellen:

»Und die unvergleichliche Doña Dominga, wie geht es ihr? Wie ist es ihr nach der Einnahme der Himbeerschalen oder auch tetragonia ficoide, die ich Dioscorides nenne, ergangen?«

»Fabelhaft!« antwortete ich, obwohl ich gar nicht wußte, wovon er sprach.

»Ich werde ihr heute nachmittag ein paar Pillen vorbeibringen«, fuhr er fort, »mit deren Hilfe diese Dame die Beweglichkeit ihrer Beine wiedererlangen wird, oder ich will nicht der Pater Salmon des Ordens der barmherzigen Brüder sein. Aber, Junge, was für gute Birnen hast du denn da …«

Er langte mit der Hand in den Korb und hob die Frucht heraus. »Du hast ein gutes Händchen beim Einkaufen von Birnen.«

246

Nachdem er an der Birne gerochen hatte, steckte er sie, ohne um Erlaubnis zu fragen, in den Ärmel seines langen Ordenskleides und redete weiter:

»Sag ihr, daß ich heute nachmittag bei ihr vorbeischauen werde, um ihr von den großen Neuigkeiten zu berichten, die man sich in Spanien erzählt.«

»Ihr wißt so viel«, sagte ich, von meiner Neugier getrieben, »könnt Ihr mir erklären, worauf diese französischen Truppen aus sind?«

»Wenn du nur die Hälfte meiner Geistesgabe hättest«, versetzte er, »dann würde ich dich über die verschiedenen Gründe in Kenntnis setzen, die mich in Anbetracht der Ankunft dieser Leute so fröhlich stimmen. Weißt du etwa nicht, daß es Napoleon war, der nach den Schrecken und der Ketzerei der Revolution die Kultiviertheit in Frankreich wiederherstellte? Und weißt du etwa auch nicht, daß es in unseren Reihen genug teuflische Personen gibt, in deren Geist kühne Pläne gegen die heilige Kirche sieden? Nun, wenn man dieses weiß, wer würde da nicht verstehen, daß das Ziel des Einmarsches der französischen Truppen gar kein anderes sein kann, als den frechen Sünder, den unverschämten Poligamisten, den verrückten Feind der Kirchenrechte zu bestrafen?«

»Ist etwa dieser Señor Godoy nicht nur ein Gauner und ein Tunichtgut, sondern auch noch ein Feind der Religion und der Gläubigen?« fragte ich in meinem Erstaunen, die Liste der Sünden des Günstlings noch um einiges erweitert zu sehen.

»Zweifellos«, sprach der Mönch. »Denn wenn er es nicht wäre, warum sollte er dann vorhaben, die Bettelorden zu reformieren, indem er ihnen das klösterliche Leben entzieht und diese guten Gläubigen dazu verpflichtet, in den allgemeinen Hospitälern zu dienen? Auch schmiedet er in seinem teuflischen Gehirn den Plan, allen Bauernhöfen, die uns gehören, das abzunehmen, was nötig ist, um eine Art landwirtschaftliche Schule zu gründen. Nur Gott weiß, was für Schulen das sein werden, oh! Und wenn es gewiß wäre, was man sagt«, fuhr er fort, wobei er die Hand ausstreckte, um eine zweite Untersuchung meines Korbes vorzunehmen, »wenn es gewiß wäre, was man im Hinblick auf die Veräußerung der Güter sagt, von denen es heißt, sie seien von toten Händen … Aber das soll uns nicht kümmern, denn es ruft eher Gelächter als

247

Entrüstung hervor. Richten wir unseren Blick auf das Gestirn Galliens, dem göttlichen Vorkämpfer, der kommt, um uns aus der Tyrannei eines dummen Günstlings zu befreien, und den Thron dem Prinzen Augusto übergeben wird, in dessen Weisheit und Klugheit wir unser Vertrauen setzen.«

Bevor er seine Rede beendete, hatte er aus meinem Korb eine weitere Birne und ein knappes halbes Dutzend Pflaumen in den Ärmel seines Ordenskleides befördert. Immer überschwenglicher lobte er mein Geschick beim Einkaufen. Endlich gelang es mir, mich von diesem Gesprächspartner zu trennen, dessen Gesellschaft sich als zu kostspielig erwies. Ich wünschte ihm einen guten Tag und verzichtete auf weitere Lektionen seiner Weisheit.

Er hatte weder irgend etwas klargestellt noch meine Zweifel über das, was man heutzutage die politische Situation nennt, zerstreut. Das einzige, was ich mit einiger Klarheit erkennen konnte, war die allgemein verbreitete Abneigung gegen den Friedensfürst, den man beschuldigte, korrupt, verschwenderisch, unmoralisch, Händler von Ämtern, polygam veranlagt und ein Feind der Kirche zu sein und sich obendrein auch noch auf den Thron unserer Könige setzen zu wollen, was mir als der Gipfel der Verworfenheit erschien. Auch sah ich mit äußerster Genauigkeit, daß der Prinz von Asturias bei allen sozialen Klassen beliebt war, wobei zu bemerken wäre, daß diejenigen, die seine baldige Erhebung auf den Thron herbeiwünschten, in diesem Unterfangen volles Vertrauen in die Freundschaft mit Bonaparte setzten, dessen Heere gerade in Spanien einmarschierten, um sich gegen Portugal zu wenden.

Ich kehrte zur Plaza zurück, um die Lücken in meinem Korb wieder zu füllen, und dort traf ich … könnt Ihr es nicht erraten, wen ich traf? Dort war der Unglückliche dabei, in Begleitung seiner Tochter Joaquinita, die der Natur ihr Schicksal als notleidende Dichterin zu verdanken hatte, irgendwelche Fleischabfälle und kärglichen Reste, die seine übliche Ernährung darstellten, auf Kredit zu kaufen. Er bat um die Sachen, die Bucklige feilschte darum, und beide trugen dann gemeinsam die erworbene Ration, deren Gewicht nicht einmal ein Kind von fünf Jahren ermüdet hätte. Das Elend hatte seine häßlichsten Spuren in die Gesichter von Vater und Tochter gezeichnet. Das seine war gelblich-bleich, und man wunderte sich, wie ein solch schwächlicher Körper überhaupt existieren konnte, wenn er nicht von dem geheimnisvollen Fluidum der dichterischen Genialität belebt wurde. Muß ich seinen Namen noch nennen? Es war Comella.

»Don Luciano, Ihr hier!« begrüßte ich ihn aufs herzlichste, denn dieser Name erfüllte mich mit tiefstem Mitleid.

»Ah, Gabriel«, erwiderte er. »Wie geht es Pepita und Doña Dominga? Es ist lange her, daß ich sie das letzte Mal gesehen habe. Aber sie wissen schon, daß ich sie nicht besuchen kann, weil meine Arbeit es nicht zuläßt, und ich bin ihnen zutiefst dankbar.«

»Ich komme heute vorbei, um Euch eine Kleinigkeit zu bringen«, sagte ich, um mit Worten auf die traurigen, flehenden Blicke der Tochter des Poeten zu antworten, deren Augen mit dem Ausdruck des Hungers zu mir sprachen.

»Du mußt mich unbedingt besuchen kommen«, fuhr der Dichter fort und ergriff meinen Arm, um mir die Bedeutung dessen zu bekunden, was er mir anvertrauen wollte. »Da du mir gesagt hast, daß du Zeuge der Ereignisse bei Trafalgar gewesen bist, möchte ich mich mit dir über einige Details beraten ... ja.«

»Schön. Schreibt Ihr über die Geschichte dieser Schlacht?«

»Nein, nicht die Geschichte. Ein kleines Drama, das die Herren in Erstaunen versetzen wird, du wirst schon sehen. Sein Titel ist *Der Große Federico der dritte und das Gefecht des 21.*«

»Ein guter Titel«, entgegnete ich, »aber ich verstehe nicht, was das mit dem dritten Federico bedeuten soll.«

»Wie dumm du bist! Der Große Federico der dritte ist Gravina, und da es in Preußen schon einen Großen Federico – Friedrich II gab – siehst du nicht, wie genial, augenfällig und bemerkenswert es ist, unseren Admiral auf die Liste der Großen Federicos zu setzen, die es bereits auf der Welt gegeben hat?«

»Gewiß. Eine solche Idee kann nur Ihnen kommen.«

»Und Joaquina hat bereits die ersten Szenen geschrieben; sie sind wunderschön. Im ersten Abschnitt erscheint der Umriß der Heiligsten Dreifaltigkeit, zur Rechten das Schiff von Nelson und im Hintergrund Cádiz mit seinen Festungen und Türmen. Ich muß hinzufügen, daß Nelson in meiner Vorstellung die Tochter von Gravina liebt, der sich jedoch weigert, in eine Heirat einzuwilligen. Die Szene beginnt mit einem Aufstand der spanischen Matrosen, die Brot wollen, weil es auf dem ganzen Boot keinen Krümel mehr gibt. Der Admiral wird wütend und sagt ihnen, sie seien Feiglinge, da sie nicht beherzt genug seien, drei Tage lang ohne Essen auszukommen. Dann gibt er ihnen ein Beispiel der rühmlichsten Bescheidenheit, indem er sich ein Stückchen gebratenes Seil servieren läßt. Schließlich kommt Nelson und sagt, daß alles ein Ende nehmen werde, wenn man ihm das Mädchen gebe, damit er es nach England bringen kann. Das junge Mädchen kommt aus seiner Kammer, damit beschäftigt, ein Taschentuch zu besticken und …«

Er sprach nicht weiter, denn das wilde Gelächter, in das ich ausbrach, weil ich mich nicht mehr beherrschen konnte, brachte ihn etwas aus der Fassung, obwohl ich mich bemühte, ihn nicht zu verärgern, indem ich ihm versicherte, daß ich nur über eine bestimmte Begebenheit lache, die mir in Erinnerung gekommen sei.

»Die Hungerszene ist bereits geschrieben, und, wenn ich dir die Wahrheit sagen soll, es ist nicht das geringste daran auszusetzen.«

»Ich bezweifle keineswegs, daß die Szene große Bewunderung ernten wird«, sagte ich boshaft, »zumal, wenn Señorita Joaquina daran mitgearbeitet hat.«

»Wir haben bereits alle Theater in Italien angeschrieben, und jetzt streiten sie sich wie jedesmal um das Übersetzungsrecht«, sagte Joaquina.

»Ah! Hierzulande wird einem wahren Künstler sein Talent nicht vergolten. Recht haben die, die sagen, niemand ist in seinem Heimatland ein Prophet. Eines Tages wird die Nachwelt Gerechtigkeit walten lassen, aber solange, bis diese Gerechtigkeit eintritt, führen die großen Genies ein miserables Dasein. Wir sterben wie irgend welche Taugenichtse, ohne daß jemand Notiz von uns nimmt. Wir werden sehen: Was nützen mir heute die Mausoleen, die Inschriften und die Statuen, mit denen man mich in künftigen Zeiten ehren wird, wenn der Neid verstummt ist und niemand mehr einen Zweifel am Wert meiner Werke hegt? Denk an Cervantes, der Ähnliches wie ich erlebte. Hat er nicht auch im Elend gelebt? Starb er nicht einsam und verlassen? Hat er vielleicht einen Vorteil davon gehabt, der größte Dichter seines Jahrhunderts gewesen zu sein? Nun, mir geht es fast ebenso. Wenn es allerdings einen Trost für mich gibt, dann den, daß Spanien sich eines fernen Tages schämen wird bei dem Gedanken daran, daß der Autor von *Catalina in Cromstadt*, von *Friedrich II in Glatz*, von *Der empfindsame Schwarze*, von *Die aus Liebe vorgetäuschte Kranke*, von *Cadma und Sinoris*, von *Die Schottin aus Llambrun* und noch vielen anderen Werken zu seiner Zeit sein Leben davon gefristet hat, zu Mittag zwei kleine Stückchen gebratenes Blut und andere Dinge zu essen, die ich aus Respekt vor der Kunst der Poesie nicht nennen möchte. Nun ja, ich will es nicht abwerten, um mich nicht selber abzuwerten. Aber sprechen wir nicht weiter über die Dinge, die uns traurig machen und uns zwingen, ein Heimatland zu verfluchen, das es nicht versteht, diejenigen auszuzeichnen, die es verdienen, und eine Zeit, in der die Magnaten den Neid fördern und die Inspiration verfolgen.«

»Immer mit der Ruhe, Don Luciano«, sagte ich und gab mich interessiert am Triumph der Inspiration über den Neid. »Auf Zeiten wie diese folgen andere. Wer weiß, was morgen geschehen wird?«

»Ja, man hat mir davon erzählt«, entgegnete Comella mit leiser Stimme und einem zufriedenen Lächeln. »Ist es sicher, daß Napoleon auf der Seite des Prinzen von Asturias steht? Wird er Godoy stürzen?«

»Daran gibt es keinen Zweifel. Was liegt Napoleon mehr am Herzen als das Wohl der Spanier?«

»Richtig, und obwohl er und Godoy dicke Freunde gewesen sind, scheint es, als ob ihm die Tücke des letzteren bekannt gewesen sei und er wisse, daß wir alle den Kronprinzen lieben, mit dessen Ernennung er uns große Freude bereiten wird. Was Manuel de Godoy anbelangt, so bin ich davon überzeugt, daß es keinen schlechteren Mann auf dem ganzen Erdenrund gibt. Man mag ihm die Mittel, denen er seinen Aufstieg verdankt, vergeben, man mag ihm vergeben, daß er poligam ist, daß er Atheist ist, ein Henker, käuflich, bestechlich und mit vielen ähnlich gearteten Fehlern behaftet. Aber das, was sich nicht mit Namen nennen läßt und was unter solchen Missetaten wie der üblichen Bestechlichkeit seinesgleichen sucht, ist, daß er die schlechten Poeten protegiert, indem er diejenigen beiseite drängt, die gut sind und zudem auch in der Fremde bekannt sind, Spanier wie ich. Und wir werden diesen Wust an lächerlichen fremdländischen Maßregelungen nicht zulassen, mit denen Moratín und andere widerwärtige Reimschmiede die Dummen betrügen. Denkst du nicht auch so wie ich?«

»Ich denke genau dasselbe wie Ihr«, antwortete ich. »Und nun werdet Ihr sehen, Don Luciano, wie die Franzosen, wenn sie das mit Portugal in Ordnung gebracht haben, auch in Spanien die Ordnung wieder einführen werden, und schon ist es aus mit der Protektion der schlechten Dichter.«

»So Gott will … Aber es ist schon spät, deshalb gehen wir besser, denn vor dem Mittagessen müssen wir noch die Szene mit Nelson und der Tochter des Gravina zu Ende bringen.«

»Weshalb diese Eile?«

»Bis Ende des Monats muß das Stück im Theater La Cruz sein. Es wird einen enormen Erfolg haben, du wirst schon sehen, Gabriel. Wir brauchen deinen Applaus, denn ich fürchte sehr, daß die von Estala, Melon und Moratín planen, es auszupfeifen. Man muß vorsichtig sein, und wenn sie den Schutz der Regierung genießen, dann darf einen dies nicht schrecken. Die Nachwelt wird sie richten. Ich verabschiede mich.«

Sie gingen eilig fort, und ich blieb mit meinen Gedanken bei der Reihe von Schlechtigkeiten, die der Friedensfürst vollbracht hatte, um damit auch noch die schlechten Poeten gegen sich aufzubringen. Noch lange Zeit später wußte ich nicht, daß es unter den unzähligen verwerflichen Taten dieses schicksalhaften Unmenschen auch einige gab, an die sich die Nachwelt, ganz im Gegensatz zur weitverbreiteten Meinung, für immer in Dankbarkeit erinnern würde.

10

Bevor ich nach Hause zurückkehrte, wollte ich noch eine weitere Meinung hören, die sich von den vorhergegangenen deutlich unterscheiden würde, nämlich die des für mich höchst respektablen Pacorro Chinitas, eines Schleifers, der seine bewegliche Werkstatt an der Ecke unserer Straße hatte.

Mir ist, als sähe ich immer noch den Schleifstein, der bei seinen schnellen Umdrehungen von dem Stahl, der in einer Tangente daran gehalten wurde, einen rasch fließenden Strom von Spänen von sich schleuderte, ähnlich dem Schweif eines kleinen Kometen. Da ich die Angewohnheit hatte, meinen Blick nicht von der Maschine abzuwenden, während ich mich mit dem Jupiter dieser Strahlen unterhielt, hat sich dieses Phänomen als ein lebendiger Eindruck in meiner Vorstellungskraft erhalten.

Pacorro Chinitas war ein Mann, der älter zu sein schien als er in Wirklichkeit war, dank des häuslichen Verdrusses, dessen Urheberin seine Frau war, die berühmte Straßenbäckerin des Rastro*, die allgemein als *die Liebreizende* bekannt war. Ich komme nicht umhin, einige Anmerkungen zu diesem sonderbaren Ehepaar zu machen, denn diese beiden Wesen spielen bei den nachfolgenden Begebenheiten eine wichtige Rolle. Also muß ich von ihnen erzählen, und ich hoffe, der werte Leser wird sich ein wenig in Geduld fassen.

Pacorro Chinitas, ein sanftmütiger und schweigsamer Mann, kam mit der *Liebreizenden* nicht besonders gut aus. Sie war im ganzen Umkreis, das heißt, von der Pasión-Straße bis zum Portikus von San Bernardino, als streitsüchtige und kämpferische Frau berüchtigt, die mit nur einer Ohrfeige einen Kiefer zerschmettern konnte, ohne daß solcherlei Ruhmestaten sie in die Gewalt der Justiz brachten. Chinitas sah sich gezwungen, um die Scheidung zu ersuchen, und mußte sich damit begnügen, keine andere Gefährtin zu haben als seinen von Funken gekrönten Schleifstein. Dies geschah zu der Zeit, als ich ihn kennenlernte. Später, als wir Freunde geworden waren, erzählte er mir von den Untaten seiner früheren besseren Hälfte, und genau wie in allen anderen Dingen, gab er sich darin äußerst zurückhaltend. So zögerlich er sich mir auch mitteilte, verging doch kein Tag, an dem er mir nicht ein neues Kapitel aus der langen Geschichte seiner ehelichen Tragödie schenkte. Da ich in diesem Mann eine verständige Reife und einen gewissen praktischen Sinn erkannte, über den niemand anders verfügte, ergab es sich, daß mir die Gespräche mit ihm lieb und teuer wurden, und das, was er sagte,

---

* Markt in Madrid (Anm. d. Übers.).

erschien mir damals wie ein Kleinod, ohne daß ich mir den Grund für die Vorliebe zu den Gedanken dieses einfachen und ungebildeten Mannes erklären konnte. Ich habe später noch lange über die Geschehnisse jener Zeit und über die allgemein verbreitete Meinung dazu nachgedacht, und ich kann Euch mit voller Überzeugung sagen, daß der Mann mit der größten Geistesgabe, den ich in jenen Tagen kannte, der Schleifer der Baño-Straße war.

Um dies zu belegen, werde ich meine Konversation mit ihm hier ausführen.

»Hallo, Chinitas! Wie geht es Euch? Was meint Ihr zu alledem, was man sich hier erzählt? Was bedeutet das mit den Franzosen in Spanien?«

»So wird es gesagt«, antwortete er. »Und die Leute freuen sich darüber.«

»Und wie es scheint, werden sie Portugal einnehmen.«

»Nun ja … so sagt man.«

»Schau, Gabriel«, sagte er, indem er sich aufrichtete und die Schere vom Schleifstein nahm, so daß die Funken für einen Moment erstarben, »du und ich, wir sind einfache Leute, und wir verstehen nicht viel von den großen Ereignissen. Aber sieh mal, ich bin mir sicher, daß all diese Leute, die sich freuen, weil die Franzosen einmarschiert sind, keine blasse Ahnung haben, worum es eigentlich geht, und schon bald eine Enttäuschung erleben werden. Glaubst du nicht auch?«

»Was soll ich glauben? Ich denke, Godoy ist so schlecht, daß Napoleon sich ruckzuck auf den Weg gemacht hat, um ihn aus dem Wege zu räumen und den Prinzen von Asturias auf den Thron zu setzen, von dem es heißt, er sei für die Regierung hervorragend geeignet.«

Chinitas führte den Stahl wieder an den Schleifstein, setzte diesen mit dem Fuß in Bewegung, wobei er mit vielsagender Miene auf meine Äußerung reagierte, und fügte hinzu:

»Und ich sage noch einmal, daß diese Herren mir allesamt töricht vorkommen. Wir, die wir nicht lesen und nicht schreiben können, verstehen manchmal mehr als sie, und das, was sie nicht erkennen können, weil sie von der Sonne einer Macht, der sie so nahe sind, geblendet werden, das sehen wir von unten. Und nun sag selbst: Kann nicht selbst ein Blinder merken, daß Napoleon nicht das ausspricht, was er in Wirklichkeit im Schilde führt? Hat dieser Mann nicht in allen Teilen der Welt gewütet, und hat er nicht das Königspaar vom Thron gestürzt, um diese Grünschnäbel, die seine Brüder sind, darauf zu setzen? Man behauptet, er würde kommen, um den Prinzen von Asturias an die Macht zu bringen und den *Selcher* zu beseitigen. Darüber kann ich nur lachen. Gewiß sind Godoy und er keine Kumpane, die irgendeine Missetat aushecken … So weit, so gut. Das, was Napoleon am allerwenigsten interessiert, ist, ob Ferdinand regiert oder ob Don Manuel beliebt ist. Er ist darauf aus, sich Portugal anzueignen, um ein Stück davon an Godoy zu geben und ein weiteres Stück an die Prinzessin, die dort drüben in *Trucha* oder *Truria* Königin geworden ist …«

»Nun, sollen sie es sich nehmen und aufteilen«, sagte ich mit einiger Grausamkeit gegen unsere Nachbarn. »Was geht es uns an? Solange sie nur diesen üblen Kerl fortschaffen …«

»Wenn sie Portugal einnehmen, weil es ein kleines Königreich ist, dann werden sie schon morgen Spanien einnehmen, weil es groß ist. Es macht mich wütend, wenn ich diese Trottel sehe, die hier herumlaufen, Abbés, reiche Schnösel, Mönche, Angestellte und sogar sehr hochgestellte Persönlichkeiten, die lachen und sich freuen, wenn sie sagen hören, daß Napoleon sich Portugal in die Tasche stecken wird; es interessiert sie nicht, daß der Franzose bereits ein Auge auf ein kleines Stückchen Spanien geworfen hat, welches ihm gerade recht wäre, um es sich einzuverleiben.«

»Aber, wie man sagt, gibt es keine Sünde, die der *Selcher* nicht begangen hat und …«

»Schau, Gabriel«, entgegnete er gemessen, während er mit dem Finger die Schärfe der Schere prüfte, »es amüsiert mich, was hier herum so alles erzählt wird. Es stimmt, dieser Mann ist ruhmsüchtig und hat nichts anderes im Kopf, als sich zu bereichern, aber wenn er es geschafft hat, Herzog zu werden, und General und Prinz und Minister – wessen Schuld ist das, wenn nicht die desjenigen, der ihm all das geboten hat, ohne daß er es sich hat verdienen müssen? Wenn sie kommen und zu dir sagen würden: ›Gabriel, morgen wirst du dieses oder jenes sein, weil mir gerade danach ist, und du brauchst dir dafür kein Bein auszureißen und Latein zu lernen‹, was würdest du antworten? Du würdest sagen: ›Gut, fangen wir an.‹«

»Das würde ich zweifellos sagen«, bestätigte ich.

»Und auch wenn dieser Mann ein ganz ausgekochter Bursche sein und viele Fehler gemacht haben mag, so ist doch die Hälfte dessen, was man von ihm behauptet, Lüge. Auch du wirst bemerkt haben, daß heute viele auf ihn spucken, die ihn früher umschmeichelt haben. Sie wissen, daß er stürzen wird, und die Leute bleiben nicht gerne im Schatten eines wurmstichigen Baumes. O ja, ich glaube, wir werden noch große Ereignisse zu sehen bekommen, jawohl, große Ereignisse. Ich betone, aus dieser ganzen Angelegenheit werden eines Tages Dinge entstehen, an die heute noch niemand denkt, und viele, die sich heute zufrieden die Hände reiben, werden morgen Rotz und Wasser heulen. Denke immer daran, was ich dir sage.«

Solche Erörterungen, die für mich eine tiefe Wahrheit zu enthalten schienen, veranlaßten mich zum Nachdenken, und als ein Mensch, der sich rühmte, die Menschen einschätzen zu können, dachte ich, daß der weise Schleifer es würdig sei, einen bedeutenden Posten an meiner Seite zu besetzen, wenn ich eines Tages Generaloberst, erster Staatssekretär oder irgendein hoher Herr geworden wäre und dank der Protektion und Hilfe meiner göttlichen Amaranta an der Spitze der Hierarchie stehen würde.

»Also, mein Wunsch ist es«, sagte ich, »daß eines Tages dieser besonders gute Prinz kommt, dem es gelingt, alles nach bestem Gewissen zu regeln. Denkt Ihr nicht ebenso wie ich?«

»Sieh mal, Junge«, entgegnete Chinitas mit düsterem Ton, »ich glaube, der Kronprinz taugt, verdammt noch mal, zu überhaupt nichts, doch das darf man nicht sagen, außer hier, wo es unter uns bleibt, denn wenn manche Leute uns hören würden, dann würde es uns übel ergehen. Als die Prinzessin von Asturias noch lebte, Gott hab' sie selig, da sagten alle, Ferdinand sei ein Feind der Franzosen und Napoleons, weil dieser Godoy unterstützte. Und jetzt heißt es auf einmal, daß die Franzosen die besten Menschen der Welt seien und Napoleon so gut wie gesegnetes Brot, nur weil er sich an die Partei des Prinzen von Asturias anzuschließen scheint. Das sind keine soliden Leute, Gabriel, und so wie ich es sehe, ist der Kronprinz sehr darauf aus, noch bevor sein Vater stirbt, an die Macht zu kommen. Es hat den Anschein, daß der Erzbischof von Toledo und andere Persönlichkeiten ihm den Verstand ausgesogen haben und ihn dazu bringen wollen, ein böser Sohn zu sein, so daß anschließend sie die höchsten Ämter an sich reißen könnten. Diese hohen Leute sind sehr ruhmsüchtig, und so viel sie auch vom Wohle des Königreiches reden, das, was sie wirklich wollen, ist Macht, mußt du wissen. Obwohl man mich weder lesen noch schreiben gelehrt hat, so weiß ich doch meinen Verstand zu benutzen, ich kann die Menschen einschätzen. Auch wenn es scheint, als seien wir einfältig und täten alles, was man uns sagt, so können wir manchmal doch die Wahrheit besser erkennen als all diese Besserwisser. Daher sage ich dir, wir werden beachtliche Dinge zu sehen bekommen, sehr beachtliche Dinge. Denke an das, was ich dir sage.«

So sprach Chinitas, der Schleifer. Nachdem ich mich von ihm verabschiedet hatte, ließ ich mir die höchst verschiedenen Äußerungen, die ich in letzter Zeit über ein und denselben Gegenstand gehört hatte, durch den Kopf gehen. Jeder bewertete die Vorgänge nach seinen eigenen Vorlieben, und da ich keine klare Vorstellung von der Wichtigkeit dieser Dinge hatte, hielt ich es in meiner jugendlichen Unwissenheit für vollkommen richtig, daß der Eroberer des Jahrhunderts sich eines kleinen Königreiches bemächtigen wollte, das nach meinem Ermessen nichts anderes als Ballast darstellte. Und was Manuel de Godoy anging, so gab es keinen Zweifel, daß die Händler, die Adeligen, die jungen Gecken, die Bürger, die Mönche und sogar die schlechten Poeten seinen Fall herbeiwünschten, die einen mit Verstand, die anderen ohne, einige, weil sie von der Unfähigkeit des Günstlings überzeugt waren, viele aus Neid und ebenfalls viele, weil sie felsenfest glaubten, daß es uns besser gehen müsse, wenn der Kronprinz die Regentschaft über uns ausübte. Doch was den Lauf der künftigen Ereignisse angeht, so irrten alle, die auf die baldige Ordnung aller Verwirrungen hofften. Es war eine Angelegenheit, die von dem blinden Optimismus der Mehrheit ignoriert wurde, und so verstanden die meisten nicht das, was der klare Geist des Schleifers mit seinem ungebildeten Argwohn durchschaut hatte. Immer mehr gelange ich zu der Überzeugung, daß Pacorro Chinitas eine der wichtigsten Persönlichkeiten seiner Epoche gewesen ist.

11

Ich weiß nicht, ob es die Gespräche jenes Tages oder andere
Gründe waren, die die Begeisterung abkühlen ließen, von der
ich noch am Morgen erfüllt gewesen war. ›Was habe ich mir
doch alles zusammenphantasiert!‹ sagte ich mir, ›und es ist
mehr als sicher, daß Amaranta in mir einen Jungen gesehen
hat, der etwas besser dazu geeignet ist, in ihren Diensten zu
stehen, als ein anderer.‹

Aber diese Einsicht konnte meine Neugierde nicht dämpfen. Ich war zu aufgeregt, mich mit irgend etwas zu beschäftigen oder länger an einem Ort zu verweilen. Noch nicht einmal Inés konnte ich an diesem Tag besuchen, und nachdem
ich meine Pflichten im Haus erfüllt hatte, schickte ich mich an,
zu der Verabredung zu gehen. Ich kleidete mich mit größter
Sorgfalt, und damit ich auch wie das Muster eines ordentli-
chen jungen Dieners aussah. Das Stückchen Spiegel, das ich
am Morgen gesäubert hatte, schmeichelte meiner Eigenliebe.
Es bestätigte mich in der selbstverliebten Vermutung, daß das
Gesicht des Dienstboten der González gewisse angenehme
Züge aufwies, die es wert waren, die Aufmerksamkeit auf
sich zu ziehen. Es war das erste Mal, daß ich mir richtig etwas
auf mich selbst einbildete, und wann immer ich später an diesen Augenblick zurückdachte, fühlte ich das Bedürfnis, mich
dafür zu ohrfeigen.

Am liebsten hätte ich damals das teuerste, eleganteste und
leuchtendste Gewand besessen, das die Schneider dieses
unseres Planeten anzufertigen imstande waren. Leider mußte
ich mich mit meiner äußerst bescheidenen Kleidung und dem
einzigen Schmuck der Reinlichkeit, der Sorgfalt und der
Akkuratesse meiner Haartracht zufriedengeben. Mein Anzug
war schlicht, aber in gutem Zustand, und ich hoffte, daß
meine Persönlichkeit und meine Ausstrahlung für mich sprachen. Mit diesen Gedanken und mit einer kurzen Mußezeit, in
der ich mir einige wohlklingende Sätze ausdachte, die mir gut
geeignet schienen, um auf die Liebenswürdigkeit der Göttin
zu antworten, erklärte ich die Vorbereitungen für beendet und
verließ das Haus, ohne irgend jemande von meiner Unterneh-
mung zu erzählen.

Ich kam zu dem Haus in der Cañizares-Straße, der Residenz der Marquise, deren Bruder der Botschafter war, und fragte nach Dolores.

Als diese erschien, führte sie mich, ohne ein Wort zu sagen, durch lange und dunkle Gänge, bis wir schließlich in einer luxuriös ausgestatteten Kapelle ankamen, wo sie mir antrug, eine Weile zu warten. Während ich dieser Aufforderung folgte, glaubte ich die mißtönende Stimme des Botschafters zu hören.

Amaranta ließ mich nicht lange warten, und als ich das Geräusch der Tür hörte, als ich die bildschöne Dame eintreten sah, als sie mit ihrem gütigen Lächeln auf mich zutrat, da kam es mir vor, als nähere sich mir ein übernatürliches Wesen, und ich zitterte vor Aufregung.

»Du bist pünktlich«, stellte sie fest. »Bist du bereit, in meine Dienste zu treten?«

»Herrin«, antwortete ich, ohne mich an auch nur einen der vorher zurechtgelegten Sätze erinnern zu können. »Ich würde mit Freuden die Weisungen erfüllen, die Euer Gnaden mir gütigst anordnen wollen.«

»Entweder täusche ich mich«, sagte die Dame und setzte sich zu mir, »oder du bist ein sehr gut erzogener Junge, der Sohn einer edlen Familie, der sich heute in einer niedrigeren Position befindet, als ihm zusteht.«

»Mein Vater war ein Fischer in Cádiz«, antwortete ich. Zum ersten Mal in meinem Leben kam ich mir ganz und gar nicht edel vor.

»Oh, wie schade!« rief Amaranta aus. »Aber das macht nichts. Pepa hat mir berichtet, daß du die Dinge, die sie dir aufträgt, mit großer Sorgfalt und darüber hinaus mit äußerster Diskretion ausführst, daß du dich als verläßlich erwiesen hast, und sie hat mir gesagt, daß du Phantasie besitzt und in einem anderen Wirkungskreis ein nützlicher junger Mann sein könntest.«

»Meine Herrin«, sagte ich, indem ich meinen Stolz zu verbergen versuchte. »Ihr schmeichelt mir zu sehr.«

»Gut«, fuhr die Göttin fort. »Wie du weißt, ist der Eintritt in meine Dienste ohne eine höhere Empfehlung als die der eigenen Meriten mehr, als du dir wünschen kannst. Aber es scheint mir, als seist du gut geeignet, noch höhere Aufgaben zu erfüllen, und ich glaube, das Schicksal wird es gut mit dir meinen. Wer weiß, was aus dir einmal werden wird?«

»O ja, Herrin. Wer weiß!« sagte ich, ohne die Begeisterung zurückhalten zu können, die ihre Worte in mir hervorriefen.

Wie ich bereits sagte, saß Amaranta mir gegenüber. Ihre rechte Hand spielte mit einem großen Medaillon, das an ihrem Hals hing und dessen Diamanten tausend Lichter aussandten, welche mir in den Augen brannten. Meine Dankbarkeit und Bewunderung für diese Frau waren so groß, daß ich kaum mehr weiß, wie ich es fertigbrachte, nicht vor ihr auf die Knie zu fallen.

»Einstweilen verlange ich nicht mehr von dir als deine absolute Treue in meinen Diensten. Ich pflege diejenigen, die mir gute Dienste leisten, entsprechend zu belohnen, und das gilt vor allem für dich, denn ich bin gerührt, weil du Waise und verlassen bist, dennoch bescheiden und umsichtig.«

»Herrin!« rief ich mit überströmender Dankbarkeit. »Wie kann ich Euch für Eure Güte danken?«

»Indem du mir treu bist und genau das tust, was ich dir anordne.«

»Ich werde treu sein bis in den Tod, Herrin.«

»Du wirst sehen, daß ich nicht viel verlange. Andererseits jedoch, Gabriel, kann ich Dinge für dich tun, die du dir nie erträumt hast, noch je erträumen würdest. Schon andere, weniger verdienstvolle Menschen als du sind zu unbegreiflichen Höhen aufgestiegen. Ist dir nie der Gedanke gekommen, daß auch du aufsteigen könntest, wenn du eine Hand finden würdest, die dir dabei behilflich ist?«

»O ja, Herrin! Dieser Gedanke ist mir gekommen, und er hat mich beinahe zum Wahnsinn getrieben«, antwortete ich. »Als ich sah, daß Euer Gnaden geruhte, Euren Blick auf mich zu richten, begann ich zu glauben, Gott habe sich ein Herz gefaßt, und ich würde all das, was mir bislang in der Welt gefehlt hat, auf einmal erhalten.«

»Da hast du richtig gedacht«, sagte Amaranta lächelnd. »Deine Zuneigung zu mir und dein Gehorsam gegenüber meinen Befehlen werden dir das bescheren, was du dir wünscht. Und nun hör zu. Morgen werde ich nach El Escorial fahren, und es ist notwendig, daß du mit mir kommst. Sag deiner Herrin nichts, ich werde mich darum kümmern, daß alles geregelt wird und sie in den Dienstbotenwechsel einwilligt. Sprich zu niemandem darüber, daß du mit mir geredet hast, verstehst du? Morgen vormittag kommst du zu meinem Haus, von wo aus du die Reise in einer der Kutschen antreten kannst, die zur Mittagszeit abfahren. Wir werden wenige Tage in El Escorial bleiben, denn wir müssen rechtzeitig zurückkehren, um die Aufführung zu sehen, die in diesem Hause stattfinden wird, und danach wirst du vielleicht für einige Tage in Pepas Dienste zurückkehren.«

»Wieder dorthin zurück!« sagte ich verwundert.

»Ja. Du weißt nun bereits alles, was du zu tun hast. Und jetzt bitte ich dich zu gehen. Und denke daran, morgen zu kommen.«

Ich versprach, pünktlich zu sein, und verabschiedete mich von ihr. Sie erlaubte mir mit so süßem Liebreiz, ihre Hand zu küssen, daß die Berührung meiner Lippen auf ihrer weißen, zarten Haut mich berauschte. Weder ihr Benehmen noch ihre Blicke noch sonst etwas in ihrem Gebaren mir gegenüber entsprachen dem üblichen Verhalten einer Herrin gegenüber ihrem Dienstboten. Viel eher hatte sie mich wie ihresgleichen behandelt, woraufhin ich, bereits blind allem gegenüber, was außerhalb der Protektion Amarantas lag, mich einer Sphäre der Anziehungskraft jenes Gestirns hingab, das meine Seele mit Licht und Wärme überflutete.

Ich trat auf die Straße … Wem nur konnte ich meine Freude mitteilen? In diesem Moment erinnerte ich mich an Inés, und so stieg ich die Treppe hinauf, die zur Giebelwohnung führte – ich glaube, ich habe erwähnt, daß die Wohnung meiner Freunde sich im selben Haus befand. Ich traf Inés sehr traurig an, und als ich nach der Ursache fragte, erfuhr ich, daß Doña Juana, deren Befinden sich durch die fortwährende Arbeit zusehends verschlechtert hatte, erkrankt war.

»Inés, süße Inés!« rief ich, als ich mit dem Mädchen allein im Zimmer war. »Ich muß mit dir sprechen. Weißt du schon, wohin ich komme?«

»Wohin denn?« fragte sie mich lebhaft.

»Zum Palast, zum Königshof, um mein Glück zu suchen. Ach, du Schelmin, heute wirst du mich nicht auslachen, heute wird es wahr.«

»Was wird wahr?«

»Daß das Glück seine Pforten für mich geöffnet hat, mein Mädchen. Erinnerst du dich, worüber wir kürzlich miteinander gesprochen haben? Da habe ich es dir gesagt, und du hast mir nicht geglaubt. Aber siehst du nicht, Prinzessin, daß solche Dinge selbstverständlich geschehen können?«

»Was kann selbstverständlich geschehen?«

»Daß, genauso wie andere zu höchsten Ehren aufgestiegen sind, ohne größere eigene Verdienste, und nur deshalb, weil irgendeine hochgestellte Persönlichkeit es sich einfallen ließ, sie zu protegieren, es gar nicht absonderlich ist, wenn es mir genauso ergeht, jawohl, meine Dame.«

»Ja, natürlich, ich verstehe. Sag mir Bescheid, wenn du oben ankommst. Wahrscheinlich bist du schon morgen wenigstens General oder Minister.«

»Mach dich nicht über mich lustig, verstanden? Morgen noch nicht, aber – wer weiß?«

Inés' Gelächter verwirrte mich ziemlich.

»Aber schau doch, du Dummchen«, sagte ich mit einer Ernsthaftigkeit, die mir heute im Rückblick sehr komisch erscheint. »Hörst du nicht auch jeden Tag von einem Manne reden, der vorher nichts war und heute alles ist, von einem Mann, der in den Dienst der spanischen Wache trat und von einem Tag auf den anderen …«

»Seht her!« sagte Inés, die sich immer unverhohlener über mich lustig machte. »So ist das also, Don Gabriel. Und wie verschwiegen Ihr wart! Darf man erfahren, welche Dame es ist, die sich in Euch verliebt hat?«

»Nein, verliebt ist sie nicht, Dummchen«, entgegnete ich kurz angebunden, »aber du wirst schon sehen. Wenn einer nicht gerade dumm ist wie ein Strohsack, dann … Jeder, auch einer, der nichts wert ist, findet einen Menschen, dem er gefällt …«

Inés lachte weiter, aber ich wußte, daß die Arme nach meinen letzten Worten all ihre Kraft zusammennehmen mußte, sich fröhlich zu geben. Von ihrem Charakter her war es ihr kaum möglich, sich zu verstellen, und so hörte sie schließlich auf zu lachen und wurde sehr ernst.

»Gut, Euer Exzellenz«, sagte sie mit einer tiefen Verbeugung zu mir, »wir wissen jetzt, woran wir sind.«

»Das ist nichts, worüber man wütend werden könnte«,

sagte ich und fühlte, wie meine Verwirrung sich legte. »Es gibt tatsächliche eine Person, die mich protegieren will, und ich werde mich nicht zieren. Und wenn du sie kennen würdest, liebe Inés, wenn du sehen könntest, was für eine Frau, was für eine Dame! ... Alles, was ich dir über sie sagen könnte, wäre zu wenig, deshalb sage ich dir gar nichts.«

»Und diese Dame hat sich in dich verliebt?«

»Nun gib schon Ruhe mit dem Verliebtsein, das ist es doch nicht. Es geht darum, daß ich in ihre Dienste treten werde, obwohl ... wer weiß, was geschehen kann. Wenn du sehen könntest, wie sie mich behandelt ... so als sei ich ihresgleichen, und sie hat großes Interesse an mir ... und sie ist sehr reich ... und sie wohnt in einem großen Palast ganz hier in der Nähe ... und sie hat ein Medaillon mit einem Diamanten, so groß wie ein Ei ... und wenn sie einen ansieht, dann wird man ganz verwirrt ... und sie ist hübsch ... und im Palast hat sie genau soviel zu sagen wie der König ... und sie heißt ...«

Ich erinnerte mich plötzlich, daß Amaranta mir verboten hatte, jemandem von unserer Zusammenkunft zu erzählen, und so verstummte ich.

»Gut«, sagte Inés. »Ich sehe schon, daß Euer Gnaden binnen kurzem ein ganz großer Herr sein werden mit vielen Tressen und Bändern, einer, über den die Leute reden und der die Ehre haben wird, zu hören, wie man ihn einen Dieb nennt, einen Ränkeschmied, einen Betrüger und was es noch alles an Schlechtigkeiten gibt.«

»Schau, du verstehst nicht, worum es geht«, sagte ich etwas unbehaglich. »Woher willst du wissen, daß alle berühmten und mächtigen Männer Diebe und Schurken sind? Nein, meine Dame, sie können auch gute Menschen sein, und es ist so, daß ich ... nimm an, mein Mädchen, daß ich, wenn es mit dem Teufel zugehen sollte ... lach nicht, denn vielleicht will Gott es so, und wir sind alle Kinder Adams, und Napoleon Bonaparte besteht genauso aus Fleisch und Knochen wie ich auch. Also, nimm an, daß ich ... lach nicht. Wenn du lachst, dann spreche ich nicht weiter.«

»Ich werde nicht lachen«, sagte Inés und bemühte sich, die Heiterkeit zurückzuhalten, die sie aufs neue befiel. »Was du sagst, ist sehr vernünftig, kleiner Junge. Wenn man doch nicht mehr dazu tun muß, als bereit zu sein. Was kostet es, Generaloberst zu werden, Minister, Prinz oder Herzog? Nichts. Wozu soll man sich abmühen und all die Dinge studieren, die man wissen muß, um zu regieren. Die Wasserträger und die Dienstleute und die Handelsgehilfen und die Ministranten müssen ein paar Dummköpfe sein, da sie nicht alle zum Palast laufen in dem Wissen, daß ihnen der Lohn eines Beraters sicher ist, sobald sie nur einer Dame zublinzeln. Und wenn nicht alle Damen ein weiches Herz haben, dann braucht man nur eine der Köchinnen im Palast mit dem Ellbogen anzustupsen, und schon ist alles geregelt.«

»Nein, so ist es nicht. Wie ich sehe, verstehst du überhaupt nichts«, sagte ich und wußte nicht, wie ich mich Inés verständlich machen sollte. »Was du vom Lernen und Regieren-Können sagst, spielt keine Rolle. Es stimmt, daß man früher ein gelehrter Mann sein mußte, um voranzukommen, aber heute, mein Mädchen, ist es anders. Es ist nicht nur Godoy, es sind Hunderttausende, die hohe Ämter innehaben, ohne verdammt noch mal von hohem Stand zu sein. Ein bißchen Scharfsinn ist schon genug. Ich werde doch wohl wissen, wovon ich rede.«

» Komm mal her, Gabriel«, sagte Inés und ließ ihre Näharbeit sinken. »Die Dinge auf dieser Welt geschehen immer so, wie sie geschehen sollen. Das weiß ich, ohne daß es mir jemand gesagt hätte. Die Männer, die anderen Befehle erteilen, befinden sich auf einem solchen Posten, weil sie dazu geboren wurden, weil … nun, weil das die Regel ist, genau wie Könige nur von Königen geboren werden. Wenn es irgendeinem Manne, der nicht in einer königlichen Wiege gelegen hat, gelingt, die Welt zu regieren, dann mag das so sein, weil Gott ihm ein Talent verliehen hat, eine himmlische Gabe, die die anderen nicht haben. Und wenn du mir nicht glaubst, dann sieh dir Napoleon an, der als Kaiser über die ganze Welt herrscht und über ich weiß nicht wieviele tausend Millionen Soldaten befiehlt, aber das ist nur, weil er sich darum verdient gemacht hat und weil er schon seit seiner Kindheit alles gelernt hat, was er dafür wissen muß, so daß die großen Meister dumm ausschauten, weil er mehr wußte als sie. Wenn einer so weit aufsteigt, ohne etwas dafür mitzubringen, dann geschieht das entweder durch Zufall oder durch tausend Missetaten, oder weil die Könige es so wollen.

Und was tun sie, um sich oben zu halten? Sie betrügen die Leute, sie unterdrücken die Armen, sie bereichern sich, lassen sich bestechen und mogeln sich auf tausenderlei Art durch. Aber es wird ihnen zurückgezahlt, weil die ganze Welt sie verabscheut und sich wünscht, sie am Boden zu sehen. Ach, du kleiner Junge! Ich verstehe nicht, wie du das nicht sehen kannst, wo es doch so klar ist wie Wasser.«

Auch wenn es so klar war wie Wasser, so verstand ich es dennoch nicht. Ich war so verblendet und so sehr im Bann meiner Eitelkeit, daß ich die klugen Ausführungen des Nähmädchens als bloße Frechheiten und dummes Gerede abtat. Mein Stolz trug mich sogar noch weiter fort. Ich fühlte mich wie ein Pfau, blähte meinen Hals, hob meine schillernden Schwanzfedern und zertrat mit den häßlichen Krallen eines eitlen Vogels die sanfte Taube, indem ich ihr folgendes sagte:

»Inés, laß uns offen reden. Wie ich sehe, verstehst du bestimmte Dinge einfach nicht. Du bist ein sehr gutes Mädchen, und deshalb liebe und achte ich dich. Du kannst daher gewiß sein, daß ich dir von jetzt an nur Gutes tun will, soweit es mir möglich ist. Du bist ein sehr gutes Mädchen, aber ich komme nicht umhin, zuzugeben, daß du ein wenig einfältig bist. Aber schließlich bist du eine Frau, und die Frauen ... wenn es nicht gerade um Stricken geht oder darum, den Eintopf auf das Feuer zu stellen, dann haben sie von nichts eine Ahnung. Diese Angelegenheit, um die es geht, ist nichts für dein armes Köpfchen. Es sind die Männer, die viel davon verstehen, denn wir haben eine Art, die Dinge mehr von oben zu sehen, da wir schließlich begabter sind. Das, was du mir gesagt hast, erstaunt mich nicht, denn ... was kannst du schon davon verstehen? Aber du bist ein sehr gutes Mädchen, und so habe ich dich lieb; ja, ich habe dich sehr lieb, also sei mir nicht böse. Und sei gewiß, daß ich dich niemals vergessen werde.«

Leser: Wenn Du dies liest, so bitte ich Dich, Dich jeglichen Wohlwollens mir gegenüber zu entledigen. Sei streng und unversöhnlich, und wenn Du mir alles Gute abgesprochen hast, dann lade deinen Zorn auf dem Buch ab, das sich in der Reichweite Deiner ehrenwerten Hände befindet, zertritt es, speie darauf ... ach! Aber nein, es ist unschuldig, also laß es, mißhandle es nicht, es trägt keinerlei Schuld. Sein einziges

Verbrechen besteht darin, auf seinen ahnungslosen Blättern das empfangen zu haben, was ich daraufsetzen wollte, das Gute und das Schlechte, das Lobenswerte und das Lächerliche, das Pathetische und das Dumme und all das Geröll, die ich, unermüdliches Kratzeisen, beim Schreiben dieser Geschichte hervorgeholt habe. Wenn du also auf etwas stößt, das mich in ein so schlechtes Licht setzt, so ist dies in demselben Maße ein Teil von mir, in dem es Dir lobenswert erscheint. Du wirst bereits erkannt haben, daß ich in dieser Geschichte kein Held sein will. Wenn ich mich hätte idealisieren wollen, so hätte ich dies leicht erreichen können, indem ich all meine Schwächen und Dummheiten sorgfältig verborgen hätte, damit dem Blick des Publikums nur die schmeichelhaften Dinge unter Hinzufügung einiger schöner Erfindungen, an denen es mir im Notfall nicht mangeln würde, zugänglich wären. Aber noch einmal sage ich, daß meine Person in den Augen vieler um hundert Ellen höher stünde, wenn ich mich als frechen, streitbaren und verwegenen Jüngling darstellen würde, der bereits im Alter von sechzehn Jahren seine Zeit und sein Schicksal darauf verwendet hätte, zwei Dutzend ihm Gleichgestellte im Duell zu töten, einer ähnlichen Anzahl von Jungfrauen, Ehegattinnen oder Witwen die Ehre zu rauben und dabei ständig die Verfolgung durch die Justiz und der Rache eifersüchtiger Väter oder Ehegatten auszuweichen. All das wäre nett, aber ich halte es mit dem lateinischen Ausspruch: *sed nunc non erat his locus*.

Zum Zeichen meiner Bescheidenheit habe ich nicht gezögert, den Dialog mit Inés aufzuschreiben, der mich so wenig freundlich dastehen läßt, und ich wage zu hoffen, daß der Leser, wenn er mich schon nicht als romantisch erachtet, doch meine Ehrlichkeit schätzen möge. Schließen wir also Frieden, und ich nehme den Faden meiner Erzählung an derselben Stelle wieder auf, an der ich ihn verlassen habe, und zwar dort, wo ich die genannten Worte und noch einige mehr, Abkömmlinge meiner dummen Eitelkeit, abgeschossen hatte und Inés verließ, da ich meinte, einen Gesprächspartner finden zu müssen, der der Erhabenheit meiner Gedanken erwachsen war. Inés sagte kein Wort mehr zu mir, und so ging ich, angezogen von den fröhlichen Weisen der Flöte, die Don Celestino gerade spielte, zu ihm ins Zimmer, verschränkte die Hände hinter dem Rücken und sprach etwas gönnerhaft:

»Wie gehen die Geschäfte, mein Herr?«

»Oh, einfach göttlich!« antwortete er mit seinem immerwährenden Optimismus. »Endlich widerfährt mich Gerechtigkeit, und nach dem, was der Beamte des Sekretariates mir gesagt hat, kann es nicht mehr länger dauern als bis zur nächsten Woche.«

»Mir scheint, ein Erzpriester mit einem guten Einkommen oder etwas Ähnliches würde Euch gut zu Gesicht stehen … Ich sage das, weil – auch wenn es Euch überraschen mag – möglicherweise irgendein Mensch existiert, der das für Euch in die Wege leiten könnte.«

»Wer denn, mein Sohn, wer, wenn es nicht mein Landsmann und Freund, der wunderbare Friedensfürst ist?«

»Dort, wo man es am wenigsten erwartet, springt manchmal ein Hase hervor. Also, wartet nur ab, Ihr werdet schon sehen«, sagte ich und gab mir Mühe, meinem Gesicht einen möglichst geheimnisvollen und ernsthaften Ausdruck zu verleihen.

Meine Worte hatten ihn in Erstaunen versetzt, und so kehrte ich zu Inés zurück, von der ich mich nicht im Zorn verabschieden wollte. Zu meinem großen Erstaunen zeigte das Mädchen nicht das geringste Anzeichen von Ärger, sondern sprach mit jener unvergleichlichen Gefaßtheit zu mir, die seit jeher etwas Besonderes an ihr gewesen war. Ich verabschiedete mich und versprach, stets an sie zu denken. Sie gab sich so freundlich und so liebevoll, als sei gar nichts vorgefallen. Ihr Geist, dessen Erhabenheit und Größe ich damals verkannte, vertraute fest auf meine baldige Wandlung.

Zwei Tage später sagte mir meine Herrin, sie sei mit Amaranta übereingekommen, daß ich in deren Dienste übertreten solle. Ich packte meine spärlichen Besitztümer zusammen und ging zum Hause meiner neuen Gebieterin. Dort steckte man mich in eine Livree, und ich erklomm die Kutsche der Dienerschaft, die der anderen, in der die Marquise und ihr diplomatischer Bruder Platz genommen hatten, folgte, und begab mich auf die Reise nach El Escorial, das wir am selben Abend erreichten.

12

Auf dem Weg zur königlichen Residenz unterhielt sich der Haushofmeister der Marquise mit mir.

»Mir scheint, im königlichen Schloß geht etwas vor sich, das einiges Aufsehen erregen wird«, sagte er. »Heute morgen erzählte man sich in Madrid ... Aber wir werden bald erfahren, was es gibt, denn, so Gott will, werden wir in dreieinhalb Stunden den Vorhof erreichen.«

»Was erzählte man sich in Madrid?«

»Dort lieben alle den Prinzen und hassen das Königspaar, und da es scheint, als trügen Ihre Majestäten sich mit der Absicht, den jungen Mann dadurch zu demütigen, daß sie ihn fortschicken – das habe ich selber gesehen, und der Prinz befindet sich in einer wahrhaft mitleiderregenden Lage ... Man sagt, seine Eltern lieben ihn nicht, und das ist sehr schlimm. Wie mir scheint, nimmt der König ihn nicht ein einziges Mal mit auf die Jagd, noch setzt er sich mit ihm an einen Tisch, noch zeigt er ihm jene Liebe, die für einen guten Vater selbstverständlich wäre.«

»Der Prinz wird doch nicht etwa in Verschwörungen und Intrigen hineingezogen werden?«

»Das wäre wohl möglich. Wie ich vergangene Woche im Königspalast hörte, plant der Prinz einige hinterlistige Anschläge, die schon bald ... er spricht mit niemandem, er benimmt sich wie jemand, der Visionen hat, und er bleibt die ganze Nacht über wach. Am Hofe war man sehr beunruhigt darüber, und ich glaube, man hat sich darauf geeinigt, ihn zu überwachen und herauszufinden, was er im Schilde führt.«

»Da fällt mir ein, man hat mir gesagt, der Prinz sei ein Literat und verbringe die Nächte damit, Übersetzungen aus dem Französischen oder aus dem Lateinischen anzufertigen ... ich erinnere mich nicht mehr genau.«

»Ja, im Escorial ist man dieser Ansicht, weiß Gott ... Einige Leute sind davon überzeugt, daß das, womit der Prinz sich beschäftigt, eine bedeutsame Sache sei, sie sagen, die Truppen Napoleons, die in Spanien einmarschiert sind, denken überhaupt nicht daran, Krieg mit Portugal zu führen, sondern seien vielmehr gekommen, um die Anhänger des Prinzen zu unterstützen.«

»Das sind Lügen. Wahrscheinlich denkt der arme Ferdinand an nichts anderes als daran, seine Bücher zu übersetzen ...«

»Es hat den Anschein, daß seine kürzlich angefertigten Übersetzungen den Eltern nicht gefallen haben, denn darin war von irgendwelchen Revolutionen die Rede. Und jetzt ist er wieder mit etwas beschäftigt. Wenn es nur nicht irgendein verteufelter Anschlag ist, mit dem er sich den Thron aneignen will ...«

So oder ähnlich setzte sich unsere Unterhaltung fort, bis wir das königliche Schloß erreichten. Der Botschafter und seine Schwester stiegen aus ihrer Kutsche und wir aus der unseren. Da die beiden Reisenden ihre Unterkunft im Palast und in den Räumen von Amaranta, die bereits am Tag zuvor eingetroffen war, beziehen wollten, brachte uns der Haushofmeister selbstverständlich dorthin. Der Weg führte durch eine Welt von Treppen, Galerien, Innenhöfen und Gängen. Alles deutete darauf hin, daß etwas Außergewöhnliches in der königlichen Wohnstatt vor sich ging, denn auf den Gängen und in den Durchgangssälen waren mehr Menschen zu sehen als zu dieser frühen Stunde, nämlich um zehn Uhr, üblicherweise auf den Beinen zu sein pflegte. Die Marquise stellte Fragen, aber man gab ihr so unbestimmt Antwort, daß sich keine Klarheit daraus gewinnen ließ.

Kurze Zeit, nachdem wir uns in den Räumen meiner Herrin eingerichtet hatten, wo ich damit beschäftigt war, das Gepäck entsprechend den mir erteilten Anweisungen unterzubringen, erschien Amaranta. Sie wirkte völlig verstört. Erst nach einer Weile hatte sie sich so weit gefaßt, daß sie den wiederholten Fragen ihrer Tante und ihres Onkels nachgab und erklären konnte, was geschehen war: »Etwas Schreckliches geht vor sich. Eine Verschwörung, eine Revolution! Ist in Madrid nichts vorgefallen, als Ihr abgefahren seid?«

»Nein, gar nichts. Alles war ruhig.«

»Nun, hier dagegen ... es ist unglaublich. Wer weiß, ob wir morgen noch am Leben sein werden.«

»Aber Kind, nun erzähl uns doch genau, was passiert ist.«

»Anscheinend hat man entdeckt, daß sie das Königspaar

umbringen wollten. Alles war für einen Umbruch im Palast vorbereitet.«

»Wie furchtbar!« rief der Botschafter. »Ich habe ja schon immer gesagt, daß sich unter der Dienerschaft des Königs viele Jakobiner versteckten.«

»Es handelt sich nicht um Jakobiner«, fuhr meine Herrin fort. »Das merkwürdigste ist, daß der Prinz von Asturias der Kern der Verschwörung ist.«

»Das kann doch nicht sein«, sagte die Marquise, die Seiner Hoheit sehr zugetan war. »Der Prinz ist zu solcherlei Niederträchtigkeit nicht imstande. Es ist genau so, wie ich es gesagt habe. Seine Freunde haben geplant, ihn durch die Verleumdung loszuwerden, da sie es schon nicht mit anderen Mitteln erreicht haben.«

»Nun, die geplante Revolution, die nach allem, was man sagt, schwerwiegender sein würde als die französische«, fuhr Amaranta fort, »wurde im Zimmer des Prinzen vorbereitet, bei dem man einige Papiere gefunden hat, die … Es heißt, der Domherr Don Juan de Escoiquiz sei daran beteiligt gewesen, ebenso wie der Herzog des Infantado, der Graf von Orgaz und Pedro Collado, der Wasserträger des Berro-Brunnens, der heute ein Bediensteter des Prinzen ist.«

»Ich glaube, meine Nichte«, sagte der Marquis, der beleidigt war, weil meine Herrin von Dingen berichtete, über die er nichts wußte, »du läßt dich durch deine empfindsame Vorstellungskraft beeindrucken. Wahrscheinlich ist das, was geschehen ist, völlig bedeutungslos. Ich könnte die Angelegenheit mit Hilfe einiger äußerst geheimer Nachrichten aufklären, die mir von gewisser Seite zugetragen wurden und über die ich mich in Schweigen hüllen muß.«

»Ich werde erzählen, was mir gesagt wurde«, entgegnete Amaranta. »Seit einiger Zeit schon erregte es einige Aufmerksamkeit, daß der Prinz die Nächte ganz für sich allein hinter der verschlossenen Türe seines Zimmer zu verbringen pflegte. Die Könige dachten, er sei mit der Übersetzung eines französischen Buches beschäftigt. Aber gestern fand Seine Majestät in seinem Zimmer einen verschlossenen Brief, dessen Umschlag nichts als die Worte *bald, bald, bald* enthielt. Der König öffnete den Brief und las darin einen nicht unterschriebenen Hinweis, in dem ihm mitgeteilt wurde: ›Vorsicht, man plant eine Revolution im Palast. Der Thron ist in Gefahr, und die Königin María Luisa[51] soll vergiftet werden.«

»Jesus, Maria und Josef!« rief die Marquise, die als eine sehr nervöse Frau kurz vor einer Ohnmacht stand. »Aber was für ein teuflischer Geist hat sich in El Escorial niedergelassen?«

»Stellt Euch vor, in welcher Gemütslage sich erst der arme König befunden haben mag. Man verdächtigte sofort den Prinzen und beschloß, seine Unterlagen zu beschlagnahmen. Sie brauchten sehr lange, bis sie sich auf eine Vorgehensweise geeinigt hatten, aber schließlich entschied sich der König, das Zimmer seines Sohnes selber zu durchsuchen. Er ging zu ihm unter dem Vorwand, ihm einen Gedichtband schenken zu wollen. Wie man sagt, wurde Ferdinand beim Anblick seines Vaters so nervös, daß er erschrocken und verwirrt den Ort verriet, wo sich die Papiere befanden. Der König nahm sie alle an sich, und anscheinend hatten Vater und Sohn noch eine etwas heftige Auseinandersetzung, nach der Karl IV erbost von seinem Sohn verlangte, daß er in seinem Zimmer bleiben solle, ohne einen Menschen empfangen zu dürfen … Das war gestern. Schon nach kurzer Zeit kam der Minister Caballero, und er und die Könige überprüften die Papiere. Wir wissen nicht, was sich bei dieser Zusammenkunft zutrug, aber es muß sehr schlimm gewesen sein, denn die Königin zog sich weinend in ihr Zimmer zurück. Später hieß es, die Papiere, die man im Besitz des Prinzen gefunden hatte, enthielten den Schlüssel zu einigen entsetzlichen Plänen. Nach dem, was Caballero nach seinem Gespräch mit dem Königspaar bekundete, sollte Prinz Ferdinand zum Tode verurteilt werden.«

»Zum Tode verurteilt!« rief die Marquise aus. »Aber sind diese Leute denn verrückt? Wie können sie einen Prinzen von Asturias zum Tode verurteilen?«

»Das ist noch kein Grund, sich aufzuregen«, sagte der Botschafter in seiner altbekannte Selbstgefälligkeit. »Vielleicht zeigen sie uns die Papiere, um unsere Ansicht darüber zu hören, so können wir sie alle gründlich durchleuchten und dann beschließen, was getan werden muß.«

»Aber weiß man denn nicht, was diese Papiere enthielten?« fragte die Marquise.

»Man erzählt sich so viele Dinge im Palast, daß die Wahrheit schwer zu erfahren ist. Die Königin hat uns nichts gesagt, sondern die ganze Nacht lang bittere Tränen vergossen und über die Undankbarkeit ihres Sohnes lamentiert. Es heißt auch, sie würde nicht zulassen, daß man ihn verfolgt, weil nicht ihn die Schuld an dem Vorfall träfe, sondern diese drei machtgierigen Schurken, die ständig mit ihm zusammen sind.«

»Wir wollten dem Urteil über das Vorgefallene lieber nicht vorgreifen«, sagte der Marquis. »Ich werde die ganze Angelegenheit untersuchen und in Erfahrung bringen, ob es sich um ein Komplott der Feinde des Prinzen handelt oder ganz einfach um eine echte und wirkliche Verschwörung. Aber wenn ich Bescheid weiß, dann hütet Euch davor, mir Fragen zu stellen, denn … nun, Ihr kennt meine Ansichten …«

»Es scheint, man ist darin übereingekommen, einen Prozeß anzustrengen, um herauszufinden, wer die Missetäter sind«, fuhr Amaranta fort, »und heute abend wird der Prinz vor dem Hohen Rat aussagen.«

Sie waren gerade an diesem Punkt ihrer interessanten Unterhaltung angelangt, als wir einen Lärm hörten, als würden viele Menschen in der Nähe des Raumes, in dem wir uns befanden, zusammenlaufen. Da ich bei meiner Herrin nichts wichtiges mehr zu tun hatte und auch mich die Neugier trieb, ging ich hinaus, stieg die Treppe hinunter und befand mich kurz darauf in einem weitläufigen, mit Wandbehängen ausgestatteten Gemach, das zu beiden Seiten an weitere Säle gleicher Größe und Ausstattung anschloß. Ich durchquerte zwei oder drei davon, immer den Leuten folgend, die offensichtlich einem ganz bestimmten Ort zustrebten, ohne daß ich etwas bemerken konnte, das der Aufmerksamkeit würdig gewesen wäre, abgesehen von einigen Gruppen von Höflingen, die leise, aber sehr aufgeregt miteinander tuschelten. Ich war stolz darauf, mich im Palast zu befinden, und glaubte, die bloße Berührung des Bodens durch meine Füße müsse mich unweigerlich mit neuen Titeln und Vorzügen ausstatten. Und da wir, durch deren Adern das vortreffliche spanische Blut fließt, anfällig für die Eitelkeit sind, konnte ich nicht anders, als mich jetzt für eine bedeutende Persönlichkeit zu halten. Ich wünschte mir, auf meinem Weg einige meiner alten Bekannten aus Madrid oder Cádiz zu treffen, um ihnen mit Gesten und Worten das Bewußtsein meiner hohen Bedeutsamkeit zu zeigen. Glücklicherweise kannte ich keinen einzigen der vielen Menschen, was mich davor bewahrte, mich endgültig der Lächerlichkeit preiszugeben.

Ich befand mich also in jener langen Reihe von mit Wandbehängen ausgestatteten Räumen, die sich über die ganze innere Breite des Palastes erstreckten und deren Fenster sich auf die orientalische Fassade des großartigen Gebäudes hinaus öffneten. Ich folgte der Richtung, in die alle anderen liefen, ohne darüber nachzudenken, ob ich meine Schritte nicht etwas vorsichtiger nach dem bewußten Ort hinlenken sollte. Da mich niemand warnte, lief ich unerschrocken weiter. Die Säle waren nur sehr schwach beleuchtet, und in dem sanften Dämmerlicht erschienen die Figuren der Wandbehänge wie Schatten, die sich an die Wand drängten, oder wie schwach erhellte Reflexe, die von einer verborgenen Lichtquelle auf dem dunklen Boden der Räume ausgesandt wurden. Ich ließ meinen Blick über die Vielzahl mythologischer Gestalten wandern, die mit ihrer provokativen Nacktheit die von Felipe erbauten Mauern schmückten, und war immer noch damit beschäftigt, sie aufmerksam zu betrachten, als die seltsame Prozession vorbeikam, die ich nun beschreiben werde.

Der Prinz von Asturias, der nun unter dem Verdacht der Teilnahme an einer Verschwörung stand, kehrte vom Hohen Rat zurück, wo er gerade im Rahmen einer Voruntersuchung seine Aussage gemacht hatte. Niemals werde ich auch nur die kleinste Einzelheit dieses tristen Gefolges vergessen, dessen lange Prozession vor meinen Augen mich an jenem Abend so lebhaft beeindruckte, daß sie mir den Schlaf raubte. Ein Herr schritt mit einem großen Kandelaber in der Hand voran, als wolle er allen anderen den Weg erhellen, weswegen er ihn in die Höhe hielt. Aber das schwache Licht reichte gerade aus, um die Stickereien an seinem edlen Rock schimmern zu lassen. Hinter ihm gingen einige Wachen der spanischen Armee, gefolgt von einem jungen Mann, in dem ich sofort – ich weiß nicht, weshalb – den Kronprinzen erkannte. Er war ein robuster Kerl von vollblütigem Temperament, aber sein Gesicht mit den dichten schwarzen Augenbrauen, dem schmallippigen Mund und der hervorragenden Nase war nicht sehr sympathisch. Er hielt den Blick auf den Boden gerichtet, und sein wütender und finsterer Gesichtsausdruck ließ den Groll in seinem Herzen erkennen. An seiner Seite ging ein alter Mann von ungefähr sechzig Jahren, den ich anfangs nicht als König Karl IV. erkannte, da ich mir diesen Menschen als ein zwergenhaftes und schwächliches Persönchen vorgestellt hatte. Gewiß ist jedoch, daß er, so wie ich ihn an jenem Abend sah, ein beleibter Mann von mittlerer Größe war, mit einem kleinen und stark geröteten Gesicht, dessen Ausdruck nicht dazu angetan war, die natürlichen physiognomischen Unterschiede zwischen einem reinblütigen König und einem braven Kolonialhändler deutlich zu machen. Stärker als auf die Person des Königs konzentrierte ich mich auf die Personen, die ihn begleiteten und die, wie ich später erfuhr, die Minister und der stellvertretende Kommandant des Rates waren, und so werde ich später einige dieser erlauchten Herren im einzelnen vorstellen. Das Schlußlicht der Prozession bildete ein Mitglied der spanischen Wache, und das war es dann. Während das Gefolge vorbeizog, herrschte überall im Gang eine Grabesstille, so daß nur die Schritte zu hören waren, die sich von Gemach zu Gemach weiter verloren, bis sie vor den Räumen Seiner Hoheit angelangt waren. Nachdem sie eingetreten waren, begann wieder das Geschwätz unter den Umstehenden, und ich sah Amaranta, die herausgekommen war, um mich zu holen, und nun mit einem Herrn in Uniform sprach.

»Ich glaube, bei dem Verhör«, sagte der Herr, »ist Seine Hoheit ein wenig rücksichtslos mit dem König umgesprungen.«

»Heißt das, er wurde verhaftet?« fragte Amaranta neugierig.

»Ja, meine Dame. Er wird jetzt, unter der Obhut von Wachposten, in seinem Zimmer eingesperrt bleiben. Seht Ihr, sie kommen bereits heraus. Sie müssen ihm das Schwert abgenommen haben.«

Die Prozession zog – ohne den Prinzen – wieder vorbei, wieder angeführt von dem Edelmann mit dem Kandelaber. Als der König und seine Minister sich entfernten, verschwanden auch die Höflinge, die auf die Galerie herausgetreten waren, wieder in ihre Kaninchenhöhlen, und lange Zeit hörte man nichts mehr als das geräuschvolle Schließen zahlreicher Türen. Die wenigen Lichter, die die weitläufigen Räume erleuchtet hatten, wurden gelöscht, und die wundervollen

Gestalten der Wandbehänge tauchten in der Dunkelheit unter wie Gespenster, die vom Hahnenschrei in ihre geheimnisvollen Behausungen gerufen werden.

Ich ging mit meiner Herrin in unsere Unterkunft hinauf und lehnte mich aus einem Fenster, die auf den Innenhof hinausgingen, um mich nach alter Gewohnheit mit dem Ort, an dem ich mich befand, vertraut zu machen. Die Nacht war stockfinster, und ich sah nichts als schwarze und unförmige Masse, von der sich hohe Ziegeldächer, Kuppeln, Türme, Kamine, Mauern, Vordächer, Bögen und Wetterfahnen abzeichneten, die dem Firmament trotzten wie die Topps eines großen Segelschiffs. Diese Aussicht ließ meinen Geist erschauern und weckte erhabene Gedanken in mir, denen ich jedoch nicht lange nachgehen konnte, denn ein sachtes Rascheln von Röcken und ein leises *pss pss*, mit dem ich gerufen wurde, ließ mich meinen Kopf wenden.

Die Umstellung war außerordentlich brüsk. Ich war noch ganz von dem Eindruck des dämmerigen Panoramas gefangen, als die Gestalt Amarantas mit ihrem himmlischen Lächeln vor meinen Augen auftauchte. Es herrschte tiefe Stille; der diplomatische Marquis und seine Schwester hatten sich zu Bett begeben. Amaranta hatte ihr Reisekleid mit einem weißen, fließenden Gewand vertauscht, das ihre Schönheit gesteigert hätte, sofern dies möglich gewesen wäre. Als sie mich rief, hatte ihre Zofe sich noch nicht zurückgezogen, doch nun verließ sie das Zimmer, und unsere verführerische Herrin schloß eigenhändig die Tür, die auf die Galerie hinausführte, und gab mir ein Zeichen, mich zu ihr zu setzen.

13

»Vergiß nicht, was du mir geschworen hast«, sagte sie, als sie sich setzte. »Ich vertraue auf deine Treue und deine Diskretion. Wie ich dir bereits sagte, scheinst du mir ein passabler junger Mann zu sein, und schon bald wirst du Gelegenheit bekommen, mir dies zu beweisen.«

Ich erinnere mich kaum noch an die ungestümen Äußerungen, mit denen ich ihr meine Treue schwor, doch sie müssen sehr heftig und, wie ich glaube, von dramatischen Gesten begleitet gewesen sein, denn Amaranta lachte sehr und riet mir, mein Temperament zu zügeln. Dann fuhr sie fort:

»Und du möchtest nicht wieder in das Haus der González?«

»Nicht in das Haus der Gonzales, nicht in das Haus aller Könige der Welt«, antwortete ich, »denn solange ich lebe, denke ich nicht daran, meiner geliebten Herrin, die ich anbete, von der Seite zu weichen.«

Wenn die Erinnerung mich nicht trügt, fiel ich vor dem Sessel, in dem Amaranta mit verführerischer Lässigkeit ruhte, auf die Knie. Sie aber hieß mich aufzustehen und sagte mir, ich solle mir überlegen, ob ich in das Haus der Pepita González zurückkehren und dennoch insgeheim weiterhin für die neue Herrin arbeiten wolle. Das kam mir zwar ein wenig geheimnisvoll und unverständlich vor, aber ich bestand nicht darauf, daß sie es mir erklärte, da ich nicht unverschämt erscheinen wollte.

»Wenn du genau das tust, was ich dir sage«, fuhr sie fort, »dann kannst du sicher sein, daß es dir gut gehen wird in der Welt. Und, wer weiß, Gabriel, ob du nicht eines Tages ein Mann von Rang und Wohlstand wirst! Schon andere, die weniger klug waren als du, haben sich von einem Tag auf den anderen in wahre Persönlichkeiten verwandelt.«

»Ganz gewiß, Gräfin. Aber ich bin in bescheidenen Verhältnissen aufgewachsen, ich habe keine Eltern, ich habe nichts anderes gelernt als zu lesen, und auch das nur sehr schlecht, in Büchern mit faustgroßen Buchstaben. Ich kann kaum etwas anderes als meinen eigenen Namen schreiben mit einem Schnörkel, der mehr Kleckse hat, als alle Schreiber ihrer Zunft zusammen hinterlassen würden.«

»Dann ist es also vonnöten, an deine Ausbildung zu denken; der Mensch muß sich bilden. Ich werde mich darum kümmern. Aber das geschieht nur unter der Bedingung, daß du mir treue Dienste leistest. Ich werde nicht müde, es zu wiederholen.«

»Meine Loyalität braucht Ihr nicht in Frage zu stellen. Aber so sagt mir doch, welches meine Aufgaben in meinem neuen Dienst sein werden«, sagte ich in dem sehnlichen Wunsch, daß sie meine Neugier bezüglich meiner neuen Tätigkeit, die mich zum würdigen Empfänger solch großer Wohltaten machen sollte, stillte.

»Ich werde es dir gleich erklären. Es handelt sich um eine schwierige und delikate Angelegenheit, aber ich vertraue auf deinen klugen Verstand.«

»Oh, ich wünsche, Euer Gnaden alle nur denkbaren schwierigen und delikaten Dienste zu erweisen«, entgegnete ich mit dem ganzen Pathos meines siedenden Gemüts. »Ich werde Euch nicht nur ein Diener sein; ich werde Euer Sklave sein, stets bereit, Euer Gnaden zu gehorchen, und wenn es mich das Leben kosten sollte.«

»Es wird dich nicht das Leben kosten«, sagte sie lächelnd. »Es genügt, wenn du ein wenig wachsam bist, und vor allem meiner Person ganz und gar verbunden bleibst, alles für meine Wünsche opferst und auf nichts anderes blickst als auf die Verpflichtung, meinem Willen zu gehorchen, was für dich ein leichtes sein wird.«

»Nun, ich bin ein wenig ungeduldig und kann es nicht erwarten, zu beginnen.«

»Mit etwas Ruhe wirst du bald alles erfahren. Heute abend muß ich noch viele Briefe schreiben … Und jetzt, so glaube ich, kannst du damit beginnen, meine Erwartungen zu erfüllen, indem du mir verschiedene Fragen beantwortest, da ich die Antworten brauche, um meine Briefe zu schreiben. Sag mir, pflegte Lesbia ohne meine Begleitung in dein Haus zu kommen?«

Ich war erstaunt, eine Frage zu hören, die mir vom Gegenstand meiner Dienste so weit entfernt schien wie der Himmel von der Erde. Aber ich forschte in meinem Gedächtnis und antwortete:

»Einige Male, nicht sehr oft.«

»Und hast du sie irgendwann einmal in der Garderobe des Theaters el Príncipe gesehen?«

»Daran kann ich mich nicht gut erinnern, deshalb könnte ich weder beschwören, daß ich sie sah, noch, daß ich sie nicht sah.«

»Es macht nichts aus, wenn du sie gesehen hast, denn Lesbia kennt keine Bedenken, sich an solchen Orten sehen zu lassen«, sagte Amaranta verächtlich.

Nach einer Pause, in der sie mir sehr besorgt vorkam, fuhr sie fort:

»Sie achtet nicht sehr auf Umgangsformen, sondern vertraut auf die Sympathien, die sie überall aufgrund ihrer Anmut und ihrer Schönheit erhält, wenn ihre Schönheit auch in Wirklichkeit nicht so bedeutend ist.«

»Überhaupt nicht«, fügte ich hinzu, indem ich der leidenschaftlichen Rivalität meiner Herrin schmeichelte.

»Nun gut«, sagte sie, »du wirst mir schon ganz allmählich die eine oder die andere Sache mitteilen, die ich wissen muß. Das erste, was ich dir raten will, ist, daß du absolute Diskretion wahrst, Gabriel. Ich hoffe, du wirst mit mir zufrieden sein und ich mit dir, nicht wahr?«

»Wie kann ich Euer Gnaden eine so große Güte danken?« rief ich stürmisch. »Ich glaube, ich werde verrückt, Herrin, ich werde bestimmt verrückt. Ich kann mein Herz nicht anders besänftigen, als daß ich die Gefühle zeige, die es seit dem Moment erfüllen, in dem Euer Gnaden Euren Blick auf mich richtetet. Und jetzt, da Euer Gnaden mir gesagt haben, daß Ihr aus mir einen erfolgreichen Mann machen und mich in die Lage versetzen wollt, ein ehrenvolles Amt in der Welt auszuüben, denke ich, auch wenn ich tausend Jahre leben und meine Wohltäterin allzeit verehren sollte, so könnte ich ihr ihre Gunst nicht zurückzahlen. Ich habe den großen Wunsch, genauso erfolgreich zu sein wie einige, die ich hier gesehen habe. Ist das nicht möglich? Glauben Euer Gnaden, daß es möglich sein könnte, wenn Ihr mich mit Eurer Unterstützung anweist? Ach! Wenn einer arm geboren ist, ohne reiche Verwandte, wenn einer im Elend aufgewachsen ist und in den traurigen Verhältnissen eines Dienstboten, dann kann er zu keinem besseren Posten aufsteigen, solange er nicht die Protektion einer Person erfährt, die so barmherzig ist wie Euer Gnaden. Und wenn ich das erreichen sollte, was ich mir wünsche, so wäre das nicht das erste Mal, nicht wahr, Herrin? Denn es gibt hier sehr mächtige und große Leute, die ihr Glück und ihr Amt irgendeiner vornehmen Dame verdanken, die ihnen die Hand gereicht hat.«

»Oh«, sagte Amaranta sanft. »Wie ich sehe, bist du ehrgeizig, Gabriel. Was du zum Schluß gesagt hast, ist sicher richtig. Wir kennen Leute, denen die Protektion einer Dame zu einem ungeheuer hohen Stand verholfen hat. Wer weiß, ob dich nicht ein ähnliches Geschick ereilen wird. Es ist sehr wahrscheinlich. Und damit du nicht die Hoffnung verlierst, gebe ich dir jetzt ein Beispiel. In einer sehr alten Zeit und in einem weit entfernten Land gab es ein großes Reich, das in Frieden von einem Herrscher regiert wurde, der zwar keinerlei Talente besaß, aber so gütig war, daß seine Vasallen sich glücklich schätzten und ihn sehr liebten. Die Sultanin war eine Frau von leidenschaftlicher Natur und lebhafter Phantasie, beides Eigenschaften, die denen ihres Gatten entgegengesetzt waren. Aufgrund dieses Unterschiedes war ihre Ehe nicht vollkommen glücklich. Als er seinen Vater beerbte, war der Sultan fünfzig Jahre alt und die Sultanin vierunddreißig. Zufällig trat in dieser Zeit ein junger Mann der Janitscharenwache bei, der sich in fast derselben Lage befand wie du, auch wenn er nicht von ganz so bescheidener Herkunft war und es ihm auch nicht an Ausbildung mangelte; dennoch war er sehr arm und konnte aus seinen eigenen Mitteln auf keine große Karriere hoffen. Sofort kursierte am Hofe die Rede, daß der junge Wachmann in die Gunst der Gattin des Sultans gefallen sei, und diese Vermutung bestätigte sich, als man in ihn seiner Laufbahn sehr schnell aufsteigen sah, bis er im Alter von fünfundzwanzig Jahren bereits alle Ehrerbietungen erhalten hatte, die einem einfachen Untertan gewährt werden können. Der Sultan, der weit davon entfernt war, Einwände gegen eine solch rasche Begünstigung hervorzubringen, war dem jungen Günstling aus ganzem Herzen zugetan und, nicht zufrieden damit, ihn mit höchsten Würden ausgestattet zu haben, übertrug er ihm die Zügel der Regierung. Er machte ihn zum Großwesir und zum Prinzen, und er gab ihm eine Dame aus seiner eigenen Familie zur Frau. Damit waren die Völker jenes alten und weit entfernten Landes nicht einverstanden, und so haßten sie den jungen Mann und die Sultanin. In seiner Regierung vollbrachte der junge Günstling so manches Gute, aber das Volk übersah diese Dinge, um sich nur noch mit den Schlechtigkeiten zu beschäftigen, derer es viele gab und solche, die große Not über das friedliche Reich brachten. Der Sultan, der immer blinder wurde, verstand den Unmut seines Volkes nicht, und die Sultanin, die ihn zwar verstand, konnte dem nicht abhelfen, denn die Intrigen an ihrem Hofe hinderten sie daran. Alle haßten den begünstigten jungen Mann, und unter seinen erbittertsten Feinden befanden sich auch einige andere Mitglieder der königlichen Familie. Aber das seltsamste ist, daß der Mann, den eine ebenso schwache wie großzügige Hand ohne sein eigenes Dazutun zu hohen Würden gebracht hatte, sich seiner Beschützerin gegenüber undankbar zeigte und gar nicht daran dachte, sie in unablässigem Glauben zu lieben. Statt dessen liebte er andere Frauen, ja, er mißhandelte sogar die Unglückliche, der er alles verdankte. Die Hofdamen der Sultanin erzählten sich, daß sie so manches Mal gesehen hätten, wie sie bitterste Tränen vergoß, und daß sie die Spuren von den harten Schlägen einer grimmigen Hand an ihrem Körper trug.«

»Was für eine schreckliche Undankbarkeit!« rief ich aus, ohne meine Empörung zurückhalten zu können. »Hat Gott diesen Mann nicht bestraft? Hat er diesen unschuldigen Völkern nicht ihren Frieden zurückgegeben? Hat er dem ausgezeichneten Sultan nicht die Augen geöffnet?«

»Das weiß ich nicht«, erwiderte Amaranta und biß dabei auf die weißen Spitzen der Feder, die sie zum Schreiben vorbereitete, »weil ich die Geschichte, die ich dir erzählt habe, gerade in einem sehr alten Buch lese und noch nicht bis zum Ende gekommen bin.«

»Was für schlechte Menschen es auf der Welt gibt!«

»Du wirst nicht so sein«, sagte Amaranta lächelnd. »Und wenn du dich eines Tages auf dieselbe Art und Weise in derlei Höhen versetzt siehst, würdest du alles tun, damit man über die Großartigkeit deiner Taten den eigentlichen Hergang deines Aufstiegs vergessen würde.«

»Wenn dies mit Hilfe aller teuflischen Künste geschehen sollte«, erwiderte ich, »werde ich es genauso machen, wie Euer Gnaden es sagen, oder ich bin nicht der, der ich bin, denn mir wird die Seele und das rechte Herz zum Regieren bleiben, und ich werde immer ein guter Mann sein, anständig und großmütig.«

Diese letzten Worte ließen sie auflachen. Sie bot mir an, mich am folgenden Tag einem gewissen Pater Jerónimo aus dem Kloster zu empfehlen, damit er mich unterrichte, und sagte dann, daß sie nun einige sehr dringende Briefe zu schreiben habe und ich sie allein lassen solle.

Die Zofe erschien wieder, um mich in das Zimmer zu bringen, worin ich mich zurückziehen sollte, und kaum daß ich dort angekommen war, lag ich auch schon im Bett, aber die Gedanken, die durch das Gespräch in meinem Kopf heraufbeschworen wurden, verwirrten mich so sehr, daß mein Schlaf sehr unruhig und schmerzvoll war, ein drückender Alptraum, und ich meinte, auf meiner Brust all die Kuppeln, Türme, Dächer, Vordächer, Bögen und all die Steine des riesigen El Escorial zu tragen.

14

Am Tag darauf versammelten sich Lesbia, der Botschafter und seine ehrenvolle Schwester zum Mittagessen in Amarantas Wohnung. Die Marquise, die Schwester des Botschafters, war eine freundliche Dame fortgeschrittenen Alters, eine fromme Spanierin vom Scheitel bis zur Sohle mit freimütigem Charakter ohne künstliches Gehabe, sehr natürlich und barmherzig, eine Feindin jeglichen Getöses und jeglicher Abenteuer und aller Welt gegenüber liebenswürdig. Ihre schwache Seite bestand darin, daß sie ihren Bruder für sehr klug hielt. Auch wenn sie in ihrem privaten Umgang eher bescheiden war, so liebte sie es doch, große Festlichkeiten zu veranstalten, wobei sie Theatervorstellungen bevorzugte, da sie hierfür eine große Neigung zeigte. Ihr Theater war das erste am Hofe, und für die Aufführung von *Othello* hatte sie beträchtliche Summen ausgegeben. Sie protegierte und unterstützte die Schauspieler, hielt jedoch gleichzeitig große Distanz zu ihnen.

An diesem Tag war außerdem noch Don Juan de Mañara bei meiner Herrin zum Mahl geladen. Aber als ich morgens zu ihm ging, um ihm die Einladung zu übergeben, entschuldigte er sich, da er zur selben Stunde an der Reihe sei, die Wache zu übernehmen. Und, nebenbei bemerkt, kann ich auch nicht stillschweigend die Tatsache übergehen, daß ich ihn in der Gesellschaft von Lesbia vorfand. Beide waren so gekleidet, daß man vermuten mußte, sie seien gerade von einem jener dämmrigen und ländlichen Spaziergänge zurückgekehrt, die

die Liebenden stets gerne machen. Am Nachmittag desselben Tages sah ich ihn sehr niedergeschlagen in dem großen Innenhof umhergehen, und am nächsten Morgen traf er mich an demselben Ort, wo er mich bat, der Herzogin einen Brief zu bringen. Ich weigerte mich, dies zu tun, und dabei blieb es. Zweifellos ging mit dem Señor de Mañara etwas vor sich.

Amaranta schien sehr verärgert darüber, daß der besagte junge Mann sich nicht an ihren Tisch zu setzen gedachte. Als ich mit seiner Antwort zurückkam, befand sich im Zimmer von Amaranta ein Besucher, den ich am Abend zuvor in der beschriebenen Prozession gesehen hatte. Sie unterhielten sich anderthalb Stunden lang. Als er hinausging, betrachtete ich ihn genau. Selten habe ich ein ähnlich unangenehmes Gesicht gesehen. Ich würde ihm keinen Platz in der Reihe meiner Erinnerungen einräumen, wenn er nicht eine der berühmtesten Personen seiner Zeit wäre. Es handelte sich um den Marquis Caballero, den Justizminister.

Ich sah diesen Mann nur dieses eine Mal, aber ich habe ihn nie vergessen. Er war ungefähr fünfzig Jahre alt und hatte einen kleinen, untersetzten Körper. Der Blick eines seiner Augen war trübe und tückisch, das andere blieb dem Lichte verschlossen, die Haut seines Gesichts war dunkelviolett und gekörnt, wie die eines Menschen, der zu viel Wein zu trinken pflegt. Seine Haltung und sein Gebaren waren äußerst gewöhnlich, und seine ganze Person wirkte abstoßend und gemein. Man mußte annehmen, er sei mit außergewöhnlichen Talenten ausgestattet, daß er mit solch unvorteilhafter Erscheinung dennoch Minister hatte werden können. Aber mitnichten, lieber Leser. Der Marquis war auch im moralischen Sinn so nichtswürdig, daß man sagen kann, niemals hat ein Körper so naturgetreu die erbärmlichen Gefühle und niederen Gedanken einer Seele zum Ausdruck gebracht. Ein ungebildeter Mann, ohne eine andere Fähigkeit als die der Intrige, war er der Typus des schwatzhaften Winkeladvokaten, der seine Wissenschaft darauf begründet, nicht die Grundsätze, sondern die Schlupflöcher, die krummen Pfade und die schlüpfrigen Regeln des Rechts zu kennen, um nach seinem eigenen Gutdünken die einfachsten Dinge zu verdrehen. Niemand wußte sich seinen Aufstieg zu erklären, der um so rätselhafter war, da man den allgewaltigen Godoy nicht zu seinen Freunden zählen konnte. Vielleicht lag des Rätsels Lösung darin, daß er sich im Palast eingeführt und als wertvoll erwiesen hatte, indem er niederträchtige Intrigen spann und die Verteidigung kirchlicher Interessen als Instrument seines Ehrgeizes an der Seite des Königs benutzte. Er schmeichelte der Religiosität des armen Karl damit, daß er ihm imaginäre Gefahren ausmalte und die Sicherheit des Thrones von der Ausübung einer restriktiven Politik in kirchlichen Angelegenheiten abhängig machte. Auf diese Art machte er sich am Hof unentbehrlich. Selbst Godoy konnte ihn nicht aus der Regierung entfernen. Noch konnte er den brutalen Methoden entgegentreten, die der Justizminister in seinem grenzenlosen Fanatismus anwandte. Nachdem er zahlreiche vornehme Männer seiner Epoche verfolgt und Jovellanos hinter Gitter gebracht hatte, vollendete Caballero seine glorreiche Karriere, indem er im März 1808 auch noch den Friedensfürst stürzte.

So viel zu diesem Mann, dem damals von allen Seiten wohlverdiente Abneigung entgegenschlug. Sein Aufstieg beweist, daß das Emporkommen dummer, niederträchtiger und gewöhnlicher Menschen keineswegs, wie manche glauben, ein Merkmal nur der modernen Zeit ist.

Nach der besagten Zusammenkunft begann die Mahlzeit, bei der ich servierte.

»Ich weiß schon«, sagte Amaranta, wobei sie gar nicht erst versuchte, ihre Freude an einer Kränkung Lesbias zu vertuschen, »ich weiß schon, was diese Papiere enthielten, die man bei Seiner Hoheit gefunden hat. Caballero hat es mir gesagt. Er hat mir zwar befohlen, darüber zu schweigen, aber da man ja sowieso bald Bescheid wissen wird …«

»Ja, sag es uns. Wir werden es niemand anders anvertrauen als unseren Freundinnen«, versicherte die Marquise.

»Nun, ich bin der Meinung, man sollte es nicht erzählen«, wandte der Botschafter ein, der sich immer unbehaglich fühlte, wenn jemand Geheimnisse enthüllte, von denen er nichts wußte.

»Unter den Papieren«, sagte Amaranta, »befindet sich eine Darlegung an den König, die wahrscheinlich von Don Juan Escoiquiz angefertigt wurde, obwohl sie in der Handschrift von Ferdinand geschrieben ist. Anscheinend werden darin die schlechten Gewohnheiten des Friedensfürsten aufgeführt, und das mit den unanständigsten Worten. Besonders starke Worte wurden dabei wohl über seine zwei Frauen benutzt und über die Ämter, die Gelder und die Pfründe, die er im Austausch gegen …«

»Oh, ja, das ist gewiß!« warf die Marquise dazwischen. »Ich weiß von einem Herrn, dem der Friedensfürst etwas angeboten hat …«

Plötzlich fiel der guten Dame meine Anwesenheit auf, und so hielt sie sich zurück. Jedoch haben mir seit jeher wenige Worte gereicht, um die Dinge zu verstehen, und ich konnte leicht ahnen, was sie hatte sagen wollen.

»In dieser Darstellung«, fuhr die Herzogin fort, »fallen sie über die arme Tudó her und raten dem König, sie in einer Burg einzuschließen. Und schließlich heißt es darin, daß der Friedensfürst seines Amtes enthoben und seine Güter beschlagnahmt werden sollten und man den Kronprinzen nicht mehr von der Seite seines Vaters lassen solle.«

»Das alles ergibt einen Sinn«, sagte die Marquise erstaunt darüber, daß die Ideen der Verschwörer mit ihren eigenen übereinstimmten. »Auch wenn ich mich sehr hüten werde, außerhalb dieses Raumes so zu sprechen.«

»Aber hier fürchte ich mich nicht, es zu sagen«, fuhr Amaranta fort. »Caballero gibt sich keine große Mühe, das Geheimnis zu hüten. Ich weiß, daß er es verschiedenen Personen erzählt hat. Ein anderes der Papiere ist besonders nett; es scheint ein Lustspiel zu sein, denn alles darin ist in Dialoge gefaßt, und man könnte glauben, daß es geschrieben worden sei, um es im Theater aufzuführen. Jede der Personen, die darin sprechen, trägt einen erfundenen Namen, so heißt der Prinz zum Beispiel *Don Agustín*, die Königin *Doña Felipa*, der König *Don Diego*, Godoy *Don Nuño* und die Prinzessin, von der es heißt, man habe versucht, sie mit dem Kronprinzen zu verheiraten, ist eine sogenannte *Doña Petra*.«

»Und welche Absicht verfolgt diese Komödie?«

»Es ist der Entwurf einer Konversation mit der Königin. Man geht von ihrer Betrachtungsweise aus und beantwortet so alle Fragen nach dem Plan, der beabsichtigt, sie von den Missetaten des Friedensfürsten zu überzeugen. Es befinden sich auch sehr viele zotige Sätze darin, und am Schluß lehnt der Don Agustin es rundweg ab, Doña Petra zu heiraten, die Schwägerin des Ministers und Schwester des Kardinals und des Chinchon.«

»Auch das ist sehr gut erdacht«, sagte die Marquise. »Wenn dieses Komödchen zur Aufführung käme, dann würde ich Beifall klatschen. Was hat man sich nur dabei gedacht, den armen jungen Mann mit der Schwägerin des anderen verheiraten zu wollen? Wäre es nicht besser, ihm eine Frau in einer der königlichen Familien zu suchen? Sie würde bei der Aussicht, mit unseren Königen verschwägert zu sein, indem sie irgendeine ihrer jungen Damen mit dem Prinzen verheiraten, sicherlich vor Freude ein Lied anstimmen.«

»Wie könnt Ihr es wagen, über solch schwerwiegende Angelegenheiten ein Urteil zu fällen?« sagte der alte Botschafter unfreundlich. »Und was die besagten Dokumente anbelangt, so ist es doch merkwürdig, daß eine so verschwiegene Person wie meine Nichte sie ohne jede Vorsicht der Öffentlichkeit preisgibt.«

»Seht Ihr, vorhin habt Ihr noch bezweifelt, daß es die Papiere überhaupt gibt, und jetzt geht Ihr bereits davon aus, daß es sie gibt, da Ihr meint, man dürfe nicht über ihren Inhalt sprechen.«

»Natürlich gibt es diese«, entgegnete der Marquis, »nun, da eine andere Person Dinge aufgedeckt hat, über die ich zu schweigen mir geschworen hatte ...«

Nachdem er die Existenz der besagten Papiere nun nicht mehr abstreiten konnte, hatte er sich offenbar entschlossen, einfach so zu tun, als hätte er sie selbst gelesen.

»Heißt das, du hast bereits alles gewußt?« fragte ihn seine Schwester. »Ich habe mir immer gedacht, daß du auf dem laufenden sein müßtest. In Wirklichkeit entgeht dir einfach nichts. Du kannst ruhig zugeben, daß du zu denen gehörst, die das Gras wachsen hören.«

»Unglücklicherweise ist das der Fall«, antwortete der Botschafter mit geheuchelter Herablassung. »Alles kommt mir zu Ohren, trotz meiner wiederholten Versprechen, mich in nichts einzumischen und mich von jeder Art von Geschäften fernzuhalten. Man kann nichts dagegen tun, es braucht eben Geduld.«

»Bruder, du mußt noch etwas mehr wissen, und du verschweigst es«, sagte die Marquise. »Wir werden sehen. Hat Napoleon mit dieser Angelegenheit etwas zu tun?«

»Ach, geht jetzt etwa die Fragerei los?« gab der Alte mit mutwilligem Lächeln zurück. »Laßt das Fragen sein, denn ich schwöre Euch, Ihr werdet mir keine Silbe entlocken. Ihr kennt die Unbeugsamkeit meines Charakters in diesen Dingen.«

Zu alledem sagte Lesbia kein Wort.

»Ich werde also meine Erzählung beenden«, sagte meine Herrin. »Auch wenn ich nicht sagen kann, welches das andere Papier ist, das man beim Prinzen gefunden hat.«

»Aber du solltest besser nicht darüber sprechen, liebe Nichte«, forderte der Marquis.

»Doch, ich werde sprechen, ich werde sprechen.«

»Man hat also den Schlüssel zur Korrespondenz gefunden, die der Kronprinz mit seinem Meister Don Juan Escoiquiz unterhalten hat. Und … das ist das Allerschlimmste.«

»Ja, das Allerschlimmste«, fügte der Diplomat hinzu, »und deshalb muß man darüber stillschweigen.«

»Genau deshalb muß man es sagen.«

»Nun man fand einen Brief in Form einer Notiz, ohne Aufschrift, in dem jemand seine Bereitschaft bekundet, dem König die Darstellung der Lage durch einen Kirchenmann zu übergeben. Das bemerkenswerteste in diesem Papierchen ist, daß der Prinz darin versichert, er sei entschlossen, es dem heiligen Märtyrer Hermenegild gleichzutun, der sich anschickt … hört gut zu … der sich anschickt, für das Recht zu kämpfen. Das bedeutet ganz klar eine Revolution. Anschließend bittet er die Verschwörer, ihn mit aller Kraft zu unterstützen, Bekanntmachungen vorzubereiten und …«

»Oh, die Frauen, die Frauen! Werden sie es niemals lernen, sich in Diskretion zu üben?« unterbrach sie der Marquis. »Es wundert mich zu sehen, mit welcher Frivolität du dich mit solch gefährlichen Sachverhalten beschäftigst.«

»In diesem Papier«, fuhr die Gräfin fort, ohne sich um die lästigen Ermahnungen des Diplomaten zu kümmern, »werden das Königspaar und Godoy mit gotischen Namen bezeichnet. *Leovigildo* ist Karl IV. die Königin ist *Goswinda* und der Friedensfürst ist *Sisberto*. Nun gut, der Prinz, der sich die Rolle des *Heiligen Hermenegildo* anmaßt, sagt den Verschwörern, daß der Sturm über *Sisberto* und *Goswinda* hereinbrechen möge und sie versuchen sollen, *Leovigildo* mit Hochrufen und Beifall zu täuschen.«

»Und das ist alles?« fragte die Marquise. »Ich meine, es könnte nichts Unschuldigeres geben als das.«

»Es handelt sich eindeutig darum«, entgegnete Amaranta wütend, »Karl IV. zu entthronen.«

»Das würde ich nicht so verstehen.«

»Aber ich schon«, erwiderte die Gräfin. »Der Sturm soll über *Sisberto* und *Goswinda* hereinbrechen. Das heißt, der Kronprinz und seine Freunde schicken nicht einfach nur die Wache auf einen Spaziergang, sondern sie haben auch noch irgendeinen Schurkenstreich mit der Königin vor, wollen sie möglicherweise auf die Guillotine bringen, wie die arme Marie Antoinette. Jeder weiß, wie sehr der König seine Frau liebt. Jegliche Kränkung, die ihr zugemutet wird, betrachtet er so, als sei sie gegen seine eigene Person gerichtet.«

»Was ich meine, ist, wenn ihnen etwas zustößt, dann haben sie es wohl verdient«, lautete die Antwort der Marquise.

»Und ich behaupte«, fügte meine Herrin noch aufgeregter hinzu, »daß der Prinz zwar so viele Verschwörungen geschmiedet haben mag wie er will, um Godoy aus dem Ministerium zu stoßen, aber Darlegungen gegen den König zu schreiben, darin die Ehre seiner Mutter in Zweifel zu ziehen und davon zu sprechen, daß *Sisberto* und *Goswinda* von Stürmen geplagt werden sollen, was einer Aussage gleichkommt, nach dem Leben der Königin trachten zu wollen, das scheint mir ein unwürdiges Benehmen für einen spanischen und christlichen Prinzen ... schließlich ist sie seine Mutter. Welche Fehler sie auch immer haben mag – und ich bin sicher, es waren nicht viele, noch waren es so gewichtige, wie die Öffentlichkeit glaubt –, es ist nicht richtig von einem Sohn, diese Fehler zu benennen, und erst recht nicht, sie zum Anlaß zu nehmen, um einen Feind zu bestrafen.«

»Mein Kind, du bist ein wenig überempfindlich«, sagte Amarantas Tante mit Bitterkeit. »Ich glaube, der Prinz hat ganz recht. Und wenn es nicht so ist, Bruder, dann sag du, der du über alles Bescheid weißt, uns deine Meinung.«

»Meine Meinung! Glaubst du, es ist leicht, seine Meinung über einen so heiklen Gegenstand kundzutun? Und sollte ich das, was ich im Einklang mit meiner Erfahrung und meinem klaren Verstand denken kann, vielleicht gar in der Gegenwart von Frauen aussprechen, die es sofort in Zimmern und Vorzimmern jedem weitererzählen, der ihnen zuhören mag …?«

»Niemand will dir auch nur ein Wort abringen. Wenn ich nur die Hälfte deiner Kenntnisse besäße, lieber Bruder, dann würde ich mit Freuden die Unwissenden unterrichten.«

»Um sich ein klares Urteil zu bilden, braucht man Daten«, sagte der Marquis. »Kennt jemand von Euch die Meinung der Königin über diese Vorfälle?«

»Als man vor dem Rat das letzte der Papiere vorlas, von denen ich sprach«, antwortete die Gräfin, »sagte Caballero, der Prinz verdiene die Strafe für sieben Anschuldigungen. Die Königin war über diese Äußerung verärgert und sagte: ›Aber verstehst du nicht, daß er mein Sohn ist? Ich werde die Beweise zerstören, die ihn verdammen. Man hat ihn betrogen und verleumdet.‹ Sie entriß ihm das Papier, barg es an ihrem Busen und fiel in einen Sessel. Seht nur, wie großmütig sie ist! Offen gesagt, war ich der Sache des Prinzen nie besonders zugeneigt. Seit der Enttarnung seiner Pläne gegen das Königspaar erscheint er mir als ein erbärmlicher junger Mann.«

»Welch ein Unsinn!« rief die Marquise aus. »Jetzt, nachdem so viel Schlimmes geschehen ist, beginnt auf einmal das Geschrei. Na und? Diese Dinge wären nicht geschehen, wenn man nicht gewisse Fehler gemacht hätte …«

Lesbia, die bis zu diesem Zeitpunkt verwirrt und ängstlich geschwiegen hatte, stimmte den letzten Worten der Marquise zu. Amaranta wandte sich zu ihr um und sagte mit einem ebenso bitteren wie auch verächtlichen Unterton:

»So wird also von den Fehlern der anderen geredet! Diese Person hat es nicht verdient, von demjenigen, der ihr soviel zu verdanken hat, mit dem sie an einem Tisch gesessen und den sie mit ihrer Freundschaft beehrt hat, so in der Öffentlichkeit beschimpft zu werden.«

»Oh, diese kleine Predigt ist nicht schlecht«, sagte Lesbia mit jener erzwungenen Freundlichkeit, die manchmal der schrecklichste Ausdruck des Zornes sein kann. »Darauf habe ich schon gewartet. Seit ich mich gewissen Gefälligkeiten verweigert habe, seit ich die Rolle, die ich leichtfertig angenommen hatte, die jedoch unpassend für mich war und der ich überdrüssig wurde, an andere abgetreten habe, die sie mit größter Perfektion spielen, werde ich gestraft, indem man mir unterstellt, ich würde Dinge verbreiten, die die ganze Welt bereits weiß. Gewissen Personen nimmt man es nicht ab, daß sie Opfer der Verschwörung seien, obgleich sie weinen und klagen, denn ihre Laster, deren sie viele und bedeutsame haben, haben sich inzwischen herumgesprochen.«

»Das ist wahr«, entgegnete Amaranta in bösem Tonfall. »Es fehlt nicht an lebenden Beweisen dafür. Aber, Tochter, der häßlichste aller Fehler ist die Undankbarkeit.«

»Ja, aber das ist der Fehler, dessentwegen die Leute am allerwenigsten verurteilt werden können.«

»Oh, nein. Auch sie werden verurteilt, das werden wir bald sehen. Um genau zu sein, ist die Sache des Prinzen ein Werk, das ganz einfach nur durch die Undankbarkeit so rein und vollendet sein konnte. Du wirst schon sehen, wie so etwas bestraft wird.«

»Ich nehme an«, sagte Lesbia boshaft, »daß du nicht uns alle, die wir hier sind, in das Gefängnis bringen willst, nur weil wir das Verbrechen begangen haben, uns den Triumph des Prinzen zu wünschen.«

»Ich bringe niemanden ins Gefängnis, und diejenigen, die hier anwesend sind, können in Frieden leben. Aber möglicherweise ist jemand anders nicht in Sicherheit, jemand, der von einem, der mir zuhört, sehr geliebt wird.«

»Ah!« fuhr der Botschafter etwas tolpatschig dazwischen, »man hat mir gesagt, daß auch Mañara in die Sache verwickelt sei.«

»Ich glaube, das ist er«, fügte Amaranta grausam hinzu, »aber er verläßt sich voll und ganz auf den Schutz hochgestellter Persönlichkeiten. Und wenn diejenigen, die man verdächtigt, sich tatsächlich als Komplizen erweisen, bleibt zu hoffen, daß ihnen keinerlei Art Unterstützung zuteil wird.«

»Das ist es«, sagte die Marquise. »Es soll sie hart zu stehen kommen! Man weiß immer noch nicht, welche Wendung dieses Geschäft nehmen wird. Man weiß nicht, ob nicht ein unerwarteter Vorfall die Dinge plötzlich ändern und die Ankläger in Angeklagte verwandeln wird.«

»Oh, sie vertrauen auf Bonaparte!« bestätigte Amaranta mit Ingrimm.

»Das geht zu weit!« rief der alte Botschafter aus. »Meine Damen, Sie begeben sich auf ein sehr gefährliches Terrain.«

»Es wird Gerechtigkeit geschehen«, sagte meine Herrin, »aber nicht so, wie man es sich wünscht, denn es wird nicht möglich sein, die Wahrheit herauszufinden. Ein Beispiel: Es wird mit großer Beharrlichkeit nachgeforscht, wer es auf sich genommen hat, den Verschwörern die Korrespondenz des Prinzen zukommen zu lassen, und bis jetzt weiß man nichts darüber. Es gibt Vermutungen, daß es eine der vielen intriganten und koketten Damen sein könnte, die am Hof weilen … man hat sogar schon eine in Verdacht, aber bis jetzt gibt es noch nicht genügend Beweise.«

Lesbia sagte kein Wort, lächelte aber schalkhaft wie jemand, der bar jeder Angst ist. Und dann wagte sie es sogar, ihre Feindin mit den folgenden Worten zu kränken:

»Vielleicht hat sie, gerade weil sie intrigant und kokett ist, die Mittel, ihre Verfolger hinter das Licht zu führen. Vielleicht haben die Umstände ihr die Mittel verschafft, mit denen sie ihre Feinde provoziert und ihnen trotzt … Ich wüßte zu gerne, wer dieses Früchtchen sein mag. Könntest du es nicht sagen?«

»Jetzt nicht«, gab Amaranta zurück, »aber vielleicht schon morgen.«

Lesbia ließ ein schallendes Gelächter hören, Amaranta wechselte das Gesprächsthema, die Marquise begann wieder, das Schicksal des Prinzen zu beklagen und der alte Marquis versicherte, daß er um nichts auf der Welt den Schleier lüften würde, hinter dem sich die Vorhaben des großen Hauptmannes verbargen. So ging das Mahl zu Ende, und alle, außer meiner Herrin, zogen sich zurück, um ein Mittagsschläfchen zu halten.

15

Wenn überhaupt etwas die große Aufgeregtheit der Menschen am Hof steigern konnte, so waren es die weitreichenden und erschütternden Neuigkeiten, die sich am darauffolgenden Tag, dem 30. Oktober 1807, zutrugen. Am Morgen hatte meine Herrin mich mit den Worten verabschiedet, sie wollten einen Spaziergang durch das achte Weltwunder machen, und mich gleichzeitig ausgeschickt, den Pater Jerónimo, der mich sowohl in das heilige als auch in das weltliche Schriftgut einweisen sollte, in seiner Zelle zu besuchen. Beides war sehr nach meinem Geschmack, vor allem die Mußestunden, während derer ich mich damit vergnügte, den Escorial und seine Umgebung nach Lust und Laune zu durchforsten. Das erste Ereignis, daß sich meinen neugierigen Augen offenbarte, war der Aufbruch des Königs zur Jagd, was mich in außerordentliches Erstaunen versetzte, denn ich hatte gemeint, die jüngeren Vorfälle müßten Seine Majestät in viel zu großen Kummer gestürzt haben, als daß er in der rechten Stimmung für einen solch fröhlichen Sport sein könne. Wie ich jedoch später erfuhr, war die Neigung unseres guten Monarchen zur Jagd so groß, daß er es selbst in den schlimmsten Tagen seines Lebens nicht versäumt hätte, seiner größten, oder besser gesagt, seiner einzigen Leidenschaft nachzugehen.

Ich sah ihn in Begleitung zweier oder dreier Personen durch das Nordtor herauskommen, in seine Kutsche steigen und dem Gebirge zustreben, und das alles mit einer Gelassenheit, als herrsche im Palast völlige Ruhe. Ohne Zweifel mußte sein Charakter äußerst friedvoll und sein Gewissen mindestens so klar und rein wie die Quellen der Berge sein. Nichtsdestoweniger flößte mir dieser altehrwürdige Greis trotz seines hohen Amtes und des Friedens, den ich in seinem Inneren vermutete, eher Mitleid ein als Neid. Dieser Eindruck verstärkte sich noch, als ich sah, wie das Volk aus dem Dorf, das sich rings um das Gebäude versammelt hatte, nicht das geringste Zeichen von Zuneigung seinem König gegenüber zeigte, ja, es kam mir sogar so vor, als hörte ich in einigen Gruppen abschätzige Redensarten, die bis zu jenem Zeitpunkt wohl auf keinen Herrscher dieser ehrenvollen Nation angewandt worden waren.

Später streifte ich durch die niederen Galerien und die höher gelegenen Vorzimmer des Palastes. Ich sah weitere Mitglieder der königlichen Familie und staunte, bei allen dieselbe hängende Nasenform zu entdecken, welche die Kaste der Bourbonen auszeichnet. Der erste, den zu bewundern ich Gelegenheit hatte, war der Kardinal de la Escala, Don Luis von Bourbon, der später dadurch berühmt wurde, daß er auf der Insel León den Abgeordneteneid empfing, und auch noch durch andere, weniger ehrenvolle Geschichten, die sich im gleichen Maß herumsprachen. Der Kardinal war nicht, wie zu erwarten gewesen wäre, ein von Alter und anstrengenden Studien gebeugter Mann mit weißem Haar; auch verriet sein Gesicht nicht jene Strenge, die all denen anzuhaften scheint, die schwierige Pflichten ausüben. Vielmehr war er ein junger Mann, der noch nicht einmal die Dreißig erreicht hatte, ein Alter, in dem Lorenzana[55], Albornoz[56], Mendoza[57] und andere Leuchten der spanischen Kirche noch nicht das Seminar verlassen hatten. Es existierte tatsächlich eine Sitte, die jüngeren Prinzen, die keinerlei Reich, weder ein großes noch ein kleines, zu erwarten hatten, mit der Kardinalswürde zu segnen, und Don Luis von Bourbon, ein Vetter des Königs Karl IV. war einer jener glücklichen Sterblichen. Schon mit der Muttermilch auf den Lippen war ihm das Einkommen der Mitra von Sevilla zuteil geworden, und kaum daß er das dreiundzwanzigste Lebensjahr vollendet und die Urteile von Pedro Lombardo verdaut hatte, nahm er den Bischofssitz Toledo in Besitz, deren vorzügliche Erträge jeden deutschen oder italienischen Prinzen vor Neid erblassen lassen würden.

Aber alles zu seiner Zeit. Solche Begünstigungen waren eine Gepflogenheit jener Epoche, und es wäre ungerecht, dem Infanten zu verübeln, daß er nimmt, was man ihm zukommen läßt. So wie ich seine Eminenz aus der Kutsche steigen und den Vorhof des Palastes betreten sah, schien er mir ein sehr kräftiger junger Mann zu sein. Er war rotwangig, hatte einen ausdruckslosen Blick und war durch seine dicke, hängende Nase den anderen Mitgliedern seiner Familie ähnlich, auch er eine Frucht desselben Stammes und von so unbedeutendem Aussehen, daß niemand ihn beachtet hätte, wäre er nicht in ein Kardinalsgewand gekleidet gewesen. Don Luis von Bourbon stieg in großer Eile zu den königlichen Gemächern hinauf, und ich verlor ihn aus dem Blick.

Aber mein guter Stern, der mir zweifellos die Ehre erwiesen hatte, die gesamte königliche Familie auf einmal kennenzulernen, wollte, daß ich noch an demselben Tag den Infante Don Carlos sah, den zweiten Sohn unseres Königs. Dieser junge Mann war, obwohl er noch nicht einmal zwanzig Jahre alt zu sein schien, von noch unangenehmerer Erscheinung als sein Bruder, der Kronprinz. Ich beobachtete ihn aufmerksam, denn zur damaligen Zeit meinte ich, im Aussehen der Menschen von königlichem Blute irgendein Zeichen ihres hochgestellten Daseins erkennen zu müssen. Jedoch gab es nichts dergleichen an der Erscheinung des Infanten Don Carlos zu entdecken, der meine Aufmerksamkeit lediglich durch seine übermütigen Augen und sein heiteres Gesicht auf sich zog. Die Physiognomie und der Charakter dieses Menschen entsprachen keineswegs seinem Alter. Auch sah ich an jenem Nachmittag im Garten den Infante Don Francisco de Paula, ein nur wenige Jahre altes Kind, das in seinem prächtigen roten Mameluckenanzug umhersprang und spielte und mich zum Lachen brachte, da ihm noch jene Ernsthaftigkeit fehlte, die einen unweigerlich überkam, wenn man den Fuß an einen Ort setzte, der von der königlichen Familie betreten wurde.

Bevor ich in den Garten hinuntergegangen war, hatten einige harte Hammerschläge meine Aufmerksamkeit erregt, die ich aus einer der unteren Kammern hörte. Auf die Schläge folgten die zarten Klänge einer Hirtenflöte, die so kunstvoll gespielt wurde, daß es schien, als hätten sich alle Hirten aus Arkadien im königlichen Palast eingefunden. Als ich danach fragte, antwortete man mir, daß diese so unterschiedlichen Geräusche aus der Werkstatt des Infanten Don Antonio Pascual kämen, der die Mußestunden des königlichen Lebens damit zuzubringen pflegte, sich dem Zeitvertreib des Zimmermanns oder des Buchbinders im Wechsel mit dem Spiel der Hirtenflöte zu widmen. Ich wunderte mich darüber, daß ein Prinz arbeitete, und so wurde mir gesagt, Don Antonio Pascual, ein jüngerer Bruder von Karl IV. sei, nach dem verstorbenen Don Gabriel, der als großer Humanist gefeiert worden und den schönen Künsten sehr ergeben gewesen war, das arbeitsamste der spanischen Königskinder. Als der berühmte Zimmermann und Flötenspieler seine Werkstatt verließ, um zusammen mit den guten Hieronymus-Patern, die ihn jeden Nachmittag abholten, seinen üblichen Spaziergang durch die Gärten des Priors zu machen, hatte ich Gelegenheit, ihn ausgiebig in Augenschein zu nehmen, und ich muß wirklich sagen, daß ich niemals zuvor einen so gutmütigen Gesichtsausdruck sah. Er hatte die Angewohnheit, jeden Menschen, der ihm auf seinem Weg begegnete, mit großer Feierlichkeit und Zuvorkommenheit zu grüßen, und so wurde mir die hohe Ehre zuteil, mit einem gütigen Blick und einem leichten Kopfnicken bedacht zu werden, welches mich mit Stolz erfüllte.

Jedermann weiß, daß Don Antonio Pascual, der später durch seine berühmte Verabschiedung im Josafat-Tal von sich reden machte, die Güte in Person zu sein schien. Ich muß gestehen, daß damals jener schon erheblich gealterte Prinz, dessen Physiognomie man mit der irgendeines Küsters einer Pfarrkirche hätte verwechseln können, unter allen Personen der königlichen Familie derjenige war, der mir vom Charakter her am besten vorkam. Später erfuhr ich, wie sehr ich mich in meinem Urteil, ihn als gütigsten aller Männer anzusehen, getäuscht hatte. Maria Luisa, die ihn als grausam bezeichnete, prophezeite in einem ihrer Briefe das, was bei der Rückkehr aus Valençay geschehen mußte, als der Prinz den auserlesensten Teil der Anhänger der königlichen Partei um sich versammelte.

Dieser arme Mann gehörte, genau wie sein Neffe, der Prinz Don Carlos, zur Anhängerschaft des Prinzen Ferdinand, die den Friedensfürsten von ganzem Herzen verabscheuten. Solche Neigungen seien ihm verziehen, denn zu jener Zeit mochte kein Spanier und erst recht nicht die Mitglieder dieser Familie, Manuel de Godoy. Aber genug der Abschweifungen, fahren wir mit der Erzählung fort. Ich war, wenn ich mich recht erinnere, bei dem Hinweis auf gewisse Neuigkeiten stehengeblieben, die eine unerwartete Wendung der Ereignisse herbeiführten, aber ich sagte noch nicht, welche das waren.

Allem Anschein nach sandte der vornehme Gefangene, nachdem er bemerkt hatte, daß sein Vater zur Jagd ausgegangen war, seiner Mutter eine Nachricht, in der er sie ersuchte, zu ihm zu kommen, damit er ihr einige äußerst wichtige Informationen eröffnen könne. Seine Mutter weigerte sich, doch sie schickte den Marquis Caballero, der den Lippen des Prinzen die Erklärungen entnahm, von denen ich berichten werde.

Glaubt nur nicht, daß alle Bewohner von El Escorial sogleich in den Besitz solch bedeutsamer Neuigkeiten gelangten. Auch ich erfuhr sie nur deshalb, weil Amaranta dem Botschafter und seiner Schwester davon erzählte, und da sie aufgrund meines geringen Alters und des Eindrucks, daß ich ein zerstreuter und gedankenloser Junge sei, dachte, ich würde ihren Worten keinerlei Aufmerksamkeit schenken, sorgten sie sich nicht darum, in meiner Gegenwart Diskretion zu wahren.

Nach dem, was Amaranta sagte, waren alle Personen der königlichen Familie verwirrt und fassungslos, denn nach den letzten Erklärungen des Prinzen wußte man bereits mit Sicherheit, daß auf der Seite der Verschwörer Napoleon höchstpersönlich stand, dessen Truppen sich immer weiter auf Madrid zubewegten, mit dem Ziel, die Bewegung zu unterstützen. Außerdem hatte Prinz Ferdinand seine Komplizen denunziert und sie als treulose Bösewichte bezeichnet. Nach den Angaben, die er machte, entbehrten die Gerüchte über den Plan, ein Attentat auf das Leben der Königin zu verüben, die vor einiger Zeit ans Licht getreten waren, nicht einer Grundlage. Was den König anbelangte, so sollten die Freunde des Prinzen auch ihm gegenüber nicht die besten Absichten gehegt haben, weil dieser in einem Dekret, das mit den Worten begann: ›*Da es Gott gefallen hat, in seinem Namen die Seele des Königs, unseres Vaters, etc.*‹, den Herzog von Infantado zum Generaloberst der Land- und Marinestreitkräfte gemacht hatte.

Solche Einzelheiten blieben nicht gut in meinen Gedächtnis haften; da ich jedoch später über die Zwischenfälle dieses berühmten Prozesses gelesen habe, kann ich meine Erinnerung nachdrücklich so unterstützen, daß die Erzählung der Vorfälle so lebendig wird, als sei sie aus meinem eigenen Gedächtnis geboren. Woran ich mich tatsächlich erinnere, ist, daß Amaranta, die den Hinweis auf Bonaparte mit großer Unruhe aufnahm, sich mit großem Vergnügen ihren Betrachten über die Niederträchtigkeit des Prinzen hingab, der seine Freunde so schändlich denunziert hatte. Die Marquise weigerte sich, es zu glauben, und erging sich noch lange in Kommentaren, die ich hier nicht nachzeichnen werde, da sie ausgesprochen unerfreulich waren.

Die Nacht war noch nicht hereingebrochen, als der König von der Jagd zurückkehrte. Anderthalb Stunden später kündete ein großer Lärm im unteren Bereich der Burg von der Ankunft einer weiteren wichtigen Person. Ich lief in den großen Innenhof, doch ich konnte ihn nicht sehen, da er rasch aus der Kutsche gestiegen war und nun mit großer Eile die Treppen erklomm, um zügig nach oben zu gelangen. Ich erahnte lediglich eine unförmige Gestalt, die in einen sehr weiten Umhang gehüllt war, wie ein kranker Mensch, der sich vor der Luft schützen muß, doch war es mir nicht möglich, seine Gesichtszüge zu erkennen.

»Er ist es«, sagte ein paar Dienstboten, die in meiner Nähe standen.

»Wer?« fragte ich neugierig.

Da näherte ein Küchenjunge, mit dem ich mich gewissermaßen angefreundet hatte, da es zu seinen Pflichten gehörte, mir das Essen zu überreichen, seinen Mund meinem Ohr und sagte ganz leise:

»Der *Selcher*.«

Viel später würde ich noch die Gelegenheit haben, mit diesem Menschen zu sprechen, aber seine Darstellung steht in einem anderen Buch beschrieben.

16

Ich unterhielt mich weiter mit dem Küchenjungen, denn ich wollte die günstige Gelegenheit, Kontakte zu den Leuten der unteren Etage des Palastes anzuknüpfen, nicht ungenutzt verstreichen lassen. Also fragte ich meinen Essenslieferanten, welches die in den königlichen Küchen am meisten verbreitete Meinung über die Geschehnisse des Tages sei. Unglücklicherweise nahte die Stunde des Abendessens, und während mein Freund mich zu den hierfür bestimmten Räumlichkeiten geleitete, ließ er mich wissen, daß das Küchenpersonal im ganzen Lande der Haltung folgte, die von den Leitern der Fernandistischen Partei bestimmt war. Ein begeisterter Patriotismus prägte die Gesinnung jener Handvoll tüchtiger Leute, deren Töpfe sozusagen den Gaumen der Könige von Spanien bildeten, und die bis zu einem gewissen Punkt die Schiedsrichter über ihr Wohlergehen, wenn nicht sogar über ihre Existenz waren. Obgleich viele der Männer, die ich hier gesehen hatte, alte und friedliche Diener waren, die sich von der rebellischen Unruhe der jungen Leute nicht beeinflussen ließen, war der größte Teil von ihnen von der hündischen und wunderlichen Beredsamkeit des Pedro Collado, des Wasserverkäufers des Berro-Brunnens, verblendet worden, der bereits in den Diensten von Ferdinand gestanden hatte. Dieser Mann, der sich mit Hilfe seiner grobschlächtigen und schäbigen Gesinnung einen bevorzugten Platz im Herzen des Kronprinzen erworben hatte, übte in allen niederen Bereichen des Palastes die Funktion eines Spions aus. Er überwachte die Dienerschaft, die sich vor ihm fürchtete, und sich daher fügsam seinen Anordnungen unterwarf. Auf diese Weise wurde Pedro Collado für die Köche, Küchenjungen und Lakaien ein wahrer Dorfgewaltiger, wie so manche, die heute gleichzeitig die Seele und die Geißel der kleinen Ortschaften unserer Halbinsel sind.

Wenn Pedro Collado zufrieden war, dann verbreitete sich die Freude wie eine himmlische Gabe unter der gesamten Dienerschaft; wenn Pedro Collado sich schweigsam und düster zeigte, dann trat ein melancholisches Schweigen an die Stelle des vorherigen Freudenspektakels. Wenn irgend jemand beim Wasserverkäufer in Ungnade fiel, dann blieb ihm nichts anderes, als sich Gott zu empfehlen, und diejenigen, die das Glück hatten, sein Wohlwollen zu finden oder als Gegenstand seiner plumpen Scherze zu dienen, konnten sich bereits mit einem Fuß auf der Leiter des Glücks betrachten.

Dieser Abend war besonders interessant für mich, denn ich wurde Zeuge der Verhaftung von Pedro Collado, gegen den man im ersten Prozeß dieser Angelegenheit schwere Beschuldigungen vorgebracht hatte. Der Günstling des Prinzen teilte gerade den vornehmsten seiner Freunde seine Impressionen desselben Tages mit, als ein Gerichtsdiener in Begleitung einiger Soldaten der Spanischen Wache hereinkam, um ihn zu verhaften. Der Wasserverkäufer leistete keinerlei Widerstand, vielmehr folgte er mit erhobenem Haupte und aufgeblähter Haltung seinen Bewachern, die ihn zum örtlichen Gefängnis führten, denn aufgrund seiner niederen Stellung konnte er weder mit dem Herzog von San Carlos noch mit dem Herzog von Infantado, die in der Mansarde des Gebäudeteils mit dem Namen El Noviciado gefangen waren, Umgang pflegen.

Die Festnahme des Wasserverkäufers löste in der Küche

eine gewisse Panikstimmung und gleichzeitig eine Grabesstille aus, die jedoch bald von befehlenden Stimmen unterbrochen wurde. Stimmen, die wie die eines Generals in der
Schlacht dazu dienen, die Strategie in den königlichen
Küchen zu führen, welche nicht weniger kompliziert ist als
die auf den Schlachtfeldern. Eine Stimme rief: »Abendessen
für den Prinzen Don Antonio Pascual.« Und im selben Moment wurde den Dienern, die in der Unterkunft des Prinzen
ihren Dienst taten, die üppigste Mahlzeit überreicht, die je
den menschlichen Appetit gereizt hat. Dann hörte man den
folgenden Auftrag: »Die heiße Suppe und das Rührei für Prinzessin Doña María Josefa.« Und später: »Die Schokolade für
den Prinzen Don Francisco de Paula.« Durch diese Worte
wurde jeweils weitere Geschäftigkeit ausgelöst. Einen Moment lang herrschte Ruhe, bis der erste Koch mit feierlicher
Stimme ausrief: »Ist das Brathuhn für Seine Eminenz, den
Herrn Kardinal, bereit?« Und sofort waren die Kasserollen
wieder in Betrieb, und das gebratene Hühnchen wurde
zusammen mit anderen nahrhaften Begleitern ins Zimmer des
Erzbischofs getragen. Schließlich blieb ein sehr fettleibiger
Herr in einer tressenbesetzten Uniform, der mit dem aufse-
henerregenden Titel des *Guardamangier* ausgestattet war, in
der Tür stehen, richtete seinen Adlerblick auf die Köche und
rief: »Das Abendessen für Seine Majestät, den König.« Es war
durchaus sehenswert, welche Vielzahl von Gerichten dazu
ausersehen war, dem erschöpften Magen Erquickung zu verschaffen, Speisen, die tagtäglich beim Jagdsport aus der ländlichen Umgebung des Königs Karl hervorgebracht wurden.
Da ich nicht in der Lage war, meine Augen von dieser reich-
haltigen Ansammlung von Speisen, deren aromatischer
Dampf die Essenslust weckte, abzuwenden, sagte mein
Freund, der Küchenjunge zu mir:

»Sei ohne Sorge, Gabriel, wir werden bald etwas von diesen Platten kosten. Dem König gefällt es zwar, viele Speisen
auf seiner Tafel zu sehen, aber von jeder einzelnen ißt er nicht
mehr als einen kleinen Happen. Manche kommen so zurück,
wie sie hinausgetragen wurden. Ich werde jetzt das Eiswasser
bereiten.«

»Warum Eiswasser?« fragte ich. »Und wer bringt es fertig,
sich von so wenigem zu ernähren?«

»Der König«, antwortete er mir, »bittet immer, sobald er sich den Kropf gut gefüllt hat, um ein Glas Eiswasser, so kalt wie der Schnee. Er nimmt ein Brötchen, zupft die Kruste ab, tunkt das weiche Innere in das Wasser und ißt es dann zum Abschluß. Er ißt niemals einen anderen Nachtisch als diesen.«

Kurze Zeit, nachdem das Essen für den König verlangt wurde, bat man um das der Königin, ein zeitlicher Verzug, der aufs neue meine Aufmerksamkeit weckte, und ich fragte meinen Freund, weshalb das Königspaar nicht mit seinen Kindern zusammen speiste.

»So schweig doch, Dummer«, sagte er. »So etwas gibt es nicht. In allen Häusern der Welt essen die Eltern zusammen mit ihren Kindern an einer Tafel, aber nicht hier. Verstehst du nicht, es wäre ein Bruch der Etikette. Die Prinzen speisen jeder für sich in ihren Zimmern, und Seine Majestät, der König, speist in dem seinen, wo er von den Wachen bedient wird. Die Königin ist die einzige Person, die mit dem König zusammen die Mahlzeit einnehmen dürfte, aber, wie du bereits weißt, pflegt sie alleine zu speisen. So ist das nun einmal.«

»Aber warum? Sag es mir. Sie wird doch nicht jemanden haben, der insgeheim bei ihr weilt?«

»Aber nicht doch. Sie würde niemals in Anwesenheit einer lebenden Seele essen, und wenn man sie dafür töten würde.«

»Noch nicht einmal vor ihren Hofdamen?«

»Nur die Kammerzofe, die sie bedient, sieht sie essen. Ich werde dir sagen, weshalb«, fügte er mit gesenkter Stimme hinzu. »Hast du diese hübschen Zähne gesehen, die die Königin zeigt, wenn sie lacht? Nun, es sind falsche Zähne, und da sie sie herausnehmen muß, um zu essen, will sie nicht, daß man sie sieht.«

»Das ist allerdings ein Grund.«

Tatsächlich war es wahr, was der Küchenjunge mir erzählte. In jenen Tagen war die zahnkundliche Wissenschaft noch nicht ausreichend gediehen, um mit den künstlichen Werkzeugen das Kauen zu ermöglichen.

»Du siehst also«, fuhr der Küchenjunge fort, »daß diejenigen recht haben, die der Königin nachsagen, das Volk zu betrügen, indem sie es glauben macht, etwas zu sein, was sie nicht ist. Und wie soll eine Herrscherin, die falsche Zähne trägt, sich bei ihren Vasallen beliebt machen?«

Da ich nicht glaubte, daß die Aufgaben der Könige denen eines Beutehundes ähnelten, dachte ich nicht so wie mein Freund, wenngleich ich mich über diesen Sachverhalt in Schweigen hüllte.

Später wurde das Abendessen Seiner Majestät, des Friedensfürsten geholt, dann das der Staatsräte, das hinaufzutragen ich auf mich nahm, da die Stunde gekommen war, in der auch ich meiner Herrin zu Diensten sein mußte. Es näherte sich mir der süße Moment, in dem ich sie sehen, mit ihr sprechen, ihren Anweisungen lauschen und nah an ihr vorbeigehen würde, wobei meine Kleidung die ihre streifte, während ich mich an ihrem Lächeln und ihren Blicken berauschte. Auch wenn ich nicht in ihrer Nähe war, löste sich meine Phantasie nicht von jenem wunderschönen Wesen, sondern verhielt sich wie ein Schmetterling, der unaufhörlich das Licht umkreist, das ihn fasziniert. Aber ganz entgegen meinen Wünschen ließ Amaranta sich an diesem Abend nicht dazu herab, mich wissen zu lassen, welche Dienste sie von mir verlangte. Es stand geschrieben, daß dies am folgenden Abend geschehen sollte.

Obwohl mir im Palast noch nichts Bemerkenswertes widerfahren war, war ich ein wenig entmutigt. Die Gründe wußte ich selbst nicht so recht. Eingeschlossen in meinem Zimmer und ausgestreckt auf dem engen Bett, sträubte sich mein Gemüt gegen den Schlaf, und ich begann, über meine Lage nachzugrübeln, über den Charakter von Amaranta, der mich allmählich sehr seltsam anzumuten begann, und über die Art des Schicksals, das mich an ihrer Seite erwartete. Ich dachte an Inés, die ich für einige Tage ganz und gar vergessen hatte, und als ihre Erinnerung meinen Geist erfrischte und mich einem süßen Traum empfänglich machte, fühlte ich (ich weiß nicht, ob es der trügerische Effekt des Schlafes war) einige kleine Schläge auf meiner Brust, die von einem lebhaften und schmerzvollen Herzklopfen herrührten, so als ob die freundliche Hand eines Menschen, der sich um jeden Preis Zutritt verschaffen will, an die Tore meines Herzens klopfte.

17

Am nächsten Abend ließ Amaranta mich in ihr Zimmer kommen. Sie trug dasselbe weiße Kleid wie auch an den vorangegangenen Abenden. Sie forderte mich auf, mich auf einen Schemel an ihrer Seite zu setzen, der niedriger war als ihr Sitz, so daß nur ein kleines Stück Raum gefehlt hätte, damit ihre Knie ein Kissen für meine Stirn geboten hätten. Sie legte mir ihre Hand auf die Schulter und sagte:

»Nun werde ich sehen, Gabriel, ob ich wirklich auf dich zählen kann. Wir werden sehen, ob deine Fähigkeiten so groß sind, wie ich es angenommen hatte.«

»Haben Euer Gnaden dies je bezweifeln können?« entgegnete ich erschüttert. »Ich kann nicht vergessen, was Euer Gnaden mir vorgestern abend gesagt haben, nämlich, daß andere Personen, die geringer begabt sind als ich, es erreicht haben, bis zu den obersten Sprossen des Glücks aufzusteigen.«

»Ach, du Ärmster!« sagte sie lachend. »Wie ich sehe, träumst du zuviel davon, emporzukommen, und das ist gefährlich. Du weißt ja, wie es Ikarus ergangen ist.«

Ich erwiderte, daß ich nichts von einem Herrn Ikarus wüßte; sie erzählte mir die Geschichte und fügte dann hinzu:

»Die Geschichte, die ich dir neulich erzählt habe, darf dir nicht als Beispiel dienen, Gabriel. Wie du weißt, habe ich sie inzwischen ein wenig weitergelesen und kann davon berichten.«

»Ihr wart da stehengeblieben, wo der junge Mann der Wache, den die Sultanin zum Großwesir gemacht hatte, sich seiner Protektorin gegenüber als sehr undankbar erweist, was ich für ganz abscheulich halte.«

»Nun gut, danach habe ich gelesen, daß die Sultanin ihre Leichtfertigkeit sehr bereute und daß der junge Janitschar, der Prinz und Generaloberst geworden war, im ganzen Reich immer unbeliebter wurde. Der Sultan blieb so blind wie zuvor und begriff nicht die Ursache für den Unmut seiner Vasallen. Sie jedoch, als eine Frau von scharfsinnigem Verstand, wußte um das Unwetter, das sich über den Köpfen der königlichen Familie zu entladen drohte. Ihre Hofdamen sahen sie nur noch weinen. Sie versuchte, ihr Gewissen zu erleichtern, indem sie Reue über die begangenen Fehler zeigte, aber es war schon zu spät für eine Wiedergutmachung. Die Unzufriedenheit der Untertanen war immens, und so bildete sich eine große und mächtige Partei, an deren Spitze sich der Sohn des Sultanspaares selber befand. Diese Partei hatte es sich zum Ziel erklärt, den Sultan und die Sultanin vom Thron zu stürzen und sie im Falle, daß sie seine Pläne zu durchkreuzen versuchten, umzubringen.«

»Und der Großwesir, was tat der?«

»Der Großwesir, der nicht gerade ein Mann von geringem Verstand war, wußte ebenfalls nicht, auf welche Seite er sich stellen sollte. Alle richteten ihre Augen auf den großen Tamerlan, einen vortrefflichen Krieger und Eroberer, der seine Truppen auf dem Weg zu einem kleinen Königreich, das er erobern wollte, zu jenem Reiche ausgesandt hatte. In ihm glaubten der Vater, der Sohn, die Sultanin und der Großwesir ihren Retter zu sehen, aber da es dem großen Tamerlan nicht möglich war, ihnen allen gleichzeitig beizustehen, mußte jemand von ihnen sich irren.«

»Und wen hat der Krieger schließlich in seine Gunst gezogen?«

»Das steht am Ende der Geschichte, die ich immer noch nicht bis zum Schluß gelesen habe«, antwortete Amaranta, »aber es wird nicht mehr lange dauern, bis ich die Auflösung kenne, und dann kann ich sie dir erzählen.«

»Aber ich sage noch einmal: Wenn der Großwesir sein Volk gut regiert hätte, dann wäre nichts dergleichen passiert. Man muß so gerecht sein, wie Gott es befiehlt, das ist es. Die Schlechten bestrafen und die Guten belohnen, dann wird es unmöglich, daß sich in einem Reich so schlimme Dinge zutragen.«

»Aber das ist für uns im Augenblick nicht von allzu großem Interesse«, entgegnete Amaranta. »Kommen wir auf unsere Angelegenheit zu sprechen.«

»Ja, Herrin«, antwortete ich voller Spannung. »Was bedeuten schon alle Imperien der Welt?«

So sprach ich, während ich dachte, daß meine Worte ein kaltblütiger Ausdruck dessen waren, was ich fühlte, kreuzte dabei die Hände in der feierlichsten Gebärde, die mir möglich war, und ließ der glühenden Begeisterung, die meinen Kopf entflammte, freien Lauf, indem ich sie in die großartigsten Worte hüllte, die ich kannte, wie:

»Ach, Gräfin! Ich will Euch nicht nur all meinen Respekt erweisen, wie der bescheidenste Eurer Dienstboten, sondern ich verehre Euch, ich bete Euch an, und bitte seid mir nicht böse, wenn ich die Kühnheit besitze, Euch dies zu sagen. Stoßt mich von Euch fort, wenn Euch dieses mißfällt, auch wenn Ihr mich damit zu einem unglücklichen Mann machen würdet, der doch in keinem Fall davon ablassen wird, Euch zu lieben.«

Amaranta brach in ein heftiges Gelächter aus und sprach:

»Nun gut, mir gefällt deine Anhänglichkeit. Ich sehe, daß ich mit dir rechnen kann. Auch deine Verstandesgaben halte ich für beachtlich. Pepa hat mir gegenüber deine Beobachtungsgabe sehr gelobt. Wie es scheint, besitzt du eine außergewöhnliche Gabe, die Gegenstände, die Gesichter, die Gespräche und alles, was deine Sinne beeindruckt, im Gedächtnis zu behalten, um es später auf das genaueste beschreiben zu können. Dieses, zusammen mit deiner Diskretion, macht dich zu einem brauchbaren jungen Mann. Wenn all diesen Gaben noch der Respekt und die Liebe gegenüber meiner Person hinzugefügt werden, so daß du mir alles zu opfern breit bist und niemandem verrätst, was du in meinen Diensten tust …«

»Ich – etwas verraten, Herrin! Nicht meinem eigenen Schatten, nicht meinen Eltern, wenn sie noch lebten, nicht einmal Gott …«

»Außerdem«, fügte sie hinzu, indem sie ihren Blick in einer Weise auf mich richtete, daß mir ganz schwindelig wurde, »bist du ein Junge, der es versteht, die Dinge zu verbergen.«

»Das kann ich wie kein anderer.«

»Du beobachtest, du nimmst wahr, was um dich herum vorgeht … und das alles, ohne irgendeinen Verdacht zu erregen.«

»Ganz gewiß habe ich ein Geschick dafür.«

»Nun, das erste, was du zu tun hast, wenn wir nach Madrid zurückkehren, ist, dich wieder in den Dienst deiner früheren Herrin zu begeben.«

»Was? Zu meiner früheren Herrin?«

»Dummerchen, das heißt doch nicht, daß du damit aufhörst, mir zu dienen. Statt dessen wirst du jeden Abend nach

Hause kommen und mich dort treffen. Wenn auch der äußere Schein ein anderer sein wird, so wirst du in Wirklichkeit immer in meinem Dienste stehen, und ich werde dich großzügig entlohnen.«

»Das heißt, wenn ich der Schauspielerin diene, so ist das nur ...«

»Es ist, um jeden Verdacht zu vermeiden.«

»Oh, wunderbar! Ja, ja, jetzt verstehe ich. So wird niemand sagen können ...«

»Richtig. Und im Hause deiner Herrin wirst du mit größter Aufmerksamkeit beobachten, was dort vor sich geht, wer hineingeht, wer hinausgeht, wer an den Abenden kommt, und schließlich alles ...«

»Aber mit welcher Absicht?« fragte ich etwas verwirrt, denn ich verstand nicht, weshalb sie mich in einen Inquisitor verwandeln wollte.

»Die Absicht geht dich nichts an«, antwortete sie. »Außerdem – und das ist das wichtigste – mußt du im Theater Isidoro Máiquez ganz genau beobachten, und immer, wenn dieser dir einen Liebesbrief für deine Herrin Pepa gibt, damit diese ihn Lesbia weiterreicht, dann bringst du ihn zuerst zu mir. Erst wenn ich mich darüber in Kenntnis gesetzt habe, gebe ich ihn dir zurück.«

Diese Worte überraschten mich, und in dem Glauben, ich habe ihren rätselhaften Gehalt nicht erfaßt, bat ich darum, daß sie ihn mir erklären möge.

»Höre gut zu, ich sage dir noch etwas«, fuhr sie fort. »Lesbia unterhält weiterhin ihre Beziehung zu Isidoro, obwohl sie einen anderen liebt, und ich weiß, wenn sie nach Madrid zurückkehrt, werden sie sich im Hause der González treffen. Du behältst alles im Auge, was dort geschieht, und wenn es dir mit Hilfe deines Scharfsinns und deiner Willenskraft gelingt, so wirst du es auch erreichen, zum Überbringer ihrer Liebesbotschaften zu werden. In dieser Position kannst du mich über alles auf dem laufenden halten und mir so den besten Dienst erweisen, den ich überhaupt erhalten kann. Du wirst es nicht bereuen müssen.«

»Aber ... aber, ich weiß nicht, ob ich ...«, sagte ich ganz konfus.

»Es ist ganz einfach, kleiner Dummkopf. Du gehst jeden

Abend ins Theater. Sorge dafür, daß die Herzogin in dir einen diensteifrigen und diskreten Jungen sieht, biete dich an, wenn sie Hilfe benötigt, laß Isidoro sehen, daß du unbezahlbar darin bist, eine geheime Nachricht zu überbringen, und schon werden die beiden dich zum Sendboten ihrer Liebesbriefe ernennen. Wenn du dann also ein solches Briefchen von dem einen oder der anderen erhältst, dann bringst du es zu mir. Das ist alles.«

»Herrin«, rief ich aus, ohne mich von meiner Verwunderung lösen zu können, »was Euer Gnaden von mir verlangen, ist zu schwer.«

»Oh, was für ein Unsinn! Das ist mir eine schöne Einstellung. Und wie war das mit dem Lieben und Bewundern? Wie denkst du dir, soll ich einen respektablen und mächtigen Mann aus dir machen?«

Immer noch hoffte ich, daß die Rolle, die Amaranta mir zugedacht hatte, nicht so niedrig, nicht so gemein sein konnte, wie ich es aus ihren Worten abgeleitet hatte, und so bat ich sie um immer neue Erklärungen, die sie mir auch gutwillig gewährte. Am Ende war ich, wie der Volksmund sagt, am Boden zerstört. Der Vorschlag Amarantas ließ mich vom Gipfel meiner Hoffart bis hinunter in den tiefsten Abgrund der Demütigung stürzen.

Es war jedoch nicht möglich, dagegen zu protestieren, und so fügte ich mich in die Notwendigkeit, meiner Herrin zu Gefallen eine sklavische Unterwerfung zur Schau zu tragen. Ich selbst hatte mich in diesem Netz fangen lassen, und nun mußte ich achtgeben, daß ich mich mit meinem scharfen Verstand durch eine beschädigte Masche befreien konnte, statt es mit Gewalt zu zerreißen.

»Aber glaubt Ihr denn nicht«, sagte ich, indem ich mich mühte, meine Gedanken zu ordnen, »daß eine Beschäftigung wie diese die Würde desjenigen zerstören wird, der, wie man sagt, einzig und allein danach streben sollte, eine ehrenvolle Position zu besitzen?«

»Du weißt nicht, was du redest«, antwortete sie mit einer anmutigen Bewegung ihres schönen Kopfes. »Ganz im Gegenteil: Das, was ich dir antrage, wird die beste Schule für dich sein, um dich in der Kunst des Emporsteigens zu üben. Die Spionage wird deine Auffassungsgabe schärfen, und schon bald wirst du dich in der Lage finden, deine Waffen mit denen der geschicktesten Höflinge zu messen. Oder hast du etwa gedacht, daß du ein tüchtiger Mann werden könntest, ohne dich im Intrigenspiel, in der Falschheit und in der Kunst, die Herzen zu durchschauen, zu üben?«

»Herrin«, gab ich zurück, »was für eine furchtbare Schule!«

»Du bist ohne jeden Zweifel ein Meister darin, alles zu beobachten, und über eine Angelegenheit Rechenschaft abzulegen, die dich erstaunt. Dies und etwas anderes, was ich in dir bemerkt habe, hat mich glauben lassen, daß du ein junger Mann mit Fähigkeiten seiest. Und hast du nicht gesagt, du seiest ehrgeizig?«

»Ja, Herrin.«

»Nun, wenn man im Palast vorankommen möchte, dann gibt es keinen anderen Weg als den, den ich dir weise. Nehmen wir an, daß du den besagten Auftrag zu meiner Zufriedenheit ausführst. In diesem Falle kehrst du zu mir zurück und wirst mein Page. Ich lebe fast immer im Palast. Du wirst schon sehen, ob sich nicht eine Gelegenheit finden läßt, bei der du dich auszeichnen kannst. Ein Page hat die Möglichkeit, sich überall Eintritt zu verschaffen. Ein Page hat die Pflicht, sich den Zofen, den Kammerfrauen und den Hofdamen gegenüber als galant zu erweisen, was ihn in die Lage versetzt, alle Arten von Geheimnissen zu erfahren. Ein Page, der es versteht zu beobachten, der zur gleichen Zeit klug und vorsichtig ist und zu alledem noch mit einem angenehmen Äußeren gesegnet ist, hat sehr viel Macht in einem Palast.«

Ihre Worte hatten mich so sehr verwirrt, daß ich nicht mehr wußte, was ich erwidern sollte.

»Was glaubst du, wie viele der Männer von gehobenem Stand, die du hier siehst, ihre Karriere als einfache Pagen begonnen haben! Der Marquis Caballero, der heute Justizminister ist, war früher ein Page, und viele andere waren ebenfalls Pagen. Ich werde mich dafür einsetzen, daß du einen Adelsbrief erhältst, der dir, zusammen mit meiner Wertschätzung, dazu verhelfen wird, später in die königliche Leibgarde einzutreten. Das wird ein neuer Schritt in deiner Karriere sein. Ein Page kann sich hinter einer Gardine verbergen, um zu lauschen, was im Raume gesprochen wird, ein Page kann Botschaften von großer Bedeutung von einem zum anderen bringen, ein Page kann von einer Zofe Staats-geheimnisse erfahren. Aber ein Wachmann kann noch vieles mehr, denn er hat eine höhere Position inne. Wenn er die Qualitäten besitzt, die den Pagen auszeichnen, dann ist seine Macht außerordentlich groß: Er kann sich mit den Damen des Hofes befreunden, die ja immer sehr schwatzhaft sind, er kann sich in dieser Umgebung eine Unzahl von Menschen zum Freund machen, indem er hier sagt, was er dort gehört hat, und die Neuigkeiten ein wenig nach seinem Wunsch ausschmückt und die Dinge so darstellt, wie es ihm gefällt. Der Wachmann hat einen Vorteil, den noch nicht einmal die Könige selber besitzen, und das ist der, daß letztere nichts anderes kennen als den Palast, in dem sie leben, aus wel-chem Grunde sie beinahe nie gut regieren, während ersterer sowohl den Palast als auch die Straße kennt, sowohl die Menschen draußen als auch die Menschen drinnen. Dies erlaubt ihm, sich in beiden Welten als wertvoll zu erweisen, und gibt ihm große Möglichkeiten an die Hand. Der Mann, der sich ihrer zu bedienen weiß, ist mächtiger als alle Mäch-tigen der Welt, und ganz leise, ohne daß diejenigen, die sich für so wichtig halten und sich Minister und Räte nennen, es bemerken, kann er seinen Einfluß bis in die hintersten Win-kel des Königreiches geltend machen.«

»Herrin!« rief ich aus. »Das ist alles ganz anders, als ich es mir vorgestellt hatte!«

»Dir«, fügte sie hinzu, »wird es so vorkommen, als sei dies nicht gut so. Aber diesen Zustand haben wir vorgefunden, und da es nun einmal nicht in unserer Hand liegt, ihn zu refor-mieren, geht es bis jetzt so weiter.«

»Ach, ich gestehe, wie dumm ich war«, rief ich. »Ich gestehe, daß ich, von meiner unsinnigen Phantasie verblen-det, verrückte und alberne Gedanken hatte, und ich bemerke jetzt, daß sie meinem geringen Alter und meiner Unwissen-heit zuzuschreiben sind. Tatsächlich dachte ich, so dumm, eitel und beschränkt, wie ich nun einmal bin, ich könne anderen in ihrem mühelosen Aufstieg nacheifern. Soviel hatte ich reden gehört vom Glück einiger Dummköpfe, daß ich mir sagte: ›Nun, eigentlich müssen alle Dummen etwas Glück haben.‹ Aber ich stellte mir vor, daß die Mittel, mit denen dieses zu erreichen sein müßte, edel und klug seien, und so sagte ich mir: ›Wer sollte es mir verwehren, das zu sein, was auch andere sind? Von ihnen werde ich mich dadurch unterscheiden, daß ich eines Tages, wenn ich Macht besitze, diese dafür verwenden werde, Gutes zu tun, die Guten zu belohnen und die Bösen zu bestrafen und alle Dinge zu tun, die Gott uns befiehlt und von denen mein Herz mir sagt, daß sie getan werden müssen.‹ Niemals habe ich die Absicht gehabt, auf eine andere Weise ein glücklicher Mann zu werden, und wenn ich an die Notwendigkeit dachte, etwas Böses zu tun, dann meinte ich, es müsse etwas sein, wodurch niemandem Schaden zugefügt wird, eine Herausforderung, zum Beispiel, eine Dame im geheimen zu lieben, ohne es jemandem zu sagen, sieben Pferde zu verschleißen, um von hier nach Aranjuez zu reiten und eine Blume zu holen, die Feinde des Königs zu töten und andere Dinge derselben Art.«

»Oh, diese Zeiten sind vorbei«, sagte Amaranta und lächelte über meine Einfältigkeit. »Wie ich sehe, pflegst du erhabene Gefühle, aber darum geht es nicht mehr. Deine Bedenken werden sich in nichts auflösen, wenn du nach etwa zwei Wochen deiner Tätigkeit in meinen Diensten die Vorteile des Lebens hier kennengelernt hast. Außerdem wird dies dir schon im voraus die Befriedigung verschaffen, vielen Menschen Gutes zu tun, die Hilfe benötigen.«

»Wie das?«

»Oh, das ist ganz einfach. Meine Zofe hat diese Woche zwei Kanonikate erhalten, eines mit einfachen Einkünften und einen Platz in der Rechnungsstelle der Spolien[58] und offenen Stellen.«

»Soll das heißen«, fragte ich in höchster Verwunderung, »die Bediensteten ernennen die Domherren und die Angestellten?«

»Nein, Dummerchen, der Minister ernennt sie, aber wie könnte der Minister meine Empfehlung mißachten, und wie könnte ich ein Mädchen mißachten, das mich so gut zu frisieren versteht?«

»Ein Freund von mir, ein äußerst respektabler Mann, ersucht seit etwa vierzehn Jahren um ein einfaches Amt, doch es ist ihm noch nicht gelungen, es zu erhalten.«

»Sag mir seinen Namen, und ich werde dir beweisen, daß

du, selbst wenn du es noch gar nicht willst, bereits beginnst, ein einflußreicher Mann zu werden.«

Ich nannte ihr den Namen des Pater Celestino del Malvar und die Stelle, die er sich wünschte, und sie notierte beides auf einem Papier.

»Sieh her«, sagte sie dann und zeigte mir ihre Briefe, »ich habe soviel Wichtiges zu tun, daß ich kaum weiß, wie ich alles erledigen kann. Die Leute dort draußen sehen, wie diese überlasteten Minister sich den Anschein geben, als seien sie Menschen, die irgend etwas täten. Jedermann würde sich wünschen, daß diese mit Tressen und mit Eitelkeit überladenen Personen für etwas mehr gut wären als nur dafür, ihre enormen Gehälter einzuziehen, aber so etwas gibt es nicht. Sie sind nichts anderes als blinde Instrumente und Marionetten. Sie bewegen sich nach den Impulsen einer Kraft, die die Öffentlichkeit nicht zu Gesicht bekommt.«

»Aber der Friedensfürst ist doch nicht noch mächtiger als das Königspaar selber?«

»Doch, aber nicht in dem Maße, wie es scheint. Was ihm hilft, sind die Wurzeln, die er in sich hat, und da diese bis tief hinunter reichen und sich an eine fruchtbare Erde klammern, und da wir nicht aufhören, sie zu bewässern, kann dieser dichtbelaubte Baum seine Äste weit ausstrecken und sie in üppiger Fülle wachsen lassen. Godoy hat sich nichts von allem, was er besitzt, selber erkämpft. Er verdankt alles demjenigen, der es ihm hat geben wollen, und so wirst du verstehen, daß es einfacher wäre, ihm alles auf einmal wieder fortzunehmen. Lasse dich niemals von der Größe dieser Geschöpfe, die das Volk bewundert und beneidet, täuschen; ihre Macht hängt an seidenen Fäden, die von der Schere einer Frau zerschnitten werden können. Als Männer wie Jovellanos hier hineingelangen wollten, verfingen sich ihre Füße in den tausend Fäden, die von der einen Seite zur anderen hingen, so daß sie zu Fall kamen.«

»Herrin«, sagte ich, von bitterem Kummer beherrscht, »ich bezweifle sehr, daß ich die nötige Klugheit besitze, um zu erfüllen, was Ihr mir auftragt.«

»Ich weiß, daß du diese Klugheit besitzt. Übe dich zunächst in der Aufgabe, die ich dir für den Haushalt der González gegeben habe, besorge mir das, was ich benötige, und später kannst du zu neuen Heldentaten vordringen. Du wirst dich so verhalten, daß du das Interesse irgendeiner Person des Palastes erregst. Du wirst dann vorgeben, deines Dienstes bei mir überdrüssig zu sein, ich werde so tun, als entließe ich dich aus meinen Diensten, und du wirst in den Dienst dieser anderen Person treten, mit der du das eine oder das andere Mal schlecht von mir sprichst, damit sie das Komplott nicht ahnt. Währenddessen bis du ein fleißiger Beobachter all dessen, was im Zimmer deiner neuen scheinbaren Herrin vor sich geht und erzählst dann alles deiner alten und wahren Herrin, die immer ich sein werde, deine Wohltäterin und deine Bestimmung.«

Es war mir bereits nicht mehr möglich, mir diese unverschämte und zynische Darlegung der Intrigen, in denen die Gräfin eine vollendete Meisterin und ich ein noch nicht getaufter Katechetenschüler war, in Ruhe anzuhören. Eine beredte Stimme in meinem Inneren protestierte gegen das schändliche Amt, das mir angeboten war, und die Scham, die mir das Blut ins Gesicht trieb, verwirrte mich, was wiederum meine Zunge daran hinderte, eine Weigerung auszusprechen. Ich stand auf, bat die Gräfin mit zitternder Stimme um Verzeihung und sagte noch einmal, daß ich mich nicht in der Lage glaubte, solch schwierige Obliegenheiten zu erfüllen. Sie lachte wieder und sagte zu mir:

»Heute abend werden sich – auch wenn die Zeit schon weit fortgeschritten ist – vielleicht zwei Personen in meinem Zimmer treffen, die sich vor langer Zeit entzweit haben und die ich wieder miteinander zu versöhnen versuche. Sie werden bei ihrem Gespräch unter sich sein, und deshalb möchte ich, daß du, hinter dem Vorhang, der zu meinem Schlafzimmer führt, versteckt, alles mit anhören wirst, um es mir später zu berichten.«

»Herrin«, sagte ich, »mich hat plötzlich ein äußerst starker Kopfschmerz befallen, und wenn Euer Gnaden es mir gestatten würde, mich zurückzuziehen, so wäre ich Euch von Herzen dankbar.«

»Nein«, antwortete sie und blickte auf eine Uhr. »Ich muß jetzt sofort gehen, und es ist vonnöten, daß du wach bist und hier wartest. Ich bin bald wieder zurück.«

Nachdem sie dies gesagt hatte, rief sie nach der Zofe und

bat um ihr Cabriolé, eine Art weites Umschlagtuch, das man damals trug. Die Zofe brachte zwei, jede wickelte sich in das ihrige ein, und beide gingen eilig hinaus und ließen mich allein zurück.

18

Ich befand mich in einer undefinierbaren Stimmung. Eine eisige Kälte drang in meine Brust, als würde eine Schneide von feinstem Stahl sie durchbohren. Die krasse und plötzliche Veränderung, die meine Empfindungen Amaranta gegenüber erfahren hatten, war so tiefgreifend, daß sie mein ganzes Dasein erzittern und seine Pole schwanken ließ, wie bei einem Planeten, dessen Bewegungsgesetz auf einmal durcheinandergerät. Amaranta war nicht nur eine eigenwillige und intrigante Frau, nein, sie war die Intrige selbst, sie war der Dämon der Paläste, dieser furchtbare Geist, durch den die einfache und ehrbare Geschichte manchmal wie eine Meisterin der Ränke und der Gerüchte verwirrt, der die Völker miteinander verfeindet und sowohl Monarchien als auch Republiken, sowohl die autoritären als auch die liberalen Regierungen in den Schmutz gezogen hat. Sie war die Personifikation jener inneren, dem Volke unbekannten Maschinerie, die sich vom Tor des Palastes bis zur Kammer des Königs erstreckte, und von deren Triebfedern, an denen sich so viele Hände zu schaffen machten, Ehre, Besitztümer, Leben, das großzügige Blut der Armeen und die Würde der Nationen abhingen. Sie war das Bauernvolk, das Königtum, die Bestechung, das Unrecht, die Simonie, die Willkür, die Liederlichkeit der Herrschaft – all das war Amaranta – und doch eine Schönheit! Schön wie die Sünde, wie der übermenschliche Liebreiz, mit dem Satan die Keuschheit der Einsiedler in den Wüsten in Versuchung führte, schön wie alle Versuchungen, die einen schwachen Mann vom Wege der Rechtschaffenheit abbringen, schön wie die Ideale, die die betrügerische Phantasie auf ihrer lichtüberfluteten Bühne produziert, wenn sie versucht, uns, die wir winzig sind und die Gestalten der Magie als wahr und echt ansehen, hinterlistig zu betrügen.

Ein strahlendes Licht hatte mich geblendet; ich hatte mich ihm nähern wollen und hatte mich verbrannt. Was ich nun erlitt, war, wenn mir der Ausdruck gestattet ist, wie der Schmerz einer brennenden Wunde in meiner Seele.

Als meine Bestürzung, in der meine Herrin mich zurückgelassen hatte, sich allmählich löste, fühlte ich eine ungeheure Empörung. Es war ihre Schönheit selbst, die mir bereits als etwas Furchtbares erschien und mich zwang, mich von ihr zu trennen. »Nicht einen Tag länger bleibe ich hier; diese Atmosphäre nimmt mir die Luft zum Atmen, und diese Leute erfüllen mich mit Entsetzen«, rief ich aus, während ich im Zimmer umherging und so temperamentvoll deklamierte, als würde mir jemand zuhören.

In diesem Moment hörte ich hinter der Tür das Rascheln von Röcken und das Getuschel mehrerer Frauenstimmen. Ich dachte, meine Herrin sei zurückgekehrt. Die Tür öffnete sich, und eine Frau trat ein. Nur eine, und es war nicht Amaranta.

Diese Dame, die ihrer äußerst distinguierten Haltung nach von höchstem Stand war, näherte sich mir und fragte erstaunt:

»Wo ist Amaranta?«

»Sie ist nicht hier«, antwortete ich schroff.

»Wird sie bald zurückkommen?« fragte sie aufgeregt. Die Abwesenheit meiner Herrin schien sie sehr zu stören.

»Darüber kann ich Euch nichts sagen. Obwohl … jetzt fällt mir ein, daß sie sagte, sie werde bald wiederkommen«, erwiderte ich sehr mißgestimmt.

Die Dame setzte sich, ohne noch etwas zu sagen. Ich setzte mich ebenfalls und stützte den Kopf auf die Hände. Den Leser mag eine solche Unhöflichkeit befremden, doch war ich so enttäuscht und aufgebracht, daß mich eine heftige Abneigung gegen alle Menschen in diesem Palast überkommen hatte. Ich betrachtete mich bereits nicht mehr als einen Diener von Amaranta.

Nachdem sie eine Weile gewartet hatte, fragte mich die Dame in gebieterischem Ton:

»Weißt du, wo Amaranta steckt?«

»Ich hab' doch gesagt, ich weiß es nicht«, antwortete ich

sehr unfreundlich. »Bin ich vielleicht einer von denen, die sich um Dinge kümmern, die sie nichts angehen?«

»Geh und suche sie«, sagte die Dame nicht ganz so überrascht von meinem Benehmen, wie sie es hätte sein müssen.

»Ich muß niemanden suchen gehen. Ich muß gar nichts anderes tun als nach Hause gehen.«

Ich war empört, wütend, trunken vor Zorn. Nur so lassen sich meine barschen Entgegnungen erklären.

»Bist du nicht der Diener Amarantas?« fragte sie.

»Ja und nein ... nun ...«

»Für gewöhnlich ist sie um diese Stunde nicht fort. Finde heraus, wo sie ist, und sag ihr auf der Stelle, daß sie kommen soll«, sagte die Dame voller Unruhe.

»Ich habe doch gesagt, ich will nicht, ich gehe nicht, denn ich bin nicht der Diener der Gräfin«, antwortete ich. »Ich gehe nach Hause, in mein kleines Haus, nach Madrid. Ihr wollt mit meiner Herrin sprechen? Nun, dann sucht sie doch hier im Palast. Glaubt ihr vielleicht, ich sei irgendein Hampelmann?«

Die Dame gönnte ihrer Aufgeregtheit einen Moment der Ruhe, um über meine Unhöflichkeit nachzudenken. Sie schien sehr erstaunt zu sein, solche Worte zu hören, und stand auf, um die Glocke zu läuten. In diesem Augenblick sah ich sie zum ersten Male richtig an und begann, sie in Augenschein zu nehmen.

Ihr Alter ließ sich dem ersten Abschnitt des Lebensherbstes zuordnen, wenn dies auch so gut mit den Künsten der Toilette versteckt worden war, daß man es mit der Jugend verwechseln konnte, mit jener Jugend, die in ihren letzten Abschnitt von etwa achtundvierzig Jahren eingetreten war. Ihre Statur war mittelgroß, ihr Körper schlank und anmutig und durch jene Geschmeidigkeit und Leichtigkeit verschönert, die zwar selten genug in die einfachen Häuser, doch üblicherweise zu den charakteristischen Eigenschaften der Paläste gehörte. Ihr heftig gerötetes Gesicht war nicht sonderlich interessant, denn, obwohl sie schöne schwarze Augen von außergewöhnlicher Lebhaftigkeit besaßt, wurde es doch von ihrem Mund heftig entstellt, der sich, wie es so häufig im Alter geschieht, zusammengezogen hatte und so die Nase näher an das Kinn heranbrachte. Ihre schönen, weißen und geraden Zähne konnten die Häßlichkeit eines Mundes, der zwanzig Jahre früher einmal zart und schön gewesen sein mochte, nicht wettmachen. Ich bemerkte, daß ihre Hände und Arme, jedenfalls soweit sie unbedeckt waren, die schönsten Juwelen ihrer Person waren und die einzigen Gaben, die den Schiffbruch ihrer gleichmäßigen Schönheit unversehrt überstanden hatten. An ihrer Kleidung konnte ich keine Besonderheit entdecken: Sie war nicht sehr wertvoll, doch elegant und dem Ort und der Stunde angemessen. Wie ich gerade sagte, stürzte sie sich auf die Glocke, um sie zu läuten, als sich plötzlich, und ohne daß diese geklingelt hätte, die Tür wieder öffnete und meine Herrin eintrat. Sie empfing hocherfreut die Besucherin, und nachdem sie mich fortgeschickt hatte, verschwendeten die beiden Damen wohl keinen Gedanken mehr an mich. Ich zog mich zurück und ging unverzüglich durch das Zimmer, von dem aus ich mich in das meine begeben sollte. Die Berührung des Vorhanges, der beim Durchschreiten der Tür meine Schulter streifte, weckte in mir den schon vergessenen Gedanken des Lauschens und der Spionage, den Amaranta mir so sehr ans Herz gelegt hatte. Ich blieb stehen. Der Vorhang verbarg mich vorzüglich, und man konnte von hier aus die Gespräche mit vollkommener Klarheit verfolgen.

Ich machte den Versuch, mich von der Stelle zu entfernen, um nicht in genau diejenigen Fehler zu verfallen, die ich für niederträchtig hielt, doch die Neugier vermochte mehr als ich selbst, und so blieb ich stehen. Gewiß ist es so, daß das Böse in unserem Wesen manchmal mehr vermag als alles andere. Doch gleichzeitig veranlaßten mich der Groll, die Erbitterung und die Verzagtheit, die ich in mir trug, auf meine Herrin dieselbe niederträchtige Wachsamkeit auszuüben, die sie mir für die anderen aufgetragen hatte.

Die unbekannte Dame hatte vielerlei leidvolle Ausrufe von sich gegeben, ja, es kam mir sogar so vor, als ob sie weinte. Dann hob sie die Stimme und sagte ängstlich:

»Aber es ist wichtig, daß Lesbia nichts von der Sache erfährt.«

»Es wird schwierig sein, sie davon fernzuhalten, denn es hat sich erwiesen, daß sie es war, die die Korrespondenz übermittelte«, erwiderte meine Herrin.

»Gibt es denn keinen anderen Ausweg?« fuhr die Dame fort. »Lesbia darf auf keinen Fall beteiligt sein, noch darf sie irgendeine Erklärung abgeben. Ich wage es nicht, Caballero dies zu sagen; du jedoch besitzt die rechte Geschicklichkeit, es zu tun.«

»Lesbia«, sagte Amaranta, »ist unsere ärgste Feindin. Die Sache des Prinzen war für ihren niederträchtigen Charakter bestens dazu geeignet, uns Schaden zuzufügen. Was für schmachvolle Dinge sie erzählt, was für Ungereimtheiten sie ausposaunt! Ihre Schlangenzunge kennt keine Nachsicht derjenigen gegenüber, die ihre Wohltäterin gewesen ist, und so läßt sie auch an mir ihre Wut aus und weiß allerlei Greueltaten über mich zu berichten.«

»Sie wird über das Bewußte reden«, entgegnete die Dame mit dem schmallippigen Mund. »Du hast den großen Fehler begangen, ihr jenes Geheimnis anzuvertrauen, von dem seit fünfzehn Jahren niemand gewußt hat.«

»Das stimmt«, sagte Amaranta nachdenklich.

»Aber das soll uns nicht beunruhigen, Tochter«, fügte die andere hinzu. »Die Größe und die Menge der Fehler, die wir angeblich gemacht haben, kann uns nur als Trost und als Sühne für diejenigen dienen, die wir tatsächlich begingen und die, im Vergleich mit dem, was behauptet wird, so wenige sind, daß man sich ihretwegen kaum Gedanken machen muß. Aber wir sollten uns nun mit nichts anderem mehr beschäftigen als mit dem, was ich dir sagte. Es ist nötig, daß Lesbia auf keinen Fall mit der Sache zu tun hat. Sag es Caballero. Schon morgen könnte man sie verhaften, und wenn sie aussagt, könnte sie sich rächen, indem sie schreckliche Beweise gegen mich vorbringt. Ich bin so verzweifelt. Ich weiß um ihre Vermessenheit und ihre Kühnheit, und ich halte sie der übelsten Schändlichkeiten für fähig.«

»Ohne Zweifel ist sie im Besitze einiger gefährlicher Nachrichten, und möglicherweise befinden sich auch Briefe oder irgendein Gegenstand bei ihr.«

»Ja«, erwiderte die Unbekannte aufgeregt. »Aber das alles weißt du. Weshalb also fragst du mich?«

»Ich habe es schließlich trotz des großen Schmerzes in meinem Herzen Caballero gesagt, der sie von der Sache ausschließen wird. Die Infame wagte es gestern, sich genau hier damit zu brüsten, daß niemand Hand an sie legen könne.«

»Es wird sich schon bald eine andere Gelegenheit für uns

ergeben. Lassen wir sie also einen Moment beiseite. Ach! Wie sehr doch meine Unüberlegtheit gestraft wird. Wie konnte ich mich ihr nur anvertrauen? Wie konnte ich nur hinter dem Schein ihrer ansprechenden Liebenswürdigkeit und Leichtigkeit die Unverschämtheit und Doppelzüngigkeit ihres Herzens übersehen? Ich war so dumm, daß ich mich von ihrer Anmut fesseln ließ. Die Bereitwilligkeit, mit der sie mir stets behilflich war, verführte mich, und so lieferte ich mich ihr mit Leib und Seele aus. Ich erinnere mich an jene kurze Epoche, die wir vor fünf Jahren in Madrid verbrachten und in der wir gemeinsam auszugehen pflegten. Später erfuhr ich, daß sie an einem jener Abende einer gewissen Person den Ort nannte, zu dem wir gingen, damit sie mich sehen möge, und das tat sie … Wir haben nichts bemerkt, wir wußte nicht, daß Lesbia uns verkaufte, und noch lange Zeit später gab es nicht das geringste Ereignis, das mich ihre Falschheit hätte ahnen lassen.«

»Dieser dumme und eingebildete Mañara«, sagte meine Herrin, »hat ihr den Verstand verdreht.«

»Oh, weißt du nicht, daß dieser Elende sich im Wachkorps damit gebrüstet hat, von mir geliebt worden zu sein, und dann noch hinzugefügt hat, er habe mich verschmäht? Wußtest du davon? Während ich niemals auch nur an diesen Mann gedacht habe, ja, ihn noch nicht einmal bemerkt habe? Oh, Amaranta! Du bist noch jung. Du befindest dich auf dem Höhepunkt deiner Schönheit. Bediene dich meiner Erfahrung. Jeder Fehler, den man begeht, wird später mit der Schande der tausend Fehler zurückgezahlt, die wir nicht begangen haben, und die uns dennoch unterstellt werden. Und trotz unseres guten Gewissens besitzen wir nicht die Kräfte, um gegen solcherlei Verleumdungen zu protestieren, weil eine einzige Wahrheit unter tausend Verleumdungen uns verwirrt, um so mehr, wenn wir von unseren eigenen Söhnen angeklagt werden.«

Als sie dies sagte, schien es mir, als ob sie weinte. Nach einer kurzen Pause setzte Amaranta die Unterhaltung fort:

»Dieser Dummkopf, Mañara, der von nichts anderem zu reden weiß als von Stieren, von Pferden und von seiner Vornehmheit, hat die Ehre gehabt, Lesbias Zuneigung zu gewinnen. Er ist es, der sie dazu verleitet hat, mit den Anhängern des Prinzen Umgang zu pflegen, und sie beide haben die Übermittlung der Briefe unter sich aufgeteilt.«

»Aber hast du mir nicht gesagt«, fragte die Unbekannte lebhaft, »daß Lesbia mit Isidoro Máiquez in Verbindung steht?«

»Ja«, antwortete meine Herrin, »aber diese Liebe, die nur eine kurze Zeitlang währte, war ein Intermezzo, währenddessen derselbe Mañara seinen Platz auf dem Thron nicht verlassen hat. Lesbia liebte Isidoro aus Eitelkeit, aus Koketterie und setzt das Verhältnis fort. Isidoro ist verrückt vor Liebe, und sie findet Gefallen daran, seine Liebe immer weiter anzustacheln und sich an den Martyrien des Schauspielers zu ergötzen.«

»Und hast du nicht daran gedacht, daß man aus diesen falschen Liebeleien einen Nutzen ziehen könnte?«

»Ich denke schon! Lesbia und Isidoro treffen sich im Hause der González und im Theater.«

»Du kannst dafür sorgen, daß Mañara sie entdeckt und …«

»Nein, mein Plan ist noch besser. Was kümmert uns Mañara? Ich möchte in den Besitz eines Briefes oder Geschenkes gelangen, die Lesbia einem ihrer Liebhaber gibt, und ihn dann ihrem Mann zeigen, diesem Mann, der trotz seiner Menschenfeindlichkeit dennoch mit Gewißheit die Kapriolen seiner Gattin einzuschätzen weiß und kommen wird, um Ordnung in seinem Haushalt zu schaffen.«

»Zweifellos«, sagte die Unbekannte, die sich allmählich wieder beruhigte. »Und wie willst du das machen?«

»Das kommt darauf an, wie es sich aus den Umständen ergibt. Wir werden bald nach Madrid zurückkehren, weil im Hause der Marquise eine Vorstellung des *Othello* aufgeführt wird, in der Lesbia und Isidoro auftreten werden.«

»Und wann findet die Aufführung statt?«

»Sie ist verschoben worden, weil es noch eine Rolle zu besetzen gilt, die niemand spielen möchte, da sie sehr unbeliebt ist, aber ich glaube, es wird sich schon bald der richtige Schauspieler finden, und dann kann die Aufführung nicht mehr aufgeschoben werden. Der Herzog hat versprochen, in jedem Falle dabei zu sein. Die gleichzeitige Anwesenheit all dieser Personen wird meinen geistreichen Plan, nach dessen Verlauf wir Lesbia so bestrafen werden, wie sie es verdient, erheblich begünstigen.«

»Oh, ja, tue es, um Gottes willen. Ihre Undankbarkeit ist so schlimm, daß sie keine Nachsicht verdient. Weißt du nicht, daß sie es ist, die mich beschuldigt hat, Jovellanos umbringen zu wollen?«

»Doch, das wußte ich.«

»Da siehst du, wie bösartig sie ist!« setzte die Unbekannte hinzu und legte dabei alle Wut, von der sie beherrscht wurde, in ihre Stimme. »In Wahrheit hasse ich diesen Pedanten, der es sich in seiner Eingebildetheit erlaubt, jeden zu belehren, der keine Lehre benötigt und auch nicht darum gebeten hat, aber ich denke, seine Gefangenschaft in der Burg von Bellver wird eine ausreichende Strafe für ihn sein, und niemals sind mir verbrecherische Pläne in den Sinn gekommen. Allein der Gedanke daran jagt mir einen Schrecken ein.«

»Lesbia hat es so geschickt angestellt, die Geschichte mit der Vergiftung herumzuerzählen, daß alle Welt ihr Glauben schenkt«, sagte Amaranta. »O ja, meine Liebe, wir müssen diese Frau schwer bestrafen.«

»Ja, aber sie darf nicht in die Sache einbezogen werden, dann das würde mir zum Schaden gereichen. Manuel hat mich heute nachmittag mit größter Nachdrücklichkeit ermahnt, und es ist notwendig, das zu tun, was er sagt. Was ihn anbelangt, so schmerzt es ihn ganz besonders. Seit er von den Bösartigkeiten wußte, die Lesbia von mir berichtete, hat er all diejenigen ihrer Ämter enthoben, die ihren Posten durch ihre Empfehlung erhalten hatten. Dieser Beweis seiner Treue hat mich sehr gerührt.«

»Es wäre nicht schlecht, wenn Mañara die eiserne Hand des Generaloberst zu spüren bekäme.«

»Oh, ja. Manuel hat mir versprochen, einen Weg zu suchen, der Anlaß geben mag, ihn aus dem Korps auszustoßen, so wie es mit den beiden geschah, die uns kannten, als wir maskiert auf dem Sommernachtsfest in Santiago waren. Oh! Manuel ist zu unvorsichtig: Seit wir uns durch sein Einlenken miteinander ausgesöhnt haben, kennen seine Gefälligkeit und seine Liebenswürdigkeit keine Grenzen mehr. Nein, es gibt keinen anderen, der mich so gut kennt wie er. Und niemand weiß die guten Sitten so wie er auch dann noch zu wahren, wenn er Bitten und Gesuche abschmettert. Gerade jetzt befinde ich mich mit ihm im Streit darüber, daß er mir eine Mitra zubilligen soll …«

»Für meine Empfehlung, den Kaplan der Nonnen von Pinto?«

»Nein, es ist für einen Onkel von Gregorilla*. Wie du siehst, hat er es sich in den Kopf gesetzt, daß sein Onkel Bischof werden muß, und tatsächlich gibt es nicht den geringsten Grund, weshalb er es nicht werden sollte.«

»Und der Prinz stellt sich dagegen?«

»Ja. Er sagt, der Onkel des Gregorilla sei ein Schmuggler gewesen, bis er vor zwei Jahren die Weihe empfing, und außerdem sei er ungebildet. Damit hat er recht. Der Anwärter besitzt nicht gerade die rechte Weisheit, um eine Leuchte des Christentums zu sein, aber, Tochter, wenn man die anderen ansieht … wie zum Beispiel meinen Vetter, den Kardinal de la Escala. Er besitzt nicht mehr Lateinkenntnisse als wir, und wenn man ihn examinieren würde, so glaube ich, daß er nicht einmal als Ministrant die Exequatur bekäme.«

»Aber muß nicht Caballero diese Ernennung vornehmen?« fragte Amaranta. »Widersetzt er sich ebenfalls?«

»Caballero nicht«, antwortete die Unbekannte lachend. »Wie du weißt, tut er nur das, was wir von ihm verlangen, und wohl wäre er imstande, die *Puntilleros* des Stierkampfes in Leiter der Audienz zu verwandeln, wenn wir es von ihm verlangten. Er ist ein guter Mann und arbeitet mit dem Pflichtgefühl und der Fügsamkeit eines wahren Ministers. Dem Ärmsten ist sehr viel am Wohl der Nation gelegen.«

»Dann kann er an und für sich dem Onkel Gregorillas die Mitra geben.«

»Nein, Manuel sperrt sich dagegen, und wie! Aber ich habe ein Mittel gefunden, ihn zum Nachgeben zu bringen. Und weißt du auch, welches? Nun, ich habe mich des geheimen, mit Frankreich abgeschlossenen Vertrages bedient, der in wenigen Tagen in Fontainebleau ratifiziert wird. Hierin wird Manuel die Herrschaft über die Algarve übergeben. Aber wir haben uns noch nicht entschlossen, ob wir der Aufteilung Portugals zustimmen werden, und so habe ich gesagt: Wenn du den Onkel Gregorillas nicht zum Bischof machst, dann werden wir den Vertrag nicht ratifizieren, und du wirst nicht König über die Algarve werden. Er hat sehr über meine Idee

* Don Francisco de Paul (Anmerkung des Übersetzers)

gelacht, aber schließlich … du wirst schon sehen, ich bekomme das, was ich möchte.«

»Vor allem, wenn diese Ernennungen dazu beitragen, unsere Partei zu festigen. Aber weiß er nicht, daß die des Prinzen allmählich immer stärker wird?«

»Ach, Manuel ist sehr verstimmt«, sagte die Unbekannte traurig. »Und was noch schlimmer ist: Er ist verzagt. Er sagt, es könne nichts Gutes hierbei herauskommen, und hat schreckliche Vorahnungen. Die letzten Ereignisse haben ihn sehr traurig gestimmt, und er sagt: ›Ich habe viele Fehler begangen, und der Tag der Sühne wird kommen.‹ Aber das hat auch sein Gutes! Glaubst du nicht auch, er wird meinem Sohn verzeihen und sagen, die ehrgeizigen Freunde, die ihn umgeben, hätten ihn betrogen und erniedrigt? Ach, mein mütterliches Herz vergeht danach, daß dies geschehen möge, und doch, ich kann das Fehlverhalten des Prinzen nicht bagatellisieren. Mein Sohn ist niederträchtig.«

»Und er wünscht sich, derartige Gefahren zu bannen?« fragte meine Herrin.

»Ich weiß es nicht«, gab die Unbekannte traurig zurück. »Wie ich dir sagte, ist Manuel sehr entmutigt. Obwohl er glaubt, den Verschwörern schon bald eine beispielhafte Strafe auferlegen zu können, da es etwas gibt, das über all diesem steht, und das …«

»Zweifellos Bonaparte.«

»Nein, ich glaube, Bonaparte ist auf unserer Seite, auch wenn der Prinz ihn als seinen Freund darstellt. Manuel hat mich in diesem Punkt beruhigt. Wenn Bonaparte sich gegen uns erzürnen würde, dann würden wir ihm zwanzigtausend Mann geben, die er aus Spanien mit sich fortnehmen könnte, so wie er die aus Romana mit sich genommen hat. Das ist eine sehr einfache Lösung, die niemandem einen Schaden zufügt. Was uns traurig macht, sind vielmehr die Dinge, die in Spanien vor sich gehen. Nach dem, was Manuel mir sagte, lieben alle den Prinzen und sehen in ihm ein Muster an Perfektion, während sie uns, den armen König und mich, verabscheuen. Es ist kaum zu glauben: Was haben wir getan, daß sie uns so sehr hassen? Ich sage dir ganz offen, daß mir dies nahegeht, und ich bin entschlossen, für lange Zeit nicht nach Madrid zu gehen. Ich schwöre dir, ich hasse Madrid.«

»Ich habe diese Angst nicht«, sagte Amaranta, »und ich hoffe, wenn die Verschwörer erst einmal bestraft sind, wird das böse Kraut niemals wieder zum Vorschein kommen.«

»Manuel wird ununterbrochen daran arbeiten, so hat er es mir gesagt. Aber er muß dabei alles vermeiden, was Ärger erregen könnte, und vor allem, was uns zum Nachteil gereichen könnte. Deshalb kam Manuel heute abend zu mir, um mich zu bitten, unter seiner Führung alle Informationen über diese Angelegenheit zu entfernen. Dies betrifft auch Lesbia, welche im Besitz einiger schrecklich wichtiger Dokumente ist und sich bei ihrer Aussage auf grausame Weise rächen wird. Du weißt ja, wieviel Phantasie sie besitzt. Sie ist sehr geschickt darin, Intrigen zu erfinden. Seit Manuel mit mir sprach, konnte ich mich keinen Moment lang mehr beruhigen, bis zu dem Moment, in dem ich dich sah. Aber weder er noch ich können mit Caballero darüber sprechen. Bitte, sprich du mit ihm, denn du hast den klaren Verstand und die Geschicklichkeit, diese Angelegenheit zu regeln. Ach, ich vergaß, Caballero wünscht das goldene Vlies[59]. Du kannst es ihm ohne Sorge anbieten, denn auch wenn er nicht der Richtige ist, um ein solches Ehrenzeichen zu besitzen, so gibt es doch keine Bedenken, es ihm zu überreichen, wenn er sich durch seine Loyalität um unser Vertrauen verdient macht. Wirst du tun, was ich dir sage?«

»Das werde ich. Es gibt nichts mehr zu befürchten.«

»Dann werde ich mich jetzt beruhigt zurückziehen. Ich lege mein Vertrauen in deine Hände, wie immer«, sagte die Unbekannte und erhob sich.

»Lesbia wird nicht zur Aussage gerufen werden, aber es mangelt uns nicht an Gelegenheit, sie so zu behandeln, wie sie es verdient.«

»Nun, auf Wiedersehen, liebe Amaranta«, sagte die Dame und küßte meine Herrin. »Dank deiner Hilfe werde ich heute nacht ruhig schlafen können, und bei soviel Schmerz ist es kein geringer Trost, auf eine treue Freundin zählen zu können, die alles dransetzt, ihn zu mildern.«

»Gute Nacht.«

»Es ist schon spät … o mein Gott, wie spät es ist!«

Nachdem dieses gesagt war, gingen beide auf die Tür zu, öffneten sie, und es erschienen zwei weitere Damen, mit denen die Unbekannte fortging, nachdem sie meine Herrin ein zweites Mal geküßt hatte. Als diese schließlich allein war, wandte sie sich dem Zimmer zu, in dem ich mich befand. Meine erste Absicht war, mich aus meinem Versteck zu stehlen und zu flüchten, aber dann dachte ich kurz nach und gelangte zu dem Entschluß, daß ich sie erwarten sollte. Sie trat ein, sah mich und zeigte sich aufs äußerste überrascht.

»Gabriel, du hier!« rief sie aus.

»Ja, Herrin«, antwortete ich ruhig. »Ich habe damit begonnen, die Aufgaben zu erfüllen, die Euer Gnaden mir aufgetragen haben.«

»Was?« sagte sie zornig, »du hast es gewagt, zu ... du hast gelauscht?«

»Herrin«, erwiderte ich. »Euer Gnaden hatten recht. Ich besitze ein sehr feines Gehör. Hattet Ihr mir nicht befohlen, aufmerksam zu beobachten ...?«

»Ja«, sagte sie noch wütender. »Aber nicht dieses hier ... verstehst du? Mir scheint, du bist ein wenig zu schlau: Dein übertriebener Eifer kann dich teuer zu stehen kommen.«

»Herrin«, entgegnete ich treuherzig, »ich wollte mir nur ein weniger Übung verschaffen.«

»Gut«, antwortete sie und versuchte, die Fassung wieder zu erlangen. »Geh nun hinaus. Aber ich rate dir zu bedenken, daß ich nicht nur die, die mir gut dienen, zu belohnen weiß, sondern auch über die Mittel verfüge, die Untreuen und Verräter zu strafen. Mehr sage ich dir nicht. Wenn du unvorsichtig bist, dann wirst du dein ganzes Leben lang an mich denken. Und jetzt geh.«

19

Am folgenden Tag erhob sich Euer ergebener Diener äußerst schlecht gelaunt, und sein erster Gedanke war, so schnell wie möglich aus El Escorial fortzugehen. Ich wollte darüber nachdenken, mit welchen Mitteln ich diese gute Absicht in die Tat umsetzen konnte, und unternahm einen Spaziergang im Kreuzgang des Klosters. Tausend Gedanken schos-

sen mir durch den Kopf, und ich war innerlich heillos aufgewühlt.

Diejenigen, die in dem ersten Buch von meiner unnützen
Anwesenheit bei der Schlacht von Trafalgar gelesen haben,
werden sich erinnern, daß angesichts der Größe und Erhabenheit dessen, was vor meinen Augen geschah, sich die Fähigkeiten meiner Seele zu verfeinern schienen und ich eine vollkommen klare Vorstellung von dem gewann, was das Wort
›Vaterland‹ bedeutete. Nun gut, bei den Geschehnissen, von
denen ich hier erzähle, und bei der Erfahrung, daß der unheilvolle Niedergang meiner lächerlichen Illusionen mein gesam-
tes Wesen bis auf den Grund erschütterte, gelangte der arme
Gabriel trotz aller Niedergeschlagenheit zu einer neuen
Erkenntnis von unermeßlichem Wert: Das Prinzip der Ehre
wurde mir deutlich.

Welch eine Erleuchtung! Ich erinnerte mich dessen, was
Amaranta mir gesagt hatte, und als ich ihre Vorstellungen mit
den meinen verglich, ihre Gedanken mit dem, was ich dachte,
diese Mischung aus genialem Dünkel und ehrlicher Eitelkeit,
da konnte ich nicht anders, als stolz auf mich selbst zu sein.
Und als mir dieses klar wurde, da konnte ich nicht anders als
zu denken: ›Ich bin ein Mann von Ehre, ich bin ein Mann, der
einen unbesiegbaren Widerwillen in sich fühlt, häßliche und
gemeine Handlungen auszuüben, die mich vor meinen eigenen Augen entehren würden.‹ Außerdem erzürnt und beäng-
stigt mich der Gedanke, daß ich in den Augen der anderen ein
Objekt der Verachtung werden könnte. Gewiß will ich ein ver-
dienstvoller Mensch werden, aber nur in der Weise, daß
meine Handlungen mich über die anderen und gleichzeitig
über mich selbst erheben, denn nichts zählt es, wenn tausend
Dummköpfe mir applaudieren, solange ich selbst mich verachte. Groß, milde und gut sollte ich sein, wenn ich lange lebe.
Ich will immer zufrieden sein mit dem, was ich tue, und wenn
ich mich des Abends gut mit meinem Bettuch bedecke, um die
Kälte abzuhalten, dann will ich sagen können: ›*Ich habe nichts
getan, was Gott oder die Menschen beleidigen könnte. Ich bin zufrieden mit dir, Gabriel.*‹

Ich muß gestehen, daß ich in meinen Monologen stets mit
mir selber sprach, als ob ich jemand anderes sei.

Während ich über diese Dinge nachdachte, ging mir eigentümlicherweise Inés nicht für einen Moment aus dem Sinn. Ihr Bild kreiste mir im Kopf herum wie einer jener Schmetterlinge oder Vögel, die manchmal an traurigen Tagen vor uns auftauchen, um, wie das Volk glaubt, eine gute Nachricht zu bringen.

So also war mir zumute, als ich bemerkte, daß der Edelmann Don Juan de Mañara, in eine Uniform gekleidet, nah an mir vorüberging. Er blieb stehen und rief mich mit einer Stimme, die deutlich werden ließ, daß er sich über die Begegnung freute. Es war dies nicht das erste Mal, daß er mich um einen kleinen Gefallen bat.

»Gabriel«, sagte er in recht vertraulichem Tonfall zu mir, holte eine Goldmünze aus seiner Tasche und fuhr fort: »Die ist für dich, wenn du tust, um was ich dich bitte.«

»Herr«, entgegnete ich, »wenn ich mit dem, worum es geht, meiner Ehre irgendeinen Schaden zufügen sollte ...«

»Aber, du armseliger, kleiner Bursche, willst mir doch nicht etwa sagen, daß du Ehre besitzt?«

»Oh, und ob ich die besitze, Herr Offizier«, antwortete ich höchst empört, »und ich wünschte, ich fände eine Gelegenheit, um Euch tausend Beweise dafür abzulegen.«

»Die Gelegenheit gebe ich dir jetzt, denn es gibt nichts Ehrenhafteres, als einem Edelmann und einer Dame zu helfen.«

»Sagt mir, was ich tun soll«, sagte ich in dem brennenden Wunsch, daß der Besitz der Dublone, die vor meinen Augen glänzte, mit der Würde eines Mannes wie mir vereinbar sein möge.

»Es ist nur das folgende«, sagte der schöne Galan und zog einen Brief aus seiner Tasche. »Nämlich diesen Zettel der Señorita Lesbia zu überbringen.«

»Ich habe nichts dagegen«, sagte ich und dachte, daß es mich in meiner Eigenschaft als Diener nicht entehren könnte, einen Liebesbrief zu überbringen. »Gib mir das Papierchen.«

»Aber bedenke«, fügte er hinzu, als er es mir übergab, »wenn du den Auftrag nicht anständig ausführst oder dieses Papier in andere Hände gelangt, dann wirst du an mich denken, solange du lebst – falls dir noch Leben bleibt, nachdem all deine Knochen durch meine Hände gegangen sind.«

Während er so sprach, drückte der Wachmann mir fest den

Arm und bekräftigte so den Ernst seiner Warnung. Ich versprach ihm, seinen Auftrag genauso gewissenhaft zu erfüllen.

Wir gelangten zum großen Innenhof des Palastes, wo ich zu meiner Überraschung eine Menschenmenge versammelt sah, in der einige Unglücksboten, wie Gerichtsdiener und andere Mitglieder der Kurie auffielen. Bei ihrem Anblick wurde mein Begleiter sehr unsicher und bleich. Ich meinte sogar zu hören, wie er einen derben Fluch gegen die garstigen schwarzen Vögel aussprach, die so überraschend vor unseren Augen aufgetaucht waren. Ich mußte nicht lange nachdenken, um zu erkennen, daß jene unheimliche Versammlung nichts mit mir zu tun hatte. Daher trennte ich mich an der Tür des Wachkorps von dem Soldaten. Kaum daß Brief und Münze ihren Weg in meine Tasche gefunden hatten, machte ich auf dem Absatz kehrt, rannte die kleine Treppe hinauf, direkt zum Zimmer der Dame Lesbia.

Ich hielt mich gar nicht erst lange damit auf, mich Ihrer Gnaden melden zu lassen. Lesbia stand in der Mitte des Raumes und las mit dramatischer Intonation folgende feierliche Verse aus einem Heft:

… alles tötet mich,

alles versammelt sich zu meinem Schaden, mich zu verletzen!

– Und alles verwirrt dich, Unglückliche.

Die Herzogin war dabei, ihre Rolle einzustudieren. Als sie mich eintreten sah, hielt sie in ihrer Lektüre inne, und so hatte ich das Vergnügen, ihr persönlich das Brieflein zu überreichen, wobei ich mir dachte: Wer würde meinen, daß du mit deinem schönen Gesicht eines der ausgekochtesten Früchtchen bist, die jemals auf der Welt Intrigen gesponnen haben? Während sie las, beobachtete ich die leichte Röte und das Lächeln, die ihr Gesicht noch schöner machten. Als sie fertig war, wandte sie sich ein wenig beunruhigt an mich:

»Aber stehst du nicht in Amarantas Diensten?«

»Nein, Herrin«, antwortete ich. »Ich trat gestern abend aus ihrem Dienste aus und gehe jetzt gleich nach Madrid.«

»Ah! Nun gut«, sagte sie, offenbar halbwegs beruhigt.

Ich konnte nur noch an das Vergnügen denken, das Amaranta gehabt hätte, wenn ich die Unverschämtheit besessen hätte, ihr jenen Brief zu überbringen. Wie bald sich mir doch die Gelegenheit geboten hatte, mich als ein ehrenhafter, wenn auch armer Diener zu erweisen. Lesbia, die eine Gelegenheit sah, über ihre Freundin herzuziehen, sagte zu mir:

»Amaranta geht sehr hart und streng mit ihren Dienstboten um.«

»Oh, nein, Herrin«, rief ich aus, erfreut darüber, eine weitere Gelegenheit zu finden, mich wie ein Edelmann zu verhalten, indem ich der Kränkung gegen diejenige, die mir mein tägliches Brot gab, widersprach. »Die Gräfin behandelt mich sehr gut, aber ich möchte nicht mehr im Palast dienen.«

»So hast du also Amaranta verlassen?«

»Das habe ich. Ich werde noch vor Mittag nach Madrid gehen.«

»Möchtest du nicht in meine Dienste treten?«

»Ich habe mich entschlossen, ein Handwerk zu erlernen.«

»So bist du heute also frei, von niemandem abhängig, und wirst nicht einmal zurückkehren, um deine frühere Herrin zu sehen.«

»Ich habe mich bereits von Euer Gnaden verabschiedet und gedenke nicht dorthin zurückzukehren.«

Ersteres entsprach nicht der Wahrheit, das letztere jedoch schon.

Ich machte eine tiefe Verbeugung, um mich zu verabschieden.

»Warte. Ich muß auf den Brief antworten, den du mir gebracht hast, Gabriel, und da du heute ohne Beschäftigung bist und niemanden hast, der dich aufhalten könnte, kannst du die Antwort überbringen.«

Ihre Worte flößten mir die wohlige Hoffnung ein, daß mein Kapital sich um eine weitere Dublone vergrößern könnte, und so wartete ich und besah mir die Deckenmalereien und die Bilder auf den Wandbehängen. Nachdem Lesbia ihren Brief fertiggestellt hatte, versiegelte sie ihn sorgfältig, drückte ihn mir in die Hand und befahl mir, ihn sofort zu überbringen. Ich tat, wie sie mir geheißen hatte, aber wie groß war meine Überraschung, als ich zum Wachkorps kam und mich unversehens dem Umstand gegenübersah, daß mein Herr Wachmann gerade festgenommen und zwischen zwei Soldaten, wie er selber einer war, abgeführt wurde. Ich zitterte vor Angst, daß sie auch mich gefangennehmen könnten, denn ich wußte, daß

Bedeutungslosigkeit keinen Schutz vor den Amtsdienern bot, die ihren Eifer gern dadurch bekundeten, daß sie die größtmögliche Anzahl von Personen in ihre voluminösen Verordnungen aufnahmen.

Ich beging die Indiskretion, in das Büro des Wachkorps einzutreten, was einen dort anwesenden Mann, eine furchteinflößende Erscheinung mit Hakennase, einer grünen Brille und langen Zähnen derselben Farbe, dazu veranlaßte, meinem Gesicht die eben benannten Teile des seinen zuzuwenden, mich sehr aufmerksam zu betrachten und mit der unangenehmsten und rauhesten Stimme, die ich je in meinem Leben gehört habe, zu sagen:

»Dies ist der Junge, dem der Gefangene einen Brief gegeben hat, kurz bevor er in die Gewalt der Justiz fiel.«

Als ich diese Worte hörte, kroch mir ein kalter Schweiß über den Körper, und ich tat, als habe ich ihn nicht gehört und kehrte ihm den Rücken zu, um mich schleunigst aus dem Staube zu machen, aber – ach, ich war noch keine zwei Schritte gegangen, als ich fühlte, wie mich ein paar Sperberklauen an der Schulter packten, denn keine andere Bezeichnung würde den spitzen und harten Fingernägeln des Mannes mit den grünen Gläsern gerecht werden, in dessen Hände ich gefallen war. Dieses Erlebnis war so furchtbar, daß ich es sicher niemals vergessen werde, denn der Anblick seiner häßlichen Erscheinung der runden Gläser seiner Brille, die die milchige Pupille umrahmten, und des durchdringenden und starren Katzenblickes erschreckte mich zutiefst, während gleichzeitig seine grünen Zähne, die zweifellos vor Gefräßigkeit geschärft waren, begierig schienen, mich zu aufzufressen.

»Geht nur nicht so schnell fort, junger Mann«, sagte er.

»Wie kann ich Euer Gnaden dienen?« fragte ich honigsüß. Ich hatte begriffen, daß es mir nichts helfen würde, mich einem solchen Wolf gegenüber stolz aufzuführen.

»Das werden wir noch sehen«, antwortete er mit einem Grunzen, das mich bewog, mein Leben dem Herrn zu empfehlen.

Während der Turmfalke mich mit seiner gewaltigen Pranke, die er um meinen Hals geklammert hatte, in eine Kammer führte, beschwor ich all meine geistigen Fähigkeiten, um zu prüfen, ob sich mit ihren vereinten Kräften nicht ein

Mittel finden ließe, das mich aus diesem Dilemma befreien könnte. Nach einer kurzen Überlegung stellte ich rasch die folgende Strategie für mich auf: ›Gabriel, dieser Augenblick ist von höchster Brisanz. Du wirst nichts erreichen, indem du dich mit Heftigkeit verteidigst. Wenn du versuchst zu fliehen, bist du verloren. Wenn du dich nicht mit der Hilfe irgendeiner Spur von Schläue aus den Fingern dieses Schurken, der dich bei lebendigem Leibe unter einem Stapel Siegelpapier begraben wird, befreien kannst, wirst du es bitter bereuen. Außerdem trägst du die Ehre einer Dame, die Gott weiß was in diesen verteufelten Brief geschrieben hat, auf deinen Schultern. Also Mut, Junge, bleibe ruhig und denke nach, wie du hier herauskommst.‹

Glücklicherweise erhellte Gott meinen Verstand in dem Augenblick, da der Amtmann sich auf ein kahles Bänkchen setzte und mir bedeutete, ihm gegenüber Platz zu nehmen, damit ich ihm auf seine Fragen antwortete. Ich erinnerte mich daran, im Zimmer von Amaranta diesen grausamen Winkeladvokaten gesehen zu haben, der gegenüber er diensteifrig seinen Respekt erwiesen hatte. Dieser Rückblick in Verbindung mit dem Gedanken, daß meine frühere Herrin den Personen, die an der Verschwörung des Prinzen beteiligt waren, abgeneigt war, bildete die Richtschnur des Planes, den ich verfolgen wollte, um mich von jenem Scheusal zu befreien.

»Du läufst also herum und trägst Briefe hin und her, Bürschchen«, sagte er mit der ganzen Energie seiner gerichtsmäßigen Grausamkeit und vergnügte sich dabei schon im voraus mit der imaginären Betrachtung des Siegelpapiers, in das er mich einzusperren gedachte. »Nun wollen wir einmal sehen, für wen diese Briefe sind und ob du damit beschäftigt bist, den Kontakt zwischen den Gefangenen und den Verschwörern zu halten, damit sie ihren Spott mit den Handlungen der Justiz treiben können.«

»Herr *Licenciado**«, erwiderte ich, indem ich meine innere Ruhe allmählich wiedergewann, »Ihr kennt mich zwar nicht, doch ohne jeden Zweifel verwechselt Ihr mich mit jenen Schurken, die sich damit vergnügen, für die Gefangenen in El Noviciado Papierchen hin- und herzutragen.«

---

* Akademischer Grad (Anm. der Übers.)

»Wie?« rief er hocherfreut. »Bist du sicher, daß es stimmt, was du das sagst?«

»Aber ja, Herr«, antwortete ich und faßte allmählich wieder Mut. »Geht am besten gleich, hinter einer Maske verborgen, in den Innenhof der Genesenden und seht selbst, wie sie aus dem dritten Stockwerk des Klosters Briefe durch die Dachluke werfen, wobei sie sich mit ein paar sehr langen Rohren behelfen.«

»Was erzählst du mir da?«

»Ihr hört ganz richtig. Und wenn Ihr es mit eigenen Augen sehen wollt, so müßt Ihr sofort gehen, denn dies ist die Stunde, die die Bösewichte für ihre Absicht gewählt haben, da jetzt die Zeit der Siesta ist. Euer Gnaden könntet mich schon für meine Auskunft belohnen; denn ich gebe Euch diesen Rat nur, um unserem geliebten König einen Dienst zu erweisen.«

»Aber du hast einen Brief von dem jungen Fähnrich erhalten, und wenn du ihn mir nicht sofort gibst, dann werde ich mit dir abrechnen.«

»Aber der Herr *Licenciado* wissen wohl nicht«, entgegnete ich, »daß ich ein Page der hochwohlgeborenen Gräfin Amaranta bin, der ich seit einiger Zeit diene? Und meine Herrin liebt mich nicht wenig. Gott sei's gedankt! Tausendmal hat sie gesagt, daß jeder, der es wagen sollte, mir ein Haar zu krümmen, sich nur in acht nehmen sollte.«

Der Winkeladvokat schien in seinem Gedächtnis zu kramen, und nun, da er sich erinnerte, mich einige Male in der Gesellschaft meiner Herrin gesehen zu haben, bemerkte ich, daß sein dämonisches Gesicht sich langsam wieder besänftigte.

»Der Herr *Licenciado* wissen sehr wohl«, fuhr ich fort, »daß die Gräfin mich protegiert, und da sie erkannt hat, daß ich noch für einiges mehr tauge als für diese niedere Tätigkeit, hat sie den Plan gefaßt, mich zu unterrichten und mich zu einem erfolgreichen Manne zu machen. Ich habe bereits begonnen, mit dem Pater Antolinez zu studieren, und danach werde ich in das Haus der Pagen kommen, denn wir haben herausgefunden, daß ich, wenn auch arm, so doch von hoher Abkunft bin und in direkter Linie von einigen Leuten eines Standes ähnlich dem des Herzogs der Chafarinas-Inseln entstamme.«

Der Winkeladvokat schien recht besorgt ob meiner Mitteilungen, die ich mit großer Forschheit verkündete.

»Und gerade eben«, fuhr ich fort, »befand ich mich auf dem Wege zum Zimmer meiner Herrin, die mich schon erwartet und sehr wütend werden wird, wenn sie erfährt, daß der Herr *Licenciado* mich aufgehalten haben. Ihr solltet wissen, daß meine Herrin mich ausschickt, durch all diese Höfe und Galerien zu laufen, um zu horchen, was die Anhänger der Gefangenen sich erzählen, und sie wird alles in einem Buch aufschreiben, das nicht weniger groß ist als diese Bank. Sie wird viele schlimme Dinge über diese Leute aufdecken, und sie ist sehr froh über meine Hilfe, denn sie sagt, daß sie ohne mich nicht einmal die Hälfte dessen erfahren hätte, was sie weiß. Zum Beispiel das mit den Rohren, wovon niemand weiß außer mir. Der Herr *Licenciado* sollten dankbar sein, daß ich es ihm früher als allen anderen gesagt habe.«

»Soviel ist gewiß«, sagte der Büttel, »daß die Gräfin dich protegiert, denn jetzt fällt mir ein, daß ich sie einige Male von dir haben reden hören. Aber das erklärt mir nicht, warum deine Herrin einen Briefwechsel mit dem Fähnrich unterhält.«

»Dies hat auch meine Aufmerksamkeit geweckt«, gab ich zurück, »denn meine Herrin sagte, dieser Herr solle als einer der ersten ins Gefängnis gesteckt werden. Aber seht, Herr *Licenciado*: Der Brief, den ich erhielt, war für meine Herrin bestimmt, und darin steht, daß sein Verfasser, nun, wo er sich in der Gefahr sieht, bald in die Hände der Justiz zu fallen, den Schutz der Gräfin erbittet, um sich von der Gefahr zu befreien.«

»Ah, dieser Mañara, dieser Gauner, dieser Spitzbube!« rief der Vertreter der humanen Rechtsprechung aus. »Er wollte sich aus unseren Klauen befreien, indem er sich unter den Schutz einer Person stellt, die in der Sache des Königs den größten Eifer an den Tag legt. «

»Doch mit seinen üblen Winkelzügen wird er nicht viel erreichen, lieber Herr *Licenciado*«, fügte ich hocherfreut hinzu, »denn meine Herrin zerriß den Brief voller Verachtung und schickte mich aus, um ihm zu sagen, sie könne nichts für ihn tun.«

»Und deshalb bist du gekommen?«

»Ganz genau. Ich hatte bereits gewußt, daß der Herr Fähnrich nichts erreichen würde. Und das freut mich, ja, es freut mich. Denn ich sage: diese Schurken! Wollten sie nicht den

König um seine Krone bringen und die Königin um ihr Leben? Nun, sie sollen es allesamt bezahlen; sie haben nichts anderes verdient als das Schafott, und sie sollten sich vorsehen, denn der Friedensfürst wird um sie nicht viel Federlesens machen.«

»Gut«, sagte er wieder wohlwollend zu mir, ohne jedoch seinen Argwohn ganz zu vergessen. »Wir gehen zusammen, um deine Herrin zu sehen, und sie wird mir bestätigen, was du berichtet hast.«

»Sie ist gerade zum Friedensfürst gegangen, um mich ihm zu empfehlen, damit ich in das Haus der Pagen aufgenommen werde. Und wenn der Herr *Licenciado* sich nicht beeilen, dann kann er nicht mehr zusehen, wie sie das Rohr von den Balkonen des dritten Stockwerks des Klosters werfen. Gehe er rasch, um sich das anzusehen, und danach kann er zum Zimmer meiner Herrin kommen, wo ich ihn erwarten werde. Sie wird vorbereitet sein und Euer Gnaden einen festlichen Empfang bereiten, da sie Euch sehr schätzt.«

»Tatsächlich? Hast du sie einmal von mir reden gehört?« fragte er aufgeregt.

»Einmal? Tausendmal schon hat sie von dem Herrn *Licenciado* gesprochen. Gerade gestern abend hat sie länger als zwei Stunden mit dem Friedensfürst und mit dem Marquis Caballero über Euch gesprochen.«

»Tatsächlich?« fragte er und kräuselte seinen zerknitterten Mund in einem undefinierbaren Lächeln, bei dessen ausgedehnter Entwicklung er die Landkarte seines grünen Gebisses sehen ließ. »Und was hat sie gesagt?«

»Daß dem Herrn *Licenciado* alle Ermittlungen zu verdanken seien, die man in dieser Angelegenheit angestrengt hat, und auch andere Dinge, die ich nicht sagen möchte, um Euer Gnaden nicht in Eurer Bescheidenheit zu kränken.«

»Nun sag schon, Bürschchen, sei nicht so kurz angebunden.«

»Nun, sie äußerte sich mit großem Lob über Euer Gnaden, wobei sie Euer Können, Euer großes Wissen und Eure Begabung, die Gesetze selbst noch aus einem Geröllstein zu ziehen, in Betracht zog. Danach fügte sie hinzu, wenn man den Herrn *Licenciado* nicht zu einem Hohen Rat von Amerika oder von der Kammer der Haus- und Hofbürgermeister machen würde, dann würde Gott es ihnen nicht verzeihen. «

»Das hat sie gesagt? Nun, wie ich sehe, bist du ein Junge mit Anstand und Diskretion. Sage der Gräfin, daß ich binnen kurzem bei ihr vorsprechen werde, um sie zu besuchen und mich mit ihr über einige bedeutsame Fragen zu beraten. Sie soll wissen, wie sehr ich sie schätze und verehre. Und was dich angeht, so dachte ich zunächst, daß der Brief, den du dem Fähnrich bringen wolltest, für die Herzogin Lesbia gedacht sei.«

»Ganz gewiß nicht! Ich gehe nicht zum Zimmer dieser Dame, denn meine Herrin und sie sind miteinander verfeindet.«

»Und da man heute«, fuhr er fort, »auch zur Verhaftung dieser Dame schreiten wird, was äußerst kompliziert werden wird, da ihr Gatte, der Herzog, in demselben Prozeß …«

»Sie nehmen auch die Dame Lesbia gefangen!« rief ich erstaunt.

»Auch sie. Meine Kameraden sind bereits hinausgegangen, um es ihr mitzuteilen. Also, Bursche, lauf schnell zum Zimmer deiner Herrin und verkünde ihr mein baldiges Erscheinen.«

Nichts wünschte ich mir mehr, als von diesem scheußlichen Mann fortzukommen, und so sandte ich einen inbrünstigen Dank an Gott und verließ das Büro des Wachkorps, sehr zufrieden über meine gelungene Kriegslist. Meine erste Absicht war es, zum Zimmer von Lesbia zu laufen, nicht nur, um ihr den Brief zurückzubringen, sondern auch, um sie vor der großen Gefahr zu warnen, der ihre Freiheit ausgesetzt war. Aber als ich hinaufstieg, bemerkte ich, daß die Herren der Justiz bereits in ihre Wohnung eingedrungen waren. Ich mußte aus dem Palast fliehen, um nicht selber Gefahr zu laufen, erneut in die Hände des gräßlichen *Licenciado* zu fallen, wenn dieser bei seinem Gespräch mit meiner Herrin von meinen großartigen Lügengeschichten erfuhr. Ich rannte eilig in mein Kämmerchen, ergriff meine Kleidung, so wie sie gerade dalag, und verließ den Palast und das Kloster, ohne mich von irgend jemandem zu verabschieden. Ich war fest entschlossen, nicht mehr anzuhalten, bevor ich in Madrid angelangt sei.

Trotz meiner Angst wollte ich mich nicht ohne Proviant auf den Weg machen. Auf dem Dorfplatz versorgte ich mich mit dem nötigsten. Dann lief ich weiter, wobei ich alle paar Minuten den Kopf umwandte, da es mir schien, als ob der *Licenciado* mir bereits auf den Fersen sei. Ich konnte keine Ruhe finden, bis die Kuppel und die Türme des schrecklichen Escorial endlich aus meinem Blick verschwunden waren. Nachdem ich zwei Stunden ohne Unterbrechung gelaufen war, bog ich vom Weg ab und stärkte meine Kräfte mit Brot, Käse und Trauben. Inzwischen war ich mir sicher, daß sich die harten Nägel des Rechtsvertreters nicht so schnell in meine Schultern bohren würden. Während dieser kurzen Weile der Rast und der Zerstreuung lachte ich aus vollem Halse bei der Erinnerung an die Lügen, die ich ihm aufgetischt hatte, um meine Haut zu retten, und obwohl ich sie mit solcher Großzügigkeit von mir gegeben hatte, quälte mich keineswegs mein Gewissen, denn solcherlei Schwindeleien, mit denen niemandes Ehre zu Schaden kommen konnte, waren die einzige Waffe, mit der ich mich gegen eine ebenso barbarische wie ungerechte Verfolgung zur Wehr setzen konnte. Es sind die kritischen Momente, die den Verstand schärfen, und was mich anbelangt, so kann ich sagen, daß ich vor jener Situation, in die ich geraten war, niemals in der Lage gewesen wäre, solche Torheiten zu erfinden. Es ist sicher wahr, daß die Umstände einen Mann dumm oder klug machen, indem sie den ungebildetsten Verstand schärfen oder aber den klarsten Verstand verdunkeln.

Ein gutes Stück hinter Torrelodones traf ich auf ein paar Maultiertreiber, die mich für wenig Geld auf eines ihrer Lasttiere aufsitzen ließen, und so erreichte ich Madrid bequem, wenngleich sehr spät in der Nacht.

20

Da es bereits sehr spät war, beschloß ich, nicht vor dem folgenden Morgen Inés aufzusuchen. So ging ich zur González, die immer noch wach war und auch nicht die Absicht zu haben schien, sich zu Bett zu begeben. Die Schauspielerin war sehr überrascht, als ich eintrat, und fragte mich sofort, was mit mir geschehen sei und ob es etwas Neues von der Dame Amaranta gäbe. Auch wollte sie alles über die berühmte Verschwörung wissen, einer Angelegenheit, die, wie sie sagte, ganz Madrid in Atem hielte. Nachdem ich ihre Neugierde in diesem und einigen anderen Punkten befriedigt hatte, versicherte sie mir, einen Brief von Lesbia erhalten zu haben und kündigte an, in wenigen Tagen zum Hof aufzubrechen, wo sie ihre Rolle als Edelmira den letzten Schliff verleihen sollte. Obwohl mich die Müdigkeit überwältigte und ich lieber schlafen als erzählen wollte, berichtete ich ihr von dem Brief und auch von der traurigen Verhaftung der Herzogin. Pepita, die über diese Neuigkeiten sehr aufgebracht war, bat mich, ihr den Brief zu übergeben, doch ich weigerte mich, dies zu tun, und schwor, daß ich ihn bei mir behalten würde, bis ich ihn der Person, von der ich ihn erhalten hatte, höchstpersönlich in die Hände drücken könne. Sie schien sich mit meiner Weigerung zufriedenzugeben, und so redeten wir nicht weiter über die Angelegenheit. Ich sagte ihr, daß ich in dem Entschluß, ein Handwerk zu erlernen, Amaranta verlassen habe und nicht zum Hofe zurückkehren wolle. Dann ging ich zu Bett und sehnte den Morgen herbei, an dem ich zu Inés würde gehen können. Es beschämt mich, dies einzugestehen, doch ich schlief wie ein Sack. Am nächsten Tag beeilte ich mich, aufzustehen, und schon bald darauf erfaßte mich eine sehr kummervolle Stimmung. Ich werde Euch gleich sagen, warum: Beim Ankleiden suchte ich in meiner Kleidung nach dem Brief von Lesbia, doch er tauchte nicht auf. Er steckte weder in meinen Kleidertaschen noch in dem Winkel meines knappen Gepäcks, den ich bislang noch nicht ausgepackt hatte. Nirgendwo konnte ich ihn finden. Ich war sehr bedrückt und fürchtet, der Brief sei in die Hände eine indiskreten Person geraten. Als ich meiner Herrin erzählte, was geschehen war, und sie fragte, ob sie den unglückseligen Brief auf dem Fußboden gefunden habe, da lachte die Pícara aus vollem Halse und erwiderte mit höchster Unverfrorenheit:

»Ich habe ihn nicht gefunden, Gabriel, sondern bin letzte Nacht, nachdem du eingeschlafen warst, auf Zehenspitzen in dein Zimmer gekommen und habe den Brief aus deiner Jackentasche genommen. So besitze ich ihn nun ich habe ihn gelesen und werde ihn nicht mehr hergeben.«

Das ärgerte mich außerordentlich. Ich bat sie um den Brief und sagte ihr, ich sei es meiner Ehre schuldig, ihn seiner rechtmäßigen Besitzerin zurückzugeben, ohne daß ihn vorher jemand lese, aber sie entgegnete, ich hätte keinerlei Ehre zu bewahren, und sie würde den Brief selbst dann nicht zurückgeben, wenn man ihr so viele Peitschenhiebe geben würde, wie Buchstaben darin stünden. Im nächsten Akt las sie ihn mir vor, und, wenn ich mich recht erinnere, lautete er folgendermaßen:

Geliebter Juan, ich vergebe Dir die Kränkung und die Zurücksetzung, die Du mir bereitet hast, aber wenn Du willst, daß ich an Deine Reue glaube, dann beweise sie mir, indem Du heute abend zum Essen in mein Zimmer kommst, wo ich Deine unbegründete Eifersucht zerstreuen und Dir zeigen werde, daß ich Isidoro, diesen unkultivierten und eingebildeten Schmierenkomödianten, mit dem ich, nur in der Absicht, mich an seiner albernen Leidenschaft zu weiden, ein einziges Mal gesprochen habe, niemals geliebt habe und auch nicht lieben könnte. Komm zu mir, wenn Du mich nicht verärgern willst. Deine *Lesbia*. P. S.: Fürchte nicht, daß sie Dich festnehmen. Eher nehmen sie den König fest.

Nachdem sie den Brief vorgelesen hatte, steckte die González ihn in ihren Ausschnitt und erklärte unter Lachen und Scherzen, daß sie ihn nicht für zehntausend Duros wieder herausgeben würde. All meine inständigen Bitten waren umsonst, und schließlich war ich es leid, mir die Kehle heiser zu schreien, und ging aus dem Haus. Ich grämte mich sehr über den Vorfall, doch hoffte ich, daß meine schlechte Laune beim Anblick der armen Inés schwinden würde. Ich ging sehr bewegten Herzens zu ihr, und als ich in ihre Straße kam und die Balkone ihres Hauses sah, sagte ich mir: ›Wie weit sie doch noch ist, in diesem Moment, in dem ich um die Ecke biege und durch die Straße gehe! Sie wird hinter der Gardine sitzen, und auch, wenn sie sich nur ein wenig wundern wird, mich zu sehen, so wird sie mich doch erst dann sehen, wenn ich in ihre Wohnung trete.‹

Schon in dem Moment, da mir die Tür geöffnet wurde,

merkte ich, daß hier etwas Schlimmes vor sich ging, denn Inés kam trotz der lauten Worte, die ich bei meinem Eintritt sprach, nicht herbeigelaufen, um mich zu begrüßen. Wer mich als erster begrüßte, war Pater Celestino, und auf seinem Gesicht lag ein so bedrückter Ausdruck, daß ich seine abgemagerte Gestalt nicht alleine dem Hunger zuzuschreiben vermochte.

»Mein Sohn, du kommst zu einer bösen Stunde«, sagte er zu mir. »Hier geschieht ein großes Unglück. Meine Schwester, die arme Juana, sie stirbt uns fort, ohne daß wir etwas tun können.«

»Aber Inés?«

»Es geht ihr gut, aber denk nur, wie sehr sie sich plagen muß in diesen Tagen. Sie weicht nicht von der Seite ihrer Mutter, und wenn das noch lange Zeit so weitergeht, so glaube ich, daß Gott das arme Engelchen auch noch für meine Nichte aussenden muß.«

»Wir hatten recht, als wir Doña Juana gesagt haben, sie solle nicht soviel arbeiten.«

»Aber was redest du, mein Sohn?« erwiderte er. »Sie hat uns schließlich am Leben erhalten, denn siehst du, sie haben mir das Pfarramt immer noch nicht gegeben und auch nicht das Kaplansamt, das Vikarsamt oder die Pfründe oder die Freistelle oder das Ausgedinge, das sie mir versprochen haben, obwohl ich nun Gewißheit habe, daß sich meine Wünsche spätestens in der kommenden Woche erfüllen werden. Außerdem gibt es keinen Drucker, der mein lateinisches Gedicht drucken will, selbst dann nicht, wenn man ihm noch Geld dafür drauflegt. So ist nun einmal die Lage. Ich weiß nicht, was aus uns werden soll, wenn meine Schwester stirbt.«

Nachdem er dies gesagt hatte, verrenkten sich die Kiefer des armen Alten in einem ungeheuren Gähnen, das mir von dem Ausmaß seines Hungers zeugte. Eine solche Vorstellung bedrückte mich, aber glücklicherweise trug ich ein wenig Geld von meinem Ersparten und dazu noch die Dublone von Mañara bei mir, was mir eine wahre Mannestat erlaubte. Ich steckte die Hand in meine Tasche und sagte:

»Pater, zur Feier des Ertrages, den Ihr in der nächsten Woche erhalten werdet, lade ich Euch zu ein paar Koteletts ein.«

»Ich habe keinen Hunger«, antwortete er, indem er mit der

artigen Zurückhaltung prahlte, die ihm zu eigen war, »und überdies möchte ich nicht, daß du dein Erspartes für mich ausgibst. Aber wenn du welche essen möchtest, dann laß sie dir bringen, und wir bereiten sie hier zu.«

Ich sandte sofort eine Nachbarin aus, das Fleisch zu holen, und während sie fort war, konnte ich meine Ungeduld nicht länger beherrschen, sondern machte mich auf die Suche nach Inés. Ich fand sie im Wohnzimmer, nahe bei dem Bett ihrer Mutter, welche fest schlief.

»Inés, kleine Inés, Mädchen meines Herzens«, sagte ich, lief zu ihr und bedachte sie mit einem halben Dutzend Umarmungen und Küssen.

Inés' einzige Antwort war, daß sie auf die Kranke deutete und mich anwies, keinen Lärm zu machen.

»Deiner Mutter wird es wieder gutgehen«, sagte ich mit leiser Stimme zu ihr. »Ach, Inés, wie sehr habe ich mir gewünscht, dich zu sehen! Ich bin gekommen, um dir zu gestehen, daß ich ein Rohling war und daß du mehr Weisheit besitzt als Salomon selber.«

Inés lächelte mich mit heiterer Gelassenheit an, als hätte sie im voraus gewußt, daß ich zurückkommen und derartige Geständnisse machen würde. Meine arme, kluge Freundin war sehr blaß geworden durch den fehlenden Schlaf und die viele Arbeit, aber wieviel schöner erschien sie mir doch als die schreckliche Amaranta! Alles hatte sich geändert, und das Gleichgewicht meines Geistes war wiederhergestellt.

»Schau, Inés«, sagte ich, indem ich ihre Hände küßte. »Du hattest recht mit deinen Vorhersagen. Ich bin voller Reue über meine große Dummheit, und ich hatte das Glück, schon bald enttäuscht zu werden. Recht haben die, die sagen, daß wir jungen Leute uns durch Träume und Phantome verblenden lassen. Aber, ach, nicht alle haben einen guten Engel, wie du es bist, der ihnen zeigt, was sie tun sollen.«

»So können wir Euch also nicht mehr als Generaloberst oder als Vizekönig bewundern?« Sie machte sich über meine verrückten Ideen lustig.

»Nein, mein Mädchen, mir steht der Sinn weder nach Palästen noch nach Uniformen. Wenn du sehen könntest, wie häßlich manche Dinge sind, sobald man sie von nahem sieht. Wer in diesen Bereichen vorankommen will, muß tausenderlei

Gemeinheiten und unehrenhafte Dinge vollführen, und auch ich besitze Ehre, o ja ... Nein, nein: Lassen wir die Vizeregierungen und die Prunksucht beiseite. Ich bin ein Einfaltspinsel gewesen, aber, wie der Herr Pfarrer, dein Onkel, sagt: Die Erfahrung ist eine Flamme, die nicht erleuchtete sondern brennt. Ich habe mich schlimm verbrannt, aber – oh, mein Mädchen, wenn du sehen könntest, wieviel ich gelernt habe! Bald werde ich dir davon erzählen.«

»Und du wirst nicht wieder dorthin zurückkehren?«

»Nein, meine Dame, ich bleibe hier, denn ich habe einen Plan ...«

»Schon wieder einen Plan?«

»Ja, aber dieser hier wird dir gefallen, kleine Schelmin. Ich werde ein Handwerk erlernen. Mal sehen, welches dir am besten gefällt: Silberschmied, Möbeltischler, Kaufmann? Alles, was du willst. Alles, nur nicht Diener.«

»Das ist kein schlechter Gedanke.«

»Aber außer diesem Plan ist da noch ein anderer«, sagte ich und fand dabei ein unsägliches Vergnügen an diesem Dialog. »Ja, mein Mädchen, ich habe mir vorgenommen, dich zu heiraten.«

Die Kranke bewegte sich, und so mußte Inés sich um ihre Mutter kümmern und konnte nicht auf meine leidenschaftlichen Worte antworten.

»Ich bin sechzehn Jahre alt«, fuhr ich fort. »Du bist fünfzehn, dazu gibt es also nichts weiter zu sagen. Ich werde ein Handwerk erlernen, in dem ich schon bald furchtbar viel Geld zu verdienen gedenke, das du dann für unsere Hochzeit aufbewahrst. Du wirst schon sehen, wie gut es uns gehen wird. Willst du, ja oder nein?«

»Gabriel«, erwiderte sie mit leiser Stimme. »Wir sind jetzt sehr arm. Wenn ich Waise werde, dann werden wir noch viel ärmer sein. Meinem Onkel werden sie niemals das geben, worauf er seit vierzehn Jahren wartet. Was also soll aus uns werden? Du wirst nichts verdienen, bis einige Zeit vergangen ist, also denke dir nicht solche Dummheiten aus.«

»Aber, Inés, in vier Jahren werde ich mehr verdient haben, als ich wiege. Dann können wir die Vergangenheit ruhen lassen. Und in der Zwischenzeit werden wir schon zurechtkommen. Für irgend etwas muß Gott dir doch diesen hohen kirchlichen Geist gegeben haben, den du in dir hast. Ich weiß jetzt, daß ich ohne dich nichts wert und für nichts gut bin.«

»Damals hast du über mich gelacht, als ich dir sagte: ›Gabriel, du gehst den falschen Weg.‹«

»Du hattest recht, mein Lämmchen. Wenn du wüßtest, wie seltsam es im Inneren eines Mannes aussieht, und wie er sogar das ignorieren kann, was ihm gerade im Moment widerfährt! Als ich von hier fortging, da dachte ich, ich würde dich nicht lieben, und da jene Dame mich verblendet hatte, erinnerte ich mich kaum mehr an dich. Aber nein: Ich liebte dich, ich liebe dich mehr als mein Leben, nur manchmal scheint es, als setzten sich einem Spinngewebe in die Augen, die wir in uns haben, und so sehen wir noch nicht einmal, was in uns selber vorgeht. Und zur selben Zeit, meine Liebste, als ich mich entschlossen hatte, den Launen jener teuflischen Dame nicht weiter nachzugeben, und dachte, daß ein Mann sein Glück durch ehrenhafte Mittel finden müsse, kam mir dein zartes Gesicht in Erinnerung.«

Die Kranke rief nach ihrer Tochter, und unser zärtliches Gespräch wurde unterbrochen. Doch im Anschluß an die Freude, die ich bei meiner Unterhaltung mit Inés empfunden hatte, bescherte mir Gott die nicht weniger angenehme, den Pater Celestino die Koteletts essen zu sehen, die er trotz der großen Not, in der er sich befand, nicht probieren mochte, ohne ein großes Getue darum zu veranstalten, um so seine Würde und sein Ehrgefühl zu retten.

»Ich habe bereits vor einem Weilchen gespeist, Gabriel«, sagte er, »aber wenn du darauf bestehst …«

Während er aß, kam das Gespräch auf die Ereignisse in El Escorial, und er, der keinen Hehl aus seiner Zuneigung zu Godoy machte, sagte folgendes:

»Sie würden gut daran tun, die Verschwörung mit Stumpf und Stiel auszurotten. Nicht diejenigen sind schlecht, die sich mit unserem geliebten Königspaar und diesem so wertvollen Friedensfürsten, meinem Landsmann und Freund, dem Beschützer der Notleidenden, verbrüdert hatten.«

»Nun, die gängige Meinung, sowohl hier als auch im königlichen Palast«, antwortete ich ihm, »spricht zugunsten des Prinzen Ferdinand, und alle beschuldigen Godoy, die Verschwörung angezettelt zu haben, um ihn in Mißkredit zu bringen.«

»Lügner, Schurken, Gauner!« rief der Kirchenmann wütend aus. »Was wissen sie schon davon? Wenn sie so wie ich die Intrigen der Anhängerschaft Ferdinands kennen würden ... Sie werden nicht hören, was ich ihnen alles vom Friedensfürsten zu erzählen habe, wenn ich gehe und ihnen für das Pfarramt danke, von dem der Beamte des Sekretariats gesagt hat, daß ich es spätestens in der nächsten Woche erhalten werde. Ah! Wenn du den Domherren Don Juan de Escoiquiz so kennen würdest, wie ich ihn kenne ... Hier hält man ihn für ein Osterlämmchen, dabei ist er der größte Gauner, der je auf der Welt eine Soutane getragen hat. Wer, wenn nicht er, sollte sich der Tatsache entgegenstellen, daß man mir das Pfarramt verleiht? Und alles nur, weil ich ihn bei den Auswahlprüfungen über das Thema *Utrum helemosianam* ... weiter erinnere ich mich nicht mehr ... an denen wir vor zweiunddreißig Jahren in Zaragoza teilnahmen, bei weitem übertroffen habe. Seit damals kann er mich nicht ausstehen. Wenn wir einmal mehr Zeit haben, Gabriel, dann werde ich dir von den tausend bösen Winkelzügen erzählen, mit denen der Erzdiakon von Alcaraz es erreichen wollte, den Willen seines Schülers zu brechen. Oh, ja, es sind schlimme Dinge, um die ich weiß. Er ist die Seele dieses Geschäfts, er hat dieses unwürdige Komplott ausgeheckt, er hat mit dem Botschafter von Frankreich, Monsieur de Beauharnais, in Verhandlungen gestanden, um Napoleon die Hälfte von Spanien zuzuspielen, damit dieser den Kronprinzen auf den Thron bringt, jawohl.«

»Ihr solltet hören«, entgegnete ich, »wie alle Welt den Herrn Escoiquiz in den Himmel lobt, während sie sich vom ersten Minister tausend Schandtaten erzählen.«

»Sie sind neidisch, mein Junge, nur neidisch. Alle bitten ihn um Anstellungen, Ämter und Pfründen, und da er diese nur den armen Leuten wie mir geben darf, kommt es, daß die meisten Menschen sich über ihn beklagen, lasterhafte Dinge erzählen, und so fort. Wie können sie nur verleugnen, daß sie ihm eine Vielzahl guter Dinge verdanken, wie die Protektion des Schulwesens, die Gründung des Pagenseminars, die Förderung der Botanik, die landwirtschaftlichen Schulen, die Klimatisierungsgärten, das Verbot von Begräbnissen in Kirchen und so viele andere nützliche Reformen, die zwar von den Unwissenden kritisiert werden, aber doch lobenswert sind. Und so sollte ihn die Nachwelt kennenlernen. Wenn wir einmal Zeit haben, werde ich dir noch mehr Dinge erzählen, durch die du deine Meinung ändern wirst, und wenn nicht ich dies bewirken kann, dann wird es die Zeit tun. Ich weiß ganz genau, daß die Madrider mich schlimm behandeln würden, wenn ich hinausgehen und diese Dinge erzählen sollte, aber, mein Freund ... *super omnia veritas.*«

»Um nun aber von etwas anderem zu reden«, sagte ich, »so wahr ich hier stehe, ist es möglich, daß ein Diener das Amt für Euch erworben hat, auf das Ihr Anspruch erhebt.«

»Du? Was könntest du schon tun? Godoy will mir behilflich sein, und er tut dies, ohne daß Empfehlungen notwendig wären. Und ganz im Vertrauen, mein Sohn, wenn sie mich nicht bald einstellen, und wenn Juana stirbt, dann wird es uns sehr schlecht gehen, sehr schlecht.«

»Aber Doña Juana hat doch reiche Verwandte.«

»Ja, Manso Requejo und seine Schwester Restituta, Tuchhändler in der Sal-Straße. Aber wie du weißt, sind sie solche Geizhälse, daß sie sich an anderthalb Rosinen vollfuttern. Sie haben noch nie etwas für ihre Verwandten getan. Die arme Inés hat ihnen noch nicht einmal ein Brötchen zu verdanken.«

»Was für schreckliche Menschen!«

»Außerdem kannte ich diesen Requejo, als ich mich vor vierzehn Jahren in Madrid niederließ. Juana war damals schon Witwe, Inés war noch so klein, aber genauso hübsch und liebenswert wie heute. Nun gut: Der Vetter von Juana, den ich gelegentlich dazu drängte, dieser Familie zu helfen, sagte zu mir: ›Ich kann nichts für sie tun, denn Juana hat Schande über ihre Familie gebracht; ich bin beinahe sicher, daß die kleine Inés nicht von meinem Blute ist. Sie haben mir gesagt, sie sei ein Findelkind, das Juana aufgenommen und als das ihrige ausgegeben hat.‹ Ausreden, nichts als Ausreden, um seinen Geiz zu entschuldigen. Es war mir nicht möglich, diesen Barbaren zu überzeugen, und seitdem habe ich ihn nie wiedergesehen.«

»So sollte man also lieber nicht mit diesen Leuten rechnen?«

»Es ist, als ob es sie gar nicht gäbe.«

Nach diesen Worten mußte ich lange über das Schicksal jener unglücklichen Familie nachdenken. Ich wünschte mir, ich hätte alle Schätze der Welt, um sie Inés in ihr Nähkörbchen zu legen. So gewaltig und lebendig wie nie zuvor empfand ich damals den höchsten Wunsch eines ehrbaren Mannes, der entschlossen ist, sein Gewissen nicht zu verkaufen. Aber ich hatte kein Geld ... Wie also sollte ich es beschaffen?

Ich kehrte wieder an Inés' Seite zurück, der ich meine Zuneigung immer wieder mit zärtlichen Umarmungen zeigen mußte, und nachdem wir noch ein Weilchen geredet hatten, verließ ich das Haus. Ich grübelte darüber nach, mit welcher List ich es erreichen würde, daß der Pater Celestino, ohne seiner Würde verlustig zu gehen, die Dublone erhalten könne, die Mañara mir gegeben hatte, und bei jedem Schritt sagte ich mir: ›Verfluchtes Geld! Wo bist du?‹

21

Als ich in das Haus der González eintrat, eilte diese zu meinem Empfang herbei. Ich war überrascht, sie in bester Stimmung anzutreffen, mit dieser unruhigen und fieberhaften Fröhlichkeit der Kinder, die lachen, singen und alles, was am Wege liegt, schlagen und kaputtmachen. Während meine Herrin mit mir über die Dinge sprach, über die ich gleich berichten werde, unterbrach sie sich bei jedem Satz, um irgendeine Weise oder einen Refrain der zahllosen Lieder zu singen, die ihr Repertoire an Volksweisen bereicherten.

»Was ist passiert, daß Ihr so fröhlich seid, Herrin?«

»Ich habe einen Brief von der Marquise bekommen«, antwortete sie. »Sie kommt morgen, um die Aufführung vorzubereiten. Ich habe den Auftrag, die Bühne zu leiten.

Salz will das Ei
und der Dämon der Katze
schüttete das Salzfaß aus.«

»Es möge Euch Freude machen«, sagte ich. »Und was berichtet sie von Lesbia?«

»Daß sie sie nach einer halben Stunde wieder freigelassen haben, nachdem sie erfuhren, daß nichts gegen sie vorlag. Sie haben auch Don Juan freigelassen. Sie werden bald hiersein, und die Aufführung muß nicht länger aufgeschoben werden. Welch eine Freude! Ich werde die Bühne leiten.

Mutter, und wie schön,
ist es, zwei Zigeuner zu sehen,
wie sie Esel tauschen.«

»Nun, meinen herzlichsten Glückwunsch.«

»Aber es gibt noch eine Schwierigkeit, Gabriel«, fuhr sie fort. »Wie du bereits weißt, will keiner dieser Herren die Rolle des Pésaro spielen, da sie nicht sehr liebenswert ist. Perico Rincón, mein Kollege, sagte, er würde es tun, wenn man ihm tausend Reales* dafür gebe, aber leider liegt er mit einer Lungenentzündung darnieder, und wenn die Aufführung am sechsten stattfinden soll, dann weiß ich keinen Ausweg. Würdest du die Rolle des Pésaro übernehmen?«

»Ich! Ich soll spielen!« rief ich erschrocken aus. »Ich will kein Schauspieler sein.«

»Aber du spielst doch nur als Amateur, Dummkopf. Auf der Bühne eines Theaters wie dem der Marquise aufzutreten, ist eine solche Ehre, daß viele junge Burschen sich dafür umbringen würden, die Rolle zu bekommen. Und ich leite die Bühne!

In meinem Hause sagt man
ich sei Euer Gnaden, ich sei Euer Gnaden,
denn ich liebe einen Schreiber
der Lotterie.

Du wirst also diese Rolle lernen, mein Junge, und wenn sie auch für jemand Älteres als dich gedacht ist, so wirst du mit einem künstlichen Bart, den ich herrichten werde, und mit deinem Bemühen, die Stimme voller klingen zu lassen, erfolg-

* Spanische Münze

reich auftreten. Außerdem denke daran, daß die Marquise zweitausend Reales für alle mittelgroßen Rollen in dieser Aufführung angeboten hat. Juanica, die die Rolle der Hermancia spielt, erhält nicht mehr als tausend.

In der Nacht von San Pedro
gab ich dir einen Zweig,
und er erwachte am Morgen
wie tausend Lenze.

Also nimmst du das Angebot an, Junge, ja oder nein?«
Ich konnte nur noch denken, daß ich sehr dumm wäre, den Erwerb einer solchen Geldsumme abzulehnen, die mir gerade wie gerufen kam, um Inés eine Hilfe in ihrem Elend bieten zu können. Zwar widerstrebte mir die Tätigkeit eines Schauspielers und mehr noch die Vorstellung, jene Menschen wiederzutreffen, denen gegenüber ich eine gewisse Ablehnung empfand. Doch nachdem ich die Unannehmlichkeiten gegen die Vorteile abgewägt hatte, faßte ich endlich den Entschluß, und der spitzbübische Dämon der Eitelkeit – ich muß es zugeben – versuchte aufs neue, meine Seele zu bestürmen, indem er vor dem Auge meiner Phantasie die Ehre, den Glanz und den Luxus auftauchen ließ, die mir der Umgang mit so vielen aristokratischen Menschen in jenen wunderschönen Salons, deren Teppiche zu betreten, den gewöhnlichen Sterblichen nicht gegeben war, verleihen würde. Doch das, was mich hauptsächlich dazu verleitete, das Angebot zu akzeptieren, war die angebotene Prämie, die für mich eine enorme Menge bedeutete.

»Die göttliche Vorsehung möge mir diese zweitausend Reales neiden; es sind zehn Duros und noch mal zehn und noch mal zehn und noch mal zehn, und so fort … Oha! Soviel kann man gar nicht zählen. Ich wäre schön dumm, wenn ich sie nicht nehmen würde.«

Ich verließ meine Herrin, die, während ich mich zurückzog, sang

Alons madamusella
asamble reanion
á tour de la butella
feran le rigodon,

und kehrte zum Haus der Inés zurück, der ich von dem Reichtum berichtete, welcher mich erwartete, und versprach, ihn ihr zu schenken. Ich verbrachte dort lange Stunden der Trauer ob der Tragödie, die die arme, kranke Doña Juana uns bot, da sich ihr Zustand immer mehr verschlimmerte. Als ich auf die Straße hinaus und nahe an dem großen Portal vorüberging, sah ich, wie bemalte Vorhänge und andere Theaterobjekte von einem riesigen Karren heruntergehoben wurden, die, wie der Portier mir sagte, aus dem Hause des Don Francisco Goya kamen.

»In drei oder vier Tagen«, fügte er hinzu, »wird die Aufführung stattfinden. Es steht bereits fest, daß die Herzogin die Rolle der Edelmira spielen wird.«

Nachdem ich dies gehört hatte, zog ich mich zurück und dachte daran, daß ich vielleicht einen Bühnenerfolg erlangen könne, wenn ich nur genügend Ruhe aufbrächte, um vor einem so distinguierten Publikum nicht in Panik zu geraten.

Die Proben für meine Rolle begannen mit großer Betriebsamkeit, und Isidoro höchstpersönlich gab mir einige Lektionen, in denen er mich Stück für Stück die wichtigsten und schwierigsten Passagen deklamieren ließ. Nun konnte ich besser denn je den heftigen und ungestümen Charakter des gefeierten Schauspielers kennenlernen, denn wenn ich einen Vers nicht genauso schnell und genauso gut lernte, wie er es wünschte, wurde er wütend, schimpfte mich einen Tolpatsch und einen albernen Dummkopf, ohne dabei auf weitere, noch härtere und häßlichere Beinamen zu verzichten. Während der Probe hatte ich ständig den Grundsatz vor Augen, der sehr zu Recht unter den Schauspielern des Theaters El Príncipe herrschte, nämlich, daß es bei dem Spielen mit Máiquez angebracht sei, gut, aber nicht zu gut zu arbeiten, denn in letzterem Fall erzürnte der große Meister sich ebenso sehr wie in ersterem.

Nach zwei oder drei Tagen Arbeit beherrschte ich meine Rolle bereits recht ordentlich, wobei mein wichtigster Einsatz darin bestand, die lange Ausgangstirade gut vorzutragen, wenn der Doge von Venedig zu mir sagte:

Ein ausgezeichneter Freund des tapferen Othello.

Es wurde eine Generalprobe abgehalten, an der alle außer Lesbia teilnahmen, und mir schien, als sei ich nicht schlecht.

Meinetwegen mußte die Aufführung nicht länger verschoben werden, und am fünften Tage rezitierte ich meine Rolle bereits von Anfang bis Ende, ohne auch nur einen Vers zu vergessen. Wie meine Herrin mir sagte, war die Herzogin am Abend des vierten Tages aus El Escorial angekommen.

»So fehlt nun also nichts mehr.«

»Nichts«, antwortete Pepita González mit der nervösen Freundlichkeit, die sie seit einigen Tagen befallen hatte. »Und ich werde die Bühne leiten!«

Wo ich mich hervortue
tut niemand sich hervor.
Beim Tanze des Bolero
beim Rösten der Kastanien,
schmückt sich die ganze Welt
mit der hübschesten.
Immerfort
ertönen die Kastagnetten
wüte, wer wüte.

So rückte der bedeutsame Tag schließlich heran, und vom frühen Morgen an war ich auf Trab, lief von hier nach dort, um die vielen Dinge zu besorgen, die meine frühere Herrin benötigte. Den Putz aus der Desengaño-Straße, die bemalten Kleider aus der Reina-Straße, die Stoffe und Bänder, Baumwolle und Musselin, die von Doña Ambrosia de los Linos besprühten Tücher, ... alles setzte sich in Bewegung, um die Launen der Pepita so gut als möglich zu befriedigen. Ich muß dazu sagen, daß diese, auch wenn sie in der Tragödie *Othello* nur als Bühnendirektorin fungierte, als Einlage ein hübsches Lied vortragen sollte, und auch das Volkslied mit dem Titel *Die Rache des Zurdillo* des guten Cruz[60] von ihr gesungen wurde. Während ich durch Madrid lief, um all die verschiedenen Aufträge zu erfüllen, rezitierte ich fortwährend die Verse aus der Rolle des Pésaro aus dem Gedächtnis, und wenn ich mich an irgendeine Passage nicht mehr erinnern konnte, nahm ich das Papier aus meiner Tasche, stellte mich in ein Portal und las dort mit lauter Stimme, wobei ich die Aufmerksamkeit aller Passanten auf mich zog.

Während meines langen Ganges durch die Stadt bemerkte

ich, daß eine große Unruhe herrschte. Die Leute blieben in Grüppchen stehen und führten erhitzte Gespräche, und in dem einen oder anderen dieser Grüppchen gab es jemanden, der aus einem Papier vorlas, welches ich sofort als die *Gazette von Madrid* erkannte. Im Geschäft der Doña Ambrosia traf ich – oh, welch seltener und unerklärlicher Zufall! – auf Don Lino Paniagua und Don Anatolio, den Papierfabrikanten von gegenüber, die beide ihre Aufregung über die Ereignisse des Tages kundtaten.

»Eine solch unerhörte Niederträchtigkeit hatte ich bereits erwartet«, sagte der letztere. »Wie sehr man doch in diesem Dekret die hinterlistige Hand des bösartigen *Selchers*** erkennt!«

»Aber lest uns doch einmal das Dekret vor«, sagte Doña Ambrosia. »Ich habe es zwar noch nicht vernommen, doch weiß ich jetzt schon, daß der Herr Godoy uns einen neuen üblen Streich gespielt haben muß.«

»Es ist nichts anderes«, fuhr der Papiermacher fort, »als daß sie ins Gefängnis des Prinzen gegangen sind und ihn, eine Pistole vor seine Brust haltend, gezwungen haben, diese Irrlehren zu schreiben, jawohl, denn es ist unwahrscheinlich, daß ein so ritterlicher und ehrbarer junger Mann mit einem so großen Verstand, wie es der Sohn unseres Königspaares ist, sich herabwürdigen und bis zum Äußersten demütigen ließe, um wie ein Schuljunge um Verzeihung zu bitten, und diejenigen, die ihm geholfen haben, auf derart niederträchtige Art und Weise beschuldigte.«

»Aber so lest doch, Don Anatolio.«

Don Anatolio räusperte sich die Kehle frei und las in lehrerhaftem Tonfall das berühmte Dekret des 5. November, das folgendermaßen beginnt: »*Die Stimme der Natur entwaffnet den Arm der Rache, und wenn die Unachtsamkeit die Frömmigkeit mahnt, so kann ein liebender Vater sich dem nicht verweigern …*« Das bemerkenswerte an diesem Dekret, in dem der Nation die Reue des verschwörerischen Prinzen mitgeteilt wurde, waren zwei Briefe, die er an die Königin und den König gerichtet hatte, und die ich hier beinahe niederschreiben kann, ohne die Historie bemühen zu müssen, in der sie in æternum doku-

---

* Godoy

mentiert sind, denn ich erinnere mich sehr gut an sie, so ursprünglich und bildhaft waren die Sprache und der Stil, in dem sie geschrieben waren. Der erste lautete:

»Mein lieber Papa! Ich habe eine Straftat begangen, ich habe mich an Eurer Majestät als König und als Vater versündigt, aber ich bereue es und biete Euer Majestät den demütigsten Gehorsam. Nichts hätte ich ohne das Wissen Eurer Majestät unternehmen dürfen, doch man hat mich genötigt. Ich habe die Schuldigen angezeigt und bitte Eure Majestät, mir zu verzeihen, daß ich Euch des anderen Tages belogen habe, und Eurem dankbaren Sohn zu gestatten, Eure königlichen Füße zu küssen – *Ferdinand*.«

In diesen Briefen schien der arme Prinz das bedauernswerteste aller menschlichen Wesen zu sein, denn indem er nicht die Andeutung von Würde in dem ganzen Unglück zeigte, gestand er, *gelogen* zu haben, und nachdem er *die Schuldigen angezeigt* hatte, bat er seine Eltern um Verzeihung wie ein sechsjähriges Kind, das einen Topf zerschlagen hatte. Aber nach dem damaligen Verständnis der ehrbaren und leichtgläubigen Bürger von Madrid konnte nichts Schlechtes geschehen, das nicht von dem verwegenen Friedensfürsten verursacht worden sein konnte, und selbst die schlechten Ernten, die schweren Hagelschauer, die Schiffbrüche, das gelbe Fieber und jedwede Katastrophen, die der Himmel über die Halbinsel senden konnte, wurden dem Günstling zugeschrieben. So kam es, daß niemand in den zitierten Briefen eine ehrliche Stellungnahme des Prinzen sah, sondern statt dessen ein verleumderisches Bekenntnis, das ihm von seinen Kerkermeistern abgenötigt worden sei, um ihn in den Augen des gesamten Landes zum Gespött zu machen. Wenn dies die Absicht des Hofes gewesen war, so hatte man damit genau den entgegengesetzten Effekt dessen erzielt, was man bezweckt hatte, denn kaum daß das Dekret bekannt war, stellte sich die Öffentlichkeit auf die Seite des Gefangenen und knechtete den Günstling mit seiner inbrünstigen Verleumdung, indem sie in ihm nicht nur den Autor des Dekrets, sondern auch den der Briefe vermutete.

»Braucht es hierzu noch einen Kommentar?« sagte Don Anatolio und legte die *Gazette* auf den Ladentisch.

»Nun, ich«, sagte Doña Ambrosia, »würde gerne durch ein

Schlüsselloch mithören, was Napoleon zu diesen Dingen sagt.«

»Das«, sagte Don Anatolio mit maliziösem Ausdruck, »braucht man nicht zu hören, denn es ist doch wohl klar, daß er bereits beschlossen hat, das Königspaar vom Thron zu stoßen, um unseren geliebten Prinzen daraufzusetzen. Ja … der gute Mann wird das schneller tun als bis zum nächsten Hahnenschrei.«

»Was für ein Skandal!« rief Don Lino Paniagua ängstlich aus. »Und dieses sage ich laut, wo alle Personen, die der Regierung nahestehen, es hören können.«

»Bah, bah!« erwiderte der Papierfabrikant. »Verehrter Don Lino, das Gesagte wird sehr bald geschehen. In einem Monat wird hier auch nicht eine Spur mehr vom *Selcher* zu sehen sein, kein Königspaar mehr, keine Skandale, keine Missetaten und auch keine der anderen Dinge, die ich aus Respekt vor der Nation lieber verschweige.«

»Euer Wort in Gottes Ohr, Don Anatolio«, fügte die Krämerin hinzu, »und möge Gott recht bald das Herz des Herrn Bonaparte anrühren, damit er kommt und unsere Angelegenheiten hier in Spanien regelt.«

Der Abbé Don Lino hatte genug gehört und trat hinaus. Ich wurde bedient, und dann blieben die beiden Händler unter sich, um die Angelegenheiten Spaniens zu regeln.

Ich wollte nicht nach Hause zurückkehren, ohne ein wenig mit Pacorro Chinitas zu sprechen, der an seinem üblichen Platz stand und Messer und Scheren schärfte.

»Hallo, Chinitas!« begrüßte ich ihn. »Wir haben uns lange nicht gesehen. Die Leute hier sind offenbar alle sehr aufgeregt.«

»Ja, in der *Gazette* befindet sich heute irgendein Papier. Im Krapfengeschäft habe ich gehört, wie sie es lasen und dann sagten, man solle den *Selcher* mit den Füßen zuoberst aufhängen.«

»So glauben sie also, daß er es geschrieben hat?«

»Was interessiert mich das?« entgegnete er und richtete sich auf. »Ich sagte nur, sie sind alle ein paar saubere Früchtchen. Man sagt, der Minister habe sich diese Briefe aus den Fingern gesogen und den Prinzen gezwungen, sie zu unterschreiben. Aber warum hat er sie unterschrieben? Ist er viel-

leicht irgendein Kind, das immer noch seine ersten Schreib-
übungen macht? Ist er nicht dreiundzwanzig Jahre alt? Nun,
mit dreiundzwanzig Jahren auf dem Buckel wird man schon
wissen, was man unterschreibt und was nicht.«

»Auch wenn du weder lesen noch schreiben kannst«, sagte
ich, »so glaube ich, Chinitas, daß du mehr Verstand besitzt als
ein Papst.«

»Nun, die Krämer, die Mönche, die feinen Stutzer, die
Hochwohlgeborenen, die Abbés, die Amtmänner und all
diese Leute, die hier umherlaufen, sind außer sich vor Freude,
weil sie denken, Napoleon käme hierher, um den Prinzen auf
den Thron zu bringen. Gott möge uns beistehen.«

»Und du, was glaubst du, guter Schleifer …?«

»Ich glaube, wir sind auf dem Holzwege, wenn wir Napoleon unser Vertrauen schenken. Wird dieser Mann, der Europa im Sturme besiegt hat, nicht Lust bekommen, sich das
schönste Land der Erde, unser Spanien, in die Tasche zu
stecken, wenn er sieht, daß die Könige und Prinzen, die es
regieren, sich wie die Straßendirnen darum balgen? Mit Recht
wird er sagen: ›Diese Leute kann ich mir schnappen, und das
mit drei Regimentern.‹ Er hat schon mehr als zwanzigtausend
Männer in Spanien stationiert. Du wirst sehen, Gabriel, du
wirst sehen, was ich dir sage. Uns steht noch Großes bevor,
und wir müssen darauf vorbereitet sein, denn von unseren
Königen darf man sich nichts erhoffen. Wir werden für uns
selber sorgen müssen.«

Viel später sollte ich feststellen, wie viel Wahrheit in diesen
Worten – den letzten, die ich bei dieser Gelegenheit von
Pacorro Chinitas hörte – steckte. Er allein hatte die kommenden Geschehnisse mit sicherem Blick vorhergesehen. Der
Held des Jahrhunderts dagegen, der Spanien durch seine
Könige, seine Minister und seine hochgestellten Persönlichkeiten kannte, meinte, alles zu wissen, und wußte doch gar
nichts. Sein Irrtum hinsichtlich des Landes, das zu erobern er
im Begriff war, ist leicht zu erklären: Er wußte zweifellos, was
Leute wie Doña Ambrosia, Don Anatolio, der Handelsgehilfe,
der Pater Salmon und viele andere sagten, aber, ach, er hörte
nicht die Worte des Schleifers.

22

Es nahte der Abend, und die Aufführung der Marquise wurde mit großen Eifer vorbereitet. Nachdem ich die Kleider meiner Herrin in das Zimmer gelegt hatte, das zu ihrem Umkleideraum bestimmt worden war, stieg ich über die Hintertreppe zur Giebelwohnung hinauf und fand Inés sehr bedrückt vor, weil sich die Schmerzen der Kranken weiter verschlimmert hatten und die gute Frau sehr unruhig war. Ich war gekommen, um meiner Freundin und ihrem guten Onkel solange Trost zu spenden, wie es meine Zeit erlaubte, aber schließlich war ich gezwungen, sie zu verlassen, und ging sehr besorgt wieder in das Haus der Marquise zurück.

Ich werde jene wunderschöne Wohnstatt beschreiben, damit Ihr Euch ein Bild vom Glanze jenes bedeutsamen Abends machen könnt. Don Francisco Goya war mit der Dekoration des Hauses beauftragt worden, und es erübrigt sich beinahe, das zu preisen, was der große Meister dort geschaffen hatte. Vom Empfangssaal bis zum Salon hatte er die Wände mit Blumengirlanden und Gewinden aus Zweigen geschmückt; jene waren aus Papier und diese aus den Blättern der Steineiche geformt, und beide Werke waren von einzigartiger Schönheit. Die Lampen und Leuchten, ebenfalls in der Form von Girlanden und Gewinden verschiedener Farben, waren äußerst kunstvoll postiert, und ihr festlicher Glanz verlieh dem gesamten Haus ein phantastisches Aussehen. Der erste Salon, von dessen Wänden die neue Mode die wunderschönen Wandteppiche, die von Generation zu Generation weitergegeben wurden, nicht hatte verbannen können und der mit einer ganzen Ansammlung von Schätzen ausgestattet war, verlor trotz der großartigen Festbeleuchtung nichts von seiner Atmosphäre. Vielmehr erzeugten die seltsamen Reflexionen der Lichter auf den Ritterrüstungen, die mit heruntergelassenen Visieren und Lanzen wie stählerne Wachposten in den Ecken standen, die Illusion, als würden in diesen Rüstungen Menschen stecken, die sich auch bewegten. Fröhliche Bilder von Stierkämpfen durchbrachen die gedämpfte Traurigkeit, welche die Bilder hervorriefen, auf deren dunkler Leinwand zwei Jahrhunderte zuvor Pantoja de la Cruz oder Sanchez

Coello bis zu einem Dutzend stirnrunzelnder und düster blickender Personen, Eroberer der halben Welt, abgebildet hatte. Mit diesen Schätzen der nationalen Kunst kontrastierten die Möbel, die erst kürzlich von der neo-klassischen Mode der französischen Revolution eingeführt worden waren. Auch kann ich mich nicht enthalten, Euch die griechischen Figuren zu beschreiben, die mythologischen Gruppen, die Figuren von Hora oder Nereide oder Hermes, die über den Uhren, an den Füßen der Kandelaber und an den Griffen der Vasen ihre Akte zur Schau stellten. All jene kleinen Gottheiten, die, mit Gold überzogen, in den Palästen den Glanz des alten Olymp wiederaufleben ließen, vertrugen sich nicht sehr gut mit der Zwanglosigkeit der Stierkämpfer und den Schönheiten, die der Pinsel und der Webstuhl in verschwenderischer Fülle auf Wandteppiche und Bilder gebannt hatten, doch die Mehrzahl der Leute achtete nicht weiter auf diese Disharmonie.

Der Salon, in dem sich das Theater befand, war der freundlichste Raum. Goya hatte den Vorhang und den Rahmen, die zusammen die Vorderseite bildeten, mit großer Kunstfertigkeit bemalt. Der Apoll, der in der Mitte der Leinwand entweder die Lyra oder die Gitarre spielte, war ein hübscher und anmutiger Bursche, und an seiner Seite deuteten neun wunderschöne junge Mädchen mit ihren Attributen und Positionen an, daß sich der große Künstler an die Musen erinnert hatte. Diese Gruppe war einfach entzückend und doch gleichzeitig die scharfsinnigste und komischste Satire, die Don Francisco Goya mit seinen magischen Farben je erschaffen hatte, denn sogar der gute Pegasus, der hier in Form eines mächtigen Pferdes und mit dem gebräuchlichen Pferdegeschirr ausgestattet dargestellt war, sprang im Hintergrund umher. Auf dem Rahmen überwogen die Liebesgötter, die mit der Gewandtheit von Straßenjungen ausgestattet waren. Es war dies nicht das erste Mal, daß der Schöpfer der *Caprichos*[61] über den Parnaß spottete.

Aber verlassen wir nun die Salons, und bewegen wir uns hinter die Kulissen, wo die Betriebsamkeit und das Durcheinander so groß waren, daß man sich kaum um sich selber drehen konnte. Man hatte verschiedene Zimmer bereitgestellt, in denen die Schauspieler sich umkleiden konnten: Máiquez wurde das eine zugewiesen, das andere meiner Herrin, und in dem dritten zogen sich, ohne eine Trennung der Geschlechter, wir übrigen Darsteller des Theaters um. Lesbia benutzte den Ankleideraum der Marquise selber, und die beiden jugendlichen Liebhaber kleideten sich in den Räumen des Herrn des Hauses um. Ich glaube, ich war der erste, der mit seiner Kostümierung, der Verwandlung des fröhlichen Gabriel in den düsteren Pésaro, dem Jago der unsterblichen Tragödie, fertig war. Der Anzug, den sie mir gegeben hatten, paßte, glaube ich, zu keiner Epoche unserer Geschichte, sondern war wie alle, die von den schlechten Schauspielern vergangener Zeiten verwendet wurden. Er hätte ausgereicht, um einen Pagen darzustellen, aber zusammen mit dem Bart, den sie mir an die Kinnbacken klebten, verwandelte er mich derart, daß die dort anwesenden Schneider mich für den finstersten und schrecklichsten Verräter hielten, der je aus ihrer Hände Arbeit hervorgegangen war.

Solange sich die anderen umzogen, machte ich einen Spaziergang über die Bühne und beschäftigte mich damit, durch die Löcher im Vorhang das prunkvolle Publikum zu betrachten, das bereits in den Saal strömte. Derjenige, den ich zuerst sah, war der junge Mañara. Er saß in der ersten Reihe, nahe des Vorhanges. Dann bemerkte ich, daß die Männer und Frauen ihren Blick zur Haupttür richteten und auseinandergingen, um den Weg für eine Person freizugeben, die in diesem Moment eintrat und die fröhliche Menge schlagartig verstummen ließ. Dann erhob sich ein allgemeines Murmeln der Bewunderung. Eine hochgewachsene, wunderschöne Frau schritt zur Mitte des Raumes, wo sie die Begrüßungen ihrer Freunde und Freundinnen entgegennahm. Sie war ganz in Weiß gekleidet, in eines jener leichten und eng anliegenden Kleider, die man *Volubilís* nannte, und trug über der Brust ein Rosenband, das die Mode mit dem Namen *Croissures á la Victime* bezeichnete. Ihre Frisur in griechischem Stil war die, die in der Technik der damaligen Haarkunst *Toilette Iphigenie* genannt wurde. Ein kunstvoller Reichtum von Diamanten, die tausend kleine Lichter auf ihrem Haupte und auf ihrem Busen entflammen ließen, verlieh ihrer Schönheit und der ihres Kleides einen zusätzlichen Glanz. Muß ich noch sagen, daß es sich um Amaranta handelte?

Als ich sie sah, entbrannten in den dunklen Zentren meiner Phantasie sofort jene feinen, zarten Feuerchen, die mir vorkamen, als tanze eine alkoholische Flamme sich drehend und windend in meinem Gehirn. Während ich sie beobachtete, kam mir nicht mehr die Erniedrigung in den Sinn, der ich während meines Dienstes bei ihr ausgesetzt war. Ihre Schönheit war so betörend, so übermächtig, ihre Haltung so stolz und edel, ihre Blicke so unwiderstehlich und despotisch, daß es sich lohnte, einen Moment lang das schreckliche Blatt zusammenzufalten, welches ich in ihrem geheimnisvollen Wesen gelesen hatte. Ich blickte sie mit solcher Intensität an, daß ich hinter dem Vorhang wie festgekettet schien. Meine Augen versuchten den Strahl der ihrigen zu treffen, sie verfolgten die Bewegungen ihres Kopfes, und in meinem Betrachten wollten sie an ihren Gesichtszügen und dem beinahe unmerklichen Formen ihrer Lippen erraten, welches in jenem Moment ihre Worte und ihre Gedanken waren. Binnen kurzem würde sich der Vorhang heben. Die Blicke der gesamten glanzvollen Menschenmenge und vor allem die von Amaranta waren auf mich gerichtet. Sie erwarteten meine einstudierten Worte, und die Entwicklung der Handlung, an der ich beteiligt war, würde zweifellos die Empfindsamkeit, das Interesse und die Begeisterung des auserwählten Publikums wecken. Diese Gedanken bildeten den Stachel, der die in mir schlummernde Eitelkeit weckte, und, das Herz erfüllt von albernen Eitelkeiten, dachte ich, den Beifall so vieler Damen und Herren zu empfangen, sei eine Seligkeit, deren Strahlen mein ganzes Leben erhellen würden.

Das Orchester begann plötzlich mit der Sonate, mit der die Vorstellung eröffnet werden sollte, und ließ so die Aufregung in meinem Kopf bis zum Höhepunkt anschwellen. Das Blut pulsierte rasch durch meine Venen und versetzte mich in eine überwältigende Spannung, und es erschien mir, daß soundsoviele hochgestellte Freunde einzuladen und eine solche Versammlung von schönen Damen zu empfangen und zu bewirten, die schönste Befriedigung überhaupt sein müsse, die einem Sterblichen auf dieser Erde zugebilligt werden könne. Aber die Tragödie war im Begriff, zu beginnen: Der Souffleur war in seiner Muschel verschwunden, Isidoro aus seinem Zimmer gekommen und auch Lesbia selbst bereitete sich, weniger ängstlich, als ich vermutet hatte, darauf vor, auf die Bühne zu treten. Das alles lenkte mich so sehr ab, daß sich meine Angst verflüchtigte. Es vergingen noch ein paar Minuten, dann hob sich der Vorhang.

Die Tragödie *Othello oder Der Mohr von Venedig* war eine verabscheuungswürdige Übersetzung, die Don Teodoro La Calle aus einer ziemlich mißglückten Inszenierung des Dramas von Shakespeare angefertigt hatte. Aber trotz des enormen Abstiegs, den jenes große Werk seit dem herausragenden Höhepunkt des englischen Poeten bis in den tiefsten Abgrund des spanischen Übersetzers erfahren hatte, enthielt es immer noch die dramatischen Elemente seines Originals, und seine Wirkung auf das Publikum war erstaunlich. Ich nehme an, Ihr alle kennt die ursprüngliche Tragödie, und so wird wenig Aufwand nötig sein, um Euch ihre Varianten vorzustellen. Die Personen waren auf eine Anzahl von sieben reduziert worden. Othello war nach wie vor Othello. Die Charaktere des Casio und Roderigo waren zu einer Figur von geringerer Bedeutung verschmolzen worden, die Loredano hieß und sich als Sohn des Dogen darstellte. Der Senator Brabantio war Odalberto und hatte in der Erzählung eine größere Bedeutung. Desdemona hatte lediglich ihren Namen geändert und nannte sich nun Edelmira, aus Emilia war Hermancia geworden und Jago, der Verräter und falsche Freund des Mohren, trug den Namen Pésaro. Die Handlung war sehr stark vereinfacht, und die Requisiten waren verschwunden und durch ein Diadem und einen Brief ersetzt worden, die von Edelmiras Händen in die Loredanos gelangen mußten, damit sie später von Pésaro empfangen und Othello gezeigt werden konnten, um so dessen Verleumdung zu bestätigen. Aber abgesehen von einigen stilistischen Änderungen und dem Ausdruck und der Energie der Atmosphäre, die in dem spanischen Werk von dem englischen soweit entfernt war wie der Himmel von der Erde, war das Drama in seiner inneren Struktur dasselbe geblieben, und seine Szenen gliederten sich nach wie vor in fünf Akte. Um allerdings die Zwischenspiele abzukürzen, hatte Máiquez verfügt, daß in dieser Aufführung der zweite mit dem dritten Akt sowie der vierte mit dem fünften Akt miteinander verbunden wurden, so daß das Werk nun aus drei Akten bestand.

In der zweiten Szene, nachdem der Doge einige Verse rezitiert hatte, hatte ich einen Auftritt, bei dem ich in einer sehr langen Tirade von den militärischen Triumphen des Othello berichtete. Mit zittriger Stimme sagte ich die ersten Verse auf.

Waren nicht eure eigenen Augen
getreue Zeugen eurer kühnen Glut!

Nach und nach wurde ich ruhiger, und tatsächlich machte ich meine Sache nicht schlecht, wenn es auch meiner Feder nicht gebührt, dies zu schreiben. Danach betrat Othello die Bühne und später Edelmira. Nichts kann ich Euch sagen über die Perfektion, mit der Isidoro vor dem Senat sprach, über die Art und das Gebaren, mit denen er den Ruf der Liebe in Edelmiras Herzen entflammen ließ, und was diese anbelangt, so kann ich nicht anders, als sie als eine vollendete Schauspielerin zu schildern, denn in derselben Szene vor dem Senat deklamierte sie mit einer Sensibilität, die selbst Rita Luna ihr geneidet hätte.

Im ersten Zwischenakt sollten Moratín, Arriaza und Vargas Ponce Gedichte rezitieren. Die Bühne hatte sich mit Personen gefüllt, die die erfolgreiche Edelmira beglückwünschen wollten. Ich erblickte dort den Botschafter, der nach wie vor meiner Herrin den Hof machte, denn er lief eilig hinter ihr her und sagte:

»Ihr könnt gewiß sein, Pepita, daß *unsere Leidenschaft* allen anderen verborgen bleiben wird, denn Ihr kennt ja meine Diskretion in solch überaus delikaten Angelegenheiten.«

Zusammen mit ihm war Don Leandro Moratín[62] auf die Bühne gekommen, der damals ein Mann von etwa fünfundvierzig Jahren war, blaß und ernsthaft, von mittlerer Größe, mit einer sanften und leisen Stimme und einem gewissen sarkastischen Ausdruck auf dem Gesicht, wie bei einem Mann, den die Schwermut niederdrückt und der Argwohn in Unruhe versetzt. In seinen Unterhaltungen herrschte stets weniger Fröhlichkeit als in seinen Werken, und doch waren beide, selbst im grausamsten Spott, geprägt von einer beständigen, ruhigen Heiterkeit, einer Bescheidenheit, einer Feinsinnigkeit, einer gewissen durchtriebenen und ironischen Höflichkeit und der geschliffenen Einfachheit seiner Gedanken. Niemand kann ihm den Ruhm absprechen, einen großen Beitrag zur spanischen Komödie geleistet zu haben, und *Das Jawort der Mädchen*, bei dessen Erstaufführung ich, wie ich erzählte, eine so wichtige Rolle im Publikum spielte, ist mir immer als eines der vollendetsten Werke des menschlichen Geistes erschienen. Als Mensch gehörte Moratín zur treuen Anhängerschaft des Friedensfürsten, auch als es allgemein üblich war, jenen großen gefallenen Baum schlechtzumachen. Tatsächlich lebte und gedieh der Dichter tief im Schatten des Prinzen, solange dieser noch aufrecht stand und viele mit seinen dichtbelaubten Zweigen schützen konnte. Wenn meine Meinung von Wert wäre, so würde ich nicht zögern, Don Leandro zu den größten kastilischen Prosaschriftstellern zu zählen, doch seine Poesie ist mir, abgesehen von einigen leichteren Werken, immer wie ein kunstvolles Gespinst, wie ein Nagelbeschlag schwermütigster Verse erschienen, denen alle Hämmer der Rhetorik keine Gewandtheit und keinen Glanz verleihen könnten. Überdies hatte Moratín auf dem Gebiet der literarischen Theorien das gesamte Wissen seiner Epoche im Kopf, was allerdings nicht viel war. Dennoch wäre es ihm besser bekommen, dieses Wissen für eine größere Anzahl eigener Werke fruchtbar zu machen, anstatt mit solcher Beharrlichkeit auf die Fehler der anderen zu verweisen. Er starb im Jahre 1828, und in seinen Briefen und Papieren gibt es keinerlei Anzeichen dafür, daß er Byron, Goethe oder Schiller kannte, so daß er in dem Glauben ins Grab gesenkt wurde, Goldoni[63] sei der bedeutendste Dichter seiner Zeit gewesen.

Ich bitte tausendmal um Vergebung für diese Abschweifung und fahre mit meiner Erzählung fort: Auf der Bühne las Moratín die Romanze *Was alles verlangt wird von mir*, die die Besucher zum Lachen brachte, denn in ihr zeichnete er in bezaubernder Weise die Verlegenheit nach, in die sein Arzt, seine Freunde und seine Verleumder ihn brachten. Die Romanze wurde immer wieder von begeisterten Beifallsstürmen unterbrochen, vor allem bei der Passage, in der die Unterhaltung der Kleinigkeitskrämer stattfindet. Dennoch – wer würde nicht behaupten, daß Moratín in jenem Gedicht nichts anderes tut, als voller Begeisterung seiner eigenen Person zu huldigen?

Lassen wir also das große Genie im Dampfe der schmei-

chelhaftesten Glückwünsche ersticken, und folgen wir weiter
der Intrige des Dramas, das sich hinter den Kulissen abspielte
und nicht minder leidenschaftlich war als das, welches auf
der Bühne und vor dem Publikum begonnen hatte.

23

Nachdem der erste Akt beendet war und bevor die Dichter
begannen, ihre Verse zu rezitieren, überraschte ich Isidoro in
einer sehr lebhaften Konversation mit Lesbia. Obwohl sie mit
leisen Stimmen redeten, kam es mir so vor, als hörte ich aus
dem Munde des Schauspielers einige Anschuldigungen und
Fragen, die in höchst energischem Tonfall gestellt wurden. Ich
glaubte, im Gesicht der Dame eine gewisse Verwirrung oder
Bestürzung zu bemerken. Als sie auseinandergingen, wollte
es mein Unglück, daß Lesbia mich sah und mich folgendes
fragte:
»Ah, Gabriel! Welch eine gute Gelegenheit, dich unter vier
Augen zu sprechen. Du wirst dir schon vorstellen können,
worum es geht. Seit ich von der Verhaftung einer gewissen
Person gehört habe, war ich voller Unruhe …«
»Ach, Ihr meint den Brief«, sagte ich und strich dabei die
Spitzen meines künstlichen Schnurrbartes glatt, um meine
Verlegenheit zu vertuschen.
»Ich nehme doch an, daß er nicht in fremde Hände geraten
ist. Ich nehme doch an, du hast ihn gut verwahrt und heute
abend mit hierhergebracht, um ihn mir zurückzugeben.«
»Nein, Herrin, ich habe ihn nicht mitgebracht, aber ich
werde ihn suchen … das heißt …«
»Wie bitte?« rief sie aufgeregt. »Du hast ihn verloren?«
»Nein, Herrin, … ich meine … ich habe ihn hier, es ist nur,
daß …« war die einzige Antwort, die mir in den Sinn kam.
»Ich verlasse mich auf deine Klugheit und dein Ehrgefühl«,
sagte sie streng, »und erwarte, daß du mir den Brief zurück-
gibst.«
Ohne ein weiteres Wort zu sagen, ging sie fort und ließ
mich in einer üblen Zwickmühle zurück. Ich nahm mir vor,

meine Herrin aufs neue zu bitten, daß sie mir den Brief zurückgebe, und mit diesem Vorsatz rief ich sie beiseite, als wolle ich ihr ein Geheimnis anvertrauen, und flehte sie in höchst eindringlichem Ton an, mir jenen unglückseligen Gegenstand zu geben, deren Rückgabe für mich eine Frage der Ehre war. Sie zeigte sich überrascht, dann fing sie an zu lachen und sagte:

»Ich habe mich schon gar nicht mehr an deinen Brief erinnert. Ich weiß nicht, wo er ist.«

Es begann der zweite Akt, in dem ich lediglich für eine Szene gebraucht wurde, und als ich dies festgestellt hatte, zog ich mich ins Innere des Theaters zurück, wild entschlossen, eine kühne Idee in die Tat umzusetzen. Diese bestand darin, das Zimmer meiner Herrin zu durchsuchen, solange sie sich draußen befand. Als die González mir den Brief fortgenommen hatte, mit dem ich gerade aus El Escorial zurückgekommen war, hatte ich erkennen können, daß sie ihn in der Tasche ihres Kleides aufbewahrte. Es war dasselbe Kleid, das sie an diesem Abend auf dem Wege zum Haus der Marquise getragen hatte, aber nun, da sie sich für den Vortrag ihres Liedes umgezogen hatte, trug sie es nicht mehr, und so hing es zusammen mit vielen anderen Kleidungsstücken wie Umschlagtuch, Schal, Unterröcken, usw. auf einem Garderobenständer, der zu diesem Zweck bereitgestellt worden war. Diese Kleidungsstücke mußte ich durchsuchen. Meine Herrin, die die Bühne leitete und die Aufgabe hatte, die Auftritte anzusagen und alles zu koordinieren, würde nicht kommen. Ich war den ganzen zweiten Akt hindurch frei. So hatte ich ausreichend Zeit und Gelegenheit, mein Ziel zu erreichen, und eine derartige Handlung erschien mir nicht sehr verwerflich, denn ich hatte nur die Absicht, in aller Heimlichkeit das wiederzuerlangen, was mir ebenso heimlich weggenommen worden war.

So ging ich zur Tat über und durchsuchte ebenso vorsichtig wie eilig die Kleidertaschen, aus denen ich tausenderlei Kleinigkeiten entnahm, jedoch nicht das, wonach ich so mühselig suchte. Ich hatte bereits die Hoffnung, mein Ziel zu erreichen, verloren und war fast soweit, zu glauben, daß der Brief nicht mehr in meine Hände zurückgelangen würde, da er zu gut versteckt schien oder auch schon zerrissen und verloren sein konnte, als ich eilige Schritte näherkommen hörte. In der Angst, Pepita González könnte mich bei einer solch unwürdigen Beschäftigung ertappen, und außerstande, die Flucht zu ergreifen, verbarg ich mich unter dem Garderobenständer und hinter all den Kleidern, deren Röcke mir das sicherste Versteck boten. Beinahe im selben Moment traten Lesbia und Isidoro herein. Die Herzogin schloß die Tür, und beide setzten sich.

Von meinem Versteck aus konnte ich sie ausgezeichnet sehen. Máiquez sah im Anzug des Othello wie eine antike Gestalt aus, die sich, durch ein geheimnisvolles Mittel belebt, aus ihrem Bild gelöst hatte, in das sie mit den kräftigsten Farben eines venezianischen Pinsels hineingemalt worden war. Die dunkle Tinte, mit der er sein Gesicht angemalt hatte, um die afrikanische Gesichtsfarbe zu imitieren, verstärkte noch den Ausdruck seiner großen Augen, die Intensität seines Blickes, das Weiß seiner Zähne und die Ausdruckskraft seiner Gesichtszüge. Ein schöner Turban in Weiß und Rot, auf dessen Gewebe sich Schnüre mit eingefaßten Diamanten überkreuzten, saß auf seinem Kopf. Ketten mit Bernstein und mit großen Perlen lagen um seinen schwarzen Hals, und von den Schultern bis zu den Fußknöcheln war er in ein langes Gewand aus Goldstoff gehüllt, das am Gürtel eng anlag und an der Seite offen war, so daß man die enge, purpurfarbene Hose darunter erkennen konnte. Krummsäbel und Dolch, deren beide Griffe reichlich mit Edelsteinen geschmückt waren, hingen von der Säbelkoppel, und auf seinen nackten Armen, die mit Hilfe eines Strumpfes aus allerfeinstem Gewebe die künstliche Farbe des Gesichtes, eine Mulattenfarbe, nachahmten, leuchteten zwei große bronzene Armreifen in der Form von zusammengerollten Schlangen. Das Licht, das auf ihn fiel, ließ die Schliffflächen der tausend falschen Steine und das Schillern des echten Goldstoffes, mit dem er bedeckt war, aufleuchten, und zusätzlich zu dieser Wirkung gaben ihm die Lebhaftigkeit seiner Physiognomie und die Anmut seiner Bewegungen das schönste Aussehen, das man sich von einer menschlichen Gestalt vorstellen kann.

Lesbia, die mit ebensoviel Eleganz wie Schlichtheit in ein Kleid aus Silberstoff gehüllt war und deren goldenes Haar in altertümlicher Weise frisiert war, war eher der zeitgenössi-

schen Mode als der szenischen Darstellung entsprechend auf-
getan. An ihrer Gestalt verwoben sich Bänder und Rosen-
kränze mit kleinen Perlen, die gewiß nicht falsch waren, wie
die des Isidoro, sondern reinster und feinster Orientschmuck.
Der Mohr ergriff mit seinen schwarzen Händen die leuchtend
weißen Hände Lesbias und sagte:

»Hier können wir ein Weilchen miteinander reden.«

»Ja, Pepa hat gesagt, wir könnten uns in ihrem Zimmer treffen«, erwiderte sie, »aber dieses Treffen darf nicht lange dauern, denn die Marquise erwartet mich. Wie du weißt, ist mein
Mann hier.«

»Wozu diese Eile? Warum hast du mir nicht aus El Escorial
geschrieben?«

»Ich konnte nicht schreiben«, antwortete sie voller Ungeduld, »aber wenn wir leise reden, kann ich dir erklären ...«

»Jetzt, jetzt sofort sollst du mir beantworten, was ich dich
frage.«

»Sei nicht so dumm. Du hast mir versprochen, dich weder
ungehörig noch neugierig oder aufdringlich aufzuführen«,
sagte die Herzogin kokett.

»Dies zu versprechen, wäre, dich nicht zu lieben, und ich
liebe dich, Lesbia, ich liebe dich viel zu sehr, ich Unglückli-
cher.«

»Bist du eifersüchtig, Othello?« fragte die Dame. Sie nahm
den tragischen Tonfall des Bühnenstückes an, als sie halb
lachend, halb ernst sagte:

Oh, mein Othello! Ja, für dich allein
gilt die Liebe meines Herzens!

»Laß die Scherze. Ich bin eifersüchtig, ja, ich kann es nicht
verbergen«, rief der Mohr voller Unruhe aus.

»Auf wen?«

»Das fragst du noch? Meinst du, ich hätte diesen Dummkopf, Mañara, nicht gesehen, wie er in der ersten Reihe sitzt
und dich wie ein Idiot anstarrt?«

»Und das ist alles? Hast du keine anderen Motive für deinen Verdacht?«

»Nun, wenn es andere gäbe, Unglückliche, könntest du mir
dann mit soviel Ruhe gegenübersitzen?«

»Immer mit der Ruhe, Señor Othello. Weißt du, daß ich Angst habe?«

»In El Escorial hat dieser junge Mann sich damit großgetan, daß du ihn liebst«, sagte Isidoro und heftete seine Augen mit so fürchterlichem Blick auf Lesbias Antlitz, daß es wirkte, als wolle er bis auf den Grund ihrer Seele vordringen.

»Wenn du dich so benimmst, dann gehe ich bald«, sagte Lesbia, die etwas aus der Fassung geraten war.

»Ich habe einige anonyme Briefe bekommen. In einem davon berichtet man mir, daß jener junge Mann dir am Tage deiner Verhaftung einen Brief schrieb, den du mit einem weiteren beantwortetest. Darüber hinaus weiß ich, daß sich dieser Mann dir sehr gefällig erweist, und ich weiß, daß er dich in Madrid besucht hat. Würdest du mir bitte eine Erklärung dafür geben?«

»Ach! Ich habe eine große und grausame Feindin, die ich für die Verfasserin der anonymen Briefe halte, welche du bekommen hast.«

»Wer ist es?«

»Ich habe dir bereits bei anderer Gelegenheit davon erzählt; es ist Amaranta. Und ich habe dir auch gesagt, daß sich hinter der Feindschaft der Gräfin der Haß einer anderen, noch höhergestellten Person verbirgt. Alle Damen, die wir ihr zu früheren Zeiten mit Treue zur Seite standen, sind es leid, Zeuginnen der Leichtfertigkeit zu sein, mit der sie den Thron beschmutzt hat, und wir wollen uns nicht an den Skandalen beteiligt sehen, die diese arme Nation entwürdigen. Ich habe dir nichts von dem Motiv unseres Streites gesagt, aber nun sollst du es wissen. Und erzürne dich nicht, wenn du den Namen desselben Mañara hörst, den du so fürchtest. Wie es scheint, hat Mañara die Schmeicheleien der vornehmen Person zurückgewiesen, deren Leidenschaft sich daraufhin in glühenden Haß und den Wunsch nach Rache verwandelte. Zur selben Zeit begann der junge Mann, mir den Hof zu machen, und die Gekränkte entlud all ihren Groll auf mir, obwohl ich noch nicht einmal bemerkt hatte, daß Mañara in mich verliebt war. Ich habe diesem Manne nie meine Beachtung geschenkt. So begann ein schrecklicher und hinterhältiger Kampf gegen mich. Sie nahmen ihm seine Ämter, die er durch meine Vermittlung erhalten hatte, und richteten ihr ganzes Streben darauf, mich meiner Ehre zu berauben. Da ich mich grundlos verfolgt sah, wurde ich zu einer Anhängerin des Kronprinzen, bot den Verschwörern meine Hilfe an und habe nun die Genugtuung, einer so noblen Sache hilfreich zur Seite gestanden zu haben. Dir kann ich es ohne Furcht gestehen: Ich bin eine Zeitlang die Verwahrerin der Korrespondenz gewesen, die der Domherr Escoiquiz mit dem Botschafter von Frankreich unterhalten hat. In meinem Hause trafen sie sich einige Male mit anderen Personen. Ich allein wußte von den ersten Versammlungen, die im Retiro abgehalten wurden, ich besaß das Geheimnis all ihrer Pläne, die nur durch die Einfalt des Prinzen ans Licht kamen, ich wußte um den Plan, ihn mit einer kaiserlichen Prinzessin zu verheiraten, ich wußte, daß der Herzog del Infantado auf nichts anderes wartete als auf den von Ferdinand unterschriebenen Befehl, um seine Truppen und sein Volk auf die Straße zu bringen … kurz und gut: Ich wußte über alles Bescheid.«

»Alles das, was du mir sagst, klingt unglaubwürdig«, sagte Isidoro. »Wenn es so ist, wie du sagst, weshalb haben sie dich dann nicht in aller Offenheit verfolgt? Weshalb haben sie dich nur eine halbe Stunde nach deiner Verhaftung wieder freigelassen?«

»Ich wußte bereits, daß mir nichts geschehen würde. Ich bin im Besitz eines mächtigen Schutzschildes, der mich gegen die Hinterlist der Günstlingspartei verteidigt. Ich glaube, ich habe dir erzählt, daß ich, als ich bei der ersten Versöhnung Godoys eingriff und gemäß einem höheren Auftrag versuchte, ihn erneut in den Palast zu bringen, im Besitz von geheimen Mitteilungen war, deren Veröffentlichung gewisse Personen vor Angst hätte erzittern lassen. Ich besitze Papiere, die auf widerwärtigste Weise denjenigen herabwürdigen, der sie schrieb, und ich besitze das Geheimnis über die Verwendung gewisser Gelder aus frommen Werken, die auf wenig fromme Weise angelegt wurden. Dies geschah in einer Zeit, in der wir heimliche Ausflüge aus dem Palast unternahmen und Amaranta sich nackt von Goya[64] malen ließ. Sie war gerade ein Jahr lang Witwe, da entdeckte ich durch einen von der Vorsehung bestimmten Zwischenfall das große Geheimnis ihrer Jugendzeit, das mir von einer unbekannten Frau enthüllt wurde, welche an den Ufern des Manzanares, nahe dem

Hause des Malers, wohnt. Wie ich dir bereits sagte, gedenke ich, es so bekanntzugeben, daß niemand darüber hinwegsehen kann. Aus einer unglücklichen und verborgenen Liebe, die Amaranta vor ihrer Heirat mit dem Grafen durchlebte, entstand ein Kind, von dem ich nicht weiß, ob es heute noch lebt.«

»Du hast mir nie davon erzählt.«

»Amarantas Eltern verstanden es, die Schande ihrer Tochter verdeckt zu halten. Der junge Liebhaber, der einer adeligen Familie in Kastilien entstammte und nach Madrid gekommen war, um sein Glück zu suchen, floh nach Frankreich, wo er in den Kämpfen der Republik getötet wurde.«

»Nun hast du mir einen merkwürdigen Roman erzählt«, sagte Isidoro, »und mit welchem Geschick hast du doch von dem wichtigsten Thema abgelenkt! Schließlich wirst du noch zugeben, daß Mañara dir den Hof gemacht hat.«

»Ja, aber ich habe niemals daran gedacht, ihm nachzugeben. Ich pflege keinen Umgang mit ihm, ich sehe ihn nicht, und ich rede nicht mit ihm. Deine Eifersucht wird es noch bewirken, daß ich beginne, meine Aufmerksamkeit auf diesen Mann zu richten.«

»Du kannst mich nicht umstimmen, nein. Ich habe bemerkt, habe gesehen, daß du diesen Mann liebst. Oh, wenn mein Verdacht sich bestätigt … Glaubst du, ich hätte nicht die Verzückung wahrgenommen, mit der er deinem Vortrag lauscht?«

»Nun, dann werde ich mich bemühen, es schlecht zu machen, damit das Publikum keine Rührung zeigt.«

»Nein, versuche nicht, dich herauszureden oder es zu vertuschen. Warum versicherst du mir, daß du dich nicht für ihn interessierst, wenn ich dich doch selber während der Szene mit dem Senat dabei überrascht habe, wie du ihn angesehen hast, und es mir sogar schien, als gäbest du ihm irgendein Zeichen?«

»Ich? Du bist verrückt. Ach, du verstehst gar nichts. Mein Mann, der seine Jagd im Stich gelassen hat, um bei dieser Aufführung dabeizusein, ist heute abend hier, und die niederträchtige Amaranta, die an seiner Seite sitzt, führt ein sehr angeregtes Gespräch mit ihm. Wenn du mich dabei siehst, wie ich auf das Publikum schaue, dann liegt das daran, daß die

Unterhaltung zwischen dem Herzog und Amaranta mich mit großer Unruhe erfüllt. Ich fürchte, daß sie auch ihm einen anonymen Brief gesandt hat. Ihre Kälte und ihre düstere Haltung zeigen mir, daß auch sie mir mißtraut.«

»Siehst du? Und es gibt einen Grund dafür.«

»Ja, denn sie mißtraut dir.«

»Nein … nein«, rief Isidoro aus. »Verdrehe nicht alles. Du liebst Mañara, und mit all deinem Geschick kannst du diesen Verdacht nicht aus meinem glühenden Sinn herausreißen. Und dieser Dummkopf sitzt da, genießt den Beifall, mit dem man dich überschüttet und der seiner Eigenliebe schmeichelt, weil er sich von der ruhmreichen Künstlerin geliebt fühlt! Nein, ich will nicht, daß du länger auftrittst. Wenn ich von dort oben die Begeisterung deiner Bewunderer sehe, wenn ich sie anschaue, wie sie ihre Blicke auf dich richten und an der Leidenschaft deiner Worte teilhaben, dann fühle ich den brennenden Wunsch, von der Bühne zu springen und ihnen mit Schlägen die Augen zu schließen, mit denen sie dich ansehen.«

»Du machst mich zittern«, sagte Lesbia. »Du bist nicht Isidoro, du bist Othello höchstpersönlich. Beruhige dich, um Gottes willen. Du weißt ja nicht, wie sehr ich dich liebe. Warum quälst du mich mit deiner trügerischen Eifersucht?«

»Sorge du dafür, daß sie vergeht.«

»Wie denn, wenn du dich durch nichts überzeugen läßt? Dein aufbrausender Charakter wird mich noch in die größte Verlegenheit bringen. Mäßige dich, um Himmels willen, und rede nicht so ein verrücktes Zeug.«

»Das werde ich tun, wenn du mich liebst. Du weißt nicht, wer ich bin. Isidoro duldet keine Rivalen, weder auf der Bühne noch anderswo. Mit Isidoro hat bis jetzt noch nie eine Frau ihren Spott getrieben, und ein Mann erst recht nicht. Laß dir das gesagt sein.«

»Jawohl, mein Herr, ich verstehe«, antwortete Lesbia in nachgiebigem Tonfall und erhob sich. »Aber auch wenn ich diese Konversation sehr erbaulich finde, so muß ich doch gehen. Weißt du, daß ich Angst habe?«

»Vielleicht zu recht. Aber warum gehst du schon?« fragte der Mohr in dem Versuch, sie aufzuhalten.

»Das Lied ist bereits zu Ende, und der dritte Akt wird gleich beginnen«, erwiderte Lesbia.

Und behende wie ein Reh ging sie hinaus. In diesem Moment hörte man den Applaus, mit dem Pepita González zum Abschluß ihres Liedes beehrt wurde, und nur wenig später trat sie vor Freude strahlend und mit vor innerer Bewegtheit gerötetem Gesicht in ihr Zimmer und war so aufgewühlt, daß sie sich sofort auf ein Sofa warf.

24

»Oh, Isidoro. Warum bist du nicht gekommen, mir zuzuhören?« rief sie mit stoßweisen Worten aus. »Sie alle sagen, ich hätte es sehr gut gemacht. Und wie sie applaudiert haben!«

»Würdest du mich bitte mit solchen Einfältigkeiten in Ruhe lassen?« sagte Isidoro sehr schlecht gelaunt.

»Und übrigens: Sie sagen, Lesbia spielte die Edelmira besser als ich. Was doch die Schönheit alles bewirkt! Mit ihrem hübschen Gesichtchen raubt sie allen Männern im Saale den Verstand. Vor allem einer ist dort, der den Blick nicht von der Bühne abwendet, und es scheint …«

»Willst du wohl den Mund halten!« rief der Mohr barsch.

Doch, als habe er plötzlich eine Lösung gefunden, löste sich das furchtsame Runzeln seiner schwarzen Augenbrauen sogleich wieder auf, er setzte sich neben die González und sprach folgendes zu ihr:

»Pepa, ich bitte dich um einen Gefallen.«

»Verlange von mir, was du willst.«

»Du hast dich immer sehr dankbar für alles gezeigt, was ich für dich getan habe. Mehrere Male hast du gesagt: ›Was soll ich nur tun, Isidoro, um dir alles zurückzuzahlen, was ich dir verdanke …?‹ Nun gut, mein Mädchen, jetzt kannst du mir einen großen Dienst erweisen, um hierdurch den Mann, der dich aus der Not geholt hat, der dich in die Bühnenkunst eingewiesen hat und der dir Arbeit, Ruhm und Glück verschafft hat, auf lange Zeit auszuzahlen.«

»Meine Dankbarkeit währt, solange ich lebe, Isidoro«, erwiderte die Schauspielerin ernsthaft. »Was also brauchst du von mir?«

»Wenn der Verdruß, den ich erfahre, nur mein Herz beträfe, so wäre es einfach, denn ich weiß einen Schmerz zu ertragen. Aber vielleicht betrifft er auch mein Selbstvertrauen, vielleicht bringt er meine Würde in Gefahr, und ich muß mich darin schicken, den grausamsten Betrug zu erleiden, aber ich werde mich ganz gewiß nicht damit zufriedengeben, vor meinen Freunden und aller Welt ein solch linkisches und lächerliches Bild abzugeben.«

»Ich weiß schon, was du sagen willst. Lesbia hat mir gesagt, daß du eifersüchtig seiest. Und wenn du sehen könntest, wie sie sich über dich lustig macht, indem sie dich den *armen Othello* nennt!«

»Wir dürfen der Zuneigung, die diese hochwohlgeborenen Personen irgendwann einmal einem aus unserer Schicht zeigen, nicht trauen. Von ihnen trennt uns eine tiefe Kluft, und wenn wir sie eines Tages mit unserem Talent und unserer Kunst blenden, so währt ihre Illusion nicht lange, und dann beginnen sie, uns zu verschmähen, denn es beschämt sie, uns geliebt zu haben. Alle, die wir den Glanz der Bühne erleben, kennen doch die traurige Wahrheit. Kennst du sie nicht auch?«

»Ja«, sagte meine Herrin, »doch ich hatte gedacht, du würdest dich in diesem Spiel besser auskennen als die anderen.«

»Diese Personen«, fuhr Isidoro fort, »betrachten uns von ihren Sitzen aus. Ihre Phantasie gerät in Aufruhr, da sie uns sehen, wie wir die großen Charaktere nachahmen, die edlen und hohen Passionen, die Liebe, den Heldenmut, die Selbstaufopferung, und sie verlieben sich in das, was sie sehen, in ein ideales Wesen, das sie mit unserer Persönlichkeit verwechseln, mit der des Helden, den wir darstellen. Mit derselben gereizten Phantasie suchen sie uns hinter den Kulissen und außerhalb des Theaters, aber kaum daß sie uns ein wenig kennen und feststellen, daß wir genauso sind wie alle anderen, wenn nicht sogar schlechter als sie, und daß alle Erhabenheit der Bühnenkunst von uns abfällt, zusammen mit den Kleidern und den falschen Steinen, die wir nach Beendigung des Dramas von uns werfen, da verfliegt im Nu ihre ganze Begeisterung, und sie sehen nicht mehr in uns als einen Haufen Lügner und betrügerischer Possenreißer, die kaum das Geld wert sind, mit dem man sie bezahlt. Bis jetzt, liebe Pepa, haben mich die jähen Abbrüche der Abenteuer, mit denen einige vornehme Personen unseren Berufsstand beehrt haben, nicht sonderlich in Mitleidenschaft gezogen, aber dieses, in dem ich mich nun befinde, betrifft mich zutiefst, weil ... ich sage es dir in aller Offenheit ...«

»Du liebst Lesbia wirklich?«

»Ja, zu meinem Unglück. Diese Leidenschaft ist keine jener vergänglichen und oberflächlichen Liebeleien, mit denen man die Sehnsucht im Vorübergehen stillt. Diese Frau hat die Kunst verstanden, so weit in mein Herz einzudringen, daß ich heute beginne, in mir die Wildheit zu erkennen, die mit einer solch exaltierten Liebe einhergeht. Zweifellos haben ihre Koketterie, ihre Leichtfertigkeit und die tausend Meisterstücke ihres unbesonnenen und fröhlichen Wesens diese Wandlung in mir bewirkt, und um mich vollends zu verwirren, bewegen die Eifersucht, das Mißtrauen und die Angst, von einem anderen ausgestochen und lächerlich gemacht zu werden, mein Herz so sehr, daß ich nicht wissen möchte, was noch alles geschehen kann.«

»Na so was, Señor Othello, so schlimm ist es?« fragte meine Herrin belustigt. »Und wen wollt ihr umbringen?«

»Lach mich nicht aus, du verrücktes Weib«, fuhr der Mohr fort. »Hast du diesen elenden Mañara im Saal gesehen?«

»Ja, er sitzt in einem Sessel in der ersten Reihe und wendet seinen Blick nicht eine Sekunde lang von der Dame Edelmira ab. Tatsächlich, mein Freund, und ohne daß ich hiermit deinen Verdacht bestätigen möchte, hat der übertriebene Enthusiasmus des jungen Mannes die Aufmerksamkeit aller im Theater Anwesenden erregt, und manch einer zeigte sich auch sehr erstaunt über die Zeichen, die er Lesbia während der Aufführung macht. Und außerdem ... ich habe es nicht gesehen, aber sie haben mir gesagt, daß ...«

»Was haben sie dir gesagt?«

»Daß auch die Herzogin ihn häufig ansieht, und daß sie nur für ihn zu spielen scheint, denn bei allen wichtigen Sätzen des Dramas, die sie sagt, wendet sie sich jenem jungen Manne zu, als wolle sie sich in seine Arme werfen.«

»Oh! Dann ist es gewiß! Siehst du?« brüllte Isidoro rasend vor Wut. »Und sie alle werden über mich lachen! Und dieser elender Stutzer ... Oh, Pepa, ich möchte ganz genau wissen, was da vor sich geht … ich möchte all diese furchtbaren Zweifel mit einem Male auslöschen … Ich möchte dieser infamen Person die Maske vom Gesicht reißen, und wenn diese mich betrügt, wenn sie es fertiggebracht hat, der Liebe eines Mannes wie mir die alberne Galanterie dieses gemeinen und unwürdigen Jungen vorzuziehen …ach, Pepa, Pepa, dann wird meine Rache furchtbar sein. Du wirst mir dabei helfen. Nicht wahr, das wirst du doch? Du verdankst mir alles, ich habe dich aus dem Elend geholt. Du kannst Isidoro nicht die Hilfe deines großartigen Geistes verweigern, auf daß er sein Ziel erreicht. Indem du mir dieses unaussprechliche Vergnügen bereitest, wirst du von der immensen Schuld der Dankbarkeit entlastet sein, die du mir gegenüber hast.«

Während er so sprach, war Isidoro aufgestanden und ging nun in dem kleinen Zimmer auf und ab, wie ein im Käfig eingesperrter Löwe, wobei er mit zitternden Lippen grollende Worte vor sich hinmurmelte. Das Seltsame dabei war, daß meine Herrin, sei es, weil sie es in jenem Moment für angebracht hielte, weit davon entfernt war, sich angesichts der Wut ihres Freundes und Meisters zu erschrecken, sondern seine feurigen Worte mit Gelächter beantwortete.

»Du lachst«, sagte Máiquez und blieb vor ihr stehen. »Du tust gut daran: Es ist der Moment gekommen, in dem selbst die Kirchendiener des Theaters sich über Isidoro lustig machen. Du verstehst das nicht, Mädchen«, fügte er hinzu und setzte sich wieder. »Deine Gefühle kennen weder Heftigkeit noch Ungestüm. Darin bewundere ich dich, und am liebsten würde ich es dir nachtun, denn ich weiß sehr gut, daß du in den Liebschaften, die du bis zum heutigen Tage erlebt hast, nur mit der Liebe gespielt hast, sie wie einen kurzweiligen Zeitvertreib genommen hast, der einem selbst Vergnügen bereitet und die anderen vor Wut toben läßt. Aber bis heute, und Gott möge dich auch weiterhin davor bewahren, kennst du nicht die Liebe, die unsereins bis zur Selbstkasteiung führt, während die anderen sich auf unsere Kosten amüsieren.«

»Wie stolz du bist!« entgegnete die González ernsthaft. »Sogar in diesen Dingen meinst du, mehr zu wissen als alle anderen.«

»Nun, wenn du wirklich und wahrhaftig liebst, dann hüte dich davor, dich in jene eingebildeten und stolzen hohen

Herrschaften zu verlieben, die nur zu dir kommen, um ihre Eitelkeit zu befriedigen. Ihre Liebe für dich wird niemals edelmütig und selbstlos sein.«

»Ich glaube nicht, daß ich je einen Mann lieben könnte, der nicht zu meinesgleichen gehört und sich schämt, eine Schauspielerin zur Gefährtin zu haben.«

»Oh, was für gute Worte, Pepa! Wo hast du das nur gelernt? Aber ich rate dir auch, keinen Mann vom Theater zu lieben, wenn du nicht die rasende Eifersucht des weiblichen Publikums zu spüren bekommen willst. Weißt du, was das bedeutet?«

»Das weiß ich sehr gut.«

»So bleibt deine Liebe immer noch im Theater. Das ist allerdings eine unglückliche Situation. Dein Schicksal wird davon abhängen, ob dein Galan jemand ist, der aus Mangel an Genius niemals die ungestüme Bewunderung der Schönen aus dem Parkett auf sich ziehen kann. Du wirst glücklich sein, Pepa, und wenn du dich verheiraten willst, so kannst du mit meiner Fürsprache rechnen.«

»Ich bin sehr weit davon entfernt, dieses anzustreben.«

»Dieser Rohling wird deine Liebe doch nicht etwa unerwidert lassen? Ist er vielleicht mehr wert als du?«

»Viel mehr«, sagte die González, indem sie mit großer Mühe eine Gelassenheit vortäuschte, die ihr nicht zu eigen war.

»Es wird doch nicht etwa irgendein Tenor aus der Truppe von Manuel García[65] sein. Überlaß den ruhig mir. Wenn es so ist, wie ich vermute, und dieser Verrückte deiner Liebe nicht gerecht wird, sondern deiner aufrichtigen Zuneigung die falsche Liebe einer Dame vorzieht, die ihre Purpurschleppe hinter den Kulissen des Theaters herumschleift, dann wirst du schon wissen, was Eifersucht ist, nicht wahr?«

»Nur zu gut weiß ich es, und zu viel muß ich erleiden, Isidoro«, sagte meine Herrin in liebevollem und vertraulichem Tonfall. »Aber ich habe dir gegenüber, der du noch nicht weißt, auf welche Seite du dich stellen sollst, einen Vorteil: Ich weiß bereits ohne den geringsten Zweifel, daß ich nicht geliebt werde, und die Umstände haben sich in der Weise entwickelt, daß mir die Gelegenheit gegeben ist, Rache zu nehmen.«

»Oh, Pepa! Du bist gar nicht wiederzuerkennen! Ich hätte

dir das gar nicht zugetraut …«, sagte Isidoro temperamentvoll. »Du wirst dich rächen. Horch, ich werde dir behilflich sein, wenn du mir bei der Nachforschung und der Bestrafung von Lesbias Bösartigkeit zur Seite stehst. Aber nun sag mir, Mädchen, sag mir, wer dieser Mann ist. Sei ehrlich mit mir, ich bin dein bester Freund.«

»Ich werde es dir später sagen, Isidoro. Für jetzt habe ich mir vorgenommen, es für mich zu behalten.«

»Du bist ein wertvoller Mensch, Pepa«, fügte der Schauspieler nachdenklich hinzu. »Ich hatte nicht erwartet, in dir ein so verständnisvolles Echo dessen zu finden, was mir zur Zeit geschieht. Und dieser niederträchtige Mensch mißachtet dich zugunsten einer anderen und ignoriert die Güte deines treuen Herzens! Sag mir, wer es ist. Ist es etwa Manuel García selber? Ja, natürlich, mein Mädchen, du wirst schon wissen, wie sehr der Stolz, die Selbstachtung darunter leidet, zu sehen, wie eine andere Person die Zuneigung besitzt, die uns gebührt. Und die Vorstellung der traurigen Figur, die du vor der Welt abgeben wirst, sowie der Gedanke an die Kommentare, die das neidische Volk über deine lächerliche Lage machen wird, wird dich furchtbar quälen, und wenn du bedenkst, daß du, der Mensch, der daran gewöhnt ist, die Herzen vor dir zu bezwingen, so daß sie dir zu Füßen liegen, dich von einem einzigen verachtet siehst, dann tobt dein ureigenster Stolz, und im Verborgenen wirst du weinen, da du dich niedriger siehst, als du zu sein glaubtest.«

»In diesen Dingen«, entgegnete meine Herrin mit pathetischer Stimme, »gleichen wir uns nicht. Du bist rasend vor Eifersucht, aber noch über der Kränkung, deren Ziel dein Herz war, steht für dich das Leiden deines Stolzes, des Stolzes des großen Isidoro, der stets verachtet, ohne jemals verachtet zu werden. Du wirst wütend, wenn du bedenkst, daß die Neider über dich lachen, und jene furchtbaren Stimmen der Rache kommen nicht aus der Liebe, sondern aus deinem Stolz. Ich bin nicht so: Ich liebe das Geheimnis, und wenn ich triumphieren sollte, so würde es mir gefallen, mein Glück im Verborgenen zu genießen. Es wäre mir gleichgültig, wenn der Mann, den ich liebe, nach außen hin allen Frauen der Welt den Hof zu machen schiene, wenn er nur in Wirklichkeit keine andere liebte als mich.«

»Du bist einzigartig, Pepa, ich entdecke wahre Schätze an Herzensgüte, von deren Existenz in deinem Herzen ich nichts geahnt habe.«

»Ich«, fuhr meine Herrin sehr bewegt fort, »lebe für nichts anderes als für ihn. Alle anderen sind mir nicht wichtig. Bei dir kann ich offen sein und dir alles erzählen, außer seinem Namen, den niemand wissen darf. Ich weiß weder, wie noch wann meine unheilvolle Liebe begann, und ich meine, sie wurde mit dieser starken Leidenschaft geboren, die immer mehr Besitz von mir ergreift, je mehr ich mich bemühe, sie zu ersticken. Für ihn wäre ich bereit, mein Leben zu geben. Du verstehst das vielleicht nicht, genausowenig wie du verstehst, daß ich meinen Ruf als Künstlerin und die Achtung und Bewunderung der Menge aufs Spiel setze. Was bedeutet das alles schon? Man liebt den Menschen, weil er so ist, wie er ist, und nicht um der Eitelkeit willen, ihn zu besitzen.«

»Derjenige, der dich zu solch edler Liebe bewegt hat, ohne ihr gerecht zu werden«, sagte Isidoro leidenschaftlich, »ist ein elender Wurm, der es verdienen würde, sein Dasein unter der Verachtung der ganzen Welt zu fristen. Darf ich auch nicht erfahren, wer die Frau ist, der er den Vorzug gibt?«

»Auch das darfst du nicht wissen«, antwortete meine Herrin, und nachdem sie die Tränen nicht länger unterdrücken konnte, rief sie aus: »Ich bin nicht grausam, ich wollte keine Rache, die so schrecklich sein kann, aber das Schicksal gab mir die Gelegenheit, und so muß ich es ausführen.«

»Du tust gut daran«, sagte Isidoro, indem er sich an dem Gedanken der Vernichtung ergötzte. »Räche dich. Auch ich werde Rache nehmen. Wir werden einander helfen. Kann ich etwas für dich tun?«

»Viel«, sagte meine Herrin und trocknete ihre Tränen. »Und ich hoffe, deine Hilfe wird sehr wirksam sein.«

»Und kann ebenfalls mit dir rechnen?«

»Was soll ich für dich tun?«

»Höre gut zu: Lesbia vertraut auf deine Freundschaft. Hat sie sich nicht in deinem Hause mit jenem jungen Mann getroffen?«

»Bis jetzt nicht.«

»Nun, dann wird sie es tun. Wenn nicht sie es dir vorschlägt, dann trage du es ihr auf freundliche Weise an.«

»Was beabsichtigst du zu tun?«

»Ich will sie irgendwo mit diesem Mañara erwischen. Sie sucht immer Häuser von Freundinnen auf, die nicht zu ihrer Schicht gehören, um auf diese Weise den wachsamen Augen ihrer Familie und denen ihres Gatten zu entgehen.«

»Ich verstehe.«

»Ich verlasse mich darauf, daß du dich nicht von ihr bestechen läßt, und daß der Dienst, den du mir, deinem Freund und Beschützer, gewährst, für dich unter allen Umständen oberstes Gebot ist. Ich hoffe, das, worum ich dich gebeten habe, wird dir sehr leichtfallen. Wenn sie in dein Haus kommen, dann hältst du sie dort auf und gibst mir Bescheid. Ich werde dafür sorgen, daß dieser junge Mann sich sein ganzes Leben lang an mich erinnern wird.«

»Du zitterst bereits vor Freude bei dem Gedanken an deine Rache«, sagte meine Herrin. »Genauso ergeht es mir, aber mit noch besserem Grund, denn die meine liegt viel näher.«

»Kann ich mich auf dich verlassen? Du hältst mich über alles, was du siehst, auf dem laufenden?«

»Du kannst ganz beruhigt sein, Isidoro. Du kennst mich nicht sehr gut, aber bei dieser Gelegenheit wirst du erfahren, wie ich bin.«

»Und du, was glaubst du?« fragte der Mohr voller Unruhe. »Meinst du, daß ich recht habe? Liebt Lesbia wohl diesen Mann?«

»Ja, ich glaube, daß sie dich auf übelste Weise betrügt. Ich glaube, alle, die heute abend der Vorstellung beiwohnen, lachen über dich, und der glückliche Liebhaber ist ganz außer sich vor Stolz und Befriedigung.«

»Zum Teufel!« sagte Máiquez voller Zorn. »Ich werde ihm von der Bühne ins Gesicht spucken. Oh, Pepita! Ich bin voller Bewunderung und Neid für deine Gelassenheit. Wünsche dir niemals, es mir gleichzutun. Hoffentlich erfährst du niemals, wie es ist, wenn sich diese Feuerschlangen in deiner Brust zusammenrollen und ihr Gift in die Arterien verspritzen. Oh, welch ein Genie hatte jener englische Poet, der Othello ersonnen hat! Wie gut hat er die rasende Wut des Eifersüchtigen beschrieben, die schreckliche Wonne, in der er schwelgt, während er daran denkt, den leblosen und blutenden Körper seines Rivalen vor die Augen zu legen, die ihn so fesselten! Wie recht hatte er, als er das Herz der Frau als eine Grotte von Bösartigkeit schilderte. Wie gut versteht man den schrecklichen Entschluß des Mohren und das grausame Vergnügen seiner Seele, als er sich vorstellt, das Messer in den zuckenden Gliedern dessen zu vergraben, der ihn beleidigte, und anschließend seinen Kadaver fortzuschleifen!«

»Welchen Kadaver, Isidoro? Den seinen oder den ihren?« fragte meine Herrin gefühllos.

»Alle beide«, antwortete Othello und ballte die Fäuste. »Du sagst, sie lachen über mich? Und sie wissen alles, und sie beobachten mich, und ich diene diesem erbärmlichen Schuft zu seiner Belustigung! Isidoro spielt also den Narren für die Leute. Er wird sich verstecken und fliehen müssen, um dem Gespött der Neider zu entgehen, und keine Frau wird ihn mehr für würdig genug erachten, ihm ins Gesicht zu blicken. Aber wenn du doch wußtest, was vor sich geht, warum hast du es mir nicht gesagt? Du bist zweifellos dumm! Oh, ich habe keine wahren Freunde … niemand interessiert sich für meine Ehre. Ich bin allein! Aber allein, Gott sei's gedankt, weiß ich, wie ich an den Ort zurückkehre, der mir zusteht.«

Nachdem er dies gesagt hatte, erhob er sich mit einer energischen Bewegung. In diesem Moment ertönten einige Schläge gegen die Tür. Es war das Zeichen, mit dem alle Schauspieler gerufen wurden, den dritten Akt zu beginnen. Máiquez wollte gerade gehen, aber bei den ersten Schritten fiel ein Gegenstand aus seinem Gürtel zu Boden. Es war der Dolch mit dem Metallgriff und der versilberten Holzschneide. Pepita González hatte während ihrer Unterhaltung mit der langen Kette, an der er hing, herumgespielt, und so war diese zerrissen.

»Es ist ein Kettenglied herausgesprungen«, sagte meine Herrin, indem sie die Waffe aufnahm. »Ich werde sie dir sofort wieder richten, so daß sie ganz fest bleibt.«

Isidoro ging hinaus, und meine Herrin näherte sich einem Tisch, der an der gegenüberliegenden Wand stand, hielt sich dort noch ein Weilchen auf und arbeitete hastig an etwas, das ich nicht sehen konnte, aber ich nahm an, es handelte sich um die gerissene Kette. Schließlich ging sie hinaus, und nun, da ich mich allein im Raum befand, konnte ich mein erstickendes Versteck endlich verlassen, um auf die Bühne zu laufen.

25

Es begann der letzte Akt, in dem sich die wichtigsten Szenen des Dramas zutragen. Pésaro erweckt nach und nach die Eifersucht in der Seele des leichtgläubigen Mohren, bis er ihn durch eine grausame und geschickte Verleumdung betrügt, und so kommt es zur tragischen Auflösung. Die Bedeutsamkeit meiner Rolle zwang mich dazu, ihr meine ganze Aufmerksamkeit zu widmen, obwohl ich immer noch unter dem Eindruck des belauschten Gespräches stand. In meiner ersten Szene mit Othello bemerkte ich, daß Máiquez seine Blicke voller Unruhe und Argwohn auf den jungen Mañara richtete, der nahe an der Bühne saß. Der große Schauspieler war so angespannt, daß er der Aufführung überraschend wenig Konzentration widmete. Manche meiner Sätze blieben ohne Erwiderung, auch übersah er einige Verse, und bei einer der Passagen, denen für gewöhnlich der meiste Applaus gespendet wurde, zerbrach er sich beinahe die Zunge. Das Publikum zeigte sich unzufrieden, denn da es die Fähigkeiten Isidoros kannte, wollte es nicht einsehen, warum er sich bei einer Vorstellung in vertrauter und freundschaftlicher Runde, die vor den ausgesuchtesten seiner vielen Bewunderer stattfand, solcherlei Nachlässigkeiten erlaubte. Es herrschte Stille im Saal; nur ein dumpfes Murmeln des Erstaunens oder des Unmuts begleitete die Verse, die der Fürst unter unseren Schauspielern gefühllos und mechanisch hersagte.

Man erwartete, daß er sich in der zweiten Szene zwischen Othello und Pésaro wieder gefangen haben würde. Letzterer schmiedet das perfekte Komplott, mit dessen Hilfe er seinen diabolischen Scharfsinn gegen Edelmira richtet, und erhält zum Schluß die materiellen Beweise, die Othello benötigt, um an die Treulosigkeit der Venezianerin zu glauben. Diese Beweise sind ein Diadem, das Edelmira Loredano gegeben hat, und ein gewisser Brief, den zu unterschreiben ihr Vater sie mit der Drohung gezwungen hatte, sich umzubringen, falls sie sich weigere. Weder das überreichte Diadem noch der unter Zwang unterschriebene Brief waren Beweise, die einen nüchternen Verstand dazu hätten bringen können, die Ehre der Gattin Othellos zu kompromittieren. Othello jedoch brauchte in seinem blindwütigen Jähzorn und ungestümen Temperament nicht mehr, um dem Komplott zum Opfer zu fallen.

Bevor diese Szene begann, befand ich mich hinter den Kulissen und hörte, wie sich das Publikum über die Stümperhaftigkeit von Isidoro beklagte. Irgend jemand gab nicht dem großen Schauspieler die Schuld an seinem schlechten Spiel, sondern mir, der ich ihn mit meiner verabscheuungswürdigen Deklamation irritiert haben solle. Diese Äußerung kränkte mich, und in dem Glauben, ich sei der Anlaß für einen Mißerfolg des Stückes, nahm ich mir vor, alles daran zu setzen, was nur irgend möglich war, um einen Applaus zu erringen.

Meine Herrin leitete, wie ich schon sagte, die Bühne. Sie koordinierte die Auftritte und Abgänge und versorgte jeden Schauspieler mit den Objekten, von denen er während der Vorstellung Gebrauch machen sollte. Sie gab mir das Diadem und den Brief, und so ging ich zu Othello hinaus, der sich allein auf der Bühne befand und gerade seinen Monolog beendete. Dann begann jene grandiose Szene, die selbst jetzt noch, nachdem sie von dem stumpfen Genius des Don Teodoro La Calle gedämpft worden war, pathetisch, erhaben und mitreißend war.

Verstehst du es, zu leiden?

sagte ich zu ihm, und Isidoro maß mich mit einem düsteren Blick und entgegnete:

Man hat es mich gelehrt.
Erträgst du es, die traurige Ankündigung eines großen
Unglücks zu hören?
Ein Mann bin ich.

antwortete er ruhig.

Im Fortgang des Dialogs schien es, als erlangte Isidoro seine Genialität zurück, denn die von Argwohn und Unruhe durchsetzten Verse entstiegen ihm aus tiefster Seele. Als er sagte:

Treulos! Den Beweis brauche ich!
Also gib ihn mir gleich!

drückte er mir so heftig das Handgelenk, und seine zornigen Augen blickten mich mit solcher Wut an, daß ich meine Ruhe verlor und für einen Moment die Verse vergaß, die auf jene Forderung folgten. Aber ich brauchte nicht lange, um mich wieder zu fangen. Ich gab ihm das Diadem und kurz darauf den Brief.

Doch in dem Augenblick, da ich das verhängnisvolle Papier in seinen Händen sah, ließ ein plötzlicher Schauder meinen ganzen Körper erzittern, und ich blieb stumm vor Schreck. An der Farbe, der Art, wie das Papier gefaltet war, und der Form der Buchstaben, die ich deutlich erkannte, als er seinen Blick darauf richtete, erkannte ich den Brief, den Lesbia mir in El Escorial für Mañara gegeben hatte und den meine Herrin mir bei meiner Ankunft in Madrid aus den Kleidern gezogen hatte.

Othello sollte mit lauter Stimme den Brief lesen, der gemäß dem Drama folgendermaßen lautete: »Mein Vater! Ich weiß um das Unrecht, mit dem ich Euch beschimpft habe. Ihr allein habt das Recht, über Eure Tochter zu verfügen – *Edelmira*.« Statt dessen stand auf dem Papier, das die listenreiche Pepita in seine Hände geleitet hatte: »Geliebter Juan, ich vergebe Dir die Kränkung und die Zurücksetzung, die Du mir bereitet hast, aber wenn Du willst, daß ich an Deine Reue glaube, dann beweise sie mir, indem Du heute abend zum Essen in mein Zimmer kommst, wo ich Deine unbegründete Eifersucht zerstreuen und Dir zeigen werde, daß ich Isidoro, diesen unkultivierten und eingebildeten Schmierenkomödianten, mit dem ich, nur in der Absicht, mich an seiner albernen Leidenschaft zu weiden, ein einziges Mal gesprochen habe, niemals geliebt habe und auch nicht lieben könnte. Komm zu mir, wenn Du mich nicht verärgern willst. Deine *Lesbia*. P. S.: Fürchte nicht, daß sie Dich festnehmen. Eher nehmen sie den König fest.«

Und dann geschah etwas Einzigartiges. Isidoro las stumm den Brief. Seine trockenen und dunkelvioletten Lippen zitterten, und er las ihn immer wieder und wieder, als ob er glaubte, ein Trugbild vor sich zu haben. Währenddessen äußerte das Publikum, das die Ursache für sein Schweigen nicht kannte, sein Erstaunen in einem Gemurmel. Schließlich hob Isidoro den Blick und hielt sich die Hände vor die Stirn. Er schien aus einem Traum zu erwachen, stammelte einige schreckliche Laute, schloß die Augen, als wolle er sich beruhigen, um seine

Rolle wiederaufzunehmen, ging ein paar Schritte auf das
Publikum zu und wich dann wieder zurück. Das Rumoren
wurde lauter, der Souffleur rief ihn und wiederholte mit lauter Stimme die Verse, bis Isidoro schließlich erzitterte, sein
ganzes Gesicht heftig entbrannte, er die Fäuste ballte, die
Arme schüttelte, auf den Boden stampfte und die folgenden
schrecklichen Verse deklamierte:

Schau, siehst du das Papier, siehst du das Diadem?
ich möchte sie eintauchen, sie versenken,
in dem glücklosen und verabscheuungswürdigen Blute,
in jenem unreinen Blute, das ich hasse.
Begreifst du meine Freude, wenn ich sehe,
wie der Kadaver, bleich und welk,
dieses verräterischen Rivalen, diese Tyrannen,
mit dem Körper seiner Liebsten vereint liegt?

Nie zuvor waren diese Verse auf einer spanischen Bühne
mit solch feuriger Redekunst, mit solch erschreckender Ausdruckskraft deklamiert worden. Die Künstlichkeit des Dramas war verschwunden, und der Mann selbst, der barbarische und leidenschaftliche Othello, ließ das Publikum unter
der Stimme seiner entflammten Wut erzittern. Ein stürmi-
scher, einmütiger Applaus ließ den Saal erbeben, denn niemals hatten die Anwesenden eine Darstellung von solcher
Genauigkeit gesehen.
    Danach veränderten sich die Gesichtszüge des Mohren.
Sein Gesicht wurde bleich; er drückte sich beide Hände auf
die Brust; mit einer Stimme, die jetzt nicht mehr rauh, sondern
herzzerreißend und pathetisch klang, sagte er:

Die rauhen Stürme
der Wind verkündet mit schrecklichem Lärm
der Lichtstrahl warnt mit Blitzen
vor seinem zerstörerischen Schlag und das Brüllen
des Löwen, dessen Präsenz uns mahnt;
während das Weib mit ruhigem Gemüte
und trügerischer Schmeichelei uns vernichtet,
das Herz ein treuloser Mörder.

Erneut brach ein frenetischer Beifall hervor. Die Frauen weinten, und auch einige Männer konnten ihre tapfere Haltung nicht bewahren und brachen ebenfalls in Tränen aus. Das Publikum war erschüttert, verblüfft und sprachlos. Für eine kurze Zeit waren alle in dem Saal völlig in dem Wesen und in den Leidenschaften Othellos versunken.

Die Aufführung nahm ihren Gang: Othello ging ab, das Bühnenbild wechselte, und es erschien die Kammer der Edelmira. Währenddessen fragten mich alle nach der Ursache für Isidoros Verwirrung und Erregung, doch ich wußte nicht, was ich antworten sollte.

Voller Unruhe suchten wir hinter den Kulissen nach ihm, aber nirgendwo konnten wir ihn finden, noch konnte sich irgend jemand vorstellen, wo er sich aufhalten könnte. Edelmira sprach die Verse ihres Monologes mit außergewöhnlicher Sensibilität. Dabei blickte sie ununterbrochen auf Mañara, und die selbstgefällige Koketterie ihrer Augen schien zu sagen: »Wie gut ich doch spiele!« Der glückliche Geliebte schaute sie verzückt an, als wolle er sagen: ›Wie hübsch du bist!‹

Und so war es wirklich. Lesbia war bezaubernd mit ihrem lose über den Rücken fließenden Haar und dem leichten, weißen Kleid, das sich ihr locker um den Körper schmiegte. Dann trat Hermancia, die treue Freundin, auf, und Edelmira berichtete ihr von ihren traurigen Überlegungen. Welch süßen und melancholischen Ton trug ihre Stimme, als sie ihre Angst vor einem unheilvollen Tod aussprach! Obwohl ich die Tragödie schon so viele Male von der Bühne aus gesehen und bereits jegliche Illusion verloren hatte, fühlte ich in jener Nacht eine unfaßbare Angst, und das Schicksal der unglücklichen und unschuldigen Edelmira bewegte mich zutiefst.

Die Gattin von Othello sehnt sich danach, der erstickenden Drangsal in ihrer Brust Linderung zu verschaffen, nimmt die Harfe und intoniert das Lied von Laura am Fuße des Holunderbaumes, deren trauriges Wehklagen an die Stimme des Todes erinnert. Edelmira, der Manuel García diese schöne Weise gelehrt hatte, sang mit einem Ausdruck von Süße und Poesie. Ihre Stimme schien uns bis ins Mark zu dringen und ließ uns mit solch phantastischem Schaudern erzittern, wie es die Berührung mit einer Stahlschneide täte.

Das Lied ging zu Ende, und aus dem Inneren des Theaters hörte man einen Beifallssturm. Das Publikum war so beeindruckt, daß es nicht einmal applaudierte. Edelmira legte sich nieder, und nun herrschte tiefe Stille. Othello sollte erscheinen, und in dem kurzen Moment, in dem es auf der Bühne stumm blieb, regierte vollkommene Stille im Saal. Ich glaubte, das Schlagen der Herzen zu hören, doch alles, was ich wahrnahm, war das Pulsieren meines eigenen Herzens. Eine Unruhe hatte Besitz von mir ergriffen, wie sie wilder nicht sein konnte, und ich blickte um mich herum und suchte nach einer Person meines Vertrauens, der ich meine Besorgnis mitteilen könnte, doch ich sah nichts außer dem bleichen Antlitz meiner Herrin, die sich ein Lachen abrang und sagte: »Wie gut Lesbia ihre Rolle gespielt hat! Ich gestehe, ich muß mich geschlagen geben, denn sie spielt tausendmal besser als ich. Aber seht nur Isidoro. Heute abend ist er so inspiriert wie nie zuvor.«

Ich beobachtete Máiquez, der auf der Bühne, neben dem Lager der Venezianerin, bereits die ersten Verse sprach. Auf seinem Gesicht zeigte sich eine grüblerische Ruhe. Als er die Vorhänge des Bettes anhob und mit ruhiger Stimme sprach:

Nein … du wirst nicht sterben … o wie sehr doch
diese traurigen Fackeln deine Schönheit rühmen!

stieg ein wirres Rumoren aus dem dichtgedrängten Publikum empor. Beinahe alle Frauen weinten, und die Männer hatten Mühe, die Fassung zu wahren. Othello wendete sein Gesicht Edelmira zu und sagte mit schwärmerischer Hingabe:

Mit welcher Reinheit ich sie atmen fühle!
Welch mächtiger Bann ist es, der mich zu ihr hinzieht
mit solcher Gewalt?

Edelmira erwacht mit einem jähen Schreck. Othello verbirgt anfangs noch den Gegenstand, den er bei sich trägt, doch dann zeigt er ihn, und Edelmira schwört voller Angst, daß sie unschuldig sei. Doch der furchtbare Mohr läßt sich durch nichts überzeugen, der Ausdruck seiner gesamten Erscheinung verändert sich plötzlich, und mit wilden und fahrigen Gebärden ruft er aus:

Sieh mich an, kennst du mich ... kennst du mich?

Das Publikum erzitterte vor Entsetzen. Einige Damen wurden ohnmächtig, und man hörte ängstliche Stimmen, die sagen: »Erbarmen, Erbarmen für Edelmira ... sie ist unschuldig ... dieser bösartige Pésaro trägt die Schuld ... bringt Pésaro heraus.«

Isidoro zog das Papier aus der Tasche und zeigte es mit grausamer Gebärde Lesbia, die einen furchtbaren Schrei ausstieß, ohne die Verse zu sprechen, die in jenem Moment zu sagen gewesen wären. Othello kam näher zu Edelmira heran, und Edelmira machte eine Bewegung, um von ihrem Lager aufzuspringen. Ihre Verse hatte sie vergessen, doch schließlich gewann sie wieder ein wenig Herrschaft über ihre Verwirrung, erinnerte sich an etwas, und der Dialog wurde folgendermaßen fortgesetzt:

EDELMIRA: Und was willst du mir sagen?
OTHELLO: Bereitet Euch vor.
EDELMIRA: Aber worauf?
OTHELLO: Dieser Stahl wird es Euch künden.

Und mit diesen Worten zückte Isidoro den Dolch. Aber anstelle der versilberten Holzschneide sahen wir ein schimmerndes Stahlblatt in seiner Hand glänzen. Hinter den Kulissen herrschte große Bestürzung; Edelmira sprang hastig und voller Angst vom Bett und lief über die Bühne, wobei sie wie eine Verrückte schrie: »Hilfe, Hilfe! Er will mich töten ...! Ein Mörder!«

Ich kann Euch nicht beschreiben, wie es in jenem Moment auf der Bühne und außerhalb derselben zuging. Als Lesbia von Isidoro verfolgt und schließlich von seinem starken Arm gepackt wurde, versuchten die Zuschauer aus der ersten Reihe, auf die Bühne zu klettern. Jetzt konnte auch ich nicht mehr an mich halten, stürzte, wie von einer Sprungfeder getrieben, zu der Dame hin und hielt sie eng umklammert. Der Dolch des Isidoro blitzte über mir. Doch die unerwartete Anwesenheit eines fremden Opfers bewirkte zweifellos, daß der Mohr aus seiner wutentbrannten Verblendung wieder zu sich kam. Alles an ihm veränderte sich, und es war, als würde sich ein Schleier von seinen Augen zurückziehen. Er schleuderte den Dolch von sich, versuchte, seine Fassung wiederzuerlangen und sprach einen Vers, wobei er sich mit den Händen an mir festklammerte, als sei ich Edelmira. Letztere löste sich aus meinen Armen, sank ohnmächtig zu Boden, und im Nu sahen wir uns von einer Menschenmenge umgeben. All dies geschah binnen weniger Sekunden.

26

Die Bühne füllt sich mit Menschen. Alle wollten der Herzogin vom Boden hochhelfen. Sie erwachte schnell aus ihrer Ohnmacht, öffnete die Augen und sprach ein paar Worte. Sie hatte keine Verletzungen erlitten, war aber ungewöhnlich blaß im Gesicht. Allerdings gab es unter den Umstehenden eine Person, die noch seltsamer und noch blasser aussah: Es war meine Herrin.

Isidoro machte einen aufgewühlten und beschämten Eindruck. Es verging eine halbe Stunde, bis man begriffen hatte, daß das Unglück, welches man befürchtet hatte, nicht eingetroffen war. Dann entspann sich eine lebhafte Diskussion über das Ereignis, das von der Mehrzahl der Anwesenden ganz unter dem Gesichtspunkt der Kunst gesehen wurde. Viele waren der Ansicht, der bis zum Delirium exaltierte künstlerische Genius des Máiquez identifiziere sich auf perfekte Weise mit seiner Rolle.

»Nun, dies ist zwar von dem Wege künstlerischer Perfektion weit entfernt«, sagte Moratín, »doch hat er das Recht, den Geschmack zu manipulieren. Er wird so den Anstand und die Anmut in den Phantasien der Zuschauer auslöschen, um sie mit der widerwärtigen Realität zu vertauschen.«

»Das ist weder Schauspielerei noch sonst irgend etwas«, sagte Arriaza, der, wie allgemein bekannt ist, Isidoro haßte.

»Seit jener Herr die französische Schule bei uns eingeführt hat, geht es mit der Vortragskunst bergab.«

»Noch nie habe ich Máiquez mit soviel Leidenschaft und Inbrunst spielen gesehen«, sagte ein Herr, der sich zu der Gruppe gesellte. »Mir scheint, als sei auf der Bühne etwas Seltsames mit dem Stück vorgegangen.«

Ein anderer junger Mann näherte seine Lippen den Ohren des ersteren und flüsterte ihm etwas zu. Im Anschluß an das Getuschel fingen die beiden an zu lachen. Mañara ging in der Nähe vorüber, und alle Blicke richteten sich auf ihn.

»Die Wildheit Isidoros ist schon verständlich«, sagte einer.

»Bis heute«, fügte Moratín hinzu, »hat er sich stets in den Grenzen der künstlerischen Konventionen gehalten.«

»Ich erinnere mich daran, als Isidoro noch wie ein Eisbrocken war«, sagte Arriaza. »Im Theater nannte man ihn niemals anders als den *Marmorstein*.«

»Das ist wahr«, entgegnete Moratín. »Aber als er aus Paris zurückkam, war er wesentlich besser geworden, und es läßt sich nicht leugnen, daß er ein äußerst talentierter Schauspieler ist. In seinem Pathos ist er unvergleichlich. In den tragischen Rollen pflegt er zuwenig Leidenschaft zu zeigen, aber heute abend hat er sich selber übertroffen.«

»Ich habe ihn eine ganze Weile studiert«, sagte ein dritter. »Er ist ein Mann mit aufbrausendem Temperament. Als vollendeter Schauspieler weiß er sehr gut, daß die Kunst nicht Wirklichkeit ist, und wenn er spielt, tut er dies stets mit Bescheidenheit und Anstand. Heute abend jedoch haben wir ihn so gesehen, wie er tatsächlich ist.«

Eine weitere Person näherte sich der Gruppe.

»Wie hat Euch das Ende der Tragödie gefallen, Herzog?« fragte Arriaza.

»Großartig! Das nenne ich schauspielern!« antwortete der Gatte von Lesbia. »Es schien alles so wirklichkeitsnah. Aber ich werde nicht darin einwilligen, daß meine Gattin noch einmal die Bühne betritt. Sie spielt einfach zu gut. Sie begeistert die anderen Schauspieler und verdreht ihnen die Köpfe.«

Ein Fächer berührte die Schulter des Herzogs. Er drehte sich um, und Amaranta trat in den Kreis der Menge. Alle begrüßten sie, indem sie eifrig um die Ehre stritten, das Wort an sie zu richten. Sie sagte:

»Ihr habt ganz recht, Herzog, es gibt nichts zu befürchten. Ein Ausbruch dramatischer Inspiration, nichts weiter.«

»Ein Ausbruch ist immer etwas Schlimmes. Ich glaubte schon, die Herzogin würde durch diesen Ausbruch von Isidoros Inspiration umkommen.«

»Außerdem«, sagte Amaranta, »mag es vielleicht einen Grund dafür geben, von dem wir nicht wissen …«

Als sie dieses sagte, schienen die Füße der schönen Dame irgendeinen Gegenstand zu berühren, der auf die Bühne geworfen worden war. Sie trat rasch beiseite, wie alle anderen auch, und als die Röcke Amarantas über den Boden glitten, zeigte sich darunter ein zerknittertes Stück Papier. Als sei dieses Papier ein Kleinod von unschätzbarem Wert, beugte Amaranta sich nieder, um es aufzuheben, warf einen kurzen Blick darauf und steckte es in ihre Tasche. Es handelte sich um den verhängnisvollen Brief, wie ein Romancier ihn genannt hätte.

»Ein Grund, von dem wir nichts wissen?« fragte der Herzog und setzte hiermit das unterbrochene Gespräch fort.

»Ja«, antwortete die Dame. »Und mir scheint, als könne ich Euch aus Euren Zweifel befreien … aber ich muß nun in das Zimmer der González gehen. Ich werde Euch dort erwarten, und dann sprechen wir in Ruhe.«

Sie ließ die Männer allein. Die Marquise näherte sich der Bühne und fragte nach Isidoro.

»Ist es denn tatsächlich möglich«, sagte sie, »daß *Die Rache des Zurdillo* nicht gesungen wird? Pepa! Aber wo ist nur Pepa?«

Diese Frage war an mich gerichtet, und so ging ich auf der Stelle hinaus, um meine Herrin zu suchen. Sie war nicht in ihrem Zimmer, doch fand ich sie schließlich in dem von Máiquez, der nun, nachdem die Aufregung jenes schrecklichen Momentes vorüber war, bemüht war, sich ruhig und sogar heiter zu geben, doch konnte man leicht erkennen, daß seine Wut noch nicht verraucht war.

»Was für ein derber Scherz, Isidoro!« sagte die Marquise, die zur Tür hineinschaute. »Ich habe mich immer noch nicht von dem Schrecken erholt.«

»Das mag wohl sein, Señora«, sagte der Schauspieler. »Aber die Herzogin trägt die Schuld. Sie hat ihre Rolle mit solcher Perfektion gespielt, daß ihr unvergleichliches Talent nicht nur sie selbst, sondern auch mich in eine andere Sphäre der Realität versetzt hat. Noch nie, seit ich auf der Bühne stehe, ist etwas Vergleichbares mit mir vorgegangen. Es gab einmal einen englischen Schauspieler, der bei einer Aufführung den Othello darstellte und dabei die Schauspielerin umbrachte, die die Desdemona spielte. Dies schien mir zunächst unwahrscheinlich, doch jetzt verstehe ich, daß es geschehen kann.«

»So muß *Die Rache des Zurdillo* nicht verschoben werden?«

»Auf keinen Fall. Es sollte wieder etwas zum Lachen geben, Marquise.«

Sie zog sich zurück, und nachdem auch einige Freunde von Máiquez, die ihn umringt hatten, hinausgegangen waren, blieb der Schauspieler mit meiner Herrin und mir allein zurück.

»Komm her«, sagte der Schauspieler zu mir und drückte mir kräftig den Arm. »Wer hat dir diesen Brief gegeben?«

Ich zeigte auf meine Herrin.

»Ja, ich war es«, sagte Pepita González. »Ich wollte, daß du weißt, was in Lesbias Herzen vorgeht.«

»Warum hast du ihn mir nicht woanders gegeben? Du hast mich an den Rand des Abgrundes getrieben. Ich hätte beinahe ein Verbrechen begangen. Als ich den Brief las, wurde meine Wut so gewaltig, daß ich alles um mich vergaß, und obwohl ich mich in der Zeit, in der ich mich außerhalb der Bühne befand, zu beruhigen versuchte, entbrannte mein Zorn nur um so heftiger, und … du weißt, was dann geschah. Als ich Lesbia in der Schlußszene sah, wollte ich mich zusammenreißen, aber ihre Blicke, ihre Worte reizten mich immer mehr, und ich fühlte eine Grausamkeit, eine Wildheit in mir, die ich nie zuvor gekannt hatte. Ich erinnerte mich ihrer zärtlichen Schwüre, ihrer aufwallenden Leidenschaften, ihrer geheuchelten Bescheidenheit, und einen Moment lang glaubte ich, es sei sogar meine Pflicht, ein solches Monstrum an Falschheit und Heuchelei zu bestrafen. Als ich den Dolch herauszog und feststellte, daß er eine Stahlschneide hatte, durchfuhr mich ein unsäglicher Genuß. Ach, Pepa! Was für ein Moment! Ich weiß nicht, weshalb ich sie nicht getötet habe, ich weiß nicht, wie es kam, daß ich mich in jenem Moment nicht vergaß und für immer entehrte. Wenn Gabriel sich ihr nicht in die Arme geworfen und sie mit seinem Körper bedeckt hätte, dann wäre sie jetzt bereits … ich wage nicht, daran zu denken.«

»Du lägest jetzt bereits«, sagte meine Herrin, »weinend über dem Leichnam deiner Geliebten, die durch deine eigene Hand zu Tode gekommen wäre.«

»Nein, Pepa, nein. Ich liebe sie bereits nicht mehr. Die Lektüre dieses Briefes hat mir alle liebevollen Gefühle, die ich hegte, ausgetrieben. Für sie empfinde ich nichts weiter als eine Verachtung, einen Abscheu, von der du dir keine Vorstellung machen kannst. Es erschreckt mich, eine solche Frau geliebt zu haben. Aber sag: Warst du es, die den Theaterdolch gegen das Stahlmesser ausgetauscht hat?«

»Ja, ich war es«, bekannte die González .

»So warst du es also«, rief er überrascht aus, »die alles vorbereitet hat? Weshalb? Aus welchem Grund …?«

»Ich hasse sie aus ganzem Herzen!«

»Und du wolltest mich zum Instrument für ein Verbrechen machen? Noch vor kurzem hast du von deiner Rache gesprochen. Warum haßt du Lesbia?«

»Ich hasse sie, weil … weil ich sie hasse.«

»Und dich quält nicht das Gewissen in Anbetracht eines Gefühls, das dich zu einer solchen Greueltat treibt?«

»Das Gewissen! … Greueltat!« Meine Herrin sprach wie geistesabwesend, bedeckte ihr Gesicht mit den Händen, und begann bitterlich zu weinen. »Oh, mein Gott!« rief sie aus. »Ich bin so unglücklich!«

»Pepa, was hast du? Was ist mit dir?« fragte Isidoro, setzte sich neben sie und zog ihre Hände von ihrem Gesicht. »Aber du … hast du etwa … so bist du also …«

Jemand klopfte an die Tür, und eine Stimme sagte: »Das Lied, es ist Zeit für das Lied.«

Der Hinweis konnte die beiden Schauspieler nicht ablenken. Pepita González weinte immer noch, und Isidoro blieb vor Verwunderung erstarrt.

27

Ich hielt es für klüger, mich zurückzuziehen, nicht nur weil ich hier fehl am Platze war, sondern auch, weil in meinem Geiste ein Plan emporsiedete, der mich in große Unruhe versetzte und zu dessen Ausführung ich mich entschlossen hatte, ohne noch weitere Zeit vergeuden zu wollen. So ging ich wild entschlossen zum Zimmer meiner Herrin, wo ich Amaranta ganz allein antraf.

»Oh, Gabriel!« sagte sie. »Du wagst es, noch einmal vor meinen Augen zu erscheinen? Weißt du, du hast schon eine ungewöhnliche Art, dich zu verabschieden. Mir scheint, du bist ein Schwindler, dem kein Mensch vertrauen kann. Sag: Ist das die Treue, mit der du deinen Wohltätern zu danken pflegst?«

»Herrin«, sagte ich, indem ich ihrem durchdringenden Blick trotzte, wie ein Seemann dem Sturm trotzt, »das Amt, zu dem Euer Gnaden mich im Palast zu verpflichten gedachten, war nicht nach meinem Geschmack. Wenn ich es unterließ, mich von meiner Herrin zu verabschieden, so geschah das, weil die Angst, verhaftet zu werden, mir gebot, den königlichen Wohnsitz zu verlassen.«

»Es läßt sich nicht leugnen«, sagte sie lachend, »daß du den *Licenciado* Lobo mit großem Geschick lächerlich gemacht hast. Ich hatte recht, als ich sagte, du seiest ein Junge mit Talent. Aber selbst das fruchtbarste Talent bleibt im Verborgenen, solange sich keine Gelegenheit findet, es zu zeigen. Jene Spur von Geist wäre vollkommen und prächtig gewesen, wenn du mir den Brief überbracht hättest.«

»Er war nicht für Euch bestimmt.«

»Jedenfalls ist er mit Gewißheit nicht in die Hände seiner Besitzerin gelangt. Pepa hat ihn dir abgenommen und von ihm Gebrauch gemacht, wie du weißt. Auch sie wollte ihn mir nicht geben, aber schließlich hat ihn der Zufall in meine Hände gelenkt. Siehst du?«

»Ich glaube, Ihr werdet ihn mir geben, denn dieser Brief ist meiner. Er gehört mir, und ich muß ihn seinem Besitzer zurückgeben«, sagte ich mit Bestimmtheit.

»Zurückgeben! Bist du verrückt?« rief Amaranta lachend, als hätte sie gerade etwas besonderes Unsinniges gehört.

»Ja, Herrin, denn ihn wiederzubekommen, ist für mich eine Frage der Ehre.«

»Ehre!« sagte die Dame und lachte noch lauter. »Nun sag bloß, du besitzt Ehre? Weißt du überhaupt, was das ist, mein Junge?«

»Muß ich es nicht wissen?« entgegnete ich. »Als Euer Gnaden mir das Amt eines Spions anheimstellten, bemerkte ich, daß mir die Hitze ins Gesicht stieg, und es schien mir, als könne ich mir selber bei dieser Aufgabe zusehen, beim Betrügen, Täuschen und Lügen ... Mich so zu sehen, jagte mir einen Schrecken ein. Ein Schweißausbruch nach dem anderen überkam mich, denn der Gabriel, den meine Mutter zur Welt gebracht hat, beschäftigt sich manchmal mit Selbstgesprächen über die Art und Weise, wie ein anständiger und ehrenhafter Mann sich zu verhalten hat. Als die Herzogin mich um ihren Brief bat und ich ihn nicht geben konnte, fühlte ich dieselbe Beschämung ... und ich meinte, wenn ich den Brief nicht zurückgeben könne, sondern zuließe, daß andere Leute weiterhin Mißbrauch damit treiben, dann sei der Herr Gabriel keine zwei Cuartos* wert. Wenn das keine Ehre ist, dann weiß nur Gott selbst, was es ist.«

Amaranta schien ob meiner Überlegungen sehr erstaunt, und so sagte sie wohlwollend:

»Solche Gedanken passen nicht zu dir. Es wird die Zeit kommen, wenn du älter bist, in der du soviel Ehre erlangen kannst wie du nur willst. Immer besser scheinst du mir dazu geeignet, an meiner Seite die Aufgaben zu erfüllen, über die ich mit dir sprach. Ich habe den Eindruck, du bist deinem Unterricht in der Universität des Lebens sehr gut gefolgt, und ich müßte mich schon sehr täuschen, wenn dir nicht wenige Lektionen genügen würden, um dich zu einem Meister zu machen.«

»Ich glaube, Euer Gnaden täuschen sich nicht«, erwiderte ich. »Und was die Lektionen anbelangt, die Euer Gnaden mir gaben, so meine ich, sie waren erfolgreich.«

»Und du willst nicht auf dein Vorhaben verzichten, zu ... wie hast du es genannt?« fragte sie mich ironisch.

»Nein, Herrin, ich bleibe bei meiner Meinung«, antwortete

* Spanische Kupfermünze (Anmerkung des Übersetzers)

ich unbeirrbar. »Und vielleicht werden Euer Gnaden eines Tages die Freude haben, mich als Prinzen oder als König irgendeines Königreiches zu sehen, das die Damen des Hofes mir aussuchen. Wenn man nicht mehr tun muß, als es richtig anzustellen, wie die kleine Inés sagt.«

»Aber sag, Kleiner, dachtest du wirklich, daß man schon dabei sei, dir den Generalsdegen oder die Herzogkrone zu bereiten?«

»So sicher, wie es jetzt Abend ist. Und Ihr, die Ihr mir wie eine Göttin erschient, welche vom Himmel herabgestiegen war, um mir Gutes zu tun. Ihr habt mir den Verstand verdreht, indem Ihr mir beigebracht habt, was ich zu tun hätte, um mir den königlichen Mantel über den Rücken zu legen oder mich wenigstens mit den Tressen eines Generaloberst zu schmücken.«

»Du machst dich über mich lustig. Was willst du damit sagen?«

»Ich meine, seit Ihr mir gesagt habt, der Weg des Glückes läge darin, hinter Wandbehängen zu lauschen und Klatschgeschichten von Kammer zu Kammer zu tragen, haben sich die Dinge so ergeben, daß ich, ohne es zu beabsichtigen, ein Geheimnis nach dem anderen entdecke, und obwohl ich mir die Ohren zustopfen möchte, bestehen sie darauf zu hören …«

»Ah, du willst mir etwas mitteilen, was du gehört hast«, sagte Amaranta wohlgefällig. »Setz dich und rede.«

»Das will ich gerne tun, wenn Euer Gnaden mir den Brief der Herzogin herausgeben.«

»Daran ist nicht zu denken.«

»Nun, in dem Fall werde ich schweigen wie ein Marmorstein. Statt dessen werde ich eine Geschichte erzählen ähnlich der, die Ihr mir erzählt habt, auch wenn sie nicht ganz so hübsch ist. Ich habe sie in nicht einem alten Buch gelesen, sondern sie gehört … Diese meine ruchlosen Ohren …«

»Nun fang schon an«, sagte die Gräfin mit einiger Verwirrung.

»Vor fünfzehn Jahren lebte in Madrid eine sehr, sehr hübsche junge Dame, die hieß … Ich erinnere mich nicht an ihren Namen. Dies geschah weder in einem entlegenen noch in einem alten Königreich, sondern in Madrid, und es handelt sich auch nicht um Sultane oder um große oder kleine Wesire, sondern um eine wunderschöne junge Dame, die sich in einen jungen Mann aus guter Familie verliebte, welcher an den Hof gekommen war, um sein Glück zu machen. Anscheinend haben sich die Eltern dem jungen Glück widersetzt, aber die junge Dame liebte den jungen Mann blindlings, und da die Liebe über alles siegte, so kam es zwischen dieser und dem Dämon zu geheimen Zusammenkünften der beiden jungen Leute, die …«

Amaranta erbleichte und brachte vor Schreck kein Wort mehr hervor.

»Nun, es geschah, daß die junge Dame eine kleine Kreatur ans Licht der Welt brachte«, fuhr ich fort.

»Ich bin nicht hier, um mir solche Dummheiten anzuhören«, sagte Amaranta, die ihren Zorn mühsam im Zaume hielt.

»Ich bin gleich fertig. Sie brachte ein Kind zur Welt, der junge Mann floh in seiner Angst, verfolgt zu werden, nach Frankreich, und die Eltern der jungen Dame stellten es so geschickt an, die Angelegenheit zu vertuschen, daß bei Hofe nichts davon bekannt wurde. Später heiratete die junge Dame den Grafen von ich weiß nicht was … und das war es.«

»Wie ich sehe, bist du ein vollkommen dummer Mensch. Ich möchte nichts mehr von diesem Unsinn hören«, sagte die Dame, deren Gesicht sich mit Röte überzog.

»Es fehlt nur noch ein kleines Stückchen. Später entdeckten einige Personen, was geschehen war, und sprachen an einem Ort darüber, wo ich es hörte. Aber da ich so neugierig bin und mich nun im Umgang mit Klatschgeschichten und Intrigen übe, um zu sehen, ob ich so ein General oder Prinz werden kann, gebe ich mich mit derlei Neuigkeiten nicht zufrieden, sondern werde dafür sorgen, daß eine Frau, die an den Ufern des Manzanares, nahe dem Hause des Don Francisco Goya, lebt, mir mehr darüber erzählt.«

»Oh!« rief Amaranta wütend aus. »Geh hinaus, du unverschämter Bursche. Was interessieren mich deine lächerlichen Geschichten?«

»Und da diese Mitteilungen keinen Wert haben, solange man sie nicht von hier nach dort trägt, gedenke ich, sie der Marquise mitzuteilen, damit sie mir bei meinen Nachforschungen behilflich ist. Glaubt Ihr nicht, Gräfin, daß dies eine ausgezeichnete Idee ist?«

»Wie ich sehe, weißt du mit Verleumdungen und niedrigen, erbärmlichen Intrigen umzugehen. Ich kann mir denken, wer dein Meister gewesen ist. Geh fort, Gabriel, du ekelst mich an.«

»Ich werde gehen und schweigen, aber es ist vonnöten, daß Ihr mir den Brief gebt.«

»Du elender Bengel! Du willst mich verspotten, du willst deine unwürdigen Waffen mit den meinen messen!« rief sie aus und erhob sich von ihrem Platz.

Ihre entschlossene Haltung brachte mich ein wenig aus dem Konzept, aber ich mühte mich, standhaft zu bleiben, und fuhr fort:

»Um sein Glück zu machen, gibt es kein besseres Mittel als die Spionage und die Intrige. Wer gewichtige Geheimnisse kennt, besitzt alle Macht, und jetzt sind wir soweit, daß ich zwei Mitras, acht Domherrenämter, zwanzig Oberststäbe, hundert Kaplansämter und tausend Stellen im Rechnungsamt für alle meine Freunde erhalten werde.«

»Laß mich in Ruhe, ich will dich nicht mehr sehen. Hast du gehört?«

»Aber zuvor gebt Ihr mir den Brief. Wenn nicht, dann muß ich eine kleine Nachricht an die Marquise senden oder an den Herrn Botschafter, der, zurückhaltend, wie er nun einmal ist, keiner lebenden Seele etwas davon sagen wird.«

»Oh, du dummer Esel, wie sehr ich dich verachte«, sagte sie und wühlte mit fiebriger Hast in ihrer Tasche. »Da, nimm, nimm den Brief, verschwinde damit, und komm mir nie wieder unter die Augen.«

Während sie dies sagte, schleuderte sie den Brief zu Boden, und Euer ergebener Diener hob ihn auf.

Nachdem sie sich wieder gesetzt hatte, wandte sie mir ihr immer noch schönes Gesicht zu und sagte:

»Wer hat dich solche Streiche gelehrt? Du bist ein Dummkopf.«

»Aus Dummköpfen werden kluge Leute«, antwortete ich. »Wenn man einen guten Meister hat … Wenn Euer Gnaden mich nicht darauf aufmerksam gemacht hätten! … Man lernt viel beim Zuhören und Zuschauen, Herrin, und von dem

Tage, an dem ich in Eure Dienste trat, bis heute habe ich keine Zeit verschwendet. Gelobt sei der, der mir die Augen geöffnet hat, auf daß sie sehen, und die Ohren, auf daß sie hören. Um klug zu werden, muß man zuerst dumm gewesen sein.«

Als ich diesen seltsamen Ausspruch tat, warf Amaranta mir einen Blick stolzer Verachtung zu und wies mir die Tür. Ach, sie war so schön, so schön wie nie zuvor. Ihr edles Gebaren, ihre leicht purpurn gefärbten Wangen, das Feuer ihrer Augen und der in zornigem Atem sich hebende Busen erfreuten die Augen. Es war nicht möglich, sie zu hassen. Ohne Zweifel, meine Leser, ist auch das Böse manchmal wunderschön.

Ich war bereits im Begriff zu gehen, als der Herzog in Begleitung des alten Botschafters eintrat.

»Hier bin ich, Amaranta«, sagte ersterer. »Ihr hattet etwas von Gründen gesagt, die wir nicht kennen …«

»Höre nicht auf ihn, Nichte«, rief der Marquis. »Ist es etwa der Blume gegeben, eifersüchtig zu sein? Und man sagt, daß er im Falle von Othello dasselbe täte.«

»Ja«, sagte der Herzog. »Wenn ich meiner Frau mißtrauen müßte, dann würde ich sie umbringen.«

»Ich möchte von nichts sprechen, das nicht irgendein künstlerisches Motiv hat«, sagte Amaranta trocken.

»Ich werde es nicht zulassen, daß meine Frau weiterhin in Gesellschaft dieses barbarischen Othello auf der Bühne steht. Die Ärmste muß furchtbar gelitten haben. Aber ich sehe nun, daß sich in meiner Abwesenheit viel Neues zugetragen hat. Anscheinend hat man sogar versucht, sie festzunehmen. Mein armes Lämmchen! Wie kann es sein, daß es Motive dafür gegeben hat? Wo sie doch die Güte und die Süße in Person ist.«

»Es waren so viele in die Sache verwickelt …« sagte Amaranta. »Aber durch mein Einschreiten hat man sie sofort wieder freigelassen.«

»Oh, vielen Dank, liebe Gräfin. Ihr und Lesbia seid ja Freundinnen seit Eurer Kindheit, und unter Freundinnen … Und man wird sie nicht wieder belästigen?«

»Nein«, sagte der Botschafter. »Glücklicherweise konnte man der Sache alles abringen, was ihr dienlich ist, nicht wahr, Nichte?«

»Man hat sich dabei vor allem auf die Dinge konzentriert,

die sich auf den Prinzen beziehen, da er seine Fehler zugegeben und einen Akt der Reue vollzogen hat ... Die Richter gehen sehr geschickt vor und beseitigen alles, was man sich denken kann, so daß die Angelegenheit der Öffentlichkeit in angemessener Weise präsentiert werden kann.«

»Es ist alles sehr gut geregelt«, bestätigte der Botschafter, »und das beweist, daß die Regierung Takt und Anstand besitzt. Und Napoleon?«

»Napoleon hat verlangt, daß man ihn um keinen Preis erwähnt, deshalb war es notwendig, auch alles beiseite zu schaffen, was sich auf ihn bezieht. Obwohl feststeht, daß der Prinz ihm geschrieben hat und in Verhandlungen mit seinem Botschafter stand, lassen die Richter alle Erklärungen und Dokumente verschwinden, in denen dieses offenbar wird, damit Bonaparte zufriedengestellt wird.«

»Gut, gut, das beruhigt mich«, sagte der Botschafter mit großer Befriedigung. »Und so wird man ihn mit dem Prinzen Borghese, dem Prinzen Piombino und Seiner Hoheit, dem Großherzog von Aremberg bekanntmachen. Ich muß Euch selbstverständlich dringend anraten, meine Vorhersage niemandem weiterzusagen, hörst du, Amaranta? Und hört Ihr, Herzog? Ah, dem Herzog kann man kein Geheimnis anvertrauen. Er plaudert alles aus.«

»Was?« fragte Amaranta.

»So sehr ich auch darauf bestehe, daß die größte Diskretion einen undurchdringlichen Schleier über das legt, was sich zwischen der González und mir abspielt ...«

»Der Marquis hat seine alte Gerissenheit nicht aufgegeben«, sagte der Herzog.

»Nein, mein Sohn, ich weiß weder wie noch wann es geschehen konnte ... von meiner Seite habe ich nichts dazu getan. Vor einiger Zeit bekundete Pepita, ich besäße einen gewissen Zauber ... aber der Schelm bemüht sich nicht einmal darum, es zu verbergen. Selbst jetzt gerade, während des Liedes, hat sie mir ein paar Blicke zugeworfen ... Und wie gut sie gesungen hat! Noch nie habe ich sie so fröhlich gesehen, so anmutig, so übermütig. In Wahrheit ist sie dabei, mich zu kompromittieren. Glaubst du das, Nichte? Ich bestehe darauf, daß es geheimgehalten wird, denn ... du weißt schon ... das ist nun einmal meine Art, und sie ... Aber selbst wenn alle Welt es wissen sollte, als das Lied zu Ende war, konnte ich nicht anders, als mich ihr zu nähern und ihr zu sagen: ›Haltet Euch zurück, Pepa, vergeßt nicht, die Diskretion ist die Schwester der … ich sage, der Liebe.‹ Zweifellos hat sie sich diesen Hinweis zu Herzen genommen und ist deshalb mit Isidoro hinausgegangen, wobei sie sich in seiner Gesellschaft sehr glücklich gab. Sie wirkten beide sehr verliebt, und jeder, der weniger schlau ist als ich, hätte sie für ein Liebespaar gehalten.«

»Vielleicht«, sagte Amaranta.

Ich verließ den Raum und suchte fieberhaft überall im Theater nach Lesbia. Schließlich fand ich sie und gab ihr den Brief, und während sie ihn ansah, sagte sie bewegt:

»Ach, Gabriel, heute abend hast du mir zweimal das Leben gerettet!«

28

Ich wollte nicht mehr länger bleiben, und so verließ ich das Theater, entschlossen, dem beschämenden Kreise von Schauspielern und Tänzern, von intriganten Damen und korrumpierten, eingebildeten Herren für immer zu entfliehen. Als ich hinausging, war meine ganze Seele von dem übermächtigen Wunsche erfüllt, zur Wohnung von Inés zu laufen. Ich flog die Hintertreppe empor bis zum vierten Stockwerk und schleuderte während meines hastigen Weges nach oben nach und nach die falschen Haare und den Putz von mir, die ich für die Aufführung getragen hatte. Hier ließ ich den Kinnbart und den Schnurrbart, dort die Federn meines Huts, weiter drüben die Gürteltasche und schließlich den Degenkoppel und die Halskette hinunterpurzeln. All diese Dinge erschienen mir wie Zeugnisse meiner Schmach, die ich im Hause des Friedens nicht an mir tragen wollte.

Ich erklomm die letzten Stufen und trat ein. Der Pater Celestino öffnete mir die Tür, und sofort bemerkte ich, daß seine Augen verweint waren.

»Die arme Doña Juana ist vor zwei Stunden gestorben«, antwortete er auf meine Fragen.

Ein eisiger Schreck durchfuhr mich bei dieser Nachricht und ließ mich bis zur Unbeweglichkeit einer Statue erstarren. In der Wohnung herrschte Grabesstille. Am Ende des Ganges sah ich die Tür zum Salon, deren Umrisse von einem rötlichen Lichtschimmer erhellt waren. Ich bewegte mich mit langsamen Schritten darauf zu und verdeckte mit der Hand das Klopfen meines Herzens, das mir beinahe aus der Brust zu springen schien. Von der Schwelle aus sah ich den schwarzen, verhüllten Körper der gesegneten Frau auf demselben Lager liegen, auf dem seine Seele ihn verlassen hatte. Ihre Hände waren wie zum Gebet gekreuzt, und auf ihren geschlossenen Augen und dem sanften, ruhigen Ausdruck ihres marmorbleichen Gesichtes zeigten sich nicht nur die Spuren eines traurigen Todes, sondern auch der besinnliche Frieden jenes mystischen Traumes, wie ihn Menschen von ungewöhnlicher Frömmigkeit haben, die eine Reise zum Himmel antreten, von der man wieder zurückkehrt.

Neben ihr saß Inés auf dem Boden, den Kopf in die Hände gestützt und an das Bett gelehnt. Ihr stilles Weinen war wie eine natürliche Befreiung schmerzvoller Niedergeschlagenheit, wie sie denen zu eigen ist, die ihre Schmerzen und Freuden mit dem Willen Gottes in Einklang bringen. Sie machte keinerlei Bewegung, um mich anzusehen, und gewiß war ich in diesem Moment ihres Blickes nicht würdig. Eine einzelne Wachskerze, deren spitze Flamme leicht flackernd gen Himmel deutete, erhellte das stille Zimmer, und selbst die Jungfrauen und Heiligen auf den Bildern, die an den Wänden hingen, schienen vom Anblick der Toten berührt, denn ein ungewöhnlicher Ernst überschattete ihre Gesichter.

Trotz meiner Betrübnis erlebte ich bei diesem Schauspiel eine Art moralischer Erleichterung, die mit Worten auszudrücken mir nicht möglich ist. Jene Ruhe, die einen großen Kummer begleitete, jener große Frieden, der sich über den Schmerz legte, wie sich die Flügel des geheimnisvollen Engels über die Seele legen, die verwirrt und angstvoll aus dem sündigen Körper fährt, jenes Schweigen der toten Frau, das im tiefsten Inneren meines Geistes die triumphale Musik eines entfernten, himmlischen Chores erklingen ließ, das stille Weinen der jungen Waise, deren bescheidener Schmerz weder das Schicksal noch den Zufall noch irgendeinen anderen der lächerlichen Gottheiten, die der träge Verstand der Menschen kreiert hat, anklagte, jener Ausdruck von Niedergeschlagenheit, die unerschütterliche Ruhe, die in dem Raum des reinen Gewissens, der Pflichten, der Religion und der aufrechten Liebe selbst der Tod nicht zu verändern vermochte, besaßen für mich den Geist eines milden und sanften Windes, einer maßvollen und erfrischenden Umgebung, die die von Stürmen aufgewühlte oder von gegensätzlichen Strömungen bewegte Atmosphäre ausgleicht und harmonisiert. Nie zuvor hatte ich mit deutlicherer Klarheit meine Seele mit dem Bild eines glatten Sees von gleichmäßiger und unveränderlicher Oberfläche vergleichen können, nie zuvor hatte ich mit solcher Eindeutigkeit den fernen Grund erkennen können. Es war, als ob meine Brust über eine lange Zeit hinweg ihres leichten Atems beraubt worden sein und meine Lungen sich nun weiteten und mein Atem eine große Last von meinem Herzen nahm.

Der Geistliche riß mich aus solcherlei abstrakten Betrachtungen und rief mich nach draußen.

»Die arme Juana!« sagte er zu mir und trocknete sich eine Träne. »Ihr blieb nicht einmal mehr die Zeit, den Wunsch erfüllt zu sehen, den ich mein ganzes Leben lang gehegt habe.«

»Was meint Ihr? Habt Ihr …«

»Ja, mein Sohn, kurz vor ihrem Tode erhielt ich dieses Papier, in dem man mich zum Verwalter der Pfarrkirche von Aranjuez ernennt. Endlich ist mir Gerechtigkeit widerfahren. Das Warten hat sich gelohnt. Ich hatte dir ja gesagt, es würde diese Woche geschehen. Siehst du, Gabriel? Gott hat uns in unserem Unglück zur rechten Zeit seinen Schutz geboten. Nun bleibt Inés sich nicht hilflos selbst überlassen, auch muß sie nicht die Hilfe von Juanas Verwandten erbitten.«

»Die arme Inés!« rief ich aus. »Ihr will ich mein ganzes Leben weihen. Für sie werde ich leben, nur für sie.«

»Ah«, sagte der Geistliche. »Etwas Ungewöhnliches ist geschehen, Gabriel. Weißt du, die arme Juana hat mir kurz vor ihrem Tode ein Geheimnis enthüllt, das … dir kann ich es anvertrauen, denn du gehörst beinahe zur Familie.«

»Was denn?«

»Nachdem sie die Beichte abgelegt hatte, rief sie mich an

ihre Seite und sagte mir, daß Inés nicht ihre leibliche Tochter sei. Wenn du wüßtest, wie ungewöhnlich das alles ist! Ich bin ganz fasziniert und durcheinander. Nun ja, Inés ist nicht ihre Tochter, sondern die Tochter einer großen Dame, die …«

»Was sagt Ihr da?« rief ich in höchstem Erstaunen.

»Du hast richtig gehört: Die wahre Mutter … du verstehst schon, es handelt sich hier um eines dieser geheimen Abenteuer, die Schande über eine hochgestellte Familie bringen. Die wahre Mutter hat dieses arme Mädchen verstoßen, und … ich werde es dir in Ruhe erzählen.«

»Aber der Name, den Namen der Dame will ich wissen.«

»Juana wollte ihn mir nennen, aber ihr Bericht hatte sie sehr geschwächt, und das Wort zitterte auf ihren Lippen, die bereits vom Tode gelähmt waren.«

Diese Neuigkeit stürzte mich in eine große Aufregung. Ich ging in den Salon zurück und betrachtete die Tote, beinahe in der Erwartung, ihre Lippen mögen den gewünschten Namen artikulieren.

»Ist es nicht möglich, mein Gott«, sagte ich, den Geist zum Himmel gewandt, »daß du einen Lebensstrahl vom Himmel auf diesen starren Körper sendest, damit seine erkaltete Zunge sich bewegt und nur ein einziges Wort spricht?«

In meiner Unruhe hatte ich einen Moment lang beinahe die Hoffnung, der Leichnam möge, durch mein Flehen wiederbelebt, ins Leben zurückkehren, um mir das Rätsel von Inés' Geburt zu enthüllen.

»Wie dumm ich doch bin!« sagte ich mir dann. »Es ist gar nicht notwendig, dies zu ermitteln.«

Seit jenen Tagen war Inés für mich der Inbegriff des Lebens. Wenn ich sie nicht schon vorher geliebt hätte, so hätte ihr Unglück mit unbesiegbarer Kraft meine Zuneigung zu ihr bestimmt. Ich verwendete meine zweitausend Reales für das Begräbnis der Verstorbenen und für die Reise, die der Pater Celestino und die Waise Inés nach Aranjuez unternahmen, wo sie sich niederließen. Dann kehrte ich nach Madrid zurück. Inés, die später von den Verwandten der Doña Juana beansprucht wurde, erlitt schwere Zeiten, deren Erinnerung mein Herz noch heute vor Angst erschauern läßt. Schließlich hielten wir unser Glück für besiegelt, doch es kamen unheilvolle und schreckliche Zeiten: die Revolution von Aranjuez, der

zweite Mai, der Tag des Blutes und der Trauer; die Franzosen
ließen viele Opfer; Inés fiel in die Hände der Eindringlinge ...
Doch im Moment fehlen mir die Kräfte, um von solch furchtbaren Ereignissen zu berichten. Ich bin müde und muß Atem
schöpfen, um mit meiner Erzählung fortzufahren.

Madrid, April und Mai 1873

Anmerkungen des Herausgebers zu ›Trafalgar‹

1   Kaiser von Trapezunt – 1204 gründete Alexios I. Megas Kommenos das
     kleine Kaiserreich von Trapezunt, dessen Gebiet dem der heutigen tür-
     kischen Provinz Trabzon entspricht.
2   Pablos, der Gauner von Sevilla – Hauptfigur des Schelmenromans
     ›Historia de la vida del Buscón llamado Don Pablos‹ (1626). Als Sohn
     eines am Galgen hingerichteten Diebes und Barbiers und als Neffe eines
     Henkers schlägt Pablo sich mal als Bettler, mal als Komödiant, Hoch-
     stapler oder Falschspieler durch Segovia, Madrid und Sevilla.
3   Am 14. Februar 1797 schlugen die Engländer Admiral John Jervis und
     Kommodore Horatio Nelson mit 15 Schiffen die zahlenmäßig fast dop-
     pelt so starke spanische Flotte bei Kap San Vicente. Nelson enterte mit
     dem Ruf ›Tod oder Sieg‹ persönlich zwei spanische Schiffe. Die Spanier
     verlieren vier Schiffe, zehn sind schwer beschädigt, und sie beklagen
     5000 Tote.
3a   Jerezroß – Jerez de la Frontera ist eine Stadt in der spanischen Provinz
     Cádiz, am Rand Andalusiens.
4   Bezieht sich auf zwei Gemälde Murillos aus den Jahren 1655 und 1674,
     die die Heilige Anna darstellen.
5   Zelebritäten des spanischen Militärs wie: Admiral Don Carlos, Herzog
     von Gravina (1756–1806), spanischer Seefahrer von hohem Ansehen,
     diente schon bei Leclercs Expedition nach Haiti, zog sich bei der Schlacht
     von Trafalgar schwere Verwundungen zu, an denen er ein Jahr später
     starb.
     General Miguel de Alava nahm später auch an den Schlachten in Water-
     loo und Quatre Bas teil.
6   Im spanisch-französischen Bündnisvertrag von San Ildefenso am
     18. August 1796 hatte sich Spanien verpflichtet, England den Krieg zu
     erklären und seine Flotte gegen die Engländer einzusetzen.
     Der erwähnte ›Friedensfürst‹ ist Manuel Godoy, Spaniens Erster Mini-
     ster und führender Politiker jener Jahre.
7   Admiral John Jervis (1735–1823) wurde nach diesem Sieg als Erster See-
     lord gleichsam zum Zuchtmeister der britischen Royal Navy, die er rück-
     sichtslos disziplinierte und von Korruption säuberte. Taktisch und stra-
     tegisch aber gebührte der Sieg am Kap San Vicente (14. Februar 1797)
     Horatio Nelson, der Jervis damals unterstellt war. Um die Vereinigung
     der Spanier mit der französischen Flotte zu verhindern, war Nelson mit
     seinem Schiff Captain – dem drittletzten der englischen Linie – gegen
     Befehl und Tradition ausgeschert und hatte auf eigene Faust und erfolg-
     reich die spanischen Schiffe San Nicolas und San José angegriffen.
8   José de Córdova, Admiral der spanischen Flotte, befehligte bei der
     Schlacht am Kap San Vicente 27 Schiffe.
9   Magellanstraße – die 558 km lange und zwischen drei und 30 km breite
     Meeresstraße zwischen dem Südende des südamerikanischen Festlan-
     des und Feuerland war 1520 von F. Magalhaes entdeckt worden und
     blieb bis zum Bau des Panamakanals die wichtigste Schiffahrtsstraße.
10   Handstreich von Finisterre – Kap Finisterre (lat. finis terre: Landende) ist
     ein nach Süden vorspringender Felsenkap an der spanischen Nordwest-

küste. Hier erlitt der Franzose Villeneuve eine Niederlage gegen Nelsons Flotte.

Seit 1803 verhinderten die Engländer mit einer Seeblockade, daß Frankreich Holz für neue Schiffe beschaffen konnte. Dem französischen Admiral Villeneuve gelang es, mit einem Flottenverband in Toulon auszubrechen und an Gibraltar vorbei Richtung Westindien zu segeln. Er wurde jedoch von Nelson verfolgt und später am Kap Finisterre in eine Seeschlacht verwickelt, woraufhin er sich im Mai 1805 nach Cádiz zurückzog.

11   Seeschlacht bei Gibraltar 6.-12. Juli 1801 – in die Militärgeschichte als die Schlacht von Algeciras eingegangen. Der englische Admiral James Saumarez besiegte hier nach anfänglichen Rückschlägen die zahlenmäßig doppelt so starke französisch-spanische Flotte.

12   Santísima Trinidad – das spanische Kriegsschiff wurde 1769 in Kuba gebaut und 1770 nach El Ferrol in Nordspanien überführt. Der riesige Vierdecker war rund 59 m lang, 16 m breit, hatte einen Tiefgang von fast 8 m. Da er allerdings schlecht segelte, wurde er mehrfach umgebaut, so 1795 mit einer Verlängerung von 2 m, einem vierten Batteriedeck und mit nun 140 statt 116 Geschützen.

In der Schlacht bei Kap San Vicente war die ›Trinidad‹ Flaggschiff von Admiral José de Córdoba und wurde schwer beschädigt. Man wollte das Schiff außer Dienst stellen und nur als schwimmende Festung zur Verteidigung von Cádiz verwenden. Aber der Ruhm des Schiffes war so groß, daß es 1803 wieder instandgesetzt wurde. Noch in der Schlacht von Trafalgar (1805) war es weiterhin das größte Kriegsschiff der Welt, durch seine Schwerfälligkeit aber nicht sehr effektiv.

13   Horatio Nelson (1748–1805), mit 19 Jahren Seeoffizier, kurz darauf First Lieutenant, 1796 zum Kommodore ernannt und später Konteradmiral. Bis auf den heutigen Tag ist er das Idol der britischen Marine. Nelson war nur 1,65 m groß und 60 kg schwer – daher auch der Spitzname ›Herrchen‹ (Señorito) seitens der Spanier. Die Franzosen nannten ihn ›fougueux admiral‹ – ungestümer Admiral.

14   Der britische Vizeadmiral Cuthbert Collingwood (1748–1810) kämpfte schon 1797 bei der Schlacht am Kap San Vicente an Nelsons Seite und leitete später die Blockaden von Brest und Cádiz.

15   Admiral Robert Calder (1725–1818) war nach seiner Teilnahme an der Schlacht am Kap San Vicente (1796) zum Ritter geschlagen worden. Bei der Schlacht am Kap Finisterre setzte er mit seinem Blockadegeschwader den französischen Schiffen zu.

16   Bezieht sich auf das Theaterstück ›El cochero y Monseur Corneta‹ (1776) von Ramón de la Cruz. – Konteradmiral Pierre Charles J. B. Sylvestre de Villeneuve (1763–1806) befehligte die französische Flotte in allen wichtigen Schlachten jener Zeit gegen die englische Seemacht und wurde dabei zu einer tragischen und höchst umstrittenen Figur. Im März 1805 erfüllte er einen Auftrag Napoleons – er sollte die Engländer aus ihrem ›channel‹ herauslocken – so schlecht, daß er sich den Ruf der Feigheit einhandelte. Nach der Niederlage von Trafalgar, die er wesentlich mitzuverantworten hatte, brachte er sich mit sechs Dolchstichen ins Herz selbst um.

17   José de Bustamente, General der spanischen Marine, zwischen 1776 und

1804 Gouverneur von Montevideo und Kommandant von Río de la Plate, starb 1825.

18 Novene – neuntägige katholische Andacht (zur Vorbereitung auf ein religiöses Fest).

19 Der am 5. April 1795 unterzeichnete Frieden von Basel beendete den Kriegszustand zwischen Preußen und der französischen Republik. Preußen verletzte mit diesem Abkommen seine Bündnispflichten insbesondere Österreich gegenüber, schwächte die antifranzösische Koalition und erkannte mit diesem Vertrag de facto das revolutionäre Frankreich als souveräne Nation an.
Zum drei Zeilen zuvor erwähnten Vertrag von San Ildefonso s. Anm. 6.

20 Der am 27. März 1802 unterzeichnete Friedensvertrag von Amiens beendete die Feindseligkeiten zwischen Frankreich und Großbritannien. England verzichtete weitgehend auf seine überseeischen und mittelmeerischen Eroberungen; Napoleon räumte Ägypten, festigte aber auch dank dieses Vertrages seine überragende Stellung auf dem europäischen Kontinent. Die gegensätzliche Interessenlage zwischen Frankreich und England konnte der Frieden von Amiens nicht dauerhaft mildern.

22 Kriegerische Auseinandersetzung Spaniens, die 1793 mit der Schlacht von Mas d'Eu begann und 1795 mit dem Frieden von Basel endete.

23 Edmund Burke (1729–1797), englischer Politiker und Schriftsteller, 1765–94 als Whig im Unterhaus. 1782/83 wurde er Mitglied des Geheimen Rates und Kriegszahlmeister. Burke war ein entschiedener Gegner der französischen Revolution. Mit seinen philosophischen und kunsttheoretischen Schriften sprengte er starr rationalistische Kunstkonzepte und prägte wichtige ästhetische Kategorien wie die des Erhabenen neu.

24 Georg III. (1738–1820) war Kurfürst von Hannover und König von England. Er verdrängte 1761 William Pitt den Älteren aus der Regierung und beendete durch den Pariser Frieden den Siebenjährigen Krieg. Innenpolitisch versuchte er die Herrschaft des Parlaments zurückzudrängen. Überließ William Pitt den Jüngeren die Leitung der Politik, bis dieser 1801 zurücktrat. 1810 wurde Georg III. geisteskrank.

25 Pardo – nördlicher Stadtteil von Madrid mit dem 1547 von Karl V. errichteten Residenzschloß.

26 Handstreich vom 28. Brumaire – Im Oktober 1799 kehrte Napoleon, der als Oberbefehlshaber große militärische Erfolge errungen hatte, nach Paris zurück. Am 18./19. Brumaire – Zählung des Revolutionskalenders, es ist der 9./10. Dezember 1799 – stürzte Napoleon in einem Staatsstreich das Direktorium und übernahm als sogenannter Erster Konsul die Alleinherrschaft.

27 Cartagena ist eine Hafenstadt im Südosten Spaniens, in einer tief in das felsige Küstengebirge schneidenden Bucht.

28 Der Palast Escorial liegt in dem gleichnamigen Ort im Guadarrama-Gebirge, 60 km nordwestlich von Madrid. Der Palast war 1563 als Kloster, Kirche und Alterssitz Philipps II. erbaut worden und diente später als königliche Residenz. Die mächtige festungsähnliche Anlage umfaßte 300 Räume, 16 Binnenhöfe, 15 Kreuzgänge und eine nach dem Vorbild des St. Peter-Doms in Rom erbaute Kirche mit einer Gruft für die spanischen Könige.

29 Der Plaza francesca del Rosellon wurde am 24. Juni 1793 von den Spaniern in einem mutigen Kampf eingenommen.

30 Francisco Solana Ortiz de Rozas (1769–1808), Generalkapitän aus Andalusien und Gouverneur von Cádiz, zeichnete sich bei der Schlacht von Trafalgar durch seine Tapferkeit aus.

31 Introitus – In der katholischen Messe der im Wechsel mit den Psalmen vorgetragene Eingangsgesang.

32 Ite missa est (lat.): Geht! Oder: (Die Versammlung) ist entlassen. Schlußworte der katholischen Messe, ursprünglich zur Entlassung der Katechumenen vor dem Abendmahl verwandt.

33 Vgl. auch den Roman ›La vuelta al mundo en La Numancia‹ (1906), in dem Galdós dieses Thema behandelt.

34 Spanische Silbermünze

35 Austerlitz – auf Betreiben Englands bildete sich 1805 eine neue Koalition zwischen England, Rußland, Österreich und Schweden gegen Napoleon. Dieser zwang in einem raschen Umgehungsfeldzug die österreichische Armee unter Mack in Ulm zur Kapitulation, nahm Wien ein und siegte entscheidend in der Drei-Kaiser-Schlacht von Austerlitz (2. Dezember 1812) über die Österreicher und Russen. Damit war der sogenannte 3. Koalitionskrieg zugunsten Frankreichs entschieden und Österreich entscheidend geschwächt.

Anmerkungen des Herausgebers zu
›Die Abenteuer der Pepita González‹

1 ›Diario de Madrid‹. Eine Zeitschrift aus Madrid, 1758 gegründet.

2 Teatro del Principe: In Madrid gab es damals drei bedeutende Schauspielhäuser: das Teatro de la Cruz, das Teatro de los Canos del Peral und
das Teatro del Príncipe. Ein Gesetz aus dem Jahre 1799 verfügte, daß in
diesen Stätten nur Gesang und Deklamation in spanischer Sprache und
ausschließlich nationale Tänze dargeboten werden sollten. Die Oberauf-
sicht über diese Schauspielhäuser oblag Stadtverwaltung und Junta.
Alle drei Spielstätten hatten mit finanziellen Schwierigkeiten zu leben,
denen man durch Lockerung der strengen Zensur und Aufhebung des
Spielverbots während der Fastenzeit zu begegnen suchte.
Das Teatro del Príncipe wurde 1802 durch ein Feuer zerstört, 1807 aber
neu eröffnet.

3 Luciano Francisco Comella (Barcelona 1751 – Madrid 1812), bis zu der
Kritik durch Moratín einer der erfolgreichsten Theaterschriftsteller seiner Zeit. Er war noch sehr dem Barocktheater verhaftet, schrieb aber
auch zwischen Volkstheater und Operette anzusiedelnde sogenannte
›sainetes‹ (Schwänke).

4 Isidoro Máiquez (1768–1820), Sohn eines Künstlers, schlug schnell die
Theaterlaufbahn ein. Nach seinem Aufenthalt in Paris, wo er bei der
François-Joseph Talma (1763–1826) – einem von Napoleon protegierten
Schauspieler, der auf der Bühne für sein Streben nach Natürlichkeit, eine
sinnbezogene Sprechweise und sachbezogene Kostümierung bekannt
war – lernte, brachte Máiquez den französisch-klassischen Stil auf Spaniens Bühne und setzte gestische und stimmliche Mittel von unerhörter
Vielfalt und Schlichtheit ein.
Seit 1802 war Isidoro Máiquez gastierender Bühnenleiter im Teatro de
los Canos del Peral. Von seinen Widersachern und Neidern wurde er
nach Zaragoza getrieben, hatte dort ebenfalls großen Erfolg und kehrte
1807 nach Madrid zurück, ans Teatro del Príncipe.

5 Jose de Cañizares (1676–1750); sehr beliebter Autor spätbarocker Bühnenwerke wie ›Marta, la Romarantina‹ (1716), sowie einiger historisie-
render Stücke und Mysterienspiele.

6 Tomás de Anorbe y Corregal (1676–1741), Hauskaplan Philipp V. Poet
und Theaterschriftsteller aus Madrid. Verfasser der Bühnenwerke ›La
virtud vence al destino‹ (1735) und der Tragödie ›Paulino‹ (1740).

7 Antonio Valladares y Sotomayor (1740–1820), Autor zahlreicher Erzählungen und Komödien.

8 Luis Moncín (?–1820), Theaterschriftsteller mit starker Vorliebe für exotische Stoffe.

9 María del Rosario Fernández, berühmte Schauspielerin des 18. Jahrhunderts, Spitzname ›la Tirana‹ (Tyrannin), verheiratet mit dem auf Tyran-
nendarstellung spezialisierten Schauspieler Francisco Castellanos. Die
Fernández wurde von Francisco Goya auf einem Porträt verewigt.

10 Rita Luna (1770–1832), in Málaga geboren, erster Ruhm 1789 in einem
Theater in der Calle de Barco, 1791 Triumph in der Rolle der Sultanin in

›La esclava de Negroponto‹. Ab 1797 im Teatro de la Cruz. Hauptrollen in Barock-Klassikern von Lope de Vega und Caldéron. Bezog am Ende für ihre Auftritte exorbitante Gagen, zog sich aber völlig überraschend von einem Tag auf den anderen von der Bühnenkunst zurück.

11 Anti-Moratínisten – Gegner des spanischen Dramatikers Leandro Fernández de Moratín (1760–1820). Moratín, Sohn eines ebenfalls bekannten Theaterschriftstellers, wurde von dem mächtigen und der Bevölkerung zunehmend verhaßter werdenden Ersten Minister Manuel de Godoy protegiert. Später bezeugte Moratín seine Sympathien für Napoleon und die Franzosen und mußte daher während des Unabhängigkeitskrieges (1808–14) aus Spanien fliehen.
Moratín war der bedeutendste Vertreter des neoklassizistischen Theaters und griff in seinen Werken immer wieder die Manierismen der spanischen Barockdramatiker bzw. ihre Epiogonen an. Er übertrug Molières und Shakespeares Werke ins Spanische, schrieb auch Prosa, Lyrik und kunsttheoretische Essays. Sein Ehrgeiz war es, der Molière Spaniens zu werden.

12 Ignazio Luzán (1702–54) wurde mit seinen 1737 erschienenen ›Poetica o reglas de la poesía‹ (Regeln der Dichtkunst) zu einem Vorreiter der Erneuerung der spanischen Literatur und führte den französischen Neoklassizismus in Spanien ein. Als Schüler des Geschichtsphilosophen G. B. Vico lebte Luzán lange in Italien, war Botschaftssekretär in Paris und hatte nach seiner Rückkehr nach Madrid hohe spanische Staatsämter inne.

13 Augustín Montiano y Luyando (1697–1764), Sekretär im Justizministerium und Autor von Tragödien wie ›Virginia‹ (1750).

14 Jorge Pitillas, Pseudonym des Jesuiten Luis de Losanda (1681–1748), der 1724 den dreibändigen ›Cursus philosphici‹ veröffentlichte.

15 Charles Batteux (1713–1780), französischer Aufklärungsphilosoph und Verfasser einer einflußreichen ästhetischen Theorie.

16 Ovid und Boccaccios Namen stehen hier für erotische, schlüpfrige Literatur, Aristoteles und Despreaux fürs poetische Regelwerk.

16a Figur aus Moratíns Komödie ›La comedia nueva‹ mit einer Vorliebe für spätbarocke altmodisch-überladene Bühnenwerke.
Aristarcos bedeutet soviel wie niedrigster Literaturkritiker.

16b Ebenfalls eine Figur aus Moratíns Komödie. Der Abbe Cladera ist Fulgencio de Soto (1760–1816)

16c Aus der heroischen Komödie ›Leopoldo de Grande‹ (1789) von Caspar Zavala y Zamora.

17 Lope de Vega (1562–1645), dem rund 1500 (!) Komödien zugeschrieben werden – ›ein Monster der Natur‹, nannte ihn nicht umsonst Cervantes – und Péro Caldéron de la Barca (1600–81), Autor von ›Das Leben ein Traum‹, markieren mit ihren Werken den Höhepunkt des spanischen Barocktheaters. Sie sind die repräsentativen Autoren von Spaniens Goldenem Zeitalter, und zahlreiche Autoren in Valencia, Madrid und an verschiedenen Orten Andalusiens kopierten diese Fixsterne des spanischen Theaterhimmels noch ein Jahrhundert später.

18 ›Das Jawort der Mädchen‹ – Originaltitel: El sí de las ninas (1805) – gilt mit seiner Kritik an der Erziehung der Töchter höherer Stände als das vielleicht bedeutendste Bühnenstück von Moratín. Wie so viele von

Moratíns Komödien nimmt es das Thema der Verheiratung junger Frauen auf und plädiert dafür, daß die jungen Frauen, bei entsprechender Erziehung, selbst über ihren zukünftigen Ehepartner mitbestimmen dürfen.

19 ›Die neue Komödie oder Das Kaffeehaus‹ – Originaltitel: La comedia nueva o El café (1792) – ist eine Theatersatire, die vor allem gegen Comella, aber auch gegen alle noch im Spätbarock verwurzelten Autoren gerichtet war. Im Kaffeehaus führt ein gewisser Don Eleuterio ein unsinniges Theaterstück auf, das von einem gewissen Don Pedro nach neoklassizistischen Kriterien erbarmungslos verrissen und der Lächerlichkeit preisgegeben wird. Das Theaterstück ›Die Scheinheilige‹ – Originaltitel ›La mojigata‹ – vollendete Moratín 1804.

20 ›Menschenhaß und Reue‹ wurde 1789 uraufgeführt und war mit seinen tränenseligen Familienszenen, seinem rührseligen Schlußtableau ein typisches Bühnenwerk des von der Kritik geschmähten, aber äußerst erfolgreichen Theaterschriftstellers August von Kotzebue (1761–1819), der über 200 Bühenwerke schrieb (am bekanntesten heute noch: ›Die deutschen Kleinstädter‹, 1819).

21 Die Tragödie ›Orestes‹ stammt von Alfieri und wurde von Dionisio Solís bearbeitet.

22 Etwa dem Verkauf von Pinienkernen vorm Theatersaal, die bei einigen Stücken vom Publikum zweckentfremdet wurden.

23 Die Originaltitel lauten: ›El mágico de de Astracan‹ (1781) von A. Valladaras und ›A España dieron blasoń las Asturias y León‹ (1791) von Josef Concha.

24 Caballero war 1798–1808 Spaniens Justizminister.

25 Anspielung auf Dantes poetisch idealisierte Jugendliebe, die er in der ›Vita nuova‹ 1292 verherrlicht hat.

26 Salamanca, Hauptstadt der gleichnamigen spanischen Provinz, war seit jeher bekannt für seine großen Universitäten: Die weltliche war 1218, die katholische 1134 gegründet worden.

27 Juan de Villanueva (1731–1811) war ein berühmter Baumeister seiner Zeit. Nach seinen Plänen wurde das 1802 durch ein Feuer zerstörte Teatro del Príncipe neu erbaut.

28 Isidorio Máiquez (s. Anm. 3).

29 Manuel García (1775–1832), spanischer Sänger und Komponist, schrieb zahlreiche Opern, Erfolge in Italien und Frankreich. In Madrid achter Galan der Schauspieltruppe von Francisco Ramos.

30 Manuela Morales, berühmte spanische Schauspielerin und Volkssängerin des späten 18. und frühen 19. Jahrhunderts. Tochter eines mittelmäßigen Komödianten. Kam 1794 von Barcelona und Cádiz nach Madrid. Wurde vierte Dame in der Schauspielergesellschaft von Francisco Ramos; obwohl sie eine talentierte Sängerin war, liebte das Publikum die Morales in erster Linie für ihre ›Boleras‹-Tänze.

31 Francisco Goya y Lucientes (1746–1828), gilt als der bedeutendste spanische Maler um 1800. In einem entlegenen Dorf Aragoniens geboren, ging er mit 18 Jahren nach Madrid, um im Atelier des Künstlers Francisco Bayou zu arbeiten, dessen Schwester er später heiratete. Goya war schon weit über 30, als seine Malerei Anerkennung erntete. Im Alter von 43 Jahren ernannte ihn Karl IV. zum Hofmaler. Entwürfe für Teppiche und Por-

träts brachten ihm große Erfolge. Seine eindrucksvollsten Gemälde aber schuf er nach einer schweren Krankheit, die zur Taubheit führte: Kriegs- und Revolutionsmotive in leidenschaftlicher Spannung. 1815 wurde Goya wegen seines Gemäldes ›Die nackte Maja‹ vor die Inquisition zitiert.

32 Carlo Broschi Farinelli (1705–1782) war ein berühmter italienischer Sänger (Kastrat) des 18. Jahrhunderts. 1720 feierte er mit Auftritten in Neapel erste Erfolge, 1734–37 sang er in London bei der von Händels Gegnern gegründeten Operngesellschaft. 1737 wurde er Operndirektor am spanischen Hof, 1760 kehrte er nach Italien zurück.

33 Anton Raphael Mengs (1728–1779), Maler und Kunstschriftsteller, 1746 Hofmaler in Dresden, 1754 Direktor der Accademia di S. Lucia in Rom, vorübergehend auch in Madrid tätig. Die Freundschaft mit Winkelmann prägte seine weitere Entwicklung. Mengs Deckengemälde des Parnaß in der Villa Albani in Rom aus dem Jahre 1761 markiert in der Kunstgeschichte das Ende der Barockmalerei.

33a Damenstift im Nordosten Madrids

34 Nimrod (hebräisch) ist im Alten Testament ein Städtebauer und großer Jäger.

35 Graf José Monino Floridablanca (1728–1808), hatte seit 1777 de facto die spanische Politik unter König Karl III. geleitet und war anfangs auch von Karl IV. in seinem Amt des Ersten Minister gelassen worden. Als Floridablanca es aber wagte, sich einigen Wünschen und Launen der Königin Maria-Luisa entgegenzustellen, wurde er – am 28. Februar 1792 – seines Amtes enthoben und in seine Heimatstadt Murcia verbannt. Die Königin, die sich durch Floriablancas Kritik beleidigt fühlte, hatte seine Entlassung in einer bühnenreifen Familienszene durchgesetzt.

36 Pedro Pablo Abarca de Bolera, Graf von Aranda (1718–98) war spanischer General und Politiker und Floridablancas Nachfolger im Amt des Ersten Ministers unter König Karl IV. Er behauptete sich aber nicht einmal ein Jahr in diesem Amt und wurde am 15. November 1792 entlassen. Aranda machte sich für eine Annäherung Spaniens an Frankreich stark.

37 Zur Zeit der Französischen Revolution emigrierten die Königstreuen nach Koblenz, wo Ludwig XVIII. das Haupt der Emigranten war.

38 Die Verfassung von Cádiz wurde am 11. März 1812 in Cádiz verabschiedet, wohin die Cortes – die Landstände – vor den eindringenden Franzosen geflohen waren. Es war eine für die damalige Zeit liberale Verfassung, die in vielen Teilen der französischen Verfassung von 1791 folgte. So hieß es in Artikel 2: ›Die Souveränität ruht wesentlich in der Nation.‹ Die ›Nation‹ wiederum wurde als die ›Vereinigung aller Spanier beider Hemisphären‹ definiert, so daß Hispanoamerikaner als gleichberechtigte Staatsbürger galten. Aber auch in dieser Verfassung übte der König weiterhin die Exekutivgewalt aus.

39 Albion ist ein älterer Name für Britannien.

40 Prinz Ferdinand VII. (1784–1833), Sohn König Karl des IV., seit 1802 mit Marie Antoinette verheiratet, die jedoch 1806 starb. 1807 warb Prinz Ferdinand um die Hand einer französischen Prinzessin, weswegen Godoy ihn seiner Ansprüche auf den Thron für verlustig erklärte. In den Jahren 1814–33 war Ferdinand VII. König von Spanien.

41 Charles Maurice de Talleyrand (1754–1838), französischer Politiker, aus

altem Hochadelsgeschlecht stammend. Als Mitglied der Generalstände war er 1789 wesentlich am Sturz der Monarchie in Frankreich beteiligt, 1792 mußte er wegen des Verdachts royalistischer Umtriebe auswandern. Nach seiner Rückkehr aus den USA 1796 wurde er Außenminister, erst im Direktorium, dann unter Napoleon. Talleyrand strebte die Verständigung mit Österreich und Großbritannien an, lehnte Napoelons Expansionspolitik ab und arbeitete nach seiner Entlassung insgeheim gegen den ersten Konsul von Frankreich.

42   Camillo Filippo Ludovico Borghese (1605–21) stammte aus einer römischen Adelsfamilie und heiratete 1803 die Schwester Napoleons, Pauline, von der er sich 1815 wieder trennte.

42a Lucien Bonparte (1775–1840), ursprünglich Lucian, der zweite Bruder Napoleons, hatte als Präsident des Rates der 500 entscheidenden Anteil am Staatsstreich vom 18. Brumaire. Um 1800 weilte Lucien im Auftrag Napoleons in Madrid und schloß Freundschaft mit Godoy. 1803 kam es zum Bruch mit seinem Bruder, und Lucien lebte seit 1804 in Italien, später in England. Napoleons Versuche, sich mit dem als korrupt und vergnügungssüchtig geltenden Lucien zu versöhnen, scheiterten (vgl. auch Anm. 46).

43   Aranda, vgl. Anm. 36.

44   Kaiser Leopold III. regierte 1790–92 Österreich. Der Sohn der Maria Theresia veranlaßte zahlreiche wirtschaftsfördernde Maßnahmen, befriedete die Niederlande und Ungarn und bewirkte innenpolitisch eine Liberalisierung.

45   Gaspar Melchior de Jovellanos (1744–1811), Jurist, Präsident der Strafkammer in Sevilla, dann Justizminister. Jovellanos schrieb Gedichte, Dramen und Abhandlungen zur Agrarreform des Landes und zur Volkserziehung. Der Bewunderer Diderots wollte nach eigener Aussage mit seinen Schriften ›die Härte der Gesetze entlarven‹ und war einer der bedeutendsten Vertreter der spanischen Aufklärung. Zwischen 1801 und 1810 lebte er in der Verbannung auf Mallorca.

46   Der Pommeranzenkrieg wurde nach den Pommerannzenzweigen benannt, die Manuel de Godoy nach Einfall in Portugal an die spanische Königin schickte. Zusammen mit Lucien Bonaparte, Napoleons Bruder, war Godoy 1801 in Portugal eingedrungen, das, von England im Stich gelassen, kaum Widerstand leisten konnte. Daher ist dieser ›Guerra de Las Naranjas‹ zu einer der großen Farcen der Militärgeschichte geworden.
     Lucien Bonaparte und Godoy erpreßten zur eigenen Bereicherung eine hohe Kriegsentschädigung von den Portugiesen und gewährten diesen im Gegenzug den Frieden von Badajoz, worin sie Napoleons Forderung auf Besetzung einiger portugiesischer Provinzen nicht berücksichtigten. Napoleon nannte daher seinen Bruder einen Schurken, Dieb und Verräter. In seiner Wut drohte Napoleon damit, daß bald auch Spaniens Monarchie ein bitteres Ende erleben könne.

47   Vertrag von San Ildefonso (s. Anm. 6 zu ›Trafalgar‹).

48   General C. M. Duroc (1772–1813) wurde 1793 Lieutenant, zeichnete sich in der Schlacht von Primolano (4. 8. 1796) aus und kämpfte 1798/99 in Ägypten, wo er verwundet wurde. Duroc übernahm auch diplomatische Missionen. Er kämpfte mit Napoleons ›Grande Armée‹ in Austerlitz.

1806 wurde er in Polen schwer verwundet. Nahm später aber auch am Rußlandfeldzug und an der Schlacht von Lutzen teil.

49 In der griechischen Mythologie jagt Endymion im einsamen Gebirge im nächtlichen Mondschein, bis er ermüdet einschläft. Diana, Göttin der Jagd, sieht ihn, als sie mit ihrer Fackel am Himmel aufsteigt, verliebt sich in den schlummernden Jüngling und senkt sich zum Kuß hinab.

50 Bragancas – portugiesische Dynastie, die 1640–1853 in Portugal herrschte, von Alfons I. (15. Jahrh.) abstammend, einem natürlichen Sohn Königs Johann von Portugal.

51 Königin María Luisa (1751–1819), Prinzessin von Parma und Gemahlin von Karl IV, hatte ihn bereits mit 14 Jahren geheiratet. Sie galt als eine von zügelloser Sinnlichkeit beherrschte Frau. In den frühen 80er Jahren verdichteten sich die Gerüchte über ihre Frivolität. Verübelt wurde ihr besonders die Beziehung zu dem 16 Jahre jüngeren Manuel de Godoy in den Jahren 1788–97, als Godoy eine Base des Königs geheiratet hatte. Dank María-Luisas Förderung stieg Godoy schon als junger Mann in höchste militärische Ränge auf und erlangte ein riesiges Vermögen.

52 Caballero, s. Anm. 24.

53 Jovellanos, s. Anm. 45.

54 Hermengild, aus der ersten Ehe des Westgoten-Königs Leovigild mit Theodosia, gestorben, 13. 4. 585 in Tarragona. Nach seiner Heirat mit der Tochter des Königs Sigibert I. erhielt er die Herrschaft über die Provinz Baetica mit der Hauptstadt Sevilla. Hermengild nahm den Katholizismus an. Da er sich der damals starken Glaubensströmung des Arianismus verweigerte, wurde er von Leovigild gefangen und enthauptet.

55 Francesco Antonio de Lorenzana, 1722–1804, entstammte einer spanischen Adelsfamilie, nach der Ausbildung bei den Jesuiten wurde er 1765 Priester und Kanonikus in Toledo; 1766 Erzbischof von Mexiko. Unter Karl III. war er ein vergleichsweise liberaler Großinquisitor, unter Karl IV. stieß er mit Godoy zusammen.

56 Aegidius Alvarez Albornoz (um 1300–1367) war Erzbischof von Toledo. Überwarf sich mit dem ausschweifenden König Peter und floh 1350 nach Avignon, wo er zum Kardinal erhoben wurde. Anschließend päpstlicher Legat, der den zerstückelten Kirchenstaat reorganisierte. Dem Kirchenstaat gab er in einem Gesetzbuch eine Verfassung, die bis 1815 in Kraft blieb.

57 Pedro González de Mendoza (1428–1495) wurde 1453 Bischof von Calahorra, seit 1473 Kanzler des schwachen Königs Heinrich IV. von Kastilien.

58 Spolien – erbeutete Waffen.

59 Das goldene Vlies – 1429 von Herzog Philipp dem Guten von Burgund gestifteter Orden, der von den Habsburgern als Erben des Burgundischen Reiches in Spanien (bis 1931) und Österreich (bis 1918) verliehen wurde.

60 Ramón de La Cruz y Cano (1731–1794), armer Rechnungsbeamter, der zuerst aus dem Französischen und Italienischen Theaterstücke übersetzte und dann eigene Bühnenwerke verfaßte. Seine Einakter, Schwänke und Komödien (›sainetes‹) gehören dem Volkstheater an. Mit seinem sorglosen Humor und der flotten Komik feierte Cruz im Madrid des 18. Jahrhunderts große Erfolge auf den Bühnen.

61 Die ›Caprichos‹ sind eine Serie von Radierungen, die Goya 1799 veröffentlichte: Es sind Szenen aus dem Alltagsleben, oft mit Schreckensvision überhöht. Besonders berühmt wurde das erst als Titelblatt für die ›Caprichos‹ vorgesehene Bild ›Der Schlaf der Vernunft‹.

62 Leandro Moratín, s. Anm. 11.

63 Carlo Goldoni (1707–93), italienischer Theaterschriftsteller, der mit seinen zahlreichen Charakterkomödien wie ›Diener zweier Herren‹ (1762) sowohl die erstarrte Gelehrtentradition als auch die nicht minder erstarrte Volkstheater-Tradition der Commedia dell arte überwand.
Leandro Moratín hat den von ihm so sehr bewunderten Goldoni bei seinem Aufenthalt in Paris 1787 persönlich kennengelernt.

64 ›Amaranta sich nackt von Goya malen ließ‹ – diese Textstelle legt nahe, daß Amaranta niemand anders als die schöne Herzogin von Alba ist, die um 1800 das Modell für die ›nackte Maja‹ gewesen sein soll. Schon 1797 hatte Goya die Herzogin von Alba porträtiert, mit Ringen, die die Inschriften von Goya und Alba trugen. Die Herzogin von Alba und ihr Mann hatten Goya gefördert, und als der Herzog 1796 starb, hatte die Herzogin sich mit Goya auf ihr Landgut in Sanlucar zurückgezogen, was für einigen Wirbel sorgte. Die Herzogin von Alba war – wie die Amaranta in diesem Roman – bekannt für ihre schon sprichwörtlich gewordene Schönheit und ihr kapriziöses Verhalten.

59 Manuel García, s. Anm. 29.

Anmerkungen zum Titelbild

Während das obere Titelbild sich auf die Schlacht von Trafalgar bezieht, verweist das untere auf den zweiten Roman dieses Bandes, der zu einem großen Teil am Hof Karl IV. spielt.

Im Jahre 1808 malte Francisco de Goya (1746–1829) dieses Bild mit dem Titel ›Die Familie Karl IV.‹ Er vermied jede Schmeichelei, was einen Kritiker zu der Bemerkung veranlaßte, der König Karl IV. (5. von rechts) und die Königin María Luisa (7. von rechts) würden aussehen, wie ›ein Bäcker und seine Frau nach einem Lotteriegewinn‹. Prinz Ferdinand, dessen klägliche Verschwörung Pérez Galdós in seinem Roman aus wohltuender Distanz darstellt, steht als zweiter von links, ganz in Blau gewandet. Seine zukünftige Gattin, ausgerechnet eine französische Prinzessin, wendet sich von ihm ab, da die Verlobung noch nicht offiziell bekannt war und da sie wußte, welchen Skandal diese vom Ersten Minister stark kritisierte Verbindung machen würde.

Francisco de Goya, der Maler selbst, ist links im Hintergrund zu sehen, direkt vor der Staffelei.

Was Goya für die bildende Kunst ist, das stellt Benito Pérez Galdós (1843–1920) für die Weltliteratur dar: ein wahrheitsliebender Chronist der großen Kapitel der spanischen Geschichte, immer um Objektivität bemüht und doch voller Leidenschaft.

Nachwort

1

Benito Pérez Galdós (1843–1920) ist hierzulande immer noch
der große Unbekannte der spanischen Literatur. Dem deutschen Leser sind bisher nur wenige Bände seines umfangreichen Romanwerks in der Übersetzung zugänglich. In seiner
Heimat dagegen wird er als ›Titan‹ und ›Wiederhersteller
des spanischen Romans‹, als ›Gipfelgestalt‹ verehrt. Seine
historischen und zeitgenössischen Romane führen dem
Leser über ein Jahrhundert spanischen Lebens vor Augen
und finden bis heute begeisterte Leser. Galdós* war ein uner-
schöpflicher Schriftsteller: Sein Werk umfaßt mehr als hundert Bände; penible Kritiker haben achttausend Personen
gezählt, die seine Romane bevölkern. Galdós verdient es –
als Schöpfer einer spanischen *Comédie humaine* – in einem
Atemzug mit Balzac und mit Dickens genannt zu werden –
seinem großen Meister und Vorbild, dessen Zeitgenosse er
noch gewesen ist.

Warum dann ist Galdós in Deutschland – über hundert
Jahre nach dem Erscheinen seiner wichtigsten Romane –
nicht nur ein großer Unbekannter, sondern ein großer Ver-
kannter, obwohl seine Romane weder als schwierig noch als
langatmig zu bezeichnen sind und er für den Literaturnobel-
preis vorgeschlagen wurde? Galdós ist ›ein prominentes
Opfer des historischen Augenblicks und der Zeit, in der er
lebte‹** geworden.

Das Spanien, dessen unermüdlicher Chronist Galdós werden sollte, hat im 19. Jahrhundert längst den Zenit seiner
Macht überschritten. Einst Mittelpunkt eines Weltreiches, in

---

*   Wir folgen hier dem spanischen Sprachgebrauch und beziehen uns meist
    nur auf ›Galdós‹. Wie in Spanien üblich, führt Pérez Galdós zwei Famili-
    ennamen, den des Vaters und den der Mutter. Da aber ›Pérez‹ ein so
    gebräuchlicher Name ist wie ›Müller‹, wird oft nur sein zweiter Familien-
    name benutzt.

**   Rafael de la Vega, Nachwort zur deutschen Übersetzung des Galdós-
    Romans ›Miau‹, Frankfurt/M. 1983.

dem zur Zeit Karls V. ›die Sonne nicht unterging‹, ist Spanien zur politischen, wirtschaftlichen und kulturellen Provinz herabgesunken. Die europäischen Metropolen sind Paris und London; zu Spanien herrscht im übrigen Europa gemeinhin eine Einstellung, die in dem Bonmot, daß ›hinter den Pyrenäen Afrika beginne‹, trefflich auf den Punkt gebracht wird. Dementsprechend gering ist das Interesse an einem Autor, der wie kaum ein anderer sein Jahrhundert und seine Nation verkörpert. Auch die Feindschaft der Galdós zeitlich unmittelbar nachfolgenden Literaten, der ›Generation von 1898‹ hat, wie viele Kritiker meinen, zur Unterschätzung des Autors im Ausland beigetragen.

Das 19. Jahrhundert ist in Spanien mehr noch als in West- und Zentraleuropa ein Zeitalter politischer Instabilität. In den gut hundert Jahren von 1833 bis 1936, der Machtergreifung Francos, haben Historiker einhundertdreißig Regierungen, neun Verfassungen, drei Absetzungen von Monarchen und etwa zweitausend Putsche, ›pronunciamientos‹, gezählt (was Wunder, daß letzteres als Fremdwort in andere Sprachen eingegangen ist).

Jahrhundertelang hatte der Zufluß von Reichtümern aus dem Kolonialreich paradoxerweise eine eigenständige Entwicklung des Landes verhindert. England und Flandern, die aufblühenden Industrie- und Handelszentren, waren die Nutznießer: dorthin floß letztlich das Silber aus den spanischen Kolonien. So war Spanien schon im 18. Jahrhundert hinter England und Frankreich zurückgeblieben. Die Tatsache, daß die immensen Reichtümer nicht in Handel und Industrialisierung investiert wurden, wird häufig einer Eigenheit der spanischen Mentalität zugeschrieben, die durch die ›Reconquista‹, der Jahrhunderte währenden Rückeroberung der iberischen Halbinsel von den Mauren, geprägt worden sei: Mehr auf den Erwerb von Reichtümern, Ruhm und Ehre denn auf die Erhaltung und Mehrung der gewonnenen Güter durch harte Arbeit habe es der spanische Ritter abgesehen. Die Eroberung Südamerikas, bei der jeder ›Konquistador‹ hoffte, schnell zu Gold und Ruhm zu kommen, habe diese allgemeine Einstellung noch verstärkt. ›Hacer su América‹ – ›sein Amerika machen‹ ist heute noch ein geläufiger Ausdruck für ›plötzlich (und oft auch unverdient) zu großem Reichtum kommen‹. Jedenfalls fehlt im absolutistischen Spanien jede rationalistische Tradition, die die Basis einer planvollen Wirtschaftspolitik hätte sein können, wie sie zu dieser Zeit etwa Frankreich im Merkantilismus und England im Freihandel besitzen.

Gleichwie: Die glanzvolle Zeit der Habsburger ist Ende des 19. Jahrhunderts längst dahin. Die Bourbonen führen seit dem achtzehnten Jahrhundert ein eher jämmerliches Regime. In Spanisch-Amerika hat Anfang des Jahrhunderts eine Kolonie nach der anderen ihre Unabhängigkeit errungen. Zugleich bietet das Spanien jener Zeit ein Panorama wirtschaftlicher Unterentwicklung. In dem weiten, schwach bevölkerten Land fehlen Verkehrsverbindungen. Erst in den 40er Jahren des Jahrhunderts bahnt sich eine zaghafte Industrialisierung an. Eine planvolle Wirtschaftspolitik jedoch wird durch die politische Instabilität unterbunden. Bestimmt wird die spanische Politik im 19. Jahrhundert – grob gesagt – durch die Auseinandersetzung zwischen liberalen Kräften und einer absolutistischen Monarchie, wobei allerdings die traditionellen Werte nicht nur bei den herrschenden Schichten, sondern im Bürgertum und im Volk tief verankert sind und die liberalen Kräfte eine Minderheit darstellen.

Mit einem gewaltigen Kollektiverlebnis beginnt das Jahrhundert, dem ›Unabhängigkeitskrieg‹ gegen Napoleon, der in Spanien die Gestalt eines Volkskriegs annimmt. In diesem Krieg erfinden die Spanier ein weiteres politisches Phänomen, die ›Guerilla‹. Das Eingreifen Englands besiegelt 1814 das Ende der französischen Herrschaft.

Hat König Ferdinand VII. zunächst noch Hoffnungen auf eine mildere Herrschaft genährt – die noch während des Krieges im belagerten Cádiz zusammengerufenen Cortes (Parlament) sollen die Verfassungsgrundlage für ein modernes Spanien legen –, so entscheidet sich der König nach Ende des Krieges, mit den alten Institutionen absolutistisch weiterzuregieren. Die Auseinandersetzung um die Nachfolge des zunehmend schwachen Königs führten 1833–1840 zum Bürgerkrieg, dem ersten ›Karlistenkrieg‹ (nach dem von den Konservativen befürworteten Thronfolger Carlos, dem Bruder Ferdinands). Schließlich siegen die liberalen Kräfte um Isabel II., die 1843 die neu eingeführte weibliche Thronfolge antritt.

Doch auch die Regierungen unter ihrem ›liberalen‹ Regime werden von einer verschwindend kleinen besitzenden Minderheit getragen. Nur 1% der Bevölkerung sind überhaupt wahlberechtigt.

Für die spanische Wirtschaft und Gesellschaft bedeutet die Herrschaft Isabels II. nach einem anfänglichen schwankenden Wirtschaftskonzept und sozialen Unruhen eine Phase langsamer Konsolidierung. Das Bürgertum gewinnt an wirtschaftlicher Macht. In der zweiten Hälfte des Jahrhunderts schafft es langsam die ökonomische Basis einer modernen Gesellschaft: die Industrie wird aufgebaut, die Verkehrsverbindungen verbessert, Verwaltungsreformen wie die Abschaffung der Zölle zwischen den Provinzen fördern Handel und Industrie. Die alten Ideale der Monarchie und eines katholischen Staats werden nach und nach durch bürgerliche Vorstellungen in Frage gestellt.

2

Benito Pérez Galdós wird am 10. Mai jenes Jahres 1843 in Las Palmas/Gran Canaria geboren. Sein Vater entstammt einer alten Soldatenfamilie und dient als Leutnant bei der spanischen Schutztruppe auf den Kanarischen Inseln, die Mutter kommt aus einer altehrwürdigen baskischen Familie. Als Jüngster von vielen Brüdern und Schwestern genießt er, wie seine Biographen hervorheben, für die damalige Zeit große Freiheit. Der Autor selbst schweigt sich allerdings in späteren Jahren über seine Jugend aus; er gesteht nur zu, die ganz normale Erziehung eines Kindes einer typischen Mittelschichtfamilie erhalten zu haben. Überhaupt finden sich in seinem späteren Werk keinerlei Anklänge an seine Jugend auf den kanarischen Inseln. Doch man weiß, daß er bereits früh künstlerischen und literarischen Neigungen nachgeht. Er spielt Klavier, schreibt erste Verse, macht Bekanntschaft mit der englischen Sprache und Literatur, malt. Einige Bilder werden sogar prämiert. Doch Galdós träumt von Madrid, der Hauptstadt und dem Sitz der spanischen Könige.

1862 geht der 19jährige Pérez Galdós nach Madrid, der Metropole des im Umbruch befindlichen Landes, und immatrikuliert sich an der Juristischen Fakultät. Doch obwohl er recht gute Noten hat, beschäftigt er sich, wie Zeitgenossen bezeugen, mehr mit dem Studium der Literatur und mit der Gesellschaft der Stadt, die eine so prominente Rolle in seinem Werk spielen soll. Galdós hat keine Geldsorgen und führt bald das Leben eines intellektuellen Bohémiens. Er selbst bekennt: »Ich ließ alle Katheder links liegen, schlenderte über die Straßen, Plätze und Gassen und hatte meine Freude an dem brausenden Leben dieser ungeheuren Stadt in ihrer bunten Fülle.« Diese Eindrücke sollen später das Fleisch und Blut seiner Gegenwartsromane werden, die ein farbiges Bild der Madrider Gesellschaft seiner Zeit entwerfen. Madrid wird zu seiner Wahlheimat.

Zahlreiche Anregungen werden Galdós auch im Madrider ›Ateneo‹ zuteil, dem geistigen Brennpunkt der Stadt, wo die intellektuelle Elite des Landes verkehrt. Dort, wo Echegaray, Béquer oder López de Ayala ein- und ausgehen, wird auch er zum ständigen Gast. Ein Freund, der Galdós zur Aufnahme eines Brotberufs zu bewegen sucht, stellt ihn 1864 einigen Madrider Journalisten vor. In diese Richtung orientiert sich Galdós auch zunächst. 1865 beginnt er für die fortschrittliche Madrider Zeitung *La Nación* zu arbeiten – der erste literarische Schritt an die Öffentlichkeit als Feuilletonist und Theaterkritiker. In der *Nación* publiziert er auch seine Übersetzung von Dickens' *Pickwick Papers*. Noch im Alter zeigt er sich stolz darauf, Dickens als erster in Spanien bekannt gemacht zu haben.

Im Rückblick ist das Jahrzehnt von 1863 bis 1873 als Galdós ›Lehrzeit‹ zu bezeichnen. Er muß in dieser Zeit ungeheure Mengen an Anregungen aufgenommen, unglaublich viel Stoff verarbeitet haben. Er ist Student und Journalist, unermüdlicher Leser und Beobachter seiner Umwelt, er schreibt, malt, spielt Orgel, arbeitet am Theater, dilettiert in der Politik … Vieles von dem, was er in diesen Jahren schreibt, zerreißt er noch.

Die politische Lage unter der inzwischen verhaßten Königin Isabel wird zunehmend gespannter. Zwei politische Ereignisse beeindruckten Galdós in dieser Zeit und prägen, wie er später schreibt, ›sein literarisches Temperament beträchtlich‹: Im April 1865 kommt es, nach der Unterdrückung eines kritischen Artikels (der den Verkauf der

415

Kronschätze durch die Königin anprangerte) durch die Obrigkeit zu Studentenunruhen. Die Polizei geht brutal vor; neun Tote und zahlreiche Verletzte sind das Ergebnis. Im Jahr darauf erhebt sich die Kaserne von San Gil, unterstützt von demokratischen Kräften und der Bevölkerung, gegen die Königin; in Madrid werden Barrikaden errichtet. Die Bewegung wird unterdrückt, sechsundsechzig Aufständische werden erschossen.

Galdós empfindet tiefes Mitgefühl mit den Unterdrückten, nimmt an Kaffeehausverschwörungen teil, geht auf die Straße. Und die Literatur läßt ihn nicht mehr los. 1866 schreibt Galdós ein erstes, nicht erhaltenes Theaterstück, das von den Bühnen abgelehnt wird. 1867 unternimmt er eine Reise nach Paris, besucht die Weltausstellung und beschäftigt sich intensiv mit Balzac (über achtzig Bände habe er auf seiner ersten und zweiten Parisreise erworben und hüte sie mit religiöser Verehrung, berichtet der Autor) und anderen französischen Autoren wie Flaubert und Dumas. Galdós beschließt endgültig, Romanautor zu werden. Eine weitere Frankreichreise folgt 1868.

Als er zurückkehrt, hat die Revolution, die ›Gloriosa‹ (›die Ruhmreiche‹), gesiegt. Die Finanz- und Wirtschaftskrise von 1867 hat zum Ausbruch der Revolution in Cádiz geführt. Die Aufständischen siegen über die Regierungstruppen; Isabel dankt ab und geht nach Frankreich. Die Monarchie allerdings bleibt unter dem farblosen Amadeo von Savoyen zunächst bestehen. 1869 wird eine Verfassung proklamiert, die das allgemeine Wahlrecht für Männer sowie Religions-, Presse- und Versammlungsfreiheit beinhaltet. Doch es kehrt keine Ruhe ein: Der Führer der demokratischen Koalition, General Prim, wird ermordet; eine stabile Regierung ist nicht zustandezubringen; die Karlistenkriege flammen wieder auf. 1873 dankt Amadeo ab.

Galdós engagiert sich als politischer Journalist. Daneben beginnt er, wahrscheinlich 1868, die Arbeit an dem Roman *La fontana de oro* (›Der goldene Brunnen‹), der 1870 publiziert wurde; 1871 erscheint *El Audaz* (›Der Mutige‹), beides erste Versuche auf dem Gebiet des historischen Romans. Das Erlebnis der ›Gloriosa‹ habe in ihm den Wunsch geweckt, historische Romane zu schreiben, erinnert er sich später.

Nun beginnt eine intensive Schaffensperiode: Galdós gibt seine Tätigkeit als Redakteur auf. Mit drei weiteren Romanen, die aktuelle religiöse Fragen behandeln, erobert er endgültig das Publikum. Weltanschaulich und politisch steht Galdós im liberalen Lager, wobei er durchaus Sympathie für den Katholizismus, wenn auch nicht für die Kirche als Institution hegt.

Nach der Abdankung des Königs sind die Befürworter der Republik die einzige politische Gruppe, die sich noch nicht diskreditiert hat. Doch die Republik wird zwischen den Karlistenkriegen, anderen lokalen Auseinandersetzungen und Aufständen in Cuba aufgerieben. 1874 putscht das Militär und setzt Alfons XII., den Sohn Isabels, auf den Thron. In der Folge entwickeln die liberale und die konservative Partei ein pragmatisches System der Machtteilung und abwechselnden Herrschaft, das mit Billigung des Königs einigermaßen funktioniert und unter seiner beherrschenden Figur, dem Konservativen Cánovas, bis Ende des Jahrhunderts der Restaurationszeit eine relative politische Stabilität und wirtschaftliches Wachstum gewährleisten.

Seit 1871 hat Galdós geplant, eine Reihe historischer Romane zu verfassen – relativ kurz, eingängig und patriotisch sollten sie sein. Geradezu zur Besessenheit wird ihm die Suche nach einem eingängigen Motto für diese Romane. Sein Freund und Mitarbeiter José Luis Albareda soll ihm schließlich den Titel *Episodios nacionales* (›Nationale Episoden‹) vorgeschlagen haben. Die zehn ersten Bände der *Episodios Nacionales* erscheinen von Januar 1873 bis März 1875, die zweiten zehn Bände zwischen Juni 1875 und März 1883.

Er hat großen Erfolg; die Verkaufszahlen sind hoch. Allerdings darf man sich im 19. Jahrhundert mit seiner sehr begrenzten lesenden Schicht die Auflagen nicht vorstellen wie die eines heutigen Bestsellers. Ende 1873, nachdem die ersten drei Bände vorliegen, sind von ›Trafalgar‹ 295 Exemplare verkauft, von *En la corte de Carlos IV*. (›Die Abenteuer der Pepita González‹) 1278 und von dem Folgeband *El 19 de marzo y el 2 de mayo* (›Der Aufstand von Madrid‹) 794 – gewaltige Zahlen für die Zeit. Dennoch hat Galdós die Lesegewohnheiten des spanischen Publikums verändert, das Übersetzungen und billige Fortsetzungsromane bevorzugte, und sein Publikum für den – praktisch von ihm geschaffenen – modernen spanischen Roman begeistert.

Zwischen 1873 und 1883 vollendet Galdós siebenundzwanzig Romane in dreißig Bänden, mehr als zwölftausend Seiten, darunter die ersten beiden Reihen der *Episodios Nacionales*, allein zwanzig Bände. Andere Romane schildern das Leben der Madrider Bürger und Kleinbürger (*La desheredada, Marianela, El amigo Manso, El doctor Centeno*) oder gestalten den Gegensatz zwischen Religion, Tradition und Fanatismus und Liberalität, Toleranz und Fortschritt (*Doña Perfecta, Gloria, La familia de León Roch*). Nach dieser rastlosen Arbeitsphase gönnt er sich eine kurze ›Ruhepause‹, eine Reise nach England. In London steht er am Grab des kürzlich verstorbenen Charles Dickens. Weiter geht es nach Holland, Italien und Portugal. Ebenso wie seine kanarische Kindheit scheinen jedoch diese Reisen wenig Spuren in seinem zutiefst ›spanischen‹ Werk hinterlassen zu haben.

1885 stirbt Alfonso XII., und Königin Christina übernimmt die Regentschaft für den minderjährigen Alfonso XIII. Galdós wird Mitglied des Parlaments, der Cortes. Ein tiefes politisches Engagement scheint mit diesem Mandat, zu dem ihm die siebzehn Stimmen eines Wahlbezirks in Puerto Rico (damals noch spanisch) verholfen haben, jedoch nicht verbunden zu sein. Alte Mitstreiter haben später bemerkt, daß Galdós, obwohl er durchaus politische Abenteuer auf sich nahm, die Abgeordnetentätigkeit eher als ›nützliche Zerstreuung‹ und als eine Gelegenheit betrachtet habe, Material für sein Studium der Menschheit zu sammeln. 1887 erscheint *Fortunata y Jacinta*, ein vielschichtiges Bild des Madrider Lebens und bis heute der meistgelesene Roman des Autors. *Miau* (1888) schildert Abstieg und schließlich Tragödie eines arbeitslosen Staatsangestellten, nicht ohne zahlreiche Seitenhiebe auf Bürokratie und gesellschaftliche Heuchelei.

Doch Galdós' Lebensstil ändert sich Ende der achtziger Jahre: Hatte er zuvor jahrelang praktisch Tag und Nacht geschrieben, so gönnt er sich jetzt Erholung, wird ruhiger. Er unternimmt längere Reisen durch Spanien, so 1888/90 nach Toledo, das nach Madrid die Stadt ist, die ihn am meisten fasziniert und ebenfalls eine bedeutende Rolle in seinem Werk spielt. Neue Themen, die ihn reizen, sind seelische Sonderzustände und ein starkes Gefühl für spanische Traditionen und kulturelle Werte. 1890 wird er wieder zum Abgeordneten gewählt, doch er scheint des politischen Lebens überdrüssig. Privat nimmt er vom Bohème-Leben Abschied: Er bezieht eine gutbürgerliche Wohnung in Madrid, Mutter und Schwester führen ihm den Haushalt.

Inzwischen feiert Galdós auch als Bühnenautor Erfolge. Das Jahr 1897 bringt die offizielle Anerkennung: Er wird Mitglied der spanischen Akademie. Bezeichnend der Titel seiner Antrittsrede: ›La sociedad reciente como materia novelable‹ (etwa: ›Die aktuelle Gesellschaft als Grundmaterial für den Roman‹).

Galdós' Gegenwartsromane gewinnen eine religiös-idealistische Komponente: Zwar bleibt der Mensch in seinem Milieu gefangen, doch er hat die Möglichkeit, spirituell darüber hinauszuwachsen, zu einer Sinngebung zu gelangen. Das Meisterwerk dieser Richtung ist *Misericordia* (›Barmherzigkeit‹, 1897), in dem das Bettlermilieu Madrids porträtiert wird. Vor diesem Hintergrund spielt die Geschichte der Dienerin Benina, die ihre verarmte Herrschaft durch Betteln über Wasser hält.

Gegen Ende des Jahrhunderts liegt ein halbes Hundert Werke von Galdós vor. Spanien hat inzwischen unter der Restauration wirtschaftliche Fortschritte gemacht. Im Norden werden Bergbau und Stahl zu den wichtigsten Industrien. Auch die Landwirtschaft profitiert vom zunehmenden Export von Wein und Südfrüchten. Die Einwohnerzahl Spaniens steigt im Lauf des Jahrhunderts um zweiundsechzig Prozent an, von 11,5 Millionen um 1800 bis auf über 18 Millionen im Jahr 1900. Die Weltausstellung in Barcelona 1888 scheint zu signalisieren, daß Spanien auf dem Weg in den Kreis der modernen Industrienationen ist.

Da trifft das schicksalhafte Jahr 1898 Spanien völlig unvorbereitet. Die Niederlage Spaniens gegen die US-amerikanische Flotte besiegelt den Verlust der letzten Kolonien Cuba, Puerto Rico und der Philippinen; die verspätete Erkenntnis, daß Spaniens Zeit als Großmacht endgültig dahin ist, erschüttert das spanische Selbstverständnis und markiert das geistige Ende des 19. Jahrhunderts, dessen prominentester literarischer Vertreter Galdós ist. Eine neue literarische Generation, der ›Generation von 98‹ versucht, diesen Einschnitt in ihr Lebensgefühl zu verarbeiten.

Galdós arbeitet weiter, vollendet weitere Romane und setzt, durch eine finanzielle Notlage unter Druck geraten, die *Episodios Nacionales* fort, deren letzter Band 1879 erschienen war. 1898 beginnt er mit dem Roman *Zumalacárregui* die dritte Serie. Benito Pérez Galdós wird für den Nobelpreis vorgeschlagen, erhält ihn aber nicht, was ihn tief enttäuscht.

Nach einer Augenoperation erblindet Galdós 1913 völlig; weitere Leiden stellen sich ein. Er stirbt am 4. Februar 1920 in seinem Haus in Madrid. Galdós hinterläßt ein monumentales Werk: 46 Bände der *Episodios Nacionales*, 32 Romane, 24 Theaterstücke, von denen eines verlorengegangen ist, sowie 15 Bände Reiseberichte, Reden, Kritiken, Erinnerungen, von denen manche erst posthum erschienen sind.

3

Galdós steht in der spanischen Tradition epischer und erzählerischer Prosa wie dem Ritter- und Schelmenroman. Besonders hervorgehoben wird seine Verbindung zu Cervantes, dem Schöpfer des *Don Quijote*. Cervantes habe den modernen spanischen Roman geschaffen; Galdós habe ihn zur Vollendung geführt, meint der große spanische Philologe Pérez de Ayala. Beide hätten mit der Affektiertheit der Sprache und der Darstellung gebrochen, die zu ihrer Zeit vorherrschte. Beide hätten Menschen jeden Standes dargestellt. Galdós sei ohne Zweifel der wichtigste Vertreter dieser Tradition zwischen Cervantes und den spanischen und lateinamerikanischen Autoren dieses Jahrhunderts. Zwischen Cervantes und Galdós klaffen eineinhalb Jahrhunderte, in denen der spanische Roman im Niedergang begriffen war; erst im neunzehnten Jahrhundert waren wieder einige bedeutendere Autoren aufgetreten.

Galdós hat Balzac und Dickens intensiv gelesen und sich zu ihnen als seinen Meistern bekannt. Kaum habe er als junger Mann die *Comédie humaine* verschlungen, habe er sich an das umfangreiche Werk Dickens' gemacht. Dennoch hebt die Kritik hervor, daß beide – ebenso wie Galdós' Auslandsreisen –

eigenartigerweise wenig direkten Einfluß auf ihn ausgeübt haben. Sein Werk steht für sich. Allenfalls vermag man eine gewisse Vorliebe für seelische Ausnahmezustände, die in Galdós' späten Romanen spürbar ist, mit den magischen Elementen bei Balzac oder der Gespensterwelt von Dickens in Verbindung bringen.

Das Bemerkenswerte an Galdós' Romanen ist ihr Realismus, der allen Figuren echtes Leben verleiht. Es heißt, auch die unbedeutendsten seiner Personen hätten reale Vorbilder, nach denen sie gestaltet sind. Umgekehrt schafft es Galdós, auch den großen historischen Gestalten, die er auftreten läßt, Leben einzuhauchen, ihnen die Maske vom Gesicht zu reißen, ohne sie ihrer Bedeutung zu berauben. Seine Darstellung historischer Ereignisse ist so präzise, daß diese zum Teil sogar Geschichtswissenschaftlern als Quelle dient.

Dabei ist der ›Realismus‹ Galdós jedoch nicht als literaturwissenschaftliche Kategorie zu nehmen. Es ist ihm nie eingefallen, sich einer bestimmten Schule zuzurechnen, eine Position zwischen Realismus, Naturalismus und Idealismus – den literarischen Strömungen seiner Zeit – zu beziehen. Sein Glaubensbekenntnis: ›Der Roman ist das Abbild des Lebens, und die Kunst muß ihre Aufgabe darin sehen, die menschlichen Charaktere darzustellen, die Leidenschaften und die Schwächen, das Große und das Kleine, das Innere und das Äußere, den ganzen Geist und die Materie, die uns umgeben, sowie die Sprache, die das Kennzeichen unseres Volkes ist, und die Wohnverhältnisse, die das Bild der Familie sind, und die Kleidung, die der Persönlichkeit ihre letzten äußeren Züge verleiht. Und all das, ohne zu vergessen, den Ausgleich zu schaffen zwischen der Genauigkeit und der Schönheit der Darstellung‹ – so Galdós in seiner Antrittsrede vor der Spanischen Akademie.

Die *Episodios Nacionales* umfassen etwa die Hälfte von Galdós Romanwerk und sind im Urteil von Kritikern und Lesern der am besten ausgearbeitete Teil seines Werks. Galdós weiß viel von der jüngsten Vergangenheit seines Landes und hat umfangreiche Recherchen unternommen. Er konsultiert einschlägige Literatur, macht Reisen an Ort und Stelle, befragt Zeitzeugen. Er beabsichtigt eine Art ›Geschichtspädagogik‹, will die Geschichte als Lehrmeister für die Gegenwart darstellen. Breiten Raum nimmt die Schilderung der alltäglichen Realität und die Perspektive der kleinen Leute ein: (Gabriel Aracelí ist in *Trafalgar* Schiffsjunge, und in ›Die Abenteuer der González‹ erlebt Gabriel die Vorgänge am Hof aus seiner Sicht als Diener einer Schauspielerin).

In Galdós' Geschichtsauffassung, wie sie in den *Episodios* zutage tritt, ist der Wandel der spanischen Gesellschaft im Verlauf des 19. Jahrhunderts abzulesen: In der ersten Serie vertritt er eine gemäßigt optimistische Auffassung, in der die Geschichte der Vorsehung folgt und stets zum Vollkommeneren fortschreitet. Wirtschaftliche Verhältnisse als Triebkraft der Geschichte werden jedoch außer acht gelassen. In den späteren Serien sind zunehmend Pessimismus, ja Verzweiflung spürbar – hier spiegeln sich die Restaurationsjahre und der Schock von 1898.

Galdós' historische Romane greifen nicht in eine weit entfernte Vergangenheit zurück. Seinem geschichtspädagogischen Antrieb entsprechend, thematisiert er stets die jüngste Vergangenheit, die in die Gegenwart hineinwirkt, und aus der vielleicht Lehren gezogen werden können. Die letzten beiden Serien der *Episodios* umfassen Ereignisse, die er selbst miterlebt hat und aus einer Distanz von zwanzig Jahren oder mehr schildert.

Die *Episodios* lassen sich nach ihrem historischen Gegenstand in fünf Serien einteilen, von denen die ersten beiden Perioden umfassen, die vor Galdós' Geburt liegen. Jede der Serien rankt sich jeweils um eine Hauptfigur. Die erste Serie behandelt die Zeit des ›Unabhängigkeitskrieges‹ von der Schlacht bei Trafalgar, in der Spanien endgültig seine Seegeltung verliert, bis zur Schlacht von Arapiles, die zweite die politische Zeit zwischen 1813 und 1834. Die dritte beschreibt die Ereignisse von 1834 bis 1845: den ersten Karlistenkrieg, ›Pronunciamientos‹, Aufstände. Die vierte Serie (1848 bis 1869) behandelt Ereignisse, die Galdós bereits als Erwachsener erlebt hat: die Herrschaft der Königin Isabel II. und ihren Sturz. Die fünfte und letzte schließlich schildert ein Spanien ohne König, die erste Republik, die Restauration, die Regentschaft der Königinwitwe María Cristina von Österreich und die Präsidentschaft von Cánovas und umfaßt die Jahre von 1870 bis zu jenem schicksalhaften Jahr 1898. Die letzte Serie hat der Autor nicht vollenden können; statt der geplanten zehn erschienen sechs Bände.

Nicht nur in seinen Gegenwartsromanen, sondern auch im Genre des historischen Romans ist Galdós ein Neuerer, und er ist sich dessen durchaus bewußt. Im Epilog einer seiner *Episidios* spricht er von dem ›für mich glücklichen Umstand, daß in der zeitgenössischen spanischen Literatur keine Romane über die jüngste Vergangenheit existieren‹.

4

Trafalgar erscheint 1873 als erster Roman der *Episodios Nacionales*. Von Anfang an hat Galdós geplant, seine historischen Romane mit dem Jahr 1805 beginnen zu lassen, dem Jahr, in dem die französisch-spanische Flotte im Kampf gegen Nelson vernichtet wurde. Wie durch eine Intuition sei ihm in einem Gespräch mit seinem Freund Albareda über die geplante Romanerie das Wort ›Trafalgar‹ über die Lippen gekommen.

Im Sommer 1871 lernt Galdós in Santander den letzten Überlebenden der Schlacht von Trafalgar 1805 kennen, der als Schiffsjunge auf der *Santísima Trinidad* gedient hatte. Galdós will die Geschichte als Erlebnisbericht eines Augenzeugen niederschreiben, womit er zugleich seiner pädagogischen Absicht Rechnung trägt, gerade die jüngste Geschichte als in die Gegenwart hineinwirkend darzustellen – mit dem Vorteil, daß noch Augenzeugen der Ereignisse am Leben sind.

Was die literarischen Vorbilder angeht, sind in Trafalgar deutliche Anklänge an den Schelmenroman und den *Don Quijote* zu erkennen. Abgesehen davon, daß die Figur des Alonso de Cisniega geradezu quijoteske Züge aufweist, lehnt sich Galdós häufig auch im Stil an Cervantes an. Doch auch das Muster des Schelmenromans scheint durch: die Art der autobiographischen Erzählung mit häufigen Ansprachen an den Leser, die einfache Herkunft des Erzählers, seine schwere Kindheit und sein wechselvoller Lebensweg lassen ihn als pikaresken Helden erscheinen.

In zweifacher Hinsicht nimmt ›Trafalgar‹ die Stellung eines Prologs zu den *Episodios* ein: Zum einen wird die Lebensgeschichte Gabriel Aracelís, des Helden der gesamten ersten

423

Serie, aufgerollt; zum anderen führt Galdós dem Leser die Situation des Landes vor, die zur Schlacht von Trafalgar geführt hat. Da Galdós' Hauptinteresse allerdings der Auswirkung auf die Gegenwart gilt, rollt er die Vergangenheit nicht ausführlich auf, sondern macht dem Leser vor allem klar, daß hier das letzte große Gefecht der spanischen Seestreitmacht stattfindet.

›Trafalgar‹ ist eine Erzählung, die aus zahlreichen Geschichten besteht. Die Seeschlacht selbst wird von Gabriel erzählt; dazu kommen jedoch die Berichte aus dem Mund anderer Personen, die dazu beitragen, das Bild abzurunden: In Kapitel neun erklärt Marcial die Strategie Nelsons und Villeneuves, ein englischer Offizier berichtet vom Tod Nelsons etc.

Trotz des Themas – immerhin einer Schlacht – wird in *Trafalgar* mitnichten einem aggressiven Patriotismus das Wort geredet. Deutlich ist dies in der Entwicklung der Hauptfigur angelegt: Gabriels anfängliche kindliche Haltung, der Stolz auf sein kriegerisches Volk, weicht kurz vor der Schlacht einem Gefühl kollektiver Identität, dem Gefühl, gemeinsam gegen einen Feind von außen zu stehen. Mehr noch: In Kapitel XII, als die Engländer die *Santísima Trinidad* übernehmen, wird ihm zum ersten Mal klar, daß der Feind dieselben patriotischen Gefühle gegenüber *seinem* Land hegen mag. In Kapitel dreizehn gelangt Gabriel schließlich zu der Einsicht, daß aus Kriegen nur einige wenige Profit ziehen, während die Völker dazu geschaffen seien, einander beizustehen.

Am Schicksal einiger Personen am Ende des Romans läßt sich Galdós' Urteil über die historische Situation ablesen: das alte, stolze, dekadente Spanien in Gestalt von Don Alonso und Marcial muß sterben – der eine an seiner Trauer und der andere in der Schlacht. Auch der junge Gabriel triumphiert nicht, aber ebenso wie Marcial siegt bei ihm die Liebe über den Haß. Der Held kann seinem Onkel vergeben und den Sieg seines Rivalen akzeptieren; Marcial vergibt vor seinem Tod den Engländern und Franzosen. Aus der Erzählung über eine Seeschlacht zieht Galdós eine zutiefst humanistische Lehre.

5

›Die Abenteuer der Pepita González‹ (Originaltitel: *En la corte de Carlos IV.*) ist der zweite Band der *Episodios Nacionales* und wurde – mit der typischen Geschwindigkeit Galdós, der über weite Perioden seines Schaffens pünktlich vier Romane pro Jahr veröffentlichte – zwischen März und April 1873 geschrieben.

Die Handlung kreist um die sogenannte Verschwörung von El Escorial. Der Prinz von Asturien, Ferdinand, versucht im November 1807, seinen Vater Karl IV. zu stürzen, der seit 1788 regiert. Die Verschwörung wird entdeckt und vereitelt, spielt aber dennoch eine entscheidende Rolle für den Entschluß Napoleons, in Frankreich einzumarschieren. Galdós schildert hier deutlicher als in *Trafalgar* die inneren Auseinandersetzungen am spanischen Hof. Wieder ist Gabriel Aracelí der Protagonist; er erfährt allerdings nur durch die Tatsache, daß er Diener einer einflußreichen Dame ist, von den Ereignissen bei Hofe. Und wieder folgt Galdós der Technik der ›vielen Geschichten‹, in dem Gabriel verschiedenste, auch widersprüchliche Meinungen hört.

Vier Handlungsfäden sind verknüpft: Zum einen Gabriels Stellung als Diener einer Schauspielerin, was ihn in Kontakt mit dem Theatermilieu und einigen Aristokraten bringt. Galdós gelingt es, das Schauspieler- und Theatermilieu Anfang des 19. Jahrhunderts stimmungsvoll und genau einzufangen. Der zweite Handlungsfaden erzählt von Gabriels Beziehung zu Inés und ihrer Familie, einer Geschichte, die erst mit dem Ende der ersten Serie der *Episodios* ihren Abschluß findet. Eine dritte Binnenhandlung umfaßt den Aufenthalt Gabriels im Palast, just zu der Zeit, als die Verschwörung entdeckt wird; dies gibt Galdós die Gelegenheit, den Einfluß der Hofkamarilla und die Dekadenz bei Hofe aufzudecken. Der vierte Handlungsfaden schließlich bringt die Meinung des Volkes ein, indem Gabriel auf seinen Gängen durch das Zentrum von Madrid mit Personen aus dem Volke spricht (wie dem Schleifer).

›Die Abenteuer der Pepita González‹ ist auch ein Roman um Schein und Sein, was vor allem durch das Wechselspiel von Literatur und Realität, Theater und Wirklichkeit verdeutlicht wird. Die drei Theaterstücke, auf die besonders Bezug genommen wird, reflektieren die Beziehungen zwischen Romangestalten: So besteht ein intimes Dreiecksverhältnis wie zwischen dem Königspaar und Godoy, das von zentraler Bedeutung für die Entstehung der Verschwörung ist, und zwischen anderen Personen. Umgekehrt werden die Hofintrigen in den zentralen Kapiteln als schlechte Komödie dargestellt, in der jedermann lügt und betrügt.

Wie *Trafalgar* ist auch dieses zweite Prosawerk ein Entwicklungsroman. Auch hier hat Gabriel zu Beginn der Handlung naive Illusionen: Im ersten Kapitel sieht er sich als Helden zurückkehren und die Liebe Inés gewinnen. Im zweiten glaubt er – überzeugt, daß sozialer Aufstieg nur durch Protektion zu vollbringen sei –, dies über die Herzogin Amaranta erreicht zu haben. Inés und Chinitas sehen voraus, in welche Gefahr der gerät, der sich nicht auf eigene Verdienste, sondern auf die Gunst der Mächtigen stützt. Am Ende des Romans scheint Gabriel dies erkannt zu haben, als er versichert, er werde niemandes Diener mehr sei, sondern einen Beruf ergreifen, in dem er selbst seines Glückes Schmied ist.

Gerade heute lohnt es sich, Galdós zu lesen. Vielleicht hat er auch uns noch viel zu sagen, er, der seinen Landsleuten die Gegenwart aus der Geschichte heraus verständlich machen wollte. Nun ist Spanien endgültig unser Nachbar in Europa, doch unsere Vorstellung von diesem Land wird immer noch von einigen wenigen Klischees geprägt. Lassen wir uns von Galdós das lebendige Panorama *seines* Spanien vor Augen führen.

Barbara Röhl

Band 13 775

Jean-Michel Thibaux
**Die sieben Geister
der Revolte**
Deutsche
Erstveröffentlichung

Sie war eine ungewöhnliche Frau. Ihre verblüffenden über-
sinnlichen Fähigkeiten erregten überall Anstoß: Helena
Petrowna Blavatsky, geboren im Sommer 1831 in Rußland.
Schon in ihrer Kindheit nannte man sie die Sedmitscha, ›die
von den sieben Geistern der Revolte Besessene‹.
Als sie sechzehn Jahre alt ist, zwingt man sie zur Heirat mit
einem alten General, den sie abstoßend findet. Sie flieht
nach Ägypten. Eingeschlossen in einem Sarkophag, lernt
sie die Geheimnisse der Pyramiden kennen. Fortan steht ihr
Leben im Zeichen von abenteuerlicher Reiselust und tief
empfundener Spiritualität – es ist ein Leben, das alle
Grenzen und Konventionen sprengt.

Sie erhalten diesen Band
im Buchhandel, bei Ihrem
Zeitschriftenhändler sowie
im Bahnhofsbuchhandel.

Band 13 761

Alan Savage
**Die Gesandten des
Sultans**

Sommer 1448: John Hawkwood tritt mit Frau und Kindern die
Überfahrt von Southhampton nach Konstantinopel an. In der
buntschillernden Handelsmetropole hofft der Geschütz- und
Kanonenbauer jenen Ruhm zu erlangen, den ihm die Heimat
versagt.
Aber durch den Leichtsinn seiner hübschen Tochter fällt John
Hawkwood am Hof den byzantinischen Kaisers in Ungnade.
Fortan kämpfen er und seine Söhne auf Seiten der türkischen
Sultane. Über vier Generationen hinweg ist das Schicksal der
Familie Hawkwood mit denen der großen Osmanenherrscher
Memed II. und Suleiman verknüpft. Sie erleben die Belagerung
von Wien, die Auseinandersetzung mit Venedig und die
Schlacht von Lepanto (1571), und sie kreuzen die Wege
berühmter historischer Persönlichkeiten wie Andrea Doria oder
Miguel de Cervantes.

Band 13 661

Alan Savage
**Die Söhne des
Sahib**
Deutsche
Erstveröffentlichung

Ein Auftrag des englischen Königs führt Sir Thomas Blunt im Jahre
1523 nach Indien: Zusammen mit seinem Vetter Richard soll er das
sagenhafte Reich des Prester John ausfindig machen, von dem man
glaubt, es sei vor langer Zeit in den endlosen Weiten jenseits von Goa
errichtet worden – eine Insel des Christentums auf dem Boden der
Moslems und Hindus.
Doch schon im arabischen Meer werden die britischen Schiffe
attackiert. An Land warten nicht nur Reichtum und Luxus, wunderschöne Frauen und riesige Paläste auf die Blunts, sondern auch die
kriegerischen Marathen. Noch ahnen die beiden Engländer nicht, daß
diese Expedition ein neues Kapitel ihrer Familiengeschichte einleitet,
die von nun an untrennbar mit den Kämpfen der Herrscher dieses
märchenhaften Landes verwoben sein wird.
Ein atemberaubendes, abenteuergesättigtes historisches Epos und
zugleich eine Familien-Saga, deren Bogen vom Beginn des 16. Jahrhunderts bis zur Blüte der Ostindischen Handelskompanie und dem
Bau des Taj Mahal reicht.

Band 13 744
Victor Hugo
**1793 oder die
Verschwörung in
der Provinz Vendée**
Deutsche
Erstveröffentlichung

Auf dem Höhepunkt der Französischen Revolution wird
Marquise de Lantenac nach Jersey verbannt, gilt er doch als
Königstreuer. Aber der Marquise entkommt seinen Wächtern
und kehrt in die Provinz Vendée zurück. Für die Bauern dort ist
er immer noch der große Fürst. Am Tag seiner Landung schart
er achttausend Mann um sich, innerhalb von einer Woche sind
dreihundert Gemeinden in Aufruhr.
In Paris ist man überzeugt: Nur der republikanische Offizier
Gauvain, der schon in der Rheinarmee Großes geleistet hat,
kann den Marquise stoppen. Aber der junge Offizier ist der
Großneffe des Marquis von Lantenac. Er nimmt den Kampf
dennoch auf. Allerdings stellt man ihm mit Cimourdain einen
alten, erfahrenen Revolutionär zur Seite. Niemand in Paris ahnt,
welche Konflikte damit heraufbeschworen werden.

**BASTEI
LÜBBE**

Sie erhalten diesen Band
im Buchhandel, bei Ihrem
Zeitschriftenhändler sowie
im Bahnhofsbuchhandel.

Band 13 743

Georg Ebers
**Eine ägyptische
Königstochter**
Historischer Roman
Deutsche
Erstveröffentlichung

Ägypten, im sechsten Jahrhundert vor unserer Zeit: Der
Pharao Amasis verwaltet umsichtig das Reich am Nil.
Um den Frieden mit den immer mächtiger werdenden
Persern zu besiegeln, will Amasis seine hübsche Tochter
Nitetis dem persichen Thronfolger zur Frau geben. Aber
sein Sohn, der Wachs in den Händen der fremden-
feindlichen Priester ist, arbeitet diesem Plan mit aller
Macht entgegen. Und er verfügt auch über die Mittel,
seinen Vater zu erpressen: Weiß er doch, daß die
hübsche Nitetis in Wahrheit gar nicht die Tochter des
Amasis ist ...

Band 13 741

Honoré de Balzac
Die Chouans

**Deutsche
Erstveröffentlichung**

Marie de Verneuil ist eine selbstbewußte und hübsche
Frau – und eine entschiedene Anhängerin der Französischen Revolution. Als im Westen der Republik die
Aufstände unter der weißen Fahne der Chouans die neue
Ordnung gefährden, wird Marie de Verneuil von Paris in
die Bretagne ausgesandt. Als Spionin soll sie vor allem
auskundschaften, welchen Anteil der geheimnisvolle
Marquis de Montauran an diesen Aufständen hat. Der
Auftrag scheint der Marie de Verneuil auf den Leib
geschrieben zu sein – aber sie weiß bald nicht mehr, wo
ihre Rolle aufhört und wo ihre Gefühle anfangen.